U0071742

遭遇

一個戰俘在自己墓碑前的告白

黃國榮——著

原書名：戰俘

推薦序

錯位人生，活下去就是英雄

一個男人，本來是戰場上的勇士，要成為活著的英雄或犧牲的烈士——但他做了俘虜，雖然活著回到祖國，卻過著悲慘的戰後生活。

一個男人，在新婚燕爾之時奉命出征，戰後歸來，妻子不認識他，反而嫁給了別人。

一個男人，因為一些原因，不得不放棄自己的身分與姓名，以另一個人的身分和名字活下去。

一個男人，骨子裡是個「好人」，卻被當成「壞人」，被人們所鄙夷唾棄。

符合第一條的男人，你也許會說是肖洛霍夫的小說《一個人的遭遇》中的索科洛夫。

符合第二條的男人，你也許會說是希臘史詩《奧德賽》中的奧德修斯。

符合第三條的男人，你也許會說是電影《變臉》中的西恩。

符合第四條的男人，你也許會說是電影《無間道》中的陳永仁。

其實，還有一個男人符合上述所有描述，他就是本書的主角邱夢山。

邱夢山是一個當代戰俘，一個因為戰爭失去了愛情的人，一個用他人姓名生活的人，一個被人們誤解、被世俗偏見傷害的人——但本書所講的，不僅是這些。本書的特別之處，在於借邱夢山這一人物寫出了兩種人：經歷了非常生存狀態之後具有了特殊性的人以及具有了特殊性之後無法再次融入日常生存狀體的人。換句話說，本書的前半部分寫了一個平凡的人因為不平凡的遭遇而變成了特殊的人，而後半部分則是寫一個具有特殊身分、希望回歸普通人而做出的努力。造成這兩種人的兩種不幸遭遇的原因，一個是戰爭，另一個則是偏見。單獨寫這兩種人的書不少，但是將二者結合起來的則很罕見。同時具有這兩種特性，會遇到這兩種遭遇的人，就是戰俘。

戰俘是一個非常複雜而特殊的概念，卻往往被人們用貼標籤化的方式去評說，在某個特定的時代，在大多數人心裡，戰俘往往就和罪犯差不多。其實，戰俘並不是這麼簡單的人群。一個戰俘，且不論他是什麼原因而被俘，被俘之後的命運如何，都不得不經歷兩種錯位。

第一，是預期命運的錯位。一般而言，被俘是作戰人員，也就是軍人。軍人，尤其是看重榮譽的軍人，他對自己戰場命運的預期是勝利並生還，或者為了勝利而犧牲。但事實上，軍人還有第三種戰場命運，那就是被俘。如果被俘原因是作戰失利而非主動投敵，那麼就很少有人會去預想這種結果。所以，俘虜是一種被迫賦予的身分。本書寫到邱夢山轉業回地方到統戰部報到時，女官員用訓斥的口氣告訴他，不是她要為難他，沒有人逼他當戰俘，要是英雄回來縣委書記都會出來迎接他！邱夢山忍無可忍：「是我要當戰俘嗎？我他媽都到閻王爺那裡報到了！」這種身分錯位，是戰俘無法廻避的第一重困境。

第二，是生存目標的錯位。在戰場上，不論做出多少犧牲，戰勝敵人是最終目的。而一旦成為戰俘，並且接受了這一事實，那麼，讓自己活下去就成為最重要的事了。但是，當活下去變得重要的時候，本來在戰場上不會去考慮的問題，突然都變成了難以克服的障礙，戰後的生活對於戰俘來說，也就變成了一場幾乎無法取勝的戰役。這一點，也在本書中有所體現。當邱夢山瞭解到自己作為戰俘還活著之後，他不是慶幸自己的生還，而是馬上想到了他將要面臨的困境：他當了戰俘，岳天嵐還會愛他嗎？……就算她還勉強愛他，那他能給她幸福嗎？……要是活著回去，這輩子能帶給孩子什麼呢？……怎麼向爹娘交代，這樣活著能給爹娘和祖宗什麼呢？只能把爹娘和

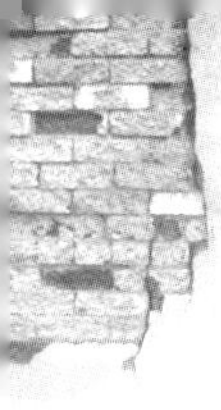

祖宗的臉面全都抹黑！……他又有什麼臉去見連裡的官兵，又有什麼臉去祭拜犧牲的那些戰友？這四個問題想得他沒了一點底氣，一種從未有過的恐懼彌漫心頭，他渾身發冷。

戰俘的這兩種錯位困境，即是戰爭與偏見，非常與日常相互碰撞的結果，使得戰俘無論能否在戰後生還，重回祖國，都無法改變悲劇的命運。

而本書主角邱夢山，除了上述的雙重錯位，他還背負著與石井生姓名互換這一身分錯位。這一錯位，最開始是偶然，但是邱夢山將錯就錯，卻是被前兩重錯位困境逼迫下做出的比如選擇。他在「自己」（其實是石井生的）墓碑前的告白，充分道出了他做出這一選擇的無奈：「……到了那邊，沒人能給我證明，我就成了你。後來想這樣可以避免給你嫂子和侄兒帶來厄運，我也就認了。回來後，沒想到政策好了，我可以繼續回部隊工作，我想恢復真名，不給你抹黑。」

讀完這部小說，相信您也會和我一樣對故事主角的坎坷遭遇唏噓不已。我們無法以一己之力阻止戰爭，一旦戰爭來臨，總有人要上戰場，也許是我們的親朋好友，也許就是我們自己。我們能做的，是對那些從戰場回來的人懷有敬意而不是偏見，而不管他們是以何種身分回來的——畢竟，有勇氣活下來和有勇氣死去的一樣，都是英雄。

名家推薦

《遭遇》以其對英雄主義的可貴深化、對戰爭狀態下個體生命的生存狀況的人性開掘、對傳統習俗的理性反思顯示出可貴的獨立思考品質；對人物內心矛盾的揭示，以及客觀真實的現實主義描繪，必將成為中國當代軍事文學開風氣之先、能夠走出國門、與世界經典戰爭文學對話接軌的先驅。

——解放軍出版社副總編輯、人民大學文學博士 **張良村**

《遭遇》讓我真切地感受到它是一部具有了開拓性、現實性、批判性和文學性的軍事題材佳作。它以新文學觀念，對英雄主義內涵進行深度詮釋；它開闢了現實主義創作方法的新道路，正視戰爭環境下軍人的真實心理、情感和行為，無論戰前的複雜心態，還是戰鬥中的血腥慘烈，還是戰後遭受歧視下的苦難和生存掙扎，有一種把讀者帶入現場再現能力和敘述力量，達到了震撼人心、感人至深的藝術感染

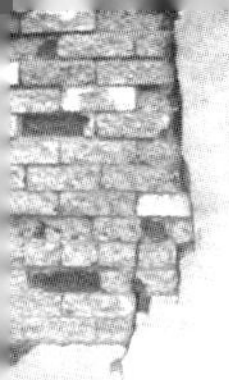

力，是一部令人顫慄、發人深思的作品。

——解放軍總政藝術局原局長、評論家、茅盾文學獎評委 **汪守德**

《遭遇》對於中國當代作家，無疑是具有挑戰意味的。它所面對的，既有社會生活的容受空間的邊界，也有文學自身在處理此類題材上的經驗匱缺。於是，作品的主人公邱夢山，就必須面對著陳舊的但是根深蒂固的社會歧見，作家自己，則是要在這片荒蕪的領地上，拓展出一條富有創新性的道路。這種創新，既是時代的，也是文學的。黃國榮挑戰社會成見和文學成規，更是以今日之我挑戰昨日之我，其大器晚成，可讚可歎。

——首都師範大學教授、評論家 **張志忠**

與魔共舞

清晨，當你從舒坦的酣睡中自然醒來，翻身起床，打開大門，門口一隻東北虎正張著血盆大口等著你。意外威脅讓你產生的恐懼、失態與慌亂，與突然遭遇戰爭有某些相似。戰爭小說的魅力或許就在它的驚悚恐怖、險象環生、懸念跌宕、曲折緊張、大悲大喜。

去年發表在《文學報》上的那篇《文學的聲音》裡，我寫過這樣一段文字。我不贊同顧彬先生「中國當代文學都是垃圾」這說法。但是，我非常欣賞顧彬先生近期與李雪濤先生《對談》中表達的一個觀點。他說：「我認為：每一個國家，每一個民族都應該有一個聲音，這個聲音是一位作家。他是一個民族、一個國家的聲音。所以我要問，中國有這樣一個聲音嗎？……一九四九年以前好像有過，就是魯迅。而這之後呢？還有嗎？還需要嗎？」

我一直以為，戰爭小說才是軍事文學的正宗，好的戰爭小說很有可能會說出國家和民族的聲音。做為一名軍人寫作者，一輩子寫不出一部真正的戰爭小說，似乎

有點枉頂了軍旅作家這個頭銜。當然，不是說我的這部小說代表了國家和民族的聲音，也不是說我為了這才寫這部小說，只是認為社會和讀者需要好的戰爭小說。寫這部小說的真實動因還是生活，要沒有親自把自己一百零八個部下送上戰場這個經歷，我絕對想不到要寫也絕對寫不出這部小說。內心的追求與生活的切合促成我寫出了這部小說。

每一個作家寫一部作品，都把他想要表達的東西隱含其中，讓讀者在閱讀中感悟而產生共鳴，這是作家寫作的根本目的，也是文學的力量。

我想讓大家認識戰爭是個魔鬼。這是一部虛構作品，寫了一場虛擬的戰爭，小說也許有歷史中戰爭的影子，但小說中戰爭的對象是虛擬的，戰爭在這裡僅僅是小說中人物的生存環境。雖然是虛擬的戰爭，但我想要大家認識到，戰爭所導致的血腥屠殺和反屠殺不只致使雙方死亡，甚至要連帶無辜遭受厄運；不僅塗炭生靈，還會破壞大自然；不僅毀滅生命，還會給活著的人們留下無盡的痛苦與創傷。精神正常的人絕不願與這魔鬼為伍，只有利令智昏的瘋子狂人才會與它結伴同行。作家寫戰爭小說，讀者喜愛讀戰爭小說，並不是嚮往戰爭，而是試圖瞭解戰爭、研究戰爭、認識戰爭、學習戰爭、制止戰爭，以至消滅戰爭。

我還想讓大家認識戰爭不以人們的意志為轉移，只要世界上存在國家和民族，它就不可能消亡。至今，家庭仍然是人類社會的細胞，人類還是以群落居住方式相互依存。有家庭便有家庭利益，有群落就有群落利益，國家利益和民族利益是家庭利益、群落利益的最高形式。有利益必有紛爭，有紛爭必導致戰爭。對戰爭無法逃避，只有拿起武器，用戰爭消滅戰爭。

我更想要告訴大家，英雄首先是人，軍人也是人。沒有人對戰爭不懼怕，也沒有一個英雄生來就想犧牲當英雄。邱夢山和他的戰友們同樣是父母所生的有血有肉的人，不是神，同樣有七情六慾。面對戰爭這個魔鬼，他們同樣恐懼，誰都不願意無故犧牲。在戰場他們跟敵人作戰，同時也在跟自己作戰，他們要把七情六慾擰合成一個意念——愛國、愛民族、愛人民。邱夢山他們令人敬愛，不只是他們英勇作戰，收復失地，讓祖國領土完整，拯救邊疆人民於水火，更感天動地的是他們同時在孝敬父母，摯愛妻子和孩子，渴望享受人間的美好生活。這種孝敬、摯愛和渴望客觀自然地融合在為國家和民族不惜犧牲個人一切的行為之中，但集體英勇行動中，人與人之間存在著差異，英勇行為中包含著種種個人的意念，作家和文學的任務就是要真實地再現戰爭中各色人物的這種差異和個人意念。邱夢山和荀水泉都

是英雄，但他們是兩個性格完全不同的人；石井生和倪培林都非常英勇，但他們的英勇卻有很大區別；彭謝陽的懼戰與倪培林面對死亡突然的膽怯性質也不相同。儘管邱夢山和他的戰友們在戰場上思想各異，有一點卻是一致的，他非常清楚軍人的職責，戰爭的正義性要靠軍人用犧牲來捍衛。他們不願意無故犧牲，但他們絕不允許敵人橫行，不能眼睜睜看著百姓遭受欺凌，不能讓國家喪失尊嚴，不能叫民族蒙受恥辱，於是他們穿槍林、過彈雨、蹚雷陣，赴湯蹈火，義無反顧。他們明白，勝利之路是用軍人鮮血鋪成；犧牲三個戰友，消滅五個敵人，就是勝利；犧牲自己，守住陣地，就是勝利。在魔鬼面前，要麼戰勝魔鬼，要麼被魔鬼吞噬，別無選擇。軍人的職業就是與魔共舞，無論他們是英雄，還是戰俘，他們都在為國家與民族而戰，社會和人們對軍人應該多一些理解，多一點愛。

我還想告訴大家，英雄主義是國家之魂，是民族之魂，是軍隊之魂，是軍人之魂。戰爭絕不是遊戲，是你死我活的相互殘殺，非常慘無人道（當下的敘利亞戰亂，已有兩萬餘人喪生）。和平生活是人類生存的常態，戰爭是人類生存的非常態。作家對戰爭的思考是多方位的，思考最多的還是一個國家、一個民族、一個人（無論軍人還是普通老百姓），從和平生活的常態，突然捲入戰爭生活的非常態，發生的是怎樣的逆轉；再從戰爭生活非常態轉入和平生活的常態，又是怎樣的一種恢復。在這兩種狀態轉化的環境下，國家、民族和人如何生存？該怎樣生存？這正是作者藉以小說中人物想要表達和告訴廣大讀者的東西。我想讓大家明白，一個不崇拜英雄的國家，不可能是英雄的國家；一個不崇拜英雄的民族，也不可能是英雄的民族；一個不崇拜英雄的軍隊，更不可能是英雄的軍隊；一個不崇拜英雄的人，他不可能成為英雄。邱夢山是這兩種狀態轉化下的一個典型。戰前戰中，他無疑是一個名副其實的英雄連長；戰後，他成了戰俘，他從你死我活搏殺的戰場走進了另一個「戰場」，他一直在以軍人的身分，為自己的尊嚴在與世俗觀念抗爭，在與歧視他的人抗衡，在與自我爭鬥。用邱夢山的話說：「軍人可以承受流血犧牲，絕不蒙受恥辱；軍人可以丟腦袋，絕不丟尊嚴」。「真英雄不只是戰勝敵人打勝仗，而且在經受失敗挫折時還能像個男人活著！」

我還想要大家明白，軍隊赴戰場作戰，人民是後盾靠山。正義的戰爭都是人民的戰爭；人民的戰爭更離不開人民的支持。邱夢山和他的戰友們在戰場流血犧牲，岳天嵐、曹謹、依達就是他們的精神支柱，一想到她們，他們就無所畏懼，英勇無比。他們有一個心念，為祖國而戰，為民族而戰，也是為自己的親人而戰。可世俗

中的人們，相當多的人並沒能真正明白這個道理，有一些人的情感有點麻木，邱夢山他們犧牲也好，流血也罷；痛苦也好，鬱悶也罷，似乎一切都與自己毫無關係。我在第十章「天道」裡寫到邱夢山去邊界烈士陵園給犧牲戰友祭典，看墓老人發感慨說，咱中國人現在不缺吃，不缺穿，也不缺錢，只缺一樣東西，缺心。中國年輕人缺不忍心，缺羞恥心，缺辭讓心，缺惻隱心，缺感恩心，快成空心人啦。邱夢山離開烈士陵園時，心裡非常鬱悶。他孤寂地走在山野裡，對著空曠而荒涼的山野悲憤地喊，沒有心哪！都成空心人啦！空心人啊……

乾隆在穹覽寺碑文中寫道：「萬機偶暇即窮經史，性理諸書，臨池揮翰，膳後即較射觀德，以安不忘危之念，此乃大略也。」乾隆避暑之中尚且不忘習武練射，居安思危。假如讀者讀了這部小說，在國泰民安的幸福日子裡，還能想到有些國家對我國崛起始終心存敵意，我們的釣魚島還被人佔著，春曉油田常常受別國飛機、軍艦的騷擾，周邊國家對南沙群島居心叵測，巴拿馬運河還不是我們的安全國際通道，我們的同胞剛剛在湄公河上無辜遭人搶殺，這就算我沒白費心血。

目錄

第一章

天事

1

摩步團上上下下邱夢山最瞧不起營教導員李松平。邱夢山知道犯上沒好果子吃，但他就是瞧不起這個頂頭上司，而且把這話告訴了指導員荀水泉。邱夢山瞧不起教導員不是李松平工作能力差，是李松平的老娘受兒媳氣，哭著離開部隊回了老家，李松平竟沒管，邱夢山最鄙視娶了老婆不要老娘這種人。

十幾天前，邱夢山跟岳天嵐老師步入洞房，他驚訝自己跟岳天嵐一做夫妻竟也把老娘給忘了！結婚後才知道老婆的好，那美、那快樂、那舒服，娘不可比。但他還是瞧不起李松平，老婆好歸好，怎麼能忘了老娘呢！

中午，邱夢山和岳天嵐快活後，兩個毫無羞澀地精赤著身子攤手攤腳仰在床上幸福地喘著，相望著笑。岳天嵐側身伸手摸起床頭櫃上的手錶掃了一眼，轉身溫柔地央求，我走吧。邱夢山沒動，一身疙瘩肉在熱汗中淬了火上了油一般放著光，他眯起眼狡黠地說，再待會兒，我還要來一次。岳天嵐臉上浮出一層無奈，她只好找託辭，下午學校要開會呢。邱夢山有點賴皮地否定，又不用你做報告。岳天嵐努力找藉口，我得佈置暑假作業。邱夢山側過身來，伸手攬住岳天嵐身子哄，一會兒我騎車送你，保證開會前把你交給學校。岳天嵐拿食指弄著邱夢山胸脯上那塊紫色胎記，胎記有半截拇指那麼大，形狀像隻虎，暗紫色，記中長了一些絨毛。岳天嵐拿手指一邊撥弄著胎記裡那些絨毛，一邊心疼地勸他，日子長著呢。邱夢山不想放棄，只剩十六天了……

咚！咚！咚！砸門聲把兩人嚇一跳，兩人默不作聲，不約而同拿眼睛和耳朵伸向門口。

岳天嵐！部隊加急電報！

斗室裡颳起一陣旋風。邱夢山十分不情願地來到門口，把門拉開一道縫，探頭給郵遞員送去一臉不高興，彷彿是郵遞員故意搗亂。郵遞員不認得邱夢山，邱夢山什麼表情與他無關，他拿電報當餌朝邱夢山揚了揚，邱夢山被釣出門外。邱夢山在郵遞員那裡簽字接下電報，打開一看，「迅速歸隊」。四個字像四把錐子戳他的眼睛，他的腦袋本能地往後仰躲，腦子裡呼地竄出一串問號。

郵遞員離開的腳步聲把邱夢山從一堆問號裡拉出來，他轉身回了屋。岳天嵐躲在蚊帳背後探頭問什麼事，邱夢山推門上鎖，把電報扔桌上，三步來到岳天嵐跟前，重又把她抱起放到床上。岳天嵐心懸著，問是什麼事，邱夢山說做完了再說。岳天嵐估計發生了大事，這時候她當然只能迎合邱夢山。邱夢山像撈回虧欠一樣瘋狂地動作起來，床和蚊帳立即給他們當啦啦隊，歡快地歌唱舞蹈起來……

這封電報讓蜜月啤嚓中止。荀水泉搞什麼搞！蜜月都不讓度完，什麼破事要拍這種電報！邱夢山一邊嘟囔一邊擰毛巾擦身子，一肚子牢騷。軍令如山，別說新婚蜜月，死了娘老子都不行。岳天嵐拿過旅行包幫邱夢山整理衣服，電報是個謎，弄得岳天嵐心裡有點亂。會是什麼事呢？邱夢山說或許連裡出了大事，雞毛蒜皮諒荀水泉不會拍這種加急電報，要不就有緊急任務。岳天嵐異想天開地胡猜，她想到了打仗。邱夢山笑她天真，他倒是真想上一回戰場，可他們戰區的任務是駐守海防為津京看大門，跟誰打？

岳天嵐小鳥依人般戀戀不捨，做為丈夫邱夢山有了一份責任，很過意不去地軟下聲跟她話別，他沒時間去跟岳父岳母告別，讓她跟爸媽好好解釋。爹娘那裡，他到部隊後再給他們寫信。他直接去汽車站，趕晚上那趟火車，不能送她去學校，她也不必去送他。岳天嵐昂起頭，說她一定要去送他上火車。聲音不大，臉上那表情卻堅決得像把鎖。邱夢山新鮮地看著岳天嵐，發現她杏眼裡有東西在裡面一動一動閃亮，那閃亮的東西真厲害，邱夢山一遭見，心裡像鑽進一條毛毛蟲，那毛毛蟲專撓他的心尖尖肉，撓得他心裡好酸，酸得他渾身疙瘩肉都鬆軟。他急忙把話收住，再要說什麼那閃亮東西準噗嚕嚕滾出來。火車站在鄰縣，要乘兩個鐘頭汽車。大熱天，邱夢山不想讓岳天嵐再受累，晚上九點才上火車，深更半夜，再讓她一個人孤單單往回返他不放心。邱夢山只好放低聲勸她，不方便，別去了，也沒跟學校請假。岳天嵐主意已定，讓他拿自行車帶她先去學校，請完假再上汽車站。

邱夢山像重新認識岳天嵐似的看著她，其實他們相互間真還很陌生，三年戀愛除了見過兩次面，再就是一百二十二封信，再沒其他交往了。岳天嵐的小嘴噘著，眼裡的晶亮又在邱夢山心裡撓了一下，撓得他好酸好酸，他只好拉起岳天嵐的小手，兩人一起出了門。邱夢山蹬車馱著岳天嵐，嗖嗖嗖先到縣中請了假；再嗖嗖嗖到百貨商場，買了十斤奶糖、兩條菸；然後嗖嗖嗖到了汽車站。

2

邱夢山和岳天嵐坐長途汽車趕到火車站時背心都濕了，離開車時間不到半個小時了。邱夢山站門口往裡看，售票室裡密密麻麻擠著一片後腦勺。

售票室裡湧出的熱浪，氣味比廁所裡空氣好不到哪去。邱夢山拉岳天嵐避開門口，讓她在外面看著行李。有軍令在身，邱夢山沒法學雷鋒了，他側起肩膀，拿出軍人真功夫，一氣攻到窗口。邱夢山先遞上加急電報，再送上軍人通行證。

邱夢山冒著汗回到岳天嵐身邊，遺憾地告訴她只弄到一張硬座。岳天嵐卻很慶幸，還是軍人好，換了老百姓肯定買不上票。邱夢山買了張站臺票，什麼也顧不得了，提起旅行包，拉起岳天嵐，救火樣進站上車。

岳天嵐讓邱夢山一到部隊就給她寫信，告訴她是什麼情況，免得她掛心。邱夢山讓岳天嵐一放假就到部隊去休假。岳天嵐擔心連隊裡沒地方住，邱夢山告訴她連裡有小招待所。

兩個人正情意綿綿難捨難分，岳天嵐突然尖叫起來。邱夢山這才發現月臺上人在往後移，火車已經開動。邱夢山拉起岳天嵐的手拼命往車門口擠，乘務員恰鎖好車門剛拔出鑰匙。

下一站是益州，一百多公里。下車後也不知有沒有火車往這邊來，即使有車也不知是幾點，回到這裡也沒汽車了，上哪去找旅館住？岳天嵐急得雙手抓著邱夢山跟孩子一樣跺腳，怨他只顧說話不顧車。邱夢山一點沒著急，他當機立斷，讓她乾脆提前休假一起去部隊！岳天嵐說不服自己，學校還沒放假，她也沒請假，自行車還在縣汽車站，也沒帶換洗衣服，送丈夫下不了火車，學校同事知道了會落下話把。這些在邱夢山這裡全是雞毛蒜皮，核心問題是不能把老婆一個人丟在半道上不管！岳天嵐還是猶豫。邱夢山讓她放心，一下火車他就先給學校打電報請假，跟學校說她一個人到部隊休假路上不方便，他臨時有緊急任務要回部隊，決定提前幾天一起同行。然後再給岳天嵐弟弟打電報，讓他去汽車站把自行車扛回家，換洗衣服這就找商店買，邱夢山三下五除二把問題全解決了。岳天嵐也不再反對。

3

邱夢山一走下火車就聞到了火藥味。

這趟車下來了不少軍人，一個個行色匆匆，下車就相互打聽情況。邱夢山本能地反應部隊有緊急軍事行動，但他沒像他們那樣一驚一乍，回到連隊全見分曉。邱夢山和岳天嵐先奔車站郵局給學校拍電報補假，再乘公共汽車去了百貨大樓，給岳天嵐買了換洗衣服，再找餐館吃飯，然後踏踏實實奔汽車站乘公共汽車回部隊。

部隊大院裡人來人往，腳步匆匆，卻又看不出在忙什麼。邱夢山沒急於去瞭解任務，先得安頓岳天嵐。一踏進軍營邱夢山便成了連長，走路兩腳生風，岳天嵐小跑才跟得上，她也沒空再提疑問。

連隊招待所小院在這大院盡頭的西北角，小院裡四間房都空著，除了風聲和蟲鳴鳥叫，這裡沒一點人氣兒。邱夢山疑惑著把旅行包放到第二間屋門口，他讓岳天嵐在門口等一會兒，他去拿鑰匙。陌生讓岳天嵐膽兒變小，她拽著邱夢山的胳膊要跟他一起去連隊。邱夢山自然不能帶她去連隊，他只能哄她，軍營裡一窩子兵，女人在兵們面前太顯眼，營區絕對安全。岳天嵐只得央求他快去快回。

荀水泉聞聲拍著巴掌迎出門來，邱夢山問他是什麼緊急任務，荀水泉做了個端槍動作，說赴邊疆參戰。哐當！這話幾乎把邱夢山砸暈，他傻在那裡一時不知說什麼好。他估計到了演習，估計到了救災，估計到了搶險，估計到了出大事故，千估計萬估計，沒估計到上戰場。岳天嵐反猜到了，他還笑她天真。邱夢山在心裡跟自己彆扭起來，做為軍事幹部，判斷失誤不是一般錯誤，是失敗。要是在戰場上判斷失誤，必打敗仗。一時間，邱夢山慚愧得心裡發慌，慌得手都不住地顫慄，他從來沒有過這種感受。他想到自己整天研究《孫子兵法》，還總在連隊軍事課上顯擺，強調軍人軍事才能集中表現在判斷上，司馬懿中諸葛亮空城計、馬謖失街亭、關雲長敗走麥城，都是判斷失誤所致。結果自己對這種重大軍事行動居然判斷錯了。他不甘心，竭力為自己辯護，跟荀水泉說，上級這個決定，太不合邏輯！邊境在數千里之外，大仗早打過了，剩下收復零星失地這麼點小仗，竟要調動咱們J軍，這不是殺雞用牛刀嘛！

邱夢山這牢騷讓荀水泉驚駭，怎麼可以說出這種消極話呢？軍令如山，人家佔著咱領土，還在殘殺咱邊民，一連之長怎麼能抱這種情緒呢？他荀水泉要是動歪心思把這些話捅上去，你邱夢山吃不了得兜著走。儘管荀水泉跟邱夢山並不那麼哥們，但他們畢竟是同鄉，一個車皮拉到部隊，又同年考入陸軍學院，再一同回到摩步團，三調兩弄兩個湊到一連成了搭檔，荀水泉比邱夢山大一歲，說起來是哥，他沒那麼壞。再說現在要一起上戰場了，就要一道去同生死共命運，他不能這麼做。荀水泉比邱夢山多參加了幾次會，知道的比邱夢山多，他當即警告他，讓他別再信口亂說，這是總部決策。國家國家，國和家一個道理。你想安居樂業，可有他一天到晚在你門口叫罵，今天砸你窗戶，明天往你屋裡扔黑石頭，你能不管？我國正在改革開放搞經濟建設，但沒有安定環境，改革建設怎麼搞？既然他們已經以我們為敵，那就打吧！誰怕誰啊？部隊多年沒打仗了，讓各部隊上戰場淬淬火，哪去找這種練兵機會。荀水泉虛張聲勢地指著嘴上兩個大水泡讓邱夢山看，說這兩天他已經急得雞頭亂旋，他能按時歸隊，他心裡就踏實了，得趕緊商量戰前訓練誓師大會，再拖要挨批了。

邱夢山沒把荀水泉這些話聽進去，彆扭仍懸在心頭，這個彎拐得急了，也太大了點，差不多把他甩出軌道，他那心思一時沒法收回來，他有口無心地應付著，說再急也得容他先把老婆安頓下來啊。荀水泉又驚得嘴張成了城門，怎麼把老婆帶來了呢？荀水泉明明在埋怨邱夢山。邱夢山心裡本來就彆扭著，荀水泉這話更是火上澆油。他反問，老婆不能來嗎？老子蜜月才度了一半！荀水泉沒法顧及老鄉面子，他說，幹部戰士一律停止探親休假了！臨時來隊家屬也都動員回了家，你這時候把老婆帶來不是反其道而行之嗎？邱夢山那臉一下拉成驢臉，誰也沒通知我不准帶老婆來部隊！怎麼著，現在就打票讓她回去？

荀水泉畢竟是指導員，事情的輕重緩急他明白，上戰場是壓倒一切的頭等大事，岳天嵐來隊是小事，他們之間不能為這小事頂牛。他隨即換了口氣，先不說這事，不知不為過，人既然來了，趕快去安頓。他特別囑咐，參戰這事對外還沒公開，千萬不要告訴老婆。安頓好了趕緊回來商量誓師大會，下午一定得搞，不能再拖。

通信員唐河扛著被褥蚊帳在前，邱夢山提著兩暖瓶開水在後，一路上他心裡仍彆扭著。當兵當到連長，他從來沒這麼彆扭過。這麼個邊界小仗，居然要調北方部隊去南方作戰，他怎麼也不理解。蜜月才一半，好不容易把老婆拽來部隊，屁股還沒擱到板凳上就要讓她回去，這話怎麼說出口！邱夢山沒法把自己這彆扭表現給岳天嵐看，進屋就跟唐河把兩張單人床拼成一張雙人床，藉口荀指導員有急事等他商量，讓岳天嵐跟唐河慢慢整理，沒等岳天嵐回應，他拔腿離開招待所回了連部。

李松平電話追到一連，查問邱夢山歸隊沒有。荀水泉趕緊報告連長已經歸隊，李松平要邱夢山接電話，荀水泉沒法隱瞞，如實告訴教導員連長把老婆帶來了。李松平發了火，都要上前線了，還新婚蜜月！腦子裡有沒有政治？讓她明天就走！荀水泉沒法給邱夢山頂這雷，只能和稀泥，領導這頭不能抗，先點頭應下再說。荀水泉剛放下電話，邱夢山進了屋。

搞什麼搞啊！邱夢山進屋接著牢騷。自從邱夢山知道荀水泉把他瞧不起教導員這事捅給李松平之後，邱夢山就不斷在荀水泉面前發牢騷，你不是愛打小報告嘛！那我就給你豐富素材。荀水泉自認自己這事做得不夠老鄉，為跟領導密切關係，一時沒管住自己的嘴，後悔也收不回說出去的話。邱夢山開始並沒在意這事，敢說就得敢當。再說和平時期，在上級領導面前給競爭對手上點眼藥，家常便飯。問題在李松平，他竟因此對邱夢山另眼看待，小鞋雖還沒找著機會給邱夢山穿，但對邱夢山時刻都在雞蛋裡挑骨頭，凡事只跟他公事公辦，這樣邱夢山跟荀水泉兩個怎麼能尿到一個壺裡？

荀水泉還是很念老鄉情，他也就是想跟教導員拉點近乎，並沒想要害邱夢山。兩個心知肚明之後，荀水泉在邱夢山面前就再硬不起來，眼下這事他夾在李松平和邱夢山中間好為難。現在是非常時期，發不得牢騷。荀水泉趕緊軟著口氣勸他，這種牢騷千萬別在兵們面前亂發。說實話，岳天嵐來得不是時候，領導絕對不會滿意，再要牢騷就真成了問題。荀水泉這話又嗆著了邱夢山心裡那彆扭，他估計荀水泉又把這事捅教導員那兒去了。他盯著荀水泉問，你彙報了？荀水泉坦白是教導員追來電話查問。邱夢山問，教導員損我了是吧？荀水泉搖頭說，只是提醒要注意影響，幹部戰士都停止休假了。荀水泉怕事情鬧僵沒說實話，可他越這麼說，邱夢山越肯定教導員在背後算計了他。邱夢山呼地拉椅子坐下，氣哼哼地說，你以為我想帶她來啊，是她送我上車，火車開動沒能下了車！荀水泉藉機放聲大笑，誇張地緩和氣氛。肯定是你小子摟著人家難捨難分耽誤了下車是不是？邱夢山沒不好意思，繼續牢騷道，她招誰惹誰了，做新娘子連蜜月都度不成，領導要這麼算計部下，我現在就請假送她去火車站，今晚就打票讓她回家！她要想不開，罵就罵，吵就吵，大不了離婚算球！邱夢山這麼說反將了荀水泉一軍，他知道邱夢山這牛脾氣，力可以出，汗可以流，委屈不能受。他急忙假裝生氣地說，不就這麼一說嘛！上前線這事對外還沒公開，岳天嵐剛到，立即讓她走，你怎麼跟她說呀？邱夢山本來就沒想好主意，荀水泉這麼說，他藉機就坡下驢。你是指導員，這事歸你管，讓她哪天走你定，我不管了。

邱夢山扔給荀水泉個燙手烤地瓜，接不得扔不得，眼下誓師大會是燃眉之急，他只好把岳天嵐這事擱一邊，先商量大事。他說軍、師、團、營黨委會都開過了，戰前動員全面鋪開，一個月臨戰訓練，一個月之後開拔前線，誓師大會其他連隊昨天就搞了，單等邱夢山回來，他想下午務必把它搞了。邱夢山壓下心事，拿出本子，把混亂思緒暫先裹起放到一邊，認起真來聽荀水泉介紹情況，荀水泉卻停了話。

邱夢山問他怎麼不說了，荀水泉說主要精神就這些，細說得一天，誓師大會教導員已經催了三遍。邱夢山很不滿意，平日說事婆婆媽媽沒完沒了，動真刀真槍了，反倒三言兩語。荀水泉解釋，形勢啊、意義啊、思想轉彎啊、現實問題啊、要求啊，那都是誓師大會動員內容，現在就不浪費時間了。邱夢山問幹部戰士都回來沒有，荀水泉說，只差你那寶貝弟弟一個了。

石井生長得像邱夢山一點不假，兩個人不光個頭相當，顏面、嘴、鼻子、眼睛哪都像，說他們雙胞胎沒有人不信。邱夢山當兵早，石井生當兵晚，別看一個是連長，一個才是班長，其實邱夢山只大石井生三歲，團長都把他們倆給搞混過。去年搞連戰術考核驗收，說好下午一點半開始。團長帶著參謀長、作訓股長準時趕到戰術訓練場，結果除了一個哨兵，陣地上再不見一人。團長火了，走過去責問哨兵。來到跟前，見是邱夢山頭戴鋼盔背支衝鋒槍在站崗。團長真來了氣，問他搞什麼名堂？想拿考核驗收開玩笑？哨兵向團長敬禮報告，說我不是邱連長，是三班長石井生。團長定睛看，才發覺眼前這人穿著士兵服，這才問，你跟連長是雙胞胎？他人呢？石井生說，報告團長，連長率全連已經在等待團長驗收。團長抬眼望，山野一片寂靜，突然一聲哨音驟響，全連各班從山野溝谷各處平地冒出躍起列隊，邱夢山向團長報告，第一個課目偽裝隱蔽完成。團長笑了，說你小子跟我打這埋伏。從此全連都說石井生是連長弟弟。邱夢山瞅著也覺得很有意思。石井生是孤兒，沒爹沒娘，也沒兄弟姐妹，他們還是同鄉。邱夢山說正好沒弟弟，白撿個也不錯。

邱夢山問石井生上哪了？荀水泉對石井生一直有看法，說邱夢山頭天走，第二天村裡來了電報，說他爺爺去世了。邱夢山皺了眉頭，問拍沒拍電報催。荀水泉藉機埋怨，電報同一天統一拍了，就他沒回，平時慣壞了，關鍵時刻瞪不起眼來，這類人是下一步思想工作重點對象。邱夢山明白荀水泉是說話給他聽，他沒計較，問誓師大會想怎麼搞，荀水泉說誓師大會主要是造聲勢鼓士氣，能把氣氛搞上去就行。他先傳達上級命令，然後做思想動員，接著由一班長倪培林代表一班向各班發起挑戰，各班再應戰表決心，挑戰應把氣氛揚上去後由邱夢山佈置戰前訓練任務，最後集體宣誓。荀水泉說得胸有成竹。

邱夢山說不清為什麼對荀水泉的這個計畫打心裡反感，以往不管荀水泉搞什麼教育他從來不管，荀水泉愛怎麼搞就怎麼搞。今天他認真聽了，聽完之後感覺還是那一套，他一時又不知怎麼搞才好。他沒吭聲，站起來倒了杯水，喝了一口，又坐了下來，端著杯子愣神。荀水泉急了，說行不行你說句話，教導員等著回話，不敢再拖了。邱夢山沒管荀水泉著急，他只顧喝水，又不像渴，倒像在品茶。荀水泉發覺邱夢山結婚結變了樣，過去他幹什麼都快刀斬亂麻，要上戰場了他反蔫了，估計還在為老婆這事鬧彆扭，於是他大包大攬，說一切都他來辦，他只要佈置戰前訓練任務就行。邱夢山沒睬他，他不慌不忙地放下杯子，竟把荀水泉這方案給否了。

荀水泉覺得邱夢山情緒鬧大了，他真誠地勸邱夢山可別在這時候鬧情緒，要注意影響。打仗這事，誰敢消極？這是政治，千萬別擰著來。誓師大會已經落了後，官兵們思想已經波動起來，如果再不即時收攏，人心不知會散成什麼樣，等心散了再搞，麻煩就大了。這會要是再拖，不消極也是消極！邱夢山不高興了。誰消極啦？我認為這麼搞不行就是消極嗎？荀水泉真急了，我這麼搞不行？那怎麼搞行你說啊？邱夢山站起來一本正經地說，你沒打過仗，我也沒打過仗，但我知道打仗不是流血就是掉腦袋，嘴上說出花來不頂屁用，要來真傢伙，不能再搞虛頭八腦這種事，這個時候再糊弄人，等於拿性命開玩笑。荀水泉急了眼，我虛頭八腦，你真幹實幹，那你說啊！邱夢山說，我還沒想好。荀水泉說，今兒下午一定得搞，咱要再拖到明天，搞得天好，也得挨批。邱夢山扔下小本兒說，下午搞可以，怎麼搞，我再想想，一個小時後，我告訴你。

4

小屋裡靜得像囚室，靜得讓岳天嵐無聊。她似乎被撇到了天涯，鎖在了海角。一間十幾平方米斗室，除一張拼床、一張三屜桌、兩把椅子，屋裡再沒有任何東西。活兒都讓唐河給幹了，岳天嵐一個人在小屋裡無事可做，沒電視，也沒收音機，連張報紙都沒有，她只能面對白牆犯傻。

岳天嵐沒事找事，想給學校領導寫封信，可沒筆也沒紙，信也寫不成。想到連裡找邱夢山，又怕邱夢山不高興，他說過不要隨便去營房。岳天嵐頭一次感到無聊會讓人這麼難受。

岳天嵐只能盼邱夢山早點回來，越無聊，越急，時間過得越慢，她一分一秒挨到十一點鐘，邱夢山仍沒回來，岳天嵐積了一肚子氣。他回家那些天，她頓頓變著花樣給他做飯，他愛吃什麼就做什麼，上班天天大中午頂著烈日從學校趕回家陪他親熱。她到這裡，竟這麼晾她。緊急訓練任務，再緊急飯總得吃啊？岳天嵐不光氣，突然尿急起來，她不知道廁所在哪兒，也不知道軍營裡有沒有女廁所，她快憋不住了。

岳天嵐在院裡轉一圈，沒發現廁所，走出小院，大院裡都是一排排營房，她只好回到屋裡，想用洗臉盆解決。岳天嵐正要插門，唐河在院子裡叫嫂子，岳天嵐羞得滿臉通紅。

唐河送來了兩個饅頭，一份醋溜白菜和一份韭菜炒雞蛋。岳天嵐不解地問唐河，他呢？

唐河說，連長不回來吃了，下午要搞誓師大會，需要什麼跟我說。岳天嵐沒法再不好意思，再不好意思要鬧洋相，她很不好意思地問唐河軍營裡有沒有女廁所。唐河非常抱歉，倒像全是他的責任，他抱歉地解釋，這裡沒有專用女廁所，小院後面有個小廁所，不分男女，可以插門。飯菜要涼了，讓她快吃飯。岳天嵐不住地點頭，讓唐河也快去吃飯。岳天嵐目送唐河走出小院門，捂著小肚子衝出小屋，跑向小院後面……

岳天嵐解決了尿急之後，乏味地啃著饅頭。小屋門突然咚地被推開，岳天嵐嚇一跳，扭頭看是邱夢山。岳天嵐還沒來得及把怨氣醞釀出來，人已經被邱夢山抱在了懷裡。岳天嵐嘴裡還嚼著饅頭，嗚嚕嗚嚕說她還沒吃完飯。邱夢山急三火四，一邊抱岳天嵐上床一邊說，待會兒再吃，下午要開誓師大會……岳天嵐笑著說，你這是偷襲。邱夢山說，這叫忙裡偷閒見縫插針，速戰速決……

5

中午，兵們午睡正酣，唐河把哨子吹得尖厲刺耳，一長兩短，長尖短促。新兵怕號，老兵怕哨。軍號動靜雖大，但那是正常作息信號；哨子聲音雖小，卻是臨時信號，臨時信號多半是因有意外緊急情況。哨音一響，一班長倪培林和老兵徐貴平騰地彈起，新兵彭謝陽傻頭傻腦還躺那裡瞇著眼悄聲問徐貴平，正睡午覺吹哨做什麼？徐貴平看彭謝陽那傻樣，一邊麻溜穿戴一邊捎帶幽了他一默，說是不是吵醒你了？沒什麼大事，連裡搞緊急集合，你要是想參加就起來，要是不想參加就繼續睡吧。彭謝陽一聽緊急集合，一聲驚叫，他膠鞋洗了還沒乾，穿個褲衩就往屋外跑。倪培林一嗓子把他吼住，讓他先打背包，出去再穿鞋。彭謝陽只好乖乖地回來捆背包。老兵們已經千錘百煉，戰鬥動作熟練有序，穿衣、疊被、打背包、水壺、挎包、腰帶，一件件按序飛快上身。新兵們亂了套，有人找不著背包帶，有人找不著襪子，有人打了背包忘了備用鞋，有人背了水壺挎包丟下帽子，有人不停地問老兵，不斷地挨老兵訓……

石井生背著旅行包悠悠蕩蕩、郎裡郎當走進連隊操場，耳朵也遭遇了尖厲哨聲。一聽那哨聲他就知道是唐河這小子在顯能，哨聲短促、尖厲、刺耳，別人吹不出那動靜。石井生條件反射般加快步伐。拐過牆角，他發現連長和指導員全副武裝，背著背包，兵馬俑一般塑在宿舍門前。石井生不由自主地加快腳步。連長！指導員！我回來了！搞什麼呢？石井生一邊招呼一邊習慣性地把手伸進褲袋裡掏菸。

緊急集合！邱夢山這聲吼砸著了石井生那隻手，手伸進了褲袋但沒能掏出菸來，他看連長指導員那神態，啥也沒說，收緊腿肌，衝進一排宿舍。

一班長倪培林頭一個衝出宿舍門，邱夢山和荀水泉同時把目光一起投向倪培林，這小子幹什麼都精明，背包打得緊，形也好看，背包帶三短壓兩長，備用鞋鞋頭鞋跟顛倒對置——規範；水壺挎包腰帶軍帽，著裝整齊，東西齊全。荀水泉眼睛裡全是讚許。

邱夢山對倪培林發話：軍械庫領武器！倪培林感到意外，武器與兵一直分離著鎖在軍械庫，緊急集合怎麼要帶武器？他心裡猶豫著奔向軍械庫。

邱夢山不停地看表，一班集合全連第一，時間短，著裝齊，裝備全。石井生剛回來，但三班沒落最後，全連第三，保持了編制序列位置。三班背包整體沒一班好看，但比一班符合實戰，三班備用鞋全都是膠鞋，一班備用鞋有人是布鞋，穿布鞋怎麼上戰場。邱夢山發現了這個差別，看到了其中距離。荀水泉也用眼睛檢查著兵們的著裝，但他卻沒察覺到這種差距。

有幾個新兵把背包捆成一卷爛白菜，最後一個人出宿舍已經十三分鐘，等領完武器，全連集合用了十九分半鐘。邱夢山眼睛在冒火，呼吸一聲比一聲粗，但他什麼也沒說，一聲吼，帶著部隊跑步上靶場。

除了邱夢山、荀水泉和唐河三個，全連官兵都蒙在鼓裡。勤務排雖按邱夢山命令，事先悄悄將全身靶、半身靶、子彈和六百顆手榴彈運到了靶場，但也不知道要幹什麼。

隊伍齊刷刷在靶場站定，邱夢山站到隊前，他沒有開口訓話，卻拿眼睛掃描全連官兵。

邱夢山發現，這一百二十多雙眼睛裡，有興奮，有沮喪，有堅定，有疑慮，有勇猛，有膽怯，有單純，有複雜。他已用不著再看他們下面那兩條腿，從他們眼神裡他已經發覺有幾個新兵兩腿在止不住地顫抖，尤其是一班那個彭謝陽。他突然一聲立正，全連一百二十多號人千種萬樣意念迅即啪嚓停頓，一百二十多種不同體態唰地統一在立正這個規定姿態之中，一百二十多種紛亂心情、一百二十多個不同願望也全都統一到這聲命令之中，整體行動驅走了個人意念。英雄主義有一種整體慣性，一切跟它不一致、不協調的行為，都將被強制地統一為整體行為。

放背包！邱夢山接著又下達了第二個口令，每個人身上的背包都刷地落到身後，不論背包是正是歪，身體一律保持立正姿勢面對著邱夢山。稍息！邱夢山下了第三個口令。人稍息了，身體重心移到一條腿上，另一條腿又出稍事休息，但上身依舊保持立正姿勢。邱夢山向隊前邁了一步開了腔：

我們即將開赴前線作戰。這是國家大事！民族大事！是軍隊頭等大事！我在這裡不想強調崇高品質，也不想強調英雄主義，我只要大家明白一個簡單道理。人民子弟兵是人民養，人民子弟兵歸人民用，常言道，養兵千日，用兵一時。今天人民要用咱們了！你願意也好，不願意也罷，穿上這身軍裝，你就得聽號令，你要是不聽號令，那就觸犯軍法，就得按軍法從事！

邱夢山這些話把官兵們後腦勺裡那根弦一軲轆一軲轆地在擰緊，那一個個腦袋一點一點昂了起來，脊樑也一點一點挺直，大腿肌和小腿肌同時一點一點繃緊。

我不管你平時唱什麼調，是騾子是馬，今天拉出來遛遛。現在，咱面前還沒有敵人，我要你自己考考自己，看看自己拉屎橛子還是拉稀湯。三個項目，二百米運動中射擊，一百米障礙，手榴彈實彈投擲。勤雜排保障，一排射擊，二排障礙，三排投彈，然後按序交換。各排按項目帶開！

三個排長分別出列帶上隊伍各自跑向射擊場、障礙場、投彈場。任務把兵們腦子裡的空隙填滿，煩雜心緒被暫且驅趕，一個個心思都集中到眼前任務之中，三支隊伍步伐顯得十分整齊，腳步也踏得非常紮實。邱夢山跟著一排去了射擊場，荀水泉跟二排去了障礙場，副連長跟三排去了投彈場。

一聲哨響，一班十二名士兵貓腰撲向各自靶位，臥姿裝子彈。邱夢山發現彭謝陽和另一名新兵裝子彈像殺雞，手忙腳亂，兩手不住地哆嗦，子彈沒能一下壓進彈倉，有子彈掉到地上。沒等他們兩個裝好子彈，十個全身靶瞬即豎起，倪培林和幾個老兵眼疾手快開槍射擊。彭謝陽和那名新兵只放了一槍，靶子倒下了，失去了射擊機會。倪培林指揮兵們貓腰前進，半身靶出現，戰士們再次跪姿射擊。

一排一開火，三排手榴彈也轟轟炸響，障礙場上更是生龍活虎，火藥味讓靶場換了另一副模樣。

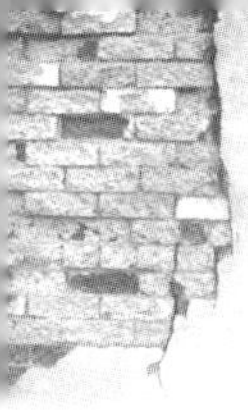

事情總這麼怪，越急越出事，急哪兒哪兒出毛病。從吹響哨子到進入靶場，十幾個班長數一班長倪培林最上心最著急，結果彭謝陽和另一名新兵第一輪輕武器射擊就各剩下兩發子彈，等於沒完成作業，成績可想而知。倪培林帶著一班撤回出發地，兩眼瞪得恨不能把他們兩個一人一口咬了。接著是三班射擊，石井生發現班裡幾個新兵緊張得手腳在篩糠，他扭頭悄悄地跟身邊老兵張南虎說了句話，張南虎再扭頭把話傳給身旁的新兵馬增明，馬增明再傳給另一個老兵，這話依次挨著隊伍傳過去，一個個兵們繃緊的手腳悄悄地放鬆下來。邱夢山不露聲色地走了過去，他終於聽清了石井生那句話。怕什麼？平時怎麼練就怎麼打！誰要打瞎了我跟他沒完！三班兵們射擊動作都很到位。

打完靶，邱夢山隨著一排上了障礙場。全副武裝過障礙，一班又有三個新兵拿出吃奶的力氣也沒能翻過斷牆，彭謝陽急得想哭。倪培林一著急，過獨木橋自己也掉溝裡了。邱夢山只看不發話。三班也有兩名新兵過斷牆時動作很難看，但好賴全都翻過去了。

邱夢山隨一排又去了投彈場……

6

岳天嵐睡著了，睡得跟嬰兒一樣天真無邪。這些日子覺缺得已經無法計算，坐了一夜火車，中午又讓邱夢山偷襲，短促突擊折騰了一番，渾身軟塌塌發懶，一躺下來就睡死了。

中午兩個人折騰完，岳天嵐想到要信紙和信封，還要邱夢山抽半天空，陪她進城置辦點鍋碗瓢盆，買些油鹽醬醋，她要開伙做飯給邱夢山改善生活，讓小日子過得有滋有味。邱夢山這邊正琢磨著找藉口動員她離開部隊，她這邊卻想踏踏實實紮下來過日子，兩下裡思路分了岔。邱夢山更不便提走這事，但也不能讓她有長住的打算。他就先搪塞說，信紙信封我讓小唐拿來，生活上就別麻煩了，反正住不長，在連裡打點吃算了。邱夢山怕岳天嵐纏磨，擔心一不小心露了底，扔下這幾句話，逃似的竄出門。

吃完東西，岳天嵐先給學校領導寫信，接著再給爸媽寫。寫完信岳天嵐又無事可做，她忘了讓邱夢山找點書來看。她把三屜桌抽屜都拉出來擦乾淨，把換洗衣服放進抽屜裡。放好衣服，她拿過邱夢山帶來的那只袋子，把袋子裡那些東西也放到抽屜裡。袋子裡有本書，岳天嵐如獲珍寶一樣拿起來看，是《孫子兵法》。書已經翻舊了，不知他反覆研讀了多少遍，上面做滿了注解，字有好幾種顏色。實在沒事可做，她就躺到床上看《孫子兵法》。

「兵者，國之大事，死生之地，存亡之道，不可不察也。」

邱夢山在一旁批註：兵者，不是單指軍人，而是指軍事；軍事不只是軍人大事，而是國家大事，天下大事；它對軍人來說，是生死對抗較量之所在；對國家、對民族來說，裡面包含著生存與滅亡之道理、規律；不能不重視研究……

看這種兵書味同嚼蠟，字一個一個從岳天嵐眼睛裡進，接著一個一個從耳朵裡溜走，讀了也等於沒讀，她一點都進入不了兵法的內容，更別說理解和體會了，看著看著兩眼皮友好地擁抱著黏到了一起，好得再也沒法分離。這一覺她睡了三個小時，睡得天昏地暗。她夢見自己迷了路，來到了一個陌生村莊，走進一幢奇異房子，她推開屋子大門，裡面一片漆黑，她嚇醒了。

岳天嵐一骨碌爬起來，看著這間陌生小屋，一時不知身處何地，她急忙下了床，拉開門，這才明白她來到了部隊。他人呢？怎麼沒回來？到團裡開會去了？她想起來了，他中午回來了，下午要去靶場。唐河說他們軍一個月後要去執行重大訓練任務。什麼重大訓練任務呢？岳天嵐好奇起來，別看她是女人，而且長得文靜，但自小對軍人、對戰爭特好奇，看電影也特愛看戰爭片，英雄和悲壯在她心目中特神聖，也許這就是她嫁軍人的緣由。她自小就崇拜英雄。

岳天嵐在小屋裡無聊得難受，她帶著好奇走出小屋，走進這神秘大院。這一排紅牆紅瓦平房，隔成了四個小院。四個小院裡都很靜，不見一個人影，連人聲都沒有，房子都空著。

前面一排也是平房，也很靜，不像有人住。她順著兩排房子間的通道往大院中間探索，房子盡頭橫出一條大路，水泥路面又寬又長，路兩邊也是一排排清一色紅牆紅瓦平房。她發現這個院子大得很，院子深處不斷傳來一陣一陣聲浪，那聲浪像潮聲，一波一波，忽近忽遠，忽高忽低，聽不清內容。

岳天嵐扭頭往左看，水泥路盡頭是大鐵門和崗亭，有哨兵頭戴鋼盔荷槍挺立在哨位上；往右看，水泥路長得看不到盡頭，中間似有好幾條橫道交會，不斷有兵過往。周圍全是陌生，岳天嵐不敢再往大院深處走，依舊回到小屋，重新拿起那本《孫子兵法》。

7

三項考核把摩步一連官兵逼近了臨戰狀態，當一個個渾身泥汗端正坐到背包上時，真有了誓師氛圍。

李松平沒看一連三項考核，不知是故意不想看還是確實分不開身，他似乎是卡著鐘點趕來的，一連官兵坐到背包上，他正好趕到，他挨著第一排坐到小馬紮上。荀水泉手裡拿著講話稿，站在靶場上露天搞誓師大會，他不好意思唸講稿，更想在李松平面前好好表現。

荀水泉分析連隊現實思想時，邱夢山開始端詳兵們。倪培林頭一個撞進邱夢山視線，他不只專注地在聽荀水泉動員，還認真地在記。這小子論說論寫什麼都行，只一個毛病，暈考場。不論什麼考試，走進考場，往那裡一坐，試卷發下來，鈴聲一響，腦子竟像電腦遭了病毒，不是死機，就是不接受任何命令。入伍前高考落榜，入伍後推薦考軍校還是名落孫山。考學不行，只能憑藉實幹。他確實能幹，個人軍事技術樣樣不差，行政管理井井有條，在荀水泉那裡是全連得力骨幹。邱夢山不討厭倪培林，但也不十分信任倪培林。他感覺他有點虛，倪培林像比賽速記一樣記錄著荀水泉每一句話，這就虛，指導員講話用不著記這麼細。平時事情做到六分，他能說成十分，裡面摻了四分水分。他對倪培林堅持用其所長，避其所短。

邱夢山目光一移，石井生跳進視線。石井生跟倪培林總是反其道而行之，他坐在那裡你看不出他是在聽指導員動員還是在想事，手裡倒是也拿著個本捏著支筆，可他一個字都不記。荀水泉對他特有看法，說石井生怎麼看怎麼不像個兵，十足一水泊梁山人。這也難怪，他娘在井臺上生下他，受風寒感染得了病，沒餵他幾天奶就撇下他走了。事隔五年，他爹上山學大寨打眼放炮劈山造田，中午躺在地上打盹，山上滾下一塊石頭偏偏就砸在他爹腦殼上，他再沒醒來。石井生跟爺爺兩個一老一小相依為命，自小沒人管束，養成了自由散漫習氣。邱夢山去徵兵，他爺爺央求邱夢山帶他去部隊，說要不當兵，這輩子連媳婦都娶不上。

一陣掌聲，荀水泉慷慨激昂地結束了講話，誓師大會轉入下一個議程，表決心。荀水泉提高嗓門說，一班是咱們連標兵班，他們要向全連各班發出挑戰，下面由一班長倪培林宣讀挑戰書，大家歡迎。

全連官兵一起鼓掌。倪培林在掌聲中精神抖擻地站到隊前，他剛要唸挑戰書，邱夢山站起來揮了揮手。得得得，三項考核，兩項不及格，跟誰挑戰呢？倪培林當頭挨了一棍，又像進了考場，頓時就暈了，他站在那裡不知如何是好。荀水泉沒想到邱夢山突然插這麼一杠子，弄得他也下不了臺，教導員在現場，這氣氛還怎麼造？李松平很不滿，但他要保持身分，不好當著官兵面對邱夢山發火，只能把臉拉長。邱夢山沒讓這場面僵下去，他給倪培林和荀水泉豎了一杆梯子，他說，別挑戰了，說點實在話吧。

倪培林聰明就聰明在這裡，他先發現指導員很難堪，再發現教導員很生氣，還發現全連戰友表情冷淡，他心裡沒了底，嘴裡也沒了話，要這麼收場，他沒上戰場就先敗了一回。倪培林不願意敗，他靈機一動，收起了挑戰書，接著邱夢山的批評往下說。他說連長批評得對，今天三項考核，我們一班兩項不及格，這反映了我們班的真實現狀，說明我們平時訓練不紮實，軍事技術不過硬。連長說了，現在面前還沒有敵人，沒敵人威脅就這個樣，上了戰場準拉稀！古人常說，兩軍相遇勇者勝。那是冷兵器時代，軍人憑意志、力氣、武藝就能決定勝負。如今是現代化戰爭，光靠勇敢遠遠不夠，我們必須練就現代軍事技術和過硬殺敵本領。

倪培林把全連官兵情緒煽了起來，荀水泉咧開了嘴，李松平那長臉也慢慢收短，連邱夢山也有些出乎意料。倪培林一看大家被他拿住，他兩隻腳板踏實了，情緒從腳底往上湧。連長說得好，養兵千日，用兵一時。現在國家和人民需要我們用戰爭來制止邊境騷擾，用武力來保衛國土完整和邊疆人民安寧。我們是人民子弟兵，為人民而生，為人民而戰，我們要用武力和犧牲來捍衛國威！捍衛軍威！但是與敵人作戰，不能只憑意志和口號，我們要以大無畏的精神投入臨戰訓練，腳踏實地，不怕苦，不怕累，以臨戰姿態磨練意志，苦練殺敵本領，為祖國，為人民立功！一班全體戰友！有沒有決心？！

有！一班全體戰士吼聲震天。倪培林這方面特有能耐，他故意把提問拖長音，拖長音同時提高聲調，讓全班兵們有運氣和準備的時間，所以那個「有」字回答得特別洪亮，特別有力。

荀水泉恨不得上去擁抱倪培林，他終於讓他調教出來，他趕緊用眼睛向倪培林送去讚許。荀水泉激動地站到隊前。好！一班決心表得好，那是他們站得高，想得遠，其他班接上。

一傢伙站起來三個班長，他們依次上前表了決心。倪培林還見縫插針，帶頭呼起相應口號。李松平被熱烈的氣氛感染，不由自主地朝荀水泉點頭。班長們爭先恐後搶著表了態，最後只剩下三班長石井生沒表態，可他坐那裡一點沒有想要站起來說話那意思。荀水泉點了石井生名，三班長，該你了！石井生沒動，懶懶地說，話，都讓他們添油加醋說完了，差不多一個意思，我就不說了吧。荀水泉不高興了，沒有態度怎麼行呢！快說！

石井生懶懶地站了起來，拍著屁股往前走，站到了隊伍前，他撩頭皮，不慌不忙地開了口：咱們就要上戰場了，說實話，誰能想到這輩子還會撞上這號事，上戰場可不是去搞演習，咱一百二十多號人上去，回來絕對不可能還是這個數，即使能回來也可能缺胳膊少腿，打仗總得有人流血犧牲，有人受傷殘廢，不知道大家怕不怕，我怕。

全連刷地一片沉默。荀水泉皺緊了眉頭，他趕緊扭頭看教導員，李松平朝他瞪了一眼，目光裡夾著火。荀水泉隨即再看邱夢山，邱夢山卻若無其事地看著石井生，他一點都沒注意荀水泉和教導員，只是專注地看著石井生。荀水泉坐不住了，站起來制止。石井生！你怎麼這麼說話！石井生笑了笑說，指導員，我不想說，你非要我說，我一說話，你卻又不高興了。教導員也在，我這人喜歡說實話，命一輩子只有一條，丟命誰不怕？李松平不在公開場合訓人是他一貫作風，他心裡早有了想法，但他不說，只是冷冷地看著，他要看荀水泉和邱夢山如何處理。營裡那輛吉普車飛速趕到一連誓師大會現場，營裡書記跳下車，直接跑到李松平跟前，不知說了什麼，李松平立即站了起來，他沒管石井生，只跟荀水泉悄悄嘀咕，說營裡有急事他得回去，石井生這種思想很典型，要好好組織批判，晚上向他彙報。李松平說完，急匆匆跟書記上車走了。

邱夢山一直注視著石井生，不鼓勵也不制止。荀水泉無法容忍地對石井生說，石井生！咱們是軍人，假如國家、民族和人民需要我們做出犧牲，我們應該義無反顧！石井生說，我話還沒說完呢！誰要說上戰場一點都不害怕，那是胡咧咧！不怕受傷，不怕流血，不怕死，那是口號，那是精神，不是內心感受。但是，話說回來，你怕又有什麼用呢？人家已經侵佔著咱國土，殺害了咱邊民，擾得邊民沒法過日子了，咱扛著槍，這事咱不管讓誰管？軍人能眼睜睜看著老百姓遭殃不管嗎？廢話我不想多說，一句話，穿了軍裝就別怕槍子炮彈，該著你穿槍林，你不穿也得穿；該著你過彈雨，你不過也得過；該著你蹚地雷陣，你不蹚也得蹚！連長說得最實在，你不聽號令，就按軍法從事！我已經想明白了，這就是命，想躲躲不開，想跑也跑不脫，與其怕，與其躲，還不如用心對待。不是說厄運和機會同在嘛，人生難得一搏。說實話，咱們都是農家子弟，出來當兵誰不是想找個好出路？可考學有名額限制，我是沒希望了，在座各位大概百分之九十五也都沒希望。但上戰場或許有希望，運氣不好犧牲了，那是烈士，是英雄，要是命大不犧牲，要是立了功，回來還有機會進軍校提幹呢！人生有了轉折，會有另一番光景。我看還是多琢磨琢磨那個戰場是個什麼樣，這仗到底怎麼打。至於上戰場是死是活，吹牛沒有用，害怕更沒有用，全憑你個人造化！一句話，多練點本領不吃虧，咱抓緊這個把月，好好練。不是說平時多流汗，戰時少流血嘛！這不是什麼口號，是實在話。要想不傷不死，就得多消滅敵人；要想多消滅敵人，就得有真本領；要想有真本領，那就得玩命練！練了本領歸個人，說不定能讓自己這命值點錢。

石井生說完，全連官兵沒人給他鼓掌，但卻都會心地笑了。只有邱夢山給他拍了巴掌。沒等荀水泉提議，邱夢山站起來走到隊前，調門不高，開口卻讓全連官兵瞪大了眼睛豎起了耳朵。

道理，指導員說了；態度，班長們都表了；口號喊了，醜話實話，也說了。平時怎麼著都行，如今是要去玩命了，別他媽跟我耍嘴皮子，別跟我玩虛的，有沒有真本事，你自己心裡得有數。大家給我手摸著胸脯想一想，就咱們連現在這德行，拉上去能打嗎？能打贏嗎？

全連官兵都嚴肅起來。邱夢山在隊前又朝前走近了一步。

射擊，百分之四十五多不及格；障礙，百分之三十多不及格；投彈，手榴彈倒是都投出去了，也聽見響了，可有人只投出不足十五米；集合，羊拉屎哩哩啦啦，最後一人出宿舍用了十三分鐘，全連領完武器集合站好隊十九分半鐘，一個空襲梯次早過去了，真打，我們早他媽都成灰啦！上戰場可不是訓練，戰爭也不像電影電視和小說裡寫的那樣充滿理想主義色彩，子彈長著眼睛不打你，專打敵人；敵人也是人，他們手裡也握著槍操著炮拿著手榴彈，他們不是豆腐，比你兇得多，論戰場經驗他們也比咱要強，他們這代軍人都是在炮火中長大。要照著電視電影小說裡寫的那樣去打仗，你就死定了！

全連官兵讓邱夢山說得後脊樑發緊。

從現在起，大家腦子裡給我記住一條，上戰場，你眼前一草一木都可能是敵人，你不奪他命，他就奪你命。動作，你得比敵人快；打槍，你得比敵人準；戰術，你得比敵人靈活；力氣，你得比敵人大；出手，你得比敵人狠；智慧，你得比敵人多。要是做不到這些，那你就只能被敵人消滅！

全連官兵都瞪起了眼睛。

毛主席他老人家說過，戰爭就是保存自己、消滅敵人。只有大量地消滅敵人，才能有效地保存自己。你們說，現在你拿什麼來保存自己，拿什麼來消滅敵人？戰前訓練不到一個月了，空話我不想說，你想消滅敵人，想活命，那你就好好練；想送命，想去見閻王爺，那就隨你便！集合回營房！

8

荀水泉發現邱夢山跟兵們一起站隊進飯堂，很過意不去。他追上悄悄拉拉他衣角說，你跟我賭氣啊！天嵐在那小屋裡囚一天了，你快回去跟她一起吃吧。下午誓師大會，邱夢山和石井生兩次讓荀水泉急得出汗，沒想到最後效果這麼好，他打心裡開始服邱夢山，過去只覺得他很有軍事幹部特點，做事嘁裡喀嚓乾脆俐落，下午才發覺他遇大事能沉住氣，做事情特有章法，而且壓得住陣，他是兵們的主心骨。打仗指揮員必須是官兵的主心骨，否則鎮不住陣，指揮員要鎮不住陣，指揮就會失靈，這傢伙或許是打仗的材料。邱夢山沒好氣地說，少來片兒湯，我倒是真想回她那裡呢，你不怕我渙散軍心？荀水泉搞不清他是說氣話給他聽，還是發牢騷。邱夢山一邊進飯堂一邊說，我告訴你，真實反應今晚上才開始呢，吃了晚飯，立即開排以上幹部會，統一思想，分工定任務。荀水泉扭頭看邱夢山，感覺邱夢山心比他還細，料事比他準，預見性比他超前。要在平時，他會不舒服，但現在要去玩命了，他不能不服邱夢山。

幹部會上，司務長說，晚上饅頭平均每人少吃了一個。三排長葛家興說，兵們幾乎都在寫信，也不知道他們寫了什麼。一排長說，有兩個新兵躲儲藏室裡插著門，不知在商量什麼。二排長說，幾個老兵在一起悶頭抽菸，後悔沒早點回家找個對象。

荀水泉強調，寫家信不得洩露軍事行動，就說參加軍事演習，可能一時不能跟家裡寫信。各排開黨小組會，發揮黨員骨幹模範作用，特別要警惕石井生那些醜話實話產生的負面影響，注意思想動向，一旦發現問題，即時報告。邱夢山只強調抓思想，骨幹要定人包乾，加強幹部查鋪查哨，不要怕戰士說心裡話，就怕戰士心裡有話不說。幹部要以身作則，給戰士做榜樣，要即時掌握每個戰士的真實心態。

開完幹部會，荀水泉推邱夢山回招待所。邱夢山沒跟他唱高調，也沒理他，他轉身去了一排。邱夢山走進一排宿舍，石井生正在給大家分花生和地瓜棗。邱夢山這才想起他那裡還有十斤糖和兩條菸，讓人去叫唐河取糖和菸。戰士們一聽有喜糖和喜菸，都拍手叫好。

邱夢山叫石井生跟他上後山，經過車庫，三班新兵馬增明在上崗，他向邱夢山和石井生行了持槍禮。邱夢山還禮時看了馬增明一眼，走過去後邱夢山跟石井生說，小馬挺單純，我看他沒大問題。石井生問，你找過他了？邱夢山說，不用談，看他敬禮的動作就知道。石井生有點不解地看邱夢山。邱夢山說，人心裡要是有事，靠腿動作不會是一秒，起碼得兩秒；胸也不會挺這麼起，腿也不會繃這麼直。石井生說連長就是連長。

邱夢山和石井生上山腰那塊棋盤石，已經有人在談心，拐彎去上馬石，上馬石也被人佔了，他們乾脆上了金頂。這個金頂沒法跟峨眉山那金頂比，叫金頂，也不過海拔二百來米。之所以叫金頂，主要是山頂上有幾塊黃色麻子岩，遠處看著黃燦燦放光，就叫它金頂。邱夢山和石井生在金頂岩石上坐定，夜風吹來，悄悄地把暑氣捲進了山溝，感到了涼爽。

爺爺後事辦得怎麼樣？邱夢山摸出一包雲菸給了石井生。石井生接過菸，咧嘴笑笑。石井生拆開菸，抽出一支遞給邱夢山，邱夢山擺擺手，他還是不抽菸。石井生就給自己點上，他沒急於回答連長問話，先猛地吸了一口，他的菸癮在連裡有名。他自己說八歲就跟著爺爺抽菸，因為爺爺抽生菸葉，他也抽生菸葉，至今他都不買捲菸，不只是錢不夠花，主要是捲菸勁道不足。他每個禮拜天進城，頭一件事就是給個人採購菸糧。每天熄燈號一響，他都是解開衣扣褪下褲腰坐到床沿上，從床頭抽屜裡摸出菸糧袋，裡面有捲菸紙，兩指寬一長，拿紙，捏菸末，捲，用舌頭舔唾沫黏合，幾秒鐘就捲起一支喇叭筒，點著吸上一大口，咽進肚裡，再慢慢讓菸從鼻孔自然回吐，然後才美滋滋地叼著菸脫鞋脫襪子脫褲子上床。上了床，背往床頭一靠，啦啦享受完這支喇叭筒，才心滿意足地脫上衣倒下呼呼大睡。清晨起床號響，他一個鯉魚打挺套上上衣，又是先從床頭抽屜裡摸出菸糧袋，同樣麻利地捲一支喇叭筒，點著吸上一口，才開始套褲子、疊被子。

邱夢山這一問，戳到了石井生傷心處，他吸著菸，眼睛瞅著別處，說他回到家，鄰居已經拿他們家門板釘了口棺材，只等著他到家入殮出殯，喪事第二天就辦了。他說爺爺很慘，只他一個孫子披麻戴孝，連墳都沒人哭。邱夢山聽了心裡發酸，問他為什麼不哭？石井生說，一個大男人，守著這麼多鄰居哭不出來，但出殯回到家，他關上門哭了兩個多鐘頭。

石井生連吸了幾口菸，把菸頭扔了。邱夢山看石井生眼裡噙著淚，換了話題。問他辦完爺爺後事，這十幾天怎麼一直在家糗著。石井生拉了拉嘴角，說本來想到縣城看他，後來想他新婚大喜，他戴著孝別去衝了喜。邱夢山問他怎麼沒跟自己一趟車回來。石井生扭頭看著邱夢山笑了，但笑得很苦。他說你結婚提醒了他，明年底該復員了，爺爺死了，復員回家一個人日子怎麼過，尋思找個物件。邱夢山問找著了沒有，石井生又點了一根菸，情緒很低落。找個球啊。邱夢山埋怨他，又不是買牲口，不提前鋪墊，這麼幾天怎麼能找上呢。石井生說目標倒是有一個，鄰居，自小就認得，爺爺出殯那天，他看到她掉眼淚了，她可憐他。但不湊巧，辦完爺爺後事想找她探探底細，她走親戚去了，到接電報那天晚上才回來。沒把握，不敢請媒人，又不好意思當面提，晚上悄悄塞給她一封信。信上說，可能要上邊界打仗，上戰場前，把心裡話告訴她，他喜歡她，要是她願意，他會一輩子對她好。等到夜裡十二點，沒等到她回音，耽誤了當晚那趟車。石井生說第二天一早他就趕去火車站，趕上了上午這趟車。火車就要開了，發現她趕來了，在月臺上挨車廂找。石井生把車窗打開，身子探出窗戶喊她，她以為要跟她說什麼，把頭湊過來，他乘機摟住她親了一嘴，她抬手打了他一巴掌。火車開動了，他朝她招手，她沒抬手，只是看著他，也不知道她什麼態度，也許不願意。石井生苦笑著搖搖頭，十分遺憾，怨自己不爭氣，沒好好上學，也沒好好幹活，口碑不好，估計她爹娘不會同意。時間又急促，要是再給他三天，興許能把她搞到手。邱夢山只能苦笑。石井生往腿上砸了一拳，說要是真犧牲了，還是童身呢！說邱夢山幸虧趕巧回去結了婚，要不也一樣是童身，要是犧牲了這輩子多虧啊。邱夢山說結了也有麻煩。石井生不解地看著邱夢山。邱夢山說萬一要是傷了犧牲了，不是把人家給害苦了嘛！石井生寬了心，說這倒也是，沒老婆有沒老婆的好處。

說來說去都是遺憾，邱夢山只好再換話題。問他會上那些話是不是心裡話，石井生說其實大家心裡都這麼想，只是悶肚裡不說而已，他不願意藏著掖著，可指導員教導員他們不愛聽實話，喜歡聽假話。邱夢山問他是不是真這麼打算，石井生真認邱夢山是哥，他跟邱夢山掏心窩，他孤兒一個，沒親人也沒家，心裡想當一輩子兵。可文化底子差，這輩子進不了軍校當不了軍官，要是不上前線，明年就幹到頭了，還得復員回家刨地種莊稼。這次上前線倒是個機會，要是命大不犧牲，立了功，回來興許能進軍校，要是提了幹，娶媳婦就不成問題。邱夢山聽出他這話是實話，讓他把這道理跟兵們說，只有實話才能讓大家心靠近。上戰場，戰友要是不心貼心，就沒法患難與共。

兩人正說著，有哭聲悠悠地傳來，夜風中哭聲傳得很遠很清晰。邱夢山警覺起來，聽聲音，不是來自右側棋盤石，也不是左邊上馬石，好像來自山下車庫。邱夢山縱身跳下岩石，讓石井生一起去看看。兩人急急地朝山下走，腳下生風，有點猛虎下山那勁。

9

軍人字典裡沒有哭這個字，軍營裡出現哭聲格外刺激人。邱夢山和石井生兩個跑了起來。哭聲確實來自車庫，聲音越來越清晰，是幾個人在哭。馬增明在車庫上崗，石井生肩上有了分量，他讓連長先回去，連首長直接出面不好，他先摸清情況再說。邱夢山要他慎重處理。石井生沒直接去車庫，先悄悄摸上崗哨，發現馬增明不在哨位，他再摸向車庫。小王八蛋！石井生發現是馬增明，還有一班彭謝陽、二班楊連松，三個同鄉席地而坐，像在比賽誰哭得動聽，哭聲一個比一個高。

石井生輕手輕腳摸到他們背後，先把馬增明放地上那支槍拿走藏起來，再悄悄來到他們三個旁邊，不聲不響挨他們坐到地上，突然也放聲大哭起來。啊！爹啊！娘啊！我要上前線打仗啦！好害怕呀！那子彈炮彈厲害哪！一碰著腦袋我就完蛋啦……

馬增明他們嚇一跳，都停住哭，不知所措地看著石井生。石井生見他們三個不哭了，厲聲吼了起來：哭啊！怎麼不哭了？把心裡那些鬼念頭都哭出來！三個新兵都低下了頭，不敢吱聲。馬增明！繼續哭！不是挺光榮嘛！還有彭謝陽，楊連松，一起哭！大聲哭，看誰哭得好聽，看誰哭得時間長，看誰哭得內容豐富！

石井生站了起來，毫不留情地開始訓斥。就這點出息啊！沒有鏡子，自己尿泡尿照照，看看自己是個什麼熊樣！馬增明委屈地說，不是我先哭，彭謝陽一哭，我忍不住也哭了。石井生一聽更火，我最瞧不起你這種包蛋！做了事還不敢承擔，你這軟蛋樣，上了戰場不是叛徒就是逃兵。彭謝陽，你說，為什麼哭？彭謝陽低著頭說，沒為什麼，說著說著，想到俺娘了，一想到俺娘，忍不住就哭了。石井生更火了，你不是故意氣老子嘛！老子生下幾天就沒了娘，五歲就沒了爹，你們有家有爹有娘還哭，我沒家沒爹沒娘該怎麼辦？你們說，我該怎麼辦？三個人讓石井生給鎮住了。石井生扭頭問楊連松，你呢？為什麼哭？楊連松說，我是怕見不著同學了，有點傷心。石井生問，是男同學還是女同學？楊連松說，女同學，也有男同學。石井生說，人不大，鬼不小，都有女朋友啦？楊連松不好意思地說，是，是女同學，還不算女朋友。石井生說，行啊！就你這熊樣，還沒上戰場就哭爹叫娘，你配交女朋友嗎？石井生轉過身來，對馬增明說，馬增明，你到車庫幹什麼來了？馬增明慌了，班長，我、我在站崗。石井生問，站崗？這裡是哨位嗎？槍呢？馬增明手忙腳亂起來，班長，剛才我明明放這兒來著，怎麼不見了呢？石井生說，擅離哨位，這是什麼錯誤？丟槍等於丟腦袋！我沒說過嗎？馬增明嚇得手抖起來，班長，我、我錯了……馬增明又哭了起來。

你敢再哭！石井生一吼馬增明當即收住聲。你們三個，一個個都是膽小鬼！承認不承認？三人低著頭不吭聲。你們這麼怕死，能上戰場嗎？三人還是低著頭不吭聲。石井生火了，你們啞巴啦？剛才哭得不是挺響亮嘛！你們是不是膽小鬼？說！三個都說不是膽小鬼。石井生說要證明你們不是膽小鬼，那就做給我看。三人一起問怎麼做，石井生問他們翻過山去，西北面那片地是什麼地，三人膽怯地說是墳地。石井生說要想證明自己不是膽小鬼，每個人到墳地轉一圈，從新墳頭上撿一塊墳頭瓦片來，沒有瓦片，紙錢也行。要撿不來，明天給連裡寫檢查，承認自己是膽小鬼。三人一起哀求，別讓他們去墳地，以後再不哭了。石井生不容商量，要不去就寫檢查，是向全連承認是膽小鬼，還是去墳地，由他們自己選。三人你看我我看你，還是決定去墳地。石井生提出要求，三個人必須分開走，馬增明第一個走，從金頂右側繞過去；楊連松第二個走，從金頂左側繞過去；彭謝陽最後一個走，從中間馬路直走去墳地。

三人在石井生的監督下，無奈地先後離開車庫去了墳地。

10

邱夢山走進連部，荀水泉尷尬地扣下電話，嘴裡嘟囔了一句，這個葛家興，真不像話。邱夢山奇怪，葛家興剛才開幹部會還挺好，怎麼轉身就不像話了呢？荀水泉把葛家興要求上軍區總醫院這事說了一遍。三排長葛家興前年在實兵對抗演習中腰椎受了重傷，在軍區總醫院住了半年院，去年一年沒犯，剛才突然來找荀水泉，說下午扔手榴彈，扭著了腰，老傷要犯，要求明天去軍區總醫院做檢查。荀水泉提醒他，非常時期，幹部處處要帶頭，小病得咬牙堅持，大病也得挺一挺，葛家興竟拉下臉走了。

邱夢山問荀水泉剛才是不是跟教導員報告了這事，荀水泉勉強地點了點頭。邱夢山說病情沒搞清楚，連裡還沒商量，怎麼就往上捅呢！荀水泉讓邱夢山說得很窘。其實剛才荀水泉不是為葛家興這事給李松平打電話，是李松平來電話追問下午誓師大會情況，又查問岳天嵐打算哪天離開部隊。這事荀水泉不敢瞞，他承擔不了這責任，只能如實說他們新婚蜜月還沒度完，岳天嵐不想離開部隊。李松平態度堅決，要岳天嵐明天立即離開部隊，他不讓荀水泉為難，讓他說是團營領導指示。荀水泉真為了難，讓岳天嵐走他開不了口，教導員的指示不落實又不行。邱夢山一回來忙到現在還沒跟老婆照面，下一步兩個人要並肩率全連作戰，於公於私，都不能跟邱夢山鬧僵。這個時候要是說讓岳天嵐走，邱夢山準炸鍋。他只好跟邱夢山繞圈子，先拿葛家興這事搪塞，說不過給教導員先下點毛毛雨，要是真犯病，進退好說話。

邱夢山卻不知道荀水泉心裡還憋著讓岳天嵐明天就走這事，他已經進入狀況，說從現在開始，他倆必須轉變作風，再要做表面文章糊弄人，非出事不可，幾個兵已經在車庫裡哭了。荀水泉一聽慌了神，問都是誰，邱夢山說石井生處理去了。荀水泉一口咬定是三班戰士，有這種班長，班裡不出事才怪。他說一班就不一樣，開班務會，一個個都表了態，態度都非常積極。邱夢山說荀水泉，不能再感情用事，這個時候不能再憑主觀印象看人，一切都要從實際出發。荀水泉說他總是護著石井生，他認為一次軍事摸底代表不了什麼。

荀水泉這些話，邱夢山越聽越不入耳，他一本正經地問荀水泉，士兵這個時候到車庫哭說明什麼？荀水泉說除了怕上戰場，還能有什麼？邱夢山又問他，這個時候你想不想老婆，想不想女兒？荀水泉無法否認。邱夢山說，人心都一樣，只要將心比心，什麼心情都能理解。他再問荀水泉，士兵有了心事，跟不跟爹娘說？荀水泉說什麼事都不會瞞爹娘。邱夢山再問他們為什麼不跟咱們說，卻要到車庫去哭？荀水泉說他們有思想問題，自然不敢跟領導交心。邱夢山再問，戰士有事不瞞爹娘，而不敢跟領導交心，是戰士有思想問題，還是咱們對士兵沒盡到父母兄長責任？

荀水泉被邱夢山說得一怔，他沒道理反駁，可心裡不接受。邱夢山說，這才是問題關鍵，要是我們跟士兵之間沒兄弟情分，士兵怎麼能跟咱並肩作戰？怎麼能跟咱生死與共？怎麼能鐵了心跟咱浴血奮戰？荀水泉被邱夢山問得無話可說，他承認邱夢山想得比他深，但那幾個兵哭絕對是怕上戰場怕死。邱夢山要荀水泉徹底轉變立場，重新明確責任，他負責練真功夫，荀水泉負責幫官兵解心結放包袱。

荀水泉完全處於被動，弄了半天，他成了全連問題關鍵，邱夢山一晚上都在教育他。他不想讓邱夢山太佔上風，不能什麼都他說了算，這樣上了戰場更沒法商量事。心裡話，你別只找人家問題，自己問題大著呢。他巧妙地把話轉到岳天嵐身上，說忙一天了，把岳天嵐也晾了一天，她該生氣了，快去吧，順便好好商量一下哪天走。教導員剛才來電話說明天必須離開部隊。

邱夢山瞪起兩眼盯著荀水泉問，他還說什麼？荀水泉說，他說這是團營領導指示。這話激怒了邱夢山，他朝荀水泉吼，你告訴他，我老婆明天不走，後天也不走，部隊什麼時間開拔，她什麼時間走。你們要叫她走，你們去跟她說。邱夢山拎起衣服，噔噔噔走出了連部。

11

邱夢山敲了三遍門，屋裡沒一點反應，他知道她不可能睡這麼死，她這是在跟他慪氣。邱夢山對著門說，要是不開門，我回連部睡啦？邱夢山故意把腳步踏得由近而遠。

這一招真靈，門呼地拉開了，岳天嵐連鞋都沒顧穿，探身就喊，回來！邱夢山從門口邊突然竄出，伸手把岳天嵐抱起進了屋。岳天嵐扭著身子繼續生氣。一身臭汗，快把我放下！邱夢山還穿著野戰服，白天的汗確實把它濕了幾回。邱夢山放下岳天嵐，脫下衣服，提起水桶和盆到院子裡洗身子。邱夢山回到屋裡上了床，岳天嵐側身朝裡躺著，給邱夢山一個後脊樑。邱夢山悄悄地在岳天嵐身旁躺下，輕輕撫她肩頭，讓她轉過身來，岳天嵐卻一動不動。邱夢山伸手摟她，想把她身子扳過來，岳天嵐扭著身子抵抗，她要把這一天的孤單和寂寞發洩給邱夢山。邱夢山知道她生氣了，一邊輕輕扳，一邊檢討。岳天嵐背著身說氣話，讓他買車票，明天她就走，不在這兒影響他工作。邱夢山心裡話，要這樣倒真好了，可邱夢山知道她是說氣話，他就藉機以玩笑說真事，說這樣也好，連隊確實挺忙，一個月演習訓練，一個月之後就開拔，她在這兒他也分不出身照顧她，天天生氣對身體不好，明天讓唐河去買車票，後天送她回去。岳天嵐呼地坐起來，她本來是想要脅他，沒想到他一點不在乎她。岳天嵐什麼也沒說，扭身下床，拉開燈穿衣服。

邱夢山看玩笑開大了，急忙坐了起來，問她這是做什麼，岳天嵐真動了氣，說現在她就走，騙子！老婆騙到手了，半個月就現了原形，那些甜言蜜語，全是騙人鬼話。邱夢山一看不好，這麼鬧下去可真要出洋相了。他趕緊下床，雙手抱住了岳天嵐。寶貝，跟你開玩笑哪！我怎麼捨得讓你走呢！岳天嵐來了勁，你就是想讓我走！我不信能忙成這個樣，打仗還有間歇呢！你回家，我天天中午從學校趕回來陪你，你倒好，扔下我就不照面！你看看幾點啦？哪個男人能這麼做？新婚就這個樣，往後還不知要怎麼虐待我呢！明天我就走！

邱夢山沒話可說，開不了口乾脆就什麼也不說。邱夢山不管三七二十一，把岳天嵐抱起，用吻堵住她嘴。岳天嵐緊抿著嘴，故意不回應，邱夢山不放棄，把她放到床上繼續進攻。邱夢山用耐心和毅力不懈努力，岳天嵐防線一點一點在鬆懈，逗著逗著岳天嵐慢慢失去了抵抗能力。邱夢山得寸進尺瘋狂起來。一個有心要表達歉意做補償，一個有意想撒嬌發洩一天苦悶。兩個人在這個小天地裡毫無干擾，無拘無束，再沒有矜持，更沒了羞澀，忽然間世界一切都消失，只有醉人的快感，刻骨銘心，綿綿悠長……

邱夢山十分矛盾，他跟苟水泉發牢騷並不是真不願讓岳天嵐離開部隊，一聽說要上戰場，頭一件事他就想怎麼讓岳天嵐回去，他牢騷是因為領導太官僚，不關心不體諒也就算了，反在背後算計他，貶低他，這對他是侮辱。但邱夢山做人有原則，牢騷歸牢騷，老婆該走還得走。他本想借開玩笑說出心事，沒想到岳天嵐讓他無法再開口說回家這事，但不說又不行，他只能一邊給她溫存，一邊變著法兒說事。他說，天嵐，這一次演習非同往常，真槍實彈對抗，半點馬虎不得。我會特別忙，真沒法照顧你。岳天嵐這時什麼要求也沒了，她說，沒關係，讓小唐陪我進趟城，我去採購些東西，買幾本書，我給你做飯，我只要跟你在一起就行。邱夢山努力想要她明白，天嵐，全團幹部戰士都已停止探親休假，臨時來隊家屬也都動員回了家，你看到沒有？各連招待所房子都空著。岳天嵐沒等他說完就說，不要緊，晚上你總能回來吧？中午要是有空，你就回來吃飯。岳天嵐往後退，邱夢山就向前進。他說，中午一般回不來，晚上要是有事，也不一定能回來吃，讓你在這裡自己照顧自己，真不好意思。岳天嵐說，我可以自己做飯。邱夢山不想讓她打長譜，別麻煩了，在食堂打點吃算了，這裡條件不好，我又照顧不了你，住幾天還是回去吧。岳天嵐一聽又急了，那我起碼要住到你們出發吧，沒有一個月了！邱夢山還是要放風，恐怕住不了這麼長。岳天嵐一下把邱夢山的話打斷，不，我就不走，我一直住到你們出發！岳天嵐爬起來，雙手按著邱夢山，要邱夢山答應。邱夢山沒辦法，只好說，我沒有叫你現在就走。岳天嵐說，叫我走我也不走！我是萬能膠，黏住你，誰也別想讓我們分開……

12

邱夢山用不著定時叫早，生物鐘已編定程式，無論多晚入睡，清晨一到五點五十分準醒，上下不差三分鐘。

邱夢山悄悄下床，回頭瞅岳天嵐，她依舊沉浸在甜夢之中。邱夢山很想親她一口，但他克制了，穿好軍裝，輕手輕腳地出屋帶上了門。

荀水泉已經在操場站定，昨晚不歡而散，兩人只用眼睛招呼一下，一前一後在排頭位置站立。早操課目是五公里越野，這專案最見步兵真功夫，除了速度，更需要強健的體質，還需要耐力和意志。各班隊伍刷刷刷按序帶到，頭一個報告的是倪培林，應到十二人，實到十一人，彭謝陽病了。邱夢山問，怎麼啦？倪培林說，昨晚，石井生班長命令馬增明、彭謝陽和楊連松三個，黑夜到後山墳地一人取回一片新墳頭上的瓦片，證明自己不是膽小鬼，可能著涼嚇著了。全連人忍不住笑。

邱夢山聽出倪培林在埋怨石井生，嫌石井生管了他們班閒事。邱夢山不喜歡倪培林這口氣，說知道了，讓倪培林入列。邱夢山和荀水泉同時發現，三排長葛家興沒出操。邱夢山跟荀水泉說，你帶部隊先走，我去看看。荀水泉覺得五公里越野更需要邱夢山，說全連越野訓練要緊，回來再說吧。邱夢山一揮手，領著隊伍上了路。

葛家興沒睡懶覺，他按時起了床，被子沒疊好又躺下了。葛家興是老排長，已經三十一歲，連排軍官訓練必須身先士卒，打仗更要衝鋒在前，按軍官服役條例，他這歲數當連長都到杠了。他沒提拔也沒轉業，都是因為他那腰病。清晨，葛家興彎腰疊被時，脊椎那裡一抽，痛得他不能喘氣，連腿都不能挪動，他沒聲張，雙手撐著床，咬牙頂了五分鐘，讓這陣痛稍鬆弛後，才扶著床沿轉過身來，重新躺到那張硬板床上。

邱夢山和荀水泉帶著部隊回到營房，除了一片疲憊的腳步聲，隊伍裡沒有一個人說話，汗把野戰服濕透了，一個個像淋了暴雨，野戰服濕淋淋地黏在身上。邱夢山站到隊前，他也沒再吼，只說，抓緊時間洗整，按時開飯，說完就解散了隊伍。

邱夢山把背包給了唐河，他轉身上了三排。葛家興躺在硬板床上，看到邱夢山進來，他沒動，只拿目光迎接。邱夢山看到了他那無奈和窩囊，非常平和地問，腰病又犯了？葛家興說話得勻著勁，我也沒想到它這時候來趁火打劫……邱夢山看出他不是裝。葛家興說，可能是昨天扔手榴彈扭著了老傷，椎間盤又錯位壓迫了神經，去年沒去總醫院定期檢查。邱夢山不再考慮別的，徵求他意見，上哪個醫院好呢？葛家興沒虛偽，說要想快，只有上軍區總醫院。邱夢山對病沒研究，野戰醫院近，先去野戰醫院急診看一下怎麼樣？葛家興知道這病厲害，不接受邱夢山這意見，他消極地說，領導看著辦吧。

荀水泉正在刷牙，滿嘴是牙膏沫，聽邱夢山說葛家興腰真犯病了，他不信，噴著牙膏沫說，會這麼巧？昨天剛提出上醫院，今天就動不了了？邱夢山不苟同，病誰也沒法預料，乾脆讓他留守得了。荀水泉說，留守由團裡統一安排，用不著營連考慮。邱夢山說，可以主動跟團領導反映情況，留誰不是留。荀水泉打心裡不願意遷就葛家興，他認為葛家興病根不在腰，而在腦子。邱夢山不贊同，他會不會想早點治療，好上前線呢。荀水泉聽不進，椎間盤要是出問題，半年出不了院，明打明是不想上前線。邱夢山說他不能懷疑自己兄弟，連自己兄弟都不相信，還相信誰呢？他跟荀水泉統一意見，直接送他去野戰醫院急診治療，爭取讓他開拔前回來，讓他留守。荀水泉從減少負面影響考慮，勉強同意邱夢山的意見。

全連正吃早飯，救護車呼呼隆隆開進了摩步一連。荀水泉指揮三排幾個戰士把葛家興抬上救護車。荀水泉跟葛家興說，不上野戰醫院，也不上軍區總醫院，先到師醫院檢查了再說。葛家興非常失望。荀水泉怕他誤會，跟他亮了底，說這是團首長指示。

彭謝陽正坐在床上吃雞蛋麵，聽到窗外汽車喇叭聲，伸頭看，見三排戰士抬著三排長上救護車，他把麵條擱下，在窗戶裡癡癡地看著，直到救護車開走。

13

倪培林不只恨彭謝陽，更氣石井生。班裡兵驢，他班長說、罵、打都可以，那是管，是帶；別人說，別人管不行，那是揭短，是挑刺。你石井生整馬增明，愛怎麼整怎麼整，與我倪培林無關，整彭謝陽不行，你管彭謝陽就沒把我倪培林放眼裡，就是狗拿耗子，而且手段那麼惡毒，沒打沒罵，動動嘴就把人給整趴下，真像是被鬼勾走了魂，成全連談資笑料。兵們私下裡還說標兵班養了條蟲，這種兵上戰場，槍炮一響，準拉褲襠！倪培林臉上很沒光彩。倪培林心裡憋悶，他不會抽菸，早飯後竟坐操場籃球架下那水泥砣上燻上菸了。

楊連松萎縮著身子來到倪培林跟前，他左手握右手再右手握左手看著倪培林不言語。倪培林抬頭掃了楊連松一眼，你杵這兒幹什麼？楊連松有些遲疑，彭、彭謝陽是嚇丟魂了。倪培林不知他什麼意思，丟魂？還有丟魂病？楊連松很肯定，有，我們老家常有人嚇丟魂。倪培林不信，胡扯！那你去幫他把魂撿回來呀！楊連松一本正經地說，班長，撿是撿不回來，只能叫，魂丟了可以叫回來。倪培林沒聽說過，叫魂！怎麼叫？楊連松實話實說，我不敢說，你們會笑我迷信，可小時候我娘常給我叫，沒嚇丟，怎麼叫都不應，真嚇丟了，一叫就應，靈驗得很呢！倪培林當然不信，扯淡！那你去給他叫啊！楊連松當了真，為難地說，班長，我進不了炊事班廚房。倪培林盯著楊連松看，叫魂進廚房幹什麼？楊連松點頭，只有在廚房灶台前叫才能弄清他丟沒丟魂。倪培林看他不像是說著玩，灶台前怎麼就會判斷他丟沒丟魂？楊連松照實說，我們那裡叫醮水碗，拿一碗清水放在灶臺上，拿一雙筷子豎在水碗裡，一邊叫，一邊拿水往筷子上撩，要是真丟了魂，叫他名字，兩隻筷子就能在碗裡立住，立住就是嚇丟了，立不住就沒嚇丟。靠灶台裡側立住，是嚇丟在家裡；靠灶台外側立住，是嚇丟在外面。如果真嚇丟了，叫了之後，讓他把這碗水喝了，魂就回來了，睡一覺就會好。倪培林忍不住笑了，你他媽搞什麼迷信！楊連松十分認真，班長，騙你是小狗。

倪培林看了看楊連松，看他不像是開玩笑。可他轉念一想，這種事他絕對不能幹，要是他幹了，會讓大家當笑柄。但楊連松這話不可全信，也不可不信，不妨試試。於是，他半推半就說你去幫他叫就是了，跟我說什麼。楊連松很為難，炊事班長不會讓我進廚房，更不會給碗筷。倪培林想了想，就手給他寫了個小字條。楊連松拿著字條去找了炊事班長，這邊倪培林讓彭謝陽起來吃藥。

真神了，彭謝陽喝了「叫魂水」，睡了一覺，出了一身汗，中午就好了。倪培林將信將疑，忍不住私下裡問楊連松，彭謝陽是不是真嚇丟了魂，楊連松告訴他，真嚇丟了，嚇丟在外面。倪培林聽了一怔，像是被楊連松這個新兵掐住了脈，他不想讓新兵號準脈，故意端起班長架子，對著楊連松吼，你扯淡，吃了藥，他能不好嗎？楊連松畢竟是新兵，而且參與了三人聚哭，不敢跟班長較勁，他沒爭辯。

彭謝陽很感激楊連松，吃午飯時，楊連松問彭謝陽感覺怎麼樣，彭謝陽什麼也沒說，伸出胳膊緊緊地摟住楊連松肩膀，兩顆腦袋親密地挨在一起。馬增明正好過來，警告他們兩個，以後別再這樣湊在一處，讓人家笑話。他們兩個覺得馬增明說得對，三個人隨即心知肚明地分開，但老鄉情誼卻更真更深了。

14

午飯還沒吃完，雷電大作，暴雨傾盆，兵們拍手跳腳誇這雨是即時雨。兵們在屋裡看著雨樂，不只是雨給他們帶來了涼爽，更主要是他們可以乘機喘口氣鬆一鬆筋骨。這兩天下來他們身子骨散了架一樣酸痛，這場雨好讓他們休息放鬆一下。

石井生脫下野戰服掛到床頭釘子上，野戰服上汗漬積起一層鹽花花。石井生上床先從枕頭底下拖出寶貝菸糧袋，捲了一支喇叭筒過菸癮。馬增明悄沒聲地伸手拿下石井生那套野戰服。掛那兒別動！馬增明剛轉身，讓石井生叫住了。馬增明愣在那裡尷尬地說，班長，汗濕透好幾回了，趁下雨我一塊兒洗。石井生吸著喇叭筒不緊不慢地說，讓你掛那兒你就掛那兒，你也別洗，趕緊上床睡一會兒。馬增明還想說什麼，看班長已經靠著床頭閉上眼睛，只好乖乖地把野戰服重又掛到床頭，上床睡覺。

石井生這一舉動招來一嗤鼻聲。那鼻聲哼得特輕，但石井生聽得清清楚楚。石井生知道那聲音發自倪培林鼻孔，他毫不在意，他覺得這不值得在意，他早看到倪培林在洗野戰服，倪培林這是故意做給他看。石井生不讓馬增明洗野戰服，倪培林則故意洗得格外起勁，搓得特別細緻，還故意多放洗衣粉。石井生抽完喇叭筒，攤身躺下，一閤上眼呼嚕即起。這更刺激了倪培林，感覺他這反動作對石井生沒產生作用，很來氣，搓得滿盆盡泡沫。

倪培林剛把野戰服上衣搓好，正搓褲子，唐河又把哨子吹得尖厲刺耳，全副武裝！不帶背包！石井生一個鯉魚打挺坐起，喊了一聲緊急集合。這喊聲似乎是單衝倪培林而去。倪培林氣得跺腳，一腳踩翻了臉盆。他只能把野戰服擰了擰，顧不得上面沾滿洗衣粉泡沫，忍著把濕衣服套到身上。石井生忍不住哈哈大笑，笑得倪培林十分惱火，笑什麼笑！石井生沒法回他話，看馬增明也在笑，就學著倪培林對馬增明吼，笑什麼笑！倪培林心裡更煩。

這場大雨是即時雨，這話該邱夢山說。邱夢山搜集了未來戰場相關資料，知道那裡山深林密，潮濕多雨，土黏路滑，恰恰與北方山禿林少，乾燥少雨，土鬆路爽相反。邱夢山一直在愁沒法讓臨戰訓練接近實戰，老天就給他送來了這場雨。

倪培林帶著渾身泡沫跑出屋子，荀水泉看著憋不住笑了。邱夢山沒笑，他看到了事情的另一面，他發覺幾個班長和不少戰士都跟倪培林一樣判斷錯誤，表面現象是下雨洗了野戰服，實質是軍人意識和判斷能力差。邱夢山沒當著大家說出這些，但他把這些人的名字都記在了心裡，指揮員指揮作戰需要掌握部下這些差別。大雨幫了倪培林他們幾個大忙，沒讓他更長久地尷尬下去，幾分鐘之後，全連官兵一個個都成了落湯雞。

邱夢山發出命令，以排為單位，目標團戰術訓練場，跑步前進！全連成四條龍從營房呼嘯而出。從營房到團戰術訓練場有六公里，以排為單位，就有了比賽意味。倪培林是一班，石井生是三班，一排由一班打頭，三班斷後。行軍不走尾，打頭跑一步，尾隨追三步，走尾累斷腿。石井生愛在肚裡做功課。走著走著石井生帶著三班從旁邊插了上去，他不想跟著一班屁股追，而要跟一班著賽。這一給倪培林添了壓力，隊尾跟排頭齊頭並進，用不著人說也是他慢了。倪培林想落下石井生，速度就得加倍。石井生卻使暗勁，看著他不跑不蹦，腳下卻有功夫，倪培林小步跑都甩不掉他，反而多費了力氣。還剩大約一公里，石井生不客氣了，他朝身後兵們一揮手，騰騰騰甩開腳步跑起來，不一會兒就把一班落下幾十米。倪培林哪丟得起這面子，他也喊了一句，跟上！跟石井生比了起來。

隊伍一氣衝進團戰術訓練場，倪培林沒讓石井生拉開距離，兩人打了個平手，邱夢山朝他們笑笑，投以讚許目光。倪培林已十分滿足，他心裡早有感覺，連長兩眼老對他發送疑問號，能接收到他讚許的目光，已十分知足。倪培林滿意地轉過身來。他一轉身，火又冒了上來，他身後只跟上來三個兵，其餘八個兵放了羊，還在後面拼命往這邊趕，再看人家三班，齊刷刷一個都沒掉隊，連馬增明都沒落下。搞半天，還是輸了。

邱夢山沒讓他們休息，發出了進攻命令。一排正面主攻，二排三排左右兩側輔攻，一舉拿下高地！勤雜排找地方造灶做飯，燒開水。出發命令一下，各排迅速行動。一排長分配一班在中間，二班在左，三班在右，成三角隊形向高地進攻。石井生提醒排長，三個排攻高地，實際是比爬山速度，三班速度可能比一班快點，是不是讓三班上三角尖，別人家側面上去了，咱們正面還沒上。倪培林毫不示弱，說你怎麼知道我們一班就比你們三班速度慢呢？石井生不動聲色地反問，剛才行軍你沒感覺到嗎？一排長不能看著兩個人在雨中鬥嘴，他當即下令出發，強調雖然是三角隊形進攻，但前三角還是後三角不受限制。有排長這句話，石井生一揮手帶三班衝向右側，他一邊跑一邊喊，散開，成一字形向高地衝擊，有本事給我衝到一班前面。

一排三個班，不像在跟其他排比賽，而是三個班內部在較量。三個班三角形進攻隊形沒能形成，成了潮，像一股綠潮往高地上湧。這股潮慢慢變成了一隻展翅雄鷹，左右二班和三班成為雄鷹翅膀，展翅飛翔起來，中間一班隊形拉長了，成了鷹身子。石井生一邊往高地快速登攀，一邊告誡班裡兵們，不要光心急，腳下要踩實，手扒地，抓住東西往上爬，別鬆手。馬增明正爬著，他左面有人發出驚叫，呼啦啦從上面摔下來，一直滾向坡下。馬增明定睛看，滾下去那人像是彭謝陽。他正猶豫要不要下去看他摔壞沒有，石井生在上面吼他，讓他快往上衝！馬增明不敢耽擱，立馬手腳並用拼命往上攻。

滾下去那人是彭謝陽，不知他哪個部位摔傷了，在下面閹豬似的嗷嗷叫。倪培林當然顧不了他，只顧領著全班向上攻。司務長讓衛生員過去照看彭謝陽。

邱夢山緊跟著一排，一邊往高地攻，一邊看著部隊進攻戰術動作。他發現三班整體身體素質和戰術動作強於一班。倪培林也一點不示弱，老天幫了他，在接近高地上部時，一班面前山坡平緩起來，他們可以弓著身子跑，乘機追上了三班和二班。倪培林搶到制高點上舉起衝鋒槍高呼，石井生沒有歡呼，衝上山頂他一屁股坐下舒坦地躺到地上，讓雨盡情地淋。

雨越下越大，邱夢山乘大雨再來個衝刺，指揮全連一鼓作氣拿下高地主峰。

15

邱夢山讓岳天嵐再一次銷魂之後，摟著岳天嵐慢慢跟她說葛家興住院這檔事。

他們回到營房前衛生隊長已來電話通報了葛家興診斷結果，四五椎骨椎間盤錯位，第五椎骨椎間盤凸出壓迫神經，必須送軍區總醫院，讓連隊去人護送。苟水泉看了電話紀錄有些內疚，他冤枉了葛家興。他想去送他，好讓葛家興消除誤會，可實在走不開，營裡也不會同意，幹部誰也抽不出，去個兵又不太合適，邱夢山跟衛生隊商量，讓他們去個醫生送，打了半天嘴仗，衛生隊長一口咬定他們只能去一個衛生員，連裡必須去個人協助照顧。衛生隊一個小丫頭是沒法幫葛家興上下火車的，連隊要不去人，葛家興誤會就更大。荀水泉抓耳撓腮想不出讓誰去送，邱夢山主動攬下了這事，讓荀水泉不用管了，由他來安排。荀水泉問他打算讓誰去，邱夢山沒跟他說。

邱夢山還沒把葛家興住院遇到的困難說完，岳天嵐呼地從邱夢山懷抱中掙脫坐了起來。你什麼意思？是不是想讓我去送他？自從體會到銷魂的滋味之後，岳天嵐對邱夢山的愛進入了一個新的境界，她一天都離不開他了。邱夢山也坐了起來，耐著心解釋。你也看到了，連裡忙得昏天黑地，抽不出一個人來。岳天嵐不理解，我要是不來，他就不住院了？邱夢山只能請求，天嵐，這不是碰著了嘛，葛排長必須得有人照顧才行，你就等於幫連裡一個忙，幫我一個忙，好嗎？岳天嵐不想離開，不！我不想現在就回家，我要等你們走後才回去。邱夢山真拿她沒了辦法，他摟著她，求她，天嵐，你躺下，有話咱慢慢說。岳天嵐很強，就不躺下，不說好這事就不躺。邱夢山沒了招，只能摟著她說軟話，他也不想讓她走。岳天嵐更來了勁，說他騙她，不想她走為什麼還要她去送葛排長。邱夢山只能掏心裡話，說三百六十五天，恨不能天天陪著她，天天伴著她。但他是軍人，是摩步一連連長，身後有一百二十多號士兵。岳天嵐不明白，他當連長，身後有士兵跟她有什麼關係？邱夢山耐著心解釋，真槍實彈實兵對抗，要不把部隊訓練好，真會出人命。岳天嵐一怔。邱夢山說爹娘們把孩子送來部隊，是圖孩子有出息，要是讓他們丟命，怎麼對得起人家父母。他要她明白，她在這裡，儘管她不要他照顧，可他心裡不能不掛著她，他要求士兵們全身心地投入訓練，百分百地集中精力投入演習準備，他卻每天跟老婆親熱，士兵們會怎麼想，他又怎麼要求他們。

岳天嵐明白了邱夢山這些難處，她心疼了，抱住邱夢山哭了，她真不想走……邱夢山告訴她，葛排長已經跟荀指導員鬧了誤會，她要是能代表他們兩個去送他住院，或許會讓葛排長理解連隊領導的難處。岳天嵐抱著邱夢山說真不願意離開他。邱夢山這才直說，部隊為了完成好這次任務，營以上家屬已隨軍的軍官都不允許回家。說得岳天嵐沒話可說，只是流淚。邱夢山緊緊抱住岳天嵐，熱烈地吻著她。一個想安慰補償，一個要加倍奉獻，兩個再一次翻江倒海般運動起來。

16

石井生在操場碰見唐河哭喪著臉去食堂，問他是不是挨了。唐河看了看石井生，想說又沒說，拿著飯盒繼續朝食堂走去。石井生跟了上去，說有事不說悶肚裡會爛腸子。唐河要石井生絕對保密。石井生問他是連長有事還是指導員有事，要是連長有事就說，要是指導員有事就算了。唐河再一次看了看石井生，他知道石井生真把連長當哥，也最講情義，於是就告訴他連長要騙嫂子回家。石井生不解，為什麼要騙嫂子回家呢，兩口子是不是鬧彆扭了。唐河說連長怕嫂子知道打仗這事，擔心她在這裡影響工作，教導員已經在背後批連長了，不允許家屬再來隊，連長很生氣，賭氣藉機讓嫂子去送葛排長上軍區總醫院離開部隊，嫂子眼睛都哭紅了。

兩人正說著，忽聽有女人在喊連長的名字。石井生和唐河扭頭看，是嫂子，她一個勁朝石井生在喊夢山，弄得石井生很不好意思。石井生迎了過去，說嫂子，我是連長的弟弟石井生，有什麼事你說。岳天嵐定睛看，非常驚訝，他跟夢山竟會這麼像，認錯老公，頓時就紅了臉，說沒有事，不好意思地轉身跑回那小院。石井生愣在那裡，突然一把拽著唐河去食堂，說去找炊事班長給嫂子加菜，他掏錢。

邱夢山打算陪岳天嵐進趟城，給兩邊老人買點東西，想給岳天嵐一點安慰。團長要來檢查訓練，沒法請假，只能讓唐河陪她進城。岳天嵐沒有埋怨，她是教師，而且發自內心崇拜軍人，更崇拜英雄，什麼輕什麼重她心裡明白，儘管她割捨不了邱夢山，但就這兩天，她對邱夢山更瞭解了，體會到軍人跟老百姓就是不同，老百姓哪吃過這種苦，地方幹部哪操過這種心，她對邱夢山已經有了敬仰，她再一次慶幸嫁給了邱夢山，他是位優秀的軍人，他天生是軍人的材料，將來肯定有大出息。

團長檢查工作跟邱夢山一個思路，他要看戰前訓練實際效果，看兵們軍事技術和戰術有沒有長進。連隊被拉上營區靶場，班進攻戰術，行進間射擊，翻越障礙，所有課目都過了一遍，戰士們一個個泥頭泥臉全成了泥猴子。

團長訓完話走了，領導講話都不再用稿子，口氣也變了，只找問題，沒有表揚，訓到最後才說了一句，大家辛苦了，接著又說，現在多流汗，打仗才能少流血；現在多吃苦，上戰場才能少痛苦。

李松平隨團長也到了一連，他沒直接找邱夢山，私下裡卻問苟水泉岳天嵐走沒走。苟水泉沒了退路，只好編假話蒙他，說昨天已經跟邱夢山談好了，今天就送她走，不料岳天嵐水土不服，病了，又吐又瀉，只能緩兩天再說。李松平一臉不高興，不信任地看著苟水泉。苟水泉說要不一起去看看她，李松平自然不想去看岳天嵐，苟水泉知道他不會去看才這麼說。

苟水泉送走李松平，邱夢山找他，跟他說彭謝陽心裡有鬼，得好好摸摸他的底。然後告訴他岳天嵐去送葛家興住院，苟水泉既感激又尷尬，這事邱夢山對他肯定不會滿意，想做解釋。邱夢山讓他少來這一套，他最討厭不琢磨事，瞎琢磨人，讓他趕緊向李松平交差。苟水泉兩頭都沒落好，但這麼安排兩全其美，他可以向李松平交代了。

石井生提著菸糧袋湊過來，他捲了支喇叭筒遞給邱夢山，邱夢山沒接。石井生硬把喇叭筒塞給了邱夢山，說上了戰場，不想抽也得抽，早晚得抽。邱夢山接過菸，石井生又給自己卷了一支，點著了火。邱夢山吸了一口，突然覺得菸並不難抽。石井生也不管地上潮濕，盤腿坐了下來，他悄悄地問，真讓嫂子走啊？邱夢山一愣，抬頭看石井生，發覺這小子眼睛裡有刺，直愣愣地扎人，不遮不掩。邱夢山說送葛排長去住院。石井生笑笑說，是做樣子給我們看吧？邱夢山又一愣，這小子吊兒郎當，可什麼都看得明白。他也就實說，臨時來隊家屬都走了，她在這兒住著不合適，你沒有看法？石井生說，看法沒有，想法有。邱夢山問他有什麼想法，石井生很坦白，想做男人，要是能做一回男人再上戰場，死而無憾。邱夢山說，還是啊！戰爭只能讓女人走開。石井生說這樣太虧嫂子了。邱夢山說，虧就虧吧，比渙散軍心強。石井生說嫂子走，弟兄們該想什麼還想什麼。邱夢山說，我會讓你們沒時間想。石井生說，日裡沒時間，夢裡也想。邱夢山問班裡情況怎麼樣？石井生說，我們班問題不大。唐河是個好兵，彭謝陽腦子裡有蟲。邱夢山問，你看出什麼來了？石井生說彭謝陽從山上滾下去是蓄意。邱夢山問有什麼證據？石井生說他滑倒時抓住了一棵小樹，小樹並沒有斷，也沒被他連根拔起，是他自己故意鬆了手。邱夢山問倪培林知不知道這事，石井生說倪培林也許不知道實情，他訓彭謝陽沒訓到點上。彭謝陽故意摔傷自己，是不想上戰場，這種貨該訓，不訓上了戰場也是孬種，得把他腦子裡那條蟲摳出來才行，但倪培林沒掐準他那七寸，這時候捋皮毛不行，得紮筋骨，要揭他貪生怕死那根，讓他痛，讓他無處藏身鑽地洞才行。邱夢山問這事為什麼不跟指導員說，石井生說指導員不信任我，說了等於白說。邱夢山說不說怎麼會知道。石井生說，指導員是好人，但他總喜歡把兵推遠了看，生怕近了看不全，實際上遠了反容易看偏了，我只願意跟你說。邱夢山問他為什麼跟他近，石井生說因為你喜歡把戰士拉近了看，其實，近了看才看得真，遠了看肯定模糊。邱夢山問你怎麼看人，石井生說我喜歡把人剝光了看，那才看得實。

唐河拿自行車馱著岳天嵐進城回來，經過連隊營房，他指給岳天嵐看，說這就是他們連隊營房。岳天嵐扭頭看他們營房，因為是邱夢山的連隊，她感到格外親切。砰！一排宿舍裡突然傳出一聲槍響。唐河驚得差點把岳天嵐摔地上，他急忙讓岳天嵐下車，扔下自行車衝進一排宿舍。彭謝陽躺在床前地上，右手還拿著槍，左腿膝蓋那裡冒著血。唐河腦子裡嗡地響了個雷，他過去一把奪下槍。你這是幹什麼？彭謝陽恐懼地說，走、走火。岳天嵐疑惑地走進一排宿舍，看到彭謝陽躺地上，腿上的血往外湧，她嚇壞了。問唐河是怎麼回事，唐河讓她回招待所，他得去找連長。岳天嵐看彭謝陽腿在流血，著急地問唐河他這傷怎麼辦，唐河跑著到連部拿來急救包，子彈把左膝蓋打碎了，唐河跟岳天嵐一起給彭謝陽包紮好傷口，他背起那支槍，旋即騎車去靶場找邱夢山。

岳天嵐沒有走，她攙彭謝陽躺到床上。彭謝陽哭了，一邊哭一邊喊，我上不了戰場了！岳天嵐一驚，不是演習嘛！怎麼上戰場呢？彭謝陽哭著說，不是演習，是上邊界打仗，再過些日子就要出發了，我去不了啦！

邱夢山和荀水泉衝進屋，邱夢山沒顧及岳天嵐，一把揪住彭謝陽胸脯把他拖了起來，兩眼噴著火。說！怎麼回事？彭謝陽不敢看邱夢山的眼睛，膽怯地說，走、走火……荀水泉插上來問，槍裡怎麼會有子彈？彭謝陽說，那天打、打靶剩、剩下兩發子彈沒、沒交……邱夢山真火了，你混蛋！老子斃了你！岳天嵐看邱夢山像發怒的獅子一樣咆哮，她嚇壞了，雙手抱住邱夢山替彭謝陽懇求。

17

岳天嵐騰雲駕霧一樣回到那小屋，她心裡亂極了。他們真是要上戰場！怪不得要她去送葛排長，他是變著法要她回家，或許她到部隊當天，他就想讓她回家，可他說不出口。他會受傷嗎？他會犧牲嗎？他要是受了傷怎麼辦？他要是犧牲了怎麼辦？她不敢想。

晚上荀水泉一起跟邱夢山送她，炊事班長做了六菜一湯，岳天嵐什麼味都沒吃出來。她一點思想準備都沒有，她甚至從來都沒有想到過，做軍人妻子，還要經受這種痛苦，還要承擔這種擔憂……

岳天嵐一晚上在為彭謝陽擔心，不停地問邱夢山會怎麼懲處他，邱夢山告訴她，這事歸軍事法庭管，得先治好傷，然後再懲處。岳天嵐放心不下，問邱夢山估計會怎麼懲處他，邱夢山說，臨陣自殘跟臨陣脫逃、臨陣投敵一個性質，不過他入伍不久，可能會判刑，也可能遣送回鄉。岳天嵐很為彭謝陽惋惜，這麼小小年紀，這輩子前途就這樣毀了。邱夢山說他是罪有應得。

事情一說穿，邱夢山和岳天嵐反而都無話可說了。岳天嵐一直趴在邱夢山胸脯上輕輕地抽泣，邱夢山感覺任何勸慰都蒼白無力，他乾脆什麼也不說，只是摟著岳天嵐，哄孩子睡覺一樣輕輕地拍著她的後背。岳天嵐哭著哭著突然像瘋了一般吻邱夢山。邱夢山只能用全身心來愛岳天嵐。

邱夢山一夜基本沒睡覺，五點五十，生物鐘還是讓他準時醒來。邱夢山輕輕地起身，他側臉看岳天嵐，她眼角淚痕未乾，他真想再親親她，但他沒有，他不想驚醒她。邱夢山輕輕地抬腿下床拿腳找膠鞋，正找著，岳天嵐突然從後面抱住了他，原來她醒著。她懇求道，夢山，再給我一次吧。邱夢山沒法拒絕，他什麼也沒說，轉身與岳天嵐狂吻……

荀水泉看到邱夢山走來，他低下頭一句話也沒說。彭謝陽這一槍把他驚醒了，他也一夜沒睡，彭謝陽這事讓他想到邱夢山那些話，邱夢山要他調整思路，徹底改變方法，要他幫官兵解心結卸包袱。他沒下工夫去想怎麼調整，還是老一套，他沒能走進官兵心裡，一句話他自己沒真正進入臨戰狀態。這是政治事件，他指導員逃脫不了責任，處分肯定要挨，但他擔心的不只是處分，他擔心連隊還未出征先受挫，到了戰場怎麼辦……

各班一一把隊伍帶到邱夢山和荀水泉面前，發生了彭謝陽事件後，摩步一連全體官兵臉上都失去了笑容。邱夢山整理好部隊，下達了跑步口令。

等一等！聲音柔弱而悠長，卻像雷一樣在摩步一連操場炸響，把全連官兵驚呆了，煞住腳步扭轉頭看，大家愣了，邱夢山和荀水泉也愣了，是岳天嵐在喊，她穿著一條白色連衣裙向操場跑來。荀水泉趕緊迎了過去，問她有什麼事，岳天嵐請求地說，指導員，我能跟大家說幾句話嗎？荀水泉不知道她要說什麼話，心裡沒有一點底，只好問，你想說什麼？岳天嵐說，我想送送大家。荀水泉鼻子有點酸，連連說好。荀水泉轉身跑向隊伍，他發出口令整理好隊伍，然後帶頭鼓掌，讓大家歡迎岳天嵐老師講話。官兵熱烈鼓掌，邱夢山非常感動地看著岳天嵐，他真想跑過去把她抱起來。

岳天嵐很激動地站到了隊前，她向大家深深地鞠了一躬。她說，好了，大家不要鼓了。我是你們連長邱夢山的妻子岳天嵐，我們兩個很有緣分，我婆婆生你們連長時，夢見了山，給他起名叫夢山。他娘夢著那山就是我，我的名字中岳是山，嵐也是山。我們結婚才半個月，部隊加急電報催他歸隊，我送他上火車，多說了幾句分別話，結果耽誤了下車，我連衣服都沒有帶，稀裡糊塗就跟著你們連長來到了部隊。他騙我，說部隊要參加大演習，他分不開身，讓我回家，順便送葛排長去總醫院住院，我答應了。到昨天，我才知道，你們不是去參加大演習，你們是要上前線打仗！我很害怕，害怕得心裡發慌，脊樑溝裡發涼。打仗會受傷，打仗要死人，你們連長他要是受了傷怎麼辦？他要是犧牲了我怎麼辦？昨天夜裡我哭了半夜……

邱夢山沒想到岳天嵐會來跟戰士講這些，他感動得流下了熱淚。戰士們也流下了眼淚。

岳天嵐繼續說，我終於哭明白了，我是害怕，我是擔憂。我知道我不應該害怕，也不應該擔憂，更不應該哭！但是我不能不害怕，不能不擔憂，不能不哭！我想，你們爹娘，你們兄弟姐妹也都會跟我一樣！他們要是知道你們上前線打仗，也一定會像我一樣害怕，一樣為你們擔憂，一樣為你們哭！但是，我們絕不會拖你們的後腿！道理很簡單，當兵扛槍，就是要保衛祖國。敵人來打我們了，軍隊不去消滅敵人，還能叫老百姓去上戰場嗎？彭謝陽他錯了，軍人不保衛祖國，國家和人民還養軍隊幹什麼呢？敵人在殺害我們邊民，解放軍不去救他們，眼睜睜看著他們被敵人槍殺嗎？人家在污辱我們民族尊嚴，解放軍不去保衛，讓老百姓去保衛嗎？你們去吧！你們上戰場，家人也光榮！我們會天天想著你們，會天天為你們祝福，會天天為你們祈禱，我們等著你們回來，你們一定能勝利凱旋！你們去吧！早日打敗敵人，早日凱旋！

荀水泉和邱夢山帶頭熱烈鼓掌，官兵們一邊鼓掌，一邊流淚。倪培林突然振臂喊起了口號，官兵也都跟著振臂高呼，保衛祖國！殺敵立功！為親人爭光！口號聲響徹雲霄，威震山河。荀水泉感動地雙手緊緊握住岳天嵐的手。

就在這時，救護車開進摩步一連操場，唐河背來了岳天嵐的全部行李，全連官兵一起把岳天嵐送上車。邱夢山站在車門口向岳天嵐招手告別，岳天嵐忍不住從車裡撲出，雙手一下摟住邱夢山的脖子，兩隻杏眼熱辣辣地盯著邱夢山，邱夢山心裡掀著一股股熱浪。岳天嵐說，答應我，一定要回來！岳天嵐熱切地等待著邱夢山回答。岳天嵐這話讓邱夢山頭一次感受到了丈夫的那份責任，這時他才意識到，他除了要率全連官兵去完成歷史使命，盡軍人和連長職責外，他還是岳天嵐的丈夫，他不僅有個爹娘生身之家，現在還有一個愛巢，除了承擔孝敬贍養爹娘這份責任外，他肩上還擔負著終生呵護妻子、熱愛妻子、讓她一生幸福這份責任。邱夢山毫不猶豫地回答，天嵐，我一定回來！等著我。岳天嵐緊緊抱住邱夢山，熱烈地吻邱夢山。

救護車開動了，石井生帶頭喊了起來，嫂子！再見！大家跟著一起喊，嫂子！再見！荀水泉喊敬禮，全連官兵向岳天嵐敬禮。

岳天嵐流著淚，把頭探出窗外，向邱夢山招手，向全連官兵招手，她聲嘶力竭地喊，你們一定要回來！我盼著你們凱旋！你們爹娘兄弟姐妹都盼著你們凱旋！

第二章

天職

摩步一連這條龍，讓彭謝陽這小王八蛋一槍打成了一條蟲。他若是只把自己個人打上軍事法庭，倒也沒什麼可說的。但事情沒這麼簡單，邱夢山、荀水泉、一排長，還有倪培林，他們招誰惹誰啦？一個個都跟著挨了處分，連摩步一連都連帶著讓他給毀了。

軍列像條巨龍晝夜兼程，一路綠燈，滾滾向前。列車前半截是載人悶罐，車廂沒有窗戶，不見一個人影；後半截是載裝備的平板，坦克、自行火炮、各式榴彈炮，炮筒一律下傾十五度耷拉著覆蓋在偽裝網裡面，圓鼓溜丟顯不出半點威嚴和氣勢，連那車輪聲都沉悶得分不清是喘，還是在怨。

摩步一連憋悶在第五和第六節悶罐車廂裡，一路沒出歌聲，沒有笑聲，連說話聲都沒有，一個個都蔫著。出事第二天，軍保衛處、檢察院、軍事法院和師保衛科一齊蜂擁而至，車一輛接一輛在摩步一連連部門前排了長隊，連操場邊白楊樹的葉兒都驚得憋住氣不敢飄動。不是摩步一連少見多怪，伏爾加、上海、皇冠、紅旗，什麼車沒來過？何況這北京吉普！可別小看這北京吉普。車不一樣，任務也不同。那些高級轎車是送首長來視察，是來誇他們，是來獎他們。車越好，官位越高；官位越高，一連名氣就越大；高檔車來得越多，一連就越牛。這些低檔車雖只送來保衛處副處長、法院副院長、檢察院副檢察長、保衛科副科長，都是團以下軍官，車不好，官也不大，可他們是來辦案！是來治罪！找誰誰倒楣，誰見誰頭痛。

彭謝陽躺在病床上成了一攤爛泥，爛泥也沒人可憐，當場就被撕了領章，摘了帽徽，當罪犯看守起來。昨天還是寶貝新兵蛋，今天就成狗屎堆。他是自作自受活該，但撕他領章，等於撕摩步一連全體官兵的臉皮子；摘他帽徽，等於摘摩步一連那些錦旗獎狀。全連進飯堂像進追悼會會場，吃飯像吃藥。

荀水泉蔫得最沒人樣。他上車就胃痛一樣一屁股坐在悶罐車車廂中間那車門處，悶頭抽菸，一支接一支地抽。車門關著，但關得不嚴實，留著一道縫，陽光從這縫隙裡鑽進來，射到荀水泉臉上，一閃一跳地逗他玩。這時候別說陽光，只怕女兒逗他他都不會開心。荀水泉蔫不只是挨了處分。處分誰也不會喜歡，雖是替彭謝陽承擔領導責任，但別人檔案袋裡沒處分，你有，提職升官就有說法，就得往別人後面排。李松平想幫荀水泉一把，逮著機會對邱夢山公事公辦，抓住了彭謝陽私藏兩顆子彈這個有力證據不放，把問題根子定到了邱夢山消極參戰、管理不到位上，荀水泉心裡更難受，李松平這時候越藉機給邱夢山小鞋穿，荀水泉就越難受。傻瓜都知道自殘是違抗軍令，是背叛，是政治立場問題，是人格問題，根在政治工作不落實，他荀水泉是政治指導員，是他工作不力，是他不稱職。而且邱夢山一再提醒他，別再搞虛頭八腦那些形式主義，屁用不頂，他心有抵觸沒當回事。連裡出政治問題，讓連長受過，他怎麼會心安？他對處分毫無怨言，但他承擔不起責任。一連那些榮譽和輝煌，是幾代人用血汗換來的，現在毀在他手裡，全部歸零！他怎麼承擔得起？

陽光繼續在荀水泉臉上舞蹈，他無心理會。要說委屈，他有一點，人家都雄赳赳氣昂昂奔赴戰場，他們卻背著十字架參戰，做什麼都成為將功補過，看著全連官兵跟著一起受過，他心裡痛。人有委屈倍思親，他想到了曹謹和女兒。開拔前，他一直想要給她娘兒倆寫封信，可沒能抽出空，也沒心情寫。到了那裡還不知怎麼樣，也許根本不可能寫信，這一去，萬一要是光榮了，連句告別的話都沒留下，太對不起她們娘兒倆了。荀水泉想到這事，心裡很酸，他扔掉菸頭，轉身拽過挎包，摸出筆、筆記本和紙，拿筆記本墊著，開始給曹謹寫信。

倪培林是摩步一連第二個蔫人。一班是第一撥上車，他是一班長，車廂旮旯角自然只能屬於他。這倒正合他的心意，這會兒他最怕跟其他班長挨著，尤其是石井生。平素裡他佔著一班長位置排名在先，出了不少風頭。這一回真讓邱夢山說中了，跟誰挑戰呢？倪培林蔫，全蔫在那個處分上。軍校沒考上，他把全部希望押在幹上。結果沒幹出功，反幹來個處分，他完全絕望了。倪培林倚著車廂壁，窩在那個車廂旮旯角裡再沒了生氣。

再數下來就是馬增明和楊連松兩個。他們兩個並沒挨處分，可他們跟彭謝陽在一起哭過，再沾著老鄉關係，自己就覺著脫不了干係。兩個人已噤了聲，一天到晚什麼話都不說，不是沒話說，而是不敢說。彭謝陽被開除軍籍，遣送回鄉，命雖還在，但跟死了一個球樣。不管在別人眼裡，還是在他們自己心裡，他倆跟彭謝陽半斤八兩，好不到哪去。明白了這些，他們兩個就自覺地取消了話語權，不說話比說話稍舒服一點。

全連有兩個人反常，一個是邱夢山，一個是石井生。兩人一上火車就呼呼大睡，像是十天沒睡覺了，要把本撈回來。石井生好理解，彭謝陽是一班的人，看著對頭倪培林挨處分，爽爽快快出了口窩心氣，這口氣一直想出而沒機會出。

邱夢山嗜睡讓全連官兵難以理解。他是一連之長，處分跟苟水泉一樣重，他也知道李松平在對他公事公辦，檢討比苟水泉多寫了四遍。儘管李松平在一連官兵面前沒有表現出要專門對付邱夢山一點意向，還公開檢討自己深入基層不夠，尤其對幹部思想問題遷就手軟，但在挖思想根子這一道程式上，李松平實際在跟邱夢山過不去。李松平早在心裡把彭謝陽問題根源定在邱夢山沉溺於愛情消極抵觸參戰上，他圍繞彭謝陽私藏那兩顆子彈，設計了一條挖根線路，要求邱夢山順著他設定的線路往深裡挖。邱夢山學習愚公一遍一遍地深挖不止，除了沒說個人反黨、反對參戰外，方方面面都挖到了，但始終沒挖到李松平設定的那深度，就是通不過。做為教導員，李松平一次都沒有直接與邱夢山面對面揭批，他只引導保衛幹事，讓保衛幹事誘導邱夢山挖。邱夢山自己再也挖不下去了，他讓苟水泉去探探那底在哪兒。苟水泉已經很尷尬，再不幫邱夢山他就沒臉做人了。苟水泉巧妙地從李松平那裡探到了根底，邱夢山聽了只能笑，他讓荀水泉傳話，給什麼處分他都接受，但要他在檢討裡寫沉溺愛情消極抵觸參戰辦不到，他沒這麼想，也沒這麼做，有能耐把他跟彭謝陽一起開除軍籍！荀水泉把這話降了調傳給了李松平，李松平悄悄讓保衛幹事設定了另一個問題——藐視工作組，全連都為連長抱屈。不知誰把這事捅給了團長，團長有點火，直接給李松平打了電話，讓他別再搞莫須有上綱上線，李松平這才收手。經歷這麼一場風波，他居然沒事兒人一樣，竟能一睡不醒。有一些官兵看連長這狀態，心裡發急，打仗勝敗關鍵在指揮，連長這狀態，這仗怎麼打？

邱夢山在睡覺，也不在睡覺；有時候在睡，有時候不在睡；睡著時，死死地睡；不睡時，醒著他也不睜眼。邱夢山不想睜眼，是不想看自己那些兵，也不忍看自己那些兵。看著全連這副敗氣，他生氣，想罵娘，但他這會兒不想生氣，也不想罵娘，他只願意暗自思量。有時候他在思念岳天嵐，想他們那些瘋狂，想他們那些甜蜜，想她回家後怎麼跟爹娘跟岳父母講。思念完岳天嵐，邱夢山再想彭謝陽這個小王八蛋。邱夢山一想到彭謝陽就恨自己，恨自己怎麼會敗在他手裡。邱夢山認為自己完全不應該敗給他，可又不得不承認真是敗給了彭謝陽！而且他再也贏不了這小王八蛋，他只能恨自己。不管李松平是什麼動機，他抓住那兩發子彈做文章沒錯。他恨自己心太軟，心軟是軍人大忌，對軍事幹部來說更是死穴。

邱夢山感覺有人在拽他褲腿，他把眼睛睜開一絲縫，見是荀水泉。荀水泉現在這張臉他最不愛看，比倪培林那張臉更不受看，邱夢山不以為然地閉上了眼睛。荀水泉再一次拽他褲腿，邱夢山揉了揉眼，盡情地伸了個懶腰，十分不情願地坐起來。幹嘛呢？連覺都不讓人睡啊！荀水泉小著聲說，睡一天一夜了，該補足了，再有一夜，就到那邊了。邱夢山沒好氣，早著呢，下了火車還得坐汽車。荀水泉的屁股再往邱夢山跟前挪了挪，聲音更小了，該收收大家的心了，想法提提神，打打氣。邱夢山不愛聽這話。你想收心就收，想提神就提，想打氣就打。荀水泉看邱夢山情緒不好，守著兵們沒法計較，仍低聲下氣地商量。還有件事必須做，每個人得把部別、血型、姓名填到衣褲口袋反面和軍帽裡子上那表格裡，要不負了傷會影響搶救，犧牲了沒法查明身分。這不是件小事，等於建個人隨身簡明檔案，戰場上只能靠這確認身分。軍衣軍褲軍帽，常服野戰服都得填寫好。這樣也等於收了心，讓大家思想上早一點進入戰爭狀態。邱夢山覺得這事該辦，出發前一切都讓彭謝陽搞亂了，沒顧得做這件事。但他仍是那腔調，說這屬於政治工作，你做就是了。

邱夢山一仰身子仍又躺下。荀水泉覺得邱夢山變得像一汪深潭見不著底，過去邱夢山心裡有話從來不瞞他，如今邱夢山不再信任他了，邱夢山在怪他，是他荀水泉連累了他。荀水泉心裡更不是滋味，兩個主官要統一不了思想，這仗可怎麼打啊？那要死人啊！荀水泉顧不得跟邱夢山溝通，他得先組織落實這件事。他振作一下精神，清了清嗓子，發了話，讓大家起來，把服裝都拿出來，把每件衣褲和帽子上那表格填好，他特別強調部別統一填摩步團一連的代號，千萬別填番號，戰場上更需要注意保密，責成班長挨件檢查，不能有半點差錯。

全連官兵都打開自己背囊，拿出衣褲軍帽，拿鋼筆圓珠筆填那表格，氣氛十分莊嚴。邱夢山仍舊躺著，也許他覺得自己這麼躺著不合適，翻身坐了起來，拿出軍裝也一本正經地填寫那身分檔案。邱夢山掃了一眼旁邊的石井生，發現他血型也是B型。你小子血型也跟我一樣啊！石井生叼著喇叭筒笑笑說，要不說兄弟呢！你要是負傷，我給你輸血用不著化驗。邱夢山說他烏鴉嘴，仗還沒開打就說不吉利話。荀水泉看有了這氣氛，心裡才鬆了口氣。

2

操場分別，岳天嵐完全被戰爭氣氛所感染，她不知不覺被帶進了另一個環境，一切都讓她感到那麼神聖，那麼高尚。她看著葛家興，看著身邊那衛生員，渾身激奮，彷彿自己也參加了戰場救護。

岳天嵐帶著這種激奮投入到送葛家興去軍區總醫院這個任務之中，她已經沒有一點離愁別恨，她讀懂了軍人這個稱呼。軍人不能不執行命令，軍人不能不保衛祖國，軍人對妻子感情再深那是私事，私事再大也是小事，小道理再有理也得服從大道理。岳天嵐與葛家興非親非故，但她非常清楚，她是連長的妻子，她是在替丈夫分憂。一路上她像服侍傷病員一樣給葛家興買飯、端水、洗水果，悉心照料葛家興。岳天嵐帶著這樣一種情意照料葛家興，沒想到葛家興卻不領情，無論岳天嵐為他做什麼，他居然不跟她說一句話，連個笑臉都不給。岳天嵐十分不解，她檢討自己哪做錯了？她真心誠意在幫老公做事，真心誠意在照料他，不敢有半點馬虎。難道是邱夢山虧待了他？就算邱夢山有什麼對不起他，讓自己老婆來送他也算可以了。

岳天嵐找不到答案，心裡很不舒服，但她沒計較，還是盡心盡力照顧他。火車到了站，岳天嵐和衛生員一人一條胳膊架著他下車，扶他上計程車，攙他下計程車，拿擔架車推他進醫院。岳天嵐所作所為葛家興都接受，就是不跟岳天嵐說話，也不給她好臉色。

岳天嵐本想在醫院陪他兩天，但發現自己服侍他並不能讓他快樂，就沒再自找難堪。岳天嵐和衛生員一起把他送進病房，幫他買了生活日用品，買了水果，安排好一切，然後向葛家興告別，葛家興居然連句客氣話都沒說。岳天嵐掃興地回家，一路上她更想念邱夢山。她想把一切告訴他，問個究竟，但他們已經天各一方。

車上到處是商人，一會兒有人來推銷襪子，一會兒又有人來推銷派克筆，還有人來悄悄地發展她當傳銷員，還有人勸她參加什麼會。軍營裡和軍營外完全是兩個不同世界，眼前這一切與她此刻的心情形成強烈反差，岳天嵐很不舒服。

女婿是半子，岳天嵐還擔憂，沒說幾句話竟掉起了淚。岳振華卻相反，家裡終於也有人在報效國家了，他說男兒墜地志四方，馬革裹屍固其常。岳天嵐跟她爸急，不要他開口就說不吉利話，什麼馬革裹屍，應該宣傳他們報效祖國義無反顧的那種英雄品質。岳天嵐目睹了彭謝陽這事後，邱夢山、荀水泉、唐河、石井生這些人，在她心目中都戴上了光環，她喜歡這種光環。人生像他們這樣才壯麗、才輝煌、才偉大、才燦爛。她要大家讚美他們，祝福他們。岳振華說夢山這小子行，是個將軍坯子，將來肯定會有大出息。岳天嵐竟笑了，父女兩個找到了共同語言。

儘管在假期，岳天嵐還是特意找校長銷了假。校長對岳天嵐先斬後奏很有些不滿，他有點漫不經心，問她怪怪地走，為什麼又怪怪地提前回來了。岳天嵐把邱夢山要去參戰這事告訴了校長。校長非常震驚，新婚送夫出征，那是戲文故事，竟發生在自己學校老師身上。惻隱之心人人都有，如今一片歌舞昇平，大家都在盡情享受生活，而岳天嵐丈夫卻要帶著部隊去流血犧牲，校長心生敬畏，他感到不該對岳天嵐不滿，校長便加倍說了許多安慰話。岳天嵐並不需要安慰，她倒希望校長能對邱夢山他們發出讚嘆。校長只是安慰，沒有讚嘆，岳天嵐有些失望。

岳天嵐沒把邱夢山上前線打仗這事告訴公婆，她知道公婆沒多少文化，也理解公婆與夢山那骨肉親情，她只說他要參加大演習，太忙，她在那裡不方便，只好提前回來。公婆一直把岳天嵐當仙女，見兒媳給他們買了新衣，還大包小包買了許多水果點心，他們反覺兒子對不住兒媳，專門殺了一隻公雞給兒媳吃，還讓她背回一兜雞蛋，說比城裡賣的那雞蛋香，弄得岳天嵐坐車都得小心提著雞蛋，生怕碰碎辜負了公婆一片心意，結果還是碎了三隻雞蛋。

岳天嵐回家後在教育局大院自己家住了一夜，她一夜沒能闔眼，睜眼閉眼，滿屋子全是邱夢山，一想到他心裡就激動，一激動鼻子就發酸，鼻子一酸眼淚就湧出來。她下決心不哭，她要為邱夢山笑，為邱夢山驕傲。於是岳天嵐第二天搬回爸媽家住，硬讓媽跟她做伴，生怕夜裡想邱夢山。

岳天嵐一天一天掐著日子算，她算還有幾天他們開赴前線。她發現自己犯了一個錯誤，只顧著分別傷感，忘了問邊界那裡地址，連信都沒法寫。她還想，上面不知怎麼處罰彭謝陽，夢山和指導員不知受沒受連累，還想夢山一定累瘦了。她意識到不能老這麼想，可跟老媽又沒有多少話好說，她忽然想到了曹謹。離開部隊時，荀水泉跟她說了妻子曹謹的工作單位，讓她們相互走動走動。

岳天嵐找到供銷社菸酒公司倉庫，曹謹正指揮著幾個工人在卸貨。岳天嵐看曹謹正忙，不好上前打擾，站在一邊看熱鬧。曹謹身材很不錯，不胖不瘦，該凸凸，該凹凹，凹凸有致，行動起來，胸脯、臀部、腿、胳膊，哪都富有彈性。看曹謹指揮大家幹活那潑辣瀟脫樣，還有那響亮的嗓門，不用介紹就看出她是頭兒，是個爽快能幹的人。曹謹發現了岳天嵐，兩個人素不相識，但曹謹察覺到她是來找自己，曹謹趕忙過去打招呼。岳天嵐做了自我介紹，曹謹笑成了一朵花，爽朗的笑聲傳出去一條街，聽說她從丈夫身邊回來，喜不自禁，趕忙打發人去旁邊商店買汽水和水果。

曹謹跟岳天嵐一見如故。岳天嵐急忙給曹謹說連隊那些事，從她耽誤下車說起，一直說到彭謝陽怕參戰自殘。曹謹饒有興味地聽著，其實她最渴望聽岳天嵐說說荀水泉。岳天嵐卻一點沒體會到曹謹這種心情，她只顧說邱夢山，始終沒提到荀水泉一個字。曹謹聽到彭謝陽自殘要被送上軍事法庭，手裡那汽水瓶啪地掉到水泥地上，汽水連同瓶子一起在地上開花，曹謹臉上那花朵霎時謝了。她去過部隊，跟荀水泉在一起那些日子，發覺他睡覺都睜著一隻眼醒著一隻耳朵，和平時期出問題責任大都歸政工幹部。曹謹這一驚駭，反過來讓岳天嵐震驚，她愣眼看著曹謹不知說啥好。曹謹走過來伸手把岳天嵐緊緊摟住，有兩滴東西掉到岳天嵐後背上讓她感受到了沉重。她不知道曹謹在想什麼，只好怪自己走得倉促，沒顧得幫指導員往家捎東西。接著她再誇他們，說他們太辛苦了，他們不只要對上級負責，還要對每一個士兵負責，明知要流血，明知要掉腦袋，可誰也不含糊。小時候老師講的那些英雄故事，不過是故事而已，他們才真是英雄。她為他們驕傲，為他們光榮。

曹謹感覺岳天嵐還像個中學生，天真可愛，邱連長能娶這麼個單純姑娘，也是福氣。曹謹已是過來人，她要岳天嵐明白，做軍人妻子，絕不只是光榮，更多的是孤獨、忍耐甚至痛苦。他們結婚三年，在一起不到五個月，三年中她只去過一次部隊，見了面恨不得把她愛死，分開了什麼事都不管不問，生孩子他不能回來，丫頭百日咳，他幫不上一點忙。現如今上了戰場，要是傷了殘了，咱一輩子受罪；要是犧牲了，咱成了寡婦，說句不中聽的話，想再嫁人都沒人要。

岳天嵐讓曹謹說得目瞪口呆，立時就失去了交談的興趣，回家路上岳天嵐對曹謹竟有些失望。

3

咣噹！火車煞車把兵們連同裝備全都震醒。前面就是戰場，誰都知道命重要，兵們一根根神經立馬緊繃，一雙雙眼睛都瞪成牛蛋，一個個從車廂中門蜂擁跳下。人、車、炮全在吼叫，月臺上一片忙亂。

邱夢山頭一個縱身跳下火車，雙腳沾地他就直奔營長。唐河背著衝鋒槍緊隨其後一步不離。邱夢山頭一個立到營長面前，其他幾個連長呼喊半天才找齊，這就是差異，邱夢山當然只能在心裡嘀咕。任務在月臺上下達，部隊由裝載開進轉入摩托化開進，成建制按作戰隊形向栗山挺進。邱夢山鐵青著臉回來，還不錯，十二個班長一個不落地已在月臺上等他，軍人就得有這素質。邱夢山宣佈按編制序列依次向栗山待機陣地摩托化開進，宣佈完任務他沒給荀水泉囉嗦的機會，一揮手喊了聲上車出發。荀水泉不解地盯著邱夢山，意思很明白，怎麼不讓他動員幾句。邱夢山只當沒看見，直奔連指揮車。裝備家當太多，兵們恨不能再生出兩隻手來，有了彭謝陽事件，誰還敢怠慢。

坦克、自行火炮、裝甲輸送車、炮車一輛接一輛呼嘯著從混亂中魚貫理出隊形，滾滾鐵流，塵土飛揚，如波濤湧向栗山。

栗山和壽山是我國境內的兩座大山，J軍接防前，栗山已被N軍收復，完全在我控制之下。壽山靠兩國邊境我方一側，仍被敵軍佔據著。栗山屬邊境後方，原先只有後勤倉庫坑道，沒作戰永備工事，N軍收復栗山后，在栗山沿線構築起工事，挖了防空洞與敵軍對峙。按總指揮部部署，J軍各部迅速進入待機陣地，熟悉戰場情況，等候命令接防N軍陣地。任務是堅決扼守栗山陣地，全面做好壽山反擊戰役準備，等待時機，一舉奪回壽山，把敵人趕回老家去。

摩步一連車隊開進栗山腳下一個村寨，這裡已是戰場邊緣，兵們仍沒感受到戰爭是什麼滋味，也不知道戰場是什麼模樣，只發覺這裡山深林密，到處是芭蕉樹、棕櫚樹、榕樹和藤蔓等亞熱帶植物。老百姓穿著各式民族服裝，男女都花花綠綠；房子是竹樓，零散得不大像村落。兵們顧不得看景，但也沒事可做，一個個只好精神緊張地握緊鋼槍，挺起胸膛，似乎這樣才顯示出他們是來打仗的，而不是在遊山逛景。那些傣族、苗族、白族姑娘們服裝美麗得像過年，格外引人注目，兵們以為她們是特意盛裝歡迎他們。

啪！一束鮮花打到石井生頭上，石井生條件反射地接住鮮花，他本能地扭頭看扔花人。哦！是位傣族姑娘，她穿著筒裙，頭飾是一朵豔麗牡丹，石井生感覺她比鄰居春杏更美麗可愛。石井生情不自禁地朝姑娘招了招手，姑娘居然舉起雙臂向他示意。汽車拉斷他們的視線，姑娘在石井生心中留下了一個影子。

轟！轟！轟！車隊還沒有開出村寨，突然一群炮彈起哄著飛過來，下雹子一樣往下砸，村寨裡硝煙四起。

下車隱蔽！

邱夢山一聲吼，摩步一連各班兵們跳下車向村口兩邊隱蔽。敵人炮彈沒遮沒攔四處飛舞，摩步一連對敵軍炮兵猖獗撒野沒一點脾氣。許多士兵嚇白了臉，兔子一樣鑽進路邊草叢樹下隱蔽，緊張得心裡咚咚咚亂跳。村寨裡有房子起了火，滿村寨雞飛狗跳，男女老少抱頭鼠竄，哭喊聲驚天動地。眼睜睜看著百姓遭殃，眼睜睜看著百姓房屋被炸塌燃燒，石井生丟開了恐懼和害怕。日你娘！當著老子面欺負我們老百姓，把我們當什麼啦？！救護老百姓！

邱夢山沒接到上級命令，他忍不住擅自向全連發出了命令。兵們顧不得個人安危，各班分頭衝向村寨。路邊已經有房子著火，石井生帶著三班搶先衝進房子救火，房子是木質結構，屋頂蓋的是茅草，燒起來乾柴碰著烈火，沒法救。房子裡有女孩子在哭喊。石井生拿水把身上澆濕，帶頭衝了進去。他見一個姑娘雙膝跪地抱著親人呼天搶地在哭叫，地上躺著一男一女，兩個都在流血。石井生二話沒說，先扛起男人衝出屋去，馬增明和張南虎一同架起受傷女人往屋外跑。房屋在燃燒，那姑娘還在裡面哭，石井生再次衝進大火，雙手把姑娘托起扛到肩上，從火裡衝了出來。放下姑娘，石井生一愣，竟是扔花那姑娘。

N軍炮兵開火還擊，一二〇、一三〇、一五二、火箭炮萬炮齊發，一群群火鳳凰飛向天空，怒吼著飛越栗山，飛向敵軍陣地，壓制了敵軍炮火。

石井生全班救出傣族姑娘一家，把大火撲滅，房子燒得只剩下一個空架子，房屋被徹底毀壞。衛生員趕來給她阿爸阿媽包紮，但兩個老人都已被炸死，衛生員無能為力。姑娘撲在阿爸阿媽身上哭叫，無論怎麼傷心，兩個老人再無法醒來給她安慰。三班除了石井生，一個個都跟著流淚，馬增明差不多也跟著哭了起來。石井生沒有流淚，他問姑娘家有沒有墳地，姑娘抬起淚眼，看著眼前這位解放軍大哥，她沒說出話又哭了起來。

石井生領著兵們幫姑娘埋葬了阿爸阿媽。姑娘自始至終一直趴在地上哭泣不止，石井生伸手把姑娘拉起來，跟她說，你別傷心，這仇我替你報，我向你發誓，我石井生要不親手殺死十個敵人，我就不是男人。敵人把姑娘害成孤兒，石井生知道孤兒是什麼滋味，他決心幫她討還這筆血債。姑娘抬起淚眼看著石井生，看著看著，姑娘突然撲通跪到石井生面前，朝石井生磕起頭來。石井生慌了，急忙扶起姑娘。他又說，你放心，我是解放軍，說話算話，一定會讓這些狗雜種加倍償命。

摩步一連緊急作戰會在待機陣地上召開。班長們聽邱夢山傳達完作戰任務，一個個臉上都是慌張。晚上八點開始交接陣地，他們團接守栗山主陣地，他們連接守前沿陣地。前沿陣地意味著什麼班長們都還模糊，模糊心裡就沒底，遇事沒底就心慌，何況這是戰場，是要去拼命。邱夢山看班長們那緊張樣心裡窩火，出了彭謝陽那事，團裡並不想把這任務交給一連，是他和荀水泉硬著頭皮向團長爭要，團長這才給他們個將功贖罪的機會。任務爭來了，可這任務絕不是挖條坑道，也不是去築抗洪大壩。前沿陣地有個無名高地，位置在栗山和壽山之間那片開闊地上，而且偏壽山一側。據N軍介紹，無名高地是栗山與壽山之間那二百多米開闊地上的一座堡壘，同時也是栗山與壽山間這條山谷通往東面河流之屏障，我國在二十世紀六十年代就在這裡打了坑道，建了永備工事，但據N軍說，上面只能駐一個班。無論誰控制它，對方每天都會拿成噸成噸的炮彈往這裡傾瀉，無論誰佔領都無法完全控制它，前線稱它是死亡高地。N軍與敵人在無名高地進行了幾番較量，各有得失，現在無名高地完全在N軍控制之下。陣地今晚八點就交接，守住守不住無名高地對J軍是個考驗。要是守住了，算是兩軍順利交接，穩固了陣地；要是守不住，那是J軍旗開得敗。開戰丟失陣地，影響有多壞，要承擔什麼責任，誰心裡都清楚。

邱夢山說完情況，班長們一個個幾乎忘了喘氣，都愣眼看著邱夢山。邱夢山說，情況就是這樣，哪個班願意去守無名高地？班長們誰也不看誰，一時竟沒人表態。石井生悶著頭掏出了菸糧袋，不緊不慢捲了支喇叭筒，點著抽了一口。石井生吐著煙，拿眼掃倪培林，倪培林沒反應，他在想事。石井生不緊不慢道，沒人上啊，沒人上我們三班上吧。石井生這話帶著個吧字，荀水泉覺得他這話十分勉強，但石井生不是說著玩，上無名高地意味著什麼他清楚，那是去挨成噸成噸炮彈轟炸，是去流血犧牲。

石井生話音剛落，倪培林突然醒來一般，急忙說我們是一班，該我們上。接著其他班長也湊熱鬧地跟著表態。石井生扭頭睇了倪培林一眼，兩肩膀一聳嘿地一笑，那意思很明白，我不說，你他媽不開口，我要上了，你又來爭，鬧意氣也得分個時候，這是去玩命，別鬥氣了，還是我們上吧。石井生看著倪培林吸了口菸，拿眼睛告訴了他這些。邱夢山心裡很矛盾，讓一班上，剛出了彭謝陽那檔子事，他不那麼放心。讓三班上，又有些不捨，倒不是怕石井生犧牲，他考慮栗山這邊前沿同樣需要石井生他們班，用起來順手。邱夢山並不希望大家意氣用事，大家沉默他覺得這就對了，他要大家認真對待。於是他重新強調，無名高地很艱苦，上面沒有水，要夜裡靠人往上背；那裡也沒法做飯，只能啃壓縮餅乾；無名高地難守，除了每天要承受炮彈轟炸外，還要隨時對付敵人偷襲，需要獨立作戰，到那裡沒有退路，只有死拼硬頂，這一點大家都要清楚，我們打仗，要打有把握之仗，做有把握之事。

倪培林這回搶在了石井生前面，連長，在編制序列裡，我們排在第一，當然應該我們上。荀水泉骨子裡不信任石井生，他也想讓一班上，一看倪培林積極請戰，他很高興，立即開了口，那就讓一班上，讓他們經受考驗，經受鍛鍊，同時，他們也可以用實際行動消除影響。

在戰場，一切事情都變得簡單。邱夢山宣佈，一班上無名高地。作戰會議結束，邱夢山把倪培林留下，他向倪培林具體交代了任務，倪培林沒有激動，也沒膽怯，還情不自禁地右手緊握著拳頭，抬起胳膊把拳頭舉過了耳朵，做了個宣誓動作。他對邱夢山說，我們一定以實際行動為一班雪恥！人在陣地在！人不在陣地也要在！

晚上八點，交接陣地行動開始。倪培林帶著全班十二個兵站到邱夢山和荀水泉面前，兵們也都跟著倪培林右手握拳抬臂做了那個動作，也跟著倪培林說了那些話。儘管有人腿肚子不爭氣地打顫，但還是很有氣勢地表達了決心。

邱夢山挨個拍了他們的肩膀，他心裡明白，這十二個兵，上去就會有人受傷，也會有人犧牲，也可能一個都回不來。聽著自己部下說這種話，邱夢山心裡有點熱，熱裡面還帶點酸。他是他們的連長，他們是他的部下，他是他們的兄長，他們是他的弟弟。挨個拍完肩膀，邱夢山站到他們面前，他跟兵們拉家常一樣做了具體交代。接陣地後，先熟悉陣地，重點在朝壽山敵方那面，地形地貌，一草一木，哪怕是一塊石頭，一道溝坎都要熟記在心。每個人都要明白陣地怎麼守，要搞清楚敵人會從哪些地方摸上來，怎麼擊退敵人的進攻。要把火力佈勻，不要留死角。夜裡上雙崗，不能瞌睡，上崗瞌睡是找死。上去後，看看彈藥夠不夠，立即來電話。藥和紗布個人先帶上去。水，勤雜班隨後會給送上去，吃只能艱苦一點了，有可能就給你們送飯，送不上去，你們就只好啃壓縮餅乾。一週，你們要堅持一週，一週週，我派其他班上去換你們。每天向連指揮所報告四次，早、中、晚、午夜各一次，有意外情況隨時報告。記住了嗎？倪培林挺起胸說記住了。

邱夢山沒法送他們，他要指揮全連接收陣地，他朝他們揮了揮手，去了連指揮所。荀水泉把倪培林他們一直送到栗山山腳下。荀水泉發現，無名高地與壽山山體相連成塊，而與栗山之間有二百多米寬的一片開闊地，一旦敵人用炮火封鎖，很容易割斷無名高地與栗山之間的聯繫，無名高地會成為一座孤島。

一個小時之後，邱夢山率部隊進入栗山前沿陣地。邱夢山剛進指揮所，倪培林用報話機找他，倪培林說話也粗野了，連長，真他媽操蛋！彈藥備得不足，手榴彈沒幾箱，水也沒有，什麼玩意兒！邱夢山只能安慰他，一班長，別著急，戰場上什麼情況都會碰上，這也是咱鍛鍊戰場適應能力的機會，別著急，彈藥和水，我馬上派人往上背，記住，電話線路一定

要維護好，報話機盡量不用！容易洩密。你趕快帶著兵熟悉陣地，隨時準備戰鬥。

摩步一連當晚都住進了防空洞。剛鑽進防空洞，感覺像進了地獄，又暗、又小、又潮，野戰服像塊濕布裹在身上，要多難受有多難受。

石井生帶領三班進了防空洞，給每個人分配了安身位置，讓大家拿出小鐵鎚修整。防空洞像桑拿房，坐在那裡不動渾身都冒汗，幹活一出力，渾身便沒乾處。石井生把背囊往洞門口一放，把野戰服脫了下來，連背心都脫了，只穿一個褲頭。全班都愣眼看著他。石井生說，有什麼好看的？想舒服點就脫，不怕捂出濕症就裹著。兵們立馬都把野戰服脫了。馬增明看到班長把背包放到防空洞洞口，知道睡洞口危險大，他就悄悄地提起背包來到洞口。石井生不容商量地把他那背包扔了回去，說，等你穿破幾套軍裝再來爭這種事。馬增明沒話可說，他打心裡服班長。石井生向全班發話，用十分鐘整理好個人戰備物資，然後跟我一起去戰壕熟悉地形。

4

說防空洞是桑拿蒸房一點不過分，又熱又悶又潮，但人擱不住疲勞，真累了，泥裡水裡照樣睡。凌晨五點，麾步一連全體官兵除了哨兵，其餘人都沉睡在夢中。轟隆！轟隆！轟隆！山下突然傳來隆隆炮聲，山體不住地顫抖。邱夢山一骨碌爬起來，從觀察孔往下看，晨曦中，無名高地上一片火光。

炮彈成群結隊呼嘯而來，似乎故意要試試倪培林他們的膽有多大，志有多堅。炮彈一波接一波在坑道頂部爆炸，那一陣陣巨響把一班十二個兵的眼珠子都要震脫。他們一個個面部肌肉全都僵硬成塊，沒有驚叫，也沒有語言交流，都傻眼相看著，身不由己地隨著一陣陣爆炸聲顫慄。有幾個兵用雙手捂住了腦袋，彷彿他那兩隻手是坦克鋼板，只要拿手護住腦袋就能保住性命。十二個兵顯得有些狼狽，可誰也沒覺得有多丟人，在這種情況下，反正都一個熊樣。

炮彈滾過幾陣之後，兵們感覺腦袋還長在脖子上，手腳也都還完好無缺，拿手捂著腦袋那幾個兵這時才慢慢意識到自己傻，不好意思地把兩隻手從腦袋上拿了下來。倪培林是這裡的最高指揮官，他雖沒拿手捂腦袋，但他那手腳也一直在顫抖。打娘肚皮裡出來，誰聽過這種巨響，誰受過這巨震。他們連隊也打過炮，但那是單發，比二踢腳動靜大一點而已，再說，打炮是把炮彈打出去，炸點都在幾百米、上千米之外。而現在是十發二十發炮彈一起在頭頂上爆炸，真是天崩地裂，再這麼震下去，心臟不震裂，腦袋先得震暈。老兵徐平貴突然反應過來，他對著倪培林喊，班長！坑道下面有彈藥庫！咱們下到彈藥庫爆炸聲會小些！倪培林果斷地揮手讓大家下彈藥庫。

兵們趕緊一起往下面彈藥庫跑。下到彈藥庫，他們才恢復聽力，發現對方不只嘴唇動，還能發出說話聲音，一張張繃得鋼板樣的臉蛋才鬆弛下來，只是每個人耳朵裡依然不停地在嗡嗡響。爆炸聲是小了許多，但山依然在顫抖，坑道也仍然在震動。兵們一個個抬起頭察看坑道混凝土，地動山搖歸地動山搖，但沒有什麼東西掉下來，坑道很堅固。倪培林有些樂觀地說，坑道堅固著呢！把天炸塌，這坑道也塌不了。倪培林成了全班的主心骨，他有責任設法讓大家情緒安定，要是大家不安定，他也沒法安定，全班心不安定，這陣地就沒法守住。大家聽倪培林這麼一說，心裡稍稍鬆了一口氣。倪培林看大家眼睛裡仍舊佈滿恐懼，他感覺這樣恐懼下去不行，大家都在彈藥庫躲著倒是安全，可萬一敵人摸上來怎麼辦？讓敵人摸進了坑道就完了。倪培林提起衝鋒槍站了起來，讓兩個兵跟他上去。那兩個新兵，有些膽怯。倪培林很不高興，他說，有坑道，有槍，有手榴彈，還有四〇火箭筒，怕什麼怕？咱們要是不把敵人打死，敵人就要打死咱；咱們要是把敵人打死了，咱們很可能就死不了，走！其餘人先在下面躲著，聽到喊聲，立即上來。那兩個兵默默地跟著倪培林來到上面坑道。

倪培林還沒爬到上面坑道，聽到電話鈴在響。倪培林忘了給連長報告，他三步並作兩步竄過去拿起電話，只喂了一聲，邱夢山就破口大罵，問他怎麼回事，倪培林儘管被連長罵了，但還是像孩子在困境中聽到了家長問候一樣。他委屈地說，連長！炮彈就在我們頭頂上炸，炸得我們心臟快破裂了，耳朵也震聾了。邱夢山沒工夫聽他解釋，問他敵人上來沒有，倪培林說還沒發現，倪培林話還沒說完，一個兵驚慌地喊敵人上來了，聲音發顫。倪培林從射擊孔往外瞅，敵人果真上來了，他喊了一聲，敵人上來了！扔下電話，讓那個兵叫大家趕快都上來。邱夢山在話筒裡面吼叫，讓他們全力阻擊，絕對不能讓敵人上陣地。邱夢山吼得嗓子痛，倪培林卻一個字兒都沒聽到，他已經端起衝鋒槍進入射擊位置，他慌得連話筒都沒顧得擱機子上。那些兵迅速鑽了上來，倪培林對他們吼，各就各位！要想活著回去，就把上來的那些敵人消滅，害怕只能等死！敵人手裡是槍，不是燒火棍，只有把他們消滅，我們才有活路！

上面是環形坑道，四周都有射擊孔。兵們一人一個射擊孔，把槍支了起來。倪培林還在吼叫，也不知他是在給兵們壯膽，還是在給自己壯膽。別害怕！咱們在暗處，他們在明處，咱們有工事掩護，他們無處藏身，瞄準了打！狠狠地打！打死一個就少一分威脅！

一班十二個兵全開了槍。徐平貴旁邊一個新兵，手發抖，槍是響了，但徐平貴發現子彈就打在十幾米處的山坡上。徐平貴一邊打一邊吼，你他娘朝哪打啊？三點成一線都不會啦！深呼吸！瞄準了再打！倪培林也喊，你打不死他，他就會打死你！兵們打了幾槍之後，面前儘管槍聲不斷，但沒見敵人子彈鑽進射擊孔，慢慢就沉下氣來，開始瞄準了再開槍，打著打著，漸漸找著了準頭。乒零乓啷一陣好打，敵人不見了。徐平貴見旁邊那個新兵還一個勁在射擊，他走過去朝他屁股踹了一腳，那兵哇的一聲尖叫，以為敵人踹他呢！徐平貴罵，你打什麼呢，敵人都沒有了，你往哪打啊？那個新兵傻笑著收了槍。徐平貴看著新兵犯疑惑，你瞄了嗎？新兵十分無辜，瞄了啊！瞄了？人都沒了你瞄什麼？新兵委屈，我看著他們還在跑呢！徐平貴說，步槍有效射程就二百米！敵人早跑出八百米之外了，你以為手裡那槍是炮啊？新兵不好意思地低了頭。

倪培林收起槍，回過身來，檢查班裡人員，人都在。他問傷著什麼沒有，兵們都說沒傷著。倪培林鬆了口氣，沒傷著就好，就這麼打。他讓徐平貴統計一下打死了多少敵人，徐平貴挨個問，問完再從射擊孔朝外察看，數陣地前敵人屍體。數來數去，能看到七八具屍體，最後確定消滅了八個敵人。倪培林當即向連長報告，他這才發現電話忘了扣，趕緊拿起電話重搖，電話一通，倪培林笑著報喜，連長！敵人打下去了！看到了八具屍體！邱夢山聲音裡露出了高興，問傷著誰沒有，倪培林說沒有，一個都沒傷著。邱夢山就更高興，表揚他們打得好，讓他們繼續盯著，不要鬆懈，就這麼打，晚上給他們送肉包子吃。

轟隆隆！炮彈又瀉了過來。倪培林向連長做了報告，這一回他沒忘把電話扣上。一實踐就有經驗，倪培林讓徐平貴帶一個兵留上面監視敵人的行動，自己帶其餘兵們下彈藥庫避震。經歷過一回考驗，兵們膽子大了許多。炮彈爆炸聲稀疏之後，沒等徐平貴喊，倪培林就領著兵們鑽上來。倪培林進入射擊位置朝外一看，他嚇呆了，高地前敵人黑壓壓一片，差不多有一個排，倪培林兩手抖得連電話都拿不住，他向邱夢山報告了情況，請求團裡火力支援。邱夢山讓他別慌，堅決頂住，他會請示團裡炮火支援。

就在這時敵人對栗山主陣地也發起了炮火襲擊。邱夢山不能只顧無名高地，立即組織全連隱蔽，準備還擊。倪培林這邊吃了緊。十二個兵手裡那槍雖然越打越準，但擱不住敵人人多，而且都是亡命之徒，前面倒下，後面連眉頭都不皺，繼續往上拱。倪培林急了，把衝鋒槍撥到連發，咬著牙，摟住扳機不鬆手，子彈雨似的往下瀉。撲通！一道火光從他旁邊一個射擊孔鑽進了坑道，接著轟隆一聲巨響。倪培林感覺有熱湯潑到身上，他本能地抬手一摸，滿臉是血，他以為被炮彈打中，慘叫了起來！連叫兩聲，他並沒覺著哪疼，一扭頭，感覺脖子上滴裡嘟嚕掛了什麼東西。低頭看，是腸子！他以為腸子被打了出來，嚇得渾身哆嗦。倪培林趕緊伸手摸肚皮，肚皮上沒有窟窿，他奇怪這腸子從哪來。倪培林扭頭看，班裡兩個兵倒在地上，血淌得滿地都是。倪培林正要去照應這兩個兵，徐平貴驚呼，敵人上來了！倪培林顧不得那兩個兵，一把拽掉纏脖子上的腸子，回到射擊口，端起衝鋒槍掃射。

倪培林一氣掃了三個彈匣，再往外看，敵人往回撤了一點，但仍沒放棄進攻。他摸起電話向邱夢山報告，犧牲了兩個兵，敵人仍沒有撤退。邱夢山要他堅決頂住，絕不能讓敵人挨近坑道。倪培林感覺沒有把握，問連長萬一頂不住怎麼辦，邱夢山沒給他退路，必須人在陣地在，倪培林只好放下電話。團炮兵的炮火讓他們備受鼓舞，炮彈一群一群瀉過來，打得很

準，從他們坑道前沿，鋪地毯一樣一片一片在往下鋪，鋪著鋪著，敵人慢慢消失了。

槍聲一停，坑道內死一般寂靜，兵們突然從生死搏鬥中解脫，渾身骨架都鬆開了。倪培林抱著槍靠坑道壁癱坐到地上，徐平貴和幾個兵也都癱坐在那裡。倪培林沒忘記自己是班長，他放下槍，先把全身摸了一遍，儘管身上到處是血，但沒發現少什麼，也沒覺著哪兒疼，身上那些血不是從他肉裡流出的，是戰友的血濺到了他身上。倪培林站了起來，一一清點班裡人數。兩個兵遺體不成樣，零零碎碎散在地上；還有三個負了傷在流血，坐在地上呻吟，全班減少了近一半戰鬥力。倪培林發覺三個傷號那呻吟，直接影響其他人的情緒。他走過去朝他們吼，讓他們忍著點，呻吟照樣還是疼，三個兵小下聲來。倪培林轉身對徐平貴說，快幫他們三個包紮好。徐平貴三個人一人幫一個，替他們包紮傷口，三個傷患停止了呻吟。

倪培林摸出壓縮餅乾，讓大家抓緊時間吃點東西，一會兒敵人上來沒空吃。徐平貴說他不想吃，想吐。倪培林扭頭看了看兩個被炸得血肉模糊不成人形的遺體，他也沒了食慾。倪培林收起壓縮餅乾，讓三個傷兵監視著敵人動向，讓徐平貴幾個跟他一起去掩埋犧牲的戰友。

倪培林他們把兩個戰友的遺體抬出坑道，找了兩個很深的炮彈坑，把他們掩埋。埋好後再給他們一人找了一塊大石頭，拿小石頭把他們的名字寫到大石頭上，放在墳包上做記號。

掩埋好戰友，倪培林領著幾個兵回到坑道，讓大家一起啃壓縮餅乾。嘴裡本來就乾，啃壓縮餅乾更乾，嚼了半天還是一口乾炒麵，沒法下嚥。倪培林說，咽不下也得吃，不吃沒勁跟敵人拼，晚上連長給咱們送肉包子。大家就狠著勁啃壓縮餅乾。徐平貴一邊嚼壓縮餅乾一邊在想事，嚼著想著，他向倪培林提出一個疑問。他們只剩七個人，敵人再上來，要是守不住怎麼辦？倪培林沒理徐平貴，他討厭這個問題，他已經為這挨了連長訓，再提更要遭批評。他面無表情，重複了那句話，人在陣地在。徐平貴有點懊喪，咱們班頭一仗就都得報銷。倪培林何嘗願意死，可沒有命令，誰敢撤？他心裡這麼想，但話沒吐出口。倪培林不說，徐平貴知道他也這麼想，徐平貴就給倪培林出主意，讓他乘敵人還沒上來，再跟連長商量商量，要麼連裡派增援，要麼他們頂不住就撤，不然他們都得犧牲，陣地肯定守不住。

倪培林嚼著壓縮餅乾，沒說話，只是拿眼睛看徐平貴。看著看著，倪培林拿起了電話。邱夢山聽出倪培林有怯戰情緒，來了氣，厲聲說，倪培林！你給我聽著！你趕緊把腦子裡那鬼念頭拔出來摔地上！拿腳踩碎！打到哪怕只剩下你一個人，也得打！你要是放棄陣地逃跑，我就斃了你！第一仗就丟陣地，你不想活啦！倪培林一頭撞了南牆，推車撞壁地把電話扣上。

徐平貴問怎麼樣，倪培林說，不怎麼樣，開弓沒有回頭箭，誓與陣地共存亡。徐平貴把話咽進了肚子，轉身靠坑道壁坐下，發狠地啃壓縮餅乾。倪培林一塊壓縮餅乾沒啃完，炮擊又開始了。這一回，他們已懂得掌握打擊時機，他們離開射擊口，躲到安全處繼續啃壓縮餅

乾。炮擊過後，倪培林他們嚼著餅乾，提著槍來到射擊口，這一回敵人更多，跑在前面的那些敵人已經進入射程。倪培林一邊開槍一邊吼，打！七個兵一人守一個射擊口開始射擊。那三個傷患也爬了起來，爬到射擊口，也都咬著牙開了火。他們只有一挺班用機槍，一支衝鋒槍，其餘都還是半自動步槍，火力壓不住敵人。敵人離他們越來越近，在坑道裡朝外扔手榴彈使不上勁，投不遠。敵人距離越近，對他們威脅越大。敵人拿三挺機槍封他們機槍射擊口，機槍手先倒下，接著徐平貴哎喲一聲驚叫，只覺右肩被什麼咬了一口，鮮血慢慢洇紅軍衣。倪培林一看慌了，他大聲喊，堅持住！只有消滅敵人！才能保存自己！不要離開射擊口！扔手榴彈！絕不讓敵人靠近！就在這時，敵人一枚手雷扔進了射擊口，手雷爆炸，兩個兵應聲倒下，一班只剩下四個人。射擊面越來越窄，沒出五分鐘，敵人又投進來兩顆手榴彈，兩聲巨響，另外兩個兵又倒在了血泊中。

倪培林爬過來，拿起了電話，聲音有些顫抖。連長！只剩我和徐平貴兩個人了！我知道，上級要求我們人在陣地在，人不在陣地也要在，但我們做不到了，現在敵人從正面圍上來了，就算我們兩個犧牲，也守不住無名高地！連長，你說怎麼辦？

邱夢山拿著話筒看荀水泉說，要不先讓他倆撤，陣地丟了咱再想法奪回來。荀水泉朝他點頭。邱夢山決斷地說，你們想法撤回來吧！

倪培林和徐平貴一起向敵人瘋狂地掃射了一陣，然後從坑道北口往外撤。

5

苟水泉的來信，給了曹謹莫大的安慰。曹謹從拆信到看完信，自始至終眼淚沒斷。信上那些字一個個都喝醉了酒一樣歪歪斜斜站不住腳，字裡行間隱伏著低沉和無奈，她能感受到苟水泉肩上擔子有多重，一句開心話都沒說，結束也來不及對她說句親密話，草草地說好了，到那邊看情況吧，還不知道能不能通郵。信就這麼打住，給了曹謹一團疑雲。曹謹的手下見主任流了淚，一個個慌得不知兩口子發生了什麼事，都圍過來問。曹謹不好意思地擦掉眼淚跟手下說，孩子她爸，上戰場了，他們已經到了邊界，當晚就要進入陣地。她這話說得很輕，手下們聽了卻都驚呆了。手下看主任心裡鬱悶，他們想幫也幫不了，只能乾同情。誰都知道上戰場打仗，子彈不長眼睛，一不留神，哢嚓一下就會死去，想到這一層，手下沒法表示什麼，只好勸她回家休息。

曹謹心一橫放了自己假，出了單位門，她卻一時不知道該上哪。這麼大個事該告訴爸媽，讓他們知道，也好多體諒體諒她。曹謹忽然想到了岳天嵐，覺得爸媽那裡早一點晚一點告訴不礙事，該先去找岳天嵐，說不定她也收到了信，她們才有共同語言。

學校裡空無一人，傳達室老頭告訴曹謹，現在是暑假。曹謹拍腦門說自己傻了，她又找到了岳天嵐娘家。沒想到岳天嵐不在，岳振華說她媽陪她上醫院檢查身體去了。

岳天嵐雖然做了媳婦，但在她媽眼裡還是個孩子，看她臉色不好，吃東西也挑這揀那，有時候還噁心，她媽就拉著她上了醫院。一查，原來是懷孕了。

曹謹悶悶不樂地回家，沒想到在胡同口迎面碰著了岳天嵐和她媽。岳天嵐見曹謹主動來看她，很是意外。曹謹告訴岳天嵐荀水泉來信了，問邱夢山來信沒有，岳天嵐激動起來，儘管她還沒接到邱夢山的來信，但只要荀水泉能來信，證明那裡跟內地郵路還通，邱夢山一定會來信。曹謹把荀水泉的來信拿給岳天嵐看，一點都沒在乎私情不私情。岳天嵐看完信，心裡跟著沉重起來，信上雖沒明說彭謝陽那事，但說戰前官兵心理很複雜，戰場就是生死場，什麼事情都有可能發生，一路火車他一刻都睡不著。岳天嵐自然擔心邱夢山，邱夢山肯定也睡不著。兩個人一時沒了話，默默地進了岳天嵐家。

岳天嵐想不能這麼乾著急，該做點事，她提議既然跟前線通郵，立即給他們寫信。曹謹當然回應，說晚上就寫。岳天嵐急著要告訴邱夢山喜訊，他要當爸爸了。曹謹也替他們高興，想邱連長要知道了這喜事，不知會高興成什麼樣，會給他多大鼓舞。岳天嵐摟住曹謹說，讓他知道自己要當爸爸了，好多一點責任感，多愛惜個人生命。

6

倪培林跑著跑著，感覺徐平貴沒跟上來。徐平貴負了傷，倪培林不能撇下他不管，只好再跑回去，拖著徐平貴一起跑。徐平貴傷口很疼，但他知道命就在自己腳下，要是跑不出敵人的射擊圈，只能死，他拼死跟著倪培林跑。他們兩個正在生死線上逃命，邱夢山在連指揮所裡被一級一級批成一堆狗屎。

丟失無名高地！消息像爐膛裡蹦出一塊紅鐵塊，誰敢接？電話嗖嗖地從營裡打到團裡，團裡報到師裡，師裡報給軍裡。軍參謀長一揮手，擊壘球一樣揮棒把那紅鐵塊哧嚓一棍擊到指揮所角落裡。哧兒一聲，燙手的消息涼了，沒再讓它燙上級。這消息不只燙手，燙心哪！接防第二天就丟陣地，傳到軍區，再傳到總部，J軍還要不要臉？還有沒有臉？參謀長斬釘截鐵地說，絕對不能往軍區報！更不能往總部報！人家旗開得勝，咱開戰就敗！不光敗壞咱軍聲譽，同時影響整個戰線士氣。戰鬥剛剛開始，氣可鼓不可洩！讓摩步團不惜一切代價組織反擊，立即奪回無名高地！奪回陣地後再向軍區和總部一併報告！做為一個戰鬥過程上報！

做為一個作戰過程上報！太妙了！軍裡領導一致同意參謀長的意見，還稱讚參謀長機智。現實中常常是報喜得喜，報憂得憂，開戰丟陣地，無論有什麼理由，那無疑是敗績，傳出去，不只J軍丟臉，連軍區也要跟著丟臉。戰鬥正在進行，暫時不報算不上不報憂，等奪回陣地再報，不但戰鬥過程精彩，而且還體現戰鬥複雜與殘酷，更體現指揮員才能，對上對下好處都深遠無比。

參謀長惱火透頂，他對作戰處長說，摩步一連算什麼鋼鐵一連？我看是個豬尿泡，只能吹起來哄小孩子玩，打仗不頂屁用。告訴摩步團，別再讓一連上了！把那個連長給我撤了！不請示就放棄陣地，誰給他這權力？無法無天！參謀長做完指示，心裡氣還沒消，又讓總機直接搖通了摩步一連，把邱夢山結結實實批評了一通。參謀長批評邱夢山，邱夢山只能立正聽著，彭謝陽自殘是事實，丟無名高地也是事實，沒有什麼可解釋。誰坐在軍參謀長這位置上，誰都會火，誰都不可能去想這十二名士兵肝膽心臟差點被炸彈震裂；也不會去問兩個兵腸子怎麼被炸飛；更不會因為倪培林和徐平貴兩個人對付不了敵人兩個排的進攻，同意他們放棄無名高地。做為這一級指揮員，他只要命令執行結果，不需要瞭解下級執行命令的過程。不管任務如何艱巨，也不管你如何英勇，也不管你犧牲有多大，領導那裡只有一個標準：守住陣地，一切都好；丟失陣地，一切都不好。

邱夢山拿著電話，一句話不說，他也不想說，說什麼都是多餘。邱夢山等參謀長把心裡那火全部發洩完，直到最後，參謀長停下喘息，他才說了句，我們總結教訓，以利再戰。沒想到這句話又觸怒了參謀長，參謀長又加了一句，不只是總結教訓，要承擔責任，等著接受處分吧！

邱夢山和荀水泉兩個像兩根水泥樁一樣杵在連指揮所裡。他們知道，摩步一連算是完了，不管情況有多複雜，不管無名高地有多難守，開仗丟陣地，說到哪都丟人，而且不只自己丟人，又給團裡師裡軍裡抹了黑，讓軍首長們在軍區首長總部首長面前丟了臉。上一個處分油墨還沒乾，新處分又要塞進去，檔案袋裡漆黑一堆了。這軍裝還怎麼穿下去？邱夢山鐵青著臉一屁股坐到折疊椅上，伸手跟荀水泉要了根菸。邱夢山悶頭抽著菸，抽著抽著，他突然吼了起來。唐河！唐河就站在旁邊，根本用不著吼，他一步跨到邱夢山跟前。邱夢山見他在，隨即小下聲來。你給我找個小本，要精緻、結實、不怕雨，不怕汗，能裝在襯衣口袋裡。唐河沒問幹什麼用，轉身離開了連指揮所。不到十分鐘，唐河回到指揮所，把一個硬殼塑膠皮小本給了邱夢山。邱夢山接過本，先往野戰服上衣小口袋裡裝，正合適。再看本，上面有省政府新年春節慰問團慰問手冊字樣，他把小本放到指揮桌上，摸出鋼筆，在扉頁那硬板紙上寫下了「血債」兩個字。再翻開小本，鐵青著臉，一筆一畫，橫平豎直，寫得那麼莊嚴，那麼肅穆，那麼認真。荀水泉和唐河挨過去看，邱夢山在記一班犧牲那些士兵，有名字、年齡、籍貫、犧牲時間、犧牲地點。

軍參謀長急了眼，把電話直接打到摩步團二營指揮所，親自掌控戰鬥進展情況。師長、團長插不進一個電話。

摩步團長沒事可幹，他來到摩步一連指揮所。跨進摩步一連指揮所，他感覺指揮所裡缺氧。李松平先他一步到了一連指揮所，坐在那裡喘氣，邱夢山和荀水泉立正站在他面前。除了發報機的電流聲，只有熱風和火藥味。李松平沒發火，他特別平靜地在說道理。邱連長，我請你想兩個問題，第一個問題，什麼叫人在陣地在？第二個問題，不請示，擅自讓部下放棄陣地，這是什麼性質的問題？荀水泉急赤白臉地說，不！教導員，是我讓連長下的那個命令，要撤職得撤我！邱夢山把荀水泉撥到一邊說，別聽他胡說，與他無關。

爭什麼爭！光榮啊！英雄啊！團長十分惱火，他又對李松平說，黨委還沒有研究，你先在這兒定什麼性，颳什麼風啊？三個人趕緊站起來，一齊向團長敬禮。李松平急忙把折疊椅搬給團長坐。團長繼續問，為啥要下這個撤退令？當時是什麼情況？邱夢山如實做了彙報。荀水泉當然不能讓邱夢山獨自承擔責任，他又往前站了一步。他說，這麼頂下去也堅持不了幾分鐘，堅持只能多犧牲兩個兵，陣地照樣要丟。無論將軍還是士兵，當他們站到同一條生死線上，執行同一使命，一起以個人生命為代價跟戰爭魔鬼周旋時，人與人之間就沒了距離。這時邱夢山沒工夫想個人得失，他只想怎麼少犧牲部下，怎麼多消滅敵人。戰鬥力是人，人決定戰爭勝負，保護人就是保證戰鬥力。

團長說，這是兩回事，性質完全不同，這個道理難道不懂？邱夢山說，他們不是擅離陣地，是執行命令，責任在我。團長很為他惋惜，他放低了聲音。別不知天高地厚，這種責任你承擔得起嗎？外電已經把咱們丟陣地的消息傳遍全球了，連太空中都在高喊，中國J軍開戰就丟了陣地！

李松平不失時機地接過話頭對邱夢山說，上次讓你挖根子，你始終不認識自己的問題，說你藐視工作組，你還不服，這次擅自下令放棄無名高地，這不是消極，不是抵觸，你自己說是什麼？

團長看了看李松平，再看了看邱夢山，他沒再說什麼，事情已經捅到軍裡，這事就不是他說了算。他不是來追究責任，責任已用不著他追究，他只是不想當官僚，想把來龍去脈理清，他要知情，別讓人把事情說歪了，委屈了自己的部下。他明白了前因後果，扭頭走出了一連指揮所，邱夢山拿起一支衝鋒槍，跟在團長身後，唐河隨即也背著衝鋒槍緊緊跟隨。團長扭頭瞪了邱夢山一眼，你跟著我幹什麼？李松平也說，我話還沒說完呢！邱夢山說，撤職命令還沒下，我不想罪上加罪！讓團長再在我們連陣地有閃失。邱夢山跟著團長進了戰壕。李松平把話扔過去，營黨委研究了，你現在就停職！邱夢山頭都沒回，跟著團長走了。

轟隆！轟隆！我炮兵以血還血，把炮彈向無名高地傾瀉。無名高地上像軍火庫爆炸，爆炸氣浪狂潮一樣宣洩飛揚。敵人也開始炮擊，他們不是對準我炮陣地還擊，而把炮彈全打到二百多米的開闊地上，敵人打得特別準，他們在這裡練出了絕技，射擊距離可以精確到米，不留一點空隙，二營無法向無名高地接近一步。

邱夢山和唐河一前一後順著戰壕護送團長進了二營指揮所，二營營長剛接受完軍參謀長強攻命令，他正在指揮五連作戰，讓他們分成四個梯隊，依次向無名高地攻擊。邱夢山在指揮所裡看得清清楚楚，第一梯隊在我炮火掩護下飛速衝向開闊地，衝出大約一百米，壽山方向敵人一排炮彈飛來，掀起一道道火牆，第一梯隊幾十名士兵隨火牆煙塵一起騰空飛起，煙塵飄去，開闊地上不見一個人影兒。邱夢山心裡一陣撕痛，如被鋼刀扎刺。第二梯隊緊接著衝擊，他們比第一梯隊速度更快，衝過了開闊地中間地帶，敵人炮彈像安了雷達制導器，追著他們轟擊，開闊地又是火海一片，那一隊士兵，像麥子一樣被割倒。邱夢山心裡又被刀扎了一下，他那兩隻手在顫抖，似乎那些士兵完全是為他倒下。二營營長接著命令後面兩個梯隊分兩個方向一起衝擊，開闊地上炮彈像滾雷一樣遍地開花，兩隊士兵頃刻被硝煙遮蔽，沒有一個士兵衝過開闊地。

團長！這仗不能這麼打！邱夢山再看不下去了。團長比他還火，哪個指揮員眼睜睜看著部下倒下心裡不痛？他嗓門比邱夢山更大。陣地丟了！不奪回來行嗎？團長這話把邱夢山逼上了絕路，陣地是他一連丟的，現在人家在為他奪回來，在為他犧牲。他急了眼，跟團長對著喊。陣地要奪回來！但不能這麼奪！團長吼，你說怎麼奪？你能你來啊！邱夢山爭辯，開闊地不能這麼集群進攻！邱夢山和團長在這邊爭著，二營營長向軍參謀長報告，五連官兵全部壯烈犧牲。話筒裡傳來聲音，首長沒有絲毫猶豫，不惜一切代價，不奪回無名高地決不收兵！二營營長急忙拿起另一個電話，六連！六連！立即投入戰鬥！分六個梯隊，成疏散隊形……

邱夢山的臉憋紫了。他知道首長不在前沿，軍指揮部看不到戰場實際情況，他也知道首長的決心不可能輕易改變。邱夢山繃著臉一步站到團長面前，團長！這樣打下去，別說一個營！咱們全團用不了一天就全部報銷！團長吼，我願意他們這樣犧牲嗎？我連一句話都插不上！這時軍參謀長專線電話又響起。邱夢山沒有半點猶豫，兩步衝過去，一把從二營營長手裡奪過電話。五號首長！聽筒裡傳來參謀長的聲音，我是五號！你是誰？邱夢山挺起胸膛，五號！我是要被撤職的一連連長邱夢山！我請求停止對無名高地集群進攻，傷亡太慘重！軍參謀長火了，邱夢山！你想幹什麼？邱夢山沒有激動，我請求首長，給我二十四小時！我要是拿不下無名高地！軍法從事！軍參謀長很嚴肅地說，軍中無戲言！邱夢山說，軍人說話，說一不二，由我們團長作證。電話那邊略有停頓，聽筒裡再次響起參謀長的聲音，好！現在是十點四十五分，明天上午十點四十五分前拿不下無名高地，你就不要再回來了！邱夢山一個立正，響亮地回答，是！

唐河沒說完連長立軍令狀這事，荀水泉一屁股跌坐在折疊椅上。二十四小時奪回無名高地！這種玩笑開得嗎？怎麼奪啊？荀水泉問唐河連長人在哪，唐河說可能上排裡去了。荀水泉拔腿到各防空洞找邱夢山，哪個防空洞裡也沒有邱夢山，荀水泉心裡著了火。

邱夢山鑽進了芭茅叢，他蹲在芭茅叢裡兩手捧著腦袋。軍令狀立了，下面該怎麼辦？無名高地怎麼奪？他當時只想制止這魯莽行動，讓兄弟連隊停止犧牲，根本沒去想無名高地能不能奪，也沒時間去想怎麼奪。二十四小時奪回無名高地，談何容易。君子一言，駟馬難追，軍令狀既然立了，奪得回要奪，奪不回也得去奪。軍令狀是他立的，可他一個人無法去奪回陣地，只能組織一支敢死隊去奪。參加敢死隊就得準備死，誰願意跟他去死呢？邱夢山心裡一緊。剛才是參謀長指揮二營官兵去奪無名高地，是參謀長要他們去蹚地雷陣，去赴湯蹈火，一百多人已經倒在開闊地上。現在，是他邱夢山要自己弟兄去蹚地雷陣，去赴湯蹈火，去拋頭顱灑熱血。讓誰去呢？真讓他為了難。

消息在一連一個個防空洞裡悄悄地傳遞著。無名高地丟失，摩步一連再次遭受一片罵聲。全連官兵再一次抬不起頭來，尤其聽說連長要被撤職，全連官兵一片沉默。他們知道自己連長是什麼樣人，心裡不服，不服又有什麼用？丟無名高地是事實，只能眼睜睜看著連長受過。聽到連長向軍參謀長立了軍令狀，全連官兵又是一片沉默。他們不是在害怕，他們在為連長擔憂。軍令狀不是兒戲，奪不回陣地就不只是受處分，而是腦袋要搬家。

邱夢山從芭茅叢回到連指揮所，指揮所裡外站著許多兵，荀水泉手裡拿著一遝紙正在招呼大家。兵們發現邱夢山異口同聲地喊，連長！這聲連長喊得驚心動魄，喊得邱夢山鼻子發酸兩眼濕潤。

邱夢山接過那遝紙，他沒能噙住熱淚，撲簌簌流了下來，那遝紙全是請戰書，有幾份還是血書。自己部下願意跟他一起去拼死，他還求什麼呢？邱夢山跟兵們一一握手，讓他們先回去，他跟指導員商量了再找他們。

邱夢山把請戰書一一看完，感動之中生出一大失落，在芭茅叢裡他想好了，這個行動石井生和倪培林兩個必須參加，他需要石井生這種貼心兄弟，也需要倪培林，他熟悉無名高地內部工事和地形，無論如何他得帶上他們兩個。可沒想到的是，偏偏他們兩個沒寫請戰書。倪培林經歷了殘酷，也許嚇怕了，那就算了，石井生得找他問問。

邱夢山到三班防空洞去找石井生，石井生竟沒事兒人一樣躺洞裡睡大覺。邱夢山問他是怎麼回事，石井生爬起來笑了笑說，我是你弟弟，這種事你落下誰也不會落下我，我是想抓緊時間睡一會兒攢點精神。邱夢山望著他苦笑。

倪培林最後一個要求參加敢死隊。敢死隊名單敲定，十四個人在連指揮所前戰壕裡站好了隊，邱夢山已經在佈置任務，倪培林跑來喊了報告。邱夢山已不打算要他了，倪培林直挺挺地站到邱夢山面前。連長！我熟悉無名高地坑道和陣地情況！讓我去吧！邱夢山兩眼像兩把尖刀直刺倪培林瞳仁，一直刺到他心底。差不多有一分鐘，倪培林沒有眨一下眼睛。邱夢山點了頭，好吧！那就多一個，十六個人，入列。倪培林站到了敢死隊隊尾。邱夢山站到隊前，他很平靜地開了口，謝謝弟兄們的理解，謝謝弟兄們的信任和支持，咱們明天上午十點四十五分之前，必須拿下無名高地，要是拿不下來，我就在無名高地上自己斃掉自己，你們也可能都回不來，這一點大家要先想清楚，誰要是害怕，現在還來得及，怕死可以不去。

兵們一個個面無懼色，只有一腔熱血在胸膛裡湧動。他們知道自己就要去拼死，為一連的名譽去拼死，為連長的那個軍令狀去拼死，為摩步團去拼死，為不讓其他戰友像二營戰友那樣一排一排地倒下去拼死。他們完全理解連長，連長立這個軍令狀，絕不僅僅只為了摩步一連，更不是為了他個人名聲，他是不忍心眼睜睜地看著兄弟連隊官兵因為他們丟陣地而犧牲，為這去拼死，值。他們決心與連長並肩作戰，讓大家看看摩步一連究竟是個什麼樣！

邱夢山在隊前走了兩步。他說，我到了戰場才體會到，軍人可以承受流血和犧牲，不能蒙受恥辱。軍人可以丟性命，絕不能丟尊嚴！咱們去，不是去送死！只有一個目標，一定要把敵人全部幹掉！奪回無名高地！咱們要讓他們看看，中國人民解放軍是什麼樣的軍人！當然，敵人不是豆腐，我們去，是要拼死，肯定有人要犧牲。我要大家說實話，怕不怕死？

十五個人齊聲高吼，不怕！荀水泉和團長在一旁看著，營長和李松平也在一旁看著。

李松平兩眼一直在邱夢山臉上來回掃描，邱夢山立這個軍令狀讓他太感意外，他甚至有點不信，邱夢山竟有這膽量！他知道自己沒這膽量，不敢做這種事，而邱夢山敢做，他頓時就感覺比邱夢山矮了許多，他再不能用原先那種態度看邱夢山對邱夢山，就憑這，邱夢山完全有資格瞧不起他。邱夢山突然叫倪培林，倪培林肩槍一步出列，邱夢山讓他用十分鐘時間給大家介紹無名高地情況。

敢死隊隊員站到沙盤跟前，倪培林用八分鐘介紹完了無名高地。邱夢山沒再說話，他向團長報告，請團長做指示。團長只說了一句話，我等你們勝利歸來！邱夢山沒再請營長教導員指示，他讓大家回防空洞睡覺，放心大膽地睡，睡到自然醒。

指揮所裡只剩下邱夢山、荀水泉、團長、營長和李松平五個人。團長沒有繞彎子，他問邱夢山，需要團裡做什麼，邱夢山沒客套，他掏心裡話說，咱們來這裡絕不只是要拿下無名高地。團長說，任務是收復壽山。邱夢山說那就越早動手越有利，免得在這種地方做無謂犧牲，要是讓敵人知道連壽山都保不住了，他們哪還會有心思來奪這無名高地呢！團長說，上面戰役部署可能還沒有最後敲定。邱夢山說，要是上面允許，今天下午和傍晚，團裡最好向壽山搞一點進攻，要讓敵人感覺是真打。團長說，這可以請示師裡批准。邱夢山跟荀水泉交代，下午對無名高地搞幾次佯攻，主要是掃雷，想法開出兩條通道，但不要讓敵人發覺我們掃雷。荀水泉明白邱夢山的意圖，說沒問題。

邱夢山放了心，他沒向團長彙報作戰計畫，也沒要求團裡什麼支援，向團長、營長和李松平一一敬了禮。團長也沒問邱夢山的作戰計畫，相信他已經有了計畫，要不，他不會這麼從容。李松平最後一個跟邱夢山握手，他嘴唇動了幾動，像要說什麼，但又沒說，卻用雙手握了邱夢山那隻右手。邱夢山都鬆開手了，他才說，請你理解，我不是要跟你過不去。邱夢山笑笑說，我明白，你是幹工作，盡職責，不過，你不妨換一種方式試試，站在別人對面逆向找問題挺累，順向發現美好或許更輕鬆真實。團長、營長、李松平和荀水泉看著邱夢山走出指揮所，他們心裡都還是為邱夢山捏著把汗。

邱夢山一覺睡到下午五點半，二十四個小時，睡覺他用去了七個小時。邱夢山醒來時，敢死隊十五名隊員已坐在指揮所裡等他了，連荀水泉也在等他。邱夢山走進指揮所，十五個兵都站了起來，拿眼睛盯著他。邱夢山不太高興，他一一查問睡了多長時間。倪培林說睡不著。邱夢山說打仗首先得學會睡覺，睡不好覺就不可能英勇機智。他問石井生睡了多久，石井生笑了笑說睡了三個小時。邱夢山問唐河，唐河說睡了一個多小時。邱夢山搖頭遺憾，他告訴大家，今晚可能一夜不能睡。接著邱夢山坐下佈置行動計畫。基本戰術不是強攻，而是偷襲。十五個人分成五個小組，三個人一個小組，倪培林帶領第一小組，唐河帶領第二小組，石井生帶領第三小組，剩下為四組、五組，他隨第二小組行動。下午連裡接連搞了四次進攻，用火箭和炮彈掃出了兩條通道，第一小組和第四小組分別利用通道從北側向高地接近，出發時間是二十點半。第三小組和第五小組繞到敵方那一側，分頭從無名高地南和東兩側摸上高地，出發時間是十九點半。唐河帶第二小組從無名高地西側摸進，二十點出發。他讓十五個兵每個人都明白了行動路線、時間和分工。

邱夢山特別向石井生交代，第三小組任務最艱巨，要繞到無名高地南側靠壽山那一面上無名高地，不光路遠，而且在敵人的眼皮子底下行動，需要格外小心。石井生信心十足。邱夢山最後要大家記住，這次戰鬥，敵人在暗處，他們在明處；敵人有坑道工事保護，他們完全暴露在敵人眼皮底下；戰鬥不能明攻強打，只能偷襲智取。不帶任何通信設備，不讓敵人從通信信號上發現情況。各小組要獨立作戰，各組必須在凌晨一點之前從四個方向到達敵人坑道工事。如果提前到達，先隱蔽起來，絕對不能暴露目標，凌晨一點整開始行動，攻入坑道再打，不到萬不得已不開火。第四、第五小組在高地北側和東側坑道外監視，既防止坑道內敵人逃離，又要阻止敵人增援。倪培林帶第一組從坑道北口攻入坑道，石井生帶第三小組從坑道南口攻進坑道，第二小組從坑道西口攻進坑道。凌晨一點各組同時向敵人坑道口摸進，摸進坑道發現敵人後再開槍，不要戰俘，全部殲滅，一鼓作氣拿下陣地。在進攻之前，萬一在途中踩響地雷，絕對要沉住氣，寧願犧牲個人，也不能暴露整體行動；如果行動之前，萬一被敵人發覺，以槍聲為號，全體迅速投入戰鬥。等大家明白之後，邱夢山再一次強調，戰場上瞬息萬變，什麼意外都可能發生；打仗不能嘗試，嘗試就要送命；每個人都要機智勇敢，隨機應變。戰鬥一旦在沒進入坑道前打響，每個人要緊貼射擊孔邊隱蔽好自己，然後分頭向各個射擊孔裡塞手榴彈。邱夢山部署完畢，讓大家再一次檢查個人的衝鋒槍、子彈、手榴彈、水、壓縮餅乾，一律穿舊膠鞋，繫新鞋帶。

8

石井生領著兩個兵背著衝鋒槍和滿身手榴彈，貓腰沿著戰壕躬聳躬聳先向無名高地東側方向一溜煙跑去。石井生一邊跑一邊尋思，這五個小組，他們組這條行動路線最艱難，連長把最艱難的任務給他，是真把他當弟弟，在連長心裡全連只有他石井生才勝任這個任務。他一邊跑一邊謀劃著，他們要繞到無名高地敵方一側摸上去，而敵方已經在我方一側開闊地佈雷，指導員他們開闢那兩條通道是供第一組和第四組使用，他們就無法從開闊地抄近路繞到無名高地南側。連長說了，遇事要果斷，別商量討論，等商量討論統一意見，黃花菜早涼了。現在他是組長，組長就是指揮，他必須當機立斷，隨時拿出主張，有主張他才能對這兩個兵發號施令。石井生想好了，為了安全避開雷區和敵人監視，他們必須跑遠路，必須多出力多流汗，出力流汗比丟命強。他們這命都挺值錢，要用敵人幾條命來換，少一條命就給連長多一分壓力。他對這一帶地形認真做了研究。他在地圖上發現，栗山與壽山之間這片開闊地，向東延伸出去三公里左右就成了一條河，從水上過去比陸上過去安全。石井生率先在前面緊跑，兩名士兵在後面緊跟，兩個兵心裡概念非常清晰，一切聽石井生指揮。他們毫無疑問，不只是因為石井生是組長，石井生軍事技術和硬功夫在連裡數一數二，他們不服不行。三個人以五公里越野速度一口氣跑出三公里，右側山澗變成了河，石井生沒減速，繼續跑，他想離無名高地越遠，過河就越安全。

跑了五公里，石井生收住腳，一揮手，石井生沒喊下河那兩個字，但兩個兵心裡都明白，他們把槍大背，貓腰下河。身上東西太多，下到水裡身上像背了石頭，游起來十分費勁。石井生仰過身子，對兩個兵說，仰著游，把槍擱肚皮上，浮力好大一些。兩個兵趕緊改成仰游，是省了不少勁。三個人手腳用力拼命游著，張南虎突然小著聲喊他腿抽筋了。石井生回頭，張南虎已在下沉，他一猛子紮過去，雙手抓住張南虎的腿，猛往上抬，捏住他腳趾往後掰，再用手捏他小腿肚子。揉捏了一陣，張南虎才鑽出水面。石井生安慰他別緊張，剛才跑得太急出了汗，涼水一激肌肉容易抽搐，蹬腿時勻著點勁，別太猛。石井生一邊囑咐張南虎，一邊陪著他游，萬一再抽筋，他得拖他過河，還好，張南虎沒再抽筋。

河面突然傳來了馬達聲，一條船像魔鬼一樣出現在水面，這個時候沒有老百姓和軍人之分，眼前只有敵人。石井生腦子很清醒，不能讓敵人發現，不能糾纏，伸手拽著兩個兵潛入水下，跟小時候在河裡比賽憋氣一樣，一口氣憋到底，憋不住了，肺快要炸了，才悄悄鑽出水面換氣。大口喘幾口，使勁又吸了口氣，再沉下去憋。還好，那條船沒跟他們過不去，待他們換了三次氣之後，船拐彎開進旁邊一條河汊。石井生帶著兩名士兵拼命往岸邊游。

他帶著加重了的濕身子上得岸來，大方向沒錯，石井生打頭右轉向西跑。在河這邊跑了五公里，在河那邊自然也要再跑五公里，這樣才能到達無名高地。這是一條崎嶇山路，路不寬，藉著夜色，石井生看出路面雜草讓人踩熟，常有人走，用不著擔心地雷。

跑著跑著，石井生右腳突然像是踩著了雲，速度太快，左腳收不住，跟著右腳也踩了雲，兩腳一踩雲，身子懸了空，石井生沒能夠提醒後面兩個兵，自己撲通一聲墜了下去，直到額頭觸地面，讓地上硬東西狠命啃了一口，石井生才明白，這是一大坑，不知是炸彈坑，還是陷阱。石井生沒急著爬起來，他先關心身後兩個兵，還好，兩個人倒是都臥倒趴地上了，而且都出了槍，打開了保險。

不錯，真是不錯。血從額頭上蚯蚓樣往下游，石井生沒顧及，他知道額頭上除了皮就是頭蓋骨，裡面沒多少血好流，他在坑裡笑著朝兩個兵蹺起了大拇指。兩個兵發現周圍沒意外情況，才一起下坑拉班長。石井生站了起來，但右腳一沾地，他又撲通坐到坑裡，腳脖子撕裂一般的疼痛讓他站不住。石井生慌了，他不怕痛，怕腳脖子斷了走不得路，走不得路就沒法去執行連長那個軍令狀，銷不了那個軍令狀，連長就得被軍法從事，這哪成！他們怎麼能眼睜睜看著連長自己斃自己呢！但軍令狀在軍參謀長那兒立著呢！在戰場上沒這種玩笑可開。

石井生一屁股坐下，把右腳蹺起，指揮膠鞋裡那五個腳趾依次活動，五個腳趾沒有一個耍賴都動了。石井生心裡一喜，骨頭沒斷。他問兩個兵誰會整扭筋，他腳脖子崴了，讓他們幫著整一整。兩個兵不是謙虛，確實真沒整過，只好搖頭。石井生說沒整過也得整，不整怎麼走路呢，學著整吧。石井生讓張南虎動手，他告訴張南虎骨頭沒斷，只是扭了筋，要用兩隻手抓住他腳丫，向後拉，乘著勁同時往左邊猛一擰，想法讓筋叭的一聲復位，一復位就好了。張南虎只好硬著頭皮說試試。張南虎一腿跪，一腿蹲，雙手抓住石井生的右腳，他先試了試得勁不得勁。他這一試不要緊，石井生痛得嘴歪到腮幫子上去了。石井生當然沒出聲，他是班長，不能哼，就算不是班長，士兵這時候也不能哼，一哼，張南虎準手軟不敢整了。張南虎讓班長咬緊牙，說他要整了。石井生說少廢話，趕緊整，整好了好走路。張南虎雙手抓住腳使勁一拉，再往左邊一擰，張南虎沒聽到那一聲叭，石井生聽到了，其實不是聽到，只是感覺到。石井生舉著右腳，拿右腳丫向左畫了個圈，再向右畫了個圈，還行，痛還是痛，但已經不那麼撕裂不那麼鑽心了，證明位置對上了，筋理順了，痛就顧不得了。石井生讓張南虎用繃帶把他的腳脖子纏緊，張南虎就在他的指揮下把他腳脖子纏緊。石井生站起

來，感覺好多了，他一揮手，三個人越過大坑拖著濕身子繼續前進。石井生腳有點瘸，但照樣走在前面。

倪培林帶著倆兵最後一批出發，一出戰壕，他們就都趴到地上腳手並用，像上岸鱷魚一樣匍匐前進。六隻眼睛瞪得跟貓眼一樣亮，一邊匍匐前進，一邊找通道標誌。標誌沒有標誌物，只是火箭掃雷留下一道痕跡。倪培林趴地上，拿眼睛順著那條痕跡往開闊地深處延伸，隱隱約約能看出這條通道多少與開闊地其他地方有一些差異，通道上茅草和飛機草全都倒著，即使沒全倒，起碼也都彎著。倪培林朝後一招手，後面兩個兵跟著他匍匐前進。三個人連起來真像一條上岸大鱷魚，倪培林是頭，中間那兵是身子，後面趙曉龍是尾巴，他們緩緩地在開闊地上爬行著。

倪培林三個人匍匐前進速度比原計畫要快得多，兩個多小時他們就把開闊地扔到了身後。一挨著無名高地那山腳，倪培林翻過身仰面朝天，躺下喘息。後面兩個兵也學他卸下槍，一翻身仰面朝天躺地上大口喘氣。三個人不約而同地有一種滿足，有一種寬慰，差不多都冒出一個念頭，蒼天保佑，沒碰著地雷。按照這個速度，再有一個小時他們就能摸上無名高地，比連長約定的時間要早一個小時。倪培林想太提前不好，挨近了不好隱蔽，容易被敵人哨兵發現，還是在下面休息一會兒好。連長把動手時間定在凌晨一點，這時間好，狗雜種們睡得正香，讓他們在睡夢裡就直接去見希特勒和東條英機比較省事，弄不好還得挨希特勒和東條英機罵，你他娘來這麼早，攪了老子好覺。倪培林這麼遐想著，心裡輕鬆了許多，他文化比那兩個兵高，想像力比那兩個兵要豐富。

喘過氣，倪培林翻過身來，兩個兵也跟著翻過身來；倪培林開始爬坡，兩個兵也跟著爬坡。爬著爬著，倪培林有點含糊了，他發現上了無名高地，那條痕跡已很模糊。茅草沒了，飛機草也沒了，連草根都沒了，只有焦土。

焦土，大多數人只僅僅從字面上揣摩其中含意，只有在無名高地上匍匐前進過的人，才真正明白什麼叫焦土。這裡是亞熱帶氣候，降雨量是北方數倍，泥土是紅色，土質本來很黏，雨後更黏得像糯米糕。但無名高地上那些紅色黏土被炸彈燒炒過無數遍之後，失卻了本色，泥土裡已經沒有一點水分，如同裝進磚窯洞裡的那些土坯，經過烈火和高溫燃燒後燒成了磚，這紅色黏土被炮火燒得跟煤渣和鋼渣一樣堅硬，顏色也成了黑色和青色。

失去掃雷痕跡，前進難度就更大，判斷不清哪裡掃過雷，哪裡還沒有掃。倪培林當然不能讓士兵在前面探路，就算心裡有這念頭，也說不出口，班排連幹部都是吃苦在前，衝鋒在前，建軍那會兒老輩就這麼訂下了這規矩，到他這一茬就成了傳統，得照著做不走樣，要不就不是解放軍。當然，若有士兵自告奮勇，搶在前面，那就另當別論，那是英勇。現在倪培林身後那兩個兵並沒自告奮勇，倪培林當然不能啟發誘導，他只能帶頭在前面冒死路。倪培林還算機靈，往前看沒有通道，他就回過頭看，開闊地上有痕跡，他想，火箭掃雷不可能拐彎，必定是直線一條，只要保持與後面痕跡筆直延伸，就不會出岔。

不想出岔，還是出了岔。岔沒出在前面的倪培林身上，而出在最後面趙曉龍右腳上。三個人跟鱷魚一樣爬著游著，不知趙曉龍這條尾巴怎麼就甩歪了。這也難怪，夜色濃重，又沒有月亮，又是跟在班長身後，前面沒碰著地雷，後面自然就碰不著地雷。趙曉龍這麼一放心，腦子裡那根筋多少就有那麼一點鬆懈，一鬆懈就出了偏差。趙曉龍匍匐著，胳膊肘往前一挪，腿朝後一蹬，一挪一蹬，右腳不知怎麼就蹬著了一顆地雷。轟隆！深夜寂靜中猛地冒出這麼聲轟隆，三個人都嚇傻了，坑道裡的敵人更驚嚇得炸了窩，所有射擊孔一齊朝外噴火，山谷裡頓時奏起戰爭交響樂。倪培林藉著敵人槍聲乘機向後喊了一嗓原地趴著別動。倪培林沒忘連長囑咐，出任何情況，寧願犧牲個人也不能暴露整體行動。

這一聲轟隆，其餘四個小組十三個人也都聽到了。邱夢山聽出是地雷爆炸聲，朝身後唐河做了個手勢，二組三個兵迅速分開趴下，一個個大氣不敢出，都先出了槍，以防萬一。石井生他們也已爬到半山腰，他們也停止行動原地趴下，也出了槍，也大氣不出。其他小組也都是如此，都記著連長交代，不能暴露整體行動。

班長……班長……趙曉龍咬著牙輕輕地呼喚，倪培林知道是趙曉龍蹬響了地雷。敵人各個射擊孔還在往外射擊，但看出他們完全是受驚嚇後亂射，打得毫無目標。倪培林藉敵人混亂，掉頭朝身後趙曉龍爬過去，他讓另一個兵注意前面敵人動向，自己爬到趙曉龍身邊。趙曉龍說他右腿好像出了問題，他說話聲音發顫。倪培林往趙曉龍身子後面爬，趙曉龍的右腿只剩下半截，小腿沒了。倪培林伸手一摸，滿手黏糊糊熱乎乎濕漉漉，趙曉龍的褲腿和那半截腿上全是血。有了腸子纏脖子那經歷，倪培林見血就不再怪了，他什麼也沒說，睜大眼睛往前後左右搜尋趙曉龍炸丟那小腿和腳，不管有沒有用，得先找到下落。倪培林發現了，那半截腿拋出兩米左右，丟在石縫中間，腳上還穿著膠鞋。倪培林盡量不當回事地跟趙曉龍說，你右邊的小腿炸斷了，很痛吧？趙曉龍說痛倒不大覺著，半邊身子麻了。倪培林輕輕地安慰趙曉龍，麻了好，咬緊牙，千萬不要喊，你要是一喊，敵人就聽見了，敵人聽見了，咱們就不只是斷腿，咱三個腦袋都得開花。咱三個腦袋開花還是小事，整個行動就暴露了；要是暴露了，無名高地就奪不回來，無名高地奪不回來，連長那軍令狀就無法銷，無法銷軍令狀，連長就得被軍法從事。倪培林說完這一番道理，問趙曉龍明白不明白，趙曉龍說話很艱難，但他說了我明白。倪培林看他明白就很高興，他再跟趙曉龍說，那半截腿只能丟了，撿回來也沒什麼用了，咱還不知道什麼時候能回去，就算能回去，這麼長時間，那腿就壞死了，想接也接不上去了，咱回去做個假腿，不妨礙走路。趙曉龍說，不管它了。倪培林說，我先幫你包紮好，要不血會流乾。他從趙曉龍挎包裡拿出一條繃帶塞到趙曉龍嘴裡，讓他咬著，說嘴裡咬著東西，才不會喊出聲來。倪培林再從自己挎包裡摸出一條繃帶，問趙曉龍咬住了繃帶沒有，趙曉龍唔了一聲。倪培林就動了手，先拿起趙曉龍剩下的半截破褲腿，把腿

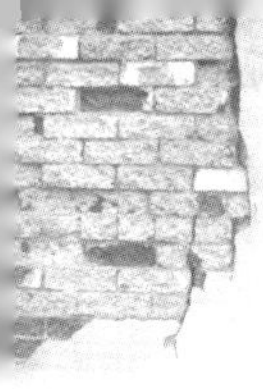

斷處炸爛了的那些肉包裹一下，然後捧著趙曉龍那半截腿拿繃帶使勁纏。他明白，只有把血管紮緊紮死，才能止住血不再流，要不趙曉龍準死。倪培林當然不想讓趙曉龍死，他把自己那些繃帶全纏到了趙曉龍腿上，他覺得還不夠結實，又從趙曉龍挎包裡摸出繃帶，再纏上一條。纏好後，這半截腿粗了好多。倪培林再爬到趙曉龍頭處，悄悄問趙曉龍感覺怎麼樣，趙曉龍說腿完全沒知覺了。倪培林說沒知覺好，這樣就不會覺得痛了。趙曉龍說渴，倪培林拽過趙曉龍的水壺，幫他擰開蓋，讓他喝，趙曉龍咕嘟咕嘟喝了幾口。倪培林安慰趙曉龍，你一定死不了。他跟趙曉龍交代，讓他在這裡趴著別動，不要再往上爬，他們兩個上去。等收拾完那幫狗雜種，再回來救他。讓他把槍和手榴彈準備好，以防萬一。要是他感覺還能爬，等戰鬥打響後，順著原路一點一點往回爬，爬回連陣地好早點給他治傷。趙曉龍很感激又很慚愧，抱歉他不能上去出力了。他讓班長放心，他絕不會給連長丟臉。倪培林很感動，摸了摸趙曉龍的頭，他放了心。囑咐趙曉龍，要是餓，就啃壓縮餅乾，自己照顧好自己。倪培林跟趙曉龍交代完，仍舊爬到前頭，敵人還在打槍。

敵人慢慢停止了射擊。不一會兒，敵人出了坑道，在陣地上轉，有人端著槍四下裡亂射著玩，實際是在給自己壯膽，他們在察看下面上沒上來人。就這一陣亂槍，其中有兩發子彈，不偏不歪正打著了邱夢山，一發當地打在他鋼盔上，幸好角度巧，子彈跳了，邱夢山只是感覺頭被石頭子砸了一下。另一發，撲哧射進了邱夢山左肩，邱夢山被錐子扎了一樣，他痛得咬破了舌頭。邱夢山倒退著爬到唐河身邊，悄悄告訴他，他左肩膀讓狗雜種打著了，讓唐河給他包紮。唐河顫抖著雙手給連長包紮。

敵人打了一陣空槍，嘰裡哇啦呼喊著回了坑道。邱夢山沒工夫顧得痛，他抬手腕看了看夜光錶，離行動時間還有三十五分鐘。他用右手朝身後打了個手勢，讓大家繼續趴著。時間一秒一分地走著，分分秒秒都走在他心頭。夜又恢復了沉靜，不時傳來高地兩邊山林中的夜鳥啼鳴，夾雜一些野猴子和其他動物的嘶叫。夜風掠過樹林，傳來一片沙沙聲。

第五小組和第四小組有點急，他們感覺行動遲緩了，怕耽誤整體行動，他們沒能沉住氣，上面敵人一靜，隨即繼續朝無名高地匍匐前進。其他三個小組都沉默了十分鐘之後，也繼續向無名高地陣地進發。

第四小組搶先摸上了無名高地，四組長一看錶，離進攻時間還有十六分鐘，他們動作快了。四組長揮手讓身後兩個兵趴下隱蔽，他先抬頭察看情況。不好，他們爬偏了，幾乎到了坑道北出口。這個口由倪培林第一小組負責，他們的任務是在外面監視敵人。北出口正對著我方陣地栗山，是他們重點設防口。四組長朝兩個兵揮揮手，跟他向東移動，離開北口，以免影響第一組行動。

意外就在第四組向東移動中發生，一個兵有過敏性鼻炎，不知什麼氣味刺激了他鼻子，突然癢得不可抑制地連打兩個噴嚏。這兩個噴嚏好似六〇炮一樣響，嚇著了敵人哨兵，哨兵嘴裡那哨子和手裡的槍一起叫響。打噴嚏的士兵倒下了。四組長發現已經暴露，端起衝鋒槍一梭子打死了那個哨兵。四組長和剩下那個兵躍起衝向坑道北口，敵人那挺機槍把他們擋在門外進不得坑道，他們兩支衝鋒槍也讓敵人關閉不了坑道門，雙方僵持著誰也奈何不了誰。

邱夢山和其他各組聽到槍聲，知道行動已經暴露。各組當即貓腰向高地奔跑，敵人也投入戰鬥，北側西側各射擊口一齊開火。倪培林第一小組和唐河第二小組被敵人壓在工事前抬不得頭。邱夢山知道僵持對他們就是危險，他讓唐河他們掩護，他獨自貼著地面匍匐接近西口，西口那水泥門關著，進不了坑道。邱夢山貼著西口工事接近左側射擊孔，敵人一支衝鋒槍正瘋狂地叫喚著，邱夢山左手動不得，他用左胳膊壓住手榴彈，用右手擰開手柄蓋，用牙咬著弦拉了弦，兩秒鐘後突然塞進射擊口，慘叫和爆炸聲一齊傳出，唐河他們乘機衝到西口。邱夢山讓唐河帶一個兵守在西口，他帶另一個兵向北口靠近。倪培林和另一個兵避開敵人火力，與四組長會合，邱夢山帶一名士兵也從坑道頂上趕到北口，他果斷地讓四組長和那個士兵在外吸引敵人，想法貼近射擊口往裡塞手榴彈，他和倪培林四個準備強行攻進坑道。

四組長和那個兵分頭匍匐著挨個往射擊口裡塞手榴彈，牽制敵人火力。倪培林帶一個兵在北口左側，邱夢山帶一個兵在北口右側，他們剛朝坑道口探頭，裡面機槍立即吼叫，子彈密如暴雨，沒一點空隙，無法向坑道口接近半步。

無名高地北側和西側接上了火，南側卻安靜如一潭死水。石井生三個並沒有睡覺，像貓一樣雪亮著六隻眼睛趴在南口坑道門外。石井生發現坑道門關著，但裡面寂靜無聲，弄不準坑道門兩側射擊口裡是不是躲著敵人。打仗不能嘗試，嘗試就要送命。連長這話他記得很清楚。他打手勢讓張南虎和另一個兵隱蔽好準備戰鬥，他自己找兩個射擊口之間那射擊死角繼續匍匐接近坑道門。石井生證實坑道門關著，沒貿然拉門，悄悄爬到右側射擊口邊，側耳細聽，沒有收穫。他沉住氣，伸手摸起一塊小石子，對準射擊孔丟了進去。南口左右兩個射擊孔同時噴出火舌。王八蛋還挺沉住氣，幸虧沒大意。石井生摸出兩顆手榴彈，拉弦後一起塞進了射擊口，同時送進去一句話，老子給你們送宵夜來了。手榴彈在坑道裡面爆炸，兩個射擊口立時成了啞巴。石井生一揮手，張南虎和那個兵一起躍起，衝到南口坑道門前。石井生讓張南虎擰著門把往裡推，不錯，坑道門沒鎖。張南虎拿肩膀頂著水泥門推開一道縫，石井生從門縫裡把衝鋒槍塞進去掃射起來。張南虎頂開水泥門，隨即也端起槍，兩人並肩掃射著往裡衝。剛衝出五步，兩個人同時撲通倒地，後面那個兵躍上前接替。石井生定睛看，腳下躺著三具屍體。他聽到有人哇啦哇啦朝這邊跑過來，喊了聲臥倒。三個人就地趴下，拿三具屍體當沙包。朦朧中隱約發現敵人推著一門八二無後坐力炮朝他們移動。石井生辨別著聲音方向，悄悄地端起衝鋒槍，噠噠噠一梭子出去，對方送回了慘叫。石井生喊，衝過去！三個人端著槍衝了過去。坑道裡沒有燈，有人往坑道深處跑，他們沒進過這坑道，不敢貿然前進，貓起腰向前摸進。突然，黑暗處響起槍聲，走在前面的那兵應聲倒下。石井生和張南虎同時朝冒火處開槍，有人像面袋子摔地上一樣倒下。石井生跟張南虎說，匍匐前進，拿手榴彈當燈。他們兩個趴下，向前扔手榴彈，藉著手榴彈爆炸的火光察看前面坑道內道路，看清了繼續往前衝，然後再趴下，再扔手榴彈……

坑道北口內機槍像瘋狗一樣吼叫著，邱夢山拿它沒一點辦法。邱夢山右手舉衝鋒槍貼著坑道壁向裡射擊，打了兩梭子，裡面那挺機槍啞了。倪培林端起槍要往裡衝，被邱夢山吼住了。邱夢山吼聲未落，敵人機槍又開了火。邱夢山側過身，背貼著坑道壁，用牙拉手榴彈弦使勁往裡扔，連扔兩顆，裡面那挺機槍又停了。邱夢山停了片刻，再往裡扔了兩顆手榴彈。藉著手榴彈爆炸火光，邱夢山突然撲地滾進了坑道，左肩傷口痛得他忍不住呻吟。倪培林跟著也撲進坑道，敵人機槍又響了，倪培林右胳膊被子彈咬了一口。邱夢山右手端起衝鋒槍朝噴火處掃了一梭子，機槍這回真啞了。外面兩個兵也跟著滾進了坑道。

倪培林捂著傷臂向邱夢山爬過去，他告訴連長這是個環形坑道，四面都有射擊孔，下面還有個彈藥庫，有三個入口，估計敵人已經退到彈藥庫。邱夢山讓人幫倪培林包紮好傷口，然後他們拿手榴彈和子彈開路，相背分頭挨著搜查射擊口。邱夢山搜查到第六個射擊口碰上了石井生和張南虎，他們一起繼續往前搜索，直到與倪培林碰頭。整個坑道只搜著一個傷兵，敵人可能下了彈藥庫。邱夢山帶一組，石井生帶一組，倪培林帶一組，分別從三個口下彈藥庫。他們來到入口，先扔一通手榴彈，接著對敵喊話。因出征前接受過簡單培訓，倪培林用當地語言喊話，他聽到敵人回話願意投降。倪培林讓他們舉著雙手上來。下面臺階上響起了腳步聲，倪培林他們端槍注視著。沒有燈，看不清人影，只能憑感覺。敵人腳步響在臺階上，但看不到他們手裡是否拿著手雷或端著槍。人還沒上來，忽然一顆手雷先拋了上來，幸虧倪培林眼疾手快，一腳將手雷踢下底層，反把敵人炸得慘叫。他們接著又往下扔了兩顆手榴彈，裡面沒了聲響。

石井生在樓梯口不見裡面有反應，他打著打火機慢慢伸進樓梯口，裡面仍沒聲響。下面臺階上有支蠟燭。他滅了打火機，順著臺階往下爬，在黑暗中一直爬到底層坑道。他屏住氣，靜靜地感覺，他感覺沒有人的聲息。他悄悄地拿著打火機，高高舉起，突然打火，底層居然沒有敵人。

趙曉龍忍著痛趴在半山腰，終於熬到戰鬥打響。他打算慢慢爬回連隊，早回去好早治傷。他剛扭身子，斷腿處痛得他暈了過去。他再醒來，感覺右邊半個身子已不再屬於自己，他跟自己說只能等班長他們來救了。上面槍聲激烈起來，他感覺到了餓，摸出一塊壓縮餅乾，啃一口餅乾喝一口水。趙曉龍啃了半塊壓縮餅乾，水壺乾了，嘴裡乾得再咽不下餅乾，他把剩下那半塊壓縮餅乾塞進挎包。上面槍聲停了，一會兒，夜風中夾進了腳步聲。趙曉龍一喜，心想，一定是班長來救他了。他忍著痛翻身趴著，盯著腳步聲方向，等待班長到來。奶奶的！聽說話聲是敵人，有七八個人，他們從北面走來，正朝高地摸上來。他們是從哪裡來的？是增援？不對，敵人增援應該從南面來，他們怎麼從北面過來？難道這坑道還有暗道？他們準是從另外暗道口逃出來的，現在正要向高地反撲，連長他們準不知道。要是讓他們神不知鬼不覺摸回坑道，連長他們肯定要吃虧。

趙曉龍咬緊牙關，輕輕地從身上摸出一顆一顆手榴彈排著擺到面前，再操起衝鋒槍，眼睛盯住了準星缺口。狗雜種！炸斷我的腿，報仇正找不著人呢，你們送上門來了，我得把本撈回來。趙曉龍瞄準了敵人，他把食指扣到扳機上。五十米，四十米，三十米……再近點，我只有一個人，近了打得準，殺傷力強，我一條腿沒了，扔手榴彈使不上勁，扔不了那麼遠，近了好對付。趙曉龍指揮著自己。二十五米，二十米，十八米，十五米，十米，開火！趙曉龍給自己下了命令。隨著衝鋒槍吼叫，最前面那三個敵人沒弄清是哪裡槍響就木頭一樣倒下了。一個彈匣打完了，趙曉龍躺著一氣扔出六顆手榴彈。突如其來遭迎頭痛擊，敵人被打暈了。死掉的那幾個成了糊塗鬼，沒死的幾個趴著不敢動，他們一時搞不清手榴彈和子彈來自何方。

趙曉龍已經完成了任務，可以說是超額完成了任務，立了大功。他不光打死炸死了四個敵人，而且是他粉碎並制止了敵人的陰謀，給第四、第五組報了警，也給邱夢山報了信。趙曉龍要是不再開槍射擊，他非常安全。不開槍，敵人搞不清他的位置，沒法還擊，第四、第五小組已經趕來收拾他們。趙曉龍沒想這些，他只有一個心願，他要消滅眼前這些敵人。扔完手榴彈，他又換上彈匣，拿起衝鋒槍朝敵人開了槍。趙曉龍再次開槍，讓敵人找到了還擊目標，子彈和手榴彈一起向他襲來……

第四、第五小組循著槍聲撲來，跟敵人接上了火。邱夢山和石井生、倪培林正在坑道裡清點敵人屍體，只找著七具屍體，敵人不可能只有七個。正納悶，聽到外面響起了槍聲，他們一起衝出坑道，一聽槍聲來自北側半山腰，邱夢山也蒙了，他也不明白敵人從哪裡來。他們從北口衝下去把剩餘敵人包裹起來，一口氣把敵人全部消滅。戰鬥結束，邱夢山清點人員，只有十一個兵站在他面前。

倪培林報告，趙曉龍讓地雷炸斷了右腿，在半山腰躺著。邱夢山找到趙曉龍，趙曉龍已經犧牲。邱夢山發現趙曉龍除了腿被炸斷，身子又被手榴彈炸傷，上身也已血肉模糊，但他雙手還緊握著衝鋒槍。邱夢山伸出雙手摟著趙曉龍呼喊，他忘了自己的傷痛，沒能把趙曉龍喊醒，自己卻痛得滿頭大汗，兩行眼淚滾落下來。邱夢山這才明白，原來坑道彈藥庫旁邊有暗道，幸好被趙曉龍發現。趙曉龍扼制了敵人反撲，要沒有趙曉龍，後果不堪設想，趙曉龍是這一仗的最大功臣。

9

無名高地奪回來啦！

喜訊在栗山陣地上飛揚，戰壕裡兵們一片雀躍，官兵們奔相走告，兵們的激動和喜悅無法抑制，不知是誰，高喊了一聲，邱連長萬歲！一呼竟百應，全陣地上官兵都舉槍振臂高呼，邱連長萬歲，那呼聲搞得對面壽山上的敵人心驚膽顫，不知道中國軍隊要幹什麼。

邱夢山沒有激動，他心情反很沉重，奪回陣地接通電話線後，他在無名高地坑道裡打了兩個電話，第一個電話打給了荀水泉，讓他派二排長帶兩個班接守無名高地。第二個電話打給了團長，只說了三句話，陣地奪回來了；犧牲了五名士兵，請給戰士趙曉龍記一等功，其他四名士兵記功追認烈士；幫他向軍參謀長銷了那個軍令狀，請求工兵即時在無名高地南側佈雷，同時掃清我方開闊地帶雷區。團長當即回話，辛苦了，士兵記功以支部名義上報，你個人也該記功。

邱夢山回到連指揮所，他又鐵青著臉，掏出那本血債，一筆一畫地把五名犧牲士兵的名字記到本子上。衛生員趕來給他重新包紮傷口，包著包著，邱夢山突然一歪身子靠折疊椅上睡著了。衛生員嚇壞了，以為他弄痛了連長，讓連長痛暈過去了。急得連聲呼連長。荀水泉和唐河也手足無措，但他們很快放下心來，連長打起了呼嚕。天知道他承受的壓力有多大，他的心和身子有多累，一下子得以鬆弛他無法控制。苟水泉慌忙搖手，他和唐河一起把褥子鋪到地上，三個人輕手輕腳把連長托起再放到褥子上讓他睡下……

上面傳來指示，給五名犧牲士兵記大功，其餘十名敢死隊隊員也都要記功，唯獨沒提邱夢山。團長直接給五號首長打了電話，說邱連長也負了傷。五號說，丟陣地和奪回陣地算扯平。苟水泉急得在電話上朝團長吼，沒有邱連長立軍令狀，要犧牲多少士兵？連長還負了傷！團長答非所問地跟他說，給連隊下命令，不准再喊連長萬歲！

李松平來了一連，他只跟邱夢山說了一句話，問他傷怎麼樣，接著又用雙手握了他右手。李松平跟苟水泉單獨說了話。他說邱夢山是條漢子。

消息又風一樣傳遍摩步團陣地的每個角落，傳到哪哪即刻沉默。官兵們一個個在心裡替邱夢山冤，從團長到每一個士兵，一個個都咬著牙不服，但邱夢山看起來卻若無其事。

邱夢山奪下無名高地心裡並沒輕鬆，連裡官兵發現連長的話更少了，但腰板倒是挺得更直了，到哪都有一種氣勢。邱夢山和苟水泉從團裡開完壽山反擊戰作戰會回來，班長們發現連長眉頭似乎揚起了一些。連長正給班以上幹部講作戰方案，唐河進來悄悄地把一封信塞給了邱夢山，邱夢山看都沒看，把信塞進野戰服兜裡。摩步團擔任壽山反擊戰役主攻團，摩步一連爭取到了主攻團尖刀連任務。儘管邱夢山奪回無名高地沒立功，聽說上面有個說法，說邱夢山用了不到十五個小時就奪回無名高地，是個打仗的材料。

邱夢山自然不知道領導這麼看他，他也沒去揣摩領導怎麼看他，他把心全部交給了眼前這場戰爭，他整天在想，怎麼能有效地快速消滅敵人，怎麼能保證部下不犧牲、少犧牲，怎麼能打勝眼前每一個戰鬥。早點結束戰爭，讓大家凱旋回營，其他的他顧不得了。

唐河給邱夢山的那封信是岳天嵐寄來的，唐河發現邱夢山沒在意，特意又悄悄提醒了他。邱夢山沒理他，但在座的那些班排長都發現，連長說話突然激動起來，講話聲音升高了一個調。

開完作戰會，邱夢山溜出指揮所，一頭鑽進了芭茅叢，他要不受任何干擾地好好享受岳天嵐的來信。當他看到信上「我已懷孕，你要做爸爸了」那幾個字，眼前那些字即刻在淚水裡模糊了，邱夢山一仰身子躺到芭茅叢中，他唔唔地大哭起來。是因為要做爸爸而激動？是岳天嵐讓他想起了委屈？他有多少話要跟她說，可他現在說不了。也許他想起了那個軍令狀，想起了犧牲的五個士兵，尤其是趙曉龍。是趙曉龍救了他邱夢山，是趙曉龍消除了大患，可是趙曉龍沒有了，他連一句感謝話都沒能對趙曉龍說。誰都難以體會他此刻的心情，奪回無名高地後，他始終沒流露出一點欣喜，心裡像是壓著塊石頭，掀不掉，吐不出，這封信讓他如同見著了岳天嵐，終於有了傾訴物件，心裡那塊石頭被掀開了，激情的閘門被打開，如黃河飛瀑，奔突激湧，一瀉千里。

邱夢山不知道在芭茅叢裡哭了多久，哭到最後他竟睡著了，全身心放鬆地睡著了，睡得非常舒坦，在戰爭這個魔鬼鼻子底下他居然不可思議地有了這種舒坦和鬆弛，實在讓人難以理解。邱夢山被荀水泉叫醒時，手裡還拿著岳天嵐的那封信，那信像鴨絨被覆蓋著他給他溫暖，讓他快活。

荀水泉搖了五次才把邱夢山搖醒。邱夢山呼地坐起來以為出了事，腦子裡那根弦一下又繃得鋼鋼響。荀水泉笑了，問他岳天嵐說什麼了，邱夢山這才面露喜悅，說他要做爸爸了，那口氣比拿下無名高地還驕傲。荀水泉也為他高興，說他不愧是神槍手，彈無虛發，晚上慶賀一下，好好喝兩杯。正中邱夢山下懷，說一人半斤。荀水泉告訴他曹謹也來了信。邱夢山問他有什麼好消息，荀水泉也幸福起來，結婚這幾年，曹謹頭一次把信寫得這麼溫柔，荀水泉也讀出了眼淚。邱夢山這才想起信還沒看完，兩個人一起再看信，信上說岳天嵐跟曹謹成了好姐妹，邱夢山也摟住了荀水泉的肩膀，戰爭讓這兩個男人拋棄了之前所有隔膜。邱夢山說天嵐和曹謹都是好女人，荀水泉說一輩子要對得起她們，邱夢山說一定要讓她們為他們驕傲，荀水泉說一定要讓她們一輩子幸福。邱夢山突然鬆開手，很嚴肅地跟荀水泉說要立個契約。荀水泉問他立什麼契約，邱夢山說他們兩個要是都犧牲了，或者都活著回去，那就無所謂了，要是犧牲一個，不管誰犧牲，誰活著，活著的一定要把對方妻子當自己親妹妹一樣照顧好，一定要把對方孩子當自己親生孩子一樣撫養成人。荀水泉也嚴肅起來，他完全同意。兩人雙雙跪在芭茅叢中，雙手合十，仰面朝天，一起發誓，讓蒼天作證，不管誰活著回去，一定把對方妻子當自己親妹妹一樣照顧好，一定把對方孩子當自己親生孩子一樣撫養成人！如果做不到，天打五雷轟。發完誓，兩人齊刷刷地在芭茅叢中朝天拜地，磕了三個響頭。

發完誓，磕完頭，苟水泉才說正事。苟水泉來找邱夢山是因為石井生，他救下的那個傣族姑娘叫依達，找到陣地上來了，要求留在摩步一連，要跟石井生在一起，做飯，搬炮彈，給兵們洗衣服，幹什麼都行。苟水泉跟她解釋，這裡是戰場，部隊沒法讓一個姑娘留在連隊做這些事情，上級也不會同意。依達更乾脆，說她要嫁給石井生，要是不答應，她就不下山。邱夢山笑了，戰場上還會有這等好事，不過士兵不允許在駐地找物件，這是紀律，不能胡來。苟水泉勸不了依達，只好把任務壓給石井生。石井生很感動，他知道部隊紀律，他說他來做依達的工作。苟水泉找不到邱夢山，就讓石井生送依達下山回家，怕發生意外，特意安排倪培林暗中保護。

10

石井生這輩子頭一回單獨跟一個姑娘一起走這麼長的路，他心裡一直有隻小兔子在竄跳，竄跳得他心裡很慌亂，慌亂得有些不知所措，比上無名高地還緊張。

依達像朵山花，美麗而本色，一切到她這裡都變得十分簡單。敵人炸死了她阿爸阿媽，她沒有哥，也沒有弟，她沒本事為阿爸阿媽報這深仇大恨，石井生為她報這仇，他是她恩人。她沒法報答他，只有嫁給他，一輩子侍候他。沒想到部隊竟會有這麼一條紀律，依達急得哭了。依達雖然只有十九歲，但主意定下就鐵了心。荀水泉怎麼解釋，她就是不聽，非嫁給石井生不可。

白撿個老婆，而且天仙一樣美麗，石井生自然高興。石井生覺得他跟依達有緣分，要不他怎麼就在這邊境碰著依達呢？素不相識她怎麼就向他拋花？敵人的炮彈怎麼就打著了她家？他們衝進屋救人怎麼就會是她阿爸阿媽？一切都是命中註定，老天爺就是不讓春杏答應他，原來有依達在這裡等著他。石井生有了主意，他完全有把握說服依達。

石井生選擇了一條密林小路，石井生走在前，依達緊跟在後，兩個人翻過栗山，走進山谷，太陽已經被前面小山擋住，提前在這裡落了山。再翻過前面那座小山就是依達他們村寨，他們就一起翻那座小山。依達噘著小嘴，一直噘到小山上，石井生還沒能說服她。依達說部隊上什麼都好，就這紀律不好。石井生說要沒這紀律就不叫解放軍了。依達不理解解放軍為什麼就不能在駐地找物件，石井生解釋解放軍要是走到哪兒就把哪兒美麗的姑娘都娶走，當地小夥子們就都要恨解放軍，老百姓也都會罵解放軍，解放軍讓老百姓罵怎麼可以呢？依達挺任性，說這紀律不好就是不好，她偏要嫁給他。石井生問依達是不是真想嫁給他，依達說誰撒謊誰是小狗。石井生開心地笑了，他告訴依達，如果她真想嫁給他，他可以娶她。依達問他有什麼辦法，石井生告訴她，只要她願意等他，只要他不犧牲，等打完仗，他就可以名正言順娶她。依達不相信，說他騙她。石井生解釋不是騙她，到那時候，他要是沒犧牲，他們部隊就會回到原來駐地，跟這裡隔著好幾個省呢！他娶她，就不是在駐地找對象了。依達這才明白，她高興了，說今天就說定。石井生說可以說定，但有一條，他必須活著回來，要是他犧牲了，就沒有辦法了。

依達突然舉起雙臂吊住了石井生的脖子，她怕石井生犧牲。石井生氣不夠用了，長這麼大，頭一次被姑娘摟，他很激動。他不想犧牲，但是子彈炮彈不是他父母兄弟，不會故意照顧他，上了戰場，就得隨時準備犧牲。依達盯著石井生，真情地叫了一聲阿哥。石井生聽到了，但他覺得好像不真實，他讓她再叫一聲，依達又叫了他一聲。石井生腦子裡亂了，他不由自主地把依達緊緊抱住。依達貼著石井生的胸膛，她怕他犧牲，他要是犧牲了，她就再也見不到他了，也嫁不了他了，她讓石井生現在就要她，讓他們悄悄地先做下夫妻，她這樣就放心了。石井生沒碰過女人，渾身篩糠，他撐不住勁了，抱住依達恨不能把她吃了。

倪培林這時比石井生更激動，他那兩個眼珠都快鼓出來了，他忘了他在幹什麼。這一路上他已很失望，懷疑石井生知道他在跟蹤，石井生故意在做給他看，石井生連依達手都不牽，他乏味得要掉頭回去了。是依達把他拽住了，依達吊住了石井生的脖子，石井生也抱住了依達。倪培林心裡比石井生還著急。石井生突然一把推開了依達。石井生看到了一隻眼睛，這隻眼睛不長在倪培林臉上，而長在旁邊樹幹上，很大一隻眼睛，直直地盯著他。這隻眼睛讓石井生想起了指導員，他一下冷靜下來。石井生坦白地跟依達說，這輩子他從沒碰過女人身子，依達是第一個。過去只在春杏臉蛋上親過一下，還挨了她一巴掌，他真想跟她這就做夫妻，但他不敢，他不能犯紀律。

依達哭了，低著頭跟在石井生後面朝小山下走去。倪培林失望地目送他們下山，他再沒了興趣，轉身往回返。走進小山下的樹林，依達又站住了，她含著眼淚求石井生，要他一定不能犧牲，她一定等他。她要石井生親她，讓她留下些記憶。兩個人瘋狂地親吻起來，依達把石井生點著，石井生髮高燒一樣把依達抱了起來，把她輕輕地放倒在茅草上，茅草又長又密，像地毯一樣鬆軟。石井生像山一樣壓住了依達。依達很開心，她要這座山，她要把這座山托舉起來。石井生突然崩塌，滿臉通紅，他急忙站起來。依達不知道又發生了什麼，石井生沒法跟她解釋，他只能騙她，說還是留到最美好的時刻再做夫妻才最有意義。山那邊太陽也羞得滿臉通紅。石井生拉起依達的小手，兩個人跑下山去。

壽山反擊戰打響的前夜，邱夢山挨個防空洞檢查，督促大家睡覺，睡不好覺，打不好仗。

石井生閉著眼睛躺在防空洞門口，他其實沒睡著，在偷著美。依達這丫頭太可心了，石井生做夢也沒想到，邊境這麼遙遠，竟會有這樣一位天仙般的傣族姑娘在等他，這才叫有福之人不用愁。他二十五歲，依達十九歲；他是孤兒，她也沒了阿爸阿媽。今後，他心裡只有依達，依達心裡也只有他石井生，真是天造地設的一對。石井生見了依達才知道什麼叫丹鳳眼，眼梢往上翹著，要多精神有多精神，要多好看有多好看。依達是水，水一樣柔；依達是花，比花還香；依達是火，比火炭還燙人，真想溶化在她身上。石井生眼睛閉著，嘴角卻忍不住拉開來笑，有生以來他頭一回這麼偷著樂。值了，有了依達，死都值了。石井生就在這甜蜜中慢慢進入了夢鄉。

唐河的哨子尖厲地吹響，大部分兵睡得正香。再苦再累，兵們一聽哨音都瞪大了眼睛。沒有招呼聲，只有腳步聲。凌晨一點半，摩步一連準時進入了前沿陣地的戰壕。他們在戰壕裡默默等待那個時間，凌晨三時三十五分。這個時間，別說躲藏在壽山大小二十八個山頭坑道裡數以萬計的敵人，連哨兵和草木、夜鳥、野獸都在做著各種美夢。

——命令炮兵第六師，以一三〇加農榴彈炮向敵軍後方供給基地、炮兵陣地、後續部隊、保障部隊等可能集結或屯留部隊的地區進行十分鐘火力急襲，待敵人還擊取得資料後，加大炮火密度！

——命令炮兵第三〇二團，以一二二迫擊炮對敵壽山主陣地進行十分鐘火力急襲，待取得有效資料後，立即加大炮火密度！以彈幕交替遞進方式轟擊！

——命令各炮兵營，對我防禦前沿三公里地段內以小口徑火炮進行十分鐘火力急襲，待取得有效資料和戰果後，立即改用大口徑火炮射擊！

——命令火箭炮營向壽山主陣地進行地毯式轟擊！

……

一道道命令如同魔法咒語，奇異地讓眼前世界迅即幻影般天崩地裂，戰爭這個魔鬼得意地露出真實面目——殘酷與猙獰。壽山東西寬九公里、縱深十公里的地面不再是人間樂土，只有滿天鐵蝴蝶在橫行、飛舞、爆炸，只見火光和硝煙沖天飛濺、席捲、肆虐。山頭被一點一點削平，樹木被一片片炸倒，工事連同土地被天女散花般拋撒……

壽山陣地上那些敵人如湯澆蟻穴，火燎蜂房，一群群敵人光著身子像飛機噴藥後的那些蝗蟲，暈頭轉向，四處亂撞。我方指揮所監聽電臺裡收到一片嘈雜聲，喊叫、辱罵、求救，驚慌之中都直接用明語喊話。這邊向上級報告建制已經被打亂，那邊大聲疾呼陣地被摧毀，有些部隊呼叫傷亡已經過半，有些陣地在請求增援……

摩托化步兵師、機械化步兵師、坦克師在栗山一線待機陣地整裝待發。石井生從來沒見過這種場面，看著炮兵兄弟把壽山描繪成火樹銀花，他按捺不住地喊了起來。倪培林在一旁卻冷冷地問他，這麼激動，昨晚是不是開葷啦？石井生扭頭看倪培林，倪培林說他豔福不淺，弄了個少數民族姑娘，不但美麗出眾，而且還不用計畫生育。石井生非常佩服倪培林工於心計，什麼事他都比別人想得多，想得遠，想得細。石井生故意逗他，問他是不是嫉妒了，倪培林關心他離開後他們幹了什麼，石井生知道他跟蹤了他們，他故意吊他胃口，說天機不可洩露。倪培林本想挫挫石井生的銳氣，好事總落在他頭上。奪無名高地，要不是石井生主動推讓就立了二功；而他這麼主動請戰，在戰鬥中還負了傷，評功卻沒人提他。同樣進村，石井生就撞著了天仙般的依達，他也碰著了幾個姑娘，她們對他卻無動於衷。

轟！轟！轟！

敵人緩過氣來開始還擊，炮彈把他們那些話炸飛了。石井生和倪培林都兔子一樣趴在戰壕裡，石井生趴著也沒能老實，埋怨炮兵怎麼沒把敵人炮兵打癱瘓。就在這時，邱夢山發出了出擊命令。石井生、倪培林帶著各自的兵，一個個躍出戰壕，向山下衝去，山谷裡頓時捲起一股狂潮，向壽山洶湧而去。兩邊友鄰機械化步兵師和坦克師那些坦克、自行火炮、自行火箭炮、步戰車，呼嘯著分幾路向壽山兩側插去，整個山谷和壽山一起戰慄。

石井生和倪培林衝鋒也沒忘了較勁，目標是壽山前沿二十六號高地，兩個班像兩條小龍向高地飛騰。壽山各山頭，都是北坡陡南坡緩，一上坡，無論石井生還是倪培林，前進速度立即慢了下來，他們減慢速度不是沒了勁，而是兩個鼻孔太小，氣喘不過來，連嘴張開也不夠用。坡陡，他們必須手腳並用，每個人等於自己拽著身子往上提，不是在用力，而是在用功。

敵人在壽山主峰設了三道防線，第一道是二十六號高地，第二道是六二六點六高地，第三道才是壽山主峰。各個高地我原本都築有永備工事，敵人又加了蓋溝，戰壕通著蓋溝，蓋溝連著碉堡，碉堡保護著坑道。摩步一連第一項任務是要像尖刀一樣割破敵人第一道防線，拿下二十六號高地，為後續部隊打開通道。然後直插六二六點六高地，掃清進攻壽山主峰障礙。

二十六號高地海拔四百多米，邱夢山率一排前進不到一百米就被敵人的炮火壓在山腰下抬不得頭。為分散目標減少傷亡，邱夢山讓隊伍散開，三人一小組，成分散隊形進攻，分頭逼近敵人的工事。石井生和倪培林兩班都已補充滿員，各班分成四個小組，分頭摸進。敵人居高臨下，火力發揮超常。摩步一連沒有工事依託，抬頭就成靶子，很難發揚火力，沒有炮火壓制，難以前進。邱夢山請求團炮火壓制，五分鐘之後，山下小口徑火炮開火，邱夢山觀察著彈著點報告距離。敵人火力隨即減弱，邱夢山不失時機的讓一二三班找火力弱點突破。

石井生和張南虎突在最前面，敵人憑藉蓋溝和碉堡頑強抵抗。碉堡裡那挺機槍威脅最大，手榴彈夠不著，槍打不進，有勁使不上，石井生急得直罵。他回頭喊馬增明，馬增明拖著四〇火箭筒爬到石井生身邊。石井生先讓他看清敵人機槍位置，再指給他左側一棵被炸斷樹幹的老樹墩，讓他以老樹墩做掩護，敲掉敵人碉堡裡那挺機槍。馬增明拖著火箭筒爬向老樹墩，石井生和張南虎一起拿衝鋒槍向碉堡射擊口掃射掩護。馬增明安全地爬到樹墩後，扛起四〇火箭筒，任務艱巨讓他雙手顫抖。一緊張火箭彈打在了碉堡混凝土上，跳彈飛了。馬增明慚愧地扭頭看石井生，石井生沒罵他，讓他沉住氣，瞄準了再打。

碉堡裡機槍仍在瘋狂吼叫，馬增明咬住嘴唇，再一次扛起火箭筒，他憋著氣瞄準擊發，火箭彈呼地飛出，他射中了，火箭彈射進了碉堡射擊口，轟隆一聲響，射擊口裡往外冒煙。馬增明激動地跪在地上朝石井生喊，班長！我打中了！石井生哪還顧得他，早連跑帶蹦一氣竄到碉堡前，張南虎等五個兵也跟著衝了過去。石井生沒顧馬增明，敵人卻發現了馬增明，一梭子子彈飛來，馬增明滾到地上，痛得哇哇地叫班長，說他胳膊斷了。

石井生一氣衝到碉堡前，接連往碉堡裡塞了兩顆手榴彈，硝煙未散，他朝後一揮手，端起衝鋒槍用子彈開路，闖進了碉堡。後面張南虎等人一起跟進。邱夢山領著倪培林也從另一側蓋溝打進了碉堡。邱夢山命令一班二班向左，三班四班向右，用衝鋒槍和手榴彈開路，迅速擴大戰果。攻進蓋溝，等於打進敵人心臟，敵人不再有優勢。他們貼著蓋溝壁向前摸進，衝鋒槍一路掃平道路。十五分鐘，他們攻進了二十六號指揮所，唐河不失時機發射了三顆紅色信號彈。

二十六號高地與六二六點六高地之間有一片平緩丘陵，飛機草和茅草有半人高，只一條現成通道。坡平面寬，草深路窄，部隊擠在一條通道上行進速度很慢。摩步一連剛上路，敵人炮彈就飛來，全連被迫趴下，部隊一分散當即有人踩了地雷。邱夢山估計第二道防線防守會更加堅固，火力會更強，在敵人鼻子底下進攻，必須速戰速決。拿下二十六號高地，大部隊開始進攻，要打不開通道，會影響整個戰役進程。邱夢山請求工兵火箭掃雷，工兵掃雷小組迅速趕到，但只上來一隻火箭開闢器。有一隻就比沒有強。轟的一聲，掃雷火箭飛向雷區，但是火箭開闢器那尼龍繩纏樹椿上被拉斷了，導爆索沒能在雷區爆炸，開闢通路沒能成功。再去拿火箭開闢器要耽誤時間，後續部隊已經向二十六號高地開進。邱夢山果斷地發出命令，用手榴彈引爆，強行蹚雷！開闢通道！

手榴彈引爆！強行蹚雷！開闢通道！陣地上到處重複著邱夢山的這個命令。摩步一連分成六路，手榴彈一片片地毯式在面前交替爆炸。炸一段，前進一段，速度快不起來。石井生突然率先卸掉手榴彈袋，把衝鋒槍抱在胸前，他大喊一聲滾雷，率先不顧一切撲到地上，像碌碡一樣滾過去。六路兵們全都仿效石井生，一個一個奮不顧身撲地滾雷，雷聲此起彼伏，幾名士兵壯烈犧牲，但滾雷沒有停頓，他們前仆後繼，瘋狂地向六二六點六高地滾去。

或許石井生速度太快，或許他幸運，他碰著了地雷，但那顆雷在他滾過去之後才爆炸，沒有傷著他身體。我方炮兵和火箭炮部隊已經在二十六號高地開闢好陣地，向六二六點六高地發起炮擊。六二六點六高地陷入火海。摩步一連官兵豪情激盪，他們一齊從地上爬起來，端著武器直接向六二六點六高地發起衝鋒，僅十二分鐘，邱夢山領著一排官兵已經在六二六點六高地舉槍歡呼。

12

岳天嵐收到邱夢山的信比少女接到頭一封情書還激動心慌，她躲在辦公室裡接連看了三遍，一放學就去找曹謹。曹謹也收到了荀水泉的信，不約而同，她也急著想去找岳天嵐。兩人歡天喜地你一嘴我一嘴搶著交流信上內容，她們都忘了時間，曹謹母親抱著外孫女進屋，曹謹才想起還沒做飯。曹謹讓岳天嵐在她家吃，岳天嵐也意猶未盡，兩個人在一起，好像離自己丈夫近了許多。兩人一起動手，一邊做飯，一邊繼續說她們的丈夫，她倆把飯做得一塌糊塗，稀飯熬，炒菜放了兩次鹽，兩人一邊吃，一邊笑。

曹謹和岳天嵐正在收拾廚房，公司經理來到她家。曹謹奇怪，問經理找她有什麼急事，經理似有重要事情不便張口，岳天嵐主動上了衛生間迴避。經理很隨意地向曹謹交代，下班後廠家把一批酒直接送到倉庫，讓她明天驗一下貨。曹謹很納悶，公司進菸酒都是由採購部門直接跟廠家簽約訂貨，然後統一發貨供貨，廠家從來沒有直接給公司送過貨。經理解釋，改革開放了，什麼都搞活了，要減少中間環節，產銷直接見面比訂貨進貨價格要低得多，公司可多賺利潤。經理交代完起身走了，臨走不露聲色悄悄地留下了一個信封。經理走後曹謹發現信封裡是一千塊錢，頂她三個月工資，曹謹一肚子疑惑。岳天嵐不懂生意裡還會有這種貓膩，曹謹深深地為經理遺憾，他們經理一向為人忠厚，做事規規矩矩，一貫奉公守法，怎麼也吃起了回扣？

岳天嵐頭一次聽說回扣是怎麼回事，曹謹擔心不只是吃回扣，國家名酒供不應求，廠家怎麼還會千里迢迢為一個縣菸酒公司送貨呢，肯定是二道販子在做黑生意，這酒弄不好有假。岳天嵐一聽嚴肅起來，假酒有毒，賣假酒是害人命哪！岳天嵐很單純，說應該向領導舉報。曹謹心事重重地搖頭，她說要是這樣做，他們公司經理就可能丟官丟飯碗，他拖老帶小很不容易。可能是家裡有困難一時糊塗，好在事情還沒做，她還是直接找經理當面說好，勸他別一念之差壞了一身名譽和前程。如果經理回心轉意，這事就當沒發生，如果他不聽勸，執意要做，那就只能由他個人了，咱們盡了心盡了意，也就對得起天地良心。

曹謹讓岳天嵐肅然起敬，沒想到曹謹這麼與人為善，顯然她待人處世，比她要謹慎，考慮問題也比她細比她周全，兩種處理方法，對她來說都可以，但對那位經理卻不一樣，這樣不光提醒了他，同時也給了他選擇，路由他個人選，做為同事也盡到了責任。岳天嵐打心裡敬佩曹謹，讓曹謹這就去找那位經理。

13

岳天嵐和曹謹的回信早到了邊境兵站，但戰役正在激烈進行，信只能在郵袋裡睡覺。

壽山主峰打得很苦。壽山海拔一千三百多米，我軍原先已經打了坑道建了永備工事，敵人又在主峰陣地構築了蓋溝、短洞、暗堡，防禦工事堅固，山頭與山頭之間火力交叉，易守難攻，步兵進攻沒有火力壓制，只能硬拼死打。

摩步一連進攻目標是松鼠嶺。山上不只松鼠多，頂峰那塊巨石形狀也像松鼠。奪無名高地，攻二十六號高地，滾雷開通六二六點六高地通道，摩步一連打出了銳氣。松鼠嶺在邱夢山心裡是志在必得。沒料到敵人除正面抵抗，還有左右兩側高地火力交叉，一連出擊不利，傷亡很重，邱夢山下令後撤。

邱夢山跟荀水泉說，《孫子兵法》上說：「高陵勿向，背丘勿逆，佯北勿從，銳卒勿攻」。敵人佔著制高點，又有左右火力交叉，防禦堅固，要是硬拼，咱們在明處，敵人在暗處，肯定吃虧。必須避其銳氣，跟他們周旋，讓他們疲憊，讓他們煩，一而再，再而衰，然後再攻。

邱夢山讓一排後撤休息待機，讓二排和火力排分散隱蔽，把三排和四排調到前面，讓他們化整為零，以四〇火箭筒為主火力，組成若干小組，分散偷襲。真打擊，假進攻，打打停停，停停打打，打一槍換一個地方，有機會則進，沒機會就撤。邱夢山再從全連選了十幾名投彈六十米以上的神投手，組成四個手榴彈小組，繞到松鼠嶺兩側，分散摸近，不打槍，只投彈，利用樹木掩護，投一顆，換一個地方。所有人員只打擊不進攻，只迂迴不出擊，讓敵人弄不清有多少部隊在進攻。耗他們，把他們惹急。

果不然，摩步一連那些四〇火箭筒，東一炮，西一炮，一陣急，一陣緩，弄得敵人搞不清還擊方向。四個投彈小組更讓他們惱火，東一顆手榴彈，西一顆手榴彈，有時密得像下雨，有時零碎得不見影；敵人發急，他們隱蔽休息；敵人停火休息，他們騷擾打擊。每一炮，每一顆手榴彈，都引得敵人槍炮大作。打了半天，敵人不見摩步一連一個人影，也不知道炮彈和手榴彈從哪裡打來。等他們犯疑惑時，這邊炮彈和手榴彈又在他們的碉堡和蓋溝上爆炸。耍了近一個鐘頭，敵人真急了，所有火器全部開火，各個據點全部暴露。

邱夢山一一記下了位置。一排休息了個把鐘頭，邱夢山把他們調上來，讓石井生、倪培林他們一一記住敵方的火力點。依舊讓他們化整為零，找準敵人火力薄弱處，悄悄摸上去。石井生和倪培林領受了任務，把自己班分編成戰鬥小組，交代清楚攻擊目標，分頭行動。邱夢山讓二、三排加大火力間隔，炮彈、火箭彈、手榴彈爆炸頻率更加放慢。敵人真氣壞了，老打空槍空炮。

在這周旋戲弄之中，一排那些戰鬥小組已經悄悄地接近敵人陣地。邱夢山突然命令二、三排火力密集射擊，八二炮、火箭彈、四〇火箭筒、手榴彈一齊朝敵陣地轟擊，敵人拼死還擊。石井生他們瞅準目標，藉助炮彈爆炸瞬間，率先攻上了陣地，鑽進了敵人的戰壕，撕開口子。一鑽進戰壕，他們再次分兩路背靠背向前擴大戰果。二、三排乘勢一氣攻上陣地，一個多小時，摩步一連又把紅旗插上了松鼠嶺。他們頭一次抓到了十個戰俘，石井生活捉了連長。

荀水泉派六班押送戰俘。那個連長藉口負了傷不能走，一個戰士去背他，那戰士剛背起他，他竟伸手去擰戰士腰間手榴彈蓋，幸虧荀水泉眼尖，一槍把那連長崩了。荀水泉命令戰俘都解下褲腰帶，脫去上衣和鞋，讓他們一個個光著脊樑和腳丫，手提著褲子走，他讓戰士們一律子彈上膛，端槍押送；戰俘若企圖反抗，當場擊斃。荀水泉一一交代清楚後，六班押著戰俘上了路。

兵敗如山倒，敵人失去壽山堅固屏障，潰不成軍。摩托化步兵師和機械化步兵師拉開架勢，相互配合，摧枯拉朽，一舉把敵人趕回去十五公里。摩步一連一氣打到清水灣，上級命令停止前進，轉入戰略防禦。摩步一連奉命後撤至清水灣北側陰山，在這裡扼守防禦。

第三章

天功

1

摩步一連在陰山轉入防禦的那天起，敵我雙方便陷入僵持狀態。在這亞熱帶的夏天，進不進，退不退，整天在防空洞裡貓著，對每個參戰人員的身體、意志和心靈都是挑戰。兵們大都來自北方，他們祖祖輩輩像胡楊一樣在乾燥的土地上繁衍生息，皮肉都跟駱駝一樣有抗乾抗燥的功能，但受不了陰濕。這兒到處是水，三天有兩天半陰雨迷濛，被褥衣物等所有物件都濕漉漉潮乎乎，蹲防空洞如蹲下水道陰溝，兵們襠裡、腿上、背上到處都在潰爛。

今天輪著三班背水。這兒潮濕，卻沒水喝。水到處是，清水灣裡的水比太湖、西湖的水還清澈，可水灣在敵人手裡控制著，誰能保證他們不下毒，誰又能保證他們不往裡放細菌？喝水用水只能到九公里外的後方去背。全連每人一天只分兩缸子水，連喝水都不夠，洗澡擦身子只能是夢想。每個人身子跟泥鰍一樣膩滑，酸臭氣味能把自己薰暈。石井生說，這麼下去，下一代準要變異，味覺、嗅覺和皮膚很有可能會退化。

三班背水是個豔陽天，陽光好是好事，但也有不好的一面，陽光好天熱，天熱汗水就多，汗流到潰爛處，如拿硫酸往傷口上滴，刺激得人連牙根都疼。石井生背著水囊弓著腰走在最前面，身後十幾個兵哩哩啦啦前後拉開一百多米。水囊是橡膠製成的，一水囊裝六十公斤水。石井生走得並不快，他襠裡也爛了，背上、腿上都有潰爛處，再背著六十公斤水爬

山，想快卻心有餘而力不足了。汗水已經流進每一個潰爛處，跟刀子在割他肉一樣。

石井生帶著兵們翻過一座坡，他勻著勁慢慢蹲下放下架子和水囊，身後兵們也跟著卸下水囊喘氣。兵們二十分鐘前就盼著班長這麼做了，個別同志已經在心裡祈禱了很多次。石井生並沒有坐下休息，他讓兵們趁豔陽高照抓緊時間「日療」，藉日光曬曬潰爛創面。士兵們戲稱「日療」。石井生自己默默順著原路往回返。張南虎知道班長是去接指導員，他走過去擋住石井生，說他去。石井生回頭瞪了他一眼，跟張南虎交代說，讓大家光著身子曬曬，消消汗，相互擦一擦爛處，上點藥，打完仗，回家還得娶媳婦製造接班人，都爛光了，連種都下不了了！張南虎只好回頭去執行班長的命令。

石井生往回返一里路才迎到荀水泉，荀水泉拄著根棍艱難地走著。荀水泉跟著三班來背水不是要裝樣子，戰場上當官的裝樣兵們很討厭。石井生出發時擋了荀水泉，還發了火。荀水泉只是笑，石井生這火讓他心頭熱乎。荀水泉跟石井生說，戰場上做政治工作沒時間開會，只能靠平時跟大家在一起時說說話，要不讓他跟士兵們在一起，他就失業了。石井生擋荀水泉是發自內心，石井生發現指導員上了戰場完全變了，過去是領導，到戰場變成了兄長。這些日子，背彈藥、背糧食、背水，全連誰也沒有指導員背得多。他那襠裡爛得厲害，背上潰爛處在流膿水。大家心裡明白，他是看連長打仗太辛苦，哪一仗都衝在兵們前頭，他是指導員，他要在後勤保障上跟邱夢山一樣拼命。他這麼做，不是要得誰評判，而是真誠對自己的戰友，要不這良心就扯不平。開始荀水泉跟邱夢山爭著上陣地，後來他不爭了。邱夢山跟他說「軍無輜重則亡，無糧食則亡，無委積則亡」，這話是《孫子兵法》上說的。從保證戰鬥力的角度講，後勤比衝鋒陷陣還重要。荀水泉體會到邱夢山這話不是說著玩，兵們打仗拼命，停下來就得往肚子裡塞東西，光啃壓縮餅乾沒勁跟敵人拼，荀水泉千方百計讓兵們吃口熱飯喝口熱湯。另外彈藥要保障，沒有彈藥，拿拳頭打不死敵人。給養要有積蓄，沒積蓄搞不了防禦。荀水泉不放過敵人每一個碉堡，每一條坑道，努力就地取材。治濕症藥品供不應求，荀水泉到處去求。將心比心，石井生把荀水泉也當大哥了。

石井生什麼也沒說，直接走到荀水泉身後，把架子連水囊卸下來，背到自己肩上。荀水泉很不好意思，說自己成了累贅。石井生沒吭聲，說廢話消耗體力不值，他只顧弓著身子往前走，荀水泉空著手都跟不上。

石井生把水囊背到休息地，身上潰爛處一起起哄叫喚，看到全班兵們都赤裸著躺在山坡上伸開兩腿曬太陽，忍不住笑了。笑卻沒出聲，倒是出了淚。荀水泉也跟了上來，看著兵們這般模樣，心裡不是滋味。父母兄弟姐妹們哪會知道這些，後方群眾哪會想到這些，這裡比「上甘嶺」還「上甘嶺」哪！「上甘嶺」只是缺水，這兒還有濕症。兵們心裡全明白，他們不攀比，不抱怨，他們只喊「理解萬歲」。

荀水泉看著兵們找不到一句安慰話可說，心裡不是滋味。張南虎拿著藥棉球來到荀水泉

跟前，讓他把衣服也脫了。荀水泉默默地脫了衣服，躺下閉上了眼睛，其實兵們看著他滿身潰爛處，比他說什麼安慰話都強。

石井生盡情地享受著陽光的撫愛，他忽然發現身邊那些山頭與溝谷雖遭受戰爭塗炭，但又悄悄地充滿了生命的活力。那些樹幹、樹枝被炮火削斷燒枯，枯枝上又萌出一個個綠芽；被炮火燒焦過的那些土地，又有新綠從地下拱出；被槍炮驅趕走的那些鳥們、獸們，在槍炮停息之後又都偷偷地帶著子女陸續回來找尋它們的老家。那些鳥兒們似乎無憂無慮，在枯枝殘葉間嬉戲啁啾，只知道歌唱不知愁……天地才不管你打不打仗，戰爭也好，和平也罷；肆虐摧殘也好，愛護培育也罷，它們會按自己的規律獨自生存運行。正如李白詩中所說，萬物興歇皆自然。

石井生看著這些新綠，聽著小鳥吱喳，他想到了依達，依達也是隻美麗的小鳥。他閉上眼睛，依達來到他面前朝他笑，而且頭一歪一歪地笑，一笑臉上那兩個酒窩像含著蜜糖。他睜開眼，依達調皮地跑了。他給依達寫了三封信，也不知道她收到沒有，他只收到她一封信，眼淚把信紙上的字都化了。這丫頭太單純，太可愛了，要是不犧牲，這輩子一定好好跟她過，讓她生三個孩子，倆兒子一丫頭。石井生想得正美，張南虎突然驚叫起來，說指導員腳底打血泡了。石井生一骨碌爬起來，光著身子過去。好傢伙！荀水泉那兩隻腳底都打了血泡，而且是泡中泡，老泡結了老皮，老皮磨破，從中間又磨出了新泡。

石井生正給荀水泉挑泡，轟！轟！敵人平白無故打起炮來。炮彈打得亂七八糟，在遠遠近近的高地山谷爆炸。荀水泉光著身子喊大家先別顧穿衣服，保護好水，指揮大家利用地形地物隱蔽。兵們先都背起水囊，顧不得拿衣服，迅速分散開隱蔽。

2

岳天嵐的媽媽被岳天嵐驚叫著抓醒時，岳天嵐仍在夢裡掙扎。她滿臉驚恐，兩隻手緊緊抓住媽媽的胳膊，嘴裡不住地哼哼，額頭上還冒著汗。媽媽問她怎麼回事，她恐懼地哇一聲驚叫，坐起來抱住媽媽就哭，她說邱夢山犧牲了，他來找她，連腦袋都沒有了，渾身都是血。媽媽沒辦法讓女兒停止噩夢帶給她的那種惶恐和憂慮，只能用母親的懷抱給她安慰，讓她鬆弛。她一邊輕輕地拍著女兒的後背，一邊勸她夢不能當真，都是因為白天想得太多，夜裡才會做這種噩夢。岳天嵐卻不接受媽媽的這種安慰，說邱夢山肯定出事了，要不為什麼一直不來信。岳天嵐懷孕後更加思念邱夢山，邱夢山越不來信，她越不安寧，夜裡常常做噩夢，不是邱夢山被敵人追殺負傷，就是邱夢山犧牲。媽媽就替邱夢山解釋，他們在打仗，沒有時間寫信，即便寫了信，也不方便郵寄，她要岳天嵐為孩子著想，懷孕後心境要平和，失眠做噩夢都會影響孩子發育。岳天嵐說她也不想這樣，她特害怕做那種夢，搞得自己心驚膽顫，肯定會影響到孩子，可她又沒法不想念邱夢山。媽媽就讓她給夢山織毛衣、繡鞋墊，把思念都編織到衣服裡。岳天嵐第二天就上街買了毛線，還買了一本毛衣編織法的書，她一定要給他織一件漂亮毛衣。她選好樣式，特別精心地織起來，把每一針每一線每個花紋都當作對邱夢山的思念和愛來織。每天除了教書，每時每刻都想著這毛衣，一拿起毛衣她那心就靜了下來，從此，她再不做那種噩夢。

岳天嵐想起該去曹謹那兒看看有沒有消息，曹謹家上著鎖，鄰居說有一個禮拜沒見曹謹回來了，岳天嵐十分納悶。第二天，岳天嵐帶著焦急去了糖業菸酒公司倉庫，倉庫人說曹謹已經調到供銷社新興商城當營業員了。主任變成營業員，岳天嵐不明白這是為什麼。岳天嵐隨即趕到商城，商城說曹謹還沒去上班。岳天嵐更想趕快見到曹謹，可她不知道曹謹娘家住址，只好回家。岳天嵐繼續織毛衣，織起來輕鬆自如，織著織著她情不自禁地哼起了《望星空》，這些日子她最喜愛的歌就是《十五的月亮》和《望星空》。

岳天嵐哼著歌織毛衣那會兒，邱夢山和荀水泉正躺在防空洞裡看岳天嵐和曹謹的相片。不知道岳天嵐和曹謹打沒打噴嚏，老百姓總說被遠方親人思念，被思念那人會打噴嚏。邱夢山和荀水泉沒工夫去想岳天嵐和曹謹打沒打噴嚏，他們兩個在悄悄地品評岳天嵐和曹謹兩個誰更美。

事情是兩個人相互往潰爛處上藥引起的。邱夢山看著荀水泉那爛襠，開玩笑說現在這副窩囊樣，岳天嵐和曹謹要見著了，準不肯讓他們挨身子。荀水泉也笑了，說就算她們願意，他們也要不了她們，這副爛樣，不說把她們嚇跑，自己也沒那心情。一提起老婆，邱夢山感慨萬千，說太虧她們了，都是百裡挑一的出色女子，跟著他們守活寡，要是能活著回去，真不知該怎麼報答她們才好。荀水泉說報答不了什麼，只有死心塌地愛她們一輩子。邱夢山想到了另一層，說萬一要是殘廢了，死不了，卻也活不好，這不是要害她們一輩子嘛！說到這一層，荀水泉心裡也虛，這種事很有可能發生。邱夢山認為真要是這樣，只能自己主動一點，乾脆就不回家了，離開她們，別拿軍婚這根繩索綁著她們，讓她們自由，別叫她們一輩子跟著受苦遭罪。

邱夢山幫荀水泉上好了藥，忍不住從口袋裡掏出了岳天嵐的相片，打著手電筒看起來。岳天嵐笑得很甜，那種甜甜得不張揚，甜得內在，甜得含蓄，甜得意味深長，邱夢山怎麼看怎麼舒服。荀水泉趁機搶了過去，荀水泉說岳天嵐是挺美。邱夢山就讓荀水泉拿曹謹的相片，荀水泉不想拿，邱夢山非要他拿不可。曹謹的相片不在荀水泉身上，在包裡。荀水泉被邱夢山逼得沒法，只好起來摸出了曹謹的相片。荀水泉也打著手電筒看曹謹的相片，看了再給邱夢山看。邱夢山見過這相片，曹謹拍得有點嚴肅，沒有笑，但兩眼的目光有點熱辣。邱夢山讓荀水泉實話實說，岳天嵐和曹謹究竟誰更美一點。荀水泉耍滑頭，反讓邱夢山先說。

邱夢山說政工幹部就是狡猾，邱夢山不會繞彎子，他照實說自己的看法，認為從相貌看，天嵐比曹謹要美一點。荀水泉卻不贊同，他說，美這個概念很寬泛，可以是五官，也可以是身材，可以是相貌，也可以是人品；可以是整體，也可以是某一個局部，比如眼睛，比如嘴，比如胸，比如臀，比如某一個行為。邱夢山笑了，說政工幹部就是狡猾，他就揭荀水泉的心裡話，論相貌，岳天嵐是比曹謹美一點；可在他心裡，曹謹身材比天嵐美，又不願意直說，要他老實交代，心裡是不是這麼想，荀水泉只好搪塞，說情人眼裡出西施，有人說老婆總是別人家好，這話不對，心裡有邪念的那種人才這麼認為，其實大多數男人眼裡，老婆還都是自己的好，要不這夫妻就做不長久，當初也不會愛上她。因為夫妻不是交朋友，朋友好聚好散，夫妻要過一輩子的日子。邱夢山很贊同，兩個說到最後，邱夢山又一次提到他們的諾言，提醒荀水泉千萬別忘了。荀水泉反叮囑邱夢山，要他好好記著，他絕對不會忘記。

3

似有妖魔不斷地在向大地哈氣，那氣成一團團霧纏住了山嵐，鋪滿了溝谷，這種纏繞與鋪陳看似溫柔，卻使得山和谷都失去了本來面目。石井生從防空洞裡出來，霧像細雨一樣撲面而來，他抬頭望了望天空，濃霧遮住了陽光。

陰山海拔只有五百多米，它東面是青山，西面是松山，海拔都在千米以上，像兩扇屏風為陰山擋風遮雨，擋風遮雨自然是好，但也擋陽光。上午十點鐘前，下午三點鐘之後，即便陽光燦爛萬里無雲，陰山也只能待在青山和松山兩山陰影之中，一年四季，陰山一天中，只有中午前後能照著陽光，其餘時間都陰著，所以叫它陰山。本來好天都曬不著太陽，再碰上這霧天，陰山就更加潮濕，潮得兵們心煩。石井生他們只顧發牢騷，哪知道就在這大霧裡，一場殊死決戰正在悄悄地孕育，軍指揮所裡已經忙得不可開交。

情報部門首先發現，敵人所有無線電臺突然停止使用。接著偵察部門發現，敵人前沿部隊突然對我軍陣地停止一切挑釁活動。炮兵部隊報告，敵人炮兵不再向我防禦陣地和縱深地帶開炮。工兵團報告，敵軍工兵在他們自己前沿陣地掃雷……

情報從各種管道彙集到指揮所，J軍首長一面向上報告，一面緊急開會分析。J軍參謀長這一回沒有失誤，他認為，雖然手裡還沒有具體真實情報做依據，但這些反常現象告訴我們，敵人在謀劃一個大陰謀，而且陰謀已經策劃完成，一場大戰、惡戰在所難免。他提出，應該立即向部隊發出命令，各部隊即刻進入緊急作戰狀態，三天以內必須迅速做好大戰決戰準備。

果不然，總部指示下達，敵人無心談判，企圖反擊，各部隊隨時準備迎戰。

J軍指揮部的命令悄悄地傳向各部門、各師、各團……戰區五十多個高地極度興奮，但地面陣地一片寂靜，一場殘酷的較量正在這寂靜中醞釀。

中午，一陣山風捲走了雲霧，太陽露了臉。石井生笑眯著眼走出防空洞，看到陽光燦爛，就招呼大家出來曬太陽。兵們紛紛出了洞，開始「日療」。

三輛卡車拉著彈藥開上了摩步一連陣地，邱夢山和荀水泉正跟士兵們一起在裸身「日療」。士兵們一看送來這麼多炮彈、子彈和手榴彈，頓時有一種喜悅。大家被濕症折磨夠了，早急不可耐。部隊不怕打，就怕拖。要打就打，要撤就撤，速戰速決，那才痛快。彈藥一運來，全連不用動員，誰都知道又要打了，兵們情緒頓時高漲，各班主動開始加固工事，投入戰前準備，幹得熱火朝天。

一輛小吉普開上了摩步一連陣地，車上下來兩個軍官，下車就找連長。唐河不認識這兩人，一聽口氣感覺來頭不小，他先請他們上連指揮所，然後去戰壕找連長。兩個軍官交給一連一項特別任務，要他們深入敵軍陣地抓個活口回來，而且一定要軍官。這個任務非常重要，也非常艱巨危險。

邱夢山頭一個想到了石井生，荀水泉想到了倪培林。邱夢山也想到了倪培林，他對敵喊話好，關鍵時刻需要應付。兩個人商定讓石井生、倪培林帶張南虎三個人去完成這任務。邱夢山向三個人佈置完任務，倪培林情緒激動，張南虎態度堅決，石井生卻說這事把握只有四成。荀水泉兩眼看著石井生，盼望他態度積極一些，任務這麼艱巨沒有信心怎麼能完成，但荀水泉又不想挫傷他，只好拿眼睛盼著他。荀水泉沒料到，邱夢山竟說這事把握沒有四成，只有三成，他又看著邱夢山。邱夢山沒管他，他說別說三成，哪怕只有一成希望，也要爭取九成勝利。邱夢山說到這裡，荀水泉才鬆了口氣。邱夢山強調這個活口牽涉整個戰局，直接關係到首長下什麼樣的決心，必須抓來。石井生和倪培林、張南虎三個都不再說話。邱夢山說著說著，不知是石井生情緒影響了他，還是覺得他們三個人沒把握，邱夢山突然改變主意，決定親自帶他們三個去完成。荀水泉堅決反對，大戰之前，軍事指揮員不能脫離崗位。邱夢山說這事事關大局，關係到首長戰略決策，要是完不成這任務，摩步一連連本都要輸光。他跟荀水泉說，仗還沒打起來，他去不會影響全連行動。上面那兩位也希望邱夢山親自去，荀水泉只好把想法咽回肚裡。

邱夢山等四人把自己打扮成那邊的老百姓，每個人只在身上藏了一把匕首、一把手槍、六枚手榴彈。藉著夜色，悄悄地向敵人陣地摸去。

敵人工兵倒像是特意為他們弄出了安全通道，邱夢山當然就不客氣，沒費任何周折就爬到了清水灣敵人陣地哨兵眼皮子底下。敵人把毛澤東兵法學到了家，而且創造性地在實戰中運用，單這戰壕工事早超過了咱們高家莊那地道。陣地設了五個崗哨，三個固定哨，兩個流動哨。邱夢山趴在那裡半天沒向石井生他們發任何指令，他被難住了。邱夢山難下指令不是因為敵人哨兵多，哨兵多可以一個一個悄悄幹掉。問題是哨兵都是兵，把他們五個都抓去也不頂屁用，上面要軍官。軍官都躲在坑道裡，就算他們把五個哨兵都幹掉，就算他們能鑽進敵人坑道，鑽進去了又怎麼樣？敵人一個連在等著他們，只要一動槍，一個連對付他們四個，別說抓活口，他們性命都難保。

在敵人哨兵眼皮底下趴了不多不少整半個小時，邱夢山一揮手，四個人悄悄地退回到陣地下。倪培林不明白為什麼要退下來，邱夢山告訴他們這裡沒法下手，弄不好抓雞不著，連本都要搭上。石井生說應該找單獨活動的那種軍官下手。石井生開拓了邱夢山的思路，高地後面是清水鎮，清水鎮上駐著敵人一個團機關，團機關軍官多，機關比連隊自由，軍官能單獨出來活動，還是到鎮上找機會容易一些。四個人重新分工，倪培林負責開車和招呼應付，張南虎負責觀察警戒，邱夢山和石井生負責抓人。邱夢山強調，到了鎮上，他們不會當地語言，只行動不說話，看他手勢行事。

邱夢山率三個兵沿著公路向清水鎮運動，迎面突然射來兩束耀眼強光，邱夢山一揮手，四個人一齊閃進路邊橡膠園。進了橡膠園才聽到汽車喇叭聲，迎著車燈望去，車燈耀眼無法看清是什麼車，也看不清車上坐的什麼人。邱夢山擔心被車上人發現，示意他們趴著別動，車呼嘯一閃而過。車閃過那瞬間，邱夢山發現，是一輛敞篷吉普，車上除了司機，還坐著兩個軍官。眼巴巴地瞅著車遠去，邱夢山遺憾得直拍屁股。亡羊補牢，邱夢山向他們三個交代，如果再遇到這種情況，別慌。倪培林跟張南虎上去纏司機，他跟石井生在後面對付軍官。

四個人一直走到清水鎮街口，再沒碰上這種好事。走進清水鎮街頭，街上看不見一個人，他們鬆了口氣，要不他們再裝扮也容易被當地人看出破綻。邱夢山打手勢分開走，倪培林和張南虎走向街的另一邊，他們沿著街兩邊的牆根往前走。前面零零星星有人在街上行走，走得都很匆忙。又有一輛吉普車從遠處開來，四個人都瞪大了眼睛，腳下沒停，繼續迎著車走去。車開得很慢，車上除了司機，還有一人，坐在後座，像是軍官。邱夢山一喜，朝街對面倪培林做了個手勢，讓他們放慢速度，注意吉普車。四個人都挨街邊不慌不忙地放慢著腳步前行，盯著吉普車，等待時機。吉普車繼續緩緩開來，司機不住地扭頭往街兩邊瞅，不知是在找人，還是在找店。

吉普車沒過來，左拐開進了一條巷子。邱夢山一揮手，四個人分頭若無其事地跟進那條胡同。來到胡同口朝裡望，吉普車依舊在胡同裡緩緩行駛。他們四個不緊不慢遠遠地跟著吉普車走。吉普車在左側一個門口停下。司機下車，拉開後車門，那位軍官下了車，向司機交代了什麼，然後進了那門。司機把車掉過頭來，在那門口熄了火在車上等，估計時間不會太長。

邱夢山一擺頭，倪培林和張南虎在前面朝吉普車走去，邱夢山和石井生在後面察看。張南虎佝僂著身子，雙手捂住肚子，嘴裡不住地哼哼，像得了急性闌尾炎。倪培林攙著張南虎來到吉普車司機車門前，敲車窗玻璃。司機不理他們。張南虎繼續痛苦呻吟，倪培林點頭哈腰懇求，繼續敲車窗玻璃。司機煩了，打開車門趕他們滾。倪培林拿身子擋住車門不讓他關，繼續點頭哈腰求他，張南虎在一旁一邊呻吟一邊神不知鬼不覺摸出匕首，不露聲色地突然將匕首捅進了司機側胸，那司機連聲都沒出立刻咽了氣。

邱夢山和石井生疾步分別靠到大門兩側，大門開著，廳堂裡不像有人。倪培林剝下司機衣服，穿到身上，也顧不得上面有血。看看前後沒人，他和張南虎打開後備箱，把司機屍體塞了進去。倪培林讓張南虎進屋幫連長和石井生，他坐到駕駛員位置上守住門口。

廳堂裡沒人，邱夢山和石井生進了屋。屋子裡二道門關著，邱夢山試了一下門，還好，門沒插，虛掩著。門是木門，邱夢山怕開門發出聲響，先往門臼子裡滋了點尿，然後雙手提著門，一點一點挪開，二道門後面是個小天井，他側著身子探進頭去，小天井後面那屋子關著門，屋裡亮著燈。邱夢山側著身子進了天井，石井生和張南虎也照著連長樣側身跟了進去。天井後面屋子門上沒有縫，門邊沒有窗，除了說話聲，屋裡面情況一概不清。邱夢山聽出一男一女在說話，語言不通，不知他們在說什麼。

兩個人說話聲越來越高，像在爭吵，而且越吵越凶，誰也不讓誰。邱夢山意識到每一秒鐘對他們都是危險，不能在這裡耗費時間。邱夢山向石井生和張南虎打了個手勢，石井生和張南虎都掏出匕首，緊貼大門邊。邱夢山拿腳在地上找東西，他找著了一隻木拖鞋，他拿腳把木拖鞋踢了出去，木拖鞋飛起，在空中翻了兩個跟頭，然後啪地落到地上。屋裡人隨即噤聲，五秒鐘之後，那女人喊了一聲，像是問誰。接著邱夢山他們感覺到那個軍官已輕手輕腳接近門口。邱夢山又用手勢讓他們兩個警惕，每個人把匕首緊緊地攥在手裡，兩眼盯著大門縫。

屋門突然呼地拉開，那個軍官身子沒出來，從門裡伸出手槍槍口。邱夢山以迅雷不及掩耳的速度拿匕首劈向敵軍官手臂，那軍官哎喲一聲慘叫，手槍掉到地上。張南虎沒讓敵軍官喊叫下去，一把把他拽出門外，邱夢山順勢將敵軍官按到地上。邱夢山先拿繃帶勒住敵軍官嘴巴，張南虎把他兩隻手綁到了身後。女人在屋裡發出尖叫，石井生衝進去，沒讓女人喊出第二聲就用毛巾堵住了她的嘴，然後捆住了她的手腳。

邱夢山在前走，石井生和張南虎架起敵軍官上了吉普車。邱夢山和張南虎在後座架著敵軍官，倪培林開車，石井生坐在副駕駛位置上準備應付突然情況。吉普車一溜煙開出清水鎮，他們毫無阻擋地接近陰山與清水灣交界處。敵人在交界處設了臨時哨卡，兩個兵端槍站在哨位上。倪培林問邱夢山怎麼辦，邱夢山交代減速假裝停車，待哨兵接近時，石井生開槍把哨兵幹掉，迅速衝過哨卡。兩個哨兵舉旗示意停車，他們哪知道自己這是在找死。倪培林一腳踩下離合器，車速減慢接近，兩個哨兵端著槍走過來，石井生和邱夢山同時出槍把兩個哨兵送上了西天。倪培林換檔一腳油門呼地衝過哨卡。哨所裡敵人一窩蜂衝出，一齊朝他們開槍，邱夢山扔給他們兩顆手榴彈。敵人那邊響起摩托聲，四輛摩托向他們追來，一時槍聲大作。邱夢山他們只有手槍，還擊無力。倪培林高速前進，敵人瘋狂追趕。突然，前面響起槍聲，邱夢山一驚，我方陣地怎會有敵人埋伏。邱夢山探出窗外察看，發現前面人在幫他們打後面追敵，原來是荀水泉帶著兩個班的兵力在這裡接應他們。

追敵受到意外阻擊，不敢貿然前進，放了一陣空槍，回頭交差去了。

4

上面對邱夢山這次行動極為滿意，那活口是敵軍團司令部參謀，沒費多少勁，他就全交代了：敵軍最近在一個北口小山村裡開了一個秘密作戰會議，部署了一個「北口計畫」，從幾個軍區調集了四個師、兩個炮旅，還有特工團、坦克團和工兵團共四萬八千多兵力，要發動一場壽山反擊戰役，企圖奪回壽山。行動計畫已經下達到團，團裡剛召集營連幹部開會做了部署，整個計畫他爛熟於心。戰役部署已經結束，只待上級一聲命令。

敵軍行動證實這個「舌頭」沒說假話，敵方無線通信沉默數天後突然全部開通，四萬八千多部隊迅速在我三十公里防禦正面集結。我電子偵察跟蹤監聽，一切都在預料之中。從摩步一連陰山陣地到壽山指揮部縱深近十五公里，正面寬約三十公里，大小二十八個山頭全都醒著。凌晨五時十五分，敵軍十五個炮兵營一齊向我陣地實施火力急襲。沒有停頓，沒有間隙，炮彈鋪天蓋地在陰山地面爆炸，天在塌，地在陷。

一班防空洞在陰山陣地正面，首當其衝，落到他們頭上的炮彈比其餘班要多幾倍。炮彈一群一群在他們頭頂炸響，震耳欲聾，彈片和泥土雨點般撒向洞口。防空洞沒有被覆，抗震和隔音都比無名高地差，他們像被蒙在一面巨鼓裡面，有無數鼓槌狠命地在敲擊鼓面，而且一陣緊似一陣，兵們一個個腦袋在一聲聲巨響中發脹變木，心臟也在震盪中脹痛，幾個兵開始嘔吐……

倪培林握著槍貼著防空洞洞口，他趴下身子無奈地任炮彈接二連三放禮花一樣炸響，再看全班兵們捧著腦袋紮成一堆，他既沒能耐讓炮擊停止，也沒招讓兵們不痛苦。防空洞裡有新兵喊腦殼要裂了，又有五六個人在嘔吐。倪培林沒法給兵們安慰，他也不知道該怎麼辦。徐平貴傷癒剛回到班裡，他明白噁心嘔吐是因為大腦受強烈震盪而致，他回頭喊，讓大家張開嘴，別紮成堆，往洞口散開一些，減輕震盪衝擊力。徐平貴帶頭往洞口移，他幾乎坐到防空洞外。一班兵們都跟著往洞口散開，一顆炮彈撲通落到洞口，轟隆一聲巨響，一班兵們全都本能地抱住腦袋瓜趴下。洞口硝煙散去，兵們才一個個抬起頭來，你看著我，我看著你，沒有話，他們差不多都暈了。炮彈仍一群接一群在爆炸，好在他們耳朵已經麻木。倪培林感覺少了什麼，他來回一看，不見徐平貴，一班兵們一齊把目光伸向洞口尋找，誰也沒發現徐平貴，只看到了洞口有一攤血，一些零碎肢體。徐平貴！倪培林驚叫起來。徐平貴沒有了，徐平貴被炸飛了，只剩下一攤血和一些零碎肢體。他這聲叫喊，聲音恐怖得嚇人，聲音裡不只是悲痛，還有恐懼。活靈活現一個人，傷剛痊癒回連，眨眼之間就沒有了，一個大小夥子竟變成了一塊塊血肉。倪培林一下趴地上哭了，他哭得非常非常傷心，全班兵們都跟著流淚，只有個別士兵感覺到了一些奇怪，班長為什麼要這麼傷心，他們班已經犧牲了好多戰友，沒見班長這麼傷心過。

敵人的炮擊仍在繼續，兵們頭疼得沒有心情去想徐平貴犧牲這事，他們只想到或許下一個眨眼工夫自己也將變成一攤血和一些碎東西。倪培林突然爬起來拿起電話找連長，報告炮彈打到了他們洞口，徐平貴犧牲了。邱夢山剛放下電話，電話又響，荀水泉拿起話筒，二班也報告，有人犧牲了。電話接二連三，不斷地報告有人犧牲，有人耳朵震聾，有人嘔吐……

邱夢山鐵青著臉坐在那塊石頭上發悶，指揮所也在顫慄。邱夢山悶了一會兒，從上衣口袋裡掏出了那個小本，又一一記下犧牲士兵的名字。荀水泉放下電話，他在花名冊上做記號，這本花名冊在增厚，打一仗要減掉一批兵，隨即又要增補一批兵，再慢慢減，然後再增補。

或許是我方炮火壓制了敵人，或許是敵人炮火開始延伸，陰山頂上的爆炸聲稀疏下來。邱夢山像獅子發怒，拿起電話對各班吼，各就各位，準備戰鬥。

兵們如掙脫死亡枷鎖一樣竄出防空洞，聽到連長命令，一個個從頭疼、耳聾、胸悶、嘔吐中掙扎出來，拿起武器衝進戰壕，衝上射擊位置。石井生從戰壕裡探頭朝山下看，敵人已經攻到半山腰，而且由坦克在前面開道。陰山海拔不高，坡也緩，坦克可以直接攻上陣地。邱夢山命令八二炮、四〇火箭筒消滅坦克。八二炮、四〇火箭筒一齊向坦克開火，敵人坦克有的當即被擊中趴到陣地前。敵人並沒有後退，坦克打了一輛又攻上來一輛，他們已經瘋了。四〇火箭筒威力太小，只能嚇唬敵人，打著坦克也等於給它撓癢癢，它照樣橫衝直撞。邱夢山讓每個班抽出三個人組成反坦克小組出擊，用反坦克手雷和集束手榴彈消滅敵人坦克。

石井生一手提一捆手榴彈，他讓班裡六名投彈手向進攻坦克扔手榴彈，盡力把手榴彈投到坦克上，掩護他們三個人接近坦克，當他們接近坦克時，再把手榴彈都扔到坦克後面，把步兵炸開，讓坦克和步兵脫離，配合他們消滅坦克。機槍手和另兩名衝鋒槍手，專打坦克後面的步兵，不讓一個敵人露頭。全班兵們都有了明確的任務和目標，表面看起來還是一陣槍炮亂響，內容卻大不一樣了，每個兵都緊緊地盯著自己的目標，一個一個都在最大限度地發揮個人能力和火力，有效地殺傷扼制敵人。六個投彈手投彈距離都在五十米以上，他們像六門迫擊炮，將手榴彈一顆接一顆分別投向接近陣地的三輛坦克，投得又遠又準。石井生藉手榴彈爆炸做掩護，帶著張南虎和另一名士兵爬出戰壕，抱著集束手榴彈朝坡下滾去。班用機槍和兩支衝鋒槍，始終盯住坦克後面的步兵，敵人也不傻，緊緊地跟在坦克後面跑，誰也不搶先。

石井生一口氣滾出三十米，他停下看，坦克離他還有二十多米，他抱起兩捆手榴彈繼續滾。又滾出十來米，石井生停住趴在地上。這時投彈手明白了石井生的意圖，當即把手榴彈投向坦克後面的步兵，炸得步兵吱哇亂叫。石井生發現敵人的步兵與坦克拉開了距離，迅速躍起，他把一捆冒煙的手榴彈扔到一輛坦克發動機散熱窗上面，抱頭一個魚躍撲地滾離坦克。一聲巨響，坦克沒有趴下，繼續在前進。他再爬著迎向坦克，把另一捆冒煙的手榴彈塞進履帶裡，再抱頭滾離坦克。轟隆一聲，敵人坦克趴下了。石井生從背上取下衝鋒槍，縱身跳上坦克，以坦克炮塔做掩護，一陣掃射，把坦克後面的步兵掃得像籬笆被狂風掀倒，一排一排地往地上栽。石井生喘過氣來，沒再讓坦克裡的敵人舒服，摸出兩顆手榴彈，從炮塔蓋口塞了進去。張南虎和另一名士兵也先後得手，三輛坦克都冒了煙。

邱夢山在戰壕裡看得清清楚楚，激戰四十分鐘，敵人兩輛坦克掉頭帶著步兵退下山去，四輛坦克和一批步兵葬身在靡步一連的陣地前。

5

依達再去栗山兵站，兵站哨兵已認得她，沒等依達開口，哨兵主動替石井生抱歉，說部隊在前面打仗，他們沒工夫寫信，即便寫了信，信也沒辦法即時往回捎。看哨兵挺和氣，依達便繼續問哨兵能不能借部隊電話用一下，她想往石井生的連隊打個電話。哨兵當然沒有這個權力，這是紀律，他不能為了個美麗姑娘不顧戰場紀律，他只好耐心地解釋，摩步一連很多，每個摩步團都有一個摩步一連，不知道他是哪個師哪個團的。即便知道石井生是哪個摩步一連，也沒法打這種電話。戰場上部隊電話是打仗的指揮工具，只供指揮作戰使用，任何人都不能因打私人電話佔用電話線，總機也不會給轉。依達失望了，但還是用美麗的目光懇求哨兵，哨兵讓依達瞅得心裡冒出一股股同情，可他只能同情，絕不能為這位癡心姑娘違反紀律。他請依達理解，同時他心裡也為石井生高興，居然會有這麼一位美麗的姑娘癡心地愛著他。依達看哨兵無能為力，只好失望地離開，一邊走一邊自言自語，說寫了這麼多信，也不知道他收到沒有，也不知他是死是活……說著說著眼淚就流了下來。哨兵望著依達肩頭在抽搐，心裡一陣陣發酸，他真想把她叫回來，幫她搖那個電話，但是他只能在心裡慈悲，前面是戰場，他沒法按個人心願行事。他忍不住朝依達背影大聲喊，請你相信，他們一定會凱旋！一有消息我就想法通知你。依達頭都沒回，她知道哨兵是在寬她的心，得不到石井生的消息，說什麼都沒用。

依達從兵站出來後並沒有回家，她毫無目標地在山野裡走著。依達在想石井生，想他那胸膛，牆一樣結實；想他那兩條胳膊，鋼鐵一樣堅硬；想他那微笑，憨厚誠實；還想他那嘴唇，厚實又滾燙。依達一想這些，心裡更是翻江倒海，睜著眼閉著眼都是這些。這些日子她常常這樣，不知道這是好事還是壞事，她害怕這是一種預感或先兆，她只好不停地給石井生寫信，可她只接到石井生一封回信，她把那封信都讀爛了，全背下來了。那信裡面有一段話讓依達牽腸掛肚，放不下心，石井生說上了戰場，他沒有把握自己能不能承擔丈夫這個責任，弄不好反會拖累害了她，所以他還是先不做她丈夫。她明白他是擔心自己會犧牲，不想給她帶來不幸和痛苦。越是這樣，依達越想石井生，越擔心石井生會犧牲。

依達走著走著不禁一怔，她竟來到了那個山坡。她驚喜地看到了那棵樹，樹幹上有一隻眼睛，它見證了他們的愛，她在這裡第一次主動吻了男人，第一次讓男人撫摸自己。當時她很討厭這隻眼睛，它一點都沒有白楊樹和白樺樹上的眼睛好看，沒有一點笑意，它圓瞪著像是在監視他們，又像是在警告他們。現在她不再討厭它，儘管它依舊沒一點笑意，但它是他們的月老，她緊緊地擁抱了它。

擁抱完那棵樹，依達順著記憶來到了那塊茅草地，他們一起在上面躺過。依達閉上了眼睛，回味著，咀嚼著，細膩地、不予遺漏地、不厭其煩地反覆回憶著……

6

敵人完全失去理智，一點不計後果，跟這種瘋子打仗不可能不殘酷。邱夢山把指揮所搬進了戰壕。

荀水泉沒進前沿戰壕，後面那一攤事忙得他沒法分身。傷亡已超過二十人，救護車上不來，兵們不能從戰壕上撤下來抬擔架，身邊沒有醫生，衛生員急得哭。荀水泉比衛生員更急，只是他沒法哭，他只能餵傷患喝開水，跟他們說話，給他們安慰，讓他們分散精力，不去想那痛苦，而去想戰鬥，想戰友，想勝利。傷患運不出去，眼睜睜看著士兵痛苦以至死去，荀水泉那顆心痛得都快碎了。荀水泉察看了傷患後，急忙離開了防空洞，還有一件事他必須趕緊去落實。陣地一停火，全連官兵頭一件事就是要吃飯。一天到晚啃壓縮餅乾，肉啃凹下去，骨頭啃凸出來，沒力氣怎麼打勝仗。荀水泉千方百計想讓官兵們有口熱東西吃，哪怕是一碗菜湯。可敵人每天打到陰山陣地上的炮彈數以噸計，每天要對付敵人十幾次進攻，別說做飯，連燒鍋開水都難以做到。

敵人的又一次進攻，比昨天提前一個小時，一連官兵連早飯都沒顧上吃一口。荀水泉冒著炮火鑽進炊事班防空洞。炊事班只剩下班長和新兵小丁兩個，其他人都補充到班裡作戰。荀水泉問炊事班長還有沒有麵，班長說只夠全連吃兩頓饅頭。荀水泉說全連三天沒吃著熱東

西了，今天想法讓大家吃一頓饅頭。炊事班長皺緊眉頭說捨不得，說還是留著多做幾頓疙瘩湯好，又說連生火柴都找不到，要是饅頭蒸不熟，吃了準拉稀，還不如不吃。荀水泉對炊事班長這話很不滿意，他說敵人這麼瘋狂都打下去了，全連官兵能讓敵人上不了陰山，你炊事班讓大家吃頓熱饅頭都做不到，怎麼向全連交代。炊事班長說吃了饅頭剩不下麵粉了，往後想做頓熱湯都不可能了。荀水泉很果斷地說，先說眼前，別說往後，往後再想往後的辦法，活人不能叫尿憋死。炊事班長閉了嘴。

荀水泉覺得生火柴的確是蒸饅頭的成敗關鍵，沒柴火怎麼能點著煤呢！這不能單靠炊事班長個人去解決，而應該由他來幫炊事班長解決。荀水泉一邊在戰壕裡急急地走，一邊琢磨拿什麼生火，頭上飛過的炮彈和子彈似乎跟他毫無關係，只顧悶頭往前走。

轟隆！荀水泉還沒走到一班戰壕，一發炮彈在戰壕裡爆炸。荀水泉本能地撲倒在戰壕裡，呼呼啦啦，落到荀水泉背上的泥土和彈片讓他知道他沒死也沒傷，他晃掉滿腦袋泥土，爬起來繼續走。前面有人在哭喊，荀水泉一看是馬增明，炮彈炸破了他的肚子，腸子掉了出來。馬增明依著戰壕躺坐在那裡，兩手心疼地捧著自己漏在肚皮外面的那些腸子，喊叫著。石井生他們都在拼著命跟敵人對打，儘管馬增明在痛苦地喊叫，但他們誰也顧不得他。荀水泉撲過去接住了馬增明手裡的那些腸子，一邊看一邊安慰他別害怕，他先看看腸子斷沒斷，要是沒有斷，幫他把肚子縫起來就行了，一定死不了……馬增明見到指導員，喊得更厲害。

荀水泉讓他忍著痛別喊叫，這樣會消耗體力，要他堅強。荀水泉說著檢查馬增明的腸子，他慶幸地告訴小馬，腸子沒斷，他幫他把腸子塞進去，然後再背他去防空洞，把肚子縫起來包紮好就沒事，他那裡還有點雲南白藥，治傷口特管用。馬增明止住哭喊，荀水泉細心地把馬增明的那些腸子都塞回了肚子裡，然後抱起他上了防空洞，他和衛生員一起把馬增明的肚子縫好，上了雲南白藥，還給他吃了止痛片，馬增明這才安定下來。

荀水泉沒顧得擦手上那些血，他惦著柴火。荀水泉離開傷患一口氣跑到山背後，那裡有倉庫，他在倉庫裡沒找著生火柴，卻看到了發電機。發電機讓他聞到了汽油味，汽油味讓他開了竅，把汽油澆到煤上，沒有柴火，也能把煤點著。汽油桶裡有不少汽油，桶大不好拿，萬一讓子彈打著還麻煩。荀水泉跑到戰壕裡找到了一隻罐頭盒，倒了一罐頭盒汽油，雙手捧著往炊事班的防空洞跑。荀水泉跑到炊事班，炊事班長已經在揉麵做饅頭。一人兩個饅頭，得做二百多個，雖然有傷亡，也不能少做，有些士兵一人能吃五六個。荀水泉喊著炊事班長進洞，說拿汽油生火，炊事班長一喜，他說他已經讓小丁到山上去找柴火了。荀水泉一聽著了急，山上炮火連天，那不是去找柴火而是去找死。荀水泉轉身就出了防空洞，炊事班長也跟出來，荀水泉把他推了回去，要他快做饅頭。炊事班長腳收住了，心卻懸了起來。這時他才意識到，指導員冒著炮火去找小丁，也是去找死，一切都是他造成的，原來一個小班長也會犯方向性錯誤，後悔已來不及了，他只有把饅頭做好，才可能減輕一點過錯。

荀水泉順著戰壕跑到陰山背後，他知道小丁不可能到陰山正面和兩側去找柴火，那裡炮彈子彈下雹子一樣，他不會這麼傻。小丁果然在陰山背後找柴火。由於距離太遠，再加上槍炮聲太響，小丁聽不到荀水泉喊他，於是，荀水泉只能跳出戰壕跑過去喊。

敵人停止了炮擊，坦克炮和自行火炮已經攻上陣地，荀水泉向山坡跑去，不時有坦克打來炮彈，好在現在耳朵好使了，聽炮彈飛行聲音就能判斷出遠近，他一邊跑一邊警惕著炮彈。

小丁發現荀水泉朝他連喊帶招手，明白指導員來找他回去。他心貪了一點，弄了一大堆枯樹枝，一個人背不了，已經費力氣掰了，不背回去心不甘。荀水泉看小丁弄這麼多柴火，心裡很高興，跑過去幫他。於是，小丁分給指導員一根繩子，兩人一人一大捆背著往戰壕跑。說是跑，其實跑不了，身上背著樹枝，又是上坡，跑僅僅存在意念之中，只是兩隻腳動作頻率快一些而已。

荀水泉和小丁正走著，突然傳來炮彈的飛行聲，荀水泉一聽不好，喊小丁臥倒，同時把小丁推了一把。小丁滾倒了，荀水泉跟著撲下去，他推小丁耽擱了三秒鐘，推了小丁後再往下撲時彈片正往四下裡飛，荀水泉感覺右臂被什麼東西狠狠地劈了一下。小丁抬起頭來，看到指導員趴在地上沒動，小丁的頭髮支棱起來，嘴裡喊著指導員，人已經撲了過來。荀水泉沒有死，他睜開眼笑了笑，說趕快回去，班長可能把饅頭做好了。小丁的臉蛋卻變了形，指著右胳膊嘴裡急得說不清話，荀水泉只感覺右面半邊身子麻了，見小丁在跳著腳嚷，眼睛裡還噙了淚，荀水泉這才扭頭看自己右胳膊。一看，荀水泉就差點暈了過去。他右胳膊只剩下一斷根，正在往外滋血。荀水泉沒讓自己暈過去，他咬緊牙忍著痛，拿左手捂住右胳膊根處那噴血口，讓小丁找東西把他右胳膊根綁死。小丁慌忙脫下褲子，撕成條，給指導員包紮傷口。荀水泉讓小丁使勁，使勁勒，勒到不流血為止。小丁就咬著牙給荀水泉勒，勒到不流血再把那截胳膊全包紮起來。荀水泉一頭栽倒在山坡上……

7

荀水泉昏過去那會兒，曹謹正在回家的路上。

曹謹回家不是下班，是從供銷社主任辦公室出來，主任跟她談了話，他不明白她為什麼要離開糖業菸酒公司，為什麼放著倉庫主任不當要隨便換個工作。曹謹沒法跟主任實話實說，她只說丈夫不在身邊，自己帶著孩子，倉庫工作太忙太累，希望領導照顧一下。主任很為難，曹謹自己可以放棄倉庫主任這位置，但做為領導他不能這麼做，倉庫主任雖是基層幹部，但也是個位置，無緣無故把倉庫主任降為普通員工，這樣做不合適，何況曹謹是軍屬，丈夫還在前線打仗，平常工作又很好。這麼做無法向大家解釋，可供銷社內沒位置好安排。

主任做工作讓她不要動，曹謹很固執，說純粹是她個人要求，與其他人沒有任何關係。主任說不通曹謹，只好給商場經理打電話，讓他先安排曹謹當營業員再說。

曹謹要求離開菸酒公司，是因為他們經理。那天岳天嵐走後，她帶著那一千塊錢直接去找了經理，無功受祿不勞而獲這種錢她不能要，還勸經理別跟那些二道販子打交道，菸酒是入口商品，要是造假，有害身體，害人命這種事做不得。經理很真誠地接受了曹謹的意見，表揚她堅持原則，檢討自己一時心軟，同意把這批貨退給他們。曹謹很高興，心想她沒看走眼，經理是正派人。果不然，第二天下午就有人開車到倉庫把那批貨全拉走了。曹謹很高興，勸領導做了一件好事，渾身感覺輕鬆。

兩天之後，曹謹在帳上發現了問題。一個疑問是拉貨和送貨不是一個單位，還有個疑問是送貨入庫價格比正規批發進貨價低百分之五，拉貨卻是他們出庫的批發價。曹謹心裡很不舒服，顯然經理欺騙了她，這貨不是退，而是正式進入了他們的經營管道，按正規商品進貨出貨，低價進，正常價出，不知從二道販子那裡得了多少回扣。

曹謹遭人騙，心裡不舒服，而且騙她那人是她的領導，她一直很尊重他。她不只擔心這批酒有可能摻假，更不能接受經理這樣為人。她原來心目中的經理跟現實中的經理在她腦子裡打架，打得她頭疼，經理這兩副嘴臉讓她噁心。曹謹無法再面對他，他那和顏悅色的後面隱藏著陰險，他那微笑裡面隱含著獰笑，她彆扭，她要再在這裡待下去，必須裝傻，但曹謹裝不了這種傻。

曹謹從部下那裡知道，這批酒是讓他們菸酒公司的門市部拉走的。此後，經理讓二道販子直接把貨送到門市部，由門市部批發給那些零售店。曹謹證實之後，沒有再找經理，她不想見他，她給供銷社主任寫了一封信，要求離開菸酒公司。信上和當面曹謹都沒說為什麼離開菸酒公司，她不想做這種英雄，她只堅信，善有善報，惡有惡報。

岳天嵐終於在曹謹家見著了曹謹，看她心情很不好，問她為什麼要調動工作，是不是因為那事跟經理鬧僵了。曹謹沒把事情的全部告訴岳天嵐，她覺得縣城不大，這種事傳來傳去不好。她說這只是一個方面，另外主要考慮商場離家近一些，上下班方便。岳天嵐沒那麼複雜，曹謹沒出事，她就心情燦爛。兩人又開始說邱夢山和苟水泉的信，商量怎麼給他們回信。

8

苟水泉不同意送他去後方醫院，他不是要做樣子給兵們看，是發自內心覺得連裡需要他。止住血、包紮好、吃了消炎藥和鎮痛藥，他感覺自己沒問題，他還有兩條腿和一條胳

膊，能跑能跳能打槍，什麼事都能做。邱夢山說他別逞英雄，胳膊都沒了，萬一感染命就沒了，他不要命，曹謹還捨不得呢。荀水泉讓邱夢山說得眼裡有了淚，他不忍心把連隊扔給邱夢山一個人，有好多事急等著他做，他也離不開大家，這時候讓他住醫院，會比傷痛更難受。

解決屍臭問題是荀水泉心中頭一件急事。自己戰友一犧牲，他會領著勤雜班隨時把遺體搶回來，找戰爭空隙把戰友掩埋。敵人屍體就成了問題，打起仗來恨不能把敵人都消滅在陣地前，消滅得越多越痛快。一仗下來，敵人的屍體堆在陣地前是個大麻煩。敵人當然不會為這些屍體來冒險送命，咱們也不可能替敵人埋屍體。在這亞熱帶高溫下，雨和霧一淋，太陽再一曝曬，屍體一天就發臭，聞起來噁心嘔吐吃不下飯，連氣都沒法喘，薰得人頭暈。夜風裹著奇臭一陣陣吹來，兵們哪還能睡著覺，簡直是睡在死人坑裡一樣。

荀水泉負傷當天晚上，他還是掙扎著下了床，乘夜黑，帶著勤雜班兵們，拿毛巾紮住口鼻，提上汽油桶上了陣地。他們把汽油潑到敵人屍體上，給他們火葬，屍肉的焦味儘管也不好聞，但比屍臭味強得多。

荀水泉帶著勤雜班燒完敵人的屍體回來，指揮部改變了戰術。死守硬拼，傷亡太大，上面決定先「放羊入圈」，然後再「關門打狗」。摩步團和一線部隊任務是誘敵進入我防禦地域，友鄰部隊再穿插關門，把反擊之敵徹底圍殲剿滅。

邱夢山琢磨，誘敵深入不是簡單地撤退，而是真打佯敗，打要打得頑強，做殊死還擊；撤要撤得狼狽，要丟盔卸甲，丟棄一部分彈藥和裝備，甚至丟下些食品，必須讓敵人看不出是主動放棄陣地撤退，而是真正潰敗，敵人才會毫無顧忌地追蹤深入。要邱夢山充當敗軍，讓敵人得勝，哪怕是片刻得意，邱夢山心裡都不舒服。再說撤退傷患要先行，還有糧草彈藥，這樣至少要分出三分之一兵力，只有三分之二兵力作戰，而且一直要撤到壽山主陣地為止，這仗不好打。再是荀水泉負著重傷，他率部隊作戰，讓荀水泉一個人率傷患撤退有些難，需要找個人配合荀水泉，邱夢山有點舉棋難定。

葛家興就在這時候摸著黑來到了陣地，荀水泉和邱夢山十分驚奇，團裡已經決定，他出院後回營房留守，他怎麼趕來參戰？葛家興這時才說心裡話，正是為了上前線才堅決要求去軍區總醫院，只有總醫院才能做這種手術，他的腰果真又挺起來了。荀水泉伸出左手握住葛家興的手，為當初的誤解內疚。邱夢山也抱住了葛家興，說他也沒有完全理解他。葛家興流下了淚，他說只是對不起弟妹岳天嵐。邱夢山有些不解，葛家興把一路賭氣不理岳天嵐這事告訴了他們，他請邱夢山寫信代他向岳天嵐檢討。

葛家興病癒歸隊對全連是個鼓舞，邱夢山當即召集作戰會，分工葛家興配合荀水泉率三排和勤雜排帶傷患後撤，戰鬥一打響就行動。邱夢山率一、二、四排繼續與敵人周旋，根據戰場情況再撤。

天麻麻亮敵人又發起了進攻，炮彈呼嘯著在陣地爆炸。邱夢山讓荀水泉和葛家興趕快行動，荀水泉再三叮囑，要邱夢山別戀戰，盡快撤離。邱夢山已顧不得跟他說話，揮手率部隊投入戰鬥。摩步一連把敵人惹惱了，激戰三天，他們發動了幾十次進攻，但沒能走近陰山一步，傷亡和裝備損失慘重，他們似乎要拼死一戰。

邱夢山告訴幾個排長，不能有半點鬆懈，一定要殊死抵抗，藉機多消滅敵人，聽他命令行事。敵人這次沒動坦克，而用火炮地毯式轟擊掩護步兵攻擊。火力異常兇猛，摩步一連被炮火壓在戰壕裡露不得頭。邱夢山貼著戰壕壁，悄悄地探出頭看，不好，敵人離戰壕不到一百米了。他拿衝鋒槍射擊替代命令，士兵們已經有了經驗，他們都不馬上進入射擊位置打槍，而是先甩手榴彈，手榴彈像一群鴿子從戰壕飛出，飛向敵群。趁著手榴彈爆炸，士兵們才趴到戰壕射擊位置開始射擊，這樣可大大減少傷亡。這次敵人進攻又有了新招，他們採用集中優勢兵力，強攻突破一點。摩步一連的兵們往前看，敵人黑壓壓像潮水一樣向陣地湧來。二排陣地前敵人更多更瘋狂。二排不斷有人受傷犧牲。敵人向二排陣地逼近，只有十來米了，邱夢山讓三班和十一班從兩側支援二排。石井生帶著三班和四排十一班同時從左右兩側支援二排。敵人已經衝到二排戰壕前。石井生一聲吼，帶著三班躍出戰壕，子彈從右側橫面掃射過去。敵人沒防備側翼，人牆一排排倒下去。十一班也從左側出擊，三下裡夾擊，衝上來的那些敵人三面挨打，立不住腳，除了少數掉頭逃竄，大部分都慘死在二排陣地前。敵人並沒有退下陣地，他們退到三百米處，稍作調整，又發起了攻擊。

這時邱夢山下達了第一道撤退命令，二、五、十二班，丟下一些手榴彈，撤出陣地，向後撤退。又過了五分鐘，邱夢山下了第二道命令，一、四、十三班，丟下些武器彈藥，向後撤退。又過了五分鐘，邱夢山命令，每人接連扔五顆手榴彈！剩下一些手榴彈和子彈，跟他一起向後撤退。兵們很不過癮地向敵人接連扔了五顆手榴彈，有人扔了六顆，隨著邱夢山一聲撤，摩步一連剩餘官兵一起向後撤退。邱夢山喊報話員，讓他向營指揮所報告他們已撤離陰山。邱夢山沒聽到回應，扭頭看身邊沒了報話員，扭頭搜索戰壕，他看到了報話機那根天線，不知道什麼時候報話員犧牲了。邱夢山和唐河最後離開了戰壕。

9

帶著傷患撤退速度十分緩慢。幾輛卡車炸得只剩下一輛能行駛。一輛車得先裝彈藥和糧食，打仗離了這兩樣東西死路一條。葛家興指揮三排把彈藥和糧食裝好後，車上只能再上幾個重傷患，其餘傷患和個人裝備物資全靠自己背。

傷患隊伍趕到茅山腳下，太陽已經讓西面山頭擋住，這裡離壽山還有八九公里。邱夢山

帶著弟兄們跟追敵一路周旋，邱夢山他們利用沿途高地，不斷給追敵迎頭痛擊，這樣一方面可以誘惑敵人，另一方面也給荀水泉他們爭取更多的時間。荀水泉看隊伍行動太緩慢，站到路邊喊，讓大家加快速度，速度太慢會給連長他們增加壓力，影響整個殲敵計畫。

茅山有兩個幾乎等高的高程點，兩個高程點中間深深凹下去成一個缺口，大路從凹處穿過，可通汽車、坦克。七班沿著茅山凹處缺口探索前進，走在自己防禦陣地內，沒有闖敵人封鎖線的那種緊張。七班翻上凹處公路，發現茅山那一邊有部隊在行動，估計是兄弟部隊撤到了他們前面，兵們舉起槍向他們招呼。山下部隊停了下來，有幾個士兵往下跑，好似天涯海角遇著了親人。轟！轟！轟！下面部隊竟用炮彈迎接他們。七班班長一看不好，慌忙喊大家臥倒，疏散隱蔽。但為時已晚，跑在前面那兩個兵被炸倒犧牲了。兵們都傻了眼，敵人怎麼會超到前面去了呢？

葛家興和荀水泉也搞不明白這些敵人是從哪裡過來的，葛家興指揮三排各班佔領陣地展開還擊。荀水泉趴在地上，心裡納悶，這是怎麼回事？是友鄰部隊撤得太快，還是他們撤得太慢？敵人怎麼會趕到他們前面去了呢？

前沿後撤誘敵深入不只是摩步團，青山和松山一帶內側部隊都在後撤，口子拉開後，有的部隊沒佯裝潰敗，一開打直接就一窩蜂撤了，到中午大部分部隊都撤到位置，敵人先頭部隊乘虛而入，速度超過了摩步一連，把他們裹了餃子。

邱夢山正跟敵人玩捉迷藏，打一陣，退一段，玩得追敵不摸底細，追不敢急追，打不敢狠打，有點舉棋不定。邱夢山反掌握了主動，敵人猶豫，他就打；敵人進攻，他就撤。打起了游擊戰。邱夢山玩得正開心，突然身後茅山傳來槍炮聲，而且槍聲密集，他懵了。邱夢山不敢戀戰，一揮手，率部隊急忙趕往茅山。

邱夢山帶著兵們衝上茅山，三排在北側已經難以抵擋敵人的進攻，邱夢山讓一二排加入戰鬥，全連士氣大振，一氣就把敵人壓下山去。報話員犧牲了，跟上面失去了聯繫，北側敵人有一個連，南側追敵也有一個連，腹背受敵，形勢非常嚴峻，口子放開後還會有更多的敵人擁進來，一連處境非常危險。幸虧茅山有現成工事，要不他們無法立足安身。面對惡劣現實，邱夢山沒有召集排長們開作戰會，他到傷患防空洞把荀水泉叫到戰壕裡。荀水泉頭一次發現他的心情這麼沉重。邱夢山說最苦最難的時期都過來了，沒想到在戰略撤退中反陷入如此困境。他檢討只顧作戰消滅敵人，忽略了與上級聯繫。荀水泉安慰他，協同責任在上面，咱們嚴格執行指揮部戰略戰術沒有錯。邱夢山搖了搖頭，他讓荀水泉趁南北敵人還沒有協調，迅速帶著勤雜排和傷患從東側迂迴撤退，葛家興帶三排和四排配合掩護，他帶一二排在這裡牽制敵人。荀水泉不同意，邱夢山明顯的是把一切困難都攬在自己身上，他帶兩個排怎麼對付得了兩個連？邱夢山也不想這樣，留下來肯定凶多吉少，但要是全連帶著傷患一起撤，風險太大，很可能全連覆沒，一部分人犧牲總比全連犧牲強。荀水泉不忍心讓邱夢山這

樣留下，他堅持要撤一起撤，要死一起死。邱夢山知道荀水泉是念戰友情，他伸手按了按荀水泉的左肩膀，讓他別傻想，也別說傻話，再耽擱誰都走不成了，要是真不想他死，趕緊帶傷患撤離，越快越好，趕回團裡要增援來接應他們，這是上策。邱夢山推荀水泉快行動，他去給排長們交代任務，他還托荀水泉件事，回部隊後要是見著教導員，給他捎句話，感謝他的理解。荀水泉的鼻子酸了。

葛家興要求留下阻擊，邱夢山也沒同意，他不想讓他剛參戰就犧牲，他告訴葛家興，指導員負著重傷，帶傷患一起撤離任務很艱難，要他照顧好指導員。邱夢山讓一排在南阻擊追敵，二排在北阻止山下敵人的進攻，掩護傷患撤退。荀水泉拿左手一把抓住邱夢山的衣服吼，咱們還是一起撤吧！邱夢山掙脫了他的手，他也對荀水泉吼，別再廢話了，再耽擱下去誰都撤不成了！一定要記住我們的那個約定。邱夢山帶著二排進入陣地，荀水泉含淚帶著傷患上路，他們就這樣分別了。

邱夢山拿起衝鋒槍，讓五班主動向西出擊，吸引山下的敵人，掩護荀水泉他們撤退。五班只剩下六個兵，他們兩人一組，分成三個小組，躍出戰壕，向山下敵人接近，衝出有五十米，他們從三個方向向敵人扔出二十多顆手榴彈，然後迅速往西坡回撤。敵人果然哇啦哇啦向西坡攻來。邱夢山命令二排一齊開火，山下敵人衝至半山腰，吃了不少虧。天漸漸暗下來，敵人不敢貿然進攻，退了下去。邱夢山注視東側高地，沒聽到槍聲，估計荀水泉和葛家興已經順利繞過茅山東側。

邱夢山來到南側戰壕。仔細觀察，敵人在對面山頭和山下紮下營盤。邱夢山喘了口氣，這才覺著餓了，他讓大家吃飯。唐河摸出塊壓縮餅乾，連同水壺一起遞給邱夢山。邱夢山接過餅乾和水壺，讓唐河把兩個排長叫過來。唐河告訴他，一排長已經犧牲。邱夢山忘了，他略一遲疑，讓他在 排宣佈，由石井生代理排長，然後讓石井生過來開會。邱夢山領著石井生和二排長先看了茅山陣地，發現這裡駐過敵人，也駐過咱們部隊，防空洞裡彈藥留下不少。邱夢山又領他們看了周圍的地形。茅山東側連著山脈，山勢連綿，蜿蜒伸展。西側有一條河，河面有十幾米寬，河那邊是松山山脈。看完地形，邱夢山和石井生、二排長在茅山山頂坐下，唐河在一邊放著哨。邱夢山讓他們兩個說說想法。石井生和二排長意見一致，說只剩下兩個排，而且已不滿員，肯定對付不了敵人兩個連，還是趁夜色視線差從東側突圍撤退。邱夢山同意突圍，但指導員他們行動不會迅速，沒走出多遠，如果現在從東側突圍，會給他們帶來災難。還是待天黑後從西側突，坡是陡，又有河，但敵人防備可能會鬆懈一些，只要能渡過河去，就有希望脫險。邱夢山交代每個人帶足子彈，手榴彈太重，每個人帶十顆就行。時間定在凌晨一點整，讓他們兩個回去告訴每一個士兵，除了哨兵，大家好好睡一覺。

石井生在戰壕裡交代完任務，倪培林沒有回應，情緒很沮喪，或許因為邱夢山讓石井生代理排長，而不是讓他。雖然火線提幹是帶頭去衝殺，但這也是榮譽。倪培林冷冷地跟石井生說，這一回是連長在犯錯誤，他們肯定要跟著倒楣。石井生問他有什麼依據說連長在犯錯誤。倪培林說指導員的意見很正確，他們的任務是撤退，而不是跟敵人死抗，連長是個人英雄主義，不顧大家死活，硬在死頂。應該聽指導員的勸，全連一起突圍。要是按指導員的意見辦，他們可能早已脫離危險。石井生說他根本就沒真正理解指揮部意圖，上面不是要他們簡單地撤退，而是誘敵深入，要引誘敵人，就不能讓敵人看出是引誘，就得真頂真打，連長一點沒錯，咱們突圍，是有計畫的行動，處於主動；敵人又不知道咱們的計畫，只能處於被動應付。倪培林並沒有接受石井生的那些話，仍是冷冷地說，毛澤東戰術，人家學得不比咱們差。石井生覺得奇怪，倪培林也會消極。倪培林說他有預感，突圍很難。石井生說不難就不叫突圍，如果當時跟傷患一起撤，速度緩慢，敵人兩個連，不把咱們包餃子才怪。兩個人爭了半天，倪培林情緒很大，但沒再反駁。

天黑得像頭上扣著口鍋，沒有一絲風，又悶又熱，讓人喘不過氣來。石井生摸黑進了連長的防空洞，藉打火機光亮發現連長脫了野戰服光著脊樑坐那兒等他。邱夢山問他佈置好了嗎，石井生一邊脫野戰服一邊應了聲嗯，等光了身子坐下替邱夢山捲菸時他才說，倪培林有情緒，沒跟指導員他們一起撤他想不通。邱夢山接過石井生點著那菸，吸著菸說，戰場上哪來那麼多民主，等你民主完了再打仗，腦袋早落地了。甭管他，到時候他會明白，抓緊時間睡一會兒。

兩人摸著黑挨著躺了下來，一邊抽菸一邊閉目養神，菸抽完了，兩人也睡著了。

手錶定時叫醒了邱夢山，他沒顧穿衣服，先摸醒石井生和唐河。石井生呼地坐起，黑暗中摸到一套野戰服就穿。邱夢山沒摸著野戰服，他習慣拿衣服當枕頭。他說石井生，你小子穿我的衣服了吧。石井生摸了一套野戰服扔給連長，說反正咱倆衣服一個號，穿錯也無所謂。他們三個穿戴整齊，邱夢山抬腕看夜光錶，十二點五十整。邱夢山讓石井生去排裡組織行動，自己和唐河去了二排。

摩步一連兩個排的兵們都醒在茅山戰壕裡時，正是凌晨一點。他們兵分三路躍出戰壕，順著西坡開始突圍行動。每個兵身上都沉重地背著子彈匣和手榴彈，邱夢山說是一人背十顆手榴彈，有人貪心，臨走褲兜裡又一邊塞了兩顆，兵們知道這東西不怕多，多了有用。

夜特別黑，沒有一絲風，山頭和山谷全泡在霧裡，不一會兒，兵們臉上就濕淋淋有水往下流，分不出是汗還是霧水。

部隊摸索著前進。邱夢山敏感地聽到了一種聲音，這種聲音讓兵們警覺。邱夢山向左右傳話，讓大家就地趴下，他一時還分不清是人聲還是獸聲，反正山下有東西在向他們接近。兵們全都趴下，屏住呼吸，豎起耳朵，儘管有不少人耳朵早被炮彈震得半聾了，但還都是豎了起來。邱夢山感覺不是野獸，野獸不會這麼多，這裡沒有成群的野獸。邱夢山悄悄地向兩邊傳，散開！準備戰鬥！

兩個排悄悄地散開，成一條曲線橫在茅山西坡靜候著。西坡陡，但不是絕壁，僅是相對而言，有緩有陡。兵們各自都找好有利地形和障礙依託，既能容身又能施展身手，他們悄悄地把槍伸出，把手榴彈蓋擰開放到面前，槍保險從來就沒關過。

茅山上沒什麼樹，都是茅草，茅草漫山遍野有半人高，有樹也僅是小灌木，跟茅草差不多高。人趴在茅草叢中，茅草成了天然的掩護，根本看不見人，何況是墨一般的黑夜，還有重霧。

是人，邱夢山已經真實地感覺到了，石井生、二排長、倪培林和兵們都感覺到了。而且感覺到人並不比他們少，甚至感覺到他們在一百五十米距離左右。石井生用假嗓小聲對倪培林說，敵人跟咱想一塊了，他們來偷襲。倪培林也用假嗓回石井生，我早說了，毛澤東的戰術他們研究得不比咱差。石井生一點不緊張，因為把他們幹掉，突圍就省事了。倪培林又跟他較勁，不一定。石井生問倪培林感覺敵人離他們還有多遠？倪培林估計有八十米，石井生糾正說還有一百米。倪培林說差不多，石井生說差二十米，這種霧夜，等於瞎子打仗，視覺完全不管用了，只能靠聽覺；打槍也沒法瞄準，只能憑感覺；所以只能放近了打，越近越好。

幸好邱夢山發覺早，他們處在守株待兔的有利地位，不好的是天黑看不清敵人的蹤影。邱夢山忍著不發話，他要等敵人一直跑到跟前唾手可得時才動手，反正敵人不知道有獵人在等他們，等這幫人踩著他們槍再動手都不晚，在這種黑夜突然打擊，嚇都能嚇掉他們半條命。

過來了，好傢伙，挨得很緊，都他媽手腳並用在往上爬，人比他們還多。這不要緊，馬上就讓他們少。邱夢山一邊在心裡默唸，一邊傳出話去，跪姿，槍下傾十五度，到跟前再打！這三句話傳給了每個兵們，每個人都做出了一腿跪一腿蹲的射擊姿勢。傾斜十五度這個角度向坡下射擊最合適，敵人立著走，腿斷；往上拱，腦袋開花；保準一個都跑不掉。

邱夢山真沉得住氣，只有三十米了他還沒發令。他在心裡唸道，再近一點，再近一點，到十米再打。差不多了，十五米，十四米，十三米，十二米，十一米，十米，打！邱夢山喊著，手中衝鋒槍先響了。在戰場，除了手槍，他總是背著支衝鋒槍。摩步一連兩個排的兵都開了槍，都是下傾十五度角，離地面一條小腿高，一條條火舌在茅山西坡噴出，在黑夜中像一條條火龍射向山下。

敵人哪會想到有人在候著他們，更沒想到迎候著他們的這些獵人如此精於此道，他們連坡地射擊角度和高度都精準地想到了。這一排子彈掃射過去，敵人差不多都被放倒了。他們都弓著身子往上爬，人都只有一小腿那麼高，下傾十五度角射下去，不是擊中他們腦殼就是前胸。大部分人當場斃命；受傷那些人不是被打著肩膀就是胸膛，西坡上一片鬼哭狼嚎；沒被打著那些幸運者嚇得屁滾尿流滾下山去。邱夢山寧左勿右，讓兵們連續掃射了五分鐘，然

後才下令搜索前進。

兵們都端著槍，仍保持著下傾角度，拿兩腳梳頭一樣捋著茅草往前梳。他們踩著了敵人，不管是死還是活，先都補上一槍。邱夢山感覺不對，他們只踩著二十多具屍體，上來敵人不止這個數，肯定有不少人跑了，他命令大家快速前進。兵們跟著邱夢山順著坡跑滑下去，坡陡，不時有人摔倒，摔倒了乾脆就滾。兵們一個個眼睛突然亮了，看到了山下那條河，還看到了河對岸那座山，原來霧只纏著山頭，山下並沒有霧。邱夢山讓大家減慢速度注意觀察。

兵們一個個貓起腰，一步一步朝山下走。離山谷還有五十多米處，敵人突然朝他們開火，說不清是剛才從山上逃下來的，還是早在這兒埋伏等候的，幾十個兵就地臥倒還擊。這一還擊如同點著了導火索，山下河兩岸都響起槍聲。河對岸和山下火力交叉，彈道飛舞。邱夢山一看情勢不妙，側身爬向二排長，又叫過石井生。山下和河兩岸都已被敵人佔領，再突圍只能是送命。邱夢山決定仍回茅山陣地，陣地有彈藥有工事，可以堅持抵抗，等團長派增援！石井生也認為離開陣地無處藏身，進退都難。

10

或許是心靈感應，或許是第六感。依達再一次躺到小山坡茅草上時，心裡特別難過，她忍不住哭泣起來，就在她哭泣之時，石井生在茅山陣地負了重傷。

她不再去栗山那個兵站，她明白那邊不會給她任何消息。她不斷地去那個小山坡，去看那棵有眼睛的樹，還有那片茅草，那裡留給她許多美好的記憶，她一到那裡就激動不已。每次她擁抱了那棵樹之後，總要躺到那片茅草上閉上眼睛，把她和石井生那短暫的故事美美地回憶一番，直到她眼淚滂沱。那片草已經讓依達壓蔫了，壓出了一個身影。

這一天對邱夢山他們來說，用艱苦卓絕來形容一點不為過。他們已經打退了敵人九次進攻。南面敵人打下去了，北面敵人又攻了上來；北坡敵人還沒打下去，南坡敵人又發起了進攻；有時候兩面敵人一起上，弄得邱夢山他們顧此失彼，只能以一當十。幸好陣地上彈藥足夠，要不他們早就彈盡糧絕，不壯烈犧牲也成了戰俘。兩個排的兵們心裡只記著邱夢山的一句話，只有堅持，堅持才能等到團裡增援。邱夢山不是拿大話糊弄大家，他跟兵們仔細分析過，這山坡陡，敵人坦克上不來，步兵對步兵，沒什麼可怕，他們居高臨下佔地理優勢，彈藥又充足，沒有守不住的道理。兵們都異常英勇，他們明白只有英勇，才能把敵人消滅；敵人要是英勇，他們就要被消滅；要不讓敵人英勇，他們必須特別英勇。

又有三個士兵倒下，邱夢山在戰鬥間隙，一筆一畫把他們的名字記到了血債本上，上面已經記下了三十一個人名，敵人也加倍償還了，他算了一下，開戰到現在，他們起碼消滅敵人五倍於這個數字，一個抵他們五個，但邱夢山覺得還遠遠不夠。

不早不晚，兩面敵人不謀而合，這次南北配合一起向他們攻擊。敵人已經發現，附近大小山頭，只有這個茅山上還有中國軍隊，他們不能讓中國軍隊阻礙他們前進，影響他們向壽山反擊，因此必須拿下。邱夢山把剩下的人勻了勻，一半在南，一半在北，分頭阻擊。

石井生身邊摞著幾箱手榴彈，敵人進攻，他連看都不看一眼，仍在擰手榴彈柄蓋，他把手榴彈排到戰壕沿上。他知道這時候敵人打不著他，他也打不著敵人，手榴彈他也扔不了這麼遠，他也不想拼這麼大力氣，力氣很珍貴，得均著使。等敵人進到五十米之內再開戰，手榴彈就很管用，頂一門六〇炮。兵們一個個都跟著他學，把成箱的手榴彈搬到自己身邊，擰開一個個手榴彈柄蓋，一個一個排著擺在戰壕沿上，這樣扔起來不耽誤工夫。

敵人進攻時，石井生用不著看，聽腳步聲就知道敵人有多遠。敵人沒遭到阻擊，進攻速度就特別快；石井生就是想讓他們快點上，這是常規戰鬥，前面那幾百米，誰也打不著誰，是過程，完全可以省略，不阻擊就是要敵人快上來，讓敵人快上來是要敵人快點死，早上來早死，反正敵人就這麼多，早死光早完事。

敵人上來了！石井生只喊這麼一句，就像幹活工頭說幹活了。石井生說完就開始快速投彈，投彈時他不抬頭看，不給他們當靶子。他在戰壕裡悶著頭一個勁地只管拿手榴彈往外甩。別看他不抬頭看，但甩出的那些手榴彈跟看著甩一樣，不左不右，不遠不近，一顆顆都在敵群中爆炸，炸得敵人一片片倒下。

敵人這次進攻前，石井生準備好了五十顆手榴彈，他一口氣投出三十五顆，投完三十五顆，他停了手，抬起頭向陣地前瞅。敵人退下去了，但他發現，敵人也學鬼了，他們只退下二百米，退到手榴彈夠不著、槍打不準的地段，他們就都趴下。石井生說敵人也越打越精了，知道咱們沒有炮，知道咱們只打近戰，他們也就知道省力氣了。

架槍！精確射擊！石井生一聲令下，機槍、步槍、衝鋒槍全架到了戰壕沿上。每個人都瞄準了趴在地上的敵人，石井生槍一響，全排槍都響了，一傢伙撩起一片煙塵。敵人抱著頭往下滾，又退出了一百多米，然後再趴下不動了。

石井生只是笑，什麼也沒說，一屁股坐到戰壕裡，一仰身子靠著戰壕壁舒舒坦坦地閉上了眼睛。就在石井生閉上眼睛的瞬間，轟！轟！轟！轟……敵人又開了炮。炮彈突然排成一條線落到茅山陣地上。石井生一骨碌翻身趴到戰壕沿上伸頭向外看，急了眼的敵人，在炮火掩護下，又向茅山陣地攻來，連炮火都不延伸，他們離戰壕本來就只有三百米，石井生察看時，只剩下不到一百米了。他疏忽了，戰場上不能有絲毫疏忽，疏忽就要出紕漏。石井生本想喘口氣再裝子彈，再準備手榴彈，他想敵人怎麼著也得喘口氣，就沒接著裝子彈，也沒準

備手榴彈，石井生急了眼。

打！把敵人打下去！石井生端起衝鋒槍掃射，但除了槍上彈匣，其他彈匣都空著。槍上彈匣裡那點子彈，打不了幾下槍就啞了，打一會兒就得停下來裝子彈。石井生有些後悔，他急忙喊，每個班抽出兩個人搬手榴彈！倒替著裝子彈！各班抽人搬手榴彈，減弱了火力，這給敵人製造了機會，敵人進攻速度加快，子彈匣供應不上，手榴彈也供應不上，子彈和手榴彈密度變疏，對敵人威脅就減少。敵人越來越近，只有五十米了。石井生抓起手榴彈一邊擰蓋一邊投，速度比原來慢了一半。石井生急得頭上冒汗，他不顧一切地端著衝鋒槍掃射，前面敵人倒下了幾個，後面敵人又踏著同夥屍體往上衝。轟隆！一發炮彈在石井生身邊戰壕裡爆炸，一個士兵被炸飛，石井生也倒了下去。幸好邱夢山帶著五個兵趕到，架起了一挺機槍，給一排爭取到了裝子彈和擰手榴彈柄蓋的時間。

邱夢山發現石井生倒在了血泊中，這時他顧不得照看石井生，敵人還在往上衝，他放不下槍，他只能一邊打一邊喊，倪培林！代理一排長指揮戰鬥！衛生員過來把石井生背進了防空洞。連裡哪個兵負傷犧牲邱夢山都心痛，石井生負傷他更心痛。他把仇恨壓進槍膛，讓子彈帶著憤怒射向敵人，他要讓敵人加倍償還。唐河看到連長站了起來，他挨過來拖邱夢山趴下打，邱夢山卻吼唐河為什麼不開槍，唐河只好投入戰鬥。

北側敵人被壓下去了，二排又過來五個兵支援南側作戰。倪培林看有人支援，來了信心，他向一排兵們喊，兩個人一組，一個投彈，一個裝子彈，一個打槍，一個搬手榴彈，兵們忙得恨不能生出四隻手來。這樣等於減一半戰鬥力。邱夢山一看不妙，命令全連，除了機槍、衝鋒槍，全部投彈。

士兵們全都集中力量投彈，雖然一邊擰蓋一邊投速度慢些，但相互一交叉，還是造成了成片爆炸效果，加上幾挺班用機槍，相持了二十分鐘，敵人終於被壓退下去。為爭取主動，邱夢山沒讓兵們鬆氣，他命令部隊乘勢追擊。兵們端著槍，抓著手榴彈，追著敵人打，敵人一溜煙逃下山去。

邱夢山回到戰壕，直接去防空洞看石井生。石井生後背右側被彈片擊中，右耳朵也被打掉了，渾身是血。衛生員撕開他衣服，無法給他取彈片，只能給他把傷口包紮好止血。邱夢山緊緊握著石井生的手，要他挺住。石井生說話很困難，他說他知道會有這麼一天。邱夢山安慰他，只要增援到，咱們就可以撤退。石井生說增援不會來了，要來早該來了。邱夢山要他相信指導員，他一定會想辦法把救兵搬來。外面又響起爆炸聲，邱夢山只能撇下石井生跑進戰壕。敵人真瘋了，他們沒有喘息，又向茅山陣地撲來。

整整一夜加半個白天，荀水泉和葛家興領著傷患趕回了壽山。荀水泉心裡惦著邱夢山，他知道他們盼著他叫援軍。可是他們走得實在太慢了，不是他們不想走快，是他們沒有這個能力。荀水泉趕到壽山，太陽已經正午。荀水泉先找部隊，他用兄弟部隊的電話找到了營長教導員，告訴他邱夢山帶兩個排在茅山阻擊掩護傷患撤退，已經被敵人圍困，請求上級派增援營救。營長和教導員當即報告了團長，團長放下電話，又拿起電話，請示師長，師長又請示軍。軍指揮所跟師團營連位置不一樣，位置高，看得就遠，看得也寬；軍指揮所不同意派增援營救邱夢山他們。軍指揮所首長們那裡的頭等大事是，「放羊入圈」、「關門打狗」，當時羊是入圈了，但只進來一部分，大陣羊群還在圈外觀望等待，指揮部正派部隊分頭出擊迎頭阻擊敵人，讓邱夢山他們繼續抵抗，正好迷惑敵人，吸引敵人大部隊進圈，有助於整個戰役意圖落實，不能因小失大。

荀水泉聽到這個消息，跺著腳在電話裡朝李松平哭，他要帶自己連的兩個排去接應連長。李松平只能勸他，這是指揮部的命令，沒有商量的餘地，要他服從命令。荀水泉扔下部隊，獨自跑到樹林裡哭，他悔恨沒能把邱夢山拉上一起突圍。

敵人對茅山最後一次進攻是太陽下山之前，南北兩側像是商量好了，有了協同作戰跡象，兩邊火炮同時向茅山陣地轟擊，敵人發了狠，炮擊時間竟達十五分鐘，戰壕塌了，防空洞陷了，又有五名士兵在炮擊中犧牲，邱夢山只能讓兵們鑽進防空洞。

敵人炮擊還在繼續，邱夢山閉著眼睛坐在洞裡，他用心聽著敵人的炮聲。倪培林情緒低落地來到邱夢山跟前，他斗膽說，連長！太陽就要下山了，增援來不了了。邱夢山仍閉著眼睛說，咱們這一仗是節外生枝，不可能有增援。倪培林很不滿，他似乎在責問邱夢山，既然早知道沒有增援，為什麼還要在這兒硬撐。邱夢山跟他說，力量懸殊太大，因為有傷患，無力突圍，只能死守，尋找機會。倪培林已經想了很多，他說上級並沒有要求咱們堅守茅山。邱夢山明白倪培林的意思，他在埋怨他。邱夢山說，陣地可以丟，戰友不能丟。到了生死關頭，倪培林什麼也不管了，他認為這樣守下去，等於束手待斃。邱夢山糾正他，不是等死，咱們還沒有彈盡糧絕，可以跟敵人拼，拼一個夠本，拼兩個賺一個，在拼打中尋找機會。倪培林說敵人太多，咱們沒法跟他們拼。邱夢山問他想幹什麼？倪培林沒隱瞞內心想法，他說應該突圍。邱夢山說突圍也等於送死。倪培林說一塊兒突不行，可以化整為零，八仙過海，各顯其能，突一個是一個。邱夢山睜大了眼，兩道目光像槍刺一樣紮住倪培林，問他傷患怎麼辦，倪培林受不了邱夢山的目光，他把臉轉向一邊，但他心裡主意已定。邱夢山心裡的氣頂上來，他那神氣似乎要一口把倪培林吞了，他十分氣憤地罵倪培林，你倒沒乾脆說投降。倪培林這時候感覺沒了退路，他心裡清楚，他要是退卻，要是放棄，那就得準備死，他當然不願意死，他才二十三歲，一棵芝麻剛開花，為了自己這條命，也是為了連長，為了大家，他一定要說服邱夢山。他繼續爭辯，分散突圍不是投降，撤退是上級命令，至於用什麼辦法撤，由連裡定，撤回一個也是勝利。

邱夢山還是頭一次看到倪培林這麼硬氣，但他不喜歡他這種硬氣，這硬氣沒用在正地方。倪培林毫無顧忌地繼續爭辯，他認為現在東側或許還能找到空隙，再拖下去，連這個機會也沒有了，為了幾個傷患，難道要大家都犧牲？能突出一個比全部犧牲強。邱夢山很惱火，他要倪培林記住，只要他穿著軍裝，就不能只顧個人，就是犧牲個人，也要把安全讓給戰友，邱夢山讓他把分散突圍的鬼念頭踩腳下碾碎，休想扔下傷患只顧個人逃命。

邱夢山封了口，倪培林再沒有說話。敵人又發起攻擊，邱夢山提著槍衝出防空洞進入戰壕，唐河緊緊相隨。邱夢山沒想到敵人會跟著炮彈一起逼近陣地，他們離戰壕不到五十米了。邱夢山一邊打一邊吼，增援來不了了，只有把眼前的敵人消滅，才能保存自己；只有把敵人打下去，才能找到突圍的機會。兵們一個個也都打紅了眼，唐河突然撲通一聲倒在邱夢山腳旁。邱夢山扭頭看，唐河頭部中彈，已經不能動了。邱夢山沒法停止射擊，他只能一邊打一邊喊衛生員，連喊了五聲，沒見衛生員過來。他再喊倪培林，倪培林也沒有回答。他接連扔了三顆手榴彈，扭頭不見倪培林。

倪培林沒有死，他去了傷患防空洞。倪培林來到石井生身邊，石井生滿臉是泥汗，躺在那裡跟死了一樣。倪培林心裡抽搐了一下，頭皮有些發麻。奪無名高地，打壽山，守陰山，抓活口，徐平貴被炸飛，他都沒有這麼恐懼過，或許是因為撤退讓他複雜起來，撤退讓他看到了希望，希望讓他想到了今後，但現實卻要中斷他的一切想像，他不願意這麼中斷人生。倪培林跪到地上，雙手撐著地對著石井生聲嘶力竭地喊，不知他是在給自己壯膽，還是怕石井生聽不到，他一聲一聲地喊著。石井生讓他喊醒過來，兩個人目光相對，靠得那麼近。倪培林發現石井生眼睛裡沒了以往那種匪氣和殺氣，目光變軟了，溫和了。這目光讓他很陌生，不該屬於石井生，他最不服他，也最怕他，但石井生現在似乎什麼都放棄了。倪培林看著石井生，心裡百感交集，他情不自禁地跟石井生說，我一直跟你較勁，心裡總不服你，今天我承認，打仗我真不如你，你要挺住！石井生睜著眼看著倪培林，他不明白，外面敵人在進攻，他不去守陣地進防空洞來幹什麼。倪培林握住石井生的手，石井生感覺他的手在顫抖。石井生問他為什麼不在戰壕守陣地，倪培林說有件事要跟他商量，增援肯定來不了了，現在任務是撤退，可是連長瘋了，堅持要死守茅山，敵人有兩個連，硬打下去只會有一個結果，全部犧牲。石井生問他想怎麼辦，倪培林說只有突圍才可能有活路。石井生問他為什麼不跟連長說，倪培林把連長訓他的那些話全告訴了石井生。他認為與其一起等死，不如突圍一拼，輕傷患可以爬起來一起突，重傷患不能動，一人發一枚光榮彈，能堅持就堅持，萬一碰上敵人，就同歸於盡。石井生同意倪培林的這個意見，他讓倪培林扶他起來。

倪培林扶石井生坐起來。石井生跟傷患們說了這番話，輕傷患都表示支持，三個重傷患沒有說話。石井生說咱們不能因為個人，讓戰友陪著一起犧牲，他讓倪培林去跟連長彙報，這三個重傷患由他負責，他留下來陪他們。倪培林說不行，他一定要帶石井生一起突。石井生讓倪培林幫他把背囊拿過來，石井生沉重地從背囊隔層袋裡摳出一封信，把信交給了倪培林，說要是他能回去，一定把這封信親手交給依達。倪培林接過信，流下了眼淚。

石井生給三位重傷患一人發了一枚手榴彈，他把其餘六位傷患和倪培林送出了防空洞。倪培林拉住石井生的胳膊，要他跟他們一起走，身後洞裡突然響起爆炸聲。石井生驚愕地回到洞裡，三位重傷患都自己「光榮」了。石井生心如刀割，他讓倪培林把戰友們掩埋好。倪培林跟石井生說，要埋就埋在這洞裡。倪培林拿工兵小鐵鏟在防空洞兩側挖了兩個洞，每個洞裡塞進一捆手榴彈，拉掉弦跑了出去。轟！轟！兩聲悶響，防空洞塌了，掩埋了戰友。

邱夢山帶著兵們激戰了二十分鐘，敵人沒能接近戰壕，被逼回到陣地二百米外。邱夢山回頭看戰壕，戰壕裡只站著八個兵。倪培林領著七個傷患走進了戰壕，邱夢山不明白，問他這是幹什麼，石井生艱難地來到邱夢山前面，他替倪培林說了話，與其在這兒等死，不如突圍跟敵人一拼。邱夢山問那幾個重傷患怎麼辦，倪培林垂下頭說他們自己拉響了光榮彈⋯⋯邱夢山瞪眼盯住倪培林，突然揮手給了他一記耳光，他吼道，是你逼了他們！倪培林沒爭辯，石井生給邱夢山解釋，倪培林沒有逼他們，我準備留下來陪他們，他們是不願意連累我。他真誠地勸邱夢山別再猶豫，抓緊時間突圍。邱夢山停頓片刻，輕輕地跟張南虎交代，讓他去告訴二排長，帶弟兄們往東撤。

邱夢山把隊伍重新調整，倪培林帶八個士兵走在前面，二排長帶七個士兵負責保護傷患，傷患們也都拿起了槍和手榴彈，邱夢山讓石井生跟著他，成敗在此一舉，他還是要大家記住，只有消滅敵人，才能保存自己，大家要生死與共，患難相依，把困難留給自己，把希望讓給戰友，共闖這道生死關。他讓每個人都檢查了光榮彈，萬一被敵人抓住，絕不當戰俘。邱夢山說完領著大家悄悄地爬出戰壕，成分散隊形向東側山凹處摸去。

山凹處有敵人，好像正在吃飯，有四個流動哨在巡視。邱夢山跟倪培林交代，要抓住這個有利時機，把哨兵幹掉，一排阻擊，二排長帶著傷患迅速突圍。

倪培林帶七個士兵，兩人一組，摸向流動哨。二排長讓每個士兵負責一名傷患，邱夢山拉著石井生，等待倪培林他們幹掉哨兵。三個小組乾淨俐落地幹掉了三個流動哨，第四個出了問題，一個士兵讓灌木絆倒，哨兵開了槍，另一名士兵當即將哨兵擊斃。槍聲驚動了敵人，他們扔下飯碗拿槍撲了過來。

二排長帶著傷患迅速衝下凹處，邱夢山讓石井生跟二排長走，自己衝過去跟倪培林幾個一起阻擊敵人。石井生沒有隨傷患突圍，他跟著邱夢山加入了阻擊，他扔不了手榴彈，只能射擊。敵人人多勢眾，他們十個人無法抵住敵人一個連。邱夢山讓倪培林指揮小組與小組交替掩護，邊打邊撤退。

邱夢山接連扔出三顆手榴彈，攙著石井生往山下跑去。倪培林帶一個小組接著射擊掩護，然後後撤。邱夢山看二排長帶著傷患已經快進山谷，敵人向山谷追來，邱夢山讓倪培林就地組織阻擊，給二排長他們爭取翻過小高地的時間。

石井生傷很重，跑不快，邱夢山背著石井生往山下跑。山凹與密林之間，有一條山谷，山谷那邊有一個小高地，穿過山谷，再翻過小高地，就能進入密林。邱夢山背著石井生跑進山谷，槍炮聲驚動了茅山北側的敵人，他們也派一個排包抄過來，想堵住邱夢山他們的退路。邱夢山看形勢不妙，背著石井生加快速度，石井生發覺連長野戰服已經濕透。他懇求邱夢山把他放下，讓他指揮作戰。邱夢山放下石井生，讓他自己跟著二排長他們一起往小高地那裡撤，他讓倪培林帶七個士兵和他一起阻擊敵人，掩護二排長他們撤退。

倪培林又有了想法，前面開闢通路是他，斷後阻擊又是他。邱夢山卻不管倪培林有沒有情緒，戰場上指揮官說話就是命令，理解得執行，不理解也得執行，要不執行，指揮官可以當場執法。下完命令，邱夢山趴到山谷的一條溝坎上，準備好槍和手榴彈。石井生沒跟著二排長往小高地那裡撤，他也悄悄地趴到溝坎上。邱夢山告訴大家要節省彈藥，等敵人靠近了再打！要盡力給二排長他們多一些時間。敵人一邊打著槍一邊往這邊追來，茅山凹處的敵人也追了過來，從他們左側攻擊。倪培林驚慌起來，他懇求連長還是一起撤到小高地再說。邱夢山很鎮定，他要大家堅持住，一排長他們還沒翻過小高地，這時撤過去只能帶給他們危險。他讓倪培林帶四個人阻擊前面的敵人，他帶四個人對付左側的敵人。

敵人越來越近，離他們只有三十米時，邱夢山才下令開槍。兩邊敵人突然受阻，因天色已經陰暗，不摸底細，一齊趴了下來。敵人一趴下，邱夢山隨即命令停火。邱夢山他們一停火，敵人失去了攻擊方向。邱夢山這一招是為了多爭取時間，他們不打槍，敵人只能爬著摸近。倪培林再一次扭過頭來懇求，說一排長他們已經過了小高地，可以撤了。邱夢山咬著牙，說再堅持一下，再給敵人一次打擊，這樣一排長他們就能進入密林了。

邱夢山以靜制動，兩邊敵人慢慢接近，已在他們視線之中。待敵人離他們只有二十米時，邱夢山甩出了手榴彈。山谷一時槍聲大作。敵人並不這麼傻，他們也在摸邱夢山他們的位置。邱夢山一開火，位置自然暴露，子彈和手榴彈一齊向他們襲來。邱夢山先覺著額頭被什麼咬了一口，但他知道自己還沒死，他的思維還跟原來一樣清晰。接著倪培林哎喲一聲，也負了傷，但沒有倒下，估計也死不了。他們頑強地抵抗著，天色漸暗，敵人也不敢向前一步，開始亂扔手榴彈。手榴彈接連不斷在邱夢山的左右溝裡爆炸。邱夢山向右看，除了倪培林，其餘士兵都倒下了，往左看，石井生還趴在那裡，邱夢山趕緊爬過去。倪培林帶著哭聲懇求，連長！他們都犧牲了！撤吧！邱夢山不願放下石井生，對倪培林喊，架著石井生一起撤！

兩邊敵人向他們包圍過來，邱夢山接連向兩邊投出手榴彈。倪培林在另一邊拿槍向敵人掃射。倪培林聲嘶力竭地喊，連長！快撤吧！再不撤走不了了！邱夢山扭頭朝倪培林瞅了一眼，見他已顧自拼命在往小高地跑。一股怒火從邱夢山心底湧出，他朝著黑影吼，倪培林！你混蛋！就在這時，石井生拉響了光榮彈，那聲悶響讓邱夢山驚駭。邱夢山撲過去抱住石井生呼喊，石井生渾身血肉模糊，他已經聽不到邱夢山的呼喊，永遠都聽不到了。

邱夢山輕輕放下石井生，他抬起頭，發現敵人已經把他包圍。邱夢山摸到了四顆手榴彈，他掏出最後一條綁帶，把四個手榴彈緊緊捆到一起，擰掉柄蓋，把四根拉弦一起纏到手指上。敵人離他只有十五米了，他右手緊緊握住那捆手榴彈，突然躍過溝坎，向那群敵人滾去，就在他接近敵人、正要起身拉弦躍向敵人時，他連岳天嵐都沒能想一下，兩面三十多個敵人一齊朝他開了槍，邱夢山一切動作戛然定格，思維也哢嚓中止……

第四章

天情

石井生拉爆腰間那顆光榮彈時，倪培林扭頭看到了那一幕，他兩眼一陣刺痛。每次戰鬥連裡都有人倒下。在無名高地，班裡士兵炸得腸子纏到他脖子上，他手腳顫抖，但沒恐懼。倪培林也沒細究這回怎麼會如此恐懼。看到石井生以那種極端手段結束生命，他更無法控制自己，理智僅讓他聲嘶力竭地再喊一聲連長，他撇下連長只顧自己逃命，僅僅下意識地又一次扭頭窺探一眼，他看到連長抱著捆手榴彈躍起撲向敵人，一群子彈讓他訇然倒下。

倪培林撇下連長逃命之時，壓根沒去想這意味著什麼，當時他恨不能生出隱身功夫，瞬即在敵人面前消失。他命大，肩膀和手臂都帶著傷，三十多支槍在身後追射，他愣是從槍林彈雨的縫隙中跑了出來，子彈和手榴彈成為送行的鞭炮禮花。當時他只感覺閻王爺在伸著手追他，後腦勺有一股股陰氣涼颼颼地吹他的頭皮。倪培林一口氣竄上小高地那一霎，感覺小命有一半攥到了手心裡，頓時生出一股超然之力，他幾乎要飛離大地，腿比野兔跑得還快，他一腳踩響地雷，可連皮毛都沒傷著，地雷爆炸時他早一跟頭滾出去幾米遠，地雷也成了送行的禮炮。

倪培林不清楚自己跑了多久，也不知道跑了多遠，當他確定閻王爺已被甩開時，兩條腿立馬跟麵條一樣軟得支撐不了身子，他一下癱到地上。醒來時，晨光從樹木縫隙間穿射下來，在他身上落下點點光斑，清風伴著小鳥的歌聲，把草木的氣息送進他鼻孔。倪培林誤以為自己在做夢，饑餓讓他回憶起一切，他掙扎著坐起來。到這時他才意識到，他撇下連長實際是違抗了連長命令，連長犧牲他負有責任，倪培林為自己爭辯，他這麼做不純粹是怕死，是避免無謂的犧牲。無名高地多危險，他怕了嗎？沒有；上敢死隊，他明明可以不參加，連長也沒打算讓他參加，但他主動要求參加了，那兒比這兒還危險，明打明是去死，他怕了嗎？沒有。戰場上死是常事，但死得要值。要是連長早聽指導員勸，說不定不用犧牲這麼多人。是連長打昏了頭，是他個人英雄主義在作怪。無名高地立軍令狀，那是偉大！在茅山阻擊是逞能，硬拿雞蛋往石頭上砸。兩個人怎麼能對付得了三十多個敵人！他逃出一條命，也是為連隊多一分戰鬥力。這麼一想，倪培林覺得他必須盡快回部隊，而且越快越好。他渾身頓時生出許多勁來，他藉著清晨陽光，判定了方位，朝壽山方向快步走去。

兄弟部隊拿擔架把倪培林送到摩步團，摩步團再把他送回摩步一連，倪培林一直在昏迷之中。他傷口發炎，發著高燒，當他走回壽山，確認眼前不是敵人，而是自己的部隊時，他又麵條樣癱到地上。倪培林昏倒是因為發燒和虛脫，他後來回想起這事時，他都沒法理解自己怎麼會有這麼大的力量，他一天一夜沒吃沒喝，肩膀和手臂上還有傷，只有神才會有這種力量。

思維重又回到倪培林的腦子裡，他已經在連隊防空洞裡睡了十二個小時。他聽到指導員在說話，他沒急於睜眼，若睜開眼，他必須回答指導員的問題，他還沒想好這事該怎麼說，他要好好梳理編織一下，怎麼說才合情合理。有一點他很明白，只要他一說出口，這事就不能再改口，他是唯一見證人，茅山在異國，沒法去驗證。倪培林把荀水泉撇在一邊，不管他有多焦急，他閉著眼睛靜下心來回憶事情的過程，思考如何彙報。思來想去，他覺得太對不起連長了，決定一切照實說。果不然，當他睜開眼的瞬間，荀水泉第一句話就問連長和石井生呢？倪培林儘管已經輸了一天液，但他確實還很虛弱，用不著裝，倪培林說話荀水泉拿耳朵貼著他嘴唇才勉強聽清。連長和石井生都英勇犧牲了是事實，用不著編，倪培林沒什麼為難。但荀水泉接著問他們怎麼都犧牲了呢？這口氣是連長和石井生都不該犧牲。有了那番思考，倪培林有點心虧，他差不多在用氣聲說話，他先問荀水泉，二排長和傷患們都回來沒有？荀水泉告訴他十四個人一個不少都安全回來了。倪培林說連長和石井生可以瞑目了，然後他用氣聲告訴荀水泉，為了掩護他帶傷患們安全撤退，連長如何帶著他們拼死阻擊敵人，夜裡突圍時如何與敵人遭遇，又如何退回陣地，繼續與敵人作戰，天黑前又如何突圍，為掩護二排長帶傷患撤退，他們十個人最後打得只剩下他和連長、石井生三個人，石井生傷上加傷，已不能行動，拉響了光榮彈。連長如何發了瘋，不聽他勸抱著一捆手榴彈衝向敵人壯烈犧牲，他如何拼命死裡逃生。一切都是事實，倪培林只省略了撇下連長自己先跑這一小點。倪培林心裡還是虛，手有些顫抖，他想抹掉記憶，可怎麼抹都抹不掉，越抹越反覆顯現，弄得他心裡沒一點底氣。好在他無論怎樣顫抖都完全可以與傷痛發燒相吻合，荀水泉他們看不出任何異常。

荀水泉十分悲痛，他抬起那條左臂，一拳砸在倪培林的擔架上，把倪培林嚇出一身冷汗，他以為荀水泉要打他。倪培林閉上了眼，他願意接受懲罰。荀水泉沒打他，他在為邱夢山悲痛，倪培林閉上了眼睛，他見不得荀水泉這痛苦的模樣，儘管連長犧牲與他沒多少直接關係，即使他留下，他也得跟邱夢山一起死，他只不過給自己偷了一條命，但良心又讓他無法面對荀水泉。

荀水泉痛恨地吼出了一句話，是我害了他！我沒能拉他一起撤退！我無能！

倪培林聽了這話心裡倒是輕鬆了許多，是啊，連長犧牲，不只是他一個人的責任，指導員也有份，要是當時他堅決拉著他一起撤，就不會發生後面的這一切，他就用不著背這十字架。

2

岳天嵐為兒子擺百日酒宴時，已經在設想邱夢山凱旋團聚那幸福場面，不只是她，公公爹邱成德比她還著急，他說孫子百日擺十八桌，兒子凱旋他要擺二十八桌。

岳天嵐本沒打算為兒子辦百日宴，邱夢山去前線一年多了，毛衣織好了，又織了一件背心，襯衣幫他買了四五件，鞋墊繡了十幾雙，只收到三封信，後來竟音信全無，讓她揪心。好在曹謹那裡也沒有荀水泉一點消息，曹謹說沒有消息證明他們都沒事，要是出事犧牲了，他們寫不了信，組織上也會來通知。岳天嵐想想這話有道理，心裡才稍稍鬆了一些，但還是日夜惦念，哪裡還有心情給兒子過百日。邱成德不依，他專門從鄉下顛兒顛兒趕到城裡來找岳天嵐，說孫子是邱家一條根，是邱家祖宗墳頭上開了花，是光宗耀祖的大喜事，得給列祖列宗告個信，讓他們保佑著，也得跟七姑八姨親朋好友照個面，知道邱家的血脈又傳了一代，這是規矩，別心疼錢，做百日賠不了錢，親戚都會送賀禮，還有得賺。岳天嵐當然不會想賠錢賺錢這種事，她看公公爹不樂意，只好實話實說，說夢山在前線一點音信都沒有，哪還有心思給孩子過百日。邱成德一根筋，他說越是沒音信才越要大辦大弄，有了這孫子，他見誰都覺著比人高一頭，吃飯香，睡覺甜。有喜，咱不能偷著喜。偷著喜，大喜就成了陰喜，陰喜不好，咱要陽喜，要光明正大地喜，要讓三村五寨都跟著堂堂皇皇一起喜，這也是給夢山爭面子。岳天嵐讓公公爹說新鮮了，她沒想到這事還有這種說法。邱成德說是老輩兒傳下這規矩，孫子白白胖胖，大眼玲瓏，誰抱著心裡不開心？他睡夢裡都開心得笑，幹著活都想唱。心裡開心，也不能偷著開心，偷著開心，美事就變成了晦事，不能這麼幹，要風風光光地開心，讓方圓十里八村都跟著一起開心。岳天嵐被公公爹說笑了，看著兒子，心裡真是開心，她只是擔心，讓親戚們都跑城裡來吃喜酒，實在不方便。邱成德說喜酒得在喜鵲坡辦，一切事情都不用她操心，她只要跟她爸媽說好，把城裡親戚都請到鄉下去就行了，請得越多越好。

岳天嵐知道公公爹是實心實意，他把孫子當命寶。當初聽說岳天嵐生了，而且是孫子，他撲通雙膝跪到走廊裡給天給地給祖宗接連磕了九個響頭。

岳天嵐在醫院待了一週，打算出院回娘家坐月子。邱成德又一早趕到，他說沒這規矩，月子只能在婆家坐，滿了月才能回娘家。岳天嵐媽擔心路遠，怕天嵐和孩子受風，岳天嵐也怕鄉下有諸多不便。邱成德不依，在城裡雇了輛計程車，到醫院接了岳天嵐，一直送到喜鵲坡。一個月月子，公公婆婆把岳天嵐當神敬，炕燒得燙手，飯做得噴香，雞蛋是自家散養母雞下的，盡著岳天嵐吃；今天燉雞，明天燉鴨，後天燉魚。更讓岳天嵐感動的是，公公爹一個人扛著獵槍，到山裡打野兔、打野雞給她補身子。整整一個月沒讓岳天嵐下炕，每頓飯都是婆婆端到炕上，擺上炕桌，恨不能一口一口餵她吃。岳天嵐這才覺得公公婆婆跟邱夢山一樣親。

公公爹執意要辦喜酒，岳天嵐只好按他的心願辦。邱成德問孩子起個什麼名，岳天嵐說，寫信跟夢山商量，夢山還沒回信。邱成德愁了，過百日得把孩子名字叫響才行，他問岳天嵐打算給孫子起個什麼名，岳天嵐說她想叫兒子繼夢。邱成德琢磨起來，邱繼夢，聽著倒是不賴，但鄉下有個規矩，兒子名字不能跟爹用同一個字。岳天嵐自然不知道這規矩。邱成德說，繼福，繼富，繼貴都挺好，俺知道你們城裡人嫌這種名字土，現在也沒法跟他爸商量，就先叫他繼昌吧。他爸昌盛了，讓孫子繼續昌盛，昌是兩個日頭摞一起，日上有日，日日升高，這名字響。岳天嵐覺得很不錯，說公公挺會起名，說得邱成德十分得意。

邱繼昌百日宴辦得風光又熱鬧，鞭炮不知放了多少，酒席擺了十八桌，屋子裡擺不開，擺到了場院上。喜鵲坡喜翻了，村上同姓同宗、不同姓不同宗走得近乎的那些長輩同輩晚輩都擁向邱家，七姑八姨親朋好友都來送禮喝喜酒，不同姓的遠鄰也都遠遠地站著看熱鬧。岳天嵐爸租了一輛大客車，把城裡親朋好友也都拉到鄉下，這下更給邱家長了臉。城裡親戚和鄉下親戚見面相認，鄉下人敬菸，城裡人發名片，好不熱鬧。

邱成德抱著孫子邱繼昌，一桌一桌敬酒，每桌都是一口一杯乾，他一氣喝了十八杯，居然沒醉。每到一桌，先說，這是俺孫子邱繼昌，大家就都跟著喊邱繼昌，邱繼昌也乖，只笑不哭，大家都誇孩子。邱成德就樂得合不攏嘴，要大家多關照。

百日宴一切都好，只是結束前那陣旋風不好，鄉下叫鬼旋風，風一旋把地上的塵土都捲了起來，卷得灰塵飛揚。桌子擺在場院上，灰塵就落到了菜上。有人還沒吃完飯，鄉下人倒是無所謂，繼續吃得興高采烈，城裡人就都放下了筷子，連湯都不敢喝了。

岳天嵐沒覺著什麼，天要颳風，誰也擋不住，風颳過，溜得無影無蹤，大傢伙該怎麼樂還怎麼樂，該怎麼喜還怎麼喜。邱成德的臉卻陰了下來，大喜的日子，滿村寨喜氣洋洋，讓這陣鬼風給插一杠子攪了興致，雖就這麼一陣，但也是攪，攪得他心裡很不開心。客人在，他沒說什麼，也不好發作。待客人都走盡了，他對著老天發脾氣。他吼，俺天天敬你，天天拜你，哪點對不起你啦？俺好歹有這麼件大喜事，你這鬼風早不颳晚不颳，偏偏在這時候颳，俺什麼地方得罪你啦？

岳天嵐看著公公爹發怒好笑，但她知道公公爹把孫子的這日子看得特別重。她抱著繼昌去勸公公爹，繼昌拿小嫩手一摸爺爺臉上的鬍渣，邱成德就笑了。笑是笑了，但他心裡的事沒散，他悄悄跟岳天嵐說，天嵐，這陣風不是好風，或許是祖宗來送什麼信呢，說得岳天嵐心裡也沉甸甸地壓了塊石頭似的。

3

郵遞員一年前送來一封電報，把岳天嵐和邱夢山蜜月給攪了。邱繼昌百日宴後第五天，郵遞員又送來了一封電報。岳天嵐沒在學校，在家休產假，郵遞員便將電報給了校長。校長一看電報是部隊從邊境發來，不敢耽擱，當即去岳天嵐家。岳天嵐剛給兒子餵完奶，正逗著兒子玩。岳天嵐雙手捧著邱繼昌，邊鞦韆一樣拋著兒子逗他笑，拋一下還唸一句詞，邱繼昌就樂得咯咯咯笑。

我們繼昌坐飛機！
咯咯咯……
一飛飛到爸爸部隊！
咯咯咯……
爸爸抱繼昌上坦克！
咯咯咯……
轟隆隆開到陣地上！
咯咯咯……
咣噹一炮把敵人全打光！
咯咯咯……

娘兒倆玩得好開心，連校長進屋都沒發現，岳天嵐媽喊她，岳天嵐才停下來。校長看他

們母子這麼開心，不忍心掃他們興，一時竟拿不出那封電報。岳天嵐奇怪校長怎麼會到家裡來找她，以為要她提前上班。校長尷尬地說只是來看看，讓她好好休假，等休夠了產假再上班。岳天嵐很感激，趕緊讓校長坐，讓她媽泡茶。校長不好乾坐著，沒事找事誇孩子漂亮，誇他眼睛大，誇他皮膚白，跟畫上那洋娃娃一個樣。岳天嵐就一點不謙虛地說眼睛像他爸，皮膚隨她。校長就順著話說吸收了他們兩個優點。校長誇完孩子漂亮，沒話就找話說，問孩子叫什麼名字，然後就誇繼昌這名字好，誇完名字校長一時又找不著說什麼好。心裡有事又找不著話好說特尷尬，岳天嵐發覺校長尷尬，心裡那根弦咚地收緊，她問校長是不是有事，這事沒法瞞，校長只得拿出了那封電報。

岳天嵐接過電報一看，兩隻手抖得拿不住電報紙，電報紙從她的指縫中滑落，飄搖著落向地面，岳天嵐突然也一歪身子追著電報紙往下倒。岳天嵐媽嚇得差點把外孫扔地上，校長手快攙住了岳天嵐，扶她坐到沙發上。岳天嵐歪在沙發裡，沒有哭也沒有話。岳天嵐媽問校長電報上寫了什麼，校長告訴岳天嵐媽，部隊拍來電報，讓天嵐帶邱夢山父母一起去部隊。岳天嵐媽一屁股在沙發裡，她也明白準是夢山出了大事。

4

壽山這一仗給了敵人致命的打擊。仗打勝了，但我方傷亡也很大，摩步一連從壽山撤下來時，幹部只剩荀水泉和二排長，葛家興也壯烈犧牲。葛家興的犧牲很讓人遺憾，他不是死在激烈的戰鬥之中，而是在戰鬥間隙。敵人被打退了，官兵們走出防空洞，見見陽光抽支菸，不知道敵軍哪個混蛋閑著沒事惡作劇，打來了一發冷彈。冷彈本該炸著倪培林，倒下的卻是葛家興。邱夢山犧牲，葛家興心裡很痛，他有好多話要跟連長說，可沒來得及說他就犧牲了，葛家興正向倪培林問連長犧牲這事，炮彈飛來，他本能地把倪培林推倒，自己卻被彈片削中頭部，連一句話都沒能留下就走了。

J軍從敵人手裡漂亮地奪回了壽山，又穩穩地守住了壽山，完成了使命。上級決定，由L軍接替J軍，繼續堅守壽山，保衛邊境安全。

J軍撤到栗山休整總結，評功評獎。地方政府在栗山修了烈士陵園，邱夢山追記了一等功，石井生追記二等功，修了烈士墓，還為邱夢山立了英雄碑。團裡決定在烈士陵園舉行祭奠儀式，讓連裡給岳天嵐發了電報。請她和邱夢山的父母來參加祭奠儀式。

荀水泉沒忘記石井生的女朋友依達，他讓倪培林想法去找依達，讓她也來參加祭奠儀式。倪培林撤回栗山，沒有給依達去送信，不是他把信丟了，也不是他忘了石井生的囑託，

是他心裡有事。從陣地上撤下來倪培林變了，更確切點是他獨自跑回部隊傷癒之後他就變了，尤其是葛家興犧牲後，他一直睡不著覺。他沒法安寧，天天做噩夢，不是夢著自己被敵人打死，就是被炮彈炸死，要不就是邱夢山、石井生、葛家興找他算帳。每次嚇醒之後，他總要一遍又一遍回憶那一幕。葛家興把生命給了他，把死亡留給自己，讓他良心受到譴責，他想要是幫連長架著石井生一起撤，說不定也能一起擺脫敵人，要這樣他才是英雄。現在胸前那枚功勳章像十字架一樣壓在他心頭，他輕鬆不起來。他遲遲不去給依達送信，是怕面對依達。

指導員交代了任務，他只能硬著頭皮去見她。依達在橡膠園收膠，這些日子她灰了心，也冷了意，她斷定石井生已經犧牲，要不他不可能不給她寫信，也不可能沒有一點消息。當依達看到倪培林的背影時，以為是石井生，她不顧一切地跑過去伸出雙臂緊緊地抱住了倪培林。倪培林轉過臉來，依達傻了眼，她害羞地站在一邊問石井生怎麼不來，倪培林什麼都沒說，把那封信給了依達。依達接過信，急忙拆開看。

依達：

你不知道我有多想你。當你看到這封信時，我已經犧牲了。依達，你還是塊純潔白玉，我總算沒給你添更多的痛苦和麻煩。

依達，謝謝你。你讓我知道了什麼叫愛，原來愛就是心痛。我在戰場上只要一空下來就想你，一想你就心痛。我這才明白，愛就是痛，痛就是愛。謝謝你，給了我美好的回憶，給了我幸福。就是這些美好的回憶，在戰場上跟我做了伴。只要想到你，我就什麼都不怕；只要想到你對我的好，無論多麼艱難，無論多麼殘酷，無論多麼危險，都不在話下。我原來答應你一定消滅十個敵人為你阿爸阿媽報仇，我的承諾早兑現了，我不知消滅了多少敵人，連我自己搭上命也夠本了。

依達，戰爭是個魔鬼，它沒有一點人性，它讓子彈和炮彈滿世界亂飛，不分好人壞人，碰著誰就讓誰死。但是為了正義，我不怕死，我是多麼愛你，我也知道你愛我，可我很難保證能活著回來見你，你我都得有這個準備。萬一我犧牲，我會讓戰友把這封信轉交給你。

依達，當你看到這封信時，我肯定死了，你要堅強地活下去，你還年輕，一朵鮮花還沒有開放，好人會有好報，你一定會找到幸福。

依達，忘了我吧。如果來世有緣，咱們再做夫妻。至死愛你。

祝你幸福快樂！

石井生寫於陰山防空洞

依達看完信，撲通一屁股到地上，不哭，也不說話。倪培林看依達這副樣子，心裡十分同情，他真誠地勸她不要這樣難過，人死了，再傷心他也不能再活過來。戰爭總會有犧牲，不只石井生犧牲，連長、排長都犧牲了。依達依舊面無表情，就像沒聽到倪培林這番話一樣。倪培林犯了難。他伸手在依達的眼前晃了晃，依達的兩隻大眼睛眨都沒眨一下。倪培林慌了，依達不會受刺激瘋了吧。倪培林看依達受刺激後這副樣子，心裡很愧，慌得手足無措，他內疚地向依達檢討，讓她恨他，他沒能保護好石井生，要是痛苦，就打他幾下。

依達抬起頭，看著倪培林，再看手裡的信，她哇的一聲號啕起來，旁邊樹上的一群小鳥被她驚飛。倪培林愣在一邊，不知該怎麼好。

5

岳天嵐緩過神來，沒顧跟校長打招呼，拔腿出門去了曹謹家。曹謹沒接到電報，沒電報證明荀水泉沒事。

曹謹找不到話好安慰岳天嵐，丈夫蜜月沒度完就上了戰場，連兒子都沒照過面，兒子還不會叫爸，人就垂危了。垂危肯定凶多吉少，要不也不會拍電報來叫他爹娘也去。自己丈夫沒有事，人家卻要家破人亡了，曹謹什麼也不好說，只能陪著岳天嵐一起流眼淚。曹謹忽又想，岳天嵐來找她，不是要她陪著她哭，她是來尋求幫助。幫助不能就這麼跟著她哭，這麼哭下去只會傷岳天嵐的身子，曹謹於是果斷地說陪她去部隊。儘管她還不知道單位同意不同意給假，她就這麼先說下了。果然，這句話給了岳天嵐很大安慰，她抬起淚眼問她單位能不能同意，曹謹為了安慰岳天嵐，她說同意得去，不同意也得去。曹謹說了這話才想，真該帶著女兒去趟栗山，除了一路上照顧岳天嵐和她公婆孩子，也該去看看荀水泉，一年多沒見了，誰知他是個什麼樣。

這節車廂讓他們搞得有點像在殯儀館。岳天嵐兩手攬著邱繼昌一路上一直在流淚，她給邱夢山織的那些毛衣背心，還有那些鞋墊和襯衣，都裝箱子裡帶來了。

火車終於到站。曹謹通過窗戶往月臺上搜尋，當她確定那張臉是荀水泉時，咣噹！曹謹當頭挨了一棍，他軍上衣右邊那袖筒裡空著，衣袖子讓風吹得隨風飄盪。邱成德卻以為曹謹沒認出荀水泉，趕忙過來提起窗玻璃，對著窗外喊了聲水泉大侄子。荀水泉看著了曹謹和女兒，他意外卻不能驚喜，他趕緊先招呼岳天嵐和邱夢山父母，然後才悄悄問曹謹，你們怎麼也來了？曹謹沒在乎，讓女兒叫爸爸，女兒卻往曹謹懷裡躲。荀水泉沒從車窗口接女兒，趕緊先招呼岳天嵐和她公公婆婆下車。岳天嵐早憋不住了，在座位上就把荀水泉拽住，問邱夢山出了什麼事，邱夢山爹娘也都心急如焚。荀水泉很尷尬，他只能搪塞，讓大家先下車再說。

老婆和女兒意外地來到身邊，荀水泉高興得恨不能伸手擁抱曹謹，他把邱夢山爹娘和岳天嵐接下車，忍不住伸出那條左臂去抱女兒，女兒卻不認他，躲到曹謹身後。這情景更讓岳天嵐為邱夢山擔心，她再一次盯住荀水泉問邱夢山現在到底怎麼樣，荀水泉不能說實話，只好說夢山負了重傷，讓他們要有思想準備。岳天嵐好像撲通一下掉進了冰窟窿。好在崎嶇山路解了荀水泉難，沒一會兒車就把他們顛得顧不得說話，邱成德老兩口吐得胃翻了過來，岳天嵐臉也蠟黃，幸好曹謹不暈車，要不荀水泉生出三頭六臂也照顧不了他們。

麵包車把岳天嵐一家折騰得暈趴下了才筋疲力盡地開進一個小招待所院子。岳天嵐儘管頭暈得跟鉛一般沉，但兩腳一沾地便要荀水泉立即帶她去見邱夢山。荀水泉藉口說老人暈車厲害，醫院離這兒還很遠，只能住下明天再去。邱成德老兩口得了大病一樣躺床上已不想動彈，岳天嵐更是不安。荀水泉以安排伙食為藉口故意迴避，他不敢看岳天嵐那眼睛，他知道她心裡有多著急，但他更知道吃飯後她還要承受更大的痛苦。

安排好一切，荀水泉心事重重地回到曹謹的房間，曹謹有點迫不及待，她抱住荀水泉，問他這胳膊怎麼回事，荀水泉只是笑笑，說這就是戰爭，缺胳膊少腿算是幸運了。曹謹心疼地抱住荀水泉親，女兒小潔卻哇地哭著坐到地上。荀水泉放開曹謹趕緊把女兒抱起來，女兒卻一邊哭一邊掙扎不要他抱，掙脫後坐地上哭。荀水泉顧不得女兒，沉重地告訴曹謹，邱夢山早已犧牲了。

曹謹有預感，但還是非常震驚。她問為什麼到現在才讓家裡人來，荀水泉解釋部隊在戰鬥中沒法處理後事，他們剛從前線撤下來，請他們來，是要參加祭奠儀式。曹謹比荀水泉更加沉重，她問邱夢山遺體在哪？荀水泉告訴她沒有遺體，夢山和石井生以及犧牲在異國的那些人都沒有遺體。壽山戰役勝利後，他和倪培林化妝成當地老百姓，冒險到茅山那裡找過，戰場已經打掃過了，只找到了夢山的那個血債本。按規定他們只能算失蹤人員，是他和倪培林直接找領導詳細介紹了夢山和石井生犧牲的過程，倪培林再以親歷者寫了詳細材料，他也一起簽了字，團裡也知道整個戰鬥過程，也出了材料，這樣報上級批准後，才追認他們為烈士，給他們記功，上級肯定夢山在茅山阻擊戰有功，有利於誘敵深入，對整個戰役勝利發揮了積極作用，特追授他戰鬥英雄稱號。荀水泉痛苦地說，他只能做到這些了。夢山和石井生都是衣冠塚，好在他們都留下了一些遺物。夢山除了衣物和挎包，還有血債本。

曹謹聽了更傷心，她擔心岳天嵐無法接受。荀水泉跟曹謹商量，先吃飯，吃過飯，他讓曹謹跟岳天嵐說，他跟邱夢山爹娘說。曹謹說她開不了這口，荀水泉說事情已經這樣了，開不了口也得說。

晚飯在沉悶中吃完，岳天嵐和邱成德老兩口都沒有胃口，幾乎沒吃東西。吃過飯，荀水泉陪邱成德老兩口回了房間，荀水泉進屋先營造氣氛，給邱成德點菸，給邱夢山娘剝水果。邱成德問的一句話讓荀水泉呆住了，他問荀水泉，夢山是不是不在了。老人一句話戳到了底。荀水泉吸了兩口菸，痛苦地點點頭。房間裡空氣驟然凝固，邱成德和老伴傻眼地看著荀水泉。荀水泉慢慢地把邱夢山犧牲的經過連同英雄事蹟告訴了兩位老人。邱成德很不高興，說都這樣了，還叫他們來受這罪做什麼。荀水泉跟老人說夢山是英雄……

邱夢山娘忍不住放聲大哭，那哭聲像碎玻璃一樣劃過每一個人心頭，荀水泉頭皮一陣一陣發麻。邱成德摸出菸盒，手哆嗦得拿不出菸來，荀水泉趕緊遞上一支菸，幫他點著。突然房門咚地被撞開，曹謹驚呼岳天嵐跑了。荀水泉救火一樣追出門去，邱成德也扔了菸跟著追去。曹謹趕緊把邱繼昌交給邱夢山娘，抱起女兒也一起追出門去。

荀水泉衝出招待所院子，岳天嵐已在山路上飛奔，一頭長髮跑散了，沒有哭也沒有喊，她跑得像一陣風，頭髮、裙子和人都飛了起來，她要去追邱夢山。山路前面就是懸崖，荀水泉沒忘記跟邱夢山的承諾，他拼出性命一邊追一邊喊。邱成德比荀水泉更急，兒子沒了，兒媳再走，孫子怎麼辦，他豁老命跟著荀水泉一起追。後面曹謹和邱夢山娘也呼喊著追來。

荀水泉少一條胳膊，兩邊用力不對稱，跑起來身子掌握不了平衡，直接影響速度，追不上岳天嵐，荀水泉心裡急得要哭。眼看岳天嵐就要跑上山崖，那邊就是百丈深谷，要是岳天嵐跳了崖，他荀水泉還有什麼顏面活在這世上。荀水泉聲嘶力竭地吼了起來，他不是吼岳天嵐，而是吼邱夢山，他喊邱夢山，你老婆要背叛你了！她要撇下你兒子走了！你兒子要成孤兒了！你快制止她吧！岳天嵐被這吼聲鎮住了，她停下扭頭看，婆婆正抱著邱繼昌哭喊著從山下追來。荀水泉咬著牙，一氣衝上了山崖，他伸出左手一把把岳天嵐拉住，兩個人一起倒在地上。邱成德趕到，兩隻手按住了岳天嵐的手臂。邱成德哭了，天嵐！你不能這樣啊！繼昌才幾個月哪！岳天嵐掙扎著從地上竄起來，拼命要掙脫荀水泉和邱成德那手，她撕心裂肺地吼，我不要活了！我要跟夢山在一起！岳天嵐跳著腳哭喊，荀水泉和邱成德說什麼也不放手。

邱夢山娘和曹謹也趕到了山頂，邱繼昌在奶奶懷裡哇哇地哭。邱夢山娘抱著孫子雙膝跪到岳天嵐面前，天嵐，娘知道你心裡痛，你捨不得夢山死，俺更捨不得呀！你不能跟他去，你跟他去繼昌怎麼辦？繼昌是夢山的親骨肉啊！邱成德也跟著求，天嵐，夢山他也不想死，可他不跟敵人拼，敵人會把全連傷患都打死呀！他不跟敵人拼死，會被敵人俘虜呀！他死得光榮，國家叫他英雄呀！你要是扔下繼昌不管！夢山他死不瞑目呀！

公公和婆婆跪在兒媳面前如同跪在她心上，兒子的哇哇哭叫更像針紮她心，岳天嵐心酸了，軟了，她伸出手抱過兒子，跟兒子一起跪到公公婆婆面前，一家人哭成了一團。

6

邱成德老兩口再沒空閒為兒子悲傷，心都被岳天嵐牽著。跳崖念頭都有了，還有什麼事做不出來呢，要沒有荀水泉拼命攔阻，什麼禍都出了，想想都會怕，老兩口不敢再離開岳天嵐回房睡覺，曹謹也放心不下，她再想丈夫也不忍讓岳天嵐孤單，兩家人都擠在岳天嵐的房間裡。

岳天嵐明白大家都在為她擔心，她收起淚強打精神把邱繼昌哄睡，然後平和地讓大家回房睡覺。婆婆坐到岳天嵐身旁，護女兒一樣說要陪岳天嵐睡。岳天嵐知道大家不放心她，她讓婆婆陪公公爹，她沒事兒。荀水泉也跟著勸，還是讓奶奶幫著照應繼昌好。岳天嵐說沒事兒，是她一時想岔了，指導員說得對，她要是尋死，是背叛夢山，她不會再做這種蠢事，她得把繼昌撫養大，要不她對不起邱夢山。岳天嵐這話讓大家心裡鬆了口氣，邱成德還是不放心，還是堅持讓老伴陪她睡，夜裡好幫著照應繼昌。岳天嵐沒法再拒絕，再要不同意，老人就更不放心。荀水泉這才踏實，讓大家早點歇著，明天要參加祭奠儀式，首長還要接見。

荀小潔早在曹謹懷裡睡著了，曹謹料理女兒睡下，轉身上了荀水泉的床，一年多沒見了，而且荀水泉已經少了一條胳膊。曹謹看荀水泉右胳膊只剩下一小截根，創面長得圓溜溜像截斷了的蘿蔔。曹謹流著淚抱住荀水泉。荀水泉拿左手摟住曹謹，他勸曹謹，想想夢山，想想連裡犧牲的那些官兵，他這點傷算得了什麼。曹謹害怕地緊緊貼著他胸脯。荀水泉把他跟邱夢山兩個在戰場上對天立下的那個諾言告訴了曹謹，曹謹又為他們流了淚，她緊緊地貼著荀水泉，讓他今後就把岳天嵐當自己妹妹，荀水泉用擁抱感激曹謹。

岳天嵐沒一點睡意，她那無盡的哀傷在黑暗的狹小空間裡狂舞，眼淚從兩個眼角地流出。岳天嵐沒有哭出聲，只是思想和流淚，哭會驚著孩子，會驚動公婆，他們老年喪子是人生一大悲痛，不能再讓他們為她擔憂。岳天嵐感覺邱夢山在躲她，怎麼也抓不住他，甚至連他眼睛鼻子嘴是什麼樣都看不清了，邱夢山成了一個影子，模糊不清。邱夢山沒留給她多少東西，那半拉蜜月，留給她的回憶太少太少，老天爺對他們太吝嗇太殘酷，他們幾乎沒有廝守，沒有纏綿，沒有陪伴，只有期盼和離別。岳天嵐感覺她和邱夢山的相聚彷彿是場夢，他們還十分陌生，除了邱夢山那寬闊的胸膛和渾身的腱子肉，岳天嵐只記得住那塊胎記。她難以相信，這麼一個鋼鐵般的身軀，這麼一個鐵打的男子漢，既剛強又不乏溫情，活靈靈一個血肉人兒，眨眼竟永遠沒有了。他們就這樣永遠分開了。沒有商量，無可挽回，更無法彌補。她只有遺憾，只能回憶，只剩痛苦……

邱繼昌似乎餓了，小嘴在找母親的乳房，岳天嵐收住淚，側過身，將豐滿的乳房抬起，把堅挺的乳頭塞進兒子嘴裡。小嘴把溫暖傳遍岳天嵐的全身，乳汁帶著岳天嵐的滿心哀傷湧進兒子嘴裡，讓兒子那顆心跟她一起跳動。兒子把岳天嵐從恍惚飄盪中拽回大地，她找到了依靠，找到了命運註腳。岳天嵐輕輕地托住兒子的後背，一手攬住兒子的屁股，她抱著兒子坐了起來，把兒子緊緊地摟在懷裡。摟著兒子，岳天嵐心裡有了踏實，感覺摟住了整個世界。

7

邱夢山娘睜開眼看到旁邊床上只躺著孫子，魂嚇丟到窗外，穿著褲衩光著腳丫就跑出門去找老頭子，慌亂中拐錯方向拍了別人房間的門，拍錯門還不知道，一邊拍一邊喊，說兒媳婦跑了。荀水泉和邱成德聞聲一齊跑出房間。

邱成德跟著荀水泉急忙出院子去追，荀水泉出院子就往山崖那兒跑，邱成德緊緊跟著，跑上半坡，荀水泉煞住了腳。邱成德追上來，以為荀水泉跑岔了氣，抬手幫他捶背。荀水泉抬手朝山坡那裡指了指，邱成德順著手指的方向看過去，懸著的心撲通落了地。岳天嵐沒出事，正在山坡上采野花。

岳天嵐捧著自製的花圈走進烈士陵園，她自己寫了一幅輓聯。

夢山，你永遠活在我和兒子心裡！

岳天嵐率子邱繼昌敬輓

邱夢山娘抱著孫子和邱成德提著那只箱子走在岳天嵐後邊，還有依達、葛家興妻子、徐平貴、趙曉龍、唐河等其他烈士家屬，荀水泉率廖步一連官兵已列隊站在邱夢山、石井生、葛家興等一連烈士墓前，其他部隊也是如此。當岳天嵐他們走近一連官兵隊伍時，荀水泉喊出口令，向英雄妻子，英雄父母，英雄未婚妻敬禮！軍樂奏起，樂曲雄壯而又嘹亮，岳天嵐眼睛濕潤了，她捧著花圈，踩著軍樂節奏，走出一股豪氣。無論向邱夢山墓碑獻花圈，還是在墓前給邱夢山燒她織的毛衣、背心和鞋墊；無論是部隊鳴槍致哀還是全連官兵在墓前宣誓，岳天嵐都沒流一滴淚。邱成德和老伴都趴在邱夢山墓前失聲痛哭，依達也趴在石井生墓前悲痛欲絕，全連官兵都跟著流淚，連曹謹都哭得泣不成聲，岳天嵐卻沒有哭。岳天嵐放好花圈，燒完那些毛衣背心鞋墊，她抱著邱繼昌跪到邱夢山墓碑前，她對著邱夢山的墓碑說，夢山，我和兒子繼昌一起送你來了，你走好，我一定會把兒子撫養成人。岳天嵐說完，抱著兒子一起朝邱夢山的墓碑磕了三個頭。然後她一直看著墓碑，墓碑上寫著，戰鬥英雄邱夢山之墓。岳天嵐盯著墓碑，想看到邱夢山的那張臉，但沒能如願，邱夢山的臉始終模糊不清。

邱成德從烈士陵園回來後心事重重，兒媳在墓地一滴淚不掉讓他不踏實。孫子才幾個月，她要是有啥歪念頭，孩子咋辦？晚上，他拉著老伴想探探岳天嵐的口氣。一出門就被岳天嵐的哭聲揪了心。邱繼昌仰床上哭，岳天嵐撲床上哭，邱成德看兒媳聲淚俱下，心裡反輕鬆許多。他明白了，兒媳當部隊面不哭，是給夢山爭氣。邱成德回屋悶頭抽菸，抽得老淚縱橫，這麼好一個兒子沒有了，想起來窩心痛。

8

邱夢山的事蹟登到報紙上，摩步一連已回到原來的駐地。荀水泉把報紙寄給了岳天嵐。岳天嵐一看到邱夢山三個字就掉了淚，那淚不是悲痛，而是激奮。她一口氣把文章讀完，他們新婚蜜月離別，立軍令狀拿無名高地，率尖刀連蹚地雷攻壽山，堅守陰山打退敵人幾十次進攻，深入敵後抓活口，誘敵深入守茅山，抱著手榴彈撲向敵人與敵人同歸於盡等等英勇事蹟，歷歷在目，岳天嵐讀得涕泗滂沱。第二天岳天嵐把報紙帶去學校，複印一份給了校長，校長讀後，又讓辦公室把報紙貼到學校的報廊裡，全校師生都知道了邱夢山，同事沒法祝賀，但見面都用各種語言向岳天嵐表達了敬意，岳天嵐默默地領受了大家的心意。放學後，她又上街買了個相框，把這張報紙也鑲到相框裡掛到牆上。

摩步一連回到駐地營房，荀水泉讓兩件好事忙得焦頭爛額，一件是安置傷殘人員，另一件是從戰士中選送戰鬥骨幹進陸軍學院深造提幹。事情是好事，但這關係到每個當事人的切身利益，稍有不慎，好事也會變成壞事。傷殘人員安置好說，傷未痊癒者都進醫院繼續治傷，評殘有具體硬杠杠，由醫務部門按實際情況評定等級，殘廢撫恤金、工作安置都有具體政策，規定得一清二楚，用不著連裡操多少心。從戰士中選送戰鬥骨幹進軍校深造這事卻讓荀水泉棘手。士兵進軍校本來是好事，但名額有限，夠條件人太多，人多名額少這就是麻煩事。沒有這事，大家一視同仁，誰也沒有意見。現在有這機會，大家都具備條件，有人進，有人進不了；有人提拔當軍官，有人復員回老家，這就讓荀水泉辛苦得睡不好覺。

在戰場上，在炮火硝煙面前，每個人的腦袋都繫在褲腰帶上，說話辦事不允許拖泥帶水，也沒有扯皮這一說，指揮者一句話，成得成，不成也得成，喊裡喀嚓，乾脆俐落。下了戰場，環境不同了，說話辦事也就完全不一樣了，頭上沒炮彈在飛，身邊沒子彈在吼，沒逼命那些東西，做什麼就用不著急，凡事有了思考時間，也有了商量餘地，於是做事就沒法簡單，也沒法乾脆。兵們經歷了戰爭，跟死神打過了交道，摸了魔鬼鼻子之後，心大了，膽也大了，什麼也不在乎了，最明顯的是說話嗓門大了，處事脾氣大了。荀水泉又得重新改變工作方式方法。

士兵進軍校文件上雖然有五個具體條件，但上戰場打過仗的那些士兵誰都熱愛祖國，誰都擁護黨和現行路線方針政策，誰都作戰勇敢立過戰功，誰都積極上進素質優秀，這些條件都是籠統說法，而不是具體尺度，幸虧有份補充通知幫了荀水泉的大忙，那上面有一條硬杠杠，必須立二等功。這一條讓荀水泉高呼阿彌陀佛，唪嚓一刀就砍去了百分之九十幾，而且被砍下那些人沒一點脾氣，也不會對荀水泉個人有成見，杠杠是上面規定，大家都如此，誰也佔不了便宜，誰也不顯難堪。荀水泉在會上一宣佈，那些被剔除的人員就不必做思想工作。麻煩在剩下這百分之幾裡面，不管是軟條件還是硬杠杠，誰也不比誰少什麼，手心手背都是肉，都夠條件，但名額有限，讓誰去不讓誰去，太難了。連長新來乍到情況不熟，事情全壓在荀水泉肩上。

全連有四個人手裡捏著二等功獎章，倪培林也在其中，但連裡還有個士兵立了一等功，進軍校名額卻只有兩個。一等功拿定一個，這誰也沒話可說，剩下一個名額，要在四個二等功中間挑選，這可真要了荀水泉的命。晚上，三個二等功士兵一個拿著煙，一個提著酒，一個拎著盒長白山野參，分別偷偷地進了荀水泉宿舍。事關他們一輩子前途命運，他們誰也不再謙虛，三個人話不同，願望都只有一個，一等功不攀比，但另一個名額都當仁不讓，堅決要求進軍校。三個人都知道荀水泉喜歡倪培林，三個人也都不講情面直截了當地點穿，二等功就是二等功，誰也不比誰高，誰也不比誰硬。三個人話都是實話，理也是正理，他們將了荀水泉的軍，讓荀水泉開不了口。

荀水泉當然不會讓三個兵將住，他先讓他們把酒、菸和野參拿走，要不拿走，這是不正之風，他當場就宣佈取消他們的資格。這一手同樣厲害，三個人像犯了錯一樣，拿著菸、酒和人參趕緊離開，臨走還再三請指導員別在意，一再表白只是一點個人心意，生怕落下把柄因此而被取消資格。

倪培林沒找荀水泉，也沒給荀水泉送禮。倪培林不找荀水泉並不是他不想進陸軍學院，這事已讓他幾宿睡不著覺了。當初應徵入伍就是想脫離農村讓生命翻開新篇章，奮鬥幾年那新篇章並沒能翻開，眼看就要解甲歸田回老家，意外地遇上了戰爭，萬幸關鍵時刻自己隨機應變死裡逃生，慶幸還有進軍校提幹這機會，這是他一生改變命運的唯一機會，錯過它，他仍只能回老家當一輩子農民。倪培林不找荀水泉也不是覺得他進軍校有絕對把握，他心裡虛，一提那個二等功，石井生拉光榮彈，連長提著一捆手榴彈撲向敵人那場面就閃在他眼前，這場面一閃現，他手腳都發涼。儘管沒第二個人知道，但他的良心跟自己過不去，覺得這輩子對不起連長。他一直想忘掉這一切，但記憶卻與他作對死不配合，他越想忘，它卻越鑽腦子裡不滅；他越心虛，它卻越讓他時時回想這一幕。因為這，他就鼓不起勁來與那幾個人公開競爭，只好一切聽天由命。

倪培林不敢找荀水泉，但還是找了荀水泉。他找得十分巧妙，他不是特意單獨去指導員辦公室找，他是趁上課前，在全連官兵面前找了荀水泉。倪培林找荀水泉，既沒給荀水泉送酒，也沒給他買菸，更沒有給他塞錢，他連進陸軍學院這事一個字兒都沒提。但他送給了荀水泉一樣東西，而且這東西完全可以當著全連官兵的面送給他，為這倪培林很費了一番心思。倪培林當著大家的面給了荀水泉一本《左書筆法字帖》，給得冠冕堂皇。荀水泉已足夠感動。倪培林確實聰明，除字帖外他還極平常地送給他一句話，說常用左手寫字會降血壓、降血脂，說完他就去了自己的位置，坐下準備聽課。

這個時刻，荀水泉特別想念邱夢山，處理這種棘手事，邱夢山最有辦法，他弄不好會把他們四個帶出營區，讓他們抓鬮，或者石頭剪子布。而且他不會讓任何人知道，連他們本人也不會說。荀水泉是指導員，他搞思想政治工作，要他像邱夢山那樣做事，他絕對做不來。

天無絕人之路，荀水泉終於為倪培林找到了一個特殊的條件，而且那三個人沒法攀比。依據還是倪培林告訴他的，他在戰場上代理了一排長，是邱夢山在火線上宣佈的，這等於火線提幹，現在他還代理著一排長，上學深造理所當然。慎重起見，荀水泉跟連長商量，向李松平彙報請示，他們完全同意，李松平又請示團領導。團領導尊重連隊黨支部的意見，以倪培林火線提幹為由，淘汰了另外三個二等功。

那三個二等功一起聚集在荀水泉的辦公室，一個個哭喪著臉，像打了敗仗。荀水泉還是有工作經驗，他幾句話就讓那三個二等功情緒安定下來，抹掉眼淚不再哭，睜著眼睛聽他開導。荀水泉跟三個二等功平心靜氣地分析，他們想上陸軍學院，無非是想提幹捧個鐵飯碗，不再回農村當農民種地，提高一下個人身價，好找物件。三個二等功異口同聲地承認一點沒錯。荀水泉接著分析，他們三個論文化底子、工作能力，都不及倪培林。三個面面相覷，也勉強承認。荀水泉接著告訴他們，他們這個願望不上陸軍學院也照樣可以實現。三個二等功疑惑不信。荀水泉沒再自己說，而拿出了紅頭文件，讓他們自己把那條款逐字逐句地唸下來，士兵立了二等功，復員回原籍可以安排正式工作。三個二等功破涕為笑。荀水泉接著再曉之以理說，從他們三個實際情況出發，能在地方安置工作比上陸軍學院還好。三個二等功懷疑荀水泉哄他們。荀水泉實話實說，上陸軍學院主要的任務是學習，其中學大專文化是主要課目，就他們這文化底子，學文化很可能比幹工作要艱苦得多，若真跟不上，退回來就丟了大臉。三個二等功不由自主地點頭贊同。荀水泉再告訴他們，即便上了軍校提了幹，也並不能解決終生鐵飯碗。軍隊幹部都要轉業，轉業都面臨著二次就業的問題，安置工作十分困難。三個二等功完全承認。荀水泉接著鼓勵，他們有二等功，現在復員回去就安排工作，反而走了捷徑，等於一步到位，早復員早安置，早安置早安家，早安家早立業，就他們這條件確實比上軍校提幹更實惠。三個二等功都咧開嘴嘿嘿笑了。

倪培林又做了一個夢，夢著被一群敵人追殺，迎面碰上了石井生，他碰著救星一樣求石井生救他。石井生沒救他，石井生變成了邱夢山，邱夢山怒目以對，把他臭罵了一頓……倪培林醒來渾身是汗，久久不能入睡。

岳天嵐媽想讓岳天嵐重新成家的這個念頭，是由邱繼昌生病引發的。邱繼昌太小上不了幼稚園，只能請保姆照看。岳天嵐托公公婆婆在鄉下找保姆，公公婆婆覺著這種錢花得冤枉，還不如抱回老家由他們照看，不用花錢照看得還好。岳天嵐卻捨不得，不只是捨不得兒子離開，更擔心鄉下生活條件差，文化環境不好，公婆又沒有文化，會把農民習氣傳給孩子，影響孩子的智力開發和成長，這些她說不出口。岳天嵐正愁得沒主意，她媽單位改革劃杠杠，女同志滿五十歲一律內退，岳天嵐媽就辦了內退，正好在家照看外孫。有姥姥照看孫兒，邱成德自然也就放了心。岳天嵐媽照看外孫挺細心，再細心也不能保證孩子不生病，不知怎麼邱繼昌就感冒了，發高燒四十攝氏度，岳天嵐急得哭，送孩子上醫院住了院。岳天嵐在醫院一夜沒睡，岳天嵐媽到醫院換她，讓她回家睡一會兒，岳天嵐兩眼通紅，就是不回去，一刻都不想離開兒子。陪兒子不要緊，熬夜吃苦也不要緊，但邱繼昌一病，岳天嵐更想邱夢山，坐在病床前陪兒子，無緣無故就淌眼淚，一淌就沒完沒了。媽最心疼女兒，看女兒傷心，她比女兒更傷心，她這才想到，不能讓女兒這麼守寡浪費青春，也不能再讓女兒這麼苦悶孤獨，她跟岳天嵐爸說，得趕緊再給女兒找個對象嫁人。

岳振華一輩子做人事工作建立不少關係，沒出一個月就給女兒物色到了一個合適人選，此人是縣委宣傳部一位科長，三十一歲，青年幹部，叫徐達民，青年政治學院畢業，從沒談過對象。岳天嵐媽先暗自偷偷搞了目測，不光年輕，人長得也俊氣，雖沒邱夢山那麼結實強健，但文文靜靜格外討她喜歡。她媽反擔憂人家條件比女兒好，天嵐年齡雖比他小三歲，但畢竟結了婚，而且有了孩子，生怕人家不願意找二婚。岳振華接著對徐達民進行了私下考察，他把女婿當兒子要求，他心目中的女婿應該是條龍。邱夢山是龍，但這條龍沒了，再悲痛，再遺憾也回不來了。徐達民在宣傳部門當科長，人品好，不好選不進縣委機關；有前途，而立之年當了科長，將來也能成龍。岳振華跟老伴斟酌，意見完全一致，決定先摸準小夥子的態度再跟女兒見面，要是人家不願意會讓女兒難堪傷自尊。沒料徐達民見過岳天嵐，他一點都不計較她已有兒子，還說他是初婚，按政策可以再生一胎，要是能生個女孩子，兒女雙全是全福。岳天嵐爸媽高興得在家裡拍屁股轉圈，高興到最後他們認為能給女兒找著徐達民這種人，女兒不知要怎麼感激他們。岳振華還是保持人事幹部那慎之又慎的工作路數，他知道女兒的脾氣隨他只能順毛捋，別看她表面溫文爾雅，骨子裡主意硬得像鋼鐵，要強起來賽老虎，她要是打定了主意誰也別想扭轉她。岳振華勸老伴，好事千萬別草率從事，女兒對邱夢山的感情還沒冷，操之過急適得其反。他囑咐老伴讓介紹人先別聲張，想法讓他們兩個人無意之中認識，然後讓小夥子有策略地慢慢交往，兩人有了好感，你情我願，事情才會水到渠成瓜熟蒂落；萬一要是認識後女兒相不中，也不要一錘子定音，要勸小夥子從長計議，做一般朋友繼續交往，用真情慢慢博得女兒的好感。

岳天嵐媽和介紹人經過精心設計，終於在電影院讓岳天嵐和徐達民見了面，而且他們兩個緊挨著坐。岳天嵐在徐達民眼裡一點兒不像生過孩子當了媽媽的，她比原來姑娘時更美更有女人魅力，皮膚白，眼睛又大，又有老師風度，當即忍不住跟介紹人說他一定要把岳天嵐追到手。岳振華也進一步細緻觀察了徐達民，說一表人才一點不為過，還是初婚，又是縣委科長，年輕有為，十分中意。

星期天，岳振華鄭重其事地跟岳天嵐談了這事，家裡大事都歸岳振華掌管。岳天嵐並不是因為爸媽瞞著她做這事傷了她自尊意氣用事，也不是徐達民條件不好看不上眼，她明白父親的意思後一口回絕，而且說她這輩子不會再嫁人。岳天嵐媽急了，問她莫非真想守一輩子寡，岳天嵐說不管一輩子不一輩子，反正她現在不想談這事。岳振華很覺得可惜，他耐心地勸女兒，先別把話說死。邱夢山是英雄，他走他們心裡都痛，他們可以一輩子紀念他。可人犧牲了，不能再復活，大家念著他也就行了，她和繼昌日子剛開始，得從長打算。他們不會看錯人，也不會對女兒不負責任，先交往著看，機會只會錯過，不會重來，即便夫妻不成，還可以做朋友，多個朋友多條路，跟這種年輕人交往只有好處。任爸媽說乾唾沫，岳天嵐一口咬定就是不嫁，而且話衝得氣人，這事用不著爸媽管。岳振華生了氣，岳天嵐媽也急了眼。

爸媽一起嚷嚷，把岳天嵐嗆著了，她什麼也不說了，收拾了東西抱起兒子就離開了爸媽家。她媽追出來又喊又拽，岳天嵐把媽推一邊頭也不回地走了，眼淚灑了一路。老兩口斟酌了一晚上，也沒能猜透自己女兒的心思，結論是這事不能完全由著她。

第五章 天養

1

倪培林在軍區陸軍學院把紅肩章剛好扛了一個月，分隊通信員找他，讓他去見分隊長。倪培林有點莫名地緊張。他先暗自檢討了一番，自己既沒做什麼好事，也沒做半點壞事，沒有任何尾巴在別人手裡揪著。自打來陸軍學院前夢見石井生後，他跟自己立了誓言，這輩子再也不爭名負義。儘管如此，倪培林走進分隊長辦公室還是心裡打著小鼓，他心靈深處畢竟還藏著那檔子事。

虛驚一場，不是什麼麻煩，而是給了他一個美差。根據部隊要求，經軍區政治部批准，讓他參加英模報告團演講邱夢山和石井生的英雄事蹟，不管時間長短，這裡保留學籍，這事讓倪培林為了難。

邱夢山和石井生的那些英雄事蹟沒有誰比他更瞭解，他不用稿子也能說得感天動地催人淚下，但要他來講連長和石井生的英雄事蹟其實是折磨他。講他們的英雄事蹟，自然不能不講他們最後犧牲那情景，要講他就只能撒謊，讓他站在講臺上對著千千萬萬人撒謊，等於把他拉上審判台，講一次，等於讓他受一次審判，倪培林不想接受這個任務。倪培林在分隊長面前沒有表現出預期的反應，反問分隊長參加報告團需要多長時間，分隊長告訴他暫定兩個月。倪培林說這樣要影響他學業，建議請他們連指導員演講更合適。分隊長當然不會知道倪培林內心的秘密，他只能按常理判斷，他覺得這人有點木，缺少上進心，換著別人有這種露臉的機會，早激動得跳起來了，他居然打退堂鼓。他恨鐵不成鋼地告訴倪培林，這是軍區的決定，別說他這麼個剛入學的學員，就是讓集團軍軍長上講臺，那也不能有二話可說。倪培林發現分隊長生了氣，他趕緊軟下來，表示聽從領導安排，一定努力完成任務。

荀水泉交代給倪培林的具體任務是三天內寫出四十分鐘演講稿。倪培林沒有任何條件可講，他坐在屋裡整整一個下午，稿紙上沒寫下一個字。一想到連長犧牲的情景，他腦袋就大了，大得如斗，腦子裡一團麻，而且還攪上一瓶醬糊，要多糊塗有多糊塗。倪培林拿自己沒一點辦法，只能跪床上來了個五體投地，他趴著默默地在心裡乞求，求連長饒了他。他給自己辯解，他幾次勸連長撤，可他不聽勸，他要是聽他勸，肯定不會犧牲。他請求連長原諒他，向連長承諾，他一定會讓大家都記住他，他從今後一定會好好做一個真心的軍人。倪培林乞求完趴在床上沒動，他在那裡趴了整整一個下午。

倪培林按他對連長的這個承諾，調動一切語言和演講口才，竭盡全力把他們的事蹟說生動說悲壯。他把演講當作向連長懺悔，向連長謝罪。他要讓陸海空三軍和社會各界人士都知道，今天中國人民解放軍隊伍裡還有邱夢山和石井生這種英雄。倪培林的心境突然陽光普照，思路非常清晰，心窩裡通透明亮，一樁樁事情歷歷在目，只用了兩個小時他就讓邱夢山和石井生的英雄故事躍然紙上，而且讀起來順暢、自然、真實、感人，寫到最後邱夢山抱著手榴彈衝向敵人壯烈犧牲時，他情不自禁地流下了眼淚。

2

校長領著徐達民到辦公室找岳天嵐，岳天嵐非常反感，她沒想到徐達民臉皮這麼厚，竟利用權力通過校長追到學校來了，她沒給徐達民好臉色。徐達民對岳天嵐表現出了非凡的耐心，他一點沒在意岳天嵐的冷淡和反感，非常和氣地向岳天嵐說明了來意。

事情讓岳天嵐十分尷尬，她誤會了人家。徐達民來找她，是要與她商量，請她參加英模報告團演講邱夢山的英雄事蹟。徐達民讓岳天嵐明確任務後，岳天嵐內心激動得已坐不住了，她沒想到還會有這樣一個機會。這些日子她把邱夢山思念來思念去結果全部是遺憾，她雖然把他的照片掛滿了屋子，把報紙上的那篇文章已經背下，但她還是遺憾。她遺憾邱夢山那麼平凡，又那麼偉大，那麼可愛，又那麼可敬，那麼懂感情，又那麼無私，但他這些品質、人格只有她自己知道，別人並不知道。現在終於有了機會，她可以把邱夢山的一切告訴大家，讓全國人民都記住邱夢山這個名字，記住他對國家對民族做出的犧牲和奉獻，讓他跟張思德、董存瑞、黃繼光、邱少雲那樣永遠活在人們心中，讓他那精神和品質光照千秋，永垂不朽。岳天嵐非常愉快地接受了任務。

岳天嵐媽堅決反對岳天嵐參加英模報告團，岳天嵐再一次跟她媽鬧了不愉快。岳天嵐賭氣抱起兒子離開了娘家，回到教育局宿舍院二〇八那間小屋裡過日子。氣可以賭，日子卻不好過。兒子太小，幼稚園不收，她還沒來得及請保姆，可又不能帶著兒子到學校上班。沒辦法，她只好跟兒子商量，讓他一個人在家玩。一堆玩具和一堆食品，加上星期天帶他到鄉下爺爺奶奶家玩的承諾讓兒子動了心，邱繼昌痛快地答應自己在家玩。

中午，岳天嵐蹬著車子趕回家，鄰居見到她如她家遭了劫一樣大驚小怪，問她到哪兒去了，她兒子在屋裡只差沒放火燒房子了。岳天嵐一進屋傻了，屋子裡椅子、板凳、臉盆、玩具凡兒子能拿動的那些東西全都翻了身，小汽車砸扁了，飛機擰掉了翅膀，槍管踩扁了，積木扔得滿地都是，屋中央還拱著一堆大便，尿流出一條小河。不知道他為什麼沒用痰盂，或許他有意要報復。唯獨那兩個暖水瓶還立在那裡，不知是兒子懂得暖瓶裡的開水燙，還是知道暖瓶會爆炸。岳天嵐沒顧收拾東西，衝進裡屋看兒子，兒子歪在床上睡著了，只拉動一隻被角蓋著一點身子，兩個眼窩裡還汪著兩潭清淚，看出他是在哭喊中睡著的。岳天嵐忙不迭把兒子抱起來摟在胸前，兒子一下子醒來，睜眼見是媽，哇的一聲大哭起來，那委屈，比遭人欺負被人打罵還要厲害十倍。岳天嵐鼻子一酸，跟兒子臉貼著臉一起哭起來。

岳天嵐只能抱著兒子回娘家，叫了一聲爸喊了一聲媽，算是妥協。天下只爸媽不會跟兒女較真，回來就如久別重逢般親熱。岳振華又疼女兒又疼外孫。都說女兒跟爸親，其實，只是父愛與母愛的表現形式不同，岳振華把愛放手上做，喜歡把女兒寵著養，對女兒有求必應，百依百順；岳天嵐媽總把愛放嘴上說，喜歡把女兒管著養，總是要求女兒學這做那。一邊總是給予，一邊總是要求，女兒就好在父親面前撒嬌，而不願聽母親嘮叨。

岳振華對岳天嵐上英模報告團舉雙手贊成，而且異常興奮，英雄就是要宣傳，宣傳了英雄，等於打擊了流氓，樹了正氣，等於煞了歪風。他讓女兒好好準備，弄不好還能上電視，上了電視女兒就成名人了。噹啷！廚房裡的母親扔鍋鏟發出了抗議，這噹啷聲岳振華聽多了，岳天嵐媽生氣或者不同意他們父女做什麼，總是用扔鍋鏟表示反對。岳振華朝女兒努了努嘴，岳天嵐明白父親要她去跟媽打招呼，岳天嵐沒去，她喜歡跟媽對抗，她拉著邱繼昌上廁所，說他該尿了。逼著邱繼昌尿了尿，岳天嵐讓邱繼昌去廚房叫姥姥。邱繼昌就聽話地去找姥姥。

岳天嵐媽給邱繼昌剝了個香蕉抱著他從廚房出來，她沒上岳天嵐他們這邊來，這表明她並不妥協。岳天嵐媽抱著邱繼昌騰出一隻手來收拾桌子，不看岳天嵐，也不對岳振華，自說自話。人都死了，有什麼好說，說又有什麼用，讓全國人民知道年輕輕守寡光榮啊！還過不過日子……話不輕也不重，也沒有說話對象，完全像局外人發表評說。

岳天嵐臉上的燦爛一掃而光，頓時由晴轉陰，陰得要下雷陣雨。岳天嵐正以另一種心情迎接新生活的開始，結果讓媽當頭一盆冷水，澆得她沒一點情緒。岳振華奇怪女兒竟沒發作，轉身進了自己房間，要以往她早針尖對麥芒接上了火，這次不知因何主動迴避了。岳振華做，為一家之主，不能看著她們母女兩個這麼不和諧，別好事還沒做，家裡先出事。岳振

華說了老伴兒，說她退休後真正成了老娘兒們，一點政治頭腦都沒有，部隊宣傳夢山英雄事蹟，這是件大好事，是軍隊和政府給夢山的榮譽。夢山是英雄，他們是英雄家屬，英雄家屬就得有英雄家屬的覺悟。部隊能讓天嵐去參加英模報告團，是部隊和政府看得起她，是高抬她，是給她榮耀，怎麼能說出這種不中聽的話呢。岳天嵐媽沒接岳振華的話，她放下邱繼昌讓他自己玩，繼續收拾桌子，但她並沒有放下這事，一邊抹桌子，一邊繼續嘟囔，她說給什麼榮耀也不如人活著，榮耀能當飯吃，還是能作錢花，拿這種傷心事到處去宣揚，她覺不出榮耀在哪裡，一出去好幾個月，繼昌怎麼辦？岳天嵐媽只管拿肚子裡話往外扔，她雖沒故意要把話扔給岳天嵐，但還是扔給了岳天嵐。岳天嵐在自己房間裡聽得明明白白，但她沒接話，讓那些話堆到了她房間門口。岳振華想幫女兒接，可孩子這事岳振華接不了，這麼小，一天都離不開他媽，留家裡誰照顧他；可要是帶著個孩子，女兒怎麼做報告。岳振華被難住，岳天嵐媽得了理，她繼續穩固地盤擴大戰果。她還是自說自話，說正經打自己一輩子主意才是真，自己日子得自己過，別人說好話也不能當飯吃，說得天下人都掉眼淚又能幫她什麼，他們也不能跟她一輩子，他們年紀一年年大，自己都顧不了自己了……

出發點不同，想事的方向自然就不一致，越說相互間距離越大。岳天嵐媽嘮叨著把飯菜端到了桌子上，岳天嵐突然咚地打開房門，像隻老虎一樣走出房間。她什麼也沒說，抱起邱繼昌就走。岳天嵐媽正端著湯上桌，心裡咯噔一怔，湯盆掉到了地上。岳振華追出門去。

3

倪培林到軍區招待所報到後，頭一件事就是先打聽岳天嵐，荀水泉告訴他報告團裡還有岳天嵐。當時他一愣，心裡那隱處又被觸碰，那地方隱隱地一拽一拽作痛。一番思想，壞事變好事，他想他可以將功贖罪。岳天嵐要下午才到，而且還帶著她兒子，倪培林揣著心事回了房間。倪培林想到要與岳天嵐同台演講，心緒又不免混亂起來。他不停地在假設，假如他不逃跑，假如他和連長一起突圍，岳天嵐很可能就不會失去丈夫，她就不會當寡婦，他們一家三口有多幸福，一切都讓他給毀了。他這麼一想，心裡又多了一份壓力，有了一份責任。他想只有好好地照顧岳天嵐和孩子，這樣可能會減輕自己的負罪感。他立即行動起來，請假上了商場，他給岳天嵐和她兒子買了水果，還特意給她兒子買了一支玩具衝鋒槍。倪培林特意跟接待人員聯繫，一起到火車站接岳天嵐和她兒子。

倪培林不失時機地給岳天嵐獻上鮮花，讓岳天嵐受寵若驚，還是頭一次有人向她獻花，她的笑容燦爛無比。倪培林接著把衝鋒槍給了邱繼昌，邱繼昌一連叫了三聲叔叔，還蹦了五六下。岳天嵐十分感動，她真誠地感謝倪培林，倪培林心裡那隱痛減輕了許多。

岳天嵐和倪培林在軍區話劇團導演的指導下，他們那演講慢慢向表演靠近。岳天嵐做為賢妻良母，專門講邱夢山怎麼對待大家和小家、愛情和工作；倪培林做為成長士兵，專門講邱夢山如何愛兵帶兵，如何英勇作戰，如何壯烈犧牲。導演讓他們演，在表演中講故事。岳天嵐和倪培林把語言輕重緩急，音調抑揚頓挫，感情收放張弛，都逐段逐句用記號標定，練習數遍後，效果大增，繪聲繪色，動聽感人。岳天嵐用兩封電報做框架，講他們三年戀愛那兩次見面，講他們那一百零二封信，講他們蜜月分離送他誤了下火車，講他騙她離開部隊，講她離開連隊那一夜哭泣，講她最後為士兵們講話送行，講她懷孕向他報喜，講她織毛衣繡鞋墊，講邱夢山和荀水泉立諾言，講她到部隊參加祭奠，這四十分鐘，聽眾淚水漣漣，唏噓一片。

報告一場接著一場，有時甚至一天兩場。岳天嵐漸漸進入了一種佳境，她一站到講臺上就會看到邱夢山像神一樣站在她眼前，他們兩個就如同演電影一樣一遍又一遍把那些故事重新再現。講到後來，岳天嵐自己都說不清，她所講的那些故事，究竟是真發生在她和邱夢山身上，還是傳說，她和邱夢山不知不覺都成了神話主角。

岳振華在電視裡看到女兒時頓時熱血澎湃，接著就老淚縱橫，他被女兒感動了，他為女婿驕傲，也為女兒驕傲。岳振華從此出門頭仰了起來，無論上街遇著熟人，還是街坊鄰居碰面，他都渴望聽到別人誇他女兒上電視，要是沒人提他就會主動發問，問他們看沒看到他女兒上電視；要是人說看到了，他就等著人誇；要是人說沒看到，他就說人家一點都不關心國家大事，他給人家講，這給岳振華的生活增添了無窮樂趣。岳天嵐媽雖然反對女兒去演講，但還是默默地看了電視，也默默地流了淚，她沒為女婿驕傲，卻為他悲痛，也沒為女兒驕傲，而為她傷心。

兩個月巡迴報告，不僅讓全軍區和兩省百姓知道了邱夢山這個英雄，岳天嵐也跟著一起出了名。岳天嵐收到無數鮮花，還收到無數熱情書信，有人要給她捐款，負擔邱繼昌小學到大學全部學費；還有不少軍人直接向她求愛，願意照顧她一輩子。岳天嵐的報告感動了他們，他們的那些書信又感動了岳天嵐，岳天嵐經歷了一場洗禮，她比過去更要強，她不再痛苦，反感覺從來沒這樣自豪，也從來沒這樣充實，她感覺世界已經變得無比美好，到處是鮮花，到處是燦爛，她完全陶醉了。

岳天嵐一點都沒想到，她從報告團回來，縣領導和校長會專車到火車站迎接，還有那個徐達民，買了那麼大一束鮮花。她以為是徐達民故意藉機獻殷勤，校長說這是省裡直接來電話通知的，她應該享受這個待遇。接著她就被省政府和省軍區評為模範軍嫂，教育系統又評她為模範教師，岳天嵐從此渾身金光閃耀，連她兩眼那目光都跟探照燈一樣耀眼，照到哪裡哪裡亮。

一過春節岳天嵐就想到了清明節，這幾個月她一直翻著日曆過日子，用不著跟誰商量，她早就決定清明節帶兒子去栗山給邱夢山掃墓。岳天嵐提前跟曹謹打了個招呼，曹謹問她跟誰一起去，岳天嵐說沒有誰，她自己帶兒子去。曹謹知道岳天嵐對邱夢山愛得特深，但她一個人帶個孩子坐兩天兩夜火車，還要再乘六個小時汽車，烈士陵園附近也沒個城沒個鎮，人生地不熟，她一個人去怎麼行呢。曹謹誠心誠意勸她，掃墓只是表達心意，在哪裡都可以祭奠，沒必要專門再到那麼遠的地方去，她都不放心。岳天嵐知道曹謹是為她好，但她根本不理解她為什麼要跑這麼遠去給邱夢山掃墓，她只把邱夢山看做是她丈夫，忘了他是英雄，比起他英勇獻身，她受點路途之苦又算得了什麼呢？學習英雄不能只說在嘴上，得落實在行動上。岳天嵐當然沒把這些說出口，她內心明白曹謹對邱夢山的態度跟她還有很大差距，她要說白了，會讓曹謹不舒服，她是自己姐妹，不能叫她不舒服。岳天嵐只說夢山的墓和碑都在那裡，不去那兒掃墓，就等於沒人給他掃墓。曹謹還是好意相勸，說其實那墓也只是個形式，不過一個衣冠塚，他也沒有真埋在那裡，何必這麼當真呢。曹謹這話讓岳天嵐震驚，她愣怔著眼看著曹謹，那是英雄碑哎！怎麼這麼說呢？她完全不接受曹謹這說法。曹謹看到岳天嵐目光很硬很銳，像碎玻璃碴那麼鋒利，曹謹察覺自己這話說過了，急忙解釋，說她完全是為她和孩子著想，孩子小最纏人最難帶，若是她一定要去，她就請假陪她去，她絕不會讓她一個人帶著孩子去。曹謹這麼一說，岳天嵐的目光才慢慢柔和起來，還是好姐妹，可她不好意思讓曹謹專為她請假陪她去邊境掃墓，她只好說沒問題，已經去過一回了，出不了岔。曹謹問她幾時動身，岳天嵐說最晚四月一日晚上就得上火車。曹謹說既然這麼定了，她陪她一起去，車票她來聯繫。岳天嵐非常感激，她沒謝，也沒叫姐，只是伸出雙臂抱住了曹謹。

四月一日一清早，荀水泉突然回到了家。曹謹奇怪他怎麼突然回來，荀水泉說他要到栗山烈士陵園給戰友們掃墓，想到了岳天嵐，拐彎從家裡走，要是她也去就一路同行，好有個照應；若是她不去，他就自己從這裡去栗山，藉機回來看看老婆和女兒。曹謹說他回來得正即時，她就用不著請假陪岳天嵐了。荀水泉對老婆這麼關心照顧岳天嵐十分感動，當即就把曹謹抱起來說老婆變得可愛了。曹謹故作嬌態嗔怪，照你這麼說，過去我並不可愛。荀水泉趕緊檢討話說得不對，應該說更可愛了。

荀水泉空著右邊那只袖子走在縣城大街上，那只空袖子被風吹得飄飄盪盪很扎眼。行人瞅他的目光各種各樣，有敬意，也有同情，但更多的只是好奇。

荀水泉自豪地走在街頭，他一點沒有抱怨，他要讓民眾從他身上知道什麼叫軍人，瞭解一點軍人職責，別看平時老百姓養著他們無所事事一樣，當祖國需要他們時，他們會挺身而出，義無反顧奔赴沙場，會跟前輩一樣為國家為人民丟胳膊丟腿丟腦袋而不會皺一下眉頭。

荀水泉去栗山，事先沒跟岳天嵐商量，也沒告訴曹謹，他不想給岳天嵐任何引導和影響。現在他知道岳天嵐執意要去為邱夢山掃墓，荀水泉得到了極大安慰，他甚至替邱夢山流了淚，岳天嵐太好了，這種老婆太少了。荀水泉對履行他跟邱夢山的那個承諾更有了信心。

荀水泉自然讓岳天嵐和邱繼昌睡下鋪，自己爬上鋪。兩歲的孩子最頑皮最不好帶，一會兒要睡，剛躺到鋪上又要下地，下了地就滿車廂跑，沒一分鐘安靜。火車晃盪，荀水泉不能讓岳天嵐跟著兒子滿車廂跑，他陪邱繼昌玩。他跟邱繼昌玩捉特務，玩累了再給他講故事，講老虎跟貓學本事，講東郭先生與狼，講烏龜與兔子賽跑。邱繼昌特愛聽故事，而且愛刨根。岳天嵐看著荀水泉給兒子講故事竟悄悄地流起眼淚，荀水泉發現了，沒勸她，只是抱起邱繼昌悄悄地為岳天嵐倒了一杯熱水，再給她洗了一個蘋果，他只有一隻左手，沒法為她削皮。邱繼昌搶著要吃，荀水泉趕緊再洗一隻。岳天嵐接過蘋果，削好蘋果她沒吃，反遞給了荀水泉。荀水泉接了蘋果，也沒吃，又給了邱繼昌。邱繼昌吃得很開心，但他一點不懂這蘋果裡有什麼內容。

邱繼昌跟荀水泉在一起不過半天，竟要跟荀水泉睡，岳天嵐怎麼說也不行，只能依孩子。上鋪高又窄，睡起來不方便。荀水泉讓邱繼昌靠臥鋪隔板睡，他側身睡外面，好在右邊沒手臂，側身拿左手攬著邱繼昌。睡到半夜邱繼昌要拉屎，荀水泉趕忙扛著他上廁所，從上鋪下來耽誤了時間，還沒趕到廁所，邱繼昌屁股後面就黃花遍地開。荀水泉讓邱繼昌拉痛快了，剝下邱繼昌的褲子和自己的上衣，先上洗漱間把邱繼昌的身子弄乾淨。孩子熟得快，忘得也快，一覺醒來邱繼昌已不認得荀水泉，哭著要找媽。荀水泉只好把邱繼昌還給岳天嵐，然後再去收拾那些髒衣服，岳天嵐很不好意思。

荀水泉跟岳天嵐一起採了一大束鮮花擺到邱夢山的墓碑前，放下鮮花，岳天嵐趴在墓碑上哭了，哭得比上次還傷心。荀水泉讓她盡情地哭，邱繼昌不知道媽媽為什麼哭，拉著媽媽的衣服要回家。岳天嵐把兒子拉過來，讓他跪到邱夢山的墓碑前，告訴他這是他爸爸，兒子問爸爸在哪兒？岳天嵐告訴他爸爸在戰場上犧牲了。邱繼昌不懂什麼叫犧牲，岳天嵐跟他說犧牲就是被敵人打死了。邱繼昌還是不明白敵人為什麼要打死他爸爸，岳天嵐說敵人是壞蛋。邱繼昌又有了疑問，爸爸為什麼不先打死壞蛋，岳天嵐說爸爸打死了好多好多壞蛋，爸爸是英雄！邱繼昌更不懂什麼叫英雄，岳天嵐說英雄就是頂天立地的男子漢，天不怕，地不怕，鬼都不怕。邱繼昌問爸爸怕不怕老虎？岳天嵐說爸爸敵人都不怕，當然不會怕老虎。邱繼昌問爸爸什麼時候回家，岳天嵐讓兒子問到了痛處，眼淚又流了下來，她告訴兒子爸爸再回不來了，爸爸到天上去了，快給爸爸磕三個頭，讓爸爸走好。邱繼昌問磕頭爸爸能不能看見？岳天嵐說能看見，讓他跟爸爸說繼昌長大了也當解放軍。邱繼昌很聽話地照著說了做了。岳天嵐忍不住攬著邱繼昌一起又趴到邱夢山的墓碑前哭泣起來，荀水泉已經祭奠了葛家興、石井生和連裡其他戰友，回到邱夢山墓前，荀水泉沒有右手無法敬軍禮，他摘下軍帽，給邱夢山三鞠躬。他在心裡默默地跟邱夢山說，夢山，我陪岳天嵐和你兒子一起來看你了，你安息吧，我會照顧好天嵐和繼昌。

5

曹謹在荀水泉和岳天嵐走後第三天夜裡做了一個夢，夢醒來她笑了，奇怪怎麼會做這種夢。夢當然只是夢，可總說日有所思，夜有所夢。她日裡是想荀水泉來著，她想荀水泉和岳天嵐去栗山三天了，想他們路上是否順利，想他們該掃完墓了，想他們還得過兩天才能回來，她就想了這些，並沒有想其他，怎麼會做這種夢呢？難道自己對丈夫還不信任？心底裡還隱藏著這種擔憂？難道對岳天嵐也不放心？曹謹沒有疑慮，這些疑問太無聊，她自己罵自己無聊，揮手就把這些雜念全給驅走。曹謹非常信任荀水泉，她覺得天下比他更正派的男人她還沒見過，她對岳天嵐也是一百個放心，天下比她更正經的女人她也還沒見過。可她怎麼會做這種夢呢？想起來她都不好意思說出口，跟真事兒一樣，竟夢見岳天嵐跟荀水泉好上了，醒來她笑自己沒出息，可夢讓她再沒了睡意，想起來心裡還發酸。她給自己解釋是她想老公了。

第五天，曹謹早早上了菜市場，買了扒雞和魚，苟水泉和岳天嵐回來，她要好好款待他們一頓。一切都精心準備好了，萬萬沒想到苟水泉和岳天嵐沒按時回來，中午沒回來，到晚上也沒回來。曹謹真焦躁起來，雜念在焦躁中微妙地產生著。曹謹給岳天嵐學校打了電話，問岳天嵐回來沒有，又到岳天嵐娘家問她爸媽，證實岳天嵐確實沒回來。曹謹心情就亂起來，她試著替苟水泉向自己解釋，沒買上火車票？曹謹否定，火車票下火車就可以先買。當地部隊留他們多住兩天，曹謹又否定，那是邊防部隊，也不是邱夢山所在的老部隊，人家認都不認識他。岳天嵐想在那兒玩兩天？曹謹又搖頭，那裡又不是旅遊勝地，荒山野嶺沒什麼好玩；再說，岳天嵐是去給邱夢山掃墓，哪有心情遊山玩水。曹謹無論怎麼假設，沒一條能立得住腳。

曹謹心緒有點亂，窩憋了一肚子無名火，憋得心裡煩透了，女兒只不過不要吃扒雞要吃魚，她竟一巴掌把女兒從凳子上打跌到地上，頭上磕起一個包包，回過頭來自己抱著女兒哭。正巧姥姥過來看女婿，一看外孫女摔成這模樣，把曹謹一通數落。母親把女兒抱走，曹謹心裡都空了，做什麼都沒了心緒，一個人在家裡百無聊賴。

苟水泉和岳天嵐第七天才回來，整整晚了兩天。曹謹見到苟水泉，心裡踏實了許多，她暗自尋思，他們沒能按時回來，苟水泉肯定會向她解釋。她等著苟水泉解釋，苟水泉卻什麼也沒說，一切都若無其事，曹謹看他卻幹什麼都裝模作樣。曹謹憋不住故意問他來回一路上

是不是順利，荀水泉也只回答她還行兩個字。曹謹很失望，明明晚回來兩天，為什麼不解釋，出去這麼多天，總該跟她說點什麼，可他什麼也沒說。兩個人心裡分了岔，幹什麼都彆扭。曹謹還發現荀水泉添了個毛病，他睡著了磨牙，嘎吱嘎吱磨得讓人心酸，過去他從來沒這毛病，睡覺老實得跟貓一樣。曹謹越想睡，荀水泉的磨牙聲越尖厲，她推他，醒過來翻個身繼續磨。曹謹受不了這罪，只好掀開被子跑女兒房間去。

岳天嵐請荀水泉和曹謹一家吃飯表示謝意，岳天嵐幫曹謹解開了那個結。原來他們在烈士陵園碰著了依達，她也去給石井生掃墓，依達見到荀水泉，一定要他們到寨子裡玩，她還去幫他們換了火車票。荀水泉這才說依達是個好姑娘，發自內心喜歡解放軍，要是在內地，真該幫她找個軍人。曹謹從岳天嵐眼神裡發現，天下本無事，庸人自擾之，岳天嵐的眼神坦蕩得清澈見底，除了感激沒有半點男女之情的意思。曹謹心裡豁然開朗，她很內疚，但又不敢把這個夢告訴荀水泉，於是只好主動給岳天嵐敬酒，還給荀水泉敬酒，說他辛苦有功。荀水泉從沒見老婆這麼喝過酒，他哪裡知道夫妻間也會有秘密，他哪會知道老婆經受了一場自我折磨，經歷了一場自我掙扎，她勝利了，她敬酒是在慶賀。

6

倪培林從軍校畢業回摩步團，荀水泉已決定回原籍人武部工作。

倪培林背著行李直接回了老連隊摩步一連，儘管行政介紹信和組織關係抬頭都是摩步團政治處，但他認一連是他家，指導員是他兄長。倪培林這次給荀水泉買了一條中華菸，滴水之恩當湧泉相報，何況指導員對他恩重如山。倪培林回到一連，荀水泉不在了，他提了副教導員。荀水泉得知倪培林回了一連，他很欣慰，特意趕回一連，當晚給倪培林接風。倪培林一直讓荀水泉引以為自豪，倪培林學成回來，荀水泉很有成就感，如同師傅看高徒有了出息。連隊幹部大調整，連裡幹部倪培林一個都不認識了。荀水泉情緒高漲，摩步一連出了倪培林，不只是他一個人的光榮，摩步一連全連都光榮，為了把氣氛搞活躍，他巧立名目，主陪三杯，副陪三杯，主賓三杯，想著法輪番敬酒。可惜倪培林不喝白酒，荀水泉死勸活勸他只喝了一杯白酒，荀水泉乾脆就讓他喝紅酒。敬來敬去，倪培林沒醉，荀水泉自己反喝高了。

酒席散後，荀水泉把倪培林送到了團招待所，倪培林想在老連隊住一夜，荀水泉告訴他，是真金不會被埋沒，小廟擱不下大神了，連隊留不住他，他被團裡留在政治處當見習幹事，做宣傳教育工作。安排好住宿，倪培林回送荀水泉，他們上了營房外那座金頂山，荀水

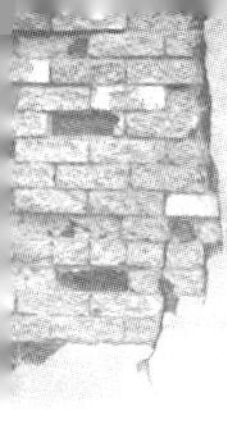

泉在棋盤石上坐了下來，倪培林站在那兒沒坐。荀水泉讓他坐下，他還要盡兄長責任跟他好好商量下一步棋該怎麼走，走好了，一帆風順；走不好，滿盤皆輸。倪培林不知道荀水泉要跟他說什麼事，久而久之，他心裡的隱處成了病，只要有人找他說事，他立馬就會想到那事，讓人感覺他心裡藏著什麼見不得人的東西。荀水泉沒發現倪培林這毛病，反覺得他上學回來更懂事了。

酒精產生了作用，荀水泉從沒這麼以老賣老過，他直截了當地跟倪培林說，世上所有的事情有利就有弊。他真心誠意替他分析，學校一畢業直接上團機關，是破格，是好事，但是，只要是好事，就會有人眼紅，眼紅就會嫉妒，嫉妒對他就不利，人家會找他毛病，希望他出事，希望他倒楣，這樣好事就成了壞事。荀水泉這話雖是酒話，但都是實話。倪培林默默地聽著，他知道指導員是為他好。荀水泉從戰場回來後的最大變化是待人更坦誠，心裡不再留話。他要倪培林記住，到了機關一定少說話，多做事；對誰都真心實意，但不要跟人，不要有親有疏，有遠有近，這樣容易有對立面。倪培林沒帶紙和筆，他把這話記在了心裡。

荀水泉跟倪培林說完工作後才提到依達。他問倪培林在學校搞沒搞對象，倪培林坦白有人給他寫信，但他沒給任何人回信。荀水泉誇他做得對，但他鄭重其事地給他介紹了依達，問他對依達印象怎麼樣，倪培林說依達是個好姑娘。荀水泉把他去栗山掃墓碰上依達，依達對石井生依然一往情深這事說了，說依達很想找軍人，他問倪培林有沒有興趣跟她交往，倪培林有一點為難，依達好是好，但她在邊境，距離太遠；她也沒有工作，即使要她也沒法調她來內地。但他沒把這些說出口，指導員這麼關心他，他不好駁他好意，只好推說他們都還太年輕，談戀愛有點早。荀水泉從口袋裡摸出一個信封，說，婚姻問題得自主，依達是個好姑娘，這麼好的姑娘現在不多，要是有興趣就跟她通信瞭解瞭解看看，要是沒興趣也就算了。倪培林把信封裝到了兜裡。

荀水泉最後才告訴倪培林他準備回老家人武部，以後他關照不了他了，讓他好自為之。荀水泉要離開部隊倪培林感到非常遺憾，他已經提了副教導員為什麼還要走，要是他能留在政治處當領導就好了。荀水泉笑了，說他是殘廢，已經不是合格軍人，回家鄉人武部是組織給予照顧。

7

荀水泉左肩背著一個旅行包走下火車，月臺上沒人接他。他知道沒人接，他故意沒告訴曹謹哪天回來。荀水泉沒有行李，只一個包，這次回來是跟人武部接頭，接上頭他再回去辦手續搬家。失去右臂後他出門都只背一個包，他不想讓自己難堪，更不願意接受別人的可憐與同情。

荀水泉跟著月臺上的人流一起向出口流去，他自己跟自己說，荀水泉，你要離開軍隊還鄉了。說了這句話，他心裡一陣發酸。這些日子，他時不時故意讓自己經受這種酸痛的刺激，他就是要用這種酸痛來磨練自己，什麼話能讓自己心裡酸痛就說什麼話，什麼事能讓自己酸痛就做什麼事，他知道往後的日子，這種酸痛會是家常便飯。荀水泉隨著人流流動，別人沒法發現他的內心，他穿著軍裝，旁邊偶爾有目光對他關注，他很在意那些目光，有些目光能讓他酸痛。

曹謹還沒下班，荀水泉就主動先做飯。做什麼飯他用了腦子，一條胳膊最難做什麼他就做什麼，他要做給曹謹看，證明他什麼都能做。荀水泉打開冰箱，裡面有肉，有韭菜，他想到曹謹最愛吃韭菜餡餃子，但一隻左手包餃子不是件容易事。說幹就幹，荀水泉脫了軍裝，先把肉洗淨，磨快菜刀，把肉片成條，再切成粒，然後再剁。剁好肉，再切韭菜，切韭菜比較費勁，左手拿著菜刀，沒手握韭菜，他就只好先拿一撮韭菜擺好，然後再切，切得長短不齊，再拿刀剁。切好韭菜，他就拌餡，倒上肉，再打上兩個雞蛋，再加鹽、料酒、醋、味精，然後攪拌，味道一下就出來了，荀水泉自己先流出了口水。剁好餡，荀水泉再和麵，麵揉得既光又滑，搓成條，切成塊，再揿成餅，然後再撒上醭擀皮，為了不讓皮兒乾，他擀一點包一點，終於在曹謹下班前把餃子全都包好。

曹謹下班進門，荀水泉突然回來本來就讓她意外，再見他包好了餃子更意外，心裡說不出是什麼滋味，她扔下包，一下抱住荀水泉，心疼地說他，誰要你包餃子啦？荀水泉說是要慰勞老婆。曹謹不顧一切地親他。

兩個親熱之後，一邊煮餃子荀水泉一邊把回老家人武部的事告訴了曹謹。曹謹很吃驚，等荀水泉把領導如何提拔他當副教導員，如何不讓他轉業，如何找機會安排他充實到家鄉人武部工作的事說了一遍後，曹謹心裡也只有感激，回老家人武部工作確實不錯，還是做軍事工作，而且就在家門口，單位也不像地方那麼複雜，也穩定。曹謹沒說好，卻笑了。她一笑，荀水泉心裡的那塊石頭就落了地，餃子開鍋湯溢了出來。

8

倪培林為荀水泉送行很真誠。荀水泉離開部隊前一天晚上，倪培林在老兵餐館訂了包間。荀水泉這幾天被泡在了酒缸裡，團裡送了營裡送，營裡送了連裡送，喝得天天捧著胃難受，營裡送他那天他醉得一塌糊塗，當時還充能，自己走回小招待所睡覺，大家以為他真還行，誰知他一進那小院就倒下吐了，吐了也沒醒，就在小院那地上睡了一夜。第二天醒來，看到營裡那條狗陪他睡在一起，他誇這狗通人性，不枉荀水泉平時喜歡它。誰知狗是吃了荀水泉吐出的那些東西，狗也跟他一起醉了。荀水泉不想再喝了，但倪培林說他不能就這麼讓老指導員走，晚上他再沒請別人，只他們倆加送他的司機，荀水泉就不好再說什麼。

酒是劍南春，菜是海鮮，倪培林還點了龍蝦三吃，挺上檔次。倪培林說今天這酒不是禮，全是戰友情，他不會喝酒也喝白酒，就是「敵敵畏」他也要喝三杯。不知是倪培林過去會喝不喝，還是真不知道自己能喝白酒而不愛喝，他一舉杯再沒停下。他說要沒指導員一手培養，就沒他倪培林的今天；要沒指導員和連長的愛護，他早就死在無名高地上；要沒指導員的精心安排，他根本進不了軍校；要沒指導員的真心培養，他根本參加不了英模報告團。一件事一片恩，一片恩一杯酒，恩說不完，酒也就喝不完。

司機不喝酒，吃了飯早早地先告辭回去休息，剩下荀水泉和倪培林兩個。話都是實話，情也是真情，這酒就不能假喝。荀水泉盛情難卻，讓倪培林三敬兩敬，兩個人沒一會兒就把一瓶劍南春見了底。倪培林向服務員招手又要了一瓶，荀水泉按住他的手不讓開。倪培林有酒遮臉來了勁，他說指導員的情義三天三夜說不完，指導員的恩情七天七夜訴不盡，滴水之恩當湧泉相報，他要不喝醉表達不了心意。荀水泉察覺倪培林有些異常，半斤酒對荀水泉來說還可以，灌到倪培林肚子裡就多了。荀水泉說戰友一輩子都是戰友，別再說什麼恩什麼情，情深不在酒多。倪培林已不是原來的那個倪培林了，他開始對荀水泉講道理。他說感恩是人生一大學問，孝敬父母是一種，知恩圖報是一種，知恩不報是禽獸。他是他的再生父母，怎麼感恩都不為過。荀水泉說戰友就是肝膽相照，戰友就是生死與共，他怎麼幫他都應該，他是兄長。倪培林又一人倒了一大杯，他說咱們是生死戰友，端起酒杯一口就乾了，荀水泉不能不乾。

倪培林說話時舌頭已經有點硬，他伸手搭住了荀水泉的肩膀，他痛苦地哭了。他一邊哭一邊告訴荀水泉，他沒肝膽相照，他沒生死與共，他對不起指導員，他對不起連長，他對不起石井生。荀水泉也多了，說要說對不起，他最對不起連長和死去的那些戰友。倪培林那嘴有些不聽指揮，他已無法掌控自己，心裡的隱秘處開始作痛，他憤怒地吼起來，說他倪培林是王八蛋，他把連長和石井生扔下自己逃命了，連長和石井生沒了，他卻還活著。說著他就唔唔地哭了起來。

荀水泉意識到再喝下去要出洋相了，他招手讓服務員結賬。倪培林真醉了，但結賬這事還知道，他一把抓住了荀水泉的手，話雖不俐落，但他從胸前口袋裡掏出了錢包，把錢包拍到桌子上，他跟服務員吼，要是敢收他老領導一分錢他就把餐館大門給砸了。

荀水泉反過來攙扶著倪培林把他送上車，這時候他也話不由己了，一個勁地勸他，對自己嚴格要求應該，但也不要太苛求，他沒有做過錯事。連長和石井生犧牲了，全連誰都難過，要說責任，他頭一個對不起連長。但連長堅持對了，要沒有他們在茅山阻擊，敵人就不會全部進入包圍圈，就不能取得壽山保衛戰的全面勝利！連長他們犧牲得偉大。荀水泉說著，發現倪培林沒了回音，仔細看，他已經睡著了。

9

荀水泉回到家鄉人武部當了政工科科長。用不著人說，荀水泉還是部隊作風，上班早到下班晚走，他一來，人武部院子裡衛生面貌大變，政工科辦公室的格局煥然一新。他大小是個科長，還少一條胳膊，他帶著頭幹，手下人就不好意思不幹；政工科幹，其他科當然也不能不幹。有人說人武部來了個獨臂軍人，人武部卻像換了血。

荀水泉上班第五天，手下跟他彙報說縣委一個科長來看他。荀水泉很納悶，他來人武部除了家人和組織部，沒跟誰聲張，怎麼就驚動縣委了呢！他趕忙出門去迎見。來人是徐達民，荀水泉不認識徐達民，徐達民卻見面就說請他吃午飯。荀水泉很尷尬，縣委宣傳部科長主動登門看望，素不相識開口就要請他吃飯，讓他蹊蹺得莫名其妙，他當然只能婉言謝絕。徐達民根本不由他推辭，不管三七二十一，拉著荀水泉就走。荀水泉只好實話實說，毫無由來的這種飯他不吃。徐達民只好亮出底牌，他說他是岳天嵐的男朋友。

岳天嵐有了男朋友荀水泉自然高興，這事岳天嵐沒說，曹謹也沒說，可人家是宣傳部科長，他不能不相信。既然是岳天嵐的男朋友，無論從邱夢山這層關係，還是從岳天嵐這層關係，他都要盡兄長責任。荀水泉就認起真來，把徐達民端量得不好意思，荀水泉沒端量出不滿意。有了這層關係和這個端量結果，荀水泉就只能跟著徐達民進了餐館。徐達民要喝白酒，荀水泉說下午上班有好多事要辦，坦率地建議喝點啤酒。兩個人把三瓶啤酒灌進肚子，荀水泉才明白徐達民那話摻了水，而且水摻大了，做為岳天嵐的男朋友，八字不過才有了他自己那一撇，那一捺連影兒都沒有。

徐達民找荀水泉是想擴大統一戰線，事情有一點靠譜是這主意由岳天嵐媽幫徐達民出的。岳天嵐媽幫徐達民出這主意，證明徐達民那統一戰線確實有了一點基礎，或者說徐達民已經把岳天嵐爸媽統一到他陣營裡去了。看來徐達民對岳天嵐是一片真心，能把岳振華和岳天嵐媽變成同盟軍恐怕沒少下工夫。

岳天嵐為這事跟爸媽短兵相接鬧僵後，岳振華老兩口窩了一肚子火，窩火倒不是岳天嵐不聽他們指揮，不聽他們指揮是他們自小嬌慣養成的，獨立性已經是岳天嵐個性中一個重要的組成部分，要是岳天嵐什麼都聽她爸媽指揮，那就不是岳天嵐了。岳天嵐爸媽窩火是他們搞不明白女兒為什麼不同意嫁給徐達民，就徐達民這條件往大街上一站，別說岳天嵐這樣有了孩子的，黃花閨女也能排成長隊。岳天嵐爸媽覺得女兒腦子裡可能真進了水，這種事又不能聲張，讓左鄰右舍知道了會當笑話滿世界去講，岳天嵐爸媽窩火的是要是這種女婿不找的話一輩子再找不到第二個。

岳天嵐當面回絕徐達民，徐達民並沒死心，他把追求岳天嵐當作他終身大事來做，他特意請介紹人過去再探探她爸媽口氣。一是進一步表明他自己的態度，表示他非岳天嵐不娶，好事不怕多磨，哪怕只有百分之一的希望，他也要當百分之九十九來爭取。二是要瞭解岳天嵐爸媽的態度，瞭解他繼續追下去還有沒有可能，徐達民這一著兩個願望都實現了，得知岳天嵐爸媽對岳天嵐的這一決定窩著火，徐達民立馬大包小包親自上門看望了岳振華老兩口。倒不是他們小市民貪小利，幾包西洋參幾瓶茅臺酒就讓他們眼暈，一點蠅頭小利就不顧女兒一生的前途，關鍵在徐達民的條件太好了，他們挑不出人家的一點不如意。岳天嵐這兒冷著，徐達民跟未來岳父岳母卻打得火熱。

徐達民乘勝出擊，把統一戰線再擴大到了荀水泉兩口子那裡。沒想到荀水泉兩口子比岳天嵐爸媽還難對付，第四瓶啤酒下肚荀水泉兩口子就對徐達民起了疑心。荀水泉問徐達民，這麼好的條件，為什麼到三十一歲還沒談過戀愛？曹謹問徐達民，這麼好的條件為什麼非岳天嵐不娶？他們兩口子帶著這兩個疑問對徐達民進行偵察研究。徐達民察覺荀水泉兩口子對他持懷疑態度後，他沒有急於解答，他只是笑，他那笑不是放聲大笑，而是非常含蓄、非常耐人尋味、非常讓人喜歡的笑。最後徐達民坦白了一切，他對岳天嵐是一見鍾情，早在岳天嵐與邱夢山結婚之前，徐達民就看上了岳天嵐。徐達民隨教育局一位幹事到過岳天嵐他們學校，他知道岳天嵐就要跟邱夢山連長結婚，因為軍婚是高壓線不好碰，他才痛苦地按下這個慾望。此後，別人給他介紹過許多物件，但沒有一個具備岳天嵐這種魅力，也沒有一個能讓徐達民動心。沒想到老天爺竟會給他這麼個機會，邱夢山犧牲了，這時候只要岳天嵐願意嫁給他，他絕對沒有二話。徐達民的這些話讓荀水泉兩口子既吃驚又感動。

徐達民笑到最後跟他倆說，愛沒辦法說出理由，他反問荀水泉太陽是什麼，空氣是什麼，水是什麼，誰都無法說準確，愛就是太陽、就是空氣、就是水，天下萬物離開了太陽、空氣和水，只會枯萎死亡，他愛岳天嵐就像萬物離不開太陽、空氣和水一樣。

曹謹先就被徐達民感動，她直給荀水泉遞眼色。荀水泉也被徐達民說得無話可說，他端起酒杯跟徐達民碰了杯，他答應幫他勸勸岳天嵐。

10

荀水泉兩口子真心誠意想促成這樁婚事，很大程度是出於荀水泉跟邱夢山的那個承諾，他們兩口子統一思想，怎麼才叫照顧好，給她找一個好男人，重新安一個家，才是真正照顧到了家。倒不是因為荀水泉兩口子吃了徐達民一頓飯就嘴軟，就不管好賴胡亂勸岳天嵐遂徐達民的心願。他們勸岳天嵐嫁給徐達民並不是給徐達民幫忙，完全是為岳天嵐著想。荀水泉感覺徐達民的條件確實很不錯。曹謹更看重徐達民是真心愛岳天嵐，他會包容岳天嵐的一切。荀水泉勸岳天嵐要面對現實，機不可失，時不再來，千萬別錯過機會。曹謹勸岳天嵐更實在，她說夫妻兩個感情再深，人死不能復生，死去那人已經永遠離開了人間，活著那個卻要過一輩子的日子，假如硬要活著那人為死去那個做一輩子犧牲，太沒人性了，也不合時代精神，對後代教育的培養也沒有一點好處。荀水泉兩口子把能說的道理都說了。

一回不行再來二回，為了方便說話，曹謹把岳天嵐母子兩個請到飯店吃飯，還找了個理由，說荀水泉轉業回家鄉一起慶賀一下。荀水泉和曹謹特意帶著女兒小潔去找岳天嵐，邱夢山的外甥女正好從鄉下趕來看岳天嵐，外甥女給她背來了一簍子雞蛋，還有一筐柿子，蛋是自己家母雞下的，柿子是自己家樹上結的，雞蛋新鮮，柿子特甜。曹謹把外甥女也一起請了。邱繼昌跟荀小潔兩個見面就玩到了一起，小潔是姐姐，做什麼都讓著弟弟，兩人把大人都忘到一邊。飯桌上除了外甥女沒外人，他們很自然地談起了徐達民。

岳天嵐自始至終只是笑，就是不表態。岳天嵐知道他們好心好意，可她一點沒有再嫁的心念，起碼是現在沒有這打算。岳天嵐不表態是給他們面子，她不想在這種場合跟他們談這件事，免得他們難堪。岳天嵐的笑給了荀水泉和曹謹更大的信心，兩個人一唱一和，把徐達民說得比邱夢山還好。

回到岳天嵐家，岳天嵐才私下裡跟曹謹掏了心裡話。她似乎有點埋怨荀水泉，別人不理解她，指導員怎麼也不理解她。人心真是難溝通，沒有一個人真正理解英雄。她上了英模報告團之後，才真正明白了什麼叫英雄。英雄是財富，是國家的靈魂，是軍隊的靈魂，是民族的靈魂，而不屬於哪個人。一個國家要沒有英雄，這個國家就不可能是英雄的國家；一個部隊要沒有英雄，這支部隊也就不會是一支英雄的部隊；一個民族要沒有英雄，這個民族也不會是一個英雄的民族。夢山是英雄，他不再只屬於她，他屬於國家，屬於軍隊，屬於中華民族。她是英雄的妻子，她也不能再只屬於她自己，也不能再只屬於她父母，她也屬於國家，也屬於民族。她的所作所為，都要對得起英雄，對得起國家，對得起民族。她讓他們說，她怎麼還能再隨便地去嫁一個男人，怎麼還能再隨便地去跟一個男人結婚生孩子。她不能，絕對不能，那是對邱夢山的背叛。她這輩子只能永遠是邱夢山的妻子！而不能再是別人的妻子。

荀水泉和曹謹這才發現岳天嵐家裡的特殊氣氛，屋子裡四面牆上全是邱夢山的大照片，除了邱夢山的照片，就是他們兩個人的合影和岳天嵐在英模報告團做報告的那些照片，再是邱夢山的獎狀和立功喜報。邱夢山的那些軍功章像過去陳列毛主席像章那樣鑲在玻璃鏡框內，也都掛在牆上。岳天嵐的這種精神世界，連荀水泉都感到難以介入。岳天嵐從他們的表情上發覺他們與她之間有了距離，她也知道他們心裡在想什麼，她笑了。她說常人對英雄的心靈世界只能猜測，其實常人根本無法理解英雄的內心世界。她原來也認識不到，邱夢山犧牲之後，尤其在報告團的那些日子裡她才慢慢地理解他。

岳天嵐已經把邱夢山完全神化，這時候再勸岳天嵐改嫁只能給她添痛苦，他們只好把這事放下，同時勸徐達民對岳天嵐別再抱任何幻想，除非他能成為邱夢山第二。徐達民很痛苦，他很為岳天嵐痛心，他一點都不理解，這麼一個柔弱美人，怎麼會擁有這樣一種精神世界。

邱成德匆匆趕到城裡，他跟岳天嵐說他們想孫子快想出病了，想把孫子帶回鄉下住幾天，也減輕岳天嵐的一點負擔。讓孩子一個人去鄉下岳天嵐實在不放心，但見孩子他爺爺親自跑來，她也不好太不把他們的心意當回事，她跟公公爹商定，帶邱繼昌回鄉下一個禮拜，一個禮拜後她去接孩子。岳天嵐提著心吊著膽過了一週，星期天，她一早就乘車去了喜鵲坡。沒想到公公婆婆把邱繼昌藏了起來，岳天嵐見不到兒子，急得要哭。邱成德卻沒有因為岳天嵐哭就心軟，他心平氣和地跟岳天嵐說，邱繼昌是他們邱家的一條根，不是不相信岳天嵐，也不是不讓岳天嵐改嫁，這麼年輕，改嫁應該，但他們不放心孩子，怕孩子跟著後爹受委屈，不是自己的骨肉不會親。岳天嵐問公公婆婆誰說她要改嫁，婆婆封不住口，把徐達民兜了出來，說他沒結過婚，可以生二胎，他要是有了自己的骨血，肯定會虐待邱繼昌。岳天嵐如同秀才遇著兵，不知該怎麼跟公公婆婆說他們才能明白，她沒法再冷靜，她很嚴肅地跟公公婆婆說，她是孩子的媽媽，撫養權屬於她。邱成德來了農民不講理的勁，不管岳天嵐有天大理由，他們毫不心軟，堅決不讓岳天嵐再見邱繼昌。

法律、道理在這裡一切都變得軟弱無力，岳天嵐明白跟公公爹講不了法律也講不得道理，她乾脆住了下來。公公婆婆叫她吃她不吃，把飯送到她屋裡她也不吃。等他們吃過晚飯，岳天嵐找了公公爹。她沒跟公公爹爭，也沒跟他吵，她只問了他一些事兒。岳天嵐問他她是不是他兒媳婦，問他她這個兒媳是不是沒有盡責；再問他聽沒聽說她因為堅持不改嫁跟爸媽關係已經鬧僵，問他知不知道夢山是英雄，問他他和她是不是要保護夢山的英雄名譽；她再問他知不知道孩子撫養權歸父母，失去父親，撫養權歸母親；她要是上法庭通過法律手段來把邱繼昌帶走影響多不好。

岳天嵐這一番話問得邱成德氣短了，他一直只反覆講一句話，邱家就這一條根，怕她改嫁後孫子受虐待。岳天嵐心一橫，跟公公爹立字據，她承諾假如她改嫁，邱繼昌姓邱不改姓，如果受繼父歧視虐待，她把邱繼昌的撫養權交給爺爺奶奶。岳天嵐在字據上簽了名按了手印。邱成德再拿不住勁了，只好讓岳天嵐跟邱繼昌見了面。母子兩個如再生重逢，抱在一起痛哭不止。邱成德老兩口也陪著流淚，覺得很對不起兒媳。

第六章 天君

1

邱夢山抱著那捆手榴彈倒下的瞬間，靈魂嗖地離他而去。他虛弱得似在太虛幻境中飄忽，漸漸消失在茫茫之中。邱夢山成了一具屍體，任人處置，他當然不會知道此後的所有一切。

時間在邱夢山這裡停止，空間也在邱夢山這裡消失。從停止、消失到重新開始、重新再現不知經歷了多久。邱夢山感覺自己的耳朵又成為耳朵，是他聽到了一種聲音。他很奇怪，耳朵到了陰間還沒廢，還能照樣有用場。他覺得那聲音很怪，一個字都聽不懂，或許鬼就這麼說話，或許鬼也有不同國籍，說各種不同的語言。聲音裡除了嘰裡哇啦，還有笑聲，這笑聲倒是大同小異。再細聽，這笑聲不同尋常，是那種獰笑，是淫笑，他活著時只在電影裡聽到過這種笑聲。這笑聲忽輕忽重，斷斷續續，時有時無，時斷時續。

邱夢山昏昏沉沉，迷迷糊糊，原來這世界還真有陰陽二界，不管是陰間還是陽間，靈魂能繼續存在倒真是不錯，這等於生命可以延續，可以永生。他想睜開眼睛，眼睛和面部隨即讓他感覺撕裂般的疼痛，他奇怪人死了之後怎麼還會感覺到痛。耳旁有聲音引誘著他，他想看一看陰間是什麼樣，他再一次試圖讓眼睛睜開。又是一陣撕痛，但這次撕痛之後，感覺他那右眼睜開了一絲縫，左眼仍藏在黑暗中。不知是眼睛沒能睜開，還是陰界確實是一片黑暗，除了黑暗他什麼也看不見。他感覺眼睛是有了縫，可能陰界就是黑暗，跟墨一樣漆黑。

邱夢山感覺他仰著躺在地上，為什麼不是站著，難道鬼就只能永遠躺著，只有思維，不能行走？他感覺到後腦勺和身子下面是泥土，他想試著側起身子，看一看這陰間的真實面目，除了黑暗還有沒有其他什麼東西，看一看發出笑聲的那邊是些什麼鬼，看看人變成鬼後究竟是個什麼模樣。他稍有起身的意識，手、腳、身子一起讓他感受到撕痛，痛得他幾乎連什麼意念都沒了。他感覺連頭也動不了，渾身哪兒都動不了，一動便鑽心地痛。邱夢山納悶，是不是陰間只有痛苦，怪不得把陰間叫地獄，看來是有道理。

畜牲！邱夢山驚得渾身撕痛，或許是驚奇之中他身不由己地動了身子。這兩個字他聽清了，那麼熟悉，是女聲，這女鬼跟他應該是同族，會說漢話。這女鬼看來很年輕，聲音挺脆嫩。陰間怎麼會有人聲？而且是女人聲。邱夢山恨自己動彈不了，要能動，一側身什麼都明白了，但他哪兒都動不了，只能靜心地聽。他聽出來了，有好幾個男鬼在纏那女鬼，女鬼讓幾個男鬼纏得很煩惱，很氣憤。邱夢山想起活著時曾經去過三峽邊豐都鬼城，看過十八層地獄，女人生前要是嫁幾個男人，或者跟幾個男人相好，死後男鬼們要拿鋸鋸她分屍。弄不好這女鬼剛死，她生前可能跟好幾個男人相好過，或許幾個男鬼正在鋸她分她。

畜牲！流氓！……女鬼還在罵，在抵抗男鬼們。一個男鬼突然發出一聲慘叫，好像被那女鬼撕了什麼，或者咬了他什麼，痛得那男鬼嗚嗚地哼著滿地亂轉，邱夢山還聽到他一邊轉一邊拿腳跺地。

女鬼還在罵。再往下聽，女鬼嘴被男鬼們捂住了，又像是嘴被什麼東西封住了。再往下聽，男鬼們獰笑著淫笑著在撕女鬼的衣服，撕得哧哧啦啦響。邱夢山覺得真晦氣，邱夢山無法再聽下去，他閤上眼睛那道縫，他想讓自己睡過去，不要聽到這種邪惡的淫聲。

遠處又有一些男鬼嘰裡哇啦朝這邊走來。邱夢山再把眼睛睜開一道縫，那邊射過來一些光亮，過來的那些男鬼好像舉著火把。邱夢山細聽，根據腳步聲判斷像有十來個男鬼。

不出邱夢山所料，剛來那些男鬼又開始輪番糟蹋那女鬼。邱夢山聽著實在忍受不下去，陰間也總得有點公道吧。他動不了，無法起身幫那女鬼，他想試試自己這嘴還能不能喊，要是能喊，他想用喊來阻止這些男鬼。

邱夢山感覺嘴唇跟樹皮一樣乾硬粗糙，他試著張開嘴，嘴張開了，嘴裡又苦又腥，他顧不得這些，他急於要讓嗓子發出聲音。他試著啊了一聲，好像發出了一點聲響，但連他自己都不敢肯定是否真喊出了聲。他再試，喉嚨裡有東西堵著，喊不出聲，他想咳，但輕輕一咳全身像有幾百隻手在撕他一樣的痛。邱夢山默默地運氣，他感覺自己有了用力咳一下的力量，他拼出全身的力量咳了一下，他痛得幾乎暈過去。但他感覺從嗓子眼裡咳出來一塊東西，那東西軟綿綿的像塊嫩豆腐，嘴裡冒出一股血腥，他沒能把這腥東西咳吐出嘴，他感覺全身百孔千瘡，咳這一下痛得他渾身冒了汗。邱夢山耐心堅持著，他慢慢地拿舌頭一點一點把那塊腥東西推出嘴外。他感覺嗓子那裡暢通了許多。他想不出喊什麼能鎮住這些鬼，可那女鬼仍在經受著折磨，他急了，憋足一口氣，用力喊，中國人民解放軍來了！

邱夢山喊完，差不多就痛暈過去。他不明白自己怎麼就喊出這麼一句話來，難道鬼也能怕中國人民解放軍？不管怎麼著，反正話已經喊出去了，管不管用只能由它去了，他再沒力量喊出這種聲來。他隱約感覺，他這一嗓門喊產生了作用，那邊突然安靜下來，他只聽到有腳步聲朝他接近，那雙腳來到了他身邊。他聽那些男鬼嘰裡哇啦不知在說什麼，也許在罵他，他搞不明白。那雙腳停在他身邊片刻，突然抬起，抬得很快很高，那雙腳帶起了風吹到邱夢山的臉上，接著那腳朝邱夢山的身上踹下來，踹得很重，如一塊巨石砸在邱夢山的身上，邱夢山的靈魂再一次離他而去。

2

靈魂再附到邱夢山的軀體上時，他感覺不再躺在地上，而是躺到了床上。他又奇怪，陰間難道也睡床？邱夢山想睜開眼睛，努力之後，仍只是右眼睜開了一絲縫，左眼依舊黑暗著，像被什麼封閉著。他奇怪這裡不再是漆黑，他看到了一片白色。他再慢慢讓眼睛睜開一些，一個女鬼闖進了他的瞳仁，她穿著白色衣服站在床前看著他。邱夢山十分奇怪，陰間難道也有醫院，也有醫生？當女鬼發現邱夢山右眼睜開時，她一聲尖叫。邱夢山有點疑惑，他不知道他究竟是人還是鬼，無論是人見了鬼，還是鬼見了人，可能同樣地害怕。女鬼見他為什麼會這般驚恐？邱夢山懷疑自己有可能還沒完全變成鬼，還沒有完全走進地獄之門，可能是半人半鬼，格外嚇人。

女鬼的尖叫引來了一個男鬼，男鬼伸手翻了翻邱夢山的右眼皮，他居然還掛著個聽診器，跟人間一樣，聽聽他心臟和肺，還試了試他的脈搏。邱夢山確定自己還沒完全走進陰間，他聽到自己心臟在跳，他感覺肺也還在呼吸。邱夢山十分納悶，人都死了，怎麼還沒走到陰間呢？難道進陰間報到，也跟人間辦戶口一樣複雜？也要找關係走後門？難道入陰間還要搞體檢？邱夢山費解。男鬼給邱夢山做完這些，對女鬼嘰咕了幾句就走了，女鬼給邱夢山弄了弄吊瓶。邱夢山又一驚，這不是在打吊針嘛！這究竟是陰間還是陽間啊？

邱夢山拿眼睛往旁邊斜著瞅，他瞅到了一個人影。這人坐在他對面床上，像是中國人模樣。邱夢山急不可耐但聲音微弱地問他這是死了還是活著。邱夢山自己覺得用了很大勁，但他的聲音太弱，那人沒一點反應。邱夢山心裡著急，他只能再運氣，運了半天，覺得已經運足了勁，他又向那人影重問了這句話。那人似乎聽到了，他不以為然地扭過頭來對邱夢山說，你總算活過來了。邱夢山驚奇自己怎麼沒死，他記得當時三十多個敵人一齊朝他開了

槍，此後他腦子裡一片空白，沒有任何記憶。他又狐疑地問那人這裡是什麼地方，那人告訴他這裡是戰俘營。咣！咣！咣！戰俘營三個字像三顆子彈鑽進邱夢山的耳朵，鑽進邱夢山的腦殼裡，接連三聲爆炸，邱夢山又失去了知覺。

當靈魂再次回附到邱夢山的肉體上時，他第一反應是恐懼。戰俘是什麼？戰俘就是階下囚。堂堂中國人民解放軍連長成了階下囚，用不著別人說什麼，自己就覺得無顏面對父老鄉親。邱夢山不相信自己會當戰俘，問對面那人他怎麼會沒死呢？他這疑問不是驚詫，而是恐懼。

邱夢山想起來了，他手裡那捆手榴彈沒能炸響，沒等他拉弦，敵人一群子彈和兩顆手榴彈就把他撂倒了，他連拉身上那顆光榮彈的機會都沒能爭取到就什麼也不知道了，要不，他怎麼能讓自己活在這兒呢！邱夢山悔啊恨啊！石井生拉響光榮彈後，他當時只有一個念頭，與敵人同歸於盡，多打死一個多賺一個。萬萬沒有想到他會被敵人搶了先，先把他給打倒，可他卻又沒死，連光榮彈都沒能拉。

邱夢山閉著眼睛，心裡別說有多窩囊。這時他首先想到了岳天嵐，想到她懷孕了。頭一個問題就讓他幾乎再一次死過去，他當了戰俘，岳天嵐還會愛他嗎？邱夢山回答不了，他只能退一萬步設想，就算她還勉強愛他，那他會給她幸福嗎？第二個問題他想到了孩子，他問自己要是在這兒不死，要是活著回去，這輩子能帶給孩子什麼呢？他難過得想死。接著他想到怎麼向爹娘交待，心情十分沉重，爹娘把他送到部隊上，是要他為爹娘爭光，要他光宗耀祖，他這樣活著能給爹娘和祖宗什麼呢？他只能是鍋底灰，只能把爹娘和祖宗的顏面全都抹黑！最後他想到了倪培林，戰前他對倪培林一直抱有看法，上了戰場倪培林陪他奪無名高地、跟他深入敵後抓活口、隨他血戰陰山，他用行動讓他改變了看法，讓他代理排長，但最後他撇下他和石井生自己跑了，他恨不能槍斃他。可現在他又有什麼臉去見連裡的官兵，又有什麼臉去祭拜犧牲的那些戰友？這四個問題想得他沒了一點底氣，一種從未有過的恐懼彌漫心頭，他渾身發冷。

他非常清楚戰俘在中國是什麼，他們喜鵲坡就有一個戰俘，是當年在朝鮮戰場上被聯合國軍俘虜。零下三十幾度渡河作戰，上岸他們就凍成冰柱不能前進。在戰俘營，有些軟蛋當了叛徒，他寧死不屈，還親手悶死了一個叛徒。但交換回國後，他和戰俘營那些戰友都被遣送回老家，一輩子戴著戰俘帽子，「十年浩劫」被劃為黑五類，他兒子連高中都不讓上。邱夢山小時候也朝他唾過唾沫，扔過石頭，還罵過他兒子是小俘虜，狗崽子。在東方人眼裡戰俘就是叛徒，就是狗，就是過街老鼠。那年那個戰俘被遊街後，晚上他兒子去生產隊牛圈屋叫他吃晚飯，他已經吊死在牛圈屋大樑上。這情景邱夢山永遠忘不了，想起來不寒而慄。

邱夢山想，要是當初不抱著那捆手榴彈躍出溝坎撲向敵人，直接拉了光榮彈，他毫無疑問是烈士，是英雄；可他想多找幾個墊背，抱著那捆手榴彈撲向了敵人，結果敵人沒多消滅，自己卻由英雄變成了戰俘。怎麼辦？想到岳天嵐，想到孩子，想到父母，想到部隊，他明白了一個道理，他成軍人後，一切就不只屬於自己。如果他當戰俘活著回去，一對不起組織，二對不起軍隊，三對不起爹娘老婆孩子，四也對不起自己。他想到了死，只有死才能保持英雄本色。他想到了自殺是背叛，但在手無寸鐵面對敵人時自殺，是英勇就義，不是畏罪自殺，跟拉光榮彈是同一行為。只有死才能解脫罪孽，只有死才能還自己清白，只有死才能維護自己尊嚴，只有死才能無愧地面對國家，只有死才能無愧地面對軍隊，只有死才能無愧地面對組織，只有死才能無愧地面對全連官兵，也只有死才不會給岳天嵐和孩子帶去災難，只有死才能光宗耀祖，只有死才能對得起自己。

決心下定，行動就十分有章法。邱夢山手裡沒有槍，他也沒能力下床，身邊也沒有任何致自己死亡的工具。他想到了身上那些傷，他知道自己傷很重，治都不一定能治好，要是不治，他肯定就能很快地死去。邱夢山幸福地閉上眼睛，他悄悄地不露聲色地讓左手一點一點接近右手，他知道那吊針插在右手血管裡，只要把這吊針拔掉，一切就能如願，他就能從此解脫。

邱夢山向左手下達了命令，左手無奈地接受了命令。左手行動障礙很大，它動一下牽得全身的痛，但左手還是像軍人一樣堅決地服從了命令，邱夢山咬緊牙根讓全身配合，拼全力支持左手接近右手。左手不辱使命，顫抖著克服重重困難，終於與右手會合。左手用食指一點一點摸到了插在右手血管裡的那根針頭，然後不露聲色地悄悄地把那針頭拔了出來，針頭開始給他身下被褥輸液。

邱夢山置個人於死地的企圖被那個女鬼擊了個粉碎，不知為什麼她對邱夢山格外的盡責，不時來察看輸液情況，女鬼發現邱夢山拔掉針頭，大呼小叫著中止了邱夢山的行動，重新把針頭插進他的靜脈。邱夢山的死亡計畫破產，一切都成為徒勞。

邱夢山對女鬼恨之入骨，他就叫她女鬼。女鬼自從發現邱夢山有自殺企圖後，自告奮勇向上面要求直接擔任邱夢山的看護。不知這女鬼是領受了上面指示，還是天生一根筋，她把邱夢山看死了，一天到晚不離開邱夢山半步，一切都以邱夢山為軸心，其他事她只是捎帶著做。她還特細心，即使離開幾分鐘，也要關照邱夢山對面那傢伙替她看著，邱夢山再難找到讓自己死的機會。邱夢山百思不得其解，他們還他媽優待戰俘？為什麼要給他治傷？為什麼不讓他死？

邱夢山絕望了，白天他不再睜開那隻眼睛，他不願意看到任何人，更不願意看到女鬼。自從在這兒醒來，邱夢山就沒正眼看過女鬼，哪怕是夜裡，只要聽到她的聲音，邱夢山就閉上了眼睛，他不知那女鬼長什麼模樣。邱夢山白天閉著眼睛不是一直在睡覺，其實他一點沒閑著，他開動腦筋在另找辦法把自己搞死。拒絕治療這條路堵死了，這辦法死得太慢，成功機率太小。必須找到說死就死的那種法，應當快到即使女鬼發現也來不及阻止。想法是不錯，可邱夢山身邊沒有說死就能致死的工具，光榮彈沒有，他連下床的能力都沒有，其他方式更不用想，邱夢山想唯一合適的方法是割脈。割脈比拒絕治療死起來要快得多，但割脈沒有工具，刀片沒有、釘子也沒有、連碎玻璃片都沒有。

又傳來女鬼的腳步聲，邱夢山隨即閉上眼睛。女鬼來給他換了藥水瓶，女鬼換好藥水之後沒有離開，坐在床前看著他。邱夢山在心裡煩女鬼，又無法趕她走，他只能在心裡詛咒女鬼。詛咒之中，邱夢山忽然心頭一亮，他可以就地取材，那針頭多好啊！針頭就插在右手手腕上，用不著去找，針頭不比小刀差，劃破皮割破血管絕對不成問題。邱夢山暗暗一喜，最不可能做到的那事情往往最可能做到，他把結束自己的生命當作與女鬼鬥爭對抗來做，你以為看著老子就不出問題？老子就偏在你眼皮子底下死給你看。邱夢山閉著眼睛精心設計方案，這個方案不是消滅敵人，而是立刻殺死自己。方案一敲定，他不露聲色地開始行動。其實即使他有聲有色也無妨，他臉部和左眼都受了傷，除了右眼之外他頭上全都纏著紗布，有什麼表情只有他自己知道，邱夢山還是十分謹慎，他這次要萬無一失。

邱夢山又向左手下達了命令，同時讓右手配合。邱夢山開始行動時離開飯還有一個半小時，他指揮左手先向右手這邊運動，行動依然很困難，但左手盡了最大努力，在女鬼去打飯之前，左手提前到達了位置，並與右手接上了頭，接觸了針頭，演練了左手如何捏住針頭，確定下手位置；右手也做了配合，它們完全進入臨戰狀態，只待女鬼去打飯，他就將方案付諸實施。

女鬼終於站起來要去吃飯了，她沒有大意，臨走又特別關照對面床上那傢伙幫她看著邱夢山。或許邱夢山從不睜眼看她反讓她對他抱有好奇，她對他很盡職。邱夢山聽到對面那傢伙在吃飯，估計他眼睛正盯著碗裡。邱夢山命令右手先慢慢縮進被子裡面，左手毫不遲疑地捏住了針頭屁股，掀起那些膠帶，沒讓針頭滑出，直接捏住針頭屁股用針尖斜面一點一點探索右手腕的靜脈，確定無誤後左手拼出全部力量將針頭扎了下去。因為動作太慢，邱夢山感覺異常刺痛，好在臉上纏著紗布，對面那傢伙無法發現。第一步成功了，邱夢山左手指感覺到了有黏稠液體從針頭扎下去的地方慢慢湧出。邱夢山再次命令左手，毫不猶豫地劃破皮肉，割斷血管，迅速擴大戰果。這事對常人來說，只要有勇氣，不會太費勁，但邱夢山現在渾身動不了，手也使不上勁，這相當於要求一個腦溢血後遺症患者去參加跑步比賽。左手還是頑強地執行命令，就著扎下去那個點拿針尖往身邊劃，效果雖不夠明顯，但那撕痛證明有進展，只是痛得叫他難以忍受，痛得渾身冒汗。邱夢山喘了幾口氣，叫屈意識乘機勸左手停止行動，邱夢山在關鍵時刻看見了岳天嵐抱著孩子，他們讓他排除叫屈意識的干擾，毫不遲疑地命令左手繼續行動。他感受到針頭的針尖很鋒利，左手指頭感覺著針尖側面的尖利面割破了血管，血管比肉更堅韌，反覆劃割了七八遍方感受到黏稠液體如泉水般湧出。

邱夢山渾身在冒汗，他感謝左手完成了任務，讓右手手腕朝身子這邊合過來，這樣血可以流得順暢一些，可以讓床單和褥子吸收，不易流到地面被人發覺。他再命令左手歸位，他想英雄死也得死出個英雄樣來。兩手都到位後，邱夢山平靜地把眼睛莊嚴地閤上，他開始莊嚴地向父母，向岳天嵐，還有孩子（他還不知道是男孩還是女孩）告別，他請他們原諒，為了尊嚴，他不能再履行兒子、丈夫、父親的責任，只能下輩子補償，他要完成軍人的使命，忠孝不能兩全。他閉著眼睛默默地說，爹，娘，天嵐，孩子，你們放心吧，我沒有給你們丟臉，我也不會給你們添麻煩了，我是死在敵國戰場，我死得其所，我英勇就義了……邱夢山耳畔響起了《國際歌》的旋律。

邱夢山安安靜靜地沿著那條黑路重新走向陰間，他感受到這條道是下坡，不是上坡，走得很順當，也不費力氣，也不艱難。他走得很舒坦，甚至有些解脫後的那種快樂，有些實現夙願後的那種慶幸和滿足。終於如願了，再無需擔心了，再不會活著回去尷尬地面對一切，再不會給天嵐和孩子帶來麻煩，他的生命還是可以在驚嘆號中戛然而止，而不必在刪節號中苟延殘喘，再無需整天去揣摩去設想以後的命運，可以驕傲地向組織、向家人、向戰友、向全世界宣佈，我邱夢山是英雄！

邱夢山漸漸進入了滑道，不需要他再用一點力，他那身子飛快地往下滑。他感覺身子慢慢地飄起來，思維開始時斷時續，那個靈魂再一次戀戀不捨地向他告別。

邱夢山似乎突然遇著了障礙，他被滯留在那兒不再下滑，他想推開那障礙，但他無能為力。邱夢山的意識已經模糊，他不明白發生了什麼。邱夢山在死亡路上遇到的障礙不是別人，是對面那傢伙阻止了他。那傢伙吃完飯，正想要去洗碗筷，伸下兩隻腳在地上找鞋，兩眼閑著沒事，順便捎帶著朝邱夢山瞅了一眼，他倒並不是怕辜負了那女鬼的信任，邱夢山是他同胞，雖不是一個部隊，但也是戰友。這一瞅，瞅得他扔掉了手裡的飯盆。他發現邱夢山床底下的地上有一攤血，上面還有血一滴一滴往地上滴。那傢伙沒顧得穿鞋，光腳丫走過來蹲到邱夢山床前，探頭往床底下看，他看到血是從邱夢山的床板縫裡往下滴，他再順著血滴往上追，掀開被子，他看到了邱夢山的右手腕正在往外冒血，那個針頭還扎在肉裡。

那傢伙沒驚叫也沒喊人，他先一手掐住了那割口，再拔下了那個針頭，拿布帶勒緊他右手腕止血。邱夢山感覺行動又被阻止，他拼命想睜開眼，看看是誰在跟他過不去。但他太虛弱了，睜半天也沒能睜開眼，連一絲縫都沒睜開。邱夢山感覺是對面那傢伙，他想罵他，可他連張嘴的能力都沒有，他感覺真要離開這個世界了，他在心裡說了最後一句話，你晚了，我勝利了……

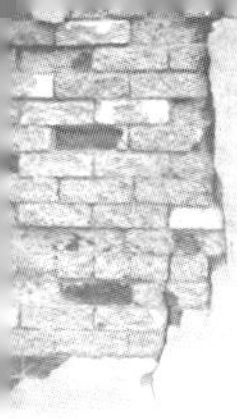

3

邱夢山怎麼也想不到他會又一次失敗。靈魂再一次回到他身上時，他完全陷入了絕望，那英雄氣只在靈魂裡留下一丁點痕跡。從茅山那個鬼地方開始他就厄運纏身，一路全是「走麥城」，再無過五關斬六將的機會，現在連死都死不成。邱夢山閉著眼睛，再也不想看到眼前的這個世界，不管是女鬼還是對面那個傢伙，他一概不想看到。尤其是對面那個傢伙，他恨不能把他咬死。你多管什麼閒事？我死跟你有什麼關係？你願意當戰俘你當去，拽著我幹什麼？這麼活下去要付出什麼樣的代價你知道嗎？像條狗一樣活著有勁嗎？

邱夢山沒睜開眼，他只是在心裡罵，但女鬼還是發現他醒了，她發現他尿了。她替他擦下身，邱夢山想伸手制止，但他有心無力。自從女鬼發現他甦醒後，搞不清是血流得太多，還是她給他施了什麼魔法，邱夢山從那一天起，總沉陷在半睡半醒昏昏沉沉狀態之中。或許女鬼給他服了藥，反正他連大小便都管不了，一切只好由著女鬼隨心所欲。邱夢山身子上那些窟窿眼兒都在痛，他希望那些窟窿眼兒都潰爛，爛成一攤泥漿他才好，這樣就用不著他再挖空心思去想法把自己弄死。

喂！喂！石井生！你把眼睛睜開！

邱夢山十分驚奇，這人怎麼會知道石井生？他認識石井生？還是他把他認做了石井生？

聽聲音像是對面那傢伙，現在邱夢山最討厭這個傢伙，比討厭女鬼還討厭他，拉屎都想離開他十八個麥壟溝，可他在跟他說話，而且他竟知道石井生，邱夢山卻打心裡不想理他。

石井生！你不睜眼是不是？不睜就不睜，你給我聽著，你算什麼中國人！你算什麼軍人！你……你那些招太臭，驢蛋才這麼幹！

邱夢山這會兒清醒，女鬼的魔法有些過勁。他奇怪，這傢伙怎麼一眼就把他看做石井生？而且開口竟敢這麼罵他，新鮮，竟有人敢這麼罵他！這輩子他還沒讓誰這麼罵過，這是頭一次，他特重視敢罵他的那種人，但他還是沒睜開眼，只拿兩隻耳朵聽著。

你這麼幹才叫背叛呢！你背叛自己的身體，背叛自己的靈魂，同樣是背叛組織，背叛家庭，背叛老婆孩子！爹娘給你這條命，要你幹什麼？祖國給你這杆槍，要你幹什麼？老婆孩子在家擔驚受怕受苦受累盼你在前線幹什麼？他們統統都指望著你給他們爭氣，給他們爭光，你倒好，敵人沒把你弄死，你倒要自己弄死自己，你摸著良心好好想想！算了，你還不能動，手摸不到心。那你就閉著眼好好想吧！你自己弄死自己，不是自認是驢蛋是什麼？你對得起誰？你不照樣是跪著向敵人投降嘛！我告訴你，軍人可以丟腦袋，絕不丟尊嚴！我告訴你，真英雄不只是戰勝敵人打勝仗，而且在經受失敗挫折時還能像個男人活著！你既然有種敢死，為什麼不跟他們鬥呢？你這不是娘兒們嘛！你聽明白了，他們不想你死，不是你寶貝！也不是寬待戰俘，是他們俘獲咱人太少，交換時數量懸殊面子上不好看，怕外國記者做文章產生國際影響。要是咱被俘人多，還給你治傷，你想得美。

他這一通亂罵，罵得邱夢山有點雲開日出見太陽的感覺，心裡亮堂了許多，那英雄氣又多少復活了一些。邱夢山閉著眼細想，狗東西說得對，真英雄不只是戰勝敵人打勝仗，而且在經受失敗挫折時還能像個男人活著！這話精闢，經受失敗挫折是比穿槍林彈雨難得多！與其自殺，為什麼不跟他們鬥呢？弄死一個夠本，弄死兩個賺一個。想簡單了，自己這命這麼不值錢啊！這麼死等於死豬死狗，一錢不值。常言道，留得青山在，不怕沒柴燒，怎麼能讓敵人省心痛快呢！不能這麼死，得跟他們拼，邱夢山把死這念頭擱下了。

邱夢山讓對面那傢伙罵得心服口服，他肯定是搞政工的，比荀水泉還能說。邱夢山讓他罵得沒了脾氣，他忍不住睜開了眼睛，他沒法扭頭，只是問他有什麼打算，那傢伙顯然被邱夢山驚了，我以為你這輩子再不睜眼了呢！想聽？想聽我就說。那傢伙左右看了看，小下聲來說，有種，你就跟他們幹！邱夢山說，動都動不了，怎麼幹？那傢伙說，別急啊！他們不是在給你治傷嘛！那就治唄，快治好才好呢！治好了身子，咱才能跟他們幹。邱夢山說，話是對，可咱手裡沒槍，能幹什麼呢？那傢伙說，車到山前必有路，只要想幹，就必定會有機會，拿手卡也能卡死人啊！這兒不只你一個人，還有這麼多弟兄呢！邱夢山問，一共有多少？那傢伙說，十九個呢。邱夢山問，你是哪個軍的？那傢伙說，我是N軍。

邱夢山更來了疑問，他是N軍，他怎麼會認識石井生呢？於是他問，你認識石井生？那傢伙說，石井生不是你嘛！邱夢山說，我不是石井生，我叫邱夢山，我是他連長。那傢伙一聽忍不住撲哧笑了，他說，你拉倒吧！是我親手幫你剝下那身血衣血褲，他們讓我幫你填的表，你上衣和褲子讓血浸透了，但那身分表還看得清，上衣和褲子上都清清楚楚寫著石井生三個字，寫著你們團和連隊代號，你是三班長，B型血，沒錯吧？要不怎麼給你輸血？要血型不對，輸那麼多血，你不早死了！邱夢山一聽急了，他較真地跟他說，可能是那天夜裡突圍，我們兩個摸黑穿錯了野戰服，我真叫邱夢山，我是石井生他連長！那傢伙走近邱夢山床邊，彎下腰小聲說，你算了吧，俘獲一個班長和俘獲一個連長，差別大了，他們恨不能你是團長師長呢！那是什麼宣傳效果？在這裡官大得不到什麼優待，相反會對你看得更緊。再說了，你那身野戰服早燒了，那表也已經交上去了，你有什麼證據證明你不是石井生？又有什麼證據證明你是連長邱夢山呢？別在這兒折騰讓人看笑話了，不管是連長還是班長，當了戰俘，都一個樣。那傢伙說到這裡，他自己一點情緒都沒了。

邱夢山確實拿不出任何證據證明自己是連長邱夢山，而那身野戰服倒是實實在在能證明他是石井生。邱夢山想到了另一個可能，他問那傢伙，我們軍還有誰？那傢伙說，你們軍只有你和那個女兵。

邱夢山一片迷茫。那傢伙說，那女兵跟他一起送這兒時，已讓那幫畜牲折騰得只剩一口氣了。邱夢山記不得自己是怎麼來到這兒，但他記起他在昏迷中聽到的事，是那幫畜牲在糟踢這女兵。他問那傢伙那女兵怎麼會落到敵人手裡，那傢伙說女兵叫李蜻蜓，是邱夢山他們軍通信營外線兵，她跟一個戰友護線遇上敵人，那一個犧牲了，她也負了輕傷。外線兵能跑，敵人沒追上她，但她跑錯了方向，跑到了敵人陣地那邊。她躲在森林裡過了三個月野人生活，到敵人向壽山進攻時，她順著槍聲想找部隊，結果被他們特工抓住了。她才二十一，恢復得快，已經能下床活動了。

邱夢山又閉上了眼睛。要是不死，就得跟他們幹，如果幹成了，哪怕自己犧牲了，也值；可萬一要是沒機會幹，或者有機會幹沒幹成，或者幹中間沒犧牲再被他們抓獲，這不麻煩了嗎？頂著戰俘這頂帽子回國，不管你打仗有多勇敢，不管你立過什麼功，一輩子只能是戰俘。當了戰俘，一輩子就別想再有出息，這樣不是要毀了石井生的名譽嘛！這怎麼辦？

到底怎麼活下去，這事折磨了邱夢山三天，他在恢復真名還是將錯就錯頂石井生名這事上猶豫難決。他意識很清晰，自己成了戰俘，這個事實永遠都沒法改變，儘管他心裡冤，但這是命，挨上了，該著，推不脫，受什麼罪都活該。假如恢復真名，這就不只是他自己一輩子窩囊，會直接連累到爹娘、天嵐和孩子，他們招誰惹誰了，讓他們也跟著一起背這臭名，這會讓他寢食難安！若就這麼將錯就錯，除了敗壞石井生的名譽，倒是影響不了其他人。石井生是孤兒，也沒有親戚，石井生犧牲是板上釘釘，那顆光榮彈把他炸得血肉橫飛，他絕對不會意外當戰俘。他還想到他比石井生只大三歲，本來兩個長得像孿生兄弟，現在面容也毀了，更沒有人會辨認出來，即使將來死不了回去，倒不會給這個世上的任何人帶去災難和痲煩。可轉念一想，這樣會給石井生抹黑，邱夢山又於心不忍。邱夢山又想到頂石井生名，他就不能再做岳天嵐的丈夫，也不能當孩子他爸。這比要他的命還讓他痛苦。邱夢山想到這一層，心裡比身上那些傷更痛。為了岳天嵐和孩子，邱夢山又費了兩天心思。想到最後，他問自己，除了頂石井生名偷生，他還能有什麼辦法不給岳天嵐和孩子帶去厄運？他再找不到第二種辦法。現實是不管他願意不願意，他現在已經是石井生了，沒有任何辦法能證明自己不是石井生，想到最後他只能無奈地決定先頂著石井生名再說，真到了上天無路入地無門時，乾脆還是讓自己死掉算完。

邱夢山想好後，閉著眼默默地跟石井生交了心交了底，他把自己的打算和無奈全都跟石井生說了，他求石井生原諒，求他理解，求他為大哥暫時先受一點委屈。好在這兒沒有他們部隊其他人，也沒有一個人認識他，不會產生任何影響。

邱夢山再睜開那隻眼睛時，顯得比以往精神了許多。邱夢山主動跟對面那傢伙打了招呼，問了他名姓，那人說他叫周廣志，是連指導員。

4

邱夢山離開戰俘營去石礦，女鬼竟戀戀不捨。一早她就來到邱夢山身邊，給他配了一包藥。語言不通，他們沒有說話。邱夢山也不想跟她說什麼，自從有了那個打算後，英雄氣又回到了他身上，他不卡死她是因為小不忍則亂大謀。她卻有話要說，可沒辦法向邱夢山表達，她一邊整理東西一邊偷眼看邱夢山，眼神裡充滿愛意。這也怪不得她，人非草木，孰能無情，她畢竟給邱夢山擦了兩個多月的屎屎，她喜歡上他了。儘管她對邱夢山無微不至，儘管她熟悉了他身子的全部，但邱夢山並不感激，他不讓她墊背就算是對她的仁慈了。車已經開動，邱夢山才草草地瞧了她一眼，人模樣還說得過去，但在邱夢山心裡，他也只能把她當敵人以牙還牙，以血還血。車載著邱夢山走了，女鬼卻一直為他流淚，邱夢山沒看到。兩個兵荷槍實彈，把邱夢山押送到石礦。

邱夢山的傷最重，他最後一個去石礦，翻譯跟他說是去水泥廠勞動，但他們只在山上石礦打石頭做苦力。他們每天在石礦打眼放炮，炸出大石頭，再把大石頭剖成小石塊，再把小石塊敲成小石子，再粉碎成石粉。他們十九個人，包括李蜻蜓，單獨一個石礦，五個兵端著槍看守他們。這活讓他們一個個累得每天都像蔫黃瓜，累不是出力出汗，幹活累苦並不怕，閻王爺給了力氣，今天用了明天就來，打無名高地，攻壽山，守陰山，茅山阻擊，比打石頭還累還苦，但心境不一樣，在這裡幹這種活，窩憋。

邱夢山到了石礦，除了幹活吃飯，他只想一件事，怎麼才能從這裡逃走回國。潛逃越境計畫秘密地在邱夢山和周廣志兩個人之間展開，這事不能聲張，更不能試探，要是洩露出去，這輩子別想再見天日。邱夢山和周廣志之所以不跟戰友們商量，他們堅信一點，他們十九個人裡，沒有一個願意當戰俘。邱夢山暗自默默地謀劃著，這裡離邊境有七八十公里，礦上每天值班雖只五個兵，但駐地有一個排，兩三公里外有座兵營，駐著一個團，一個電話，部隊幾分鐘就會趕到。從工地回到住地，待他們一進那大屋，那些兵就把大門鎖死，他們再不得出來，吃飯睡覺拉屎撒尿全在這大房子裡解決，連李蜻蜓也和男俘睡一個大房子裡，只給她在屋角裡用纖維板隔出一個小天地。李蜻蜓倒很喜歡這樣，夜裡她用不著擔心有畜牲欺負她。邱夢山覺得潛逃只能在上工期間找機會。

邱夢山注意到，石礦西側是山脈，而且山高林密，假如能逃出石礦，只要翻過一座山，他們便可以鑽進山林，進入深山密林就有希望逃離。但是看守他們的那些兵非常狡猾，在工地他們從來不挨近他們，只在高處端著槍監視。上工由他們自己去拿錘拿鋼釬；收工，也讓他們自己把錘和鋼釬集中到一處。兵們太賊，他們手裡拿鋼釬和鐵錘時，兵們離他們都在五十米之外，兵們從來不進工地。裝炸藥點炮也不讓他們幹，打好眼，兵們就讓他們撤到一邊，由兵們來裝炸藥點炮，絕對不讓他們接觸炸藥和雷管。兩個兵去裝炸藥點炮，其餘三個兵荷槍實彈逼著他們蹲在一邊，別說走動，誰要無故站起來都可能送命。敵人警惕性特高，押送他們上工收工都是子彈上膛，從工地到山下停車點這幾百米距離，兵們都要他們解了褲腰帶，雙手提著褲子走，包括李蜻蜓也必須如此，生怕他們逃跑生事。要想逃出石礦，必須得先幹掉值班的五個兵，邱夢山把一天中每分鐘每一個做工環節梳了無數遍，實在找不出下手的機會。

邱夢山和周廣志乘工地休息又湊到了一起，坐在一塊石頭上抽菸，誰也不看誰，他們說的話別說敵人，連周圍那些戰友也聽不清。邱夢山說半年過去了，一點機會都沒有。周廣志說沒辦法，只能再忍，老實聽話，慢慢讓他們麻痺。邱夢山說那要熬到猴年馬月。周廣志說難熬也得熬，沒絕對把握不敢冒險，這件事砂鍋子搗蒜，一錘子買賣，沒有第二回。邱夢山說是啊，我把一天每一段時間都排了，上工期間根本不可能，只有收工時他們挨咱們近。周廣志說那就盯準收工時間好好琢磨，要有絕對把握才能下手。

晚上邱夢山和周廣志又湊在一起悶頭抽菸，李蜻蜓不聲不響坐在遠處默默地盯著他們兩個。邱夢山和周廣志都發覺李蜻蜓在注意他們兩個，他們就只好把話打住。周廣志證實了邱夢山的那個耳聞既不是陰間也不是夢中之後，邱夢山就不能再正眼瞧李蜻蜓。邱夢山不再瞧李蜻蜓並不是因為這事討厭她，也不是瞧不起她，而是內疚。身為男子漢，還是個連長，死了也就算了，可他沒死，人還活著，眼睜睜任敵人糟蹋自己的戰友，卻不能給她一點幫助，這算什麼男人！還算什麼連長！

李靖蜓也發現邱夢山和周廣志在避她，她沒有不高興，也沒有主動過來接近，她似乎猜著他們在做什麼。

5

十九個人照舊在兵們的看押下天天上石礦打石頭，天天出力流汗，受苦受累。

那天，敵人輪到第三班看守值班。十九個人，包括李靖蜓本人，早從敵班長那眼神裡察覺他對李靖蜓圖謀不軌，那企圖如狼覬覦小綿羊一樣不加掩飾，李靖蜓時刻警惕地規避著。那天收工後，邱夢山和周廣志他們照舊提著褲腰，被兵們押向山下那輛卡車。李靖蜓今天仍走在最後，走到半山腰緩坡那裡，李靖蜓停了下來，她突然大聲喊那個班長。大家也都停下腳步扭頭看她。邱夢山也扭了頭，他撞著了李靖蜓投來的目光，她不露聲色地朝他擠了一下眼睛，邱夢山不明白她想幹什麼，避開了她那目光。李靖蜓朝那個班長打了個手勢，原來她要解手。班長讓其他兵押他們下山，自己親自端著槍跟著李靖蜓往山腰間那片茅草地走去。

遲遲不見李靖蜓下山，有個絡腮鬍子來了氣，問周廣志這種投敵變節份子管不管，他要不管他可不買她賬。

來到山下，邱夢山想到李蜻蜓的目光，一下意識到她會不會在給他們創造機會？邱夢山踩了周廣志的腳後跟，周廣志回過頭來，邱夢山朝他擠了眼睛，周廣志也朝邱夢山回了個擠眼。他們來到車屁股後面，邱夢山提著褲腰悄聲跟周廣志說，這是機會，別上車。邱夢山說話聲不大，但戰友們幾乎都聽到了，他們雖不知道具體行動計畫，但都沒上車，他們從邱夢山的眼睛裡看出要有事，大家頓時有了精神，都拿眼睛看著邱夢山。絡腮鬍子倒是明白了，他替邱夢山做了回答，人家在茅草地裡要跟那頭驢快活呢，著什麼急呢！大家就都站在車後，有人乾脆就地坐了下來。那三個兵端著槍走了過來，拿槍逼他們上車。邱夢山朝周廣志使了個眼色，周廣志點頭會意。邱夢山提著褲腰故意離開車屁股，不露聲色地悄悄說，把他們幹掉！周圍人像聽到戰鬥命令一樣迅速進入臨戰狀態，他們明白了要幹什麼，一個個暗自把褲腰裹緊。一個兵端著槍來到邱夢山跟前，拿槍對著邱夢山吼他上車。邱夢山掏出那東西裝作要小便，笑瞇瞇地跟兵打招呼。那兵朝他挨近過來，邱夢山已經褪下褲子，他突然轉身一聲怒吼，把那兵嚇了一個趔趄，邱夢山光著下身呼地撲過去，伸胳膊勒住那兵的脖子。周廣志幾乎是同時，把另一個兵按到地上。周廣志喊，快把他們幹掉！絡腮鬍子第一個反應過來，抽身衝過去對付另一個兵，把他壓在身下，另一個兵開了槍，絡腮鬍子不再動彈，但仍死死壓住敵人。其他十幾個人一下明白過來，一齊投入戰鬥。開槍那兵見勢不妙，轉身就跑，邱夢山勒住那兵的脖子，兩手用力一擰，只聽咯一聲響，那兵腦袋耷拉下來，邱夢山奪下槍，一槍把跑掉的那個兵幹掉了。周廣志也用右腿膝蓋壓斷了身下敵人的肋骨。被絡腮鬍子壓住的那個兵也接著被殺死，其餘人分頭把車上的兩個司機拖出來解決掉。他們手裡有了五支槍。

邱夢山又恢復了連長的架勢，他當即喊，快去救李蜻蜓！這時大家才發現自己光著屁股，他們趕緊穿好褲子，紮好腰帶，跟著邱夢山成分散隊形衝向山坡。周廣志拉住兩個同伴，想把中彈那個傢伙一起帶走，一看他已經犧牲，他們只好向山坡衝去。

山下突然響起槍聲，敵人那個班長急忙穿褲子，李蜻蜓不顧一切搶到了那支AK衝鋒槍，那班長嘰裡哇啦發怒，要李蜻蜓把槍給他，李蜻蜓毫不猶豫地扣了扳機，突突突一個連發，那班長身上四個窟窿咕嘟咕嘟往外冒血。周廣志他們衝上山來時，李蜻蜓已經幹掉了那個班長。邱夢山沉著地向大家宣佈了計畫，他說，弟兄們，事先沒告訴大家是怕走漏消息，我們只有這一次機會。翻過這座山，前面就是深山密林，敵人肯定要追，咱們只有七支槍，子彈也不多，沒法跟他們拼，只有擺脫敵人，才能向邊境轉移回國。大家把槍和子彈全帶上，剛才犧牲了一個戰友，只剩十八個人，咱要團結成一個整體，靠大家齊心，才能擺脫敵人，才能跑回祖國。咱們也是隊伍，就叫特別行動隊，不能沒有組織領導，我當隊長，周廣志是指導員。老周，你有什麼要說？周廣志說，一切聽石隊長指揮，出發！

邱夢山領著特別行動隊剛翻過石礦山，駐地敵人已經乘車追來。邱夢山帶著隊友拼命往山下樹林衝去，車輪比他們腿快，邱夢山他們剛進入山谷，敵人汽車已經繞過山來，那個排剩下二十多人全部出動，拉了一整卡車。邱夢山看山谷不寬，不宜躲避，山林那邊是一個高地，必須搶佔制高點。他讓大家穿過山林，搶佔高地。

邱夢山他們剛衝到半山腰，敵人也趕到了山下，一邊開槍，一邊向他們包圍過來。邱夢山他們只有七支槍，而且彈藥不多。好在這裡山上到處是戰壕，他們當即進入戰壕。邱夢山和周廣志商量，不能硬拼，以躲為主，見機行事。七支槍，邱夢山個人拿了一支，剩下六支槍分成六個小組，每組一支槍三個人，兩個小組在正面抵抗，四個小組分散側面迂迴，跟敵人玩捉迷藏，偷襲搶奪武器。邱夢山率兩個小組三支槍守正面，他向槍手們交代，別慌，先隱蔽好，把敵人放近了再打，沒有把握不開槍，開槍就得讓他死，打一槍換一個地方，把敵人隊伍拆開，給其餘四個小組創造襲擊的機會。

邱夢山他們六個人散開，三個人拿木棍和石頭，趴戰壕裡等候敵人接近。追敵突然不見他們人影，一下失去了攻擊目標。他們不敢快速推進，也分成小組，分頭向高地摸來。他們靜，敵人動，先暴露的自然是敵人。邱夢山讓沒槍那三個人準備好，一旦打死敵人，立即衝過去繳獲武器子彈。五個敵人勾著身子，提心吊膽地向山上摸來。邱夢山讓槍手沉住氣，敵人在明處，他們在暗處，不用著急。邱夢山把保險推到單發等候，到敵人離他只有二十米距離時他開了槍，一槍就撂倒一個。一個士兵竄出戰壕去繳武器和子彈。邱夢山又跑到另一邊，叭一槍，又少了一個禍害。另一個槍手也跟邱夢山學，一槍撂一個。五個敵人沒怎麼打，就都躺地上再也見不著他們爹娘了，邱夢山他們一下增加了五支槍。一人一支還剩下了兩支槍。有了槍，邱夢山再又把他們分成兩人一小組，變成三個小組，繼續往高地上撤退。

敵人聞聲圍追過來，這給周廣志他們創造了有利條件。他們摸到敵人側面，把敵人打了個措手不及，他們也繳到了五支槍。邱夢山幾個把敵人引上山來，又調頭分開從兩側把敵人包圍，打得敵人轉了向，三轉兩轉，二十多個敵人讓他們一個一個全部報銷，邱夢山他們卻一個都沒傷著。

特別行動隊每個人手裡都有了槍和子彈，有槍就有膽，一個個英武起來。邱夢山分析，敵人肯定要來追擊，不能停留，必須迅速翻山轉移，進入山林。慶幸附近兵營那些兵沒有追來，他們在深山裡連夜潛逃，擺脫了敵人，到天亮，他們已經進入密林。奔跑了一夜，大家都累得筋疲力盡，邱夢山派出兩個潛伏哨，讓大家分散在樹林裡找隱蔽處睡覺。李蜻蜓在山裡過了三個月的野人生活，她知道什麼東西能吃，她帶著兩個人去找野果野菜。

為了避人，他們白天睡覺，夜裡行動。當夜，邱夢山和周廣志又領著大家向邊境撤，沒想到出奇的順利，他們居然沒受到任何敵人的阻擊，兩夜他們就接近了邊境。他們的面前出現一條河，邱夢山確認，只要渡過河翻過河那邊的一個高地，他們就回到了祖國。滔滔河水讓他們感受到回國回故鄉的滋味，想到部隊想到家，他們一個個激動不已，恨不能這就游過河去。邱夢山沒有激動，每到這種時刻，他總是格外鎮靜。他一個個核實，還好，全都能游泳，李蜻蜓也會，只是她脖子上有傷。邱夢山和周廣志決定夜裡過河。白天，他們又躲進山林，好好地睡了一覺。

夜黑得如鍋底，邱夢山臉上頭一次露出了微笑，他跟周廣志說，老天在幫咱。他們在山上熬到夜裡十點，開始向河邊接近，仍沒遇到任何障礙，順利到達河邊。十八個人背上武器，摸黑下了河。大家都把槍大背到背上，挽好褲腿和衣袖，下水開始渡河。他們游到河中心，刷！照明彈突然把河面照得如同白晝。叭叭叭……槍聲四起，邱夢山和周廣志頓時傻了眼，敵人怎麼會在這裡埋伏？原來邱夢山領著戰友們從礦上一跑，敵人指揮部就發出命令，邊界全面封鎖，兩名特工對他們尾隨跟蹤，一舉一動都即時報告指揮部，一切都在他們的控制之內。敵人不追擊是故意麻痺他們。毛澤東兵法真讓他們學活用活了，他們這是欲擒故縱。上面要求，不但不能讓他們跑回中國，而且要不惜一切代價把他們活著抓回來。

邱夢山他們猝不及防，槍都大背在身上。沒等他們取下槍，敵人已把河面封鎖。河道很深，水也很急，加上他們背著武器，游得很慢，一陣槍聲響過，河水中漂浮起幾具屍體。邱夢山一看不妙，急忙喊，潛游！邱夢山和周廣志幾個快速游到岸邊，他們終於踩著了河岸，在水裡手腳並用快速上岸，沒等他們直起腰來，河這邊早有伏兵在等著他們，敵人數倍於他們，一窩蜂撲下河來，幾個人按一個，如甕中捉鱉，六個人犧牲在河中，其餘十二個人全部被敵人抓獲。

邱夢山真正認識到自己再不是英雄，是越境失敗被敵人重新抓回戰俘營之後。他們十二個人被敵人五花大綁，直接送上了一輛卡車，兩小時之後，他們仍被送回了那個大房子裡。十二個人回到那大房子裡，一個個垂頭喪氣，再提不起一點精神。邱夢山和周廣志更是沮喪。敵人給他們每個人都上了腳鐐，連床鋪都給他們撤了，全都睡草鋪。十二個人躺在草鋪上全都沉默。雖然消滅了二十多個敵人，但他們又犧牲了七個戰友。邱夢山和周廣志無話可說，想想真跟夢一樣，說不出有多懊喪。

敵人新派來一個排，新來那個排長比打死那個更惡。第二天，他們十二個人分別被帶去見他，見面禮是一頓毒打，打得他們一個個皮開肉綻，坐臥不得，生不如死。

敵人沒讓他們休息，繼續押送他們上石礦幹活，到了礦上工地，兵們也沒給他們打開鐐銬，讓他們戴著鐐銬幹活。此後這幾年之中，邱夢山感覺自己再不是自己了，原先那意氣已消磨殆盡，他完全成了奴隸，敵人手裡那皮鞭和木棍絕不讓他們有一點自我意識，更別想反抗。邱夢山絕望地預感，這輩子再沒指望了。

零公里處，這地名聽起來帶幾分神秘色彩。其實這裡沒什麼神秘，不過場地開闊一點，邊界走向分明，沒什麼爭議，非常適合進行戰俘交換操作。所謂零公里處，就是兩國公路銜接處里程碑上數字刻著「0」那地方。除了那塊界碑外，沒有任何標記，或許原有標記已被炮火摧毀。那道帶刺鐵絲網有齊胸高，已被挪開歪在路邊躺著休息。公路很寬，但凹凸不平，坑坑窪窪，到處殘留著彈坑；兩邊不遠處有些零星房舍，也都殘留著戰爭的創傷；那些樹木倒是都重新長出新枝，山坡上雜草也已經重新覆蓋了焦土，掩蓋了戰爭的痕跡。

一早，雙方紅十字會人員與武裝警衛早早來到現場，在邊界兩側各自搭了帳篷、擺好桌子。那些男男女女雖然身穿便衣、佩戴著紅十字臂章，明眼人一眼就看穿，其實都是軍人。雙方辦公桌一靠近，戲劇性的場面隨之出現。對方桌子明顯比我方矮一截，也不如我方漂亮氣派；我方警衛分兩列站立，如同儀仗隊一樣威嚴氣派。路邊農田依舊荒蕪，田裡搭起了幾座綠色軍用帳篷，有警衛嚴密看守；各式車輛已在帳篷外排成長隊。我方一側路邊小山坡上，已經聚集著不少中外記者。我方一側山頭上，紅旗在風中獵獵招展。「熱烈歡迎同志們回到祖國懷抱！」、「祖國人民向同志們致以親切慰問！」兩條大紅標語鮮豔奪目，把對方比得黯然失色。

天很悶熱，地面溫度超過四十攝氏度，警衛士兵站在那裡，衣衫後背一點一點被汗浸濕，汗水在臉上像小溪般流淌，但沒有一個人抬手擦汗。

我方現場指揮首長身著便裝，他向中校軍官示意開始。中校身材魁偉英武，帶著兩名翻譯健步走向零公里處，對方同等人員也同時走來，雙方互致軍禮。我中校聲音洪亮地宣佈，奉我國政府命令，將俘獲貴方軍人交還，請他們準備接收。雙方記者蜂擁至零公里處，照相機、攝像機一齊忙碌起來。對方軍官同樣嗓門洪亮地宣佈了聲明，言詞與我中校完全相同。

戰俘交換開始，兩三分鐘後，對方戰俘從我綠色帳篷裡走出。共三十七名，全部是男性。戰俘一律著藍灰色新衣服，每人都提著一大編織袋禮物，吃、穿、用物品樣樣都有。戰俘們神情各異，有幾個欣喜若狂，有幾個黯然神傷，有幾個戀戀不捨，有不少人流下了眼淚，用中國話不停地向中國軍人輕聲而激動地說，再見，朋友，咱們再不打仗……他們與我軍方人員依依惜別，一步一回頭地跨過邊界。對方軍人看著這場面非常不舒服，嘴裡嘟嘟囔囔催他們快走。美聯社、法新社、路透社等記者紛紛拍下這場面。

對方戰俘過境完畢。對面一輛軍用大卡車從公路一側山坡後面緩緩駛出，至零公里處停下，車上除了士兵就是中國戰俘。對方士兵們荷槍實彈跳下汽車，如臨大敵般監視著中國戰俘下車。中國戰俘一共十二名，包括一名女兵，她就是李蜻蜓，身材苗條，眉清目秀，格外引人，中外記者一齊把鏡頭對準了她。十二名中國戰俘穿著一式灰色服裝，每人拎著一個小提袋，他們腳步沉重，迎著紅旗緩緩向零公里處走來。十二個人像是早已統一了思想，當他們邁過分界線，一個個都隨即脫下灰衣服，扔回對方境內，穿著褲頭撲向祖國大地，連李靖蜓也是如此，她也脫得只剩內褲和胸罩。不知是誰領頭，撲到地上號啕大哭，似要把一肚子委屈向爹娘傾訴。

走在最後的那個壯漢就是邱夢山。他剛剛越過零公里處，脫下灰衣服，揉成一團，回頭擲向對方士兵。他雙腿跪地，滿含淚花仰天大吼，祖國啊！兒子回來了！邱夢山吼完撲倒地上，連連親吻土地，在場人誰都不認識他。

邱夢山沒有死！岳天嵐要知道了不知會喜成什麼樣？荀水泉要知道了不知會激動成什麼樣？倪培林要知道了不知會惶恐成什麼樣？但是，他們誰都不會知道，邱夢山已經犧牲了，現在的邱夢山叫石井生。直到昨天晚上，敵人把他們帶進澡堂，讓他們洗澡換衣服，五年來邱夢山第一次看到自己尊容。邱夢山站到鏡子前，他不禁一怔。連他自己都不認識鏡子裡那個人是誰，除了身體之外，他那張臉既不像自己，也不像石井生。左眼皮上有一條大疤，臉上幾處都重新植皮，再加上剃了光頭，完全改變了模樣，臉上重新植皮後倒是年輕了幾歲。他鬆了一口氣，就是站到岳天嵐和荀水泉面前，他們也無法從他身上找出邱夢山一點影子。只有一處仍保留著邱夢山的標記，胸脯上那塊虎形胎記依然保留著原貌，裡面的那些絨毛也一根不少。

十一名男俘被警衛帶入一個帳篷，李蜻蜓被女兵帶入另一個帳篷。他們都換上了新式軍裝，但沒有領章、帽徽和肩章。換好衣服，李蜻蜓也被帶到男俘帳篷內，一位上尉軍官開始點名。

李蜻蜓。

到！李蜻蜓聲音清脆，她很激動。

周廣志。

到！周廣志聲音低沉。

石井生。

到。邱夢山這聲到有氣無力，人家叫他石井生，他怎麼聽怎麼彆扭，沒了剛過境那氣勢，面對自己部隊的領導，他腦子裡一片空白。

7

卡車載著邱夢山他們十二個人離開零公里處，十二個人心裡一片茫然，面前的道路完全陌生，他們不知道路那頭等待著他們的將是什麼，他們一個個木呆呆地隨著車搖晃，相互間沒有一句話可交流。卡輛開進一個部隊小院，十一個男人被安排在一間大屋，李蜻蜓享受特殊待遇，一個人住單間。

第二天，幾個兵端著槍把他們送進一個教室，教室裡擺滿課桌，他們像考生一樣，一人坐一張課桌。邱夢山一點沒有回到祖國、回到部隊的那種喜悅，像個空殼坐在課桌前。這一身軍裝沒帽徽領章本來就活像拔了毛的雞讓他提不起精神，再讓自己部隊士兵押著進教室，他那股英雄氣像扎了窟窿的車胎，全洩光了，臉上只有隨時聽從別人驅策的奴性。

一位少校給他們訓話。看著少校的新軍服，尤其是兩杠一星的肩章，真威武，邱夢山心裡十分羨慕。要是不被俘，他也早該提營職扛兩杠一星少校肩章了。要是穿著少校軍服回家，跟岳天嵐走上街頭，那是什麼心情。邱夢山遐想著，面部肌肉頓時鬆弛開來，他自己都感覺到他已經面帶微笑，那微笑從心底發出，渾身都舒坦，這種感覺與他隔絕五年了。不知是少校發覺了邱夢山在笑，還是感覺這教室裡氣氛不夠嚴肅，他順手拿黑板擦敲了敲講臺。這一敲，當即把邱夢山敲回到戰俘的猥瑣模樣。

少校說他們過去或許為保衛祖國出過力，負過傷，流過血，有人還立過功，但是，他們被俘了，當了戰俘。他們如何被俘，組織不知道，他們部隊不知道，他們家庭也不知道，只有他們自己知道。他們已經離開祖國好多年了，在當戰俘這些年裡，他們又幹了什麼，組織也不知道，他們部隊也不知道，他們家人也不知道，也只有他們自己知道！他們必須向組織交代清楚！實事求是，態度必須老實……

少校前面幾句話，讓邱夢山心裡熱乎起來，但是之後，他那顆心一點一點涼下來，真實意圖一般都在但是這個轉折之後表達，但是之後，不只是口氣變了，關係也變了，他們真實地體會到了戰俘在別人眼裡是什麼樣的人，尤其是那句必須老實交代，讓他們真正嚐到了戰俘的滋味。他們明白臉上應該保持什麼樣表情，也明白自己說話該是什麼語氣什麼態度，現在該怎麼樣坐，往後該怎麼樣走路，該怎麼樣面對領導，該怎麼樣面對周圍所有的人。

邱夢山一個倒跟斗又翻到五年前戰俘營病床上醒來那一刻，各種憂慮、悔恨、無助再一次重新彌漫在他心頭。少校讓他記住了，他現在是戰俘，而不是什麼戰鬥英雄。

少校講完話，一個少尉和一個中尉行動起來，中尉發給他們一人一張表，少尉發給他們一人一遝卷宗稿紙。邱夢山拿起表看，被俘歸來人員登記表，儘管邱夢山心裡非常清楚自己是戰俘，但看到這張表時，心頭還是為之一怔。他這輩子填過各種表格，入伍表、入黨申請表、幹部提拔晉級表、立功嘉獎表……萬萬沒想到，這輩子他還會填寫這種表。這張表讓他內心即刻灰暗下來，剛露出的一點曙光，撲哧滅掉了，心裡暗得如一團墨。

少校給他們佈置作業是道難題，做起來很不輕鬆，他們在這教室裡整整做了一天。中間吃午飯，吃完午飯再回到這教室繼續做作業，這作業比在那邊石礦打石頭輕鬆，但讓他們難堪。他們要把一輩子都不願再想的那些事，重新再細細回想起來，把已經癒合的傷口，統統重新撕開，那痛苦更甚於當初。

邱夢山的那卷宗寫了近三十張紙，五年間所作所為所思所想，全部如實地用一個個工工整整的漢字記錄下來，一點不予遺漏。名字是石井生，行為全部是他邱夢山所為。當他寫完後重新檢查時，他簡直就是在看自己的心靈史，他被自己感動了，忍不住流下了眼淚。

三天之後，他們轉入了個別談話。談話官員級別數邱夢山那位最高，那位少校親自和邱夢山談，除了少校，還有兩名軍官陪同做紀錄。談話內容分兩個單元，第一單元，回答少校對他自己的所有提問；第二單元，對其餘十一個人所有行為，分別一一彙報。少校開始先介紹了政策，對本人政策是，坦白從寬，抗拒從嚴；對別人行為態度政策是，檢舉立功，隱瞞同罪。

少校跟邱夢山談話之後，邱夢山感覺他額頭上多了一樣東西，那東西很沉很沉，沉得讓他抬不起頭來，連脊樑也彎了許多。他慢慢品出，壓在他額頭上那東西只兩個字，這兩個字叫：戰俘。戰俘這兩個字讓邱夢山不能再是邱夢山，石井生也不能再是石井生，無論叫什麼名字，他都不會是他原本那個人了。邱夢山按少校要求，坦直誠實地完成了這兩項作業。

少校再一次跟邱夢山談話是近一個月之後。這一個月中他們天天學習，他們很喜歡學習，也很需要學習，這些年來，他們對國內情況如同隔世，他們幾乎什麼都不知道。因此，他們學習非常自覺，完全不是應付。一個月學習下來，他們方知這場戰爭已經結束，參戰部隊都已回到原來駐地，現在邊境由邊防部隊負責守衛。他們還知道國內經濟已經騰飛，老百姓的生活巨大提高，國泰民安，一派祥和。一個月的學習，邱夢山的最大收穫是改變了開始的想法，他在心裡安慰自己，幸虧沒死。

少校再跟邱夢山談話，口氣和態度跟剛開始有天壤之別，那聲石井生同志，讓邱夢山感受到了一點溫暖。少校肯定了他的一切表現優秀之後，再向他介紹了上級關於被俘歸來人員的安置政策。邱夢山瞪大了眼，兩耳朵豎了起來，少校每一句話都關係到他後半輩子的命運。

少校說根據他被俘和被俘後表現，對照現行政策規定，他屬於一般被俘人員，符合總部《關於被俘歸來人員處理辦法》第一條第一款精神，他作戰中表現較好，因身負重傷，失去反抗能力而被俘，被俘後立場堅定，積極組織對敵鬥爭，保持了革命軍人的氣節。所以，他可以恢復軍籍、黨籍、並給予表揚。他身體也沒有問題，可以繼續回部隊工作。

邱夢山簡直不相信自己的耳朵，這可能嗎？當了戰俘還能回部隊？是不是聽錯了？邱夢山心裡的疑問脫口而出，少校笑著朝他點了點頭，從包裡拿出文件遞給了邱夢山。邱夢山使勁眨了幾下眼睛，啊！沒有錯，是紅頭文件，邱夢山疑惑地傻傻地看著少校。少校完全理解他的心情，和藹地說，這不是夢，是現實，咱們黨和政府很關心被俘人員，政策更科學、更人性化了。

一股暖流從邱夢山的心底湧出，他像兒時投入母親懷抱一樣感到舒服幸福。檔上的文字在他眼前模糊了，眼淚湧滿了他的眼眶，他沒想到國家政府和部隊領導會這麼關愛理解他們，他們被俘後還可以回部隊繼續工作，他冤死了，要是石井生不穿錯他的衣服，他可以正大光明地回摩步團，至少可以提副營長，掛少校軍銜，享受他該享受的那些榮譽，繼續光宗耀祖，要是岳天嵐沒有改嫁，他還可以與岳天嵐和孩子團圓，要是岳天嵐嫁了人，他也可以名正言順地把孩子要過來，同樣可以享受天倫之樂。但一切都沒法改變了，他在那邊已經頂著石井生的名字生活五年多了，人們只認他是石井生，那張被俘歸來人員登記表上也填了石井生，那三十多頁卷宗上也是按石井生身分寫了被俘的過程和五年的經歷，石井生是士兵，在戰場只火線代理過排長，火線提幹要是不予承認，他早超過士兵服役年齡，只能復員回鄉；即使承認他的代理排長，他也只是個少尉軍官，至多提個副連級中尉。可是這能改嗎？依據是什麼呢？他現在的模樣變得既不像他邱夢山，也不像石井生，誰又能替他證明？石井生犧牲了，荀水泉還不知在不在世，倪培林要是還活著更不希望他是邱夢山，退一萬步說，即使可以改，一切都得重新改過來，這能行嗎？怎麼向組織說得清呢！

邱夢山這一番思想權衡，淚一流出眼眶便不可收拾，像斷線的珍珠撲簌簌一串串往下掉，心裡的酸一個勁往上頂。少校以為他是激動而泣，殊不知邱夢山心裡還隱藏著這麼大一個秘密，他當然體會不到邱夢山此刻的心情，說出的話便無關痛癢。他說政策好了，人道了，講科學，講實際了，戰俘也不是自己要當，何況像他更沒愧對組織，雖然當了戰俘，他仍然是優秀軍人。少校說他有權利選擇，可以回原部隊繼續工作，也可以就地復員回家鄉。他確定之後，他們再連同檔案和意見移交給原部隊。回原部隊後，再重新進行評功評獎，重新任職。根據他的表現，少校建議他回原部隊繼續工作，他火線提了幹，而且在茅山阻擊中指揮全排進行了作戰，在越獄戰鬥中也是主要策劃和指揮者，應該可以承認火線提幹，可以定副連級。少校讓他別著急，慎重考慮一下，過兩天再告訴他選擇結果。

8

總部那個被俘人員處理政策把邱夢山整整折騰了一宿，組織上能給他恢復一切，說明他這種戰俘身分對爹娘和家庭不會有什麼影響，也不會給岳天嵐和孩子帶來不幸和麻煩。他的思緒信馬由韁地瘋狂奔跑起來。他頭一個想到岳天嵐，他順著政策按邏輯推斷，既然他可以回部隊繼續工作，他就仍是中國人民解放軍的一名軍官，就有權利跟岳天嵐再做夫妻；要跟岳天嵐繼續做夫妻，他必須先恢復真名。假若恢復了真名，他就已經八年正連，起碼可以提個副營，他自信，只要給他舞臺，只要給他機會，他一定可以讓人生重新變得燦爛輝煌。邱夢山再無法平靜，他想到了授銜，佩上少校肩章，想到回家，想到團聚，即便岳天嵐已經改嫁，也可以讓她離婚，她不可能不愛他。再想到與父母重逢，他激動得恨不能立即去找少校，告訴他他已經決定回原部隊工作，而且要恢復真名。

一想到恢復真名，邱夢山立即又矛盾起來。恢復真名，必須把一切都改過來，他得先向十一名戰友解釋清楚是怎麼回事，再向少校坦白真情，再讓那些表格和卷宗全部作廢，重新填表，按邱夢山的身分重新寫戰俘過程和五年經歷，邊防部隊也要重新跟原部隊聯繫核實，甚至要讓原部隊派人來，再重新組織人對他進行審查。假如荀水泉和倪培林都不在了，誰能給他證明？還有個問題，十一名難友給他寫那些證明材料也都要作廢重寫，這樣等於他欺騙了難友，欺騙了組織，欺騙了領導，這怎麼辦？組織上會不會原諒他呢？這不是罪上加錯嘛！他還有個疑問，政策是好了，可部隊能不能真正對他們一視同仁？還能不能照樣信任他們。他躺床上橫著想豎著想，順著想倒著想，想得頭裂開來地痛，還是沒能拿定主意。

第二天是清明節，邱夢山想到了連裡犧牲的那些戰友，聽說栗山建了烈士陵園，他當然要去給犧牲的戰友掃墓。領導覺得他這願望很好，准了他假。

邱夢山故意避開掃墓高峰，拖到下午近四點鐘才踅進栗山烈士陵園。烈士陵園裡除了那個看門老頭，已經沒人在掃墓。邱夢山舒了一口氣，他一排一排、一個墓碑一個墓碑挨個尋找。他發現人死了也還要排座次，次序按職務高低和戰功大小排列。邱夢山想，這不過是弄給活人看，死了那人能知道什麼。從第一排找到第五排，沒找到他們連一個墓碑，他懷疑他們連戰友沒埋在這裡，是否還有別處烈士陵園。邱夢山向右拐找到第六排，他剛朝第六排邁出左腳，哐當！他像避彈片一樣敏捷地抽回腳蹲到柏樹旁。那不是岳天嵐嘛！她跟一個男人領著一四五歲小男孩正在一個墓前祭奠。邱夢山沒敢猶豫，蹲下身子邁著鴨步離開。他邁著鴨步一氣走過三排墳墓，在柏樹叢邊坐下。坐下喘了兩口氣，他又冒出另一個念頭。他們這是在給誰掃墓？難道這裡有他的墓碑？剛才連岳天嵐的臉都沒看清，算起來自己死五年多了！她現在是什麼模樣？那男人是誰？她改嫁了？那孩子也沒看清，是他兒子？得去看個仔細。

邱夢山再次按捺不住內心的慾望，他仍舊蹲下身子邁著鴨步回到第五排，隔著一排松柏再繼續邁著鴨步沿第五排墓道接近他們。邱夢山聽到岳天嵐在哭訴，邱夢山不敢再挨近過去，這可開不得玩笑，儘管他已一點不像他自己，但萬一要是讓岳天嵐看出，能把她嚇死。還有她身邊那個男人，假如是她新丈夫，他出現就等於點爆原子彈，往後日子怎麼過下去，還是先迴避的好。邱夢山趴到旁邊一個墳墓邊，五體投地般趴地上，只支起兩隻耳朵聽著。

夢山！我帶兒子看你來了，繼昌五歲了。邱夢山聽到兒子兩個字，忍不住抬起頭來，迫不及待地從柏樹叢縫隙裡往那邊瞧。啊！真給他做了墓，還立了碑，上面刻著戰鬥英雄邱夢山烈士之墓！岳天嵐還跟五年前一模一樣，還是那麼美麗，只是滿臉憂傷，比過去瘦了一些。再看她身邊那個男人，不比他矮，只比他瘦弱，她嫁了他？邱夢山心裡有一千根針在扎。

夢山，兒子像你，很聰明，也很強，我讓他跟你說話。繼昌，過來跟你爸說話。岳天嵐拉過邱繼昌。啊！這就是兒子！邱夢山激動得兩隻手顫抖起來。邱繼昌跪到邱夢山墓前，先磕了三個頭，然後對著他的墓碑說話。爸爸，你一次都沒領我玩，幼稚園同學說我沒有爸爸，罵我是野種，我打他們了……淚水模糊了邱夢山的視線，他在心裡喊，兒子啊！你爸沒有死，你爸我就在這裡啊！你告訴那些小朋友，你爸叫邱夢山！邱夢山是英雄！邱夢山真想衝過柏叢，撲過去雙手把孩子抱起，緊緊地貼到胸前。他要跟兒子一起到幼稚園，向他那些同學宣佈，我就是他爸爸，我叫邱夢山！我是戰鬥英雄！可是他不能啊，他現在是石井生，他不是英雄是戰俘哪……

夢山，兒子給你背一首詩。繼昌，給你爸背那首詩。邱繼昌真就跪到邱夢山墓碑前背詩。爸爸，媽媽寫了一首詩，我背給你聽。太陽終究會失去光芒，地球有一天也會消亡；即使大海乾枯、哪怕喜馬拉雅崩塌，你永遠活在我們心上……

邱夢山心裡一陣陣絞痛，岳天嵐讓他日思夜想，如今就在眼前，可他不能見她；兒子讓他揪心揪肺，只隔一道柏叢，可他也不能去認他，不能去抱他。邱夢山再不敢抬起頭來看岳天嵐，也不敢抬起頭來看兒子，痛苦無法排泄，一齊湧到他的兩隻手上。那兩隻手在顫抖，他把它們深深地插進泥土裡，他擁抱著身下的墳墓，顧不得這墳墓裡埋著誰。

那男人終於開了口，天嵐，咱們走吧……天嵐！他叫她天嵐！他替代了自己！邱夢山忍不住抬起頭，他看到岳天嵐和兒子再一次給他磕頭，他那顆心已經碎了。他聽著腳步聲在離他遠去，他管束不住自己抬起身子，從柏叢上面朝他們望去。岳天嵐走在左邊，那男人走在右邊，兒子走在中間，岳天嵐和那男人一人拉著邱繼昌一隻手。邱繼昌很開心，他一蹦一跳地走著。他們成了三口之家！他心裡好酸好酸。

邱夢山身不由己地站了起來，兩條腿情不自禁地朝那個方向邁開了腳步，急匆匆地走起來，他彷彿怕岳天嵐離他而去，走著走著他竟小跑起來。岳天嵐突然扭過頭來，邱夢山呼地蹲了下來，也不知岳天嵐看沒看到他。邱夢山拿拳頭捶自己的頭，岳天嵐已經是人家老婆了！邱夢山兩條腿軟了，他一屁股坐到地上……

邱夢山站在自己墓碑前，心裡說不出是什麼滋味。他有一點慶幸，所有死者都不會知道自己的身後事，他卻知道。面對墓碑，他沒有愧疚，心裡非常坦然，他覺得自己無愧於這個稱號。問題是他並沒有死，碑卻立在這裡，他很不安。他人活著，而在岳天嵐、兒子和爹娘心目中他已經死了，在組織和全連官兵那裡他也死了，可他現在卻站在自己的墓碑前。他兩眼一掃，旁邊是石井生的墓碑。邱夢山驚駭地想到，他要是頂石井生的名，石井生的墓與碑很快就會被掘掉。什麼都想到了，卻沒想到這件事，這怎麼辦？邱夢山撲通雙膝跪到石井生

墓碑前，他默默地跟石井生說，井生，我回來了。我也沒想到我怎麼沒死……突圍那天夜裡，你怎麼真就穿錯了衣服，到了那邊，沒人能給我證明，我就成了你。後來想這樣可以避免給你嫂子和侄兒帶來厄運，我也就認了。回來後，沒想到政策好了，我可以繼續回部隊工作，我想恢復真名，不給你抹黑。可是，我剛才看到，你嫂子她已經嫁別人了！我心裡好痛啊！我怎麼辦啊……

從烈士陵園回來，邱夢山琢磨來琢磨去，覺得這事得探探少校的口氣。邱夢山斗膽主動找了少校，提出了一個疑問，問他他要是回部隊，組織和領導還能不能跟過去一樣信任他。少校只以為邱夢山在回原部隊還是就地復員這個問題上猶豫，他坦率地告訴邱夢山，按政策和他戰場表現，回原部隊繼續工作沒有問題，也可重新評定功績，但要像過去那樣把他當英雄來信任和提拔重用，也許不大可能，他一切都僅僅是恢復，檔案裡有被俘紀錄。再說，政策是政策，觀念是觀念，領導和戰友們對他也不可能與原來一樣。至於回去能不能承認提幹，能不能定副連，評什麼功，都要部隊黨委報請上級審定批准。少校還讓邱夢山要有心理準備，他年齡畢竟偏大了，不大可能得到重用，但這關係到他一生的命運，請他慎重考慮後再決定。少校建議他還是回原部隊比較好，回部隊後若覺得不如意，還可以申請轉業或復員。

少校這些話，把邱夢山心裡剛恢復的那點英雄氣一掃而光，讓他冷靜下來。少校這話是實話，政策是政策，實際是實際。他笑自己有點異想天開，太天真太幼稚，歷來如此，政策是一回事，執行起來又是一回事。抗美援朝那些志願軍戰士被俘後寧死不屈，結果回國後如同反革命；1957年發動大家提意見，結果好多人打成了右派；1970年動員上山下鄉，自覺下去那些都成了農民，耍滑頭裝病那些都留城市安排了工作。再不能抱任何僥倖心理，到時候後悔已來不及。上一代人都有過深刻教訓，是他自己心有不甘把事情搞複雜了。再說岳天嵐已經改嫁，他們一家三口過得挺好，他若恢復真名，手續複雜難辦不說，這叫岳天嵐怎麼辦？兒子怎麼辦？假若借石井生名，他反倒可以以連長兄弟身分認爹娘，照顧贍養爹娘。也可以叔叔身分照顧兒子，以叔嫂關係與岳天嵐相處。思來想去，邱夢山洩了氣，當戰俘已夠窩囊，再要折騰這事，他可真臭名昭著了，還是順其自然聽天由命算了。第二天他向少校彙報，決定回部隊繼續工作，名字這事他隻字沒提。

十一個人去向都已明確。周廣志原來是指導員，他決定回原部隊。其他人中的幹部都決定回部隊繼續工作，士兵都選擇就地復員。李蜻蜓是士兵，她不想再回部隊，也不想要什麼榮譽，這種榮譽只能毀她一生。她感覺自己有點像莫泊桑《羊脂球》裡的那個妓女，一切東西她都犧牲了，可犧牲之後誰又能理解她呢。她決定復員，她爸是某軍保衛處副處長，她想回去找一份工作，安安靜靜地生活。邱夢山對李蜻蜓抱有一種特殊的戰友情感，他完全理解她，他想給她一點安慰，但面對她他又什麼也說不出來。

9

石井生回團的消息傳到摩步團，沒產生多少新聞效應。團長早已不是原來的團長，李松平當了政委，五年之中他已經升了兩級，團營連幹部差不多換了兩茬。團裡接到邊防部隊公函，李松平開始很緊張，拉光榮彈犧牲了，怎麼還會活著呢！看了邊防部隊寄來的那些檔案材料，石井生是昏迷後被俘，被俘後很堅強，繼續跟敵人鬥爭，沒損害摩步團的聲譽，心裡的石頭才落了地。

邊防部隊反映石井生在戰場曾代理過排長，他本人也要求回原部隊工作，鑒於他作戰英勇，被俘後表現積極，建議承認火線提幹，回原部隊安排任職，重新評功評獎。為慎重起見，請摩步團去人接他回原部隊。

聽完政治處彙報，李松平眉頭皺成了一個疙瘩，他感覺事情重大，憑他個人經驗，重大事情別一個人扛，應該集體研究共同承擔。他讓政治處主任準備好情況，上常委會研究。常委會開得十分沉悶，大家原則上同意向上級請示，承認石井生火線提幹，擬定副連級、軍銜定中尉，承認他立二等功。議到派誰代表部隊去領石井生時全都沉默了。接英雄誰都願意，接戰俘不是光彩的事，這種事多一事不如少一事。任務應該屬於政治處，可主任擺了一大堆困難，忙得恨不能讓司令部去幾個人幫忙。李松平一看大家的情緒，也沒逼政治處，乾脆把任務往下推，他說政治處要是抽不出人，那就讓連裡去人，他不是一連人嘛，就讓倪培林去吧。

團常委會決定派倪培林去領石井生時，倪培林正讓喜事喜得牙痛。倪培林在李松平這裡是雙喜臨門，升任指導員是一喜，第二喜是倪培林被師童政委相中，要招他為女婿。升官，又要做師政委的乘龍快婿。在外人看來，倪培林自參加英模報告團後就鴻運當頭。兩個月的報告下來，他不是英雄亦成了英雄，駐軍和地方沒有人不知，沒有人不曉。宣傳邱夢山引發的那些反思，讓他夾著尾巴做人，反過來又幫了他，成了全優學員，回到團裡直接到政治處當了宣傳幹事。心裡那塊病像讓人掐著把柄，他凡事不張揚，謹慎做人，紮實做事，謙虛待人，這又幫他結了人緣。他和新聞幹事合作，圍繞學英雄見行動主題，接連寫了幾篇大塊文章，在軍區報紙和軍報發表，深得領導欣賞，可謂春風得意，平步青雲，當了三年幹事直接提到摩步一連當了指導員。摩步一連本來就是英雄連隊，又出了兩個英雄，一宣傳一造勢，摩步一連就叫得更響。師裡童政委去一連視察，倪培林剛上任不久，好在他當兵就在一連，光榮歷史他熟悉，對邱夢山和石井生的事蹟更瞭若指掌，給師政委彙報，他完全用不著準備，出口成章。小夥子讓童政委產生了興趣，年輕，機靈，聰明，俊氣，上過戰場還立過二等功，硬體都不錯，是塊材料，造就好了有發展前途。休息時，童政委跟李松平聊，知道倪培林還沒結婚，暗示之下，李松平當晚就把倪培林叫到宿舍，把童政委有意要招他做女婿這美事告訴了他，童政委的女兒童欣是軍醫大畢業，在當地野戰醫院當醫助，算不上美女，但皮膚特別白嫩，倪培林聽了卻一臉愁苦，李松平問他是怎麼回事，倪培林要是實話實說就好了，但他沒說實情，推說自己農村出身，父母都沒文化，幾代都是農民，條件太懸殊，不配做政委女婿。李松平懸起的心落了地，說他也別謙虛過了頭，人家甘願要下嫁，是喜從天降，福隨夢來，全師連排幹部誰不想做師政委女婿，怎麼還猶豫呢！李松平急並不是替倪培林著急，他是替自己急。童政委把事情託付給他，是對他的信任，也是看得起他，讓他做這個現成媒人，從上下關係角度看，這是領導交辦的任務，而這種任務不比其他任務，這是天上掉餡餅，走路踩金條，既美又容易，將來說起來他是政委女兒的媒人，再往上爬高腳下就有了臺階。再回過頭來說，師政委主動把自己千金嫁給部下一個農村兵，這種現成媒人還辦不成，那他還能辦什麼事呢？

倪培林看出政委有點急，但他心裡已經開了戰，他既不能隨口說出真情，又沒法一口應承。他只好求團政委寬限兩天，他要跟爹娘商量一下。李松平當然很不高興，都什麼年月了，自己的婚姻還要聽父母安排。倪培林沒了話，只好悶著頭。李松平看他這麼一副模樣，氣不打一處來，可人家也是指導員了，又是終身大事，也不好太過強逼，強逼了傳出去讓童政委知道，又是麻煩，只好緩一步，讓他抓緊時間跟家裡聯繫，他爹娘定準高興得要給祖宗燒香磕頭。

倪培林從李松平家出來，他沒有直接回連隊，而上了金頂山，這事讓他好為難。苟水泉離開部隊時給他介紹了依達，正中倪培林下懷，當初跟蹤石井生和依達時他就嫉妒死了，再說依達美麗單純，感情專一，這輩子能找這麼個妻子，也就心滿意足了。再想，如果跟依達結婚，也算是對石井生盡了戰友之情，等於把石井生的重託落到了實處，他可以替他加倍地照顧依達，加倍地愛依達。三年通信已經瓜熟蒂落，上次藉探親機會，專程去看了依達，兩人敲定八一節來部隊結婚，然後再把依達調內地，倪培林沒石井生那麼本分，探親期間一激動兩個已做了夫妻，這可讓他怎麼跟政委開口？

倪培林人坐在金頂山上，魂卻出殼四處漫遊。他直覺要是拒絕童政委，童政委會氣瘋。人家一個堂堂大校師政委，沒計較他農村出生，把女兒嫁給他，他卻要拒絕，這不僅僅是他和團政委兩個不聽他的話不執行他的指示，而且對師政委的權威和地位也是一種蔑視和嘲諷。這等於指著他鼻子說，大校怎麼啦？師政委怎麼啦？軍醫大畢業怎麼啦？老子不喜要！這不把童政委氣歪嘴才怪。得罪這麼高的首長會怎麼樣，倪培林心裡很清楚，童政委要是想治他，如同玩一隻螞蟻。更何況自己屁股底下還坐著一攤屎，要是隨口答應童政委，那就坑害了依達，怎麼向依達交代，他們已經做了夫妻，依達如玉一樣清純，石井生是真君子，他真沒有動她。倪培林在金頂山上坐到熄燈號響，也沒坐出個結果。

第二天剛吃完早飯，政治處來電話要倪培林到團裡去一趟。倪培林很緊張，他以為李松平又讓主任催他那事，他做夢也沒想到，石井生還活著，而且要他去邊防部隊接石井生。倪培林在政治處主任那裡接受完任務，什麼也沒說，他心裡亂成了一鍋醬糊。從團部到摩步一連，至多一千五百米，倪培林兩條腿量完這距離，心裡那鍋爛醬糊竟結成了一坨冰，渾身透心的涼。石井生怎麼可能沒犧牲呢！他親眼看著那顆光榮彈爆炸，把他身子都炸嘩啦了，可他竟還活著，太不可思議了。他要是活著，當時他就沒死，也許他就知道他撇下連長逃命的事。這醜事要一揭底，他這輩子就完了，別說當政委女婿，這身軍裝都穿不住了，悲慘的下場怎麼設想都有可能。退一萬步，就算石井生不知道這事，依達怎麼辦？他已經跟她做了夫妻，石井生不殺了他才怪。倪培林想得脊樑溝裡一陣陣發涼。

倪培林回到連部像得了病，一點生氣都沒有。文書問他怎麼啦，是不是病了？倪培林說他快要死了，文書讓他說得一哆嗦，好好一個人，怎麼說胡話，看指導員並不像發高燒，只當是開玩笑。倪培林在辦公桌前默默地坐了整一個小時，做不做童政委女婿，石井生知不知道那件事，依達怎麼辦，儘管一團亂麻，可他得理；不是蝨子多了不怕咬，問題是倪培林他經不得咬。倪培林想他不能把這些事情都扛肩上，那會壓死自己。掂量來掂量去，還是做童政委女婿這事好卸一些，騙誰他也不敢騙童政委。他果斷地給李松平打了電話，李松平問他是不是跟爹娘商量好了，倪培林說這事用不著跟爹娘商量，首先感謝童政委，這恩情他一輩子忘不了。李松平讓他少說廢話，以後好好孝敬童政委就行了。倪培林說他孝敬不了童政委，他已經跟依達商定好，八一節就來部隊結婚。李松平問他依達是誰，倪培林告訴他依達是石井生的未婚妻，石井生臨犧牲前託付給了他。李松平氣得拿著電話半天沒能說出話來，弄半天是他官僚，他大包大攬，他信口雌黃蒙了童政委。倪培林沒等李松平緩過勁來罵他，說聲謝謝就把電話扣了。

第七章
天官

1

只要心誠，石頭也會開花。奶奶跟徐達民說這句話時，徐達民還沒上學。奶奶看著他身上一塊塊青紫說了這句話，徐達民一直把它記到今天。開始他不信，石頭沒有葉也不見根，它怎麼會開花呢？徐達民上學上到初中時，他信了。徐達民媽是後媽，親媽他已經記不得模樣了，但後媽卻常常讓他想親媽。後媽說話軟聲細氣，從不罵他也不吼他，更不打他。後媽那手也細皮嫩肉，柔軟得很。只是在沒第三個人在場時，後媽那手一挨著徐達民的皮肉就變成了老虎鉗子，掐他跟撕他皮肉一樣痛。這是個秘密，只徐達民自己知道，連他爸都不知道，因為後媽掐他時，一邊掐一邊總會悄悄地囑咐徐達民，他要是敢告訴他爸，她就弄死他。徐達民不想死，他就只好忍。他爸不知道，不只是因徐達民不說，他爸在跟前時後媽總給他水果吃，總慈母般叫他達民。一次徐達民實在忍不住把身上的青紫掀給他爸看了，他爸問了他後媽之後，卻拿眼瞪徐達民，險些就要抽他耳光，硬是讓後媽攔住才倖免。他爸警告徐達民，下次再撒謊，再要是在學校惹禍打架還賴他媽，他就把他扔井裡。後媽一邊幫他抹碘酒，還一邊勸他，要是在外面被人欺負了就告訴她，她去幫他報仇，可別再撒謊。從此，他爸竟不再喜歡他，只喜歡他後媽生的妹妹，把他送到他親姥姥家住。徐達民再不敢跟爸說這種事，只跟奶奶說，只給奶奶看。後來奶奶歿了，無論後媽怎麼掐他，他只是忍著，實在忍不住了就躲起來偷著哭，一邊哭一邊想他親媽。

後媽突然不再掐他反而像對親生女兒一樣對徐達民，是徐達民救了妹妹。妹妹突然貧血，檢查確診是再生障礙性貧血，醫生說孩子小，好得快，壞得也快，唯一的辦法只能做骨髓移植，他後媽骨髓不行，徐達民爸骨髓行，但他爸也貧血。後媽急得要死，想呼籲社會救助。徐達民不聲不響去醫院做了試驗，結果他合適，徐達民就給妹妹做了骨髓移植。徐達民救妹妹並不是怕後媽，她是他妹妹，割他的肉他也用不著別人勸說。這件事在後媽心裡鬧了大地震，她走投無路時，去廟裡求了菩薩求了簽，解簽先生說她女兒有災，敬告她對兒子要好一些，將來兒子會發達，她要靠兒子養老。後媽聽了心驚，她一直偏著女兒，恨不能讓徐達民死。後媽不信人信菩薩，從此真心誠意把徐達民當兒子待。徐達民這才覺得奶奶這話是至理名言，後媽這塊石頭真開了花。

徐達民遭岳天嵐的拒絕後心裡比後媽掐他還痛，他自我感覺一直良好，沒想到岳天嵐會拒絕他，他很不甘心。徐達民越不甘心，越放不下岳天嵐。感情這事往往悖常理，縣城漂亮女孩子多得很，可徐達民唯獨鍾情岳天嵐，看她一眼都舒服。他每天忍不住繞道去中學，一天看不見岳天嵐就覺得生活沒意思。徐達民再次想起奶奶這句話，他決定再在岳天嵐身上試一試。

他把統一戰線擴大到荀水泉夫婦那裡，徐達民並不鬆懈，他只當是萬里長征剛走完第一步。徐達民發現岳天嵐下班比機關晚，每天下班頭一件事便是到幼稚園接兒子，他還發現邱繼昌是岳天嵐的命根子，徐達民終於英雄有了用武之地，從那天起，他天天在岳天嵐之前去接邱繼昌。開始邱繼昌不認他，哄小孩子他還用不著嘔心瀝血，兩樣玩具，三包「上好佳」就讓邱繼昌叫他叔叔了。再繼續投資，沒幾天開始叫他好叔叔，不久就叫他親叔叔。徐達民接邱繼昌回家，從不與岳天嵐照面，他把邱繼昌送到家，然後在一處躲著，看到岳天嵐回來，他再離開，他不是要做給岳天嵐看，而要讓她感受他的真誠。開始，岳天嵐問兒子是誰接了他，兒子說是叔叔。岳天嵐問他叔叔叫什麼名字，邱繼昌說不知道。岳天嵐就讓兒子問叔叔名姓，徐達民就故意不告訴邱繼昌名姓。岳天嵐猜到是徐達民，她不想讓事情這麼發展下去，她明白，徐達民這是在放人情債，讓她欠債，這種債欠多了還不起。岳天嵐那天沒課特意提前趕到幼稚園，沒想到邱繼昌在跟小胖打架。老師在驗收當天作業，讓小胖背新兒歌，小胖比較笨，只背出兩句，老師讓邱繼昌背，邱繼昌流利地背了。小胖就哭，一邊哭一邊罵邱繼昌是野種。邱繼昌沒有哭也沒有罵，他不聲不響地走過去，突然抱住小胖肩膀狠狠地咬了一口，給小胖肩膀頭上留下了四顆牙印，牙印咬得很深，出了一點血。小胖哇地發出一聲尖叫，小胖暈血，立時就搖晃著一身胖肉倒在地上。小胖他媽看兒子被人咬了，撲過去揮手給了邱繼昌一記耳光，五歲孩子哪經得這耳光，邱繼昌被打倒在地。徐達民在岳天嵐之前趕到，他被小胖媽惹怒了，其實小胖他爸單良是徐達民同學，只是小胖和他媽都不認識徐達民。徐達民手指差不多戳著小胖媽的鼻子，吼她簡直是潑婦，怎麼能跟五歲孩子一樣呢！小胖媽不是善茬，拉著腔說，幫寡婦也得看人，人家可是英雄的妻子，可別羊肉沒吃著惹身騷。徐達民一急說，我就是邱繼昌的爸，打孩子得負責任。岳天嵐聽到了徐達民這聲吼，心裡不免一怔。邱繼昌爬起來哇地撲向媽媽，岳天嵐要跟小胖媽理論，讓幼稚園老師勸住。小胖媽自知理虧，拖著小胖灰溜溜地溜了。

岳天嵐鄭重其事地告訴徐達民請他以後別再來接孩子，邱繼昌卻非要跟徐達民一起走不可，任岳天嵐怎麼說都沒用。徐達民什麼也不說，把邱繼昌抱到為他特做的自行車前座上，蹬車就走。岳天嵐彆扭地騎車跟在後面，一路上誰都啞巴。進了院子，邱繼昌要徐達民送他上樓，徐達民就抱起邱繼昌把他送進家門。岳天嵐什麼也沒說，但她給了邱繼昌兩隻蘋果。邱繼昌很聰明，把一隻蘋果給了徐達民。徐達民接過蘋果，一出門就跳著跑下樓去，他當然明白什麼叫心動，岳天嵐心裡那塊磐石鬆動了。徐達民決定趁熱打鐵，他摸準岳振華的胃口，德州扒雞、萊蕪順香齋南腸、萊陽梨源源不斷流進岳天嵐家，調動一切可調動因素。

徐達民戰果輝煌，岳振華親自出面拜託荀水泉和曹謹夫婦再出面請岳天嵐全家吃飯，吃飯當然僅僅是個由頭，實際是岳振華老兩口聯合荀水泉兩口子一起攻岳天嵐這個碉堡。其實岳振華老兩口和荀水泉夫婦僅僅造成一種態勢，沒想到關鍵時刻是邱繼昌發揮了關鍵作用。開始小傢伙只顧吃，要這要那，當他小肚子鼓起來之後，他便有空聽姥爺姥姥和伯伯伯母說話，聽著聽著他聽明白他們都在勸他媽，讓徐叔叔做他爸爸。邱繼昌樂了，他在椅子上站了起來，說他就要徐叔叔做他爸爸，徐叔叔最好最好！兒子這話撓了岳天嵐的心，讓她再不能若無其事。她在想，父母為了誰？指導員夫婦為了誰？自己又為了誰？兒子又為了誰？人活一輩子為了誰？讓一家人不開心自己就能開心嗎？再說徐達民真沒什麼可挑剔，一個男人能把別人兒子當自己親生一樣愛，還要他做什麼呢？岳天嵐當然還不知道徐達民的媽是後媽，徐達民也沒有向她表白他絕不會做那種後爸，但就徐達民目前的表現，她再要雞蛋裡挑骨頭，她就成另類了，不是腦子進水就是有病。岳天嵐一番為難，一番將心比心之後鬆了口，同意先交往交往再說。

2

倪培林彷彿突然被檢查出絕症，蔫頭耷腦地走進車廂，找到鋪位倒下就蔫在鋪上沒再動，比那年因彭謝陽自殘挨了處分還蔫。

命運讓他降生在貧苦農民家庭，卻又讓他腦子生得比村上那些開襠褲夥伴靈，他自小就不甘心命運的這種安排。鄉下人都以走出田野上城裡吃公家飯為出息，倪培林很小就鎖定這個目標，要光宗耀祖。上學量考場，招工沒關係，好歹穿上軍裝當了兵，也算是一條出路。

倪培林從當兵開始，無論訓練還是打仗，他一直都很努力。終於夢想成真，而且當上了指導員，坐上了恩人荀水泉那把交椅，還與依達成了夫妻，一切心想事成，正陶醉之時，厄運卻從天而降，他為那件事懺悔了五年，尾巴夾了五年，他做夢也沒想到，知底細那兩個人已經死了，可現在一個又活過來了，他這就要去見他。他明白，只要一見到他，一切就全曝光，所有努力將付之一炬化為灰燼，所有汗水和心血將付諸東流……

倪培林眼睛閉著但他根本沒法入睡。石井生像個幽靈立在他面前，任他怎麼驅趕，他都死盯著他不離去，而且總是用法官的那種目光審視著他。他想，要是真跟石井生面對面見了，他會怎麼對他呢？要按他過去那脾氣，他不把他一槍崩了，起碼也要把他送上軍事法庭。如果他要知道他和依達已經做了夫妻，可能會跟他拼命，甚至把他當場打死。話說回來，現在他是戰俘，他是代表部隊來接他回部隊，守著邊防部隊領導，打他不大可能，要是打一頓事情能了倒好了。但這不是石井生的性格，他跟邱夢山一個德性，如果說依達這事他能原諒他，但那件事他絕對不可能原諒他，他會恨他，恨他不是因為撇下他倆不管，讓他受盡苦難，他會恨他貪生怕死撇下連長只顧自己逃命，敗壞解放軍的名聲。這種恨不是罵幾句打一頓能抵消，他一定要讓他受到制裁才甘心。他去接他，實際上等於去找死……

倪培林頭要裂開來了，他想停止這種自我折磨，他知道想也沒用，他不能不去接石井生，石井生也不會看著他可憐就不管這事，想與不想一切都無法改變，只能聽天由命，可是無論怎麼勸自己，倪培林還是無法停止自我折磨。倪培林坐了起來，他想他不能一個人靜靜地待著，腦子空閒著就只能想這事，要想法讓腦子不得空閒。他想可以找人喝酒聊天，喝酒聊天就不會再想那件事了。

倪培林翻身下了鋪，買了五香花生米、雞腿、雞翅、牛肉乾、豆腐乾和啤酒。東西買了，可他發現他上下對面鋪位全是女人，五個女人只一個年輕姑娘。倪培林瞄了她一眼，人長得還可以，看不出是已婚還是未婚，身邊倒沒有伴。他斗膽開了口，請她一起喝啤酒。姑娘竟紅了臉，說她不會喝酒。倪培林感覺她不但不會跟他喝酒，更不會陪他聊天，只好另找人。倪培林站起來走向旁邊鋪位，這邊倒是有男人，四位，兩位年輕人，兩位中年人，正在打撲克，倪培林不好請這個不請那個，他就籠統地問誰願意陪他喝啤酒，四個人沒有停牌，似乎他們對撲克比啤酒更感興趣，他們誰也沒表態。倪培林又說了一遍，他們就不約而同地搖了搖頭。倪培林有點不高興，他說他是軍人，不會放蒙汗藥，不會幹那種矇騙盜竊的勾當。四個人繼續抓牌，他們誰也沒把他這話當回事。倪培林很沒趣，白吃白喝都沒人陪，他轉身見過道邊上有一位老頭。老頭頭髮已經花白，但臉色挺不錯，黑裡透紅，一看就覺得他能喝酒。倪培林很客氣地發出邀請，老頭爽快地問他在哪喝，倪培林倒沒想這個問題：在車廂裡喝，他們不在一個鋪洞，佔別人地方喝不合適；在邊座喝，過道上人來人往，碰碰撞撞喝不舒服；再說別人不喝，就他們兩個喝，讓別人看著喝酒也喝不盡興。倪培林說，乾脆到餐車去喝。老頭是個酒鬼，連客氣都沒客氣就站了起來，兩個一起拿著東西上了餐車。

老頭確實是個老酒鬼，他走在倪培林前面進了餐車，倒像是他請客。沒想到餐車要求，在餐車吃飯必須喝餐車酒，吃餐車菜。老頭說正好，他從來不喝那馬尿，要喝就喝二鍋頭，或者衡水老白乾，或者高粱燒，餐車有北京二鍋頭。倪培林這時只要有人陪他痛痛快快喝酒，花點錢無所謂，他就讓老頭點菜，老頭也沒客氣，點了三菜一湯。買了酒點了菜，餐車就不再限制倪培林吃帶的那些東西，菜非常豐盛。倪培林有心想讓自己喝醉，反正在火車上，反正老頭跟他一個臥鋪車廂，喝醉也無所謂，他也掉不下火車去。兩個一邊喝酒，一邊聊起來。倪培林先把老頭戶口查了一遍，老頭有一兒一女，都挺出息，兒子在縣公安局當員警，女兒大學畢業跟同學一塊兒支了邊，在那兒安了家，他這就是去南疆女兒家。聽老頭把女兒誇完，再把兒子兒媳罵完，二鍋頭瓶就空了，倪培林臉上也有了色彩，酒精入胃很快鑽進血管，順著血管歡暢地歌唱舞蹈起來。倪培林又要了一瓶二鍋頭，他希望老頭一直說下去，這樣很好，他腦子再沒空想那愁事，也再看不到石井生立在眼前。老頭說完了，反過來開始查倪培林的戶口，查完戶口老頭問他心裡是不是有什麼不痛快事，有什麼愁事不妨跟他嘮嘮，興許他能幫他出出主意。倪培林推說部隊上的事在公共場所不能隨便說，犯紀律，是洩密。老頭就問是不是找對象遇上了麻煩，倪培林就跟他說依達，說完了依達，酒又下去了半瓶，倪培林那腦袋沉了，舌頭也大了，他再管不住自己的嘴，又說了童欣，說他如何為難，又如何想辦法擺脫，老頭誇他心地善良。老頭一誇，倪培林竟忍不住流下了眼淚。老頭一看他流眼淚，就趕緊勸他。這一勸不要緊，倪培林竟放聲哭了起來，驚了一餐車的人。老頭沒醉，他趕忙扶住了倪培林，讓他停住哭，勸他把心裡那不痛快掏出來，掏出來就痛快了。倪培林就沒頭沒腦地跟老頭說連長和石井生犧牲了。老頭勸他人死了再傷心也活不過來了。倪培林說石井生卻活過來了。老頭說死了又活過來，那他命好，該高興慶幸。倪培林說他犧牲五年多了。老頭奇怪神了，死五年多又活過來真神了。倪培林說他真活過來了。老頭說那他成神了，他就用不著傷心了。

兩個正說得起勁，員警來說餐車要關了，請他們回車廂去。倪培林掏錢讓老頭結了賬，老頭攙著倪培林回車廂。兩個一邊走，一邊還聊，倪培林反反覆覆地說石井生犧牲了。老頭說知道了。倪培林又說他犧牲五年多了。老頭說他又活過來了。倪培林說他活過來他就要死了。老頭說他酒喝多了……

老頭攙著倪培林回到車廂，車廂裡人都睡了，倪培林還在大聲說石井生犧牲了……老頭就捂倪培林的嘴，咬著他耳朵說人家都睡了，咱明日再喝，明日再說。老頭攙著倪培林找到他鋪位，把他弄上鋪去，倪培林嘴裡卻還在說石井生犧牲了，犧牲五年多了，他又活過來了……老頭把倪培林弄上鋪，沒離開，他畢竟喝了他酒，讓他破費了，他不能不管他。老頭站在過道裡，聽著倪培林自說自話，等倪培林把話說成了呼嚕，老頭這才去睡覺。

3

少校告訴邱夢山他的老部隊派倪培林來接他，邱夢山也驚奇得一夜沒睡好。這王八蛋沒死，居然還當了指導員，職務比他還高，邱夢山除了意外更是氣憤。這小子矇騙了組織，矇騙了領導，沒得到懲罰反官運亨通。他有什麼資格來接他！簡直是笑話。

邱夢山一夜折騰，首先原諒了組織。當事人只他、石井生和倪培林三個，他獨自活著跑回去，荀水泉不可能知道也不可能想到他會做這種缺德事，荀水泉不知道上面就更不可能知道，他提拔升官就很自然。他想荀水泉也許犧牲了，荀水泉要活著無論如何都會來接他。邱夢山思考一夜下定一個決心，不管倪培林是什麼態度，也不管部隊領導怎麼看他這戰俘，他一定要撕下倪培林這張假面具，讓大家看看他那張醜惡的真面目。

邱夢山做好一切準備等待目標的出現，目標卻沒出現。一直挨到吃過晚飯，邱夢山實在憋不住了，直接去找了少校。少校非常遺憾，說他們沒接到倪培林，與他們老部隊聯繫，電話一直打到摩步團一連，文書告訴他們是他親自把倪培林送上火車，火車開動後他才回部隊，現在人不知去向。

倪培林下落不明，邊防部隊找遍各個角落，杳無音信。邱夢山猜想，這小子準又當了逃兵。邱夢山沒法把這判斷告訴邊防部隊，內外有別，這是摩步團家醜，不可外揚。邱夢山想，倪培林要是當了逃兵，這事就用不著他揭發，部隊自然要查明；他要是出了意外，那是罪有應得；要是他自己把自己解決了，算他聰明，免得麻煩部隊領導，也省得他費事，這樣影響還小些，事情了了就算了。邱夢山若無其事地繼續等部隊重新派人來接他。

邱夢山準備上床睡覺了，有人敲門。中尉領著一年輕姑娘站在門外，邱夢山不認識這姑娘，姑娘也疑惑地看著邱夢山，他們誰也不認識誰。中尉給年輕姑娘介紹了石井生，年輕姑娘驚愕得嘴和眼睛都張成圓停頓在那兒。中尉沒顧姑娘反應，引見後就離開了。邱夢山問年輕姑娘是誰，找他有什麼事，年輕姑娘反問他認不認得摩步一連那個石井生，邱夢山說他就是摩步一連那個石井生。年輕姑娘問他是石井生為什麼不認識她，邱夢山問她是誰，姑娘說她叫依達。邱夢山抓了瞎，千思萬慮，又漏下了這件事。邱夢山腦子裡颳起了旋風，荀水泉跟他說過這事，石井生臨犧牲前也跟他說過，他早把這事給忘了。現在他已經被動，要是處理不好，他的秘密肯定就會露餡。邱夢山急中生智，他禮貌地請依達進屋。邱夢山一邊給她倒水，一邊問依達發現他變樣沒有。依達說變得她根本不敢認了。邱夢山抱歉地告訴她，他大腦和面部都受了重傷，做過大手術，不只模樣變了，過去那些事和人也都記不得了。依達遺憾地問他怎麼連說話聲音也變了，邱夢山急忙解釋，他咽喉部也受了傷，全身被子彈穿了七個窟窿。他對她多少有一點印象，當年在栗山他送過她。依達抬頭看著邱夢山，她很失望，她沒能從他眼睛裡找到一點舊情，他們完全成了陌路人，他對她沒一點感覺，她見他也沒一點激動。

倪培林出發前，給依達拍了加急電報，告訴了她出發日期和車次車廂號。依達直接到車廂接倪培林，發現倪培林由一位老頭攙著下車，他看到依達，沒驚喜，只是不停地嘟嘟囔囔說石井生犧牲五年多了，他突然又活過來了……依達一驚，看他眼神恍惚，根本不認識她一樣。依達著急地抓住他手，使勁搖他身子，問他怎麼了，倪培林卻扭過身去跟另一個人同樣神秘同樣認真地說，石井生犧牲五年多了，他突然又活過來了……依達看他是受了刺激，慌忙拉著他出站，直接送他去了醫院。醫生診斷疑似精神分裂，住院觀察一下再說。醫生按精神分裂症給倪培林輸了液，服了藥。第三天清晨醒來，倪培林認出了依達，他哭了，說石井生還活著，他當了戰俘，交換回來了，他來接他回部隊，他問依達石井生回來，他們怎麼辦，她是跟石井生，還是跟他。這意外搞得依達沒了主意，她內心很複雜，於是她來了邊防部隊。

依達說完這事，邱夢山竟笑了。依達不知道他為什麼笑，邱夢山沒把心裡話告訴依達，他忍不住笑有兩個原因，一笑倪培林太幼稚，竟敢跟他玩裝瘋賣傻這一手，他倒要看看他能裝成什麼樣，能傻成什麼樣；二笑依達與石井生感情這事不會給他添麻煩，他與依達都毫無感覺。邱夢山笑過之後跟依達說他要去看倪培林。邱夢山找中尉請了假，跟依達去醫院。

路上依達把倪培林如何給她送他託付的遺書，苟指導員如何給她介紹倪培林，倪培林跟她通信三年中又如何向她懺悔自己的錯誤，他在英模報告團如何以贖罪的心情宣傳他和邱夢山的英雄事蹟，在陸軍學院如何夾著尾巴做人，前些日子又如何拒絕師童政委招他當女婿，如何一心一意要替他照顧她一輩子這些事一一說了。依達先領邱夢山去了她家，她把倪培林那些信連同結婚介紹信一起拿給邱夢山看。邱夢山看了那些信，什麼也沒說。

在去醫院的路上，邱夢山心情異常沉重，沉重不是因為倪培林與依達做了夫妻，這事他巴不得，等於幫了他大忙，他感激還來不及，邱夢山沉重是自己心裡鬧了大地震。過去他一直認為，好人就是好人，壞人就是壞人，好人做壞事也壞不到哪去；壞人做好事也做不到正經地方，常言說，自小看看，到老一半，人這一輩子德性沒法改變。他原來就覺得倪培林這人虛榮，男人虛榮心強就必定是小男人，小男人必定做不成大事，到戰場也成不了英雄。倪培林上戰場後那些表現慢慢讓邱夢山否定了自己，倪培林主動要求參加敢死隊奪無名高地，改變了他在邱夢山心目中的印象，後來跟他打壽山、捉活口，邱夢山拋棄了原有觀念，讓他代理了排長。可他這一跑，又讓邱夢山再次否定了倪培林。當時邱夢山很痛苦，痛苦自己心軟，後悔放棄主見。聽了依達那些話，再看了那些信，這一切又出乎邱夢山的意料，他更被依達那片真誠感動。她不只對石井生一往情深，也沒有因為石井生活著而對倪培林三心二意。邱夢山痛苦地再一次否定了自己，人不能簡單地用好與壞來判斷區分，人都有人性一面，也都有獸性一面，所以說一半是天使，一半是野獸。人都會有一時之勇，也都會有一念之差。誰都會做好事，誰也都會做錯事，一輩子只做好事，不做錯事那種人幾乎沒有。

邱夢山走進病房時，倪培林正好輸完液要上廁所。邱夢山叫了他名字，倪培林睜大眼睛看著邱夢山，邱夢山也睜大眼睛看著倪培林，四目相對，邱夢山發現倪培林那散亂的目光突然聚焦，射出一道光亮。他突然哇的一聲驚叫，一屁股到地上。邱夢山不言不語，緊跟一步，繼續拿眼睛瞪著倪培林。倪培林十分驚恐，他恐懼地發問，誰？你是誰？！倪培林喊得很響。邱夢山仍一聲不吭，再跨前一步靠近他。倪培林坐地上不由自主地往後退，邱夢山一步一步跟進，他突然大笑，那笑聲讓倪培林毛骨悚然。倪培林突然爬起來一邊喊一邊跑，鬼！鬼！鬼！邱夢山追出去一把揪住倪培林，倪培林小便失禁了。失禁之後，倪培林神志忽然清楚了，他看著邱夢山疑惑地問，你不像是石井生，你是連長嗎？邱夢山一把把倪培林拖起，他厲聲對倪培林吼，你看著我！你看我是誰？倪培林看著邱夢山，吞吞吐吐地說，你，你是、你是連長……邱夢山瞪眼盯著倪培林，他突然伸手給了倪培林一記耳光，邱夢山吼，聽著！連長抱著手榴彈衝向敵人犧牲了！我是石井生！連長命令你回去報告！你報告了嗎？為什麼援軍沒到？

邱夢山這一招是受《範進中舉》的故事啟發。在去醫院的路上，邱夢山決定原諒倪培林，石井生犧牲和他被俘，倪培林沒有直接責任。他要幫石井生完成遺願，要讓依達幸福。他再一次對倪培林吼，你記住！我不是連長！我是石井生！好好愛依達，你要是敢對不起她，我就一槍崩了你！倪培林伸出雙臂抱住邱夢山哭了。依達看著他們，忍不住流下了眼淚。邱夢山來到依達跟前，雙手握住依達的手，他很感激，無論她愛石井生還是愛倪培林，他都很感激。他請依達原諒，他已經忘記了過去，真誠地祝願他們幸福。依達看邱夢山，努力想從他身上找到石井生的影子，但她沒能找到。她跟他也像是對自己說，也許這就是命。

4

岳天嵐同意徐達民陪她去栗山，既想再一次考驗他，也表露她的內心已開始接受他。徐達民沒這麼去思考，他認準自己心還沒有誠到讓岳天嵐這塊石頭開花的程度，一路上他不是刻意表現，而是實實在在愛岳天嵐，愛邱繼昌，打水、買飯、買水果、照顧岳天嵐、跟邱繼昌玩，一切都做得像一家人一樣。而且什麼都做得恰到好處，看不出一點做作。到了栗山之後，要是徐達民有那心，岳天嵐絕對會有意，根本用不著開兩個房間。但徐達民一點沒讓這念頭抬頭，他絕不想勉強岳天嵐做任何事情，他連岳天嵐的手都沒牽，不是不想，而是不願意這麼做，岳天嵐自然不會主動。岳天嵐看出，徐達民是心甘情願讓她主宰，心甘情願聽她驅策，跪拜在她腳下為她服務是他最快樂的事，這一點他與邱夢山完全相反。

從粟山回來，岳天嵐完全接納了徐達民，但岳天嵐沒跟徐達民說，她把心裡話告訴了曹謹，讓曹謹再摸清徐達民對邱繼昌的態度，假若徐達民真想做邱繼昌的繼父，她可以接受。曹謹把這話告訴了荀水泉，荀水泉再把岳天嵐這話轉達給徐達民。徐達民當即把荀水泉抱了起來。徐達民卡著鐘點去接了邱繼昌，然後飛速去見岳天嵐，自行車蹬得比平日快了五分鐘，快得邱繼昌摟著他腰不敢鬆手。當著邱繼昌面，徐達民克制了自己，只是第一次衝動地握住了岳天嵐的兩隻小手，熱血湧動地說，天嵐，謝謝你，從今日起，你是天，你是太陽，我是月亮，是星星，月亮星星離開了太陽，什麼光都沒有！岳天嵐被徐達民說得臉紅心跳。乘邱繼昌上廁所，徐達民不失時機地把岳天嵐摟到懷裡，岳天嵐想掙脫，又怕兒子聽到，反正已經答應他了，只好聽憑徐達民表達激情，那吻讓岳天嵐上唇第二天起了一個水泡，舌根痛了三天。徐達民再次成功，他再一次讓岳天嵐這塊石頭開了花，他已經迫不及待，懇求岳天嵐五月一日舉行婚禮。岳天嵐一算不到二十天了，嫌太急促，要求推到國慶日。徐達民寅時等不得卯時，他對著岳天嵐耳朵輕輕說，他恨不能今晚就結婚，國慶日太遙遠，我憋不住了，準備工作沒有問題，一切由他來安排。岳天嵐被徐達民的急迫弄得心神搖盪，她只好點頭同意。

岳天嵐已經有了兒子，不想大辦，但徐達民是初婚，他勸岳天嵐換換心境，來一個人生轉折，跟他一起書寫人生新篇章。岳天嵐在父母和荀水泉夫婦的勸說下，將心比心，做了讓步。喜宴訂在文海縣最高檔酒店——皇宮，正陽廳本來已經訂出，徐達民動用了縣委辦公室主任，硬把正陽大廳搶了過來，預訂了三十桌，酒店訂金付了三萬元，一切齊備，只待五一節到來。在徐達民催促下，岳天嵐跟徐達民一起上了街道辦，辦了結婚登記手續。登記回來，徐達民請岳天嵐驗收新房。岳天嵐佩服徐達民做事的效率，兩室一廳，煥然一新。實木地板，米色真皮沙發，二十九英寸進口索尼大彩電，新房裡婚床，實木組合衣櫃，實木梳粧檯，岳天嵐發覺徐達民的生活情趣比邱夢山豐富。在新房裡，徐達民再無法控制，他摟得岳天嵐心跳如狂，求岳天嵐救他。岳天嵐沉默，徐達民激動卻沒有慌亂，他埋下頭溫柔地吻岳天嵐，他想用激情摧毀岳天嵐堅固的防線。果然，他感覺岳天嵐的呼吸也急促起來，已經有些身不由己，徐達民不失時機小心地把岳天嵐抱起，輕輕地放到婚床上。徐達民剛解開西服扣子，岳天嵐一翻身下了床，搖了頭，她說幸福還是要在舉行婚禮之後開始。徐達民急得抓耳撓腮，但他很快冷靜下來，他聽話地輕輕摟著岳天嵐，溫和地說一切聽她安排。岳天嵐感受到徐達民與邱夢山截然不同，邱夢山總是那麼霸氣，那麼獨斷，那麼粗獷；而徐達民則那麼細膩，那麼溫和，那麼順從。如果說邱夢山只注重自我感受，那麼徐達民則更在意岳天嵐的心靈感受。

5

邱夢山和倪培林帶著依達一起回到摩步團，沒有任何歡迎儀式，也沒什麼反響。邱夢山的心境跟倪培林差不多，有個念頭懸在心頭，政策能不能落到實處，其他什麼都不奢望。

邱夢山在招待所接連打了六個噴嚏，他當然想不到岳天嵐正跟徐達民在驗收新房。邱夢山重新走進摩步團軍營，感受到了陌生，人陌生、目光陌生、連操場和營房都陌生。因為他現在是石井生，石井生當時是個老兵，這茬兵除了倪培林，一個熟人都沒有。原先那些軍官有些升了官，有些調離了摩步團。剩下那些，也只知道石井生這個名，根本就不認識。現在他既不像邱夢山，也不像石井生，更沒人跟他招呼，必須跟人說話時，他開口都是先自我介紹是石井生，人家便尷尬地回應問候，連表情都顯得勉強呆板，他不只是模樣變了，他感覺跟他們之間隔上了一層東西。摩步一連已經換了兩任連長，團裡沒讓他再回摩步一連，叫他暫時住團招待所。

倪培林不再有精神分裂症狀，但說話變得慢聲細氣，做事也慢條斯理。依達來到部隊主動要求提前舉行婚禮，倪培林自然不會反對，他們請了邱夢山，邱夢山婉拒了，倪培林和依達完全理解。

邱夢山覺得李松平當了團政委性格沒大變化，他看人那目光仍深不可測。邱夢山幾乎沒說話，當時他是教導員，石井生只是個士兵，本來就不大認識，沒有話很自然。再說禍從口出，他不願給他留下破綻或蛛絲馬跡引發他懷疑。李松平見他其實不過是禮節性表示領導的關心，何況李松平並不熟悉石井生。當李松平跟邱夢山目光相對時，他有些疑惑，他說他太像邱連長了，尤其是說話聲音，不會搞錯吧。說得邱夢山前胸窩冒汗。他只好附和著搭訕，說全連都這麼說，他要是冒充連長也不會有人懷疑，這樣他就是正連職了。李松平笑了，他不無懷念地說，邱夢山確實是條硬漢，可惜犧牲了，當時我和營長、團長都想派增援來著，可只能服從戰役全局。他要是不那麼傲，跟人會相處得更好。邱夢山一直含笑看著他，可見人記仇有多深，一場戰爭都沒能讓他忘卻他瞧不起他這事。李松平再一次向他交代政策，表揚了他被俘後表現積極，談到工作安排，他似乎很為難，說火線提幹是他跟師裡領導一個個做了工作才予以承認，下一步怎麼任職要請示師裡決定。他讓他先回家休假，已經五六年沒回家鄉了，現在還沒有物件，農村也富了，回去看看，找個對象，休息休息。邱夢山是很想回家，跟爹娘五年多沒聯繫了，也不知爹娘可好，更想看看岳天嵐，即使她另嫁了人，也得回去看看，還有兒子哪，他雖然現在叫石井生，爹娘老婆畢竟是他親人，孩子是他骨血。但是，現在對他來說，頭等大事還是工作，落實了工作心裡才能踏實。李松平勸他還是先回家好，工作安排不是誰一句話就辦得了的，一時半會兒落實不下來，估計等他休完假回來，工作才可能安排好。邱夢山問荀水泉在哪兒任職，李松平告訴他荀水泉已經回老家縣人武部工作，好像當了副部長。李松平看邱夢山情緒低落，有點同情，他寬慰他，既然能回部隊繼續工作，一切就好辦，大家思想上、感情上或許可能會有一些隔膜，但事在人為，時間長了，會慢慢淡化。李松平讓他先到後勤把這些年工資算一算，領了工資就回家休假，年齡不小了，找物件是當務之急，在家裡待時間長一些也無妨，這麼多年沒回家了。

說是休息，邱夢山一刻都無法安寧，他沒法在軍營裡到處逛，也沒法去熟人辦公室聊天。他悶在房間裡想了許多事，想工作，想家，想戰友，想戰場，想爹娘，最揪他心那人還是岳天嵐。他什麼也做不了，連封信都沒法寫。後來他還是以石井生的名義給爹娘寫了封信，告訴他們他是孤兒，他跟連長長得很像，連長活著時認他做了弟弟，他沒有犧牲，負重傷被敵人俘了，現在又回了部隊，他答應過連長，他就是他們的兒子，他要代連長養他們老，過幾天他就回家看爹娘。他本想再給荀水泉也寫一封，後來想石井生跟荀水泉關係一般，多一事不如少一事，別再節外生枝。

邱夢山在團招待所煎熬了三天，決定還是先回家。邱夢山下了火車乘汽車，趕到縣城已是下午四點一刻，他為岳天嵐在汽車站猶豫了半天。回到縣城，他頭一個願望是想先去偷看一下岳天嵐，不管她現在跟了誰，她是他老婆，他們還有兒子，他這輩子再不可能像愛她那樣愛其他女人，也不會有其他女人像她那樣愛他。他愧對她，連蜜月都沒度完，兒子養到五歲他沒盡一點責任，他等於毀了她的青春。再說哪個女人改嫁了還會帶著後老公和兒子千里迢迢去給前夫掃墓？可轉念又想，人家已經重新組織了家庭，而且他親眼看到了他們三口之家的幸福情景，他去見她只能是搗亂。儘管很想念岳天嵐，心裡淒涼傷感，但他不怨岳天嵐，也不恨那個男人，一切都是他造成的。他想這麼盲目地去看岳天嵐，會讓天下大亂，他決定先回喜鵲坡再說。

邱夢山趕回喜鵲坡，太陽眼看就要落山。邱夢山計畫好了，他不想多見村裡人，人多嘴雜，等天黑了再回家。爹娘養了他，年紀一年比一年大，他要以石井生的名義重認爹娘，盡兒子的責任。

邱夢山下了車沒直接回家，直接先上了南坡。暮色中，一草一木，一山一溝，都能引出他童年的記憶，讓他親切，叫他激動。他們喜鵲坡，因喜鵲多而得名。山坡溝谷裡一棵棵老樹枝杈上，依然築著一個個鵲窩，一對對喜鵲又在忙著給它們的孩子覓食。邱夢山看著走著，不知不覺就來到村前南坡。暮靄籠罩著村莊，村前屋後不斷有人在吆喝牲口，大人找孩子的呼喊此起彼伏，東家狗在吠，村西驢在吼，山村裡炊煙嫋嫋，山村晚景令邱夢山心醉，他真想拋開塵世就在這山村紮下，平平淡淡過一輩子。但他不能感情用事！他現在是石井生，他不只為自己活著，還要為石井生活著，他這條命現在是兩條命，頂著兩個英雄的名譽。

天終於黑透了，村子在邱夢山眼前漸漸隱去，模糊中不時亮起了一盞盞燈火，一處、兩處、三處，星星點點。

沒等邱夢山反應過來，腳下有東西絆了他一跟頭，膝蓋磕在一塊山石上，好酸好痛。沒見有坑啊！怎麼就摔著了呢？邱夢山納悶，他拍打著衣服爬起來。邱夢山扭頭看是墳，這是他家祖墳地，難道是老祖宗們不讓他回家？邱夢山遲疑了，他放下提包，轉身跪在爺爺墳前，給爺爺磕了三個頭，把一切都告訴了爺爺。最後說，爺爺，你放心，孫兒借人名不是想苟延殘喘，孫兒還是想活出個人樣來給大家看看，我要證明，我邱夢山就是英雄！不折不扣，貨真價實！

邱夢山在爺爺墳前訴說完，轉身發現旁邊有一座高大的墓碑，誰立這麼大的碑？他藉著夜色湊過去看，碑上刻著他的名字，還有戰鬥英雄字樣。這碑是爹給他立的，還是村裡給他立的？邱夢山一屁股坐到自己碑前。人還活著，卻已經兩處立了他的墓碑。剛才跟爺爺說的這番話，他原本也要跟爹娘說，讓爹娘心裡踏實。看到這墓碑，他想這事不能讓爹娘知道。爹娘要知道了真情，他們承受不起。再說這事爹娘能瞞鄉親，也能瞞岳天嵐，但爹娘不會瞞繼昌，他們肯定要告訴孫子。繼昌要是知道了這件事，他的心血就白費了。

邱成德三天前接到了那封信，兒子的部下石井生要來認爹娘，他問老伴是不是在做夢，老伴告訴他大白天怎麼能睜著眼做夢呢。邱成德還是不信，他跑出院子問鄰居，鄰居問什麼事讓他這麼暈了頭，青天白日怎麼會做夢呢，讓他咬咬舌頭就知道了。邱成德果真咬了舌頭，咬得好痛。真不是做夢，他這才把喜露出來。說兒子犧牲了，老天又給他送來個兒子。老伴和鄰居讓他說糊塗了，邱成德說了信上這事兒。

天上掉下個兒子，邱成德心裡自然高興，他把這事說到了村委會辦公室。村支書是邱成德的侄兒，是邱夢山的堂兄，他們從栗山參加完祭奠回來，村委會非常重視，尤其看了英模報告團的電視之後，支書專門召開了支部大會，邱夢山成英雄，不光是邱家有造化，也是喜鵲坡的一件大喜事，全村百姓都光榮！咱英雄家鄉也該有點動作吧。於是決定村裡小學改叫夢山小學；村後那座橋，也改叫夢山橋；另外南坡墳地裡給邱夢山修了墳立了英雄碑。邱成德跟侄兒支書說，新兒子上門認爹娘也是件大喜事，他雖被俘，但也是戰鬥英雄，村裡是不是紮個彩門，把鑼鼓隊也拉起來搞個歡迎儀式。侄兒支書那腦子沒跟著邱成德轉，他還是比較清醒，說這個石井生雖然也是英雄，但畢竟當了戰俘，不好弄得太張揚，喝頓酒接接風就行了。侄兒這麼說，邱成德沒如願，村裡不搞他自己搞，他自己去買了兩掛一千響鞭炮，買了二十個二踢腳，義子也是兒子。

邱成德沒想到新兒子會踏著黑進門，邱夢山進門就直著嗓門喊爹娘，多少年沒叫爹娘了，他這是要加倍補償。邱成德和老伴一聽那聲音，兩個人都蒙了，這不是兒子夢山嘛！老兩口連聲喊著夢山跑出屋，老兩口拽著邱夢山一看愣了，這模樣又像又不像。邱夢山跟爹娘說，夢山大哥犧牲了，我是井生，是夢山大哥的弟弟。邱成德這才醒來，拉著邱夢山進屋，邱夢山撲通跪下給爹娘磕頭，他說他生下就沒了娘，五歲就死了爹，連長認了他這個弟弟，從此以後，他們就是他親爹親娘，這兒就是他家。邱成德老兩口喜淚橫流。邱成德隨即到屋裡拿了鞭炮，在門口放得全村都來看熱鬧，侄兒支書也趕來了，叫著他們一起上飯店為石井生接風洗塵。

邱夢山心裡揣著隻兔子在家裡住了三天，爹娘不時拿眼盯著他瞅，瞅得他心裡發毛，但爹娘這一關還是過了。每到爹娘愣神瞅他時，他就主動問他們，他跟大哥是不是特像，邱夢山娘說連拿筷子都一個樣。邱夢山心一驚，這又疏忽了，他是左手拿筷子，小時候爹娘沒少說他，他就是沒改了。邱夢山只好搪塞，說那是學大哥學成這樣，連裡人都知道連長左手拿筷子，他就學連長，學著學著也就左手拿筷子了。他當場說這就改，省得爹娘一看到這就想大哥。邱夢山當即改用右手拿筷子，但特彆扭，他用右手拿筷夾不住菜，他只能下決心練。邱夢山還是做了準備，回部隊前他就把石井生的言行舉止習慣細細想了個遍，最具代表性的習慣是抽菸，他不抽紙菸抽生菸葉，為這他下苦功夫練了，連捲菸的動作都已經維妙維肖。每到爹娘疑惑時，邱夢山就掏出菸糧袋捲菸把話岔開。邱夢山一抽喇叭筒就不再是邱夢山，他從小不抽菸。

邱夢山跟爹娘說他要上縣城看戰友，其實他是要去看岳天嵐。他心裡很矛盾，他一面跟自己說，既然已經選擇了借名就趁早死了這條心，只要岳天嵐和兒子過得幸福，管她改不改嫁呢！一面又割捨不下他們娘倆。最後他還是控制不住自己，決定到縣城住幾天，一方面給爹娘一個適應的過程，不再從他身上找邱夢山的影子；另一方面還是想看一下岳天嵐和兒子過得怎麼樣，但他警告自己，只是偷偷地去看，絕不能給他們添亂。

邱夢山先找了個地下室招待所開了間房，然後到街上包子鋪吃了頓包子。走在街上，邱夢山感覺穿一套老式軍裝不倫不類，邱夢山到服裝攤買了套廉價便裝，把自己徹底變成老百姓，像個打工農民。縣城變化很大，建了不少新樓，各方面都在向都市發展。邱夢山在街上走著，他沒急著去看岳天嵐和兒子，這事不能草率，得好好計畫，草率了容易出紕漏。邱夢山回了地下室招待所，在房間裡獨自進行了一番精心策劃，決定明天一早行動。

邱夢山沒直接走進育才胡同那個院子。他們家在二樓，樓下是操場，樓與樓之間間距不大，只有幾棵樹，他要是進了院子就無處蹲身。要是找地方躲避，門衛和院子裡人肯定會把他當小偷抓。邱夢山沒進院，在院子斜對面那條胡同口蹲了下來，做出等人的樣子，農民工蹲胡同口只要不做壞事不會有人管，他可以放心大膽地蹲。

說是來偷看岳天嵐，其實邱夢山是要證實岳天嵐究竟嫁沒嫁人。他是邱夢山，而不是石井生，對岳天嵐，他怎麼會願意做石井生呢！他想，若是岳天嵐沒改嫁，他完全可以以石井生的身分重新追她。邱夢山心裡有了這個鬼念頭，行動就不可扼制。他選擇這胡同口位置很合適，胡同口斜對著院子大門，誰進出大院都逃不過他的眼睛。星期日，他想岳天嵐一家不可能不出院子，假如那小子跟岳天嵐和兒子一起從這個院門裡出來，他乾脆就死了這念頭。

思路清晰後，邱夢山一心一意蹲在胡同口盼岳天嵐出院子。岳天嵐沒等到，卻把那小子等來了。雖然在栗山只見一面，邱夢山卻死死地記住了他。邱夢山奇怪那小子不是從院子裡出來，而是從外面來這院子，他騎著自行車進了院子。他是從他家裡來，還是早晨從這兒出去回來呢？這很難判斷，邱夢山非常納悶。

邱夢山正納悶，岳天嵐和那小子一人一輛自行車，兒子坐在那小子自行車上歡天喜地從院子裡出來，邱夢山看著這情景心裡好酸。他們一出院門就都上了車，兩個人並肩蹬著車，邊騎邊說話飛馳而去。邱夢山不由自主地站了起來，他讓他們拽起來跟了過去。那小子為什麼從外面來而不是從院裡一起出來讓邱夢山起了疑問，他有了某種僥倖。跟蹤風險很大，可他想弄個究竟。邱夢山小跑著追趕到八十米距離保持著間距跟蹤，一百米太遠，容易跟丟；五十米太近，容易被發現。邱夢山的背上開始出汗，那小子鼓動著岳天嵐跟他比賽誰騎得快，邱繼昌這小東西推波助瀾，他們哪知道這更害苦了邱夢山，他連早飯都沒顧得吃，他們一比賽，他就得百米衝刺。

他們在人民公園下了車，岳天嵐從車把上拿下水和食品，看他們進了人民公園，邱夢山鬆了口氣，他們來公園玩，一時半會走不了，邱夢山就先去吃早餐。

星期天公園裡人很多，一撥人在打太極拳，一撥人在舞刀弄劍，一撥人在跳舞，一撥人在跳健身操。邱夢山溜邊尋找，幾處人群裡不見有小孩，邱夢山想，他們肯定去了兒童樂園。邱夢山於是上了那個小坡地，進了那個小涼亭。邱夢山坐到涼亭裡，想起當年跟岳天嵐第一次在這裡見面，歲月如梭，轉眼就七八年了！那情那景，就如昨天。山水依舊，人面依舊，感情依舊，世事卻全非了。邱夢山感傷起來，一對戀人朝小涼亭走來，邱夢山主動離開別遭人討厭。小山坡正對著兒童樂園，邱夢山走出小涼亭，放眼在兒童樂園尋找他們，他終於發現兒子在坐飛椅，他們兩個在下面給他鼓掌。邱夢山走進小山坡樹林，找了個石條凳坐下，獨自一人坐著顯得有些傻，他乾脆躺了下來。

邱夢山醒來有些慌，他不知道睡了多久，兩眼趕緊跑到兒童樂園搜尋，岳天嵐他們不見了。邱夢山大著膽子，直接到兒童樂園門口去尋找。邱夢山轉遍了人民公園，沒能找著他們。事情沒有結果等於白跟蹤一趟，他決定仍舊回育才胡同的馬路口。

邱夢山在胡同口一直坐到太陽下山，沒有任何收穫。邱夢山還是不敢進院子，一直等到太陽下山，等到屋裡亮燈，邱夢山才走進院子。現在他用不著擔心，他在暗處，屋裡人在明處。岳天嵐他們在家裡，那小子也在，只是看不到兒子。屋裡亮著燈，那小子和岳天嵐兩個不時走到視窗來，看不出他們在幹什麼，像在整理屋子。他們在窗前晃來晃去，屋子裡的燈突然黑了，一把鋼刀扎進了他心裡，他痛得快站不住了……

在那個蜜月裡，他們百般恩愛，現在她已在跟這小子恩愛了。《紅樓夢》裡那首《好了歌》說得好，「世人都曉神仙好，只有嬌妻忘不了！君生日日說恩情，君死又隨人去了。」邱夢山承認為了岳天嵐和兒子的幸福，自己是心甘情願放棄一切，可看到自己老婆跟那小子在一起，這心裡沒法不酸沒法不痛啊！他相信要是岳天嵐知道他沒死，她肯定也還愛著他哪……

邱夢山躲在一角，仰著頭盯著他家窗戶看。屋裡檯燈突然亮了。邱夢山挨近過去，隱隱約約看到了那小子，他站椅子上去了，岳天嵐站下面，還伸手扶著他身子，好像在換燈泡，頂棚上那吊燈有三個燈頭，可能燈泡壞了。

你在看什麼呢？邱夢山太專注了，被問話嚇一跳，扭頭看是傳達室的老頭，邱夢山只能說隨便看看。老頭很不高興，說他注意他好長時間了，發現他不是這院裡人，問他找誰，邱夢山只好說可能走錯院子了。老頭更不高興了，走錯了趕緊出去，在這兒亂看什麼呢！邱夢山只好離開。

邱夢山回到胡同口，他那顆心更懸了起來。他想岳天嵐既然跟那小子結了婚，為什麼還住這兒，難道他連房子都沒有？那小子清晨是從外面來這裡，假如他晚上不離開這兒在這兒住，事情就毫無疑義；假如那小子仍離開，證明他們不住在一起，可能還沒有結婚。邱夢山這麼一假設，他就沒法讓自己離開，他到旁邊小店裡又買了兩個麵包、兩根泥腸、一瓶礦泉水，坐到胡同口填了肚子，他下決心弄個究竟。

邱夢山咽下最後一口麵包，兩眼朝大院門掃去，黑暗中一切都安靜著。邱夢山腿麻了，理智勸他，算了吧，走吧，不是早都打算好了嘛！正是為了讓老婆孩子過安寧日子，這才讓自己落到這地步，還有什麼好猶豫好後悔呢？現在一切都如願了，為什麼又疑神疑鬼想三想四呢？即使岳天嵐沒改嫁，自己再以石井生的身分去追她，不是還要給她和兒子帶來麻煩不幸嘛！該為天嵐高興才對，她選擇那小子不是很好嘛！她有這個歸宿不是自己夢寐以求的嘛！再說他們都沒忘記自己，清明還趕這麼遠路去祭奠，還讓繼昌知道他爸是誰，這已經很不容易了，應該天天為他們祝福才是……他站了起來準備離開，可心裡一拽一拽地酸痛，他跟自己說，天嵐還深深地愛著你啊！你這麼活著還算什麼男人！想到這一層，眼淚又忍不住流了下來……

就在這時，岳天嵐手牽著兒子和那小子從院子裡走了出來。那小子推著自行車，出了院門他們停在門口，那小子彎下腰親了邱繼昌，岳天嵐和兒子一起跟他招手說再見，那小子騎上車走了，岳天嵐和兒子站在那裡深情地目送。這麼說他們很有可能還沒有結婚，這念頭一冒出來，邱夢山渾身激起一股急流，他那雙手和雙腳都激動得肌肉隆起。岳天嵐和兒子沒有進院子，岳天嵐牽著兒子的手朝他這邊走來。邱夢山呼地閃到胡同口裡，他那顆心一下提到了嗓子眼裡。娘兒倆一邊走一邊悠閒地說著話，邱夢山遠遠地看著岳天嵐和兒子走過了胡同口，邱夢山重又返回胡同口。他貼著牆角看去，岳天嵐領著兒子繼續在往前走。邱夢山就站在那裡眼巴巴地看著他們的背影發呆。不一會兒，岳天嵐牽著兒子又走了回來。天色已暗下來，邱夢山只是往胡同裡避了避。娘兒倆在說話，晚風輕輕地把他們的說話聲送過來。

不應……岳天嵐說。

不應有恨，何事長向別時圓。邱繼昌認真地背著。

人有……

人有悲歡離合，月有陰晴圓缺，此事古難全。

但願……

但願人長久，千里共嬋娟。

還不太熟，再來一遍。岳天嵐在教兒子背宋詞。

邱夢山鼻子一酸，眼淚從鼻子兩邊流了下來，他抹了一把淚，跟自己說，不行，天嵐跟那小子肯定還沒有結婚，天嵐她等我五年多了，我得好好看看他們娘兒倆。岳天嵐牽著兒子拐進了院子大門。

院子圍牆這高度對邱夢山來說小菜一碟，但邱夢山熬到午夜才敢進院子，這時大院裡連老鼠都睡了，一片寂靜。邱夢山進院前在這條街上不知走了多少個來回，苦苦鬥爭了幾個小時，最後還是慾望佔了上風，他要悄悄地近距離地好好看看天嵐和兒子。邱夢山進得院子，他們家窗戶已是漆黑，院子裡所有窗戶都是漆黑，他躲到院子裡小花園葡萄架下，眼睛靜靜地盯著他們家的窗戶。邱夢山在葡萄架下繼續矛盾著，夜越來越深，院子裡越來越靜……

岳天嵐來到一個美麗處所，彷彿是江南水鄉，山清水秀，小橋流水；她細看又不像江南，這裡天空掛著一條條彩虹，整個天空五彩繽紛；地上是一片桃花，姹紫嫣紅。桃園無邊無際，岳天嵐滿心歡笑地走進桃園。一隻大蝴蝶五彩斑斕，招搖著飛到岳天嵐面前，停到桃樹枝上輕輕搧著翅膀。岳天嵐拿起扇子輕輕地撲它，蝴蝶異常狡猾，她剛舉起扇子就飛向別處，卻又不離不棄，像在故意逗她。岳天嵐追著撲著，蝴蝶突然消失。她四處尋找，花叢裡突然鑽出個人來。她定睛細看，那人竟是邱夢山。岳天嵐急忙撲上前去，卻撲了個空，邱夢山忽然不見了。岳天嵐轉身尋找，邱夢山又站到了她身後，她再轉過身來朝他撲去……

邱夢山進家已經五六分鐘，藉著月光，他看到房間牆上到處掛著他的照片，心頭不由得一熱，天嵐一直沒忘他。桌子上擺著一摞請柬樣的東西，他拿起來細看是喜帖，還有個結婚登記證，婚禮定在五月一日，邱夢山一算，還有半個月。那小子叫徐達民，邱夢山那顆心慌亂地狂跳著。兒子在小床上翻身把他喚過神來，他走過去細細地看了兒子，兒子長得很結實，他甜甜地酣睡著，邱夢山輕輕地吻了兒子的臉蛋，兒子在睡夢中伸出小手，推開了邱夢山的臉。看完兒子邱夢山才來到岳天嵐床前。月光下，岳天嵐還是那麼白嫩，像義大利畫家喬爾喬內那《入睡的維納斯》一樣迷人。邱夢山心裡有一根針在攪動，眼睜睜看著自己的老婆躺在面前，他卻不能親她，不能愛她，他沒法忍受。正當邱夢山彎腰細看岳天嵐時，岳天

嵐突然輕輕地喚了他的名字，一股體香隨之鑽進邱夢山的鼻孔，這香氣那麼熟悉，讓邱夢山渾身熱血湧動。有一個聲音在邱夢山心裡吼叫，岳天嵐是我老婆！她現在還是我老婆！邱夢山手腳都在顫抖，他身子彎在那裡看著自己的妻子，日思夜想五年多啦！慾望像頭牛一樣在蠢蠢鼓動。就在這時，岳天嵐溫柔地抬起雙臂摟了邱夢山的脖子，兩人不約而同地親吻起來……到了這一刻，邱夢山再由不得自己了，天塌下來也顧不得了……

岳天嵐飄飄欲仙中感覺這不像是夢，是邱夢山真回來了，她想睜開眼睛，可怎麼也睜不開。這些日子她夜夜失眠，越接近婚期越思念邱夢山，以致通霄閤不上眼，只能藉助安眠藥，可能是睡前藥吃多了。她這意念很快被銷魂的快感所替代，五年渴念的她讓這突如其來的快樂陶醉了，睜不開乾脆不睜，這夢永遠不醒才好，她緊緊地摟著邱夢山生怕他消失。邱夢山立即被岳天嵐的溫柔溶化……

岳天嵐不清楚自己是睡著了還是沒睡，她忽然睜開了眼睛，打開燈，兒子仍在沉睡，除了牆上那些邱夢山的照片靜靜地看著她之外，屋裡一切如常，沒一點異常。

岳天嵐發覺自己光著身子一怔，這是怎麼一回事？她再看自己的下身，她嚇呆了……

6

岳天嵐暈乎乎地穿好衣服察看房間，門鎖依舊上著保險，除了一扇窗子開著，屋裡沒有任何異常。她頭重腳輕地下了樓。岳天嵐來到大門口，大鐵門鎖著，大院裡一切都沉睡著。岳天嵐連敲帶喊把傳達室老大爺喊了起來。她問老大爺，剛才有沒有人從大門出去，老大爺很奇怪，他睡著，大鐵門鎖著，沒有誰喊他開門，怎麼會有人出去。岳天嵐問老大爺，她是不是在做夢，老大爺更奇怪，怎麼會是做夢呢，她明明在跟他說話。岳天嵐說剛才有人從她家裡走了。老大爺慌了，問她是什麼樣人，岳天嵐神情恍惚起來，絕對是人，不會是夢。老大爺讓她說糊塗了，他安慰她，說她可能是夢遊了，這麼高大的門，不開門誰也出不去，除非他會飛簷走壁。說著老大爺拿起手電筒要到院子裡找，岳天嵐沒好意思勞累老大爺，說也許她是做夢。岳天嵐無法再往下說，明明是邱夢山跟她做愛了，難道真會有鬼？鬼也能做愛？這事她沒法跟老大爺說，也許真是夢。岳天嵐謝了老大爺，悶悶不樂地回了家。

岳天嵐一躺到床上，這事像電影一樣閃現在她眼前，她把這個夢反覆地回閃，人、情、愛，一切都活生生、真切切，夢不可能這樣。難道鬼做愛會跟人一模一樣？這事書本上找不到答案，她也無法跟人諮詢。她想到了荀水泉，要是邱夢山活著回來，他肯定知道。第二天，岳天嵐一上班就給荀水泉打了電話，荀水泉說夢山已經犧牲五年了，怎麼會有他消息呢。岳天嵐只好說，她做了一個怪夢。荀水泉安慰她，說她這是婚前心理反應，證明她太愛夢山了。岳天嵐證實這事是夢，心裡就更不能安寧，這麼說真是有鬼，夢山知道她要嫁人了，故意來看她。岳天嵐心裡打了個結，她想到了曹謹，想把這事告訴她，想想又算了，實在說不出口，連母親都不好意思說。岳天嵐把這事悶在肚子裡自己想，可越想心情越沉重。

徐達民隔了三天才來給岳天嵐彙報婚禮的籌備情況，岳天嵐憔悴得讓他嚇一跳，問她是怎麼回事，岳天嵐當然不能跟他說這事，只是說不知為什麼突然失眠。徐達民笑了，問她是不是因為要做新娘激動得睡不著，岳天嵐只好順著他話說也許是。徐達民安慰她只有十二天了，說著要帶她去看醫生，岳天嵐沒同意。岳天嵐知道自己得了什麼病，醫生治不了她這病。岳天嵐忍受不了這種折磨，她回了家。她媽看到岳天嵐的臉色也一驚，問她是怎麼了，岳天嵐本不想跟媽說，怕給她添負擔，可這種事不跟自己媽說還能跟誰說呢？

岳天嵐媽也好生奇怪。她聽老輩說過這種事，死鬼會回門，會同房，還說會懷鬼胎。岳天嵐十分驚疑，一點不像是夢，什麼都跟過去一樣，跟人做這事一樣，難道真會有鬼？她媽說只是聽說，但沒見誰經過這種事。岳天嵐說她覺得不是鬼，真是夢山。她媽說絕對不可能，人都死五年多了，不可能再活過來，夢山犧牲部隊發了陣亡通知書，烈士陵園裡給他立了碑，荀水泉跟他在一個連隊，部隊還能開這種玩笑。再說，夢山要是真活著，他能不要老婆？能不要兒子？他為什麼不回來呢？為什麼要偷偷摸摸來幽會呢？她媽這話很有說服力。

岳天嵐無法否定，他要是活著肯定要回來，他還沒見過兒子呢！她媽疑惑，要真是活人，會不會是流氓冒充夢山，藉機佔女兒便宜。岳天嵐肯定絕對不可能，她雖沒睜眼，可她感受到他確實是邱夢山，他胸前胎記上那絨毛她都感覺到了。母女倆分析半天，只能是邱夢山的鬼魂。老輩說，夫妻倆要是特別恩愛，又特別年輕，突然有一個意外離世，那死鬼會回來纏人，還會把活人纏走。岳天嵐不知所措，問她媽怎麼辦，她媽說按老風俗，要送，還要躲。岳天嵐問怎麼送怎麼躲，她媽說送是要給夢山燒些紙送些錢去讓他花，躲是要到一個陌生的地方住些日子再回來，回來還不能是好天，要湊著下雨，穿著蓑衣回來。岳天嵐說，那是迷信。她媽說風俗那些東西，不可全信，也不可不信。岳天嵐不相信，她媽說她也不信，但事情已經發生了，他們兩個感情太深，夢山也是死不心甘。好在五一就要結婚了，趁結婚前，讓小姨陪她出去玩玩，也讓邱繼昌跟著姥姥習慣習慣。跟徐達民一商量，徐達民也同意，岳天嵐隨小姨去了五臺山。

7

邱夢山在地下室招待所兩天沒出門，他想了很多很多。事情進展成這樣，完全出乎他的預料，他沒能按計畫行事，但回憶起來他又有點得意，尤其想到岳天嵐仍那麼愛他，他簡直快活死了。可是，他清楚他們再不能做夫妻了，她和徐達民再過半個月就要結婚，或許他們已經登記，他沒有權利制止這樁婚姻，即使他們還沒有登記，他也沒權利制止，他不是邱夢山，他是石井生。鬱悶瞬即在心裡陰沉，陰沉得他心絞痛。他只能勸自己認命，既然當了戰俘，一切就只好聽命。可一想到岳天嵐就要與那個徐達民同床共枕，心裡打翻了醋瓶，酸得他什麼也不想幹。

邱夢山走出地下室招待所，在路邊菸攤買了包菸，一邊吸著一邊毫無目標地沿著街邊走著。突然他聽到一個聲音，一個女人在喊石井生。邱夢山扭頭找，從馬路對面跑過來一位姑娘，她竟是李蜻蜓。患難戰友意外相逢，格外親熱。邱夢山奇怪她怎麼會在這兒，李蜻蜓說她爸的老家就是文海縣李格莊鄉，她爸三年前轉業了，在縣印刷廠當副廠長。邱夢山問她回來後怎麼樣，李蜻蜓沒說話，竟流了淚，而且非常委屈。邱夢山看李蜻蜓這委屈樣，在大街上說話不方便，他拉她進了路邊一個小餐館。邱夢山要了兩碗牛肉麵，兩個吃著麵聊了起來。

李蜻蜓竟被她爸趕出了家門。李蜻蜓的父親叫李運啟，在一個軍保衛處當副處長，政治部七個處副處長裡他資格最老。文化不高，能力也不顯，但他上進心特強。因為總想進步，總想升官，沒有出眾才能，於是他只能特別聽話，好在領導面前表現，幹什麼都積極，只要是上級和領導說話，他都當作命令堅決執行不走樣。領導說上山下鄉軍隊幹部要帶頭，他立馬讓上初二的大兒子送回老家當了農民；領導說有兩個孩子男女雙方必須有一人結紮，李蜻蜓都上中學了，還有沒有生育能力都是個疑問，領導話音剛落，他搶先就跑醫院去做了結紮手術。他經常跟自己過不去，老感覺自己冤，論資格，他當副處長八年了；論業績，破了不少案，雖沒大案，可小拿小摸也是案，沒有功勞有苦勞；論覺悟，他歷來跟組織一條心，執行領導指示從沒打過折扣。他不明白領導為什麼就發現不了他的忠誠和才幹，為什麼一直就碰不上一個伯樂，政治部一次一次幹部調整每次都讓他空歡喜，就是不給他扶正。處裡那些年輕幹事都拿這事逗他玩，今天這個給他透露小道消息，說預提物件名單裡有他；明天那個告訴他，某位領導誇了他，說該給他扶正了。弄得他一天到晚心神不寧，上班一進辦公室總拿眼睛一個一個地掃描全處的人，生怕有好消息別人忘了告訴他；有事沒事每天都要到幹部處辦公室門口轉一趟，生怕他們疏忽把他給忘了，錯過好機會。升官的願望折磨得他快要精神分裂，幾年下來，他忽略了一點，就是從來不去想想自己除了會破那種小拿小摸案件之外，拿起筆來卻不會寫案情報告，三言兩語就能說清的事，他不把領導和同事說糊塗不甘休。到轉業他也沒能當上處長，最後和他的護士老婆一起轉業回到老家，工作的安排讓他比較滿意，在縣印刷廠當了副廠長，他跟人說，比上不足，比下有餘，有些人還沒職務呢，這輩子他還有扶正的機會。

李運啟終於有了扶正的機會，他親自組織把縣裡三會（黨代會、人大、政協）上領導的講話和材料印成了書，這在縣印刷廠是首次，過去都是印成檔，這次印成了書，縣委書記、縣長、人大主任、政協主席的講話都印成了書，還有彩色照片，領導都很滿意，女兒又是烈士，有人給他透信，廠長他當不了，可能會讓他當書記，書記是廠裡一把手，正科待遇。他萬沒料到，就在這節骨眼上李蜻蜓活著復員回來了。這本來是好事一樁，可女兒戴著頂戰俘帽子回來，他感覺女兒帶來了厄運，他受了她的株連。李蜻蜓回家進門，她爸竟驚異地問，你怎麼沒有犧牲呢？！李蜻蜓僵在那裡不知怎麼回答好。李蜻蜓完全瞭解她爸，她沒考上大學，她爸氣得不跟她說話，嫌她不爭氣，丟了他臉。李蜻蜓不想再考，打算就業工作，但她爸硬要她當兵，專門求了軍裡首長，請首長給接兵部隊首長打招呼，首長念他忠厚聽話，又沒能為他解決職務，於是幫了這個忙，李蜻蜓到那個部隊通信營當了外線兵。

李蜻蜓死裡逃生，受盡磨難，進門父親竟劈面問她怎麼沒死，氣得李蜻蜓一頭紮進自己房間關著門哭。李蜻蜓媽是個消毒護士，沒大本事，也沒什麼技術，李蜻蜓的爸在她的眼裡是中國福爾摩斯，嫁給他找著了一輩子的幸福，她從來不敢在他面前說個不字。李蜻蜓在房間裡哭，她就進房間陪女兒一起流淚。

其實給李運啟透信的人是跟他開玩笑，領導對檔印成書是滿意，但並沒有讓他當書記這說法，李運啟卻當了真，他把沒當成書記的原因都栽到女兒身上。他嘴上雖沒跟李蜻蜓明說，但心裡是這麼怨恨著女兒。

李靖蜓辦理報到手續還算順利，說起來她是正常復員，她爸大小是個副廠長，安置辦給她安排了工作，專業對口，到電話局幹外線。李靖蜓知道她爸心裡想什麼，住在家裡整天看他那臉色不舒服，她向單位申請住房。她那隊長對她特別關心，積極為她奔走，給她弄到了一間舊房。

李靖蜓搬進單位宿舍剛一週，晚上有人敲門，李靖蜓開門見是隊長。隊長看過她檔案，知道她在戰俘營待過，進門就動手動腳想佔她便宜。在敵人刀槍面前她都沒害怕，怎麼會怕一個隊長，她給了他一記響亮的耳光。隊長惱羞成怒，說弄她這種破爛貨是看得起她。第二天李靖蜓沒上班，她不想在這裡幹了，她回了家。

李靖蜓沒直接跟她爸說，她把事情告訴了媽，媽自然疼女兒，可她無能為力。李靖蜓的爸中午回家，她媽把女兒這事告訴了他，讓他想法幫女兒換個單位。她爸一聽就火了，不罵那隊長流氓，反對李靖蜓一肚子怨憤，好像李靖蜓又給他丟了臉，話說得特難聽，說她別不知好歹，不是衝他面子，哪個單位能要她這種人。李靖蜓氣得手發抖，她憤怒地說，戰俘不是她自己要當，她沒有對不起祖國，也沒有對不起父母，她是士兵復員，是城市戶口，政府就該給她安排好工作。她爸說別做夢了，還嫌不丟人，有個工作有碗飯吃就算不錯了，再要折騰，他丟不起這臉，要是再在單位搞臭，別再回這個家。李靖蜓責問父親，是不是要她隨便讓人糟蹋？這樣他是不是就能升官？她爸當即嘖出了那個字，讓她滾。李靖蜓什麼也沒再說，轉身離開了家，離開家邁出大門時她暗暗下了決心，這輩子哪怕要飯當叫花子，她絕不再回這個家。

李靖蜓看透了，她不可能再從父親那裡得到一點愛，她也不想再從父母那裡得到任何東西，她要自己養活自己。要活下去，不能沒有工作，另找工作沒那麼容易，何況她又是個戰俘，而且是個女戰俘，受盡了屈辱。李靖蜓一路上思想，人家當兵，是一段光榮歷史；她當兵，是終生痛苦。做女兒她已經遭父親拋棄，做女人她可能一輩子得不到別人的愛。她不知道自己將來能做什麼，也不知道自己現在該做什麼，周圍的世界變得陌生又無情，除了母親，她再沒有一個能說心裡話的。想起父親的氣焰，她沒有心痛，也沒有絕望，她那顆心早已麻木，父親把她這顆心徹底纖維化了，她不會再痛苦。她只有氣，只有恨，她恨父親，恨老天爺怎麼讓他做她父親。既然父親這樣討厭她，她就沒有必要硬要做他女兒，她不信離了他她就不能活。

李靖蜓在街上走出五百米，否定了離開電話局的打算，她決定仍舊回外線隊，那裡有一間小屋可以棲身，那裡有一份工資能保證她不餓肚皮。

隊長看她回來，沒說她，也沒罰她，只是瞪了她一眼。第二天，李靖蜓就領略了什麼叫小人不可得罪。天下著大雨，城西一段線路出了問題，雨天查線不是好活。他們隊就李靖蜓一個女工，這種任務，至少應該兩個人去幹，但隊長卻只派李蜻蜓一個人去完成。李蜻蜓明白他的心思，她才不在乎呢，槍林彈雨都經過了，這種雨算得了什麼。李蜻蜓二話沒說，穿上雨衣背起工具就出發。儘管她對西城道路不熟，線路更不熟，但這種困難對她來說算不了什麼。爬杆子，鑽陰溝，外面衣服髒不說，還帶上了下水道臭氣；裡邊褲頭濕得能擰出水來。李蜻蜓排完第二個故障從水泥線杆上下來，電線杆旁一個男人穿著雨衣站在雨中，是他們外線班的人，她還不知道他的名字，印象中他寡言少語。李蜻蜓渾身精濕，此時才感覺到冷，但心裡湧出了許多暖意。她問他怎麼來了，男工說怕她不熟悉線路，大雨天讓一個女孩單獨出工，讓人心裡不踏實。男工和李蜻蜓一起排除了最後一個故障。完成任務，男工沒跟李蜻蜓一起回到隊裡，他說一起回去別人會說他閒話，這句話讓李蜻蜓心頭一熱。李蜻蜓回隊裡，那些男人們看她淋成落湯雞，一個個不免有點歉疚。李蜻蜓卻一點沒在意，得罪了隊長，受他報復，心甘情願。再說，拿了工資，不能不幹活，到哪都是這道理，何況還有好人幫了她。李蜻蜓理直氣壯地向隊長銷了任務，弄得隊長反沒話可說，他再故作姿態也掩蓋不了他內心的尷尬。

李蜻蜓一口麵沒吃，越說越委屈，邱夢山勸她先吃了麵。李蜻蜓的遭遇讓邱夢山心裡憋氣，他要李蜻蜓帶他去她們家。李蜻蜓不想回家，也不想跟她爸再爭理。邱夢山卻咽不下這口氣，他生氣不只是為李蜻蜓，而是為他們這些人，不能這樣平白無故地讓人侮辱。他要李蜻蜓領他去，她可以不進屋，不見她爸，他今天非見他不可。李蜻蜓知道邱夢山的脾氣，他有心計也有意志，能做大事情。

李運啟沒見過邱夢山，問他找誰，邱夢山說他受部隊領導委派，來走訪看望一下參戰復員士兵的情況。李運啟聽說是部隊來人，立刻換了副面孔，客氣地請邱夢山進屋，又遞菸又倒茶，十分殷勤。邱夢山開門見山，說李蜻蜓雖然在戰場被俘，但她在敵人的殘害下，寧死不屈，保持了軍人的堅強骨氣，具有英雄的品質和精神。但是她復員回到地方後很痛苦，社會對她歧視，連她父親都不體諒理解她，逼她離開了家，是不是有這回事，李運啟很尷尬，說李蜻蜓是他自小慣得不成樣子，不是他逼她離開家，他不過說她幾句，她就跟他吵，賭氣離開了家。邱夢山問他看沒看過總部關於保衛邊境作戰被俘歸來人員處理辦法的文件。李運啟十分抱歉地說沒看過，地方看不到部隊的檔。邱夢山告訴他縣委組織部、統戰部和人武部都會有這個檔。現在戰俘政策完全不一樣了，對作戰中表現較好，因身負重傷，極度饑渴，赤手空拳，彈盡糧絕等客觀原因和失去反抗能力而被俘的人員，一律恢復其軍籍、黨籍、團籍，給予表揚。身體健康者繼續留隊工作。他問李運啟知不知道李蜻蜓的被俘經過，李運啟搖頭說不知道。邱夢山又問他知不知道李蜻蜓被俘後的表現，李運啟又搖頭說不知道。邱夢山嚴肅起來，他很嚴厲地說，聽說你還在部隊政治部門當過副處長，怎麼一點政策觀念都沒有呢！對自己女兒的表現一概不瞭解，見面就把她當變節份子對待，你這父親就這麼當嗎？

李運啟啞口無言。邱夢山繼續說，我告訴你，李蜻蜓是英雄，她和戰友執行任務遭敵人襲擊，戰友犧牲，她一個女孩子跑進森林裡，過了三個多月的野人生活，赤手空拳被敵人特工俘了，在戰俘營寧死不屈，與戰友們一起越獄，她一人打死了三個敵人，最後中了敵人埋伏才再次被俘。她沒有一點對不起黨，沒有一點對不起祖國，也沒有一點對不起軍隊。她本來可繼續留部隊工作，但因為她是士兵，年齡已經偏大，是她自己主動要求復員回家，她完全可以跟其他復員士兵一樣，享受同等待遇。你做為父親，不理解她，不關心體貼她，不給她父愛，反把她趕出家門，還講點人道嗎？

李運啟讓邱夢山說得頭上直冒汗。最後邱夢山說，你要是還有一點良知，就不應該跟著世俗觀念一起再給她傷害，應該多給她一點父愛，盡一點父親的責任。直到邱夢山離開，李運啟再沒能說出一句完整話。

8

岳天嵐跟著小姨到五臺山躲了整整十天，宗寺、圓照寺、萬佛洞、普化寺、黛螺頂、菩薩頂都去拜了，燒了許多香。也不知是她們的虔誠感動了菩薩，還是巧合，她們回家那天真下了大雨，這竟成了天意。岳天嵐媽說是應驗了，岳天嵐自己知道，在五臺山這些日子，整天生活在佛門慈悲為懷、超凡脫俗的精神世界裡，小姨又一路上不停地分說開導，再加上這裡山清水秀，她的心境清淨了許多，心情也好了許多。岳天嵐沒再做那種怪夢，但白日裡一有空閒還是思念邱夢山，一點都沒臨嫁的喜悅。

婚禮前三天，徐達民發現她精神不振，百般地殷勤，又是人參精，又是蜂王漿，他要岳天嵐精神百倍地步入「皇宮」，讓所有到場的賓客都羨慕。

邱夢山在家裡乏味地住了半個月，說乏味，是他在家不能幹他原來喜歡幹的那些事，他只能幹邱夢山從小不願幹的那種事。他喜歡打獵，他卻不能去打獵，他爹帶他去打，他還要裝作不會打銃。他自小最頭痛磨麵，一磨麵就頭暈，他卻要幹得特別來勁，讓他爹和娘確定感覺他不是兒子夢山，而是井生。邱夢山選擇岳天嵐舉行婚禮這一天回部隊，是怕自己在家裡情緒反常讓爹娘看出破綻。

婚禮前一天晚上，邱夢山和岳天嵐都沒睡好。邱夢山徹夜想念岳天嵐，岳天嵐也痛苦地與邱夢山做了最後告別。岳天嵐先安頓兒子，問兒子要不要徐叔叔做他爸爸，兒子說就要徐叔叔做他爸爸。岳天嵐說若要徐叔叔做他爸爸，他就得暫時跟她分開。兒子不理解，徐叔叔做他爸爸，他為什麼就要跟媽媽分開，岳天嵐說如果要徐叔叔做他爸爸，媽媽就得嫁到徐叔叔家去，就得跟徐叔叔一起度蜜月。兒子問媽媽跟徐叔叔度蜜月，為什麼他就要跟媽媽分開。岳天嵐說媽媽跟徐叔叔度蜜月，媽媽就得跟徐叔叔睡一個被窩，他就不能跟媽媽睡一起。兒子又問他不跟媽媽睡，跟誰睡？岳天嵐說他先跟姥姥爺住一起，等媽媽跟徐叔叔度完蜜月，再接他到徐叔叔家一起住，那裡為他單獨佈置了一個房間。兒子又問蜜月要多長時間？岳天嵐說蜜月就一個月，白天她會到姥姥家看他。兒子說不跟媽媽在一起不好。岳天嵐就說那就不要徐叔叔做他爸爸。兒子想了想還是要徐叔叔做他爸爸，他要媽媽保證每天到姥姥家來看他。岳天嵐答應她和徐叔叔每天接送他上幼稚園。邱繼昌就愉快地答應了。岳天嵐是體諒徐達民初婚，度蜜月有兒子在身邊，無論從哪方面考慮，對徐達民多少都會有影響，她應該讓他享受初婚的幸福。岳天嵐當天就把兒子送到爸媽那裡，兒子很聽話，高高興興地在姥姥家住下了。

岳天嵐獨自回到自己家，她要跟邱夢山告別。岳天嵐把邱夢山的一張標準相放到梳粧檯上，她點了三炷香，雙膝跪到邱夢山相前，磕了三個頭，然後對邱夢山說她明天要嫁給徐達民了，這人還不錯，對繼昌對她都很好。但是，無論誰也無法替代他在她心中的位置，他是她一生的最愛。兒子還小，需要有個家，需要有個爸爸照應他，但他永遠姓邱，她也會讓他記住，他永遠是邱夢山的兒子。她還說她要離開這兒了，但他和這小屋將永遠留在她的心中……岳天嵐淚如雨下。岳天嵐說完這些，起身把屋裡牆上邱夢山的那些大照片都取了下來，拿出了他們所有的照片和影集，她找出一隻鐵桶，把一張張照片點著，在鐵桶裡燒化。

岳天嵐坐在鐵桶旁，把每一張照片再看最後一眼，看一張，燒一張，每一張照片都是一個片段，都有一個故事。岳天嵐看著一張張照片烤焦、燃著、燒化，眼淚伴著火焰流淌。燒到最後，剩下他們結婚的那本影集，她看了影集，緊緊地把影集抱在胸前，她沒有把這本影集投入火中……

9

邱夢山提前歸隊李松平並不欣賞。政治處主任向他彙報後，他跟主任說石井生這小子變著法在催逼領導，這個時候表現積極有什麼用，再積極也是個戰俘，不可能到一線重要崗位任正職。主任就只好附和，說也難怪，等於在異國坐了五年牢。李松平堅持往上推，說團裡不好安排，戰鬥部隊弄個戰俘去當領導，有副作用。他讓主任再催師幹部科。

邱夢山無聊地在招待所熬日子，他急需要工作。老婆嫁別人了，有兒子不能去認，爹娘認了，但隔上了一層東西，他感覺自己真成了石井生，已沒一個親人，再要沒工作，他簡直要瘋了。

師裡對石井生相當重視，專題開會研究，按照上級檔規定，承認他火線提幹，定為副連職，到師臥龍山戰術訓練場任副場長，中尉軍銜。根據他的表現，重新給他評功論獎，確認原評那二等功，報經上級批准，下了正式命令發了文。李松平和政治處主任一起跟邱夢山談了話。唸完命令主任強調，訓練場沒有場長，他是以副代正。邱夢山聽了，內心非常激動，但他沒把激動表現出來。懸著的那塊石頭總算落了地，政策還是管用，要是過去，當了戰俘還想回部隊任職提升，只能夢想！想到這一點，邱夢山心裡的那英雄氣便又慢慢滋生。

李松平沒能讀懂邱夢山臉上的表情，感覺他情緒有些低落，就要離開摩步團了，以後也不會再麻煩他了，他就真誠地勸他。說師裡讓他到戰術訓練場當副場長，一個重要原因是考慮要發揮他的軍事特長，戰前雖然是個班長，但火線提了排長，直接指揮過戰鬥，有戰場經驗，還立了二等功，可以在部隊訓練上發揮積極的作用。回團後，李松平就這話說到了邱夢山心裡，他心裡當即鼓起了一張帆。可帆剛張開還沒揚起，又讓李松平的一句話給落了下來。他說讓他離開摩步團也是替他著想，畢竟有被俘這段歷史，摩步團熟人多，低頭不見抬頭見，大家也許會生出尷尬，換個新環境，新天地裡好做事。最後才涉及職務偏低這個實際問題，他希望他理解組織，他畢竟離開部隊五年多了，部隊變化很大，無論是他本人，還是組織都需要一個重新熟悉重新認識的過程，相信這個過程不會太長。李松平這番話把邱夢山內心滋生的那些英雄氣又澆了下去，道理說得天衣無縫，語氣也十分懇切，邱夢山還能說什麼呢，他只能反過來警告自己，你不是邱夢山，是石井生，這就很不錯了。於是他只好感激領導的關心，表示服從組織的安排。

臥龍山戰術訓練場邱夢山非常熟悉，戰前沒少去駐訓。訓練場離師機關五六十公里，說是訓練場，實際只有一個排在那裡做訓練保障工作，維護訓練場的設施，平時沒人去，他們也用不著回師部。邱夢山離開摩步團，沒誰去看他，他也沒去看誰。邱夢山有自知之明，無論他是邱夢山還是石井生，都不是英雄凱旋，而是戰俘交換而回。從戰場上下來，只要不犯錯誤，軍官們幾乎都升了兩級，都正在飛黃騰達，他去看人家算添喜還是添憂啊？師裡倒是有兩個熟人，營長到師裡當了副參謀長，團長當了副師長，但做為石井生他跟這些領導一點都不熟。邱夢山臨走只回老連隊看了倪培林。倪培林結婚後很正常，只是變得沉默寡言。邱夢山去看他，他和依達在自己宿舍請他喝了酒，依達已調來縣百貨商場當營業員。依達和邱夢山都沒有一點尷尬，依達看他怎麼看怎麼不像原來的那個石井生，她說戰爭把人都變了。倪培林為老戰友送行，一連敬了邱夢山好幾杯酒，他送邱夢山走時說了三句話，第一句話是，需要他做什麼事就打電話；第二句話是，他每年都會祭奠老連長；第三句話是，他一輩子對不起他。

邱夢山到臥龍山戰術訓練場上任，沒有刻意要燒什麼火，他也沒有意識要顯示他的什麼英雄氣，他只是在其位必須謀其政，當訓練場場長，必須幹場長的事。他到訓練場後，頭一件事是看地形，真軍人才有這個習性。真軍人腦子裡整天只琢磨兩個字，攻防。無論攻還是防，都離不開地圖和地形，看地圖和地形是要知道敵我友方位，明確自己所處的位置。知道自己的位置，才能知道上級在哪，友鄰在哪，敵人在哪，才稱得上知己知彼。軍人要不知道自己的位置，也就一草莽，不可能成為軍事家。軍人在一地住下，頭一要緊就是知道自己住在什麼地方，處在什麼位置，方能知道如何進退，何時進退，怎麼進退。搞清南北方位，摸准左右近鄰，無論戰時還是平時，都有好處。

邱夢山看地形，除了軍用地圖外，只帶排長一人。前任已經轉業，聽說是連長，也上過戰場，打仗時是排長，在戰場立過二等功，從戰場回來，鮮花和掌聲把他搞得有點暈，老婆不在身邊，沒人管束，也少有人提醒，師醫院一位護士崇拜他，他沒能管好自己，炮兵出身，懂得精確射擊，神炮手全師有名。他很厲害，不光把人家護士搞了，還把護士的肚子搞大了。這護士非常癡情，彷彿是給她下了龍種，下定決心要這孩子，還想等他離婚跟她結婚。神炮手卻只想摟草打兔子，壓根就沒想離婚。這傻護士竟一根筋，心地不錯可擋不住肚子鼓起來，一經暴露，醫院便頃刻進入一級戰備狀態，緊急排查。一查就查到了那連長頭上。軍隊的紀律是鐵，是鋼，不鐵不鋼，軍隊就成麵條，上下一片娘娘腔，不能叫軍隊，也打不了仗。因為是兩相情願，那傢伙只挨了黨內記大過處分，調離連隊，發配到這訓練場當場長。其實訓練場沒入編，僅用了師靶檔隊一個幹部名額，一直由一個排長在這裡負責，自那連長開始，才有了連級這個說法，說法歸說法，還是沒編制，實力掛在靶檔隊，歸師作訓

科管。

邱夢山看地形跟別人不同，他不要排長給他介紹方位、地形、地貌和任務，也不要排長介紹工事設施和作用，他只要他跟著。邱夢山拿著地圖，一氣爬上了臥龍山主峰，海拔一千二百六十三點八米，是這訓練場的制高點，登上主峰，俯瞰四周，也是一覽眾山小。邱夢山站在主峰上，拿地圖跟地形一一對照。然後再坐上摩托車，這是訓練場場長的坐騎，把訓練場方圓十公里的旮旮旯旯看了個遍，一天工夫他就看完了戰術訓練場的全部地形。第二天他還讓排長跟他上山，又一次爬上臥龍山主峰。他問排長這訓練場場址是誰選定的，排長說不清楚，是坦克師調防時移交給他們師的。邱夢山感慨特種兵的現代化意識就是比步兵強。這方圓十公里，除了臥龍山，都是丘陵平緩慢坡，非常適合搞現代步坦合成訓練，現在他們摩步師也有了坦克團，步兵團也裝備了裝甲輸送車，在這兒訓練很符合現代合成作戰要求。排長沒吭聲，那表情顯然是覺得邱夢山操心操大了，這心歸師長、參謀長和作訓科操，訓練場就負責場地保障，你操這種心是公公爹背媳婦，出力不討好。邱夢山沒管排長什麼反應，他繼續問部隊來駐訓，是訓練場拿方案，還是部隊自己拿方案，還是師作訓科拿方案，排長覺得邱夢山有點異想天開，他想讓他知道個人的位置，他說訓練場只負責場地保障和設施保障，連後勤都不用他們保障，也沒保障那條件。部隊駐訓練什麼，怎麼練，練多久，怎麼考核，方案都是師作訓科和團作訓股拿，他們就是聽喝。領導吆喝他們幹什麼，他們就幹什麼；領導沒吆喝他們，他們也別抻頭，瞎抻頭不落好，是添亂。除了那一百多天駐訓外，沒人搭理他們，士兵到這兒當兵到復員能不能去趟師機關，要看運氣。邱夢山一聽不是味，他對排長這態度很不滿，他問那幹嘛叫訓練場，叫訓練保障隊算了！排長說，哪夠得著訓練保障，也就是個靶檔保障排，訓練場就是用靶檔隊編制，他這副場長根本不在編，是用了幹部機動名額。讓他來這裡當副場長，不過是一個心理安慰，跟玉皇大帝讓孫悟空當弼馬溫一個道理，別太在意了。邱夢山聽了涼了半截。

邱夢山心裡涼歸涼，但他生性不是愛偷閒的那種人，排長消極，他再幹什麼就不讓排長跟著，看著他煩。第三天，他獨自一個人在訓練場轉，把每個工事、每道戰壕、每一個障礙都看了個遍，而且全都繪到地圖上，訓練場一切戰術設施他再不用別人介紹，完全瞭若指掌。

邱夢山到戰術訓練場兩個月，部隊就開始駐訓。所謂駐訓，是部隊拉出營房，駐到戰術訓練場周邊，住到村裡老百姓家，一邊體驗野戰生活，一邊搞訓練，最後在訓練場完成戰術合練和輕武器、火炮射擊考核，年度訓練計畫就大功告成，然後班師回營房。

邱夢山被壓抑的英雄氣還在作祟，兩個月副場長當下來，他發現訓練場的那些工事、障礙，設置位置和形式比那邊戰場要落後十五年，落後陳舊不說，部隊每年都在這兒訓練，工事和障礙位置閉著眼睛都能摸著，沒有一點實戰意味，訓練品質和效果可想而知。實戰是什麼，實戰就是情況瞬息萬變，計畫始料不及。他琢磨，部隊硬功夫只有在近似實戰的那種訓練中才能練得，指揮員的應急處置能力也只有在突發事件中練就。眼下，全師參訓部隊對訓練場的防禦工事和設置的位置一清二楚，怎麼能達到提高實戰能力的效果呢？他決定增設暗堡和新工事，搞成幾套配套工事，供考核時選擇使用，讓部隊練上幾手，他認為這是他當場長的本職。

邱夢山把任務交代給了排長，排長居然不把這事當回事，聳了聳肩膀，說他怎麼不嫌累，訓練場就二十來個兵，根本幹不了這種事。開訓後，師首長三天兩頭要來吃飯，接待任務都忙不過來。邱夢山還沒碰上過這種下級，敢這麼頂撞他。訓練場只兩排房子，一排房子是他們的辦公室和宿舍，一排房子是招待所，供師首長和機關用。那排房子外表看是普通營房，裡面卻是按三星級賓館裝修，衛生間、實木地板、空調、彩電、電腦應有盡有。三名士兵專職為這排房子服務，還有三名炊事員一名給養員，勤雜人員就佔去一個班。兵是少點，但不等於幹不了這事。邱夢山沒發火，但這事不容商量，他說二十來個兵不少，坑道都打得出來。排長看他瞪圓了眼，就悄悄地把自己給「三大紀律」住了。

第二天吃早飯排長露了臉，吃完飯轉身就沒了影兒，兵也只剩下一個班。邱夢山查問，班長說排長去鎮上採購了，師首長中午在場裡吃飯。邱夢山心裡有點火，我大小是個副場長，有事你得跟我說，連招呼都不打，還有個兵樣嗎？邱夢山沒朝班長發火，喉結那裡鼓湧了幾下把那氣咽了下去。他扛起工具，帶著一班兵上了臥龍山。中午邱夢山和兵們渾身泥汗回到場裡，肚子餓得咕咕叫，炊事班卻沒給他們做飯，兵們心裡惱得扔工具。炊事班長卻拿首長來吃飯壓他們。邱夢山沒發話，卻拿兩眼瞪著炊事班長，炊事班長被邱夢山眼睛裡噴出那火燙軟了，趕忙讓炊事員給他們做雞蛋麵。邱夢山吃著麵，隔窗看到排長在後排走廊裡狗顛屁股來回跑，跑得腳後跟打後腦勺，發狠吃了兩大碗麵。

邱夢山再碰見排長時，排長說話舌頭已經不會打彎，走路邁著醉拳步，腦子倒還沒完全暈，還認得邱夢山。他說石場副，參謀長在飯桌上問他來著。這句話每個字後面都加著頓號重複了好幾遍才說完。邱夢山很可憐他，可憐他能把軍人醜化成刁小三樣真難為了他。邱夢山嗯了一聲就轉身走了，他沒去見參謀長，直接回了宿舍，他要小睡一會兒，下午還要領著兵們去築暗堡。

10

岳天嵐是讓曹謹硬逼著才去了醫院。曹謹來看岳天嵐，發覺岳天嵐的臉色不好，曹謹驚奇新婚後怎麼反倒憔悴了呢。岳天嵐沒法跟她說心裡話，新婚以來，她沒有一天不在想邱夢山，徐達民每次跟她親熱，她從心裡到感覺都把他當作邱夢山，徐達民僅僅是邱夢山的替身。她知道這樣不好，對徐達民非常不公，可她卻無法改變，因此，她常常失眠，感覺嘴裡發淡，食慾不振，渾身慵懶乏力。岳天嵐的不舒服，卻又不願意讓徐達民發現，什麼都可以跟他說，唯獨這件事不能說。曹謹就領著她去了醫院。內科、婦科都查了一遍，醫生開了一大堆化驗單，三天後去看結果，肝功、血常規、血脂、膽固醇，一切都正常。岳天嵐一頭霧水地走出醫院。岳天嵐沒離開醫院，在住院部前那片樹林一個角落裡找到了一張條椅，她獨自坐下來，讓自己靜一下，她想，難道真讓夢山那鬼魂纏上了。她無法解釋，也無法排遣。

岳天嵐在醫院的樹林裡想了半天，徐達民追她這麼多年，婚前從沒對她越過軌，即使登記那天去驗收新房，他也聽她勸克制了自己，他把她當一塊美玉一樣愛，可她心裡卻時時刻刻念著邱夢山，難道真有鬼……岳天嵐越想心裡越沉重，越想越覺對不住徐達民，越想心裡越害怕。她沒心思回到學校做事，給學校打電話請假回了娘家。

曹謹追來電話，問岳天嵐檢查結果，岳天嵐只好如實告訴她，她一切正常，什麼病都沒有，只有心病。曹謹問她什麼心病，岳天嵐沒瞞她，她說她忘不了夢山。母親說，老輩那些傳說，不能全信，也不能不信，也許夢山真有魂，讓他給纏上了。她沒像岳天嵐那樣只顧憂慮，她說，她想法求人幫著戒一戒，驅驅鬼。另外她勸女兒，徐達民這麼急著想要孩子，趕緊給他生個孩子，有了孩子，她就不會再這麼想邱夢山了。岳天嵐也覺奇怪，她也想早給徐達民生個孩子，早生她也早完成任務，結婚後她沒採取任何避孕措施，可她卻沒有一點反應。

娘倆正憂鬱著，徐達民歡天喜地進了門，進門就把岳天嵐摟到懷裡，說她這麼美麗可愛，絕對不可能生病。原來徐達民路過學校進去看岳天嵐，想下班兩人一起去接兒子，岳天嵐的同事告訴徐達民岳天嵐到醫院看檢查結果去了。徐達民一驚，天嵐從來沒跟他講有什麼不舒服，他急忙去了醫院，一路上想，天嵐會不會懷孕，結果岳天嵐真是去查病，他自責自己對她關心不夠，聽醫生說她一切都正常，於是他立即趕了回來。徐達民這麼一說，岳天嵐卻更是內疚，又無法對他吐露真情。岳天嵐只好說這幾個月她身體一直不太好，徐達民緊緊捧住岳天嵐的手，真誠地檢討，說他是馬大哈，以後一定注意。徐達民不只檢討和安慰，他發自內心地愛岳天嵐，他又逼著岳天嵐跟他一起去醫院做全面檢查，B超、CT、心電圖查了個遍，還是一切正常。徐達民這才如釋重負，說沒有病咱就補。他今天一隻雞，明天一隻鴨，還給岳天嵐買了西洋參。徐達民越是這樣，岳天嵐心裡越亂……

第八章

天凶

1

一個月之後，摩步一團戰術綜合考核率先在戰術訓練場拉開了序幕。臥龍山主峰對面高地搭起觀禮帳篷，四周插滿了彩旗，架起了高音喇叭，這些事排長做起來非常賣力，沒用邱夢山操一點心。團首長、師首長都來了，軍參謀長也來了，越野車小轎車停了一拉溜，戰術訓練場比過年還熱鬧。這時最牛氣的人是師作訓科科長，上至師長，下至連長，考核的事一切都得問他。邱夢山卻成了局外人，他人在現場，但無論開什麼會、下達什麼任務、現場組織考核，都沒他的事，反倒是那個排長跑前顛後忙得不可開交。沒人找他，他自己找自己；沒人給他任務，他自己給自己下任務，他完全在軌道之外獨立運行。一身野戰服挺合身，精氣神十足，手裡握著一個對講機，這是場裡的先進通信設備，像二代大哥大一樣，小巧精緻，原來放在倉庫裡睡覺，都睡出毛病了，邱夢山讓它們重見了天日。他拿著這玩意兒挺來勁，不時會聽到有人向他報告情況，讓他找到一點場長的感覺。

戰術綜合考核以連為單位，連戰術考核是攏練，對手只是訓練場那些鋼筋混凝土工事，沒有假設敵，進攻連隊所有的槍炮只做樣子不開火，為增添氣氛，自製了一些小炸藥包，加上各種槍支打空炮彈，給考核演練增添了一點火藥味。

摩步一連率先進入待機位置，邱夢山看到倪培林穿著野戰服和連長帶著部隊進入角色，雖然是擺練，但這是年度考核，一年辛苦的成效如何要看這一下。三發綠色信號彈升空，摩步一連開始向臥龍山主峰進攻，輕車熟路，一連三個排所向披靡，毫不費力地摧毀了第一和第二道防禦工事。部隊接著向第三道防禦工事攻擊。炸藥包、空炮彈像禮花鞭炮，很是熱鬧。一連突破第三道防禦工事，只要攻佔主峰，考核就順利結束。一連剛接近第三道防禦工事，左右兩側突然有槍伸出暗堡射擊孔，槍聲大作。雖是空炮彈，把一連兵們嚇了個傻，訓練時兩側高地從來沒有暗堡，兵們不知怎麼辦，班排長不知所措，連長也不知道是怎麼回事，扭頭往後看觀禮台，進攻自然停止，隊形頓時大亂。師參謀長火了，問是誰在搗亂，作訓科長也不知道是怎麼回事，他吼訓練場排長這是怎麼回事，排長自然就推到副場長身上。科長這時才想起這裡還有個副場長，他急忙喊副場長，但記不得名姓。邱夢山明白科長是要找他，他不慌不忙地過來告訴科長他姓石，叫石井生，訓練場特意設置了暗堡，好讓部隊練緊急應變能力。科長沒給他好臉，出口罵了句神經病，這是做遊戲鬧著玩嗎？想怎麼著就怎麼著，出了事誰負責？邱夢山沒在乎科長發火，軍參謀長發火他都沒在乎，何況一個科長，骨子裡的英雄氣還是保留了一點。他回答科長就因為不是做遊戲才考慮從實戰出發，訓練不是為了看，而是為了戰。邱夢山這話頂得作訓科長瞪著眼睛沒能找到合適的話來訓他。倪培林畢竟上過戰場，他主動取代連長指揮全連利用地形地物隱蔽，三排掩護，一排從左側迂迴攻擊主峰，二排從右側迂迴攻擊主峰高地。各排以戰鬥小組分散進攻，相互掩護，摧毀暗堡，迅速突破第三道防禦，拿下主峰高地！連隊改變進攻隊形，化整為零，三個人一小組，向兩側迂迴，交替掩護進攻。很快摧毀暗堡，突破防線一起向主峰發起攻擊。

師長和師參謀長臉上的肌肉這才放鬆開來。事後邱夢山聽一個參謀說，軍參謀長說了一句話，說這樣訓練好，沒有預案，有對抗性，這樣才能訓練實戰應變能力。但事後，師參謀長還是訓了邱夢山，不是批評，而是訓。他訓邱夢山，別目無組織紀律！實兵對抗請示誰啦？自製小炸藥包也能傷人，炸死炸傷人你負得了責嗎？！多保障，少添亂！中午米飯夾生！別不務正業！邱夢山什麼也沒說，弄半天他這副場長主要任務是要保證米飯不夾生。邱夢山哭笑不得，轉身時禁不住鼻子裡哼了一聲。邱夢山這一聲哼聲音不大，參謀長沒聽到，但作訓科長耳朵卻比老鼠耳朵還尖，他不只聽到，而且特意告訴了參謀長。參謀長就很不舒服，他說一個戰俘，訓他又怎麼啦。這話又傳給了邱夢山，傳話那個參謀不是要搬弄是非，他欣賞邱夢山，遺憾他只是個參謀。

邱夢山沒管參謀長對他滿不滿意，他只是想自己重新回到部隊穿上這身軍裝不易，不能愧當這軍人，更不能愧對英雄的榮譽，應當為部隊做點實事，這才不枉開明政策，不枉總部領導的一片關懷。摩步一團綜合戰術演練結束，他沒管作訓科長對他是什麼看法，鄭重其事地找了他，把一份報告交給了科長。科長拿起邱夢山那材料掃了一眼，題目是《實兵對抗綜合戰術演練方案》，科長只掃了一眼，就把方案扔桌面上，抬起眼睛看了看邱夢山，說他有空看了再說。邱夢山聽得很清楚，科長要看還要再說，邱夢山就翹首盼著科長來跟他「再說」。科長幾乎天天來訓練場，卻沒跟邱夢山「再說」什麼。邱夢山一直盼到三團演練考核，科長仍沒找邱夢山「再說」，幾次見面也沒再提方案一個字兒，似乎他從來沒說過看了「再說」這種話。

邱夢山沒法責怪科長，只好暗自檢討自己的那個方案，檢討來檢討去他覺著沒什麼不合適，方案完全是針對實戰要求提出的，搞假設敵對抗，才會有戰場真實感。雙方明確訓練課目，不設預定方案，各自才會真正動腦子較勁，這樣才符合實戰情況，這樣才能真正提高指揮員的應變能力，才會讓部隊練出真本領。邱夢山當然不明白作訓科長怎麼沒跟他「再說」，他也不便跟傳話那位參謀接觸，這樣可能會給他添麻煩，邱夢山沒有任何人可商量，他只好把這個方案悶在肚裡。他想，興許今年訓練計畫已經定了，不好改變，駐訓結束後，搞駐訓總結那會兒，也許科長會主動找他「再說」。他也曾想到再寫一份，直接寄給軍參謀長。後來想想不合適，自己現在這身分，越級送材料，好像抱什麼個人企圖，像是要顯擺什麼，別再惹麻煩了。

2

坦克團實彈射擊是駐訓考核最後一個單位壓軸專案，只要坦克團實彈射擊不出事，三個月駐訓就勝利完成，不料坦克團火炮實彈射擊偏偏就出了事。

實彈射擊在臥龍山下大沙河裡進行，沙河一邊是臥龍山，另一邊是老百姓的莊稼地。射擊課目是行進間短停射擊，五發炮彈，兩個隱現目標，距離在八百米至一千五百米之間。邱夢山率訓練場兩個班做靶場保障。靶場保障不只在各種距離上設置靶子，主要任務是檢靶報靶，這牽涉到每一輛戰車年度射擊成績，一點都不敢疏忽。一連二連咣！咣！咣！一氣呵成，問題出在三連一排二車第三發炮彈上。前兩發打得很準，第一個目標兩發兩中。坦克繼續前進，邱夢山命令將一千一百米處靶子拉起，坦克短停，七秒鐘裝定諸元火炮擊發射擊，轟！炮口冒火，硝煙四射，坦克後坐，炮彈呼嘯出膛，一秒、兩秒、三秒……坦克裡四個乘員盯著潛望鏡看彈著點，射擊場上從師參謀長到全團每一個參加考核乘員，眼睛都聚焦在一千一百米處那個坦克靶子上，邱夢山和場地十幾個保障人員也都躲在戰壕裡瞪眼盯著坦克靶。沒聽到爆炸聲，炮彈也沒有穿過靶子，既沒見近彈，也沒見遠彈，炮彈不知飛哪去了！邱夢山向指揮所報告，沒發現彈著點！參謀長奪過送話器吼，問他炮彈飛哪去啦？邱夢山說坦克靶前後左右都沒發現彈著點。參謀長火了，見了鬼啦！炮彈能飛天上去啊！邱夢山說也許發生了跳彈。參謀長吼他跑步去指揮所，聽這口氣倒像是邱夢山製造了這個事件，是他讓這發炮彈失蹤。

射擊場沸沸揚揚，三連二車終止射擊，返回出發地。坦克團參謀長、射擊參謀帶著三連連長和二車四個乘員垂頭喪氣地來到實彈射擊指揮所，邱夢山也跑步趕回指揮所。師參謀長氣哼哼地雙手撐著腰站在指揮所裡，見人員到齊，他問到底是怎麼回事，三連二車炮長哆嗦著嘴唇彙報整個射擊過程，一切都按規程操作，炮彈正常出擊點火出膛，沒有看到彈著點。參謀長扭頭問邱夢山憑什麼判斷是跳彈，邱夢山說一百毫米坦克破甲彈初速是每秒九百五十五米，一千一百米距離，彈丸出膛後一點一五秒鐘就得爆炸，炮彈擊發點火發射，彈丸出膛沒有疑問，無論遠彈近彈，一點一五秒鐘之後都應該發現彈著點，沒有發現彈著點，很大的可能發生了跳彈。參謀長反問即使跳彈，彈丸也要落地，只要它落地就會爆炸，最遠也能聽到爆炸聲，為什麼沒聽到爆炸聲，邱夢山分析，跳彈一般是因為引信沒有接觸地面，大多是彈丸前部碰巧撞擊在露出地面山石上引起，跳彈後，彈丸改變飛行方向，減慢速度，如果是彈丸底部觸地，引信有可能不接觸地面，彈丸就不會爆炸。參謀長沒了脾氣，他沒有直接物件地問現在怎麼辦，邱夢山沒有說話，這不是他的職責範圍，他拿眼睛看坦克團領導。坦克團參謀長說必須找到跳彈彈丸，要不後患無窮，但沒具體意見。師參謀長覺得撓頭，他又火了，讓他們別說空話廢話，說怎麼找。坦克團幾個人面面相覷，團參謀長猶豫了一下，說有危險也得找，問題是他們三連發生，由三連負責去找。師參謀長問他們準備怎麼找，坦克三連連長十分為難，他不知道該怎麼找。指揮所裡出現靜默，師參謀長拿眼睛瞅邱夢山。邱夢山沒看他，他在暗自好笑，這麼件事，這麼多負責人在，卻沒一個人挺直腰杆把責任承擔起來，棘手事誰都不想碰。邱夢山顧自拍了拍身上的泥土，拍完土抬起頭才發現大家都在看他。他不緊不慢地問，看大家這意思，是不是要我們訓練場去找？師參謀長沒回答他的問話，卻反問他有沒有把握，邱夢山拉了拉嘴角，他沒好意思笑，怕又衝撞了參謀長。但他很消極，他說這種事鬼才有把握，但事情出了，總得有人去找，部隊要是不想去找，他們就去找。好歹他們對射擊場的情況比連隊熟悉，處理啞炮和臭彈也是他們的訓練課目之一。師參謀長要求他嚴密組織，絕對不許發生問題，要是出了問題，你場長得負責。邱夢山糾正參謀長，他是副場長。

邱夢山站到靶檔班兵們面前把任務一下達，十幾個士兵都緊皺眉頭看著他。邱夢山明白他們的意思，嫌他攬來這麼個要命的任務。邱夢山說這種情況不知以往發生過沒有，也不知道以往是怎麼處置，現在他是這裡的負責人，他認為這事應該由他們來做。他讓大家別盲目害怕，彈丸殺傷力在爆炸之時，沒爆炸之前就是個鐵疙瘩，找彈丸這過程沒什麼危險，關鍵在處理彈丸，一旦發現彈丸，由他親自來處理。十幾個兵聽領導這麼一說，也就不再那麼緊張，也不好再埋怨領導。

邱夢山領著十名老兵開始了找彈行動。他讓十個兵在沙河射擊場一千一百米靶處，拉開成一條線，人與人之間左右間隔十來米，邱夢山的位置在十個兵中間，他們拉網式地朝前搜尋。邱夢山的背後是坦克團近千雙眼睛，目光裡有崇敬也有擔憂，邱夢山的背影像在向他們宣告：你們睜大眼睛看著，我究竟是個什麼樣的戰俘！

射擊待命地悄悄傳開了石井生的各種各樣傳聞。有人說，石井生本來就是英雄，跟他們連長邱夢山一起奪無名高地，一起深入敵後抓活口。那個說，聽說這人平時郎當，打仗卻厲害得很，只可惜被敵人俘了，要不可能提營長了。又有人說，烈士陵園裡為他立了碑，他是昏迷後才讓敵人俘虜。這邊有人在說，聽說他在戰俘營組織了越獄行動，消滅了二十多個敵人，真可惜……

前面右側訓練場一名搜尋士兵突然驚呼著臥倒，其餘九個兵也都忽地趴到地上。這舉動所顯示的恐怖，讓後面射擊待命的那些官兵全都抻著脖子站了起來。十個兵都臥倒後，邱夢山站著朝十個兵揮了揮手，讓他們後退，十個兵迅速後退，後退了五十來米。邱夢山一揮手讓他們趴下，他自己貓下腰向前察看。後面射擊待命地的官兵發現他突然趴下，心都隨之一緊。邱夢山匍匐前進，前進了十米左右突然停止，後面看不到他在做什麼。大約過了五分鐘，只見他站了起來，轉身跑回兵們臥倒的地方。他跟士兵要了繩子，然後他又獨自繼續貓腰向前，又趴下匍匐前進。他停止了前進，像是在往彈丸上繫繩子。大約過了八分鐘，他開始往後退，一邊退一邊放繩子。

從師參謀長到坦克團全團官兵，都提著心一眼不眨地盯著邱夢山。邱夢山站了起來，他拿著繩子一邊退，邊放，一直放到士兵們臥倒的地方。然後，他開始拉繩子，繩子拉了，沒見彈丸爆炸。邱夢山又把繩子拽了一下，彈丸仍沒爆炸。邱夢山停止拉繩，他向身邊的班長做了交代，只見兩個士兵跑回掩體，一人拿來一個炸藥包和導火索。邱夢山和一個士兵拿著炸藥包和導火索開始前進。突然，那士兵停了下來，他跟邱夢山說了什麼，邱夢山也停了下來。那士兵站了起來，解開褲子站在原地撒尿。邱夢山也站了起來，也站在那兒撒尿。兩個人尿完，再趴下拿著炸藥包向彈丸匍匐前進。大約十分鐘，兩個人停止了前進。邱夢山把兩個炸藥包捆成了一個炸藥包。邱夢山讓士兵趴在那裡，他獨自一個人繼續前進，大約爬了五米，他停住了，他把炸藥包放好，然後，把彈頭放到炸藥包上。他向士兵招了招手，士兵拿著導火索爬過去。邱夢山從衣兜裡摸出雷管，插上導火索，再插到炸藥包裡。他們一邊向後退一邊放導火索，一直退到士兵們臥倒處，然後用打火機點著了兩根導火索。

轟！轟！炸藥包爆炸，掀起了巨大的煙塵，接著一聲巨響，像是彈丸落地爆炸。一團濃煙騰向天空。硝煙飄去，只見邱夢山再次貓腰向前接近，接著臥倒，匍匐前進。他停止前進，抬頭在察看。邱夢山慢慢地站了起來，他沒有激動，也沒有呼喊，他只是朝後面射擊待命地舉起雙手，待命地一片歡呼雀躍。邱夢山跑回掩體，拿過送話器向指揮所報告，跳彈已經引爆，實彈射擊可以繼續進行。

駐訓結束兩個多月了，時令進入了冬季，天寒了，地凍了，戰術訓練場變得冰一樣冷清。邱夢山領著訓練場的兵們，把臥龍山上上下下被訓練損壞了的那些工事修復好。下了一場小雪，臥龍山的山岡溝谷，積下了星星點點的白雪。沒有多少事做，邱夢山就沒事找事做。寒冬臘月，北風像狼牙，颳到臉上像刀割一樣痛，邱夢山就領著大家爬臥龍山，爬完山下來，兵們一個個腦袋像一口口小蒸籠。爬完山再練佇列，齊步走，正步走，邱夢山要求走得跟儀仗隊一樣。走佇列走冷了，邱夢山就讓兵們練投彈，再把冷得縮手縮腳的那些兵們，練成一口口小蒸籠。軍人在寒風中站立，那是一種威風，一種神采。邱夢山崇尚喜愛這種威風和神采，把錘鍊陶冶這種威風和神采當作一件樂事來做，越做越來勁，越做越剽悍。有些人則不喜好這，把這種錘鍊和陶冶看做是受苦遭罪，千方百計地躲，躲不開就偷力。邱夢山不管他們喜愛不喜愛，他對士兵只一個要求，他幹什麼他們跟著也幹什麼。

不管別人怎麼看他，也不管別人怎麼想他，邱夢山有一點始終不會改變，不論在什麼位置上，他得對起那職位和工資。他心裡還暗暗藏著一個心願，企盼哪位領導會發現他，認識他。大半年下來，沒有哪位領導注意到他，連作訓科長也沒找他「再說」。政治部幹部科的一個電話給這平淡的日子掀起了波瀾，電話打來時邱夢山在山上，讓他到幹部科去一趟。邱夢山想不出幹部科找他會是什麼事。他先想到轉業，有些心驚。好不容易重新回到部隊工作，他打算在部隊再好好幹一番，幹出點名堂，可領導沒把他放到能幹事的位置上，可有可無，就這麼轉業，太遺憾了。他認真檢討自己，大半年下來，他沒偷懶，努力地發揮個人軍事特長，整修了訓練場的工事，給作訓科提供了駐訓方案，好歹也處理了那顆跳彈，除了讓作訓科長不太滿意外，他沒做什麼錯事，讓他轉業沒有其他原因，肯定還是戰俘這事。他又想起李松平的那些話，心裡不禁升出一線光明，是不是重新認識過程結束了？是不是這一季駐訓發現他對部隊軍事訓練還有作用？是不是覺得他還是條漢子？是不是要把他重新納入正常軌道？一想到這，他有點激動，恨不能這就跑到幹部科去。

邱夢山走進幹部科辦公室門時，心裡竟有點新兵見領導的那種忐忑，多少年沒這種反應了。幹部科副科長開門見山，說他回到部隊這大半年表現很不錯。副科長這話讓邱夢山心跳加速到一分鐘至少一百二十五跳，他深藏在心底的心願終於出現了，他渴望副科長能說具體一些，說出他那夢寐以求的想法。副科長沒朝著邱夢山的心願說，他只說了檔案袋裡鑑定的那種話。邱夢山心裡那十五隻吊桶就七上八下忙活起來，他害怕副科長轉換口氣說「但是」，要是說出這兩個字就完了，前面說得天好都是為但是後面那實質問題鋪墊，但是之後可以把前面那些不錯全盤否定。還好，副科長沒說「但是」，他說經黨委研究，與後勤部協商，決定給他調整職務。邱夢山心裡一股暖流噴湧而上，他那兩隻手已經開始顫抖，當兵這十六七年他從來沒這麼虛榮過，他幾乎張著嘴要把副科長那些話都接住咽進肚子裡去。副科長把話進一步具體化，他告訴他提升他為正連職，調到後勤部生產科當助理員，軍銜提為上尉。邱夢山又喜又驚，喜不只是終於恢復到正連職和上尉，而是組織、領導沒有把他另眼看待，照常在關心、提拔、使用他。驚是有點出乎意料，他軍事幹部出身怎麼到後勤管生產。邱夢山還沒能把這喜和驚恰如其分地反映到臉上，副科長接著說，師裡有個化工廠，已經列入總後勤部九字頭工廠編制序列，生產碘和醇，原料是就地取材，從海帶裡提煉，效益非常不錯。這關係到全師官兵的福利和文化生活的提高問題，要加強領導。黨委決定調你去兼任廠長。

邱夢山像挨了一拳，完全蒙了。副科長迴避了一個重要定語，但邱夢山有耳聞，這個化工廠，實際是家屬工廠，工人全都是師司、政、後機關和直屬隊幹部隨軍家屬。一個堂堂的軍事幹部，去管那些老娘們，這種被提升的感覺讓邱夢山的情緒一落千丈，可還說不出什麼。

邱夢山的內心十分強烈地鼓動自己要像個男子漢，可到這時，他心裡的那點英雄氣虛得讓思維無法聚攏，好歹先找著一句話搪塞一下，他問家屬工廠原來的廠長幹什麼去了，這話問得非常策略又非常實在，這句話的答案可以證實軍人到了那種地方還會有什麼樣的發展機會。副科長沒有糊弄邱夢山，他說原來的那位元廠長犯錯誤轉業了。邱夢山倒樹自然要刨根，因為他也可以算是犯過錯誤的人，於是他又追問他犯了什麼錯誤，副科長沒隱瞞，說這個人表面老實，實際上毛病太多，不光貪錢，還亂搞婦女，司政後五六個幹部要合夥闇他。邱夢山一聽更覺這種地方太無聊，軍人去這種地方只能是浪費生命，必須抵制。副科長看出了他的心思，他沒批評他，反激將他，說他上過戰場，指揮過戰鬥，還當過戰鬥英雄，有魄力，有能力，肯定能勝任。邱夢山苦笑，說隔行如隔山，搞軍事或許有勁可使，搞生產經營，是趕著鴨子上架。副科長面有不悅，說話換了口氣，表現出對邱夢山有點不知好歹的意思。他說這麼安排他，他們已經費了勁，他畢竟在那邊當了五年多的戰俘，年齡也偏大，再不想法調職，年齡就過杠了。哐噹！邱夢山當頭挨了一棒，他終於看到了個人命運的底線，他已經出了列，沒法再歸隊跟著隊伍齊步走，這麼安排已經是照顧。邱夢山明白了這一點，頓時就矮了半截，回國回部隊到這會兒，他所有的努力都宣告失敗，至此，他心裡的那點英雄氣算是徹底熄滅了。他沒再讓副科長為難，也沒有理由讓他為難，他只能服從安排。

邱夢山從師部回訓練場，排長已經準備好了酒菜為他送行。邱夢山的走，他似乎特別高興。這事邱夢山去師部前排長就知道了，連兵們都知道，只邱夢山自己蒙在鼓裡。有人早跟排長打了招呼，說等石井生走後，他就提副場長。排長給邱夢山送行，邱夢山還很感激，還以為排長這人很重人情。喝到最後，排長跟邱夢山提了一條意見。他說他渾身帶刺，一個人帶刺不讓人喜歡，黃鼠狼都有人喜歡，但刺蝟沒人喜歡。邱夢山苦笑，說這大半年，他就這會兒還有點軍人味。排長更來了勁，說人帶刺，都覺得自己有兩下，真有兩下那種人有刺，大家服，比如像他們連長邱夢山在戰場跟軍參謀長立軍令狀，拿下無名高地，沒人不服。但你不一樣，自己是個戰俘，還愣在領導面前顯能，別說領導心裡不舒服，別人看著都不舒服。這句話捅了邱夢山的腰眼，他急了，把筷子拍到桌上，瞪著眼責問排長，戰俘怎麼啦，當了戰俘就不能再做人了嗎，排長一點都沒難堪，根本就不把他這火當回事，他反笑了。他說戰俘是沒什麼，戰俘就是戰俘，有些人是投降當了戰俘，有些人是彈盡糧絕無法抵抗當了戰俘；有些人是受傷失去作戰能力當了戰俘，但是，不管怎麼當了戰俘，反正是被敵人抓了。這事說破天去，就算有天大理由，怎麼說也說不成是一件光榮事。同樣上戰場，有人當了英雄，有人當了戰俘，這戰俘和英雄能一樣嗎？邱夢山一怔，想想排長這句話是真話，他端起酒杯，感謝他說實話，一口乾了。

3

端午節是中國人的傳統節日，岳天嵐跟徐達民說星期天她要帶邱繼昌到喜鵲坡去看望他爺爺奶奶，徐達民不僅讚賞支持，而且要親自陪她一起去。徐達民一直把邱繼昌當親兒子待，一家三口高高興興去了喜鵲坡。

邱成德接下水果補品，大包小包五六個，尤其是邱繼昌沒進門先把爺爺奶奶喊得天響，邱成德高興之餘，心裡著實過意不去。兒子走這麼多年了，兒媳也改嫁了，逢年過節總還要和老公一起帶著孫子來看他們，孫子也還姓邱，兒媳和丈夫都是爹娘一聲聲喊，這麼好的媳婦世上真是難找，邱成德只好認為自己上輩子積了德。

一家人正熱鬧著，鄉郵員來了，喊邱成德拿圖章領錢，說部隊上兒子又寄錢來了。岳天嵐聽了好奇怪，邱夢山是獨子，他犧牲了，怎麼還會有兒子寄錢呢？邱成德當然知道是石井生又寄錢來了，他拿圖章在鄉郵員那個單子上蓋了印，鄉郵員點給他三百塊錢。邱成德捏著那三百塊錢，心裡著實不踏實。認爹娘歸認爹娘，哪能真讓人家養老，不親不眷，這麼認一下，就讓人家親兒子一樣來孝敬他們，邱成德心裡很過意不去。

邱成德把來龍去脈告訴了岳天嵐，說這輩子沒見過這種好人，長得真像夢山，連說話聲音都像。這孩子命也苦，自小沒爹沒娘，犧牲了也就犧牲了，可沒死，讓敵人給俘了，在那裡做了五年苦力，什麼都耽誤了，連媳婦還沒娶。他真把他們當親爹娘，但他們受之不安，他寄來那些錢都沒花，說每月給繼昌一百塊錢也沒給，都幫他存了起來。他老家沒一個親人，既然他來認了爹娘，爹娘就得把他當兒子待，給他攢著，到時候娶媳婦好派用場。岳天嵐從鄉郵員手裡要過那張匯款單看了一眼，沒錯，是叫石井生。她在部隊見過他，跟夢山長得是很像，她都搞混了。可是他跟夢山一起犧牲了，倪培林說他先拉光榮彈比夢山還早犧牲，搞祭奠儀式，她也看到了他的墓碑，怎麼會當俘虜了呢。邱成德說他昏死過去了，醒來已躺在敵人的戰俘營裡，交換回來又回了原來部隊。岳天嵐有了遺憾，他沒犧牲，夢山呢？他對夢山這麼有情有義，特意來這裡認了爹娘，替夢山在盡孝，讓人感動。岳天嵐問公公爹石井生哪年來了家裡，邱成德說是去年五一勞動節前，在家裡住了半個來月。岳天嵐心頭一跳，她和徐達民就是五一結婚，已經被她否定的那個夢一下重又復活。那個夢就發生在五一前十幾天，是心靈感應夢山托夢，還是石井生冒名頂替蒙她佔她便宜！岳天嵐不敢想像，也不好再當著徐達民的面問下去。

吃過午飯，邱成德領著徐達民和孫子上山去採杏子，岳天嵐又跟婆婆問起石井生來。她問婆婆石井生現在跟夢山像不像，婆婆說人模樣不太像，但有時候覺得他就是夢山，說話聲音特別像。她又問婆婆石井生老家是什麼地方，婆婆說他家是歇馬亭鄉磕頭崖村。她又問婆婆石井生在家時提沒提過她和孩子，婆婆說他只說到城裡看戰友，沒聽他提她和孩子，是他們告訴他夢山有兒子，他也沒說要去看他們，可能是跟她不熟。岳天嵐問婆婆還記不記得石井生是哪天去了城裡，婆婆想了半天，沒想起是哪一天，她只記得在家住了三天，第四天進了城，在城裡住了兩夜就回來了。岳天嵐還問婆婆石井生進城回來說沒說去看她和孩子，婆婆說沒聽他說，當戰俘回來，他心裡很不開心，老是心事重重，沒事就山前山後轉，很少待在家裡。

從喜鵲坡回來，石井生在岳天嵐的心裡成了一疑團，他對夢山爹娘這麼好，要替夢山盡兒子的責任，他也見過她，在部隊嫂子嫂子叫那麼親，回來怎麼會不去看她，連問都不問。岳天嵐更覺奇怪，他既然知道了夢山有兒子，還要讓他爹給孫子錢，為什麼不直接寄給她，怎麼連封信也不給她寫。他在城裡待了兩天也沒去看她，他也沒去看荀水泉，他在城裡幹什麼了呢？岳天嵐悄悄地記下了匯款單上的位址。岳天嵐第二天上班先給荀水泉打了電話，荀水泉竟跟她一樣，既不知道石井生還活著當了戰俘，也沒見過石井生，也沒有過書信。岳天嵐覺得這個石井生是個謎。

4

邱夢山在家屬工廠悶頭幹了一年，無論對誰，無論什麼事，不管他喜歡不喜歡，只要他答應下他不會懈怠，更不會瀆職，他用帶兵的辦法管那些家屬。他學老子無為而治，不開大會，也不找女工談話，他只把規定貼到車間裡。規定很簡明扼要，只三條：一、一個月中三次遲到或早退，扣當月工資百分之十；二、無論哪個部門，發現誰上班時間三次閒聊天或做私活，扣當月工資百分之十；三、在工廠吵一次架扣當月工資百分之十五，打一次架扣當月工資百分之二十。家屬們的老公大小都是官，什麼樣的規定沒見過，傳達不到她們這一級的紅頭文件看多了去了，一個戰俘還想拿規定來嚇唬人，她們根本不當回事，那些司政後領導的愛人、科長們的老婆看都不看一眼，諒他也不敢拿她們怎麼著。頭一個撞槍口上的竟是後勤部副部長的老婆，這副部長就分管家屬工廠，她跟一個科長家屬吵了嘴，還摔了工具。邱夢山沒找她們，也沒訓她們，當月領工資時，副部長老婆跳了腳，真扣了她百分之十五的工資。這不得了了，副部長親自打電話找邱夢山。邱夢山等副部長發完火，很冷靜地問副部長，他是不是認為他這麼做不對，要是認為他這麼做不對，那麼請他把他這廠長撤了，他不會有半句怨言，而且答應買條中華菸謝他。副部長反被他將了軍，他哪有權為老婆撤廠長呢？從此，家屬們一個個都怕了他，工廠秩序大改觀，當年產值提高了百分之十六。

整整一年，一天不多，一天不少，部隊開始精簡整編，邱夢山所在師要改成旅，一大批幹部要轉業。邱夢山一番深思，深感自己軍旅生涯走到頭了，別說將軍，少校都可能只是夢想了。他下了決心，恭恭敬敬地把轉業申請報告交到頂頭上司生產科長手裡。先是科長勸他，再是後勤部部長親自到工廠找他談話，反過來請求他撤回轉業報告。邱夢山沒撤，他說他本想穿一輩子軍裝，但命運告訴他，軍旅生涯他只能走到這一步了，再這麼走下去，他就對不起自己的生命了，對不起自己的生命這種事絕對不能做。誰勸也沒有用，最後師黨委只好批准石井生轉業。

邱夢山當年赤條條換上軍裝離開家鄉走進軍營，十六年後，帶著三隻紙箱子重又回了老家，三紙箱子裝金銀財寶、鈔票還差不多，但他只帶回一紙箱子書，一紙箱子被褥衣服，一紙箱子日用品雜物。邱夢山對組織沒提任何要求，也沒有提前回家鄉活動工作，因為石井生也不認識誰。組織上倒是派人到文海縣替他聯繫了安置，縣軍轉幹部安置辦答應安排相應的工作。邱夢山離開部隊前，他穿上軍裝，佩戴著上尉軍銜，到照相館照了一張標準相。從照相館回來後，鎖上宿舍門，他脫下軍裝，躺到床上，無聲地把個人十六年的軍旅生涯過了一遍電影，過到最後眼淚泉一樣湧，他不甘心哪！十六年前，第一天穿上軍裝那天夜裡，他也是這麼靜靜地躺在床上，憧憬了自己的未來，他暗暗跟自己發了一個誓，他要當一輩子兵，穿一輩子軍裝。今天，他失敗了，敗得無論怎麼樣不甘心也無法挽回。

邱夢山帶著三個紙箱子回到家，他沒去歇馬亭鄉磕頭崖村，那裡沒有他一個親人，邱夢山也不想再到那裡去節外生枝找麻煩。他也沒法去縣城，那裡沒處落腳，儘管苟水泉在人武部當著副部長，讓他找個住處不是不可以，但誰知道工作安排得怎麼樣，要時間長了費用承受不了，再說石井生跟苟水泉不比邱夢山跟苟水泉，他們之間的感情沒到這份兒上。他決定直接回喜鵲坡，反正已經認了爹娘，回喜鵲坡是回自己家。

5

邱夢山去軍轉幹部安置辦公室辦理轉業手續那天，天空晴朗，陽光燦爛，但他心裡卻一片陰沉。一位元男官員彬彬有禮地接了他的檔案，還為他倒了杯水，請了坐，待他坐下後，還對他說了對不起，讓他先等一會兒，他要看一下檔案。禮儀周全，邱夢山的心裡晴朗了一些。那官員似乎對他的檔案不感興趣，只翻了一下，就手又把拿出來的那些材料全都裝回了檔案袋，還十分小心細緻地在密封條邊上蓋了安置辦公章。做好這些，他才抬起頭，湧起一堆笑，非常禮貌地向邱夢山表示對不起，請他到統戰部去辦理手續。邱夢山一怔，他很不明白，軍隊轉業幹部怎麼歸統戰部管呢？男官員非常和氣地向邱夢山解釋，正常軍隊幹部轉業歸軍轉幹部安置辦管；但他檔案袋裡比別人多了一張表，有了那種表，就等於多了一種身分，這種身分就得歸統戰部管。男官員素養不錯，他似乎怕碰著石井生心裡的傷疤，故意不提「戰俘」兩個字。邱夢山自己把這事說穿了，說不就是一張被俘人員登記表嘛！這又怎麼啦？他早恢復了軍籍、黨籍，仍舊回到原部隊工作了兩年，其間還提拔了職務，晉升了軍銜，這次精簡整編是他個人主動申請轉業，不是部隊處理。男官員見石井生不在意這身分，他也就不再迴避，他仍堆著笑告訴石井生同志，只要有這種身分紀錄，不管是正常轉業還是非正常轉業，都歸統戰部管。邱夢山糾正男官員，怎麼叫即使正常轉業，他就是正常轉業，他是共產黨員，正連職軍官，是上尉，怎麼就成統戰物件了呢？男官員不急，仍非常和氣地解釋，政策就是這麼規定，只要是戰俘，即使是黨員，同時也屬於統戰物件，都得歸統戰部管。邱夢山問他看過總政檔沒有，如今被俘人員政策變了。男官員說那檔上所有條款他都熟悉。邱夢山不服。要他說清現職軍官轉業為什麼要統戰部安置，男官員挺耐心地解釋，每個政策都是針對具體對象而定，總政那個文件是針對被俘人員回國處理而定。國務院檔是針對被俘人員轉業回鄉安置而定。假如他在部隊繼續工作不轉業一直幹到退休，不回鄉安置可以，假若要回鄉安置，也還是要歸統戰部管。男官員還是耐心地解釋，不管表現好壞，這種身分無法改變，就是因為他表現好才會讓他繼續留部隊工作，才會正常轉業；要不然，不是處理轉業，就是遣送回鄉，叛國變節還要判刑，怎麼還會安置工作呢！

邱夢山很鬱悶，軍籍、黨籍是恢復了，但他這軍人和黨員多了一個附加身分，多了這個身分，他這軍人、黨員就貶了值，僅僅記錄在檔案而已，在別人眼裡，戰俘這個身分卻蓋過了一切，戰俘把軍人和黨員都給玷污了。除非他自己去向所有認識他的知道他的那些人一個一個解釋，說自己流過血，受過傷，立過功，是戰鬥英雄，回原部隊工作還提了職，升了軍銜……真要是這樣，周圍的人不把他當精神病才怪。邱夢山再沒興趣說什麼，心裡冰涼地拿起檔案離開，走出門他心裡說，經是經，唸是唸，不是一回事。

邱夢山到統戰部，兩位官員把他支進了一間小屋。小屋裡坐著一位女官員，女官員很年輕，模樣長得也很不錯，只是那張臉不受看，板得跟砧板一樣，像無故被人佔了便宜又無處訴說那個樣。邱夢山一看她那樣，失去了說話的興趣，他什麼也沒說，直接把介紹信和檔案給了她。女官員沒招呼邱夢山，顧自察看邱夢山的檔案。邱夢山站那兒耐心等待，左右腳把重心倒換了兩次，女官員還悶頭在看，不知她是想把那些材料背下來還是在雞蛋裡挑骨頭。邱夢山沒權力催人家，想坐下來等，屋子裡又沒有多餘的椅子，邱夢山無聊得實在難受，乾脆掉轉身子，把屁股靠到她寫字檯邊上。女官員在他身後發出了抗議，請他講點禮貌。邱夢山沒有以牙還牙，他很平和地說，政府機關應該是個禮貌場所，怎麼連一把椅子都不給客人準備。她毫不客氣地說，你就別窮講究了。邱夢山感覺這女人素質太一般，他就故意順著她的話逗她，他就是不窮講究才這麼隨便依她寫字檯站會兒，沒有想勞動她去給他找椅子。邱夢山把她逗得無話可發洩，見邱夢山掏菸，終於找到了藉口，她憤怒地噴出了出去抽這聲吼。邱夢山點了點頭，說別太衝動，對心臟和大腦血管都沒好處。

邱夢山在外面無聊地抽了兩支菸，那女官員才在屋裡叫他進去。她不看邱夢山，只看著檔案材料說話，說他上過戰場，雖然立過二等功，但是……邱夢山現在對這個詞最敏感，他問但是什麼，是不是想把二等功抹掉。女官員那張臉更板了，她說不是她要抹掉，事實上這個功有疑問。邱夢山急了，問她有什麼疑問，是他沒有拼死，沒有流血，還是沒消滅敵人。女官員這才抬起頭不解地反問急什麼，好好聽。她說疑問客觀存在，這個功是他犧牲後追記，可他根本沒有犧牲，而當了俘虜，這不是疑問嗎？要是部隊當時知道他被俘，還能給他記功嗎？邱夢山心裡罵，這女人腦子還不簡單，她還能從這個角度來推斷問題，竟讓她給問住了。邱夢山怎麼能讓她給問住呢！他想到了回部隊後給他任職和重新評功的事，心裡有了底，他拿鼻子輕輕地哼了一聲，說人民政府，是人民的辦事機關，不是衙門；政府官員是人民的公僕，而不是官吏老爺；你坐這兒，是人民給你權力讓你為他們服務，別站到人民對面刁難老百姓，該勤勤懇懇為老百姓做事，讓她耐點心，慢慢往後看，看明白了再說話。女官員讓他這麼一搶白，心裡很彆扭，但她只能往後看，她看到了部隊對石井生的任職、重新認定二等功那個決議，心裡非常不舒服，於是強詞奪理。這有什麼可神氣？一切不都是恢復嘛！不是重新評定嘛！說到底你是當了俘虜，沒什麼可驕傲的。邱夢山心裡那火騰地著了，但硬壓著火對她說，那是在戰場上拼死，不是坐在辦公室裡研究問題，當時有三十多個敵人一齊向他開槍，他完全死過去了，在戰俘營半個多月之後他才甦醒過來，這樣被俘怎麼啦？一切就都要作廢？七個子彈窟窿就白挨了嗎？血就白流了嗎？女官員根本不接他的話茬兒，她冷冷地瞟了他一眼，說她沒時間跟他爭論這些，他也沒權力在這兒跟她嚷嚷，至於怎麼對待，由組織根據政策研究決定。邱夢山看她要治他，沒好氣地問她他的工作究竟怎麼安置，女官員往外推，說工作安置不歸他們管，但他們會與軍轉幹部安置辦協商，由他們根據實際情況安排工作。邱夢山感覺自己錯了，權力在人家手裡握著，跟人家爭爭不到一點好處。於是他忍了一切，直接問她，哪天才能落實工作，女官員還了他一聲哼，哪天她也說不準。邱夢山又急了，說部隊不是來聯繫了嘛！不是說工作都安排好了嘛！女官員對邱夢山說話的口氣極不滿意，不管是誰，只要來這兒找她，沒有一個敢這麼跟她說話。她用訓斥的口氣告訴石井生，讓他別用這種態度跟她說話，不是她要為難他，沒有人逼他當戰俘，要是英雄回來弄不好縣委書記都會出來迎接他！邱夢山心中的那火本來就沒滅，一聽這話，怒火沖頂腦門，他忍無可忍地拍了寫字檯。是我要當戰俘嗎？我他媽都到閻王爺那裡報到了！女官員非常惱火，讓他說話嘴裡乾淨點，別一口俘虜腔。邱夢山氣得牙根顫抖，兩眼往外噴火，他開了罵。你流過血嗎？你死過嗎？你知道身上穿七個子彈窟窿是什麼滋味嗎？女官員被邱夢山眼睛裡的那火燙著了，她恐懼地站起來跑出門去。邱夢山一屁股坐到她的寫字檯上，他不再痛苦，也不再難過，心裡只有憤怒，但他不知道是憤怒自己，還是憤怒別人。

女官員在一位男官員的陪同下回到屋裡，女官員提著心吊著膽坐到位置上。那男官員還特意拎了把椅子進來，男官員態度明顯的比女官員客氣了許多。請他坐，還口口聲聲叫他石井生同志。邱夢山拎過椅子就坐。男官員是來和稀泥，說他雖然當了戰俘，但還是黨員，還是同志。不是他們要歧視他，這是現行接收被俘人員轉業復員安置規定。不提政策還好，一提政策邱夢山更火。他說政策非常英明，他回國後照常回部隊繼續工作，還提了職，晉升了軍銜，轉業到地方怎麼就兩樣看待呢？男官員解釋，不是他們歧視他，是命運帶給了他不幸。這不幸不能怨他，更不能怨他們，只能怨命運。

邱夢山這火本來就是股無名火，他並不完全是針對那女官員。在戰場上，他是爺爺；從陰間回到人間進了戰俘營，他成了老子；由敵國交換回國，他成了兒子；再從部隊轉業回家鄉，他成了孫子。一步一步，儘管他用了石井生的名，但他一切都還是邱夢山，在別人眼裡卻成了孫子。邱夢山什麼時候當過孫子？他窩憋得難受，女官員惹他給了他發火的機會，他就把煩惱全吼了出來。

邱夢山在統戰部重新登記了一份《被俘歸來人員安置登記表》，全部手續辦下來，邱夢山只拿到一張介紹信和一張安置登記表影本，那女官員又把組織關係介紹信退給了他，讓他到縣委組織部去轉。然後讓他留下住址，聯繫電話，聽候通知。

邱夢山走出縣委機關大院，感覺像逃離災難現場。他把那份沉重的檔案留在了統戰部，這輩子再不想跟他們打交道。他走上大街，眼前是一片陌生的人群，心裡油然升出一種孤獨感。十六年軍旅生涯、赴湯蹈火、浴血奮戰，變成了三張紙，這三張紙將劃定他將來的人生走向。他不知道到哪工作，將會幹什麼，更不知道今後路將怎麼走。

邱夢山揣著這三張紙，如同倒閉工廠的工人揣著白條，心裡說不上是什麼滋味。邱夢山穿著新制式軍裝，但已摘去了軍銜，失去了光彩。走在街上，提不起一點精神。邱夢山心裡鬱悶，想找個人說說話。邱夢山不由自主地想到了荀水泉，剛走了幾步，他感覺不對，他現在是石井生，而不是邱夢山，石井生跟荀水泉沒到無話不說的那種感情，荀水泉人家現在是副部長，整天忙著呢，他哪有工夫跟他聊這些。他想到了李蜻蜓，不知道她現在如何。他調轉方向，朝電話局那條街走去。

6

邱夢山找到電話局外線班，外線班人說李蜻蜓辭職離開了。邱夢山為她擔憂，不知她又遭遇了什麼麻煩。已近黃昏，邱夢山進茶餐廳要了杯茶，吃了一大碗牛肉麵。邱夢山撐飽肚子，太陽還沒下山，他不想這麼早就回那個地下室招待所，讓自己像白癡一樣無聊地走在街頭。他沒去想下一步該怎麼辦，他已沒把握自己命運的能耐，只能聽憑別人隨心所欲。他決定在城裡等幾天再說，工作是頭等大事，沒有工作單位，沒有工作，日子怎麼過，他絕對不能回喜鵲坡跟爹娘一起種地，提防別人可以，但無法提防爹娘，日子久了準露馬腳。

前面有人在打架，一堆人在圍觀，他也白癡樣湊過去看熱鬧。邱夢山還沒挨近人圈，額頭上被什麼東西砸了一下，那東西是只礦泉水瓶，裡面還有半瓶水。誰這麼混蛋！欺負到老子頭上來了，邱夢山擠了過去。一個男人在打一個女人，他無法判斷這礦泉水瓶是那男人砸的還是那女人扔的。男人揪住女人的頭髮在往下按，周圍幾十人圍著看。一個大男人欺負一個女人，真不像話。邱夢山一個箭步衝上去，伸手拽住了那男人的後衣領，往後一拉，那男人本來就立足未穩，沒料後面有人拽他，一下失去重心，身子隨著邱夢山的手勁撲通栽倒地上。他妻子看丈夫死狗一樣被人摔，太丟人了，一扭身子跑了。那男人再顧不得那女人，爬起來拼命去追老婆。邱夢山這才發現被欺負的那女人是李靖蜓。

李靖蜓見是石井生，一肚子委屈化成淚水湧了出來。原來李靖蜓是進貨回來，前面車堵，不小心前輪碰了那人老婆自行車的後軲轆。那女人罵李靖蜓眼長褲襠裡去了，李靖蜓沒跟她一般見識，只是說碰一下車軲轆嘴用得著這麼不講衛生。那男人可有了為老婆顯能的機會，伸手就打李靖蜓。邱夢山幫她扶起自行車，車座上綁著兩大捆雜誌。邱夢山幫李靖蜓推著車，兩人一起去了報刊亭。

李靖蜓告訴邱夢山，那個隊長三天兩頭給她小鞋穿，他知道女人卸不了電纜，他卻偏讓她跟男工一起去卸電纜。一軸電纜上千公斤，車站裝車有大吊，到他們庫房就只能憑他們四個人拼力氣。他們在車屁股後面擔上幾塊木板做滑梯，但不能由著電纜軸隨心所欲地亂滾，真讓它隨意滾撞，倉庫的牆都能讓它撞塌。他們四個人一組，車上兩個拿繩拉，車下兩個用手托，控制著電纜軸一點一點往下滑。李靖蜓和那個寡言少語的男工在下面托，另兩個男工在車上拉。卸著卸著，一軸電纜滾到滑梯中間，李靖蜓這邊車上男工手裡的繩子突然斷了，李蜻蜓一人哪能托得住上千公斤的電纜，寡言少語的男工大聲喊李蜻蜓閃開，緊接著電纜軸忽地滑下，李蜻蜓躲過了一難。那軸電纜滾下車來，勢不可擋，一輛卡車正好開來，咣噹！車燈被撞碎，車頭癟了進去。隊長扣了他們每人半個月的工資。寡言少語的男工沒說什麼，另兩個男工卻怨氣沖天，背後罵李蜻蜓是喪門星。寡言少語的男工替李蜻蜓說了公道話，說堂堂隊長無故欺負一個女孩子，德行太差。李蜻蜓很感激，悄悄地給他買了條菸。寡言少語的男工沒跟她客氣，收了菸，回頭給李蜻蜓送了盒化妝品，李蜻蜓感動不已。

這男工叫呂金法，忠厚老實在隊裡有名。老婆欺負他忠厚，先是跟別人好上，然後故意把相好的領回家睡覺，呂金法沒吵也沒鬧，主動退出來回了父母家，跟老婆離了婚，連房子都讓給了老婆。李蜻蜓挺同情呂金法，年齡雖然比她大十幾歲，但能老老實實一起過日子就行，她已不指望這輩子還會有愛情。有了這想法，她就單對呂金法不存戒心。呂金法表面上不吭不哈，暗裡卻偷偷背著人往李蜻蜓手裡塞東西，李蜻蜓覺得日子過出了一點意思。

一來二去，呂金法嘴上什麼也沒說，心裡對李蜻蜓卻有了那個意思。李蜻蜓接受呂金法五次東西之後，呂金法晚飯後去了李蜻蜓那間小屋。李蜻蜓有些意外，意外的是她沒想到事情進展得會這麼快，但她還是很熱情地歡迎他去看她。李蜻蜓給他泡茶，他就喝茶，給他洗水果，他就吃水果，只是一直不開口說話。呂金法不開口提那事，李蜻蜓就不好意思主動提，只好不停地給他添水，給他水果。

兩個人在小屋裡乾坐了一個多小時後，呂金法站了起來，說是要回家了，李蜻蜓有點遺憾，也不好說什麼，站起來送他。呂金法一隻腳跨出門去之後才猶豫地停下來，兩條腿騎著門檻回頭問李蜻蜓願意不願意？李蜻蜓還不習慣這種說話方式，她就裝傻問要她願意什麼？呂金法說要是願意，他們就一塊兒過。事情就這麼突然，也這麼簡單，簡單得讓李蜻蜓不知道該怎麼回答好。儘管她心裡早就願意了，但她還是給個人留了餘地。她說太突然了，容她考慮考慮。呂金法問她要考慮幾天，李蜻蜓很隨意地說三天。

一天不多，一天不少，三天後晚上，呂金法又來了李蜻蜓的小屋。呂金法進了屋，又默默地坐在那裡不開腔，還是給他泡茶，他就喝茶，給他洗水果，他就吃水果。呂金法這回倒沒有到出門才開口，他吃完一隻蘋果就開了口，問李蜻蜓考慮好了沒有，其實李蜻蜓根本用不著考慮，她對婚姻已沒有奢望，只要有男人要她，跟她實實在在過日子她就滿足了。李蜻蜓笑著說他要是真心實意跟她過日子，她願意。呂金法沒有笑，也沒有說話，他起身走過去把大門插死，然後轉身來到李蜻蜓跟前，也沒說話一下把李蜻蜓抱起來輕輕地放到了床上。李蜻蜓沒想到呂金法力氣這麼大，抱她像抱孩子一樣輕鬆。接著他就很耐心地解李蜻蜓的衣扣。李蜻蜓擋了他手，說別急，事情還沒說定。呂金法說做了就定了。李蜻蜓沒想到事情會這麼直截了當，她說她還有話。呂金法就住了手，李蜻蜓坐直身子，說既然他願意跟她過一輩子，那就正兒八經舉行一次婚禮。呂金法猶豫地看著李蜻蜓，說他是二茬子光棍，她又有那個歷史，能不能不辦婚禮，李蜻蜓很堅持，說一輩子就這麼一次。呂金法想了一下，同意了。

李蜻蜓和呂金法商定婚禮在金龍潭飯店舉行。李蜻蜓本不想叫父親參加婚禮，呂金法堅持還是要告訴他，說再惡總是自己的父親。李運啟看到女兒終身大事有了著落，也算了卻一樁心事，嘴上沒說什麼，私下裡一一請了親朋好友。婚禮搞得很像回事，但呂金法心裡不開心，外線班同事他一個個都請了，還特意給隊長送了請柬，但外線班一個人都沒來。呂金法嘴上沒說什麼，心裡卻很在意。李蜻蜓勸他，別在乎別人對咱怎麼樣，咱不是為別人活著，自己過得開心什麼都有了。呂金法想想這話對，兩個人恩恩愛愛過起日子來。李蜻蜓陶醉了，也青春靚麗了，她沒想到這輩子還會有婚姻和家。她一心一意地伺候呂金法，呂金法也美得年輕了十歲。

蜜月過去了，李蜻蜓很快發現夫妻兩個人在一個單位做事不行，做事倒是小事，同事們那目光讓人心煩，那些人一見他們兩個總是擠眉弄眼嘁嘁喳喳，常常讓呂金法不開心。呂金法慢慢地又回到了老樣子，默默地上班，默默地做事。李蜻蜓覺得呂金法過得不開心，試探著跟他商量，問他她要不要離開外線班，沒想到呂金法早在等她這句話，說最好是離開外線班。呂金法是這態度，李蜻蜓就不得不離開外線班，可離開外線班上哪呢？她連個熟人都沒有，呂金法也既沒靠山又沒關係，沒人會幫她這個忙。

李靖蜓並不想辭職，但處境逼得她沒法再在外線班待下去。李靖蜓心裡屈得慌，在戰場上，命由不得個人，子彈炮彈說了算；在戰俘營，貞操由不得她，敵人說了算，是祖國要她上戰場，是人民要她上戰場，是部隊首長命令她去護線，她不是為自己。人要講良心，社會也要講良心，可是誰跟她講良心，誰能理解她。

下班，李靖蜓路過報刊亭，買了一本《婚姻與家庭》，隨便翻著往前走。走著翻著，李靖蜓忽然翻出一個主意。這報刊亭歸郵政局報刊零售公司管，她給報刊零售公司經理移過機，有過一面之交。第二天李靖蜓就去報刊零售公司找那個經理。經理辦公室裡很熱鬧，人來人往絡繹不絕，都是各雜誌社來找他，要求增加雜誌零售量。李靖蜓不想當著別人的面說這事，她站在門口等。

李靖蜓頭一次感到這世上還是有好人，報刊零售公司經理一口答應讓她包租一個報刊亭，事情順利得讓她不敢相信。個人包租個人管，白天賣報刊，晚上想住還可以在報刊亭裡住，再不用受別人管制，也不用到單位去領工資，個人生意個人安排，個人經營個人管理，自由也自在。李靖蜓回家跟呂金法一說，呂金法非常贊成，催她明天就去報刊零售公司辦戶頭，辦了戶頭就辭職，寅時等不得卯時一樣，李靖蜓不免有點心寒。

李靖蜓到報刊零售公司辦完手續，回隊向隊長遞了辭職書。隊長以為是向他抗議，不免有些尷尬。李靖蜓到公司業務科拉回報紙雜誌，當天就開張營業。生意還不錯，她有百分之二十五的利潤空間，賣出十元錢就得兩塊五。沒顧客時，自己還可以看看書看看雜誌。賺錢誰不開心，李蜻蜓來了興趣，跟呂金法商量，晚飯後是銷售的好時機，不少人喜歡飯後散步遛彎，民工更是三個一幫五個一群乘晚上出來遊逛，為了多賺錢，讓他辛苦一下，晚飯自己做點吃，她不回來吃。呂金法沒有反對。

有一天，李蜻蜓回去快十一點了，呂金法已經上了床。李蜻蜓悄悄洗漱，不想吵醒他。其實呂金法沒睡著，李蜻蜓上床後，呂金法就跟她做那事。李蜻蜓奇怪呂金法突然變得非常粗野，粗野得讓李蜻蜓想起了那幫畜牲，她立時就變成了一根木頭，沒了一點做這事的心情。完事後，呂金法也沒了關心和體貼，仰在那裡喘氣。喘著喘著，他突然側過臉來生硬地問，你還能生孩子嗎？李蜻蜓如五雷轟頂，她心裡很痛。他為什麼要提這個問題呢？他都有兩個孩子了，什麼意思？肯定是別人又對他說了什麼。他是在想被很多人糟蹋後，還有沒有生育能力……

三天之後，李蜻蜓徵求呂金法的意見，問他跟她在一起是不是過得不開心，要是真不開心，他們就分手。李蜻蜓沒想到呂金法會沉默，他沒回答她。不開口不等於反對，不開口是心裡有話不想說，或者礙於面子不好意思說。李蜻蜓沒有逼他表態，一切都很清楚了。

李蜻蜓沒再回到呂金法那裡，呂金法也再沒找李蜻蜓。李蜻蜓收拾了自己的衣物，把報刊亭當成了家，裡面可以放一張折疊床，這段婚姻就這樣結束了。

一個晚上，有個小夥子三十多歲，搖搖晃晃來到她報刊亭前，人沒挨近，酒氣先衝了過來。他開口就問，有《花花公子》沒有？李蜻蜓抬眼看他，那傢伙醉眼矇，酒氣一陣一陣撲過去。李蜻蜓回他沒有。小夥子又問有沒有光屁股女人照片的那種雜誌，李蜻蜓回他沒有。小夥子沒有走，反轉到報刊亭後面拉開門進了報刊亭。李蜻蜓讓他出去，小夥子反說她什麼服務態度，喝酒了，渴，給杯水喝又怎麼啦。李蜻蜓沒辦法，拿紙杯給他倒了一杯水，讓他出去喝。小夥子接過水沒出去，在報刊亭裡坐了下來。他說聽說她是女戰俘，在那邊讓一群敵人幹了，用不著裝正經，他孤單，她也孤單，他可以盡義務陪她。李蜻蜓知道碰上了無賴，她不想惹他，也不想理他，好言勸他，無冤無仇，請他喝完水趕緊離開。小夥子耍賴就是不走。眼看快九點了，小夥子還不走，李蜻蜓說要關門，讓他走。小夥子說關上門，幹了那事他就走，這麼多人都弄了，何在乎多他一個。李蜻蜓只好動手拖他，小夥子用力往後一掙，李蜻蜓拉脫了手，小夥子一屁股摔地上惱了，爬起來揚手就打李蜻蜓。李蜻蜓哪受得了這窩囊氣，雙手把他推出了報刊亭。小夥子回過身，拿腳踹報刊亭門。正好一男人經過，看到小夥子無故欺負李蜻蜓，路見不平一聲吼。小夥子就動手打那男人，李蜻蜓撥打了110。小夥子畢竟醉了，三拳兩腳讓那男人按到地上。員警趕到，把他們一起帶走了。

從派出所做完筆錄出來，那男人很負責任地把李蜻蜓送回報刊亭，李蜻蜓很感激，慶幸又遇上了好人。但那個傢伙從派出所放出來後，又到報刊亭來過，雖沒敢再胡鬧，但胡說八

道了一通，還讓她夜裡小心點。

邱夢山心裡很憋悶。想想自己的處境，跟李蜻蜓沒多大區別，再想想他們在戰場上流那些血受那些難，心裡很痛。邱夢山看李蜻蜓一臉消沉，她要是知道了他這些事，會更加絕望，他是男人，是兄長，他有責任幫她。李蜻蜓問他是回來探親休假還是出差，邱夢山告訴她，因為年齡偏大，在部隊發展前途不大，主動要求轉業了，他沒告訴她工作還沒有著落，更沒告訴她統戰部工作人員對他的那種歧視，他只說剛回來，正等著安置工作，這幾天正好沒事，他可以幫她一起看報刊亭。李蜻蜓說她不想幹了，打算把報刊亭關掉。邱夢山問她關了報刊亭打算做什麼，李蜻蜓這才告訴他，周廣志來過文海縣，還打聽過他，他轉業後去了特區，給她留了地址。在這裡待下去沒一點意思，她也想到特區去找周廣志，換個環境興許會好一些。邱夢山覺得這倒是一條出路，但他勸她還是先別關報刊亭，與周廣志聯繫好了再關不遲。李蜻蜓接受邱夢山的意見，關了報刊亭她連住處都沒了，再說把這些雜誌處理了也好收回一些成本。

7

邱夢山幫李蜻蜓賣了一個禮拜雜誌，給家裡打了兩次電話（家裡還沒安電話，當然是通過支書堂兄轉達），再硬著頭皮去了一趟軍轉幹部安置辦（他絕不想再去統戰部），什麼資訊都沒有。

邱夢山心裡沒了底，有點著急上火。十六年來，他一直堅定不移地堅信憑本事吃飯、相信組織、相信領導這些信念，那五年在那種環境中也從沒有動搖。現在他不得不痛苦地開始勸說自己，把脊樑彎一彎，把臉皮搓一搓，脊樑彎一回兩回不至於斷，臉皮使勁搓麻了就不會紅。他開始盤算荀水泉，開始打聽徐達民。他還是有所收穫，荀水泉確實是人武部副部長，徐達民是縣委宣傳部科長。他試圖說服自己去以石井生的名義乞求他們，他終於買了兩瓶茅臺酒兩條中華菸。回到地下室，他躺床上眼睛不停地往菸酒上瞅，他那臉還是沒有搓麻，心頭突然湧上一股悲哀。他反問自己，這是幹什麼呢，他發現自己太死心眼了，怎麼在一棵樹上吊死呢！他們不給安排，為什麼自己就不能聯繫工作呢，自己年紀輕輕，有胳膊有腿，怎麼就找不到一隻飯碗！還是那句話，有真本事到哪沒飯吃！他不信那個邪，他要試試，離了他們自己還能不能找到工作。

邱夢山決定兩條腿走路，不信有十六年軍齡，有戰場經歷的這種軍人會找不著工作。有什麼好怕呢？在茅山一個人對付三十多個敵人都沒害怕，還怕見人不成！邱夢山悄悄地踏上了找工作之路。行動之前他想，如今人才都強調專業，要外語，要電腦技術，可這些都不是他的專長。要說優長，他最適合帶兵，這兒沒兵帶；他懂管理，但誰用得著他來管理？除此他就只有軍事技術和軍事體育，他趕緊縮小範圍，確定目標，邱夢山在自己的技能上動腦筋。他由岳天嵐想到了學校，他自量可以當體育老師，跑、跳、投擲、單雙杠、爬牆、越障礙都是他的拿手好戲，當中學體育老師綽綽有餘。再說，教師待遇不差，他還想到，要是當了教師，跟岳天嵐就成了同行，相見就很自然，也會有共同語言。

邱夢山想岳天嵐他們學校不能去，在一個學校低頭不見抬頭見容易見出事來，他去了縣第二中學。邱夢山辦事喜歡乾脆利索，他沒有去找人事部門，直接找了校長，自古到今，哪裡都是閻王好見，小鬼難纏。他闖進辦公室，校長見陌生人隨便找他，心理上傷了他的權威。校長很不高興地問他有什麼事？邱夢山發現了他不高興，於是就實話實說來求職當體育老師。校長先把他端量了半天，主動來要求當體育老師，體育肯定不會差，但校長沒讓邱夢山得意，他給邱夢山當頭扣了一盆冷水，說學校不從社會聘用老師，只從師範學院應屆畢業生中雙向選擇錄用。邱夢山不死心，說他是轉業軍官。校長說轉業軍官就更不能隨便接收，要安置辦統一分配。校長把門關得沒一絲縫隙，邱夢山啞口無言，心想這人太差勁，連句下臺階的客氣話都沒有。

邱夢山琢磨，公辦學校都還是按計畫公事公辦，他們才不管人才不人才，應該找民辦學校、合資學校，他們可能就沒有那麼多的清規戒律。

邱夢山在街上有選擇地問了五個人，他找到了一條線索，縣裡有一所合資中學，是韓國一個華僑來家鄉投資辦的一所外國語學校，這真是太棒了，外國人肯定沒有這麼多規定。邱夢山滿懷希望，充滿信心地直接叩響了外國語學校校長辦公室的門。校長挺客氣，邱夢山奇怪校長不是韓國人，但也不是當地人，普通話講得跟播音員一樣好聽。校長問明來意，再沒跟邱夢山說話，示意他坐，同時按了一個電話鍵。不到一分鐘，一位靚妹來到校長辦公室。不用校長交代，靚妹就直接請邱夢山隨她走。禮儀十分周全，但讓他感到非常冷漠。

邱夢山隨靚妹進了屋子，靚妹禮貌地示意他坐到她寫字檯前那把椅子上，然後她才彬彬有禮地落座。邱夢山剛張口想說話就被靚妹抬手示意停止。她請他把求職書留下，三個工作日後來聽結果。邱夢山抓了瞎，他沒準備求職書。靚妹沒有埋怨他，她也在電話機上按了一個鍵。不到一分鐘，另一位靚妹走進這位靚妹的辦公室。進屋那靚妹畢恭畢敬立到這靚妹的寫字檯前，彬彬有禮地問處長什麼事，邱夢山開了眼界，她這麼年輕，竟當了處長。那處長靚妹向剛進屋那靚妹交代，讓她領他去準備一份求職書。靚妹朝處長點了頭，轉身請邱夢山跟她走。邱夢山起身跟著這位靚妹離開，他們進了另一間接待室。靚妹問會不會用電腦，邱夢山如實說會一點點，但不熟練。靚妹說電腦記憶體有制式求職書，讓他在電腦上填好表，然後用他名字做檔案名存檔，他就可以回去。邱夢山還沒有完全明白是怎麼回事，這位靚妹已經離開。邱夢山感覺這裡好像說話都得按字計價，誰都不願意多說一個字，難道這就是外企風格？

邱夢山剛學會電腦使用就上了戰場，五六年沒用了，那時是286配置，他只學了WPS，打開電腦，裡面沒有WPS，只有Word，沒辦法，他只好硬著頭皮打開Word，還好，裡面有五筆字型輸入法。他忘了再打開什麼才能調出那制式求職書。他用滑鼠挨著點擊檔夾，記憶體裡面有分區，他想起來應用文件應該都存在D盤上，他就拿滑鼠點擊D盤。D盤打開了，出現了一溜文件夾，他就挨個兒點，求職申請表終於讓他點了出來。他點開求職申請表，制式表格就出現在螢幕上。打字本來就不快，這種表格他從來沒打過，更不熟練，劈裡啪啦，摳索了一個半小時才按表格要求填完了這份求職申請表。那位靚妹來過兩次，每次都發出驚訝，驚訝他還沒有填好表，每次驚訝更讓邱夢山緊張和自卑。

邱夢山打出一身汗，終於把求職申請表做完。那位靚妹卻再不來了，他不知道她在哪間辦公室辦公，沒法去找，只能等。一等不來，二等不來，三等還不來。邱夢山想起，她說了，打完起名存檔就可以離開。怎麼存？存在哪個文件夾裡，萬一要存錯了，按錯鍵一下消了可白忙活了，還是讓她來看一下好。邱夢山只好走出這間接待室去找那位靚妹，他不敢貿然敲哪個門，只好在走廊裡溜達，希望那位靚妹能走出辦公室。遛著遛著，那位靚妹在他身後開了口，問他表填好了沒有，邱夢山喜出望外，說填好了。靚妹問存檔了沒有，邱夢山正為這事著急，說不知道該存到哪裡，正想找她請教。靚妹好笑地說，用你姓名起名，直接存桌面上就可以走了。

邱夢山重又回到接待室，那位靚妹沒跟他進來。邱夢山起了檔案名，存到了桌面上，不放心，再調出來看了看，證實確實在電腦上了，這才離開。邱夢山走出外國語學校大門，他突然後悔個人沒列印一份出來留底，萬一他們不接收，到別處他就省得再重搞求職申請了。想了想，邱夢山重又掉頭折了回去。

邱夢山再推開那位靚妹辦公室的門，靚妹還在劈裡啪啦打字。邱夢山見她沒抬頭，不好意思地走過去，沒等邱夢山開口，靚妹先開了口，說三個工作日之後再來聽結果，靚妹說話時抬了頭，但她兩隻手沒停，繼續劈裡啪啦在打字，打得飛快。邱夢山不好意思地解釋，說他填那求職申請表挺費勁，能不能給他列印一份留底。靚妹說這不行，這表是他們學校設計，供他們學校內部專用，不得外傳。邱夢山懇求，他只是想留個底，再做求職申請好方便一些。靚妹說他得付費。邱夢山說沒關係，問她要多少錢，靚妹說按頁面算，每頁八毛錢。邱夢山此時只能大方，別的地方花錢買不到，他連忙從兜裡掏出十元錢來。靚妹說現在機器不空，讓他稍等一會兒。邱夢山當然只有感激。靚妹打完字，從她那台電腦裡調出了邱夢山的那份求職書，給他出了一份。

邱夢山揣著求職申請表心滿意足地走出外國語學校，走著走著他忽然疑惑起來，他問自己，他適合來這兒工作嗎，邱夢山難以回答。他把那校長、那處長、那靚妹從頭至尾想了一遍，覺得自己沒法到這種學校來工作，跟他們在一起如同跟機器人在一起差不多，人要是整天跟機器人在一起工作，一起處理事情，太沒意思；何況他們是活人，待人卻如同機器人，跟這些人做同事共事，弄不好會共出精神病來。這麼一想，他覺得用不著三個工作日了，現在就可以決定，即使他們同意聘他，他也不想來了。

有了兩次經驗，邱夢山再去找第三個學校前，路上先找地方把求職書複印了一份，這樣好少費好多口舌。第三所學校在東郊外，是民辦，叫益民中學。邱夢山仍直接找校長，校長不是太熱情，但很認真地聽了邱夢山的自我介紹，邱夢山從校長的眼睛裡看出他喜歡他，說到後來，校長接連說了兩個不錯，這等於表了態，這時邱夢山才雙手送上求職申請表。

校長接過求職申請表認真地看起來，看著看著校長的眉頭突然皺起。邱夢山不知哪裡出了問題，他有些緊張地看著校長。校長沒說話，而是遺憾地把求職申請表還給了邱夢山。邱夢山不明白是什麼意思，坦率地問校長怎麼樣。校長面無表情地說不怎麼樣，讓他到別處去看看。邱夢山一聽涼了，但他還想爭取一下，求校長再商量一下。校長一臉嚴肅，說用不著商量，什麼原因他自己比他更清楚。邱夢山還說什麼，比他更清楚，肯定是戰俘這事。校長這麼說，是給他面子。

邱夢山一連奔忙了幾天，結果是英雄跑白路。等他再回到李蜻蜓的報刊亭，李蜻蜓都一愣，問他忙什麼去了，怎麼這副模樣，邱夢山很苦惱，但他沒法跟她說。他不明白，戰俘可以留部隊繼續當軍官，還可以提拔使用，為什麼就不能當老師。後來他才明白，學校是教育單位，是思想戰線意識形態領域，戰俘怎麼能到這個領域工作呢！他調整思路，教育單位是教書育人，他不再有教育別人的資格；上層建築不行，可以去經濟基礎，教書育人沒資格，出力氣幹活總是有資格吧。他開了竅，開始到企業，到工廠聯繫。邱夢山接連又跑了兩天，求了六個單位，這六個單位都不屬於思想戰線意識形態，都是經濟基礎生產經營單位，有三個單位很想要他，尤其是那個運輸公司，聽說他個人還能開車，幾乎決定要他了，但一看他那求職申請表也搖了頭。

邱夢山白費了一週時間，跑了不少路，賠了不少笑臉，說了不少廢話，結果跟沒跑一樣。沒有工作單位，他哪來住處，沒有住處他怎麼落戶口，沒有戶口怎麼辦身分證，沒有身分證他怎麼算中華人民共和國公民，弄半天他現在是黑人黑戶，在這地球上沒有立足之地。碰了壁之後，他服了，心也灰了，他再一次勸自己，彎一回兩回腰脊樑斷不了，把臉使勁搓麻了就不會紅。

邱夢山提著兩瓶茅臺酒兩條中華菸去了人武部，他終於說服自己，像他這種人不該再有英雄氣，決定讓自己的脊樑彎一回，把臉搓麻木，對自己背叛一次。邱夢山決心下了，荀水泉卻不在人武部，在縣政府開會。邱夢山沒法在人武部坐等，人家也沒讓他等，他只好上街溜達。邱夢山看著錶一直遛到十一點，估計縣政府會該結束了，他提著東西再上人武部。荀水泉仍沒回來，邱夢山先給那值班參謀彎了脊樑，請求能不能在那裡等荀水泉。值班參謀似乎找不出拒絕理由，再說邱夢山態度很好，同意他在值班室等。

邱夢山坐在值班室有些尷尬，他給自己找到一件事做，他要好好溫習石井生。爹娘這關過了，荀水泉這一關很重要，他們朝夕相處了這麼多年，尤其在戰場上有了生死感情，做為軍人，荀水泉比爹娘還熟悉他。一想到這，邱夢山忘了件大事，他忘了帶菸糧袋，這不能含糊，石井生怎麼能不抽菸葉！他向值班參謀道謝，說他到外面迎荀水泉。出了門邱夢山揮手招計程車，趕回地下室招待所取菸糧袋。

邱夢山取來菸糧袋已是十一點四十，邱夢山不管荀水泉回沒回，先捲上一支喇叭筒叼上再說。荀水泉正好剛回到人武部，邱夢山隨即進入角色，上演石井生，盡量讓荀水泉從他身上找到一些石井生留下的印象，至少讓他與荀水泉腦子裡的石井生接近一些。邱夢山爭取主動，搶先喊，指導員，還認識我嗎？荀水泉一時沒反應過來，愣眼看著邱夢山，他確實變了模樣，既不像石井生，也不像邱夢山。邱夢山又加了一句，指導員，我是石井生啊！我自己都沒想到，我還能活著。說著邱夢山流下了淚。這不是演戲，想到自己這處境，心裡說不出是什麼滋味。荀水泉這才痛苦地喊了井生，伸出一條胳膊摟住他，邱夢山在擁抱中感受到荀水泉的戰友感情是真的，他心裡有了底，無論他是邱夢山還是石井生，荀水泉都不會不管他。兩人擁抱邱夢山也沒扔掉那支喇叭筒，荀水泉問他還是不抽紙菸。邱夢山趕緊學著石井生要給荀水泉捲一支，荀水泉說他還是享受不了生菸葉。荀水泉把邱夢山領到他辦公室，荀水泉又細細地看石井生，他說要不是他來找他，在大街上撞見，他也認不出他來，說他既不像石井生，也不像邱夢山，細看還是像邱夢山多，尤其說話的神氣。邱夢山踏實了許多，這樣就好，都不像才好，同時又提醒自己注意說話神氣，還得用心學石井生。兩個人見面，竟一時不知道說什麼好，相互看了半天，兩個人都流下了眼淚。荀水泉想起在清水灣陣地背水，石井生返回去接他；邱夢山想起他們倆在芭茅叢中對天許下那諾言。兩個人不約而同再一次擁抱，荀水泉拍著邱夢山的後背，說他受苦了。荀水泉沒領邱夢山上街，就在他們食堂炒了兩個菜，兩人喝了一瓶將軍酒，邱夢山一邊喝著酒一邊告訴了他一切。吃完飯上了荀水泉辦公室，兩人竟都沒提岳天嵐，只顧詢問離別後各自的經歷，差不多兩個小時他們才接上對方這一段人生空白。說完這些才說現實，邱夢山把轉業這事和統戰部、安置辦的態度說了一遍，不用邱夢山開口，荀水泉說他來打聽一下。

荀水泉不讓石井生走，晚上把他領到家，曹謹做了六菜一湯，兩個喝了個痛快。飯桌上，邱夢山婉轉地問了岳天嵐的情況，說連長犧牲了，她是不是改嫁了？一提起邱夢山，荀水泉心裡很難過，他很內疚地點了點頭。荀水泉和曹謹你一言我一語把岳天嵐的近況告訴了邱夢山。荀水泉誇徐達民這人不錯，什麼都依著岳天嵐，每年都去栗山給邱夢山掃墓，把邱繼昌當親生兒子待。邱夢山很感動，說應該去看看嫂子，看看侄兒。曹謹也說該去看看，既然認了連長這個哥，天嵐就是親嫂子。荀水泉說岳天嵐已經知道他回了部隊，也知道他去喜鵲坡認了爹娘，她還給他打電話問過他。荀水泉主張明天就去看岳天嵐和孩子，他做東，請他們一家吃飯，就用他帶來的菸酒做禮物，順便跟徐達民說說安置問題，也可以請他幫幫忙。邱夢山感覺還是戰友實在，畢竟他們同過生死。

9

過了部隊領導、爹娘和荀水泉這三關之後再見岳天嵐，邱夢山心裡就不再那麼緊張。邱夢山跟著荀水泉夫婦早早在岳天嵐家附近一家「好再來」餐廳坐下，他現在是荀水泉的老部下，自然要主動先給他們夫婦讓座泡茶，然後才捲一支喇叭筒，邊吸邊喝茶邊聊天等岳天嵐。岳天嵐踩著點領著兒子走進餐廳，邱夢山爭取主動先入為主，離開座位迎過去，隔著幾張桌子就高聲喊嫂子。當岳天嵐被他握住手與他四目相對時，岳天嵐心裡怦然一怔，她驚呆了，石井生那隻右眼裡射出的眼神那麼熟悉，那麼熱切，它只屬於邱夢山和她，她腦子裡嗡的一聲，他是邱夢山！邱夢山敏銳地察覺到了她這一反應，他沒給她留繼續觀察和思考的時間，主動問她，他是不是太像連長了，他隨即自然地叼起那支喇叭筒。岳天嵐似乎從錯覺中掙脫，她半開玩笑說眼神倒是真像，要是他冒充他們連長，她肯定會上當。邱夢山心頭一顫，他只好順水推舟開起玩笑，說可惜嫂子不給機會，要是她沒跟徐達民結婚，他真想代替連長跟她重組家庭，把連長兒子撫養成人，也盡一點兒弟責任。荀水泉和曹謹跟著笑，曹謹還說叔接嫂這種美事多得很，這玩笑開得岳天嵐滿臉通紅。邱夢山趕緊抱起邱繼昌轉移視線和話題，邱繼昌已經上學，也懂事了，但他不認識這個叔叔，又知道不好拒絕，勉強地讓邱夢山抱了。邱夢山讓他叫叔叔，邱繼昌不知所措地叫了叔叔，邱夢山滿腔真情地藉機親了兒子，親得邱繼昌躲閃不及。

荀水泉這才問岳天嵐徐達民怎麼沒來，岳天嵐解釋上面來了人，晚上有應酬。徐達民沒來邱夢山很高興，有徐達民在場，他心裡會很彆扭，甚至會尷尬，這樣反倒好，他輕鬆起來，主動跟邱繼昌交流。岳天嵐早就想見這個石井生，她沒法忘卻那個怪夢，如今他就在眼前，讓她無法判斷事情真假。趁邱夢山跟兒子說話不注意，岳天嵐又細細地把他觀察。邱夢山也正巧偷眼看她，兩人的目光再一次相撞，岳天嵐又一次看到了讓她心動的眼神，他們彼此故意避開。岳天嵐在心裡跟自己說，他不是石井生，他就是夢山，傷後手術讓他改變了模樣，但他那眼神無法改變。她又問自己，他既然是邱夢山，為什麼要借石井生的名字呢？她一時不得其解。她再看他時，她更沒法確定，邱夢山留在她心中的印象本來就很模糊，他們在一起生活的時間太短了，沒法從眼前這個石井生身上找出與邱夢山有什麼異同，剛才的眼神卻深深地印在了她心裡，可眼前這個人叫石井生……

岳天嵐十分矛盾，情感讓她希望眼前的石井生是邱夢山，但理智又不希望眼前的石井生是邱夢山。她已經從公公爹那裡知道石井生當了戰俘，她絕對不允許邱夢山當戰俘，她也相信邱夢山不會當戰俘。這些年來，她一直以英雄妻子的身分自居，也以英雄妻子的身分選上了縣、市、省乃至全國人大代表，解放軍當戰俘，她心理上不能接受。眼前這個石井生讓她很不安，她一邊吃一邊不露聲色地開始旁敲側擊，岳天嵐故意說倪培林在英模報告團宣傳過他和他們連長，結果他當了戰俘，這樣等於欺騙了大家。邱夢山一震，他沒想到岳天嵐竟會這麼看他，不禁暗自慶幸借名借對了。既然她對戰俘是這樣一種態度，他想進一步試探她的內心。邱夢山說這事由不得他，軍人在戰場要麼消滅敵人，要麼犧牲自己，生死就在瞬間發生，哪能像他們老師有那麼多閒工夫去想榮譽名利，軍人在戰場上是當英雄還是當戰俘，自己無法決定，一切由戰爭這個魔鬼操縱。岳天嵐不顧情面，進一步追問，他是不是因為是戰俘，得不到重用，所以只好轉業，邱夢山失望地抬起頭來，他點了點頭。不知岳天嵐要表明自己態度，還是故意警告邱夢山，她說幸虧他是孤兒，要是有老婆孩子，那就連他們也給害了，說實話，戰俘在人們心目中跟叛徒差不多。邱夢山只能苦笑著搖頭。荀水泉接過話，他說岳天嵐這觀念過時了，現在政策完全不一樣了，何況井生是失去戰鬥能力才被俘，被俘後仍繼續戰鬥，組織了越獄越境，消滅了二十多個敵人，要不他回來怎麼還能回部隊，還承認他火線提幹，在部隊還提了職務，晉升了軍銜。邱夢山非常失落，他說嫂子這話沒有錯，因為被俘，轉業到地方也不受歡迎，到現在工作還沒落實。曹謹一看氣氛不好，也趕緊出來圓場，她湊到岳天嵐身邊，讓天嵐跟徐達民說說，也幫井生的工作安置想想辦法。岳天嵐態度很不積極，說這事牽涉到政策，徐達民人微言輕，可能幫不了什麼忙。

荀水泉只好轉移話題，問起邱繼昌的學習情況。岳天嵐卻似乎還沒完，她又提起石井生回喜鵲坡認爹娘這事，說繼昌爺爺說他城裡還有好多戰友，戰友們說不定有門路可以幫忙。邱夢山說其實沒什麼戰友，他把李蜻蜓告訴了他們。岳天嵐開玩笑說他重色輕友，不看自己指導員，也不看嫂子，只看女戰友。邱夢山覺得岳天嵐話裡有話，他只好推說，當了戰俘，不好意思見他們。岳天嵐突然出其不意地看著邱夢山說，我跟徐達民結婚那年五一前，我們傳達室老大爺說，晚上看到有個陌生人在我們院子裡盯著我們窗戶看，長得很像夢山，不會是你吧？邱夢山讓岳天嵐說得一哆嗦，他接著故意用大笑掩飾，說那時他剛回部隊，工作還沒安排，還不知道怎麼安置他，他這副落魄樣哪還敢見嫂子。曹謹輕輕地推了岳天嵐，問她今天是怎麼啦，岳天嵐卻不顧，繼續追問李蜻蜓結婚沒有，邱夢山看著岳天嵐搖搖頭，說別提了，全是噩夢。岳天嵐不無試探地說，你們兩個不是挺合適嘛！荀水泉覺得也不錯。邱夢山故意說話給岳天嵐聽，說像他們這種人做人的權利都讓人剝奪了，哪還有權利享受愛情和婚姻，他們只配下地獄。荀水泉畢竟是政工出身，他看岳天嵐傷了石井生的情緒，他趕緊出來收場。

這頓飯吃得很沒有意思，那個怪夢在岳天嵐心裡作祟，她感覺也許那天晚上是他潛入她家，假若這個石井生是邱夢山，那他很可能是了卻心願；如果他是石井生，那他就是流氓，冒充邱夢山佔了她便宜。岳天嵐心裡亂死煩死了，但她心裡打定了主意，不管他是邱夢山還是石井生，他是戰俘確定無疑，她絕對不想跟他有任何接觸。

邱夢山回到地下室房間，仰到床上半天沒動彈。他感覺岳天嵐認出了他，至少在懷疑他，她還故意提了那件事。她還明確表示了態度，戰俘跟叛徒差不多，她不會理他。他慶幸借了名，要不然，別說她已經跟徐達民結婚，即使沒有改嫁她也會跟他離婚。慶幸歸慶幸，知道了岳天嵐的態度，邱夢山心涼了，他頓時感覺這麼活著一點意思都沒有，她已經不再是原來的那個岳天嵐……

10

石井生的工作安置成了荀水泉一大心事，他們之間的那種感情老百姓不可能理解，想到在清水灣一塊兒光著屁股曬太陽「日療」的日子，他們之間不可能分彼此。第三天荀水泉就約安置辦和統戰部的辦事人員吃了飯，還卡拉OK了一回。安置辦科長悄悄給他透露，石井生的工作得頭兒們研究，底下說了不算。荀水泉跟安置辦和統戰部的頭兒們都不太熟，他只好央求部長，部長幫他搭了橋，荀水泉分別約見了安置辦主任和統戰部部長。十天過去了，仍沒有消息。

荀水泉知道石井生不會去求岳天嵐，他又讓曹謹去找了岳天嵐，請她跟徐達民說說，讓他也出面幫幫忙。岳天嵐態度很冷淡，說正常軍轉幹部安置都困難，何況他是戰俘。曹謹跟岳天嵐說，夢山生前確實把石井生當弟弟一樣關照，井生也把夢山當親哥，夢山立軍令狀奪無名高地、深入敵國抓活口、茅山阻擊，石井生都是得力的膀臂。戰俘不是他要當，即使當了戰俘他也是英雄。岳天嵐勉強答應說說看。

石井生搞得岳天嵐有點六神無主，管他不是，不管他也不是，想無視又無視不了。見面後，儘管岳天嵐打定了主意，不管他是邱夢山還是石井生，他已經當了戰俘，絕不再跟他交往，只當什麼事都沒有發生，但一想起那眼神，岳天嵐就心亂如麻。這種眼神只有她能讀懂，也只有邱夢山才會對她放射，她斷定他百分之百是邱夢山，那怪夢也不是夢，而是邱夢山所為。她又氣又恨，但就在這氣恨之中，岳天嵐慢慢體會到他的全部用心。他為什麼要冒名頂替呢？他是不想給她和兒子帶來不幸，故意借了石井生的名字。這樣既可以認爹娘，名正言順地盡兒子的責任，還可以叔叔的身分照顧兒子，假如她沒有再婚，假如她也願意，他真可以石井生名義跟她重新結婚，一切都照舊，一切都天衣無縫，僅僅只借用了石井生的名字。

有了這一番分析，岳天嵐心裡就無法平靜。人生如夢，人生是戲，她沒想到命運竟會這麼給她安排人生。這叫什麼人生？她愛那個人，她疼那個人，她為他死去活來的那個人，死了，卻又活過來了。可活過來的這人已不是他，這算是喜還是悲？她不想見這個人，也沒法再見這個人；不想跟他交往，也沒法再跟他交往，可心裡更放不下他。她想到最後竟生起氣來，他這麼活著，不如死掉。他犧牲是英雄，他榮耀，她也榮耀，全家都榮耀，子孫後代都榮耀；他活著是戰俘，他窩囊，她也窩囊，全家窩囊，子孫後代都窩囊。但他沒有犧牲，他活著，他借別人的名字活著，她怎麼能無視他的存在？她跟他的關係和感情是血和肉的凝成，無法割裂，一輩子的生與死都再無法割裂。她可以在荀水泉面前對他鄙視，也可以給他不屑甚至侮辱，但她無法將他忘卻，也無法對他無視。

岳天嵐嘴上搪塞了荀水泉，實際她早跟徐達民說了這事，她要他去統戰部和安置辦打通關係，儘早給石井生安排工作，他是邱夢山的弟弟。岳天嵐跟徐達民說這事，一點都沒有內疚，也沒有不好意思，因為他是石井生，因為他是邱夢山的弟弟，她完全可以冠冕堂皇。晚上徐達民回家，岳天嵐在飯桌上再一次問到石井生工作安置的問題。徐達民已經做了工作，但岳天嵐還不滿意，僅打招呼不行，該吃飯吃飯，該燒香燒香。她甚至藉機發牢騷，說現在黨政機關作風壞成這樣，人家石井生為國家流了血，人都死過去了，要不為國家他上那兒去犯神經啊！機關作風壞到這種程度宣傳部門該過問過問，徐達民答應再去催催。

11

邱夢山懷著一肚子的美好願望去見岳天嵐，見了之後心情卻非常不好，心裡有個東西拽啊拽地讓他不舒服，不舒服還沒法告訴李蜻蜓，他只好跟李蜻蜓打招呼說要回喜鵲坡跟爹娘說說情況，暫時離開縣城。邱夢山回家還是不開心，爹娘問他為啥，他只好推說工作安置沒一點眉目。

邱夢山在城裡鬱悶，回家還是鬱悶，悶了三天，他跟爹娘說還得回城裡盯著工作，不盯著他們不會當回事。在家住了三夜就又回到城裡，繼續跟李蜻蜓處理雜誌。

邱夢山和李蜻蜓分析不出原因，周廣志因何遲遲不回信，事情倒不是特別急，邱夢山的工作也沒有消息，他們就一邊賣雜誌一邊等待。

岳天嵐也說不清自己為什麼要去找那個報刊亭，那天她到教育局去開會，回來經過興業廣場。一看到興業廣場幾個字，岳天嵐的腦子裡當即就冒出李蜻蜓的名字，她為自己能記這麼清楚而驚奇。素不相識，也從未有過來往，就那天聽石井生這麼一說，她居然就把她的名字記這麼牢。她不只是記住了她的名字，而且知道她就在這裡的報刊亭賣報刊，還生出了要去偷偷看她一眼的慾望。她問自己為什麼要去看她？難道這個石井生真是邱夢山？因為她和這個石井生是戰俘營戰友？因為他們都未婚？因為自己說了他們可以成一對的話？岳天嵐想到這一層，不由得臉熱了。她只好自己勸自己，兩個戰俘，去管他們這事幹什麼，他們成不成一對跟自己沒一點關係，他們愛怎麼著怎麼著。話這麼說，但她已難以自持，意念讓她心猿意馬，兩隻眼睛早在四下裡搜索報刊亭。她發現了，那報刊亭就在馬路對面，她還看到那個石井生在報刊亭裡招徠生意，大喊減價處理雜誌，旁邊那年輕姑娘肯定就是李蜻蜓。岳天嵐的眼睛到了那裡，心也早跟了過去，兩條腿不由自主地過了馬路，不受管束地向報刊亭挨近。她在一個水果攤前收住腳，再不能往前靠近了，再靠近石井生就會發現她。岳天嵐站在水果攤前兩隻眼睛像探頭一樣監視著報刊亭裡的兩個人。她看到石井生賣力地推銷著雜誌，李蜻蜓為他剝了一根香蕉，直接送到他嘴邊，石井生像從妻子手裡接過香蕉一樣拿起來就吃。看到這一幕，岳天嵐心裡竟打翻了五味瓶。攤販主問她買什麼？她才把眼睛拽回來撿了幾個蘋果，眼睛卻仍又轉到那邊去了。石井生正好吃完香蕉，李蜻蜓又親自拿毛巾替他擦嘴。岳天嵐再沒法往下看，她提著水果扭頭就走。水果攤小販喊她還沒付錢，她回頭扔下錢沒要找就走了。

岳天嵐沒法容忍石井生跟李蜻蜓攪在一起，她這種反應強烈得連自己都吃驚，她幾乎都睡不著覺了，心一靜，李蜻蜓拿毛巾給石井生擦嘴的情景就閃在眼前，大庭廣眾之下如此，下了班關了門不知他們能好成什麼樣，岳天嵐感覺心裡鑽進一隻小蟲在咬她。其實不管他叫石井生還是邱夢山，她已經把他當邱夢山了，不管他跟她怎麼樣，但她絕對不允許他跟其他女人這個樣，她受不了，必須得堅決制止。

荀水泉到徐達民那裡打聽石井生的安置有沒有進展，岳天嵐見面就跟荀水泉說絕對不能讓石井生跟那個女戰俘攪和在一起，說得荀水泉一愣。他發覺岳天嵐幾乎都憤怒了，他不知道岳天嵐為什麼要為這事憤怒，那天是她自己建議石井生跟李蜻蜓在一起，幾天工夫她怎麼就憤怒成這樣呢？岳天嵐發現了荀水泉在疑問，她一點沒覺著不妥和尷尬，她說她是石井生的嫂子，石井生是邱夢山的弟弟，這事她不能不管。一個戰俘已經讓大家臉上無光，一對戰俘弄到家裡來，他們不成戰俘家庭了嘛！將來孩子怎麼辦？岳天嵐對這事的註ㄉ腳在這兒，荀水泉也就理解了，她是邱夢山的妻子，她是人大代表，應該有這個覺悟。

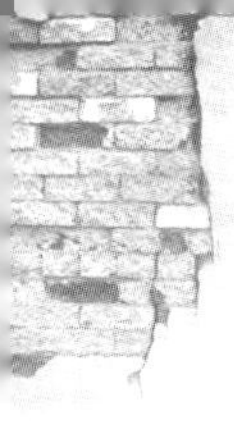

石井生的工作安置遲遲得不到落實，岳天嵐上了火，她跟荀水泉說兩邊再抓點緊，趕快給他安排個工作，讓他離開那個報刊亭，正兒八經幫他找個對象。他還請荀水泉幫他找個住處，不能讓他這麼漂著，長期住旅店也住不起。荀水泉感覺岳天嵐真是個好大嫂，他哪知道岳天嵐的心裡還有那麼多秘密。

12

荀水泉回家跟曹謹說，岳天嵐讓他覺得慚愧，他這老戰友反不如她想得細，對石井生他應該多盡些責任，他當然不知道岳天嵐這話還別有用意。曹謹卻感覺岳天嵐對石井生的態度有點怪，不像岳天嵐平常待人的態度，讓人捉摸不透。荀水泉反說曹謹沒經歷這種事，不能理解岳天嵐的心情，他讓曹謹想法在人武部宿舍院幫石井生找一間房。副部長夫人還是有點權威，曹謹當天就為石井生找了一間房，荀水泉隨即去興業廣場報刊亭讓石井生搬到了住處。

邱夢山從荀水泉那裡得知岳天嵐很關心他後，他那顆心再沒法平靜。他不停地問自己，岳天嵐為什麼要關心他，岳天嵐這麼無所顧忌地通過荀水泉關心他，甚至連他婚姻大事都這麼慎重考慮，他分析有兩種可能：一種可能是她對他身分沒有一點懷疑，確實把他當成邱夢山的弟弟石井生，假如她稍有一點懷疑，她絕對要對他迴避，不迴避是他們的關係很明確，岳天嵐是他嫂子，他是她小叔子；另一種可能是她已經認出他就是邱夢山，她對他真情依舊，但她不能再認他，她只能暗地裡關心他。

無論是哪種可能，邱夢山的內心再沒法安靜，他沒法不愛岳天嵐，也沒法忘卻岳天嵐。荀水泉給邱夢山安排好住處，邀他吃飯他都謝絕了，他心裡很亂。荀水泉離開後，邱夢山走上了街頭，他不知道自己要做什麼。走著走著，不知不覺路燈替代太陽給人世間以光明。邱夢山發覺自己竟鬼使神差般來到了縣委宿舍大院。這院子很大，進進出出的人不斷，他隨著進院子那些人走進了大院。

宿舍樓一個個窗戶裡幾乎都亮著燈，邱夢山從傳達室得知了徐達民家樓號和房號，但他沒能找到進他家的理由，他在路邊找著了一張石條凳，位置不錯，僻靜還能看到岳天嵐家的窗戶。他靜靜地坐在石條凳上，捲起了一支喇叭筒，不緊不慢地抽著。他說不清為什麼要來這裡，也不知道自己來這裡想做什麼，反正他不想在人武部那間小屋裡憋著。邱夢山抽到第八支喇叭筒，大院裡的一個個窗戶陸續變黑。岳天嵐終於在視窗出現，她似乎在朝樓下搜尋著他，她在窗前往下看了好一會兒，邱夢山怕被她發現扭轉了身，悶下頭抽菸。邱夢山再扭頭，她家窗簾拉上了，屋裡燈還亮著。他們在幹什麼呢？邱夢山身不由己地站了起來，兩眼瞪得恨不能掀開那窗簾。刷！岳天嵐家屋裡的燈突然滅了，邱夢山一屁股跌落到石條凳上。他雙手捧著頭，不想再看那個黑窗戶，他知道裡面正在發生著什麼。一陣鑽心的疼痛掠過他心頭，他再沒法往下想，站起來疾步離開了大院。

邱夢山走出那家小餐館，腳下像踩著棉花垛。酒精麻醉與理智抗衡造成一種異樣的平衡狀態，他一腳高一腳低，搖搖晃晃，東倒西歪，眼看著就像要摔倒，但這種平衡始終沒讓他倒下。他一路像打著醉拳一樣走去。

李蜻蜓在報刊亭那張折疊床上漸漸進入夢鄉。咚！像有塊石頭砸了報刊亭門。李蜻蜓驚醒後沒開燈，她順手拿起折疊床下麵的那根鐵棍，這是她特意準備的防身武器。她輕手輕腳地摸到門口，側耳靜靜地聽外面的動靜。她聽到了一種聲音，有人在嘔吐，一股酒氣從門縫裡鑽進報刊亭，讓李蜻蜓噁心。不知是哪個醉鬼，肯定是藉著酒勁想來纏她。李蜻蜓檢查了門上的插銷，然後多一事不如少一事地回到折疊床上繼續睡覺。

報刊亭外有了那個醉鬼，李蜻蜓沒法入睡，她擔心著他會做什麼，她越睡頭腦越清醒。她聽到外面那個醉鬼打起了呼嚕，那呼嚕水準不低，一聲高似一聲，幾乎接近於驢叫。李蜻蜓實在沒法入睡，她翻身下床，操起那根鐵棍。她來到門口，側耳細聽，鼾聲如雷。她輕輕拔下插銷，輕輕拉開門。那醉鬼就躺在她報刊亭門口，身邊吐出那些污穢讓她翻胃。她跨出門去，抓起那醉鬼的兩隻腳，把他拖離報刊亭門口。她回到報刊亭裡，拿垃圾撮子到路邊綠化帶撮了幾撮土，把那污穢蓋住。做完這些，她覺得該把醉鬼拖得離她更遠一些。她又抓起醉鬼的兩隻腳，把他拖出有兩丈遠。那醉鬼依然鼾聲如雷，仍沒有醒來。李靖蜓又好氣又好笑，回報刊亭時她朝他瞅了一眼。這一瞅不打緊，她一下愣住了，她再低頭細看，醉鬼竟是石井生。李靖蜓抱不動他，也沒法背他，拖死豬一樣把邱夢山拖進了報刊亭。她把他弄到折疊床上，剝掉了他那身髒衣服，給他洗臉擦身子。邱夢山在醉夢中不停地重複著一個人的名字，李靖蜓聽了半天才聽清，那名字叫岳天嵐。她想岳天嵐肯定是個女人，這女人是他什麼人呢？

第二天邱夢山在報刊亭醒來，李靖蜓已經買來了早餐。李靖蜓問他夜裡跟誰喝酒，為什麼要喝這麼多？邱夢山搖頭苦笑，他什麼也沒說，他能跟她說什麼呢？邱夢山吃著早點，腦子並沒閑下。他想，不管岳天嵐對他什麼態度，他必須去徐達民家明確身分，他是邱繼昌的叔叔，他要履行諾言照顧邱繼昌成長，他也可以叔叔身分，常常見到嫂子。不能與她做夫妻，能經常看到她也是幸福。他知道這輩子只能把這種愛悄悄地帶進骨灰盒了，傷天害理的那種事他絕對不會去做。那天晚上是因為岳天嵐還沒跟徐達民完婚，實際上他還是岳天嵐的合法丈夫，要不是岳天嵐在夢中摟他，他也絕不會做這種事。現在只有讓他倆成叔嫂關係，他才能讓自己踏實下來，把全部的心思移到兒子身上。邱繼昌是他兒子，是邱家的唯一一條根，他雖然沒有權力把他從岳天嵐身邊帶走，但他可以關心他，可以愛他，可以幫他。他有責任讓兒子健康成長，讓兒子成材，讓兒子出人頭地光宗耀祖。老婆不再是自己的老婆，兒子卻還是自己的兒子，他當然不在乎兒子叫不叫他爸爸，只要他能經常看到他，看著他成長就滿足了。他打算向徐達民學習，給兒子搞點感情投資。邱夢山到商場玩具櫃檯買了一台最新的遙控玩具汽車，服務員給他做了演示，非常好玩，說小孩子都喜歡，只是價格貴一點。貴一點不怕，只要兒子喜歡就行，邱夢山當場裝上電池試驗，前進、後退、拐彎、掉頭，還可以翻跟斗，確實好玩極了。

邱夢山直接去學校等兒子放學，好在他們已經一起吃過飯，說起來邱繼昌對他有印象。邱夢山當即把遙控汽車送給兒子。沒想到邱繼昌不接受，說他不要外人的東西。邱夢山告訴兒子，他不是外人，是他親叔叔，他爸爸臨犧牲時拜託他，要把他當兒子一樣照顧他，不信星期天他就領他一起去看爺爺奶奶。邱繼昌卻仍拒他於千里之外，說他不是叔叔，是戰俘。邱夢山差點一屁股地上，他怎麼會知道他是戰俘，是那天吃飯說話他聽到了，還是岳天嵐對他專門進行了教育？邱夢山當即拆開遙控汽車玩給他看，邱繼昌看人家玩過這種汽車，看著看著心裡就癢癢起來，他很想玩。邱夢山立即教他玩，告訴他怎麼按遙控器。邱繼昌臉上的笑一閃就不見了，他說他們家什麼玩具都有，他不要。邱夢山讓兒子說涼了心，他問兒子是不是媽媽要他這樣做，邱繼昌不說，背起書包就走。

邱夢山看著兒子的背影，不知道怎麼著才好，要是兒子也敵視他，活著還有什麼意思？

邱夢山沒有放棄，對自己兒子怎麼能放棄。他拿著遙控汽車在兒子身後跟著，他想一定得闖進這個家，一定得讓兒子認他這個叔叔。邱繼昌不讓邱夢山進屋，把門鎖死。邱夢山沒有生氣，反而很欣賞兒子，很感激岳天嵐在兒子身上下了工夫，她把兒子教育得這麼有個性，將來肯定會有出息。他一點都沒有不高興，也沒有無奈，很有耐心地在門口等岳天嵐下班。

岳天嵐下班見石井生站在她家門口，問他怎麼不在報刊亭賣雜誌？邱夢山誇岳天嵐不愧是老師，教育孩子有方，兒子居然連叔叔給他東西都不接受，也不讓他進屋。岳天嵐以為他在變著法發洩不滿，她就接過話茬故意敬告他。她說既然兒子不喜歡他，以後他就不必再來，她也不希望他與兒子多交往，別說是他叔叔，就是邱夢山當了戰俘回來，她也不會讓兒子認他這個爸。邱夢山感覺岳天嵐是有意說話給他聽，要依他過去那脾氣，他會掉頭就走，現在他不能，他是石井生，他必須走進這屋，走不進這屋，他就等於失去了兒子。邱夢山跟岳天嵐進了屋，他也接著話茬故意試她，問她是不是他太像連長了，怕影響連長在兒子心目中的形象，岳天嵐故意說別看他模樣有點像邱夢山，但他骨子裡一點都不像邱夢山，邱夢山寧可死也絕不會當戰俘。岳天嵐故意這麼說，她已經感覺到石井生想跟兒子討親近，她怕他親近兒子，故意先讓他絕了這念頭。邱夢山說他也不想這麼活著，但老天爺卻要他這麼活著。岳天嵐說她不相信，一個人真要是不想活，怎麼還會活著呢？想死怎麼還會死不了呢？她不信五年中竟會連死都找不著機會，真想死怎麼都能死。

邱夢山只能苦笑，他不想與她爭辯，他自言自語地說，自殺不是軍人的性格，軍人有時候活著比死要難得多。岳天嵐看了他一眼，沒再說話，給他倒了一杯水。邱夢山接過水杯說，不管她怎麼看他，他現在是連長的弟弟，連長臨犧牲前拜託了他，他也答應了連長，若是他能活著回來，他一定把侄兒當兒子一樣培養，這個責任誰也不能剝奪，晚上他要請他們全家吃飯。岳天嵐拿他沒了辦法，她謝了他的好意，說徐達民有應酬，他們不出去吃，就在家裡做點吃。

邱夢山沒有走，他要在徐達民面前確定身分。岳天嵐進廚房做飯，他心裡有了一個疑問，為什麼荀水泉說岳天嵐在關心他，見面她卻恨不能逼他立馬去跳樓，邱夢山坐在沙發裡百思不得其解。

邱繼昌做完作業，邱夢山繼續努力，他拿出遙控汽車在屋裡玩給兒子看，邱繼昌開始不看，玩著玩著還是看了。邱夢山朝兒子招手，讓他玩，邱繼昌沒過來。邱夢山知道他喜歡卻又不願靠近他，他不耐煩了，拿眼瞪兒子。邱繼昌害怕地跑進了廚房，他告訴媽媽，這個叔叔很兇，跟電視裡殺人犯一樣兇。岳天嵐領著邱繼昌走出廚房，她跟石井生說孩子膽小，別嚇唬他，她讓兒子接受了遙控汽車，說既然叔叔花錢買了就拿著，下不為例。岳天嵐把汽車給了兒子，兒子仍恐懼地看著邱夢山，邱夢山堆起笑臉，過去教他玩。兒子真聰明，教兩遍就會。

岳天嵐注意到了石井生右手拿筷子，她當然沒忘記邱夢山是左手拿筷子，這又讓她疑惑，她幾次偷看石井生，再沒發現那種眼神，她發現他千方百計在跟兒子親近。岳天嵐在心裡警告自己，別神經過敏，這樣才更好，他或許就是石井生。

徐達民回家岳天嵐已經收拾好廚房。徐達民進門，岳天嵐隨手接他提包，讓他更衣，邱夢山心裡酸得錐心。心裡吃著醋，嘴上卻還要若無其事地跟徐達民寒暄。按石井生論，徐達民比石井生大一歲，邱夢山還得叫徐達民大哥，叫起來不是味，但也只能叫。邱夢山說徐達民是小哥他是老弟，看起來比我年輕多了，我們軍人看不出真實年齡，二十幾歲能看成四十，四五十歲也能看成三十。石井生就以這樣一種狀態讓徐達民一家接納了他這個叔叔。岳天嵐在徐達民面前表現得相當的老練，她直截了當問石井生住人武部那裡行不行，還毫不客氣地說找物件不要找李蜻蜓這種戰友，好姑娘多得很。邱夢山說他知道自己是什麼身分，這輩子已不指望成家。邱夢山的消極倒讓岳天嵐心裡舒服一些，總說眼睛是心靈的窗戶，有了那次目光相接，她不敢肯定他究竟是石井生還是邱夢山，她擔心他真是邱夢山。她藉機說話給他聽，責怪他以後別一天到晚把戰俘掛嘴上，當戰俘不是什麼光榮事，他現在是繼昌的叔叔，給她不光彩無所謂，影響繼昌前途不行。她要石井生今後把戰俘這事忘掉，到哪也別說，組織上知道是另一回事。跟人家多講和邱夢山打仗那些英雄事蹟，人心都是肉長的，不是常說重在表現嘛！好好找個工作，好好做事，再成個家，好好過日子。岳天嵐這番話說得

邱夢山心裡翻江倒海，徐達民聽著卻十分舒坦，覺得妻子待人真不錯。

13

樓道裡有人叫石井生接電話，此時邱夢山吃完飯躺床上正在看電視。電話是李靖蜓打來的，說有流氓在跟她搗亂。

李靖蜓在報刊亭吃盒飯，兩個男人叼著菸晃蕩著來到報刊亭。一個開口問她在戰俘營裡讓多少男人幹過。另一個問她除了賣報刊賣不賣肉，幹一次多少錢。李靖蜓背過身只顧吃飯不理他們。兩個就亂翻亂扔雜誌，李靖蜓忍著不理他們，他們竟把雜誌扔到地上。李靖蜓把雜誌收起來要關門，兩個流氓卻偏要買雜誌，李靖蜓不賣，他們就跟李靖蜓吵。李靖蜓只好賣給他們一人一本雜誌，六塊錢一本，一共十二塊錢。他們給了她二十塊錢，李靖蜓找給他們八塊錢。兩個無賴竟說給了李靖蜓一張一百元鈔票，非要她找八十八塊不行。當時就他們三個人，怎麼說也說不清。李靖蜓也是強脾氣，八十塊錢事小，她不甘心讓人這麼欺負，她堅決不給。兩個流氓動了手，一個掀報刊亭放雜誌的擱板，另一個撕報刊亭廣告，還從口袋裡掏出粗簽字筆，在報刊亭牆板上亂寫。圍觀閒人越來越多，可沒有一個人出來勸阻。

邱夢山趕到時，一個流氓正在往報刊亭牆板上寫，本亭老闆李蜻蜓，被敵俘虜留淫名，賣報賣刊還賣肉……邱夢山上前一把揪住他衣領把那小子按到地上。另一小子揮拳朝邱夢山後背打去，邱夢山一旋身躲過那小子的拳頭，順勢飛起一腳，踢在那小子後背上，那小子趴地上呻吟著。被按倒那小子爬起來，舞著雙拳衝過來。邱夢山一眼看出他沒多少真本事，他已好久沒舒展手腳，正好鬆鬆筋骨，他拿出了戰場上那套捕伏拳，一個沖拳打在那小子額頭上，打得那小子頭大如斗，兩眼金星亂飛，一下歪倒在地上。挨踢的小子想跑，邱夢山撲上去把他摁倒，別燒雞一樣把他雙手別到後背上。邱夢山讓李蜻蜓打了110。

兩個小子招供，原來是被她送進派出所去的那傢伙花錢請他們來報復，他不光在派出所挨了揍，事情捅到了他單位，他在單位也臭了，沒人再理他，他咽不下這口氣，又不敢個人出面來報復，花了兩千塊錢，讓這兩個無賴來砸李蜻蜓的報刊亭。

從派出所回來，李蜻蜓決定不再等周廣志的回信，直接去特區找他，再在這裡待下去她得進精神病院。邱夢山也覺得走比留好，讓李蜻蜓把報刊亭留給他處理，要是縣裡不給安排工作，他就接手賣報刊，要是給他安排工作，他就把報刊亭退了。

邱夢山安置好李蜻蜓回到住處，心裡憋悶得隱隱作痛，再想起岳天嵐那些話心裡沉重得坐不是躺不是，感覺不如在戰俘營死了，死了就用不著受這份罪。

第九章 天政

1

邱夢山接手報刊亭剛幹了兩天就歇手不想幹了。不是這活有多累，也不是沒買賣寂寞，更不是大男人幹這種活掉價，是生意本身讓他受不了。給人一本雜誌，收幾塊錢，大都是個位數至多兩位數以內買賣，經常有一堆人圍著翻看，卻沒人買，他還得高聲叫賣。這種買賣要是幹下去，不幹傻了也會弱智。

邱夢山收了攤，沒精打采地回到住處，荀水泉已經笑瞇著眼在等他。他給他送來了喜訊，他的工作落實了。邱夢山竟有點新兵下連分配工作那般的激動和新鮮，他趕忙拆信看信，手不住地顫抖。信是安置通知，告訴他被分配到縣印刷廠工作，接到通知後，到安置辦開介紹信，去縣工業局報到。邱夢山情不自禁地跳了起來，組織上沒對他另眼看待，給他安排了工作！還稱他是同志！荀水泉也跟著高興。邱夢山這才覺得自己失態，他知道這事全靠荀水泉幫忙。他問荀水泉一共花了多少錢？荀水泉笑笑，說戰友不能算這種賬，徐達民那裡倒是要表示一下。邱夢山心裡一沉，他並不想借徐達民什麼光，他也不相信徐達民會幫他，準是岳天嵐使了勁。

邱夢山沒再去報刊亭，一天也沒敢耽誤，第二天趕緊去報到辦理手續。工業局分管副局長跟他談了話，副局長比他還年輕。副局長說他雖然當過戰俘，但為國家流過血，立過功，還在部隊工廠當過廠長，局黨委根據安置辦意見認真地進行了研究，決定讓他去印刷廠當副廠長。邱夢山比提拔當正連職助理員時還激動，他激動不是因為當了副廠長，而是領導和組織能這麼對他，這種話已經久違了。副局長還說，印刷廠目前經營搞得不是太好，設備陳舊，活兒零碎吃不飽，利潤很低，要沒有縣裡那些包底活，工資都發不出。希望他不要把戰俘當成包袱，組織上也不會把這事張揚。要他拿出軍人的作風，大膽改革，開創新局面。副局長的這番話把邱夢山心裡熄滅了的英雄氣又吹著了，他頓時就有點熱血湧動，什麼事不是人做出來？什麼局面不是人幹出來？副局長還說，廠裡書記叫李運啟，他兼著廠長，也是軍隊轉業幹部，是個老同志，希望他們好好合作，把印刷廠搞好。邱夢山態度簡明扼要，他感謝組織的信任，請組織放心，他絕不會辜負組織的期望，一定保持軍人的作風，大膽改革，為開創工廠的新局面做實際貢獻。話是套話，但都是真心話，沒一點虛偽；也不是瞎吹，他相信辦工廠不會比拿無名高地難；印刷廠也不會比家屬工廠難搞。副局長對他大加讚賞，給予充分鼓勵，還預言印刷廠有救了。

邱夢山到人事科辦好一切手續，走出工業局大門，心中陽光燦爛，他真想當街吼一嗓子。他意外，他驚喜，不在這個副廠長職務，而在這個任命過程。說起來縣才是團，局是營，科也就個連級，縣印刷廠副廠長至多不過一個副科級，不說他邱夢山，就按石井生論，他也是正連轉業，而且上過戰場，貨真價實鋼鋼響的上尉軍官，當個副科級副廠長算什麼。

但是，他這個副廠長跟別人不同，他現在是統戰物件，拖這麼長時間才給他發通知，才確定他的工作崗位，這個過程肯定很複雜，肯定有不同意見。現在這個結果，無疑是兩種意見衝突之後才統一，研究協調之後才確定。他的任命，肯定有人在主持正義，有人在為他爭公道，可他根本不認識任何人，也沒找過任何人，這標誌著正氣壓倒了邪氣，陽光驅散了陰雲，有這就大有希望。邱夢山決意為這個印刷廠拼命。人心裡有了喜悅，總想讓親人跟他一起分享，邱夢山想到了岳天嵐。但她已經是別人的妻子，他沒法讓她與他一起分享，邱夢山想到了老丈人，他原本不打算再去看老丈人，覺得他太虛偽，一輩子活在虛假之中，但現在有了這個任命，有了這種喜悅，沒親人與他一起分享很難受，他畢竟曾經是他岳父，他那麼為他驕傲，聽說他犯腦溢血在康復醫院做康復治療，應該對他盡一點孝，他要讓他明白，他邱夢山永遠不會愧對任何人。

邱夢山提著一包營養品走進醫院就發現了岳振華的光輝形象，他住院都住成了先進人物，大照片貼到了壁報欄裡，儘管嘴角還歪著，但精神頭十足。邱夢山忍不住駐足瞧了一眼，壁報上表揚岳振華勇敢面對病魔，用意志戰勝自我，他已經讓失去知覺的那條左腿開始恢復知覺，離開拐棍已經會站立，現在開始學開步了。邱夢山淡淡一笑，岳父地地道道是為名而生為名而活，他不光重視顏面，更重視個人形象。邱夢山走進住院部大門，發現岳振華正在醫生和護工的幫助下鍛鍊走路，額頭上的一條條汗蚯蚓樣往下游，護工和醫生攙扶著他，讓他休息一下，但他搖頭，繼續拿左腳探雷一樣一點一點在往前移動。邱夢山先讓臉上堆起笑，然後爽朗地先送去一聲大伯。岳振華被邱夢山的這一聲大伯吸引，他停止動作，兩眼盯著邱夢山。邱夢山主動上前堆著笑向他介紹自己身分，岳振華皺起了眉頭，他聽天嵐說過他，他抵觸地問他是不是那個戰俘？邱夢山沒在意，繼續高興地告訴他，他的工作落實了，組織上分配他到縣印刷廠當副廠長，他跟連長一樣，還是戰鬥英雄。岳振華的臉上仍沒露出笑容，但他也沒再像剛才那樣拒他於千里之外，他讓他別再提他們連長，他沒資格跟他相提並論。邱夢山沒法跟岳父計較，只好伸手攙住岳父的右胳膊，協助他繼續訓練。岳振華沒再拒絕，而專注地讓木頭樣的左腳繼續顫顫悠悠向前探雷。邱夢山發現右邊用不著攙，趕緊到左邊換下護工，岳振華仍沒有反對。邱夢山感覺要沒這個任命，岳父一定會把他轟走。

邱夢山把好心情一直持續到岳天嵐趕來醫院，岳天嵐對邱夢山來看她父親十分意外。邱夢山原打算專門去感謝徐達民和岳天嵐，荀水泉的提醒讓他找到了機會，他要名正言順地對兒子盡責任。現在岳天嵐正好在這兒，而且徐達民不在跟前，省得再去他們家尷尬。邱夢山鄭重其事地從口袋裡摸出一個信封，雙手送給岳天嵐。他大大方方叫她嫂子，說徐科長為他工作安置費了心，他沒什麼報答，他接受過連長拜託，要對侄兒盡一點責任。這摺上有五萬塊錢，是他的一點心意，給侄兒學習投點資，請她收下。岳天嵐身不由己地退縮，理智告訴她不能接受這錢。邱夢山跟上一步，他有點生氣，他問她是不是想要他一輩子愧對連長，岳天嵐不由得抬起頭看他，她又從他右眼裡看到了讓她心顫的目光，這目光讓她猶豫，下意識告訴她不能剝奪他的這種權利。邱夢山乾脆拉過她手，把信封按到她手裡。他回頭叫了一聲大伯，放下那些營養品，轉身離開了病房。岳天嵐跟出病房，她看著他疾步離去，抬起右手擦了眼角。岳天嵐心裡又一顫，她再一次跟自己說，他不是石井生，他是夢山。她警告自己，即便他真是邱夢山，那也不能認他，為了兒子，絕對不能認。

岳天嵐回到病房，岳振華感慨起來，說這人倒不錯，對夢山這麼忠心耿耿難得。可惜命不好，自小沒爹沒娘，當了英雄又讓敵人俘了，真倒楣透了。岳天嵐不知所云地應了一句，命運難測啊！

2

印刷廠人都說李運啟沒有官架子，其實李運啟恰恰特別在乎官位。在部隊他幹了六年副處長，做了六年處長夢，到轉業領導也沒給他扶正，他到今天都耿耿於懷，至今都罵部隊的那些領導都不是東西。轉業分配到印刷廠當副廠長，好歹聽說要扶正讓他當書記，節骨眼上又讓女兒給攪了。李蜻蜓跟他斷絕關係一年後，他終於當了書記。到老廠長退休，上面考慮印刷廠效益太差，沒再配廠長，讓他兼廠長。李運啟精神煥發，說領導有慧眼，他這千里駒終於撞著了伯樂。活了五十多年，他這才感覺老爹給他起這名不錯，運啟，運早晚會啟動，他這叫大器晚成。他是副團轉業，當印刷廠廠長兼書記，實際降了三級。李運啟卻不這麼看，他說，寧做雞頭不當鳳尾，書記兼廠長是一把手，他身兼兩個一把手，是特殊使用。他身兼兩職，可以支配書記、廠長兩職招待費指標倒是給了他實惠。

印刷廠工人說李運啟沒官架子，其實主要是因李運啟經常到車間跟工人一起幹活。幹活他不怕，農民出身，自小就幹慣了活，他最頭痛看書看報，一翻書一看報就瞌睡；他也不喜歡開會聽報告，一開會一聽報告他就打呼嚕。他最喜歡跟人一邊做事一邊聊天，跟工人在一起幹活，說說笑話，聽聽各種各樣社會新聞，非常開心，再說了，印刷廠這些活也累不著人。

李運啟一進廠就往印刷車間跑。出去開了兩天會，把他難受死了。聽報告睡覺是他的習慣，有一次縣長在臺上做報告，發現他睡著了，當場點了他名，他難受得一星期吃不香睡不甜，影響太壞了，而且是縣長批評。這兩天開會，他每天抽兩包菸，要不抽菸他就瞌睡，坐那裡開會真跟坐監獄一樣受煎熬。

車間裡那幾台平板印刷機默默地趴著，縣政府那批信封印完了，工人們都在手工糊信封。縣政府印信封是印刷廠的核心生產任務，他們印不了圖書，也拉不來雜誌活，除了幫縣裡「四會」（黨代會、人民代表大會、政協會和三級幹部會）印檔外，平時只能拉企事業單位印點票據、信封、信紙之類的零星活，其中幫縣政府印信封信紙算是最大也最重要的活計了。工人們見李運啟進車間，都趕忙打招呼。李運啟樂呵呵回應，說兩天會把頭都開大了，還是跟大家一起糊信封自在。

李運啟在車間跟工人一起嘻嘻哈哈說笑著糊信封時，邱夢山在印刷廠大門口讓辦公室主任單良截住了。邱夢山走馬上任剛邁腿走進印刷廠大門，傳達室裡磚頭一樣扔出一聲吼，喂！幹什麼呢？邱夢山循聲進了傳達室。裡面兩男兩女「雙摳」摳得正熱火朝天，邱夢山進屋，他們誰都沒看他。邱夢山最看不慣一邊做事一邊玩，這種人事情做不好，玩也不會玩，邱夢山那眉頭習慣地皺成一疙瘩。要是在部隊他早吼了，到了這裡，他們不認識他，他也不認識他們，儘管不順眼，但對陌生人發火有失風度。邱夢山咽了口唾沫，把話盡量放軟了說，我是石井生。這男子很反感地說，石井生是誰啊？他故意要邱夢山地問其餘三個人，你們知道嗎？石井生是縣長還是書記？是明星還是大款啊？邱夢山心裡有了一團氣，但他忍著，我來找廠長書記？四個人剛摸完牌，都忙著理牌，誰都沒抬頭回應邱夢山，這男子盯著牌問，什麼事兒？邱夢山問，廠長書記在嗎？這男子說，找廠長書記什麼事兒？邱夢山說，找廠長書記什麼事兒，我得跟廠長書記說，你們要是忙，我自己進去找吧。男子聽邱夢山說話挺硬氣，跟人打聽他們領導，口氣還這麼硬，讓他討厭。他抬起頭瞅了邱夢山一眼，說，你以為你是誰呢！今天你見不著廠長書記。邱夢山問，他不在廠裡，還是你不讓我找？這男子說，無可奉告，我說見不著就見不著。邱夢山來了氣，話就硬了，我今天還非得見書記廠長不可！旁邊那女人不幹了，唆什麼，快出牌！出牌！這男子一邊出牌一邊說，非得見！是吧？你還就是見不著。邱夢山倒要治治這傢伙，他沒生氣，也沒發火，扭頭就出門朝廠裡走。這男子追了出來，哎哎哎！這是工廠，不是菜園子，你想進就進啊？出去！

邱夢山讓他給治住了，他還沒碰著過這種人，他倒想看看他怎麼收場。邱夢山轉身回傳達室，要借用一下電話，這男子說電話不外借，出門向左五十米有商店，那裡有公用電話。

縣官不如現管，邱夢山沒再跟他唆，他離開了傳達室。邱夢山用商店公用電話查到了印刷廠辦公室電話。接通電話後，對方說他是辦公室副主任，邱夢山讓他告訴書記廠長，他是副廠長石井生，來上班被傳達室人攔在門口進不了工廠，請他到工廠大門口來領他。要是書記廠長不在，就請他來領他。

邱夢山打完電話，仍舊回到傳達室。這男子見他進來又火了，你這人怎麼這麼討厭啊！問你什麼事不說，偏在這兒搗亂。就在這時辦公室副主任領著李運啟跑進了傳達室，李運啟和邱夢山一照面，兩個都愣了。李運啟驚奇地問，你就是石井生？邱夢山也好奇，是啊，李運啟就是你！李運啟和邱夢山兩個相互驚奇著，傳達室裡的兩男兩女慌了手腳。其中這男子更是尷尬，他是廠辦主任單良。他們悄悄收起牌，那兩個女人勾著頭趕緊往外溜，讓李運啟叫住了。真是大水沖倒龍王廟，一家人不認一家人了，單主任，這是咱們廠副廠長石井生同志，石副廠長，我昨天才接到通知，不知道你今天就來，我還沒跟他們說。別提單良有多尷尬，臉上那表情只怕誰也扮不出來。邱夢山看他們一個個都很尷尬，他沒為難他們。不知不為怪，不打不成交，這也算是一種見面方式，印象深刻哪，這樣咱們不就認識了嘛！單良和那一男兩女就傻笑著附和，趕緊乘機讓自己悄悄下了臺階。

李運啟把邱夢山領進他的辦公室，又讓座又泡茶，格外親熱。說他這麼面熟，是不是那年代表女兒部隊領導到過他家，邱夢山說他記性真好，說那次一時性急，態度不是太好。不管愉快不愉快，兩個已經有過交道，又都是轉業幹部，距離一下就拉近了，兩個聊得很熱乎。李運啟跟他叫苦，印刷廠規模小，設備差，入不敷出，連年虧損，生存壓力很大，不好幹。他們當即做了分工，給他安排了辦公室，親得跟老戰友重逢一樣。下午又領著邱夢山到各個辦公室跟大家見了面。邱夢山問李運啟廠裡有沒有宿舍，得給他找個住處，他臨時住在人武部戰友那裡。李運啟說宿舍再緊張，不能沒有副廠長的住處，他把這事交代給了單良，單良這回沒含糊，也想將功補過，當即讓管理處落實。管理處說印刷廠宿舍實在沒有空房，只有一個一居室他們做著倉庫。單良讓他們明天就把倉庫倒出來，先給副廠長做宿舍。

邱夢山下班去了荀水泉那裡，荀水泉問他工廠怎麼樣，邱夢山回了他一聲嘆息，把工廠的實情，進廠門被人攔這一幕都告訴了他。荀水泉安慰他，印刷廠不怎麼樣，但卻是國營企業，現在國營企業都這風氣，鐵飯碗、鐵交椅、鐵工資，吃不好也餓不死，他只能勸他千萬別急，地方跟部隊不一樣，做事別太較真。邱夢山當然不會按荀水泉這話去行事，何況副局長還指望他開創新局面呢。李運啟讓他先抓行政管理和後勤，待他慢慢熟悉掌握了印刷業務技術再抓生產。倒不是副局長給了他多少壓力，也不是辦公室那個單良傷了他面子，他在其位不能不謀其政。

邱夢山上班在廠裡轉了一天，然後去了李運啟辦公室，見面開門見山，說他要整頓工廠秩序，工廠得像工廠，不能像茶館。邱夢山的這話沒進李運啟腦子，他以為他新官上任三把火，有火總得讓他燒一燒，既然給了他鑼，就得讓他敲，正好局裡派來任務，讓他頂局裡名額去縣黨校學習半年，他把工廠工作全交代給他，說只要能把生產經營搞上去，怎麼著都行。邱夢山自然不含糊。

邱夢山把單良叫到辦公室，單良以為他催問房子，他用報紙包裹著一條中華菸走進邱夢山辦公室，進門先大大咧咧十分隨意地把菸放到邱夢山的寫字臺上，然後說房子倒出來了，要粉刷一下，兩三天就好。邱夢山把菸放回單良面前，說單位人送菸他不抽，請他收起來。單良覺著這人不好纏，很不隨和，只好把菸收起，換上辦公事那副面孔，端正坐到邱夢山的寫字臺前。

邱夢山開門見山，讓單良說說工廠管理存在什麼問題。單良從來沒注意過這方面問題，認為廠裡管理挺好，工資不高，福利也不好，但大家很體諒單位，也很體諒領導，老老實實上班，老老實實做事，很不錯，沒什麼問題。邱夢山聽了很不高興，毫不客氣地說，看來你這辦公室主任根本沒注意過工廠管理，有問題也看不到。單良讓邱夢山說得一怔，他覺得石井生這人小肚雞腸，肯定是前兩天進門攔他記了仇，要拿這事說事，故意公報私仇。他只好愣充大度，笑笑說，副廠長大人大量，那天的事，是我不對，要批你就批，但別因為我犯事，讓全廠工人陪著受過。單良主動挑明這事，邱夢山就沒有繞彎，他直說，上班時間打撲克，這算是一種不良現象。但問題不只是這些。也可能當事者迷，旁觀者清，昨天我在廠裡轉了一天，發現三個問題，一是車間裡工人一邊幹活，一邊抽菸，印刷廠到處是紙，抽菸是大隱患，再說抽菸也污染公共環境。二是科室人員上班時間打撲克、聊天、、，還打毛衣幹私活，這說明人浮於事；三是上下班不按時，遲到早退，上班時間會客，用公家電話辦私事，說明管理鬆懈，紀律鬆散。這三個問題必須解決，要不解決，工廠就成了茶館。有兩個問題請你考慮，一是你能不能解決這些問題？二是你解決這些問題需要用多長時間？單良不以為然地笑笑說，副廠長，不是大家故意散漫，也不是大家有活不幹，是生產任務本身吃不飽，閑著也是閑著，這麼多年養成習慣了，想改，難。邱夢山十分認真地說，印刷廠不是廠長書記私人辦，任務吃不飽要大家一起來想辦法，一個單位工作秩序不好，風氣就好不了，風氣不好，生產怎麼可能好？這事你能不能辦，用不著現在就回答我，給你一天時間考慮，明天上班給我回話。

第二天，單良上班沒找邱夢山，卻去黨校找了李運啟。李運啟聽單良說完這事竟哈哈笑了，覺得石井生小題大做，三把火哪兒不好燒，怎麼往工人身上燒呢！這不是自找麻煩嘛！他讓單良理解副廠長，剛從部隊回來，又打過仗，讓他搞個制度應對一下，時間一長他自然就適應了。

單良沒找石井生，邱夢山卻打電話又把單良叫到他辦公室，問他想好了沒有，有了李運啟那話，單良就沒把這事當回事，他很乾脆。副廠長，我想了，這事抓起來難度很大，但副廠長要抓，我們辦公室積極配合，我準備搞個上班工作制度。邱夢山問，都什麼內容呢？單良一邊想著一邊說著應付，針對你提出這三方面問題做出規定。邱夢山再問，你幾天搞出來？單良說，怎麼也得半個月。邱夢山不容商量地說，半個月不行，三天，三天必須搞好。在印刷廠還沒有誰給單良下過這種命令，他當然不能接受，但他依舊笑臉相對，他非常有自知之明地說，副廠長，三天我搞不出來。邱夢山直截了當地說，你搞不出來就算了，我讓別人來搞，你去吧。單良十分認真地看著邱夢山，他發覺這個石井生不是在跟他開玩笑，他眼睛裡有股子殺氣。可他參加工作也十多年了，沒一個領導這麼對他說話，他倒要看看這位副廠長能拿他怎麼著。單良沒有站起來，他反隨和地仰靠到椅背上，仍然微笑著問，你意思是這事不用我管了？邱夢山沒注意單良的神氣，也沒在意單良的反應，順著他原來的思路說，你不是搞不了嘛！你搞不了，廠裡整頓秩序不能不搞，那我就讓別人來搞。單良坐直了身子，還是很不客氣地說，副廠長，你來廠裡時間太短，你還是多瞭解一些情況再發令不遲。邱夢山這才發現單良很油條，他沒管他，毫無商量地說，別管我來幾天，我是這個廠副廠長，我在這個位置上，就得履行副廠長的職責。你要沒事了就請你回辦公室，我還有事。單良讓邱夢山戧得沒話可回對，他氣憤地站了起來，但他站起來之後隨即卻又笑了，他微笑著說，好，不才才疏學淺，一切聽憑副廠長您發落。

單良離開後，邱夢山當即去縣黨校跟李運啟統一意見。李運啟下午正好在自學檔，石井生來了，他只好犧牲學習時間，跟石井生統一意見。李運啟問他為什麼要撤換單良，邱夢山把緣由說了一遍，在其位不謀其政是國企一大通病，這個問題不解決，企業絕對搞不好。李運啟勸他，國營企業都有這個問題，心急吃不得熱豆腐，多少年養成的習慣，一句話一個規定改變不了。邱夢山說既然讓他抓管理，那就得給他尚方寶劍，他要說了不算，管理就沒法抓。李運啟問他到底想怎麼抓，邱夢山說，人管人，管不了人，也管不好人。一個國家只有法治，才能國泰民安；一個單位，只有制度管理，才能以正壓邪。人管人，絕對不可能做到一視同仁。領導再天才，不可能記住自己說的每一句話，可能昨天這麼說，今天又那麼說，明天不知道會怎麼樣說，下面就會無所適從；處理事情也是這樣，張三有事這樣處理，李四有事可能會那樣處理，處理事情越多，就越不公平，搞得內部有親有疏，離心離德。只有制度才能做到對事不對人，相對公平、公正。李運啟問，那你到底想立什麼樣規矩？邱夢山說，非常簡單，一、車間、辦公室禁止抽菸，違者罰款五十元。二、上班時間禁止打撲克、聊天、幹私活，一經發現，科室減員上車間，從科室領導減起；車間工人扣當月獎金。三、不按時上下班，遲到早退、上班會客、辦私事，第一次扣發當月獎金，第二次扣發半年獎金，第三次扣發全年獎金，三次以上屢教不改者下崗。李運啟問，本來廠裡效益就不好，工資不高，獎金也不多，這樣一搞，廠裡鬧事怎麼辦，邱夢山說，鍋裡有，碗裡才能有，廠裡好，工人才會好。相信工人會理解都是為大家好，也相信大多數人會分清是非，懂得對錯。不這樣，工廠上班秩序混亂，風氣變壞，人心渙散，直接影響生產經營，只有讓大家把心思都用到生產和工作上，工廠才有可能發展生產，才有可能提高效益。李運啟又說，你知道嗎，單良這個人不好纏。邱夢山問，他有什麼背景嗎？李運啟說，背景倒沒有，老縣城城鎮居民而已。邱夢山笑了笑說，別說城鎮居民，王子犯法，不是還得與民同罪嘛！李運啟端起杯子喝了幾口水然後才說，我還是不同意你這樣做，地方不比部隊，部隊可以用命令強迫；地方不行，關係複雜，而且像咱們這一級授權有限。他沒犯什麼錯誤，不可以隨便撤換。邱夢山不能與李運啟鬧僵，他就退一步，要是不撤換，調換崗位總可以吧。李運啟問，你想讓他上哪？邱夢山想了想說，那就讓他上工會辦公室當主任。李運啟還是勸他不動為好，是為他好，剛到地方，別一切都看不慣，得適應，慢慢就習慣了。改革家不好當，也不是誰都能當，再說了，搞改革，哪個人有好結果啦。還是多做思想工作，多宣傳，多講道理，別搞與個人切身利益掛鈎這種事，這樣會不得人心。

李運啟的一席話，讓邱夢山很傷情緒，但有副局長那些話撐著，他仍一鼓作氣，他乾脆搬出副局長的那些話，副局長既然讓他保持軍人作風，大膽改革，努力開創新局面，這有什麼不對呢？現在廠裡發工資都困難，再這麼混下去，這工廠還能辦下去嗎？李運啟看邱夢山執意要搞，心裡想，你要搞就搞，反正我不在家，搞好了，是我同意搞；搞不好，也沒有我的責任。他最後表態，意見我說了，你堅持要搞，得先把工作做好，不要出現後遺症。基層還是少搞人為鬥爭，多抓生產，多想想怎麼發展生產，多找找發展生產的路子，多掙錢大家才會擁護支持。

邱夢山心裡窩憋著一肚子氣，他去人武部搬東西時，先去找了荀水泉，滿腹牢騷發給了荀水泉。荀水泉不好說什麼，他為石井生擔心，好不容易打通關系安排這個職務，要是按部隊老脾氣把關係搞僵，他都沒法向人交代。他勸他一定要跟李運啟搞好關係，單良這種人哪單位都有，越是這種人越得罪不得，只能慢慢來。邱夢山聽了很不高興，問荀水泉是不是他也這麼認為，像他這種人，一輩子只能窩窩囊囊看人眼色行事？一輩子只能夾著尾巴做人？荀水泉發現他動了氣，只好給他支招，讓他多爭取局領導的支持，既然副局長叫你大膽改革，那就多請示副局長，有領導支持，做事就容易得多。邱夢山這才笑了，說這還差不多。

邱夢山打電話向副局長做了彙報，副局長當即表態，改革是方向，改革才有出路，讓他大膽地幹，不要有什麼顧慮。邱夢山拿到了尚方寶劍，趕緊跟李運啟通氣，局裡同意，李運啟也不好說什麼。

邱夢山搞改革立規矩，廠裡開了鍋，當邱夢山在全廠大會上當眾宣佈了兩個決定之後，會場裡霎時悄無聲息。一個決定是單良調離辦公室，到工委辦公室當主任，原辦公室副主任升主任。另一個決定是傳達室兩個值班人員下到裝訂車間當工人。

邱夢山再到科室和車間轉悠，發現自己成了老虎，大家都怕他。邱夢山喜歡這樣，他記得在一本書上看到過拿破崙說過這樣一句話，有人問拿破崙，你為什麼總能打勝仗，拿破崙說，我讓士兵都怕我，我再給他們榮譽。邱夢山非常欣賞這句話，他在戰場上就是這樣，讓全連士兵怕他，他再給他們榮譽。他有一個終生遺憾，沒能讓彭謝陽和倪培林真怕他，他們犯錯誤，有他一份責任，他一直愧疚在心。邱夢山給自己記著這筆賬，他經常告誡自己，從今往後，若還有機會再帶兵管人，絕對不再手軟遷就，手軟遷就不是愛屬下，而是害他們。

3

邱夢山天天踩著點進工廠大門。那天上班，他看到有幾個工人圍著壁報欄在看什麼東西。邱夢山走過去，工人們一個個像怕受牽連似的悄悄避開。邱夢山發現牆板欄裡貼著一張紙，湊近看，是張小字報：石井生是戰俘。他一怔，邱夢山細看，資料還挺詳實，連他哪年當兵，哪年當班長，哪年上戰場，哪年被俘，哪年交換回國，寫得清清楚楚。看到最後邱夢山來了氣，說他一個戰俘，有什麼資格整咱工人。工人階級是領導階級，他戰俘是統戰物件，不老老實實接受咱們工人階級監督，不好好改造重新做人，反而整天變著法整咱工人階級，這不是反了嘛！還說全廠工人要團結起來，堅決與戰俘份子做鬥爭，絕不能讓他騎在咱工人階級脖子上作威作福。

邱夢山生氣不在那人揭他是戰俘，戰俘是事實，紙包不住火，瞞了今天瞞不了明天，今天大家不知道，總有一天會知道。他氣那人想拿戰俘阻止他管理工廠，剝奪他副廠長的權力。邱夢山生氣歸生氣，但沒撕那張小字報，事情已經敞開了，沒有必要再遮掩，想遮掩也遮掩不了，乾脆讓大家來平心而論吧。

廠辦新主任把小字報撕了下來，送給了邱夢山。新主任十分氣憤，說一定要查出這個人，他在破壞工廠改革。邱夢山說沒必要撕，讓大家看看也好，也沒有必要查，廠裡就這麼多人，不查他也知道是誰搞這種把戲。邱夢山讓新主任通知全廠工人開會，他有話要跟全廠工人說。

全廠工人集中在大會議室。工人們看著邱夢山手拿著那張小字報走上了講臺，一些人悄悄地在議論。邱夢山毫無尷尬，越發威武地走上講臺。

同志們！有人寫了這張小字報，說我石井生是俘虜。沒錯，我在戰場上身上七處負傷，昏死過去後是被敵人俘了，這沒什麼好隱瞞，我怎麼被俘，被俘之後又怎麼樣，部隊領導和組織都知道，咱們縣組織部、統戰部也都知道，不需要我解釋。交換回國後，組織上讓我繼續回部隊任職，還給我定副連職，授中尉軍銜，一年後又提正連職，升上尉軍銜，已說明一切。我轉業回到咱們縣，組織上安排我到咱印刷廠當副廠長，本身也說明了地方政府和組織對我是什麼態度，不需要我個人來解釋。

工人們都睜大眼睛看著邱夢山。

給領導提意見可以，每個工人，每個公民都有這個權利。但匿名寫小字報我不欣賞，這不是君子作風，有話當面說多好，要這麼偷偷摸摸幹什麼呢？另一點我要說明，我是戰俘還是英雄，跟我現在行使副廠長的權力，盡副廠長的職責沒有任何關係，因為我被俘虜就不能抓工廠管理了嗎？就不能搞改革了嗎？你還別嚇唬我，我這人膽子大，三十多個敵人同時開槍向我射擊，我都沒害怕，這種小伎倆嚇不著我。

台下的工人讓邱夢山說得挺直了腰。

一個人對社會、對單位、對同事，要有責任感，說話辦事要負責任，咱們自己平心而論，咱們廠這日子過得好嗎？連工資都要貸款發，要是銀行不給貸款了咱們怎麼過？拿這點工資，拿這點獎金，能養家糊口嗎？能讓老婆孩子過好日子嗎？要想漲工資，想多拿獎金，錢從哪兒來？天上不會下錢，上級也不會給咱撥錢，要咱們自己靠兩隻手去掙。道理很簡單，咱不掙錢，不創收，這鍋裡能滿嗎？鍋裡要不滿，咱自己碗裡能滿嗎？

邱夢山的這話說到了工人心裡。

大道理我不想多說，路由咱們自己走，誰要是不想過好日子，那就跟著寫小字報的這個人鬧騰去；誰要是想過好日子，那就少來這一套，多想想怎麼把生產的路子拓寬，多想想怎麼開發新專案，怎麼能多掙錢。散會，幹活去。

工人們走出會議室時議論紛紛，都在猜是誰寫這小字報。

工廠下班，單良出了廠門沒有直接回家，他車把一扭拐彎去了縣黨校。李運啟正在院子裡遛彎，單良騎車直接衝到他面前，李運啟嚇一跳。李運啟問他慌裡慌張趕來有什麼事，單良跟他說了小字報這事。李運啟非常吃驚，他沒想到石井生竟是俘虜，俘虜怎麼還讓他當副廠長呢？他問單良，是誰幹了這事，單良搖了搖頭，但他說石井生在全廠大會上承認了。

小字報是單良一手製造。邱夢山把他調離廠辦去工會幹辦公室主任，等於罷了他的官。

人說小人不可得罪，單良是小人。他咽不下這口氣，找老同學徐達民倒苦水，徐達民讓他說得一怔，他覺得石井生倒真是個人物。照理說有這戰俘身分，轉業連工作安排都困難，求他幫忙疏通關係才去了印刷廠，有個飯碗，安安份份過日子也就算了。沒想到石井生竟會這麼不知天高地厚，還大刀闊斧搞整頓搞改革，也不怕得罪人，他還真佩服他。單良卻不是順著徐達民這思路走，他一聽說石井生是戰俘，是徐達民幫忙走後門才安排了工作，頓時來了興趣，追著盤問石井生的底細。徐達民把知道那些東西全告訴了單良。

單良揣著一肚子歡喜回了家，這傢伙是戰俘，戰俘還竟敢如此囂張，你不讓我好過，我也不會讓你舒服。單良動了鬼念頭，他覺得徐達民說的那些還不夠詳細，當晚他就悄悄去了工廠，他鬼心眼多，交接時偷偷留下了一遝空白介紹信。第二天，他拿著介紹信去了工業局。單良認識局人事科科長，他公事公辦拿出了介紹信，說李書記要他把廠裡的幹部重新登記造冊，石副廠長新來，什麼情況都不瞭解，只好到局裡看一下檔案。單良輕而易舉地搞到了第一手材料，於是他就寫出了這張小字報。

事情讓李運啟十分吃驚，他副處長轉業才弄個副廠長，他一個俘虜怎麼還能當副廠長呢！單良把得意藏在心裡，繼續添油加醋，說縣裡原本不想給石井生安排工作，是徐達民幫忙，請了客送了禮才辦成。如今廠裡亂了套，工人們都不幹了。李運啟的臉慢慢變了色，動了氣。李運啟動氣，並不是擔心工人鬧事，也不是石井生搞不正之風謀官，單良的話把他引入了另一條胡同。石井生是戰俘，上次登門他是冒充女兒部隊的領導，把他當傻瓜一樣教訓。這是冒充領導藉機發洩不滿，故意找他茬兒出怨氣，蒙得他像孫子一樣一個勁地檢討，把他當猴耍了！這口窩囊氣頂得李運啟胸疼，感覺鑽了石井生褲襠一樣窩囊。李運啟問單良，石井生對這小字報什麼態度，單良唯恐天下不亂，他說石井生牛得很，他說三十多個敵人同時向他開槍射擊他都沒害怕，誰也別想嚇唬他。他還挑火，說石井生根本就沒把你這廠長書記放在眼裡，在全廠工人面前指責你把印刷廠搞得快破產了，連工資都要貸款。李運啟讓單良說得直喘粗氣。單良看火已讓他點著，心裡好不快活。

李運啟趁上午沒課，帶著一肚子氣，偷偷回了印刷廠。李運啟要找邱夢山出這口窩囊氣，邱夢山卻不在工廠，他正在四處活動，忙著找路子開拓新項目。想出氣卻找不著氣筒子，李運啟憋得心裡難受。單良又拉著傳達室下車間那兩人到李運啟辦公室喊冤，說他們都是他親手培養，現在石井生卻專揀他們這些人整，打狗還得看主人，石井生不給他一點面子。三個人一唱一和，把李運啟挑得一口一口往外氣。

4

通過荀水泉小舅子幫忙牽線介紹，邱夢山認識了韓國人金民哲。市場一開放，韓國服裝在中國成了時裝，連北京都有了韓國服裝城。荀水泉的小舅子開了一個韓國服裝專賣店，結識了一幫韓國朋友，朋友再介紹朋友，他認識了金民哲。金民哲不搞服裝，他做塑膠彩色印刷，中國市場那些韓國服裝包裝袋大都是他們廠印製。荀水泉的小舅子聽姐夫說他戰友石井生到處在找擴大生意路子，就把金民哲介紹給了石井生。兩個一拍即合，金民哲正想在中國投資搞塑膠彩印，他出設備和技術，讓印刷廠出廠房和工人，兩家成立塑膠彩印公司。邱夢山眼前閃出一條生財之道，興奮得如同搶到了作戰任務。但他對這事心裡沒底，他們印刷廠是搞紙質印刷，這塑膠印刷能不能搞，市場有多大，心裡沒譜，不敢貿然行事。

保險起見，邱夢山把程式倒過來走。他先到局裡找分管副局長彙報。副局長當即表態，這個項目完全可以搞。他還幫邱夢山分析，若是發展書刊印刷，別說縣裡和市裡說了不算，就算省裡批准了，又有哪個出版社、哪家雜誌社願意拿書刊到縣印刷廠來印刷？塑膠包裝印刷就不一樣了，凡是商品，都需要塑膠包裝袋，如果本縣需求吃不飽，還可以向鄰縣、向全省、向外省企業接業務。領導就是領導，副局長這話讓邱夢山的心裡踏實了，他隨即把金民哲請到印刷廠參觀。廠房、設備沒讓金民哲感興趣，院子裡那些空地倒是吸引了他，他看到了發展空間。金民哲和邱夢山當即草擬了籌建塑膠彩印公司方案。

邱夢山拿著草案到黨校找李運啟商量，李運啟接過草案看都沒看，竟把草案收了起來。他說邱夢山簡直是無法無天，根本就沒把他這個廠長書記放眼裡，這麼大事商量都不商量就自己決定了，把他當傻瓜。李運啟有不同意見，邱夢山是料到了，但沒想到他會這麼火。邱夢山就搬出副局長，說怕干擾他學習，特意先跟副局長通了氣，副局長全力支持。邱夢山背著他先找副局長，李運啟更來氣，他看著邱夢山，想到他那年教訓他的情景忍無可忍。他責問邱夢山，石井生，你是不是戰俘？邱夢山一愣，沒想到他突然問這個問題。邱夢山不知道他問這幹什麼，他很乾脆地回答，這全廠工人都知道了。李運啟端起書記架子，你是戰俘，那為什麼要冒充蜻蜓部隊的領導？邱夢山更沒想到李運啟會突然翻這老賬，他愣在那兒不好回答。李運啟一招制勝，心裡十分痛快，看石井生回不了話，他更來了勁。你這是欺詐！邱夢山無法回答。李運啟乘勝窮逼，他開始以牙還牙。解放軍軍官做這種欺詐事，你還算個軍人嗎？說我不配做父親，我看你根本就不配做軍人！你本質上就是個戰俘！你有什麼資格教訓我？邱夢山無法忍受了，他毫不客氣地說，那時我那麼做，完全是讓你給逼得迫不得已，你連自己女兒都不信任，你還能信任誰？兩個人頂了牛。邱夢山不想跟他吵，他要拿那個方案走。李運啟收起來不給，他說，你別做夢了，我們是國營企業，你想讓我跟著你給外國人當走狗！沒門兒！邱夢山也沒客氣，我這是為工廠生存著想，副局長都同意了！李運啟更

氣，你別想再在我面前玩騙人把戲！你以為我還能相信你嗎？你有副局長的批示嗎？

邱夢山暈了。他不明白，改革開放這麼多年了，他怎麼還是這種腦子？要是咱們不想跟外國人做生意，還搞什麼開放呢！他沒法跟李運啟爭，他是一把手，他說了算，可他不甘心，好不容易碰上這麼個機會，怎麼能眼睜睜失去呢？邱夢山沒再跟李運啟要那份草案，也沒再跟他爭，再爭也只會是白費口舌，他離開了黨校。

5

收發室老大爺給岳天嵐送來一封信。信從特區寄來，收信人是岳天嵐，下面注：請轉石井生。岳天嵐一看筆跡就猜到是那個李蜻蜓來信，她好奇怪，她怎麼不讓荀水泉轉，而寄給她。李蜻蜓去了特區，岳天嵐心裡輕鬆了許多，現在她不知道石井生住處，她想把信轉給荀水泉，讓荀水泉轉給石井生。轉念一想，自從在康復醫院給了她那個存摺，她再沒見到他，那天他一急，又讓她看到了那目光，那麼熟悉，那麼讓她心動，再想想她對他那些挫傷和打擊，她決定還是親自給他。

岳天嵐通過查號臺查到印刷廠的電話，再問到石井生電話，跟他通了話。邱夢山接到岳天嵐的電話很激動，問她怎麼會有空給他打電話的，是不是繼昌有什麼事？岳天嵐告訴他有他一封信，可能是李蜻蜓寫來的，讓他抽空去學校一趟。

岳天嵐找他，再忙也有空。邱夢山當即去了學校，他並不是急於要看李蜻蜓的信，而是因為岳天嵐讓他去學校。邱夢山趕到學校，學校已放學，岳天嵐在學校門口等他，邱夢山看到岳天嵐禁不住心跳加速。岳天嵐把信給了邱夢山，她那雙眼睛明亮著沒有移開。邱夢山接過信，是李蜻蜓的來信，他把信裝到口袋裡沒看。岳天嵐心裡有一絲絲不舒服，她想要邱夢山看信，跟她說信上的內容，邱夢山卻沒看。岳天嵐沒趣地推起自行車走，邱夢山趕忙也推著車子跟岳天嵐一起走。邱夢山問繼昌最近怎麼樣，岳天嵐似乎對他這關心不大感興趣，她說不錯，學習不錯，也很聽話。岳天嵐說完還是忍不住問，李蜻蜓到特區怎麼樣啊？邱夢山說，沒有聯繫，不知道情況。岳天嵐說那還不趕快看信。邱夢山就拿出信看，信很短，他就直接唸起來。李蜻蜓到特區沒找到周廣志，周廣志已經離開了那家保安公司，查無去向，他可能壓根沒收到李蜻蜓的那封信，李蜻蜓只好到一家餐館打工。邱夢山遺憾李蜻蜓沒找著周廣志，很為她擔心。岳天嵐說，這麼放心不下，快去看看她呀！邱夢山扭過頭來看岳天嵐，他感覺岳天嵐這話帶酸味。她為什麼要酸呢？是自己多心？邱夢山不敢多想。

岳天嵐察覺自己的話引起邱夢山的注意，隨即換話題，她問他，人死了還有沒有靈魂？邱夢山說他對這沒有研究，恐怕是活人對死者思念太多，找出一種說法來安慰自己。岳天嵐卻說鬼魂可能存在，他們連長經常到夢裡來纏她，有一次他那魂真到家裡顯了靈，把她嚇得半死。岳天嵐說著扭著頭看邱夢山。邱夢山已經察覺出岳天嵐在試探他，但他不迴避，他只好說她太愛連長了，連長這輩子真幸福。岳天嵐問他是不是不幸福，邱夢山說他是黃連命，這輩子既沒有父愛，也沒有母愛，更沒有情愛，幸虧有戰友之愛才讓他感到人生有一點意義。岳天嵐問連長在臨犧牲前拜託他照顧孩子，是不是真有這回事，邱夢山說不是在臨犧牲前，是在茅山阻擊戰戰鬥間隙，要沒連長這拜託，他肯定自殺了，他絕對不怕死，三十多個敵人包圍他時他都沒害怕。岳天嵐問，這麼說他是為邱繼昌活著？邱夢山說他這輩子除了照顧繼昌和爹娘，其餘都無所謂了。岳天嵐問，難道對李蜻蜓也無所謂？邱夢山說李蜻蜓與他只是生死戰友，他會盡可能幫她，沒有其他責任。

迎面徐達民拉著邱繼昌馳來，邱繼昌老遠就喊媽媽。意外讓岳天嵐有一點尷尬，徐達民的一絲不快不易察覺，但沒逃過岳天嵐的眼睛，她刻意解釋，那個李蜻蜓從特區來信，讓她轉給繼昌他叔叔。邱夢山的注意力只在兒子身上，他過去摸了兒子頭，說幾天不見又長高了。徐達民掩飾地邀請石井生上家去吃飯，邱夢山不想去，藉故廠裡有事婉拒。徐達民說聽人說他在廠裡大搞改革。邱夢山有些奇怪，徐達民怎麼會關注到他，徐達民說單良跟他是同學。邱夢山沒客氣，說他那同學有點小肚雞腸，有空勸勸他，以廠裡利益為重，少在廠裡搞小動作。徐達民只是聽單良牢騷，並不知道他跟石井生作對，說一定說說他。邱夢山告辭騎車走了。

徐達民在當天夜裡受到了傷害。晚上上了床，徐達民想起石井生跟岳天嵐在一起的情景，心裡仍有一絲不快，他帶著這不快跟岳天嵐親熱，因那一絲不快，徐達民有些異常，這不快讓他集中不起精力，遲遲進入不了高潮。岳天嵐已習慣成自然，她依舊緊閉雙眼幻想著邱夢山。徐達民這遲緩反把岳天嵐推向了忘我境界，她情不自禁夢幻般喊出了夢山兩個字。徐達民像遭了電擊，情緒戛然而止。岳天嵐這一聲夢山，對徐達民來說，無異於岳天嵐當他面投入別人懷抱，男人誰能承受妻子這種同床異夢。徐達民心裡難受至極，但他沒有發作，只是靜靜地躺著思考。岳天嵐卻毫無反應，她仍緊閉雙眼陶醉在甜蜜之中，她連自己這一聲夢山都沒有察覺。

跟李運啟頂牛後，邱夢山當然不會因為李運啟反對就讓合建彩印公司半途而廢，他把方案直接送給了副局長。副局長已表過態，只要局裡批了，事情就可以往前推進。萬萬沒想到，方案送上去竟石沉大海，半個月沒一點音訊。金民哲急了，人家是拿個人資金冒險，沒工夫跟你閑磨。邱夢山遲遲得不到局裡的意見，他再見金民哲就沒話可說，只有尷尬，他只好不見。邱夢山把寶全押到副局長身上，他不敢急，逼急了反而會壞事，他耐著心給領導時間考慮。他去找荀水泉商量，多一人多一主意，坐公共汽車到了人武部，他卻又換車調頭回了住處。事情是荀水泉小舅子介紹，這種狀態去找他只會給他添壓力，何必把他攪到裡面添

為難呢？邱夢山心裡煩透了，不知道幹什麼好，抬頭看他竟來到了育才胡同……

邱夢山拍了一下腦袋，掉轉頭往回走。邱夢山走在街上，岳天嵐突然鑽進了他腦子，晚風讓他慢慢冷靜下來，他笑自己還是心不死，無論心裡煩悶還是快樂，他都首先會想到她。心裡悶悶不樂，他想找個人說說話，可這個城裡沒有人跟他說話，他想到了岳振華。

岳振華精神很好，滿面紅光。邱夢山進去時，岳振華正在護工的幫助下練習走路，毅力驚人，已經有了邁步的樣，但樣子很滑稽。他邁一步，腳一踏穩，身子往上一挺，腦袋便跟著搖晃兩下；邁一步，身子往上一挺，腦袋搖晃兩下，一副得意得不可一世的樣子，準確地表現出他的秉性，讓人看著想笑。岳振華聽到有人叫他大伯，當即停下腳步，雖然已是滿頭大汗，但他把腰依舊挺得筆直，非常威嚴地問，是你叫我吧，你叫什麼來著？邱夢山說我叫石井生。邱夢山接替護工幫岳振華練習，一邊走一邊聊了起來。他問，你是不是特看不起我？岳振華說，當然，你要是英雄，我會敬夢山一樣敬你。邱夢山說，你對戰俘有偏見，現在政策不一樣了，講人道主義了，只要他沒損害國家和民族的利益，他跟別人一樣。岳振華不同意，說，一樣？戰俘能跟英雄一樣？戰俘跟逃兵、叛徒是同一類貨色。邱夢山故意問，要是連長不犧牲也讓敵人俘了回來，你怎麼辦？岳振華停住腿，他說，他要是當戰俘回來，我不會讓他進門，立馬讓天嵐跟他離婚，兒子也不會隨他姓，改姓岳，叫岳繼昌。邱夢山讓他說得沒一點情緒，說，要這麼說，我這一輩子只怕沒出息了。岳振華一邊吃力地邁著腿一邊說，你不是還當著副廠長嘛。邱夢山苦笑著說，副廠長也是個擺設，只怕什麼事都做不成。岳振華問，廠裡出事了嗎？邱夢山把整頓工廠秩序和韓國人辦彩印公司這兩件事告訴了他。老頭子聽了沒誇他反批了他一頓，他說，你也三十幾的人了，怎麼跟毛頭小子一樣一根筋。自己這種身分，凡事就得矮人一頭，不求有功但求無過，求個相安無事天下太平也就算了，怎麼還去整人呢。國營企業跟韓國人合辦公司，那不是賣國嘛！連天時地利人和都不懂，怎麼打仗？怪不得讓人俘了呢！岳振華一席話說得邱夢山窩囊透頂。世上所有事情都這樣，勝者為王敗者為寇，勝了一切都好，敗了一切都不好，滿嘴真理人家也不會聽。邱夢山什麼也不說了，他只是想解悶，挨訓也不失為一種解悶的方法。邱夢山待岳振華身心完全疲憊之後，把他送回病房，幫他擦了身子，然後離開康復醫院回家。也真怪，讓老頭子數落一晚上，邱夢山心裡反輕鬆了一些。

6

金民哲接連三天約邱夢山，邱夢山找不出理由搪塞，兩人在海鮮餐館見了面。

邱夢山坦率地要金民哲理解中國市場經濟還處在初級階段，他們這種合作具有開創性，前人沒做過，創造一件東西比跟著別人學做事要難得多。金民哲卻說李鴻章一百多年前就開放了門戶，外國人在中國各地都辦了工廠，大城市都有各國租界和領事館，一百多年後為什麼反而這麼難呢。邱夢山只好解釋，此一時彼一時，那時中國太弱，外國人拿刀擱在清政府的脖子上，那是迫不得已。現在中國是真正在考慮與外國人做生意，但做國際生意，中國人沒經驗，只能謹慎從事。金民哲沒了情緒，說他不能這樣耗費時間，要不成，他只好另謀他路。邱夢山一心想攬住這生意，他覺得這是印刷廠唯一的出路。為抓住這個機會，邱夢山擅自斗膽兜底，說只要他在，這事一定能成。金民哲要他拿出誠意，建議先建廠房，他們那舊廠房都成危房了，即使不跟他建彩印公司，他們也該重蓋廠房了。金民哲這意見很對，邱夢山為表示誠意，讓金民哲拿設計圖紙。中國市場太讓金民哲動心，半個月他就拿出了圖紙。金民哲畢竟是商人，他投資款項必須拿到政府批件、雙方簽署正式協定後方能到位。土建工程前期資金，由中方印刷廠解決，批件一到，投資資金立即到位。邱夢山下決心冒一次險，他拿著協議草案和新廠設計圖紙去找李運啟，李運啟不表態，說他在外面學習，這事他不管。邱夢山想去找副局長，可方案還在局裡沒批，這麼去找等於攆著領導催逼，給副局長添壓力。邱夢山就先找貸款，在荀水泉小舅子的幫忙下，招商銀行同意先貸五十萬元。

邱夢山拿到五十萬元貸款，召開了中層幹部會，把設想告訴大家，讓大家明白，要人家技術，要人家設備，要人家投資，咱總得拿點誠意出來才行。除了土地，他們廠沒有吸引人的東西，要想拽住人家，只有先建廠房。退一萬步說，即使跟韓國人合作不成，這廠房也該建，老廠房已成危房，有了新廠房才能開發新專案。中層幹部都覺得這是條出路，一致支持。單良最積極，他舉雙手贊成。有了中層幹部的支持，邱夢山有了底，他帶著中層幹部意見，趕去找李運啟商量，李運啟還是推。推車撞壁了，邱夢山只好硬著頭皮去請示副局長。副局長正要去開會，讓他長話短說，邱夢山就把先建廠房吸引投資這事說了，把中層幹部支持這話也說了。副局長告訴他，那方案他認為可行，但國營企業吸收外資辦公司這事局裡決定不了，縣裡都決定不了，要請示上面。這事急不得，急也沒用，可以先建廠房，有了梧桐樹，才有鳳凰來，這道理對。他囑咐邱夢山，一切要按程式辦齊手續，然後再開工。

邱夢山馬不停蹄，半個月就把蓋廠房所需的一切手續全跑齊，選了個好日子迅速破土動工。新廠房破土動工那天晚上，單良又去找了李運啟，李運啟連嘴都氣歪了，他當即趕回工廠，但邱夢山已經下班，他趕到了邱夢山的住處，邱夢山沒回家。荀水泉打電話把邱夢山叫去了，他那裡有了一點新消息。荀水泉告訴邱夢山，形勢不妙，方案在局黨委會上懸而未決，有反對意見，理由是國營單位不能跟外國私人企業合作，局長把方案掛了起來，說諮詢再議。荀水泉勸邱夢山還是穩一點，土建工程速度不要太快。邱夢山則認為，印刷廠謀發展勢在必行，不管與金民哲合作成與不成，土建工程都必須搞，廠房不是建在韓國人那裡，而是建在自己廠區，只有往前走，才會有發展。

李運啟幾次找不著邱夢山，心急如焚，他著急倒不完全是邱夢山目中無人惹他生氣，也不是怕項目搞成邱夢山出了風頭，他是怕合作不成無力還貸款毀了印刷廠。他直接上縣政府宿舍找了分管副局長，副局長說石井生這麼考慮很對，印刷廠廠房是太舊了，有了新廠房，才能拉新項目。李運啟沒想到副局長竟會是這種態度，他一貫畏上，就不再說什麼，反正他在黨校學習，意見他反映了，做成了做好了，功勞自然有他一份；萬一搞砸了壞了事，他不在位，沒他一丁點責任。

五十萬元貸款，開工就沒了，方案還沒有批下來，邱夢山心急上火得了口腔潰瘍。邱夢山發急，李運啟卻偃旗息鼓了，單良按捺不住了。樹活一張皮，人爭一口氣，如果讓石井生成功了，他這口窩囊氣一輩子就不能出。單良正著想反著想，要出這口窩囊氣，只有讓石井生在印刷廠失敗。要石井生失敗就必須跟他搗亂，給他捅大簍子。第二天上班，單良沒有進辦公室，直接到工地幹活，水泥來了幫卸水泥，鋼筋來了幫卸鋼筋，什麼活累就幹什麼。他不光幹活，工地上有什麼困難，還主動協調。開始兩天邱夢山沒管他，愛幹就幹，幹了幾天，邱夢山納悶，問他是怎麼回事，單良掏菸遞上，接著自我檢討。他說徐達民批評他了，他是小肚雞腸不像男子漢，撤換他辦公室主任耿耿於懷。人心都是肉長成，誰都免不了犯糊塗，這些日子讓副廠長感動了。副廠長整頓工廠秩序為什麼？副廠長千方百計找工廠發展機會為什麼？是為工廠發展著想，是為全廠工人著想，是想讓大家過上好日子。副廠長為大家嘔心瀝血，自己還犯渾，還算人嗎？他表態，從現在起，需要他做什麼，只要副廠長一句話。善良人怎麼會懂豺狼心腸？邱夢山被單良感動了，感謝他的理解，也如實說了資金不足這棘手問題。單良居然拍胸脯承諾，砸鍋賣鐵他一定想法把貸款搞來。邱夢山說這事不能讓他自己掏腰包，問他要多少活動費，單良說最少怎麼也得花百分之五。邱夢山想百分之五就百分之五，這個潛規則誰也越不過。

單良說一不二，沒出一週，他就從建設銀行那裡搞到了一百萬貸款，花了五萬元公關費。邱夢山高興得把他抱了起來，當晚拉上他一起見了金民哲，三個人喝了兩瓶高粱白。

新廠房外殼很快平地而起。邱夢山上班，七八成新一輛桑塔納停在他辦公室門口。車裡坐著建築公司老闆。邱夢山以為他又來催二期款，很客氣地引老闆進辦公室。老闆進屋沒坐，卻把車鑰匙放到邱夢山的寫字檯上。說這麼大個廠，廠長連輛代步車都沒有，出門還騎自行車，實在太有損形象。他們公司閑著這輛舊車，送給印刷廠，也算是他們合作的誠意，他也願意交他這個朋友。邱夢山十分感激，但他對公司送車有些猶豫。老闆很爽快，說一輛破桑塔納，值不了幾個錢，也不是送禮，是借給廠裡用。那老闆說得很實在，印刷廠也非常需要，邱夢山接了下來，第二天就開著它出去辦事。

7

岳天嵐和徐達民不鹹不淡地過著日子，夫妻感情常常因小事而生出裂痕。自從那天夜裡岳天嵐喊出邱夢山的名字後，岳天嵐在徐達民眼裡再不是原來那個岳天嵐。他背著岳天嵐翻過她的衣櫃，在裡面看到了她和邱夢山的那本影集，他當時恨不能點火把它燒了，他當然沒有燒。他在飯桌上故意跟岳天嵐開玩笑，說你是不是至今還念著邱夢山。岳天嵐沒說話，瞪著兩眼看著徐達民，看著看著她竟把飯碗給摔了。徐達民是開玩笑，岳天嵐卻不願他開這種玩笑，這玩笑不好玩也不好笑，它捅了她的心病。岳天嵐因此竟半個月不理他。那次玩笑過後，徐達民沒再提過邱夢山的名字，而且他對邱繼昌也失去了熱情。岳天嵐跟徐達民之間有了一層隔膜，夫妻間從此就少了許多情趣，也少了許多真誠。

岳天嵐把心力更多地用到了工作上。岳天嵐對教導主任的工作盡心盡責全校有口皆碑，她本來就非常敬業，參加英模報告團歸來，她更上了一層樓。宣傳英雄讓她自身也有了英雄品質，她對榮譽和崇高有了更深理解，思想和境界昇華到了一個別人難以企及的高度。她自覺地以邱夢山為榜樣，為榮譽而奮鬥，為崇高而獻身。組織和領導發現了她這種成熟和昇華，把她推到了教導主任這個位置上。岳天嵐非常珍惜，試圖要把自己的名字留在教導主任這個崗位上，七年之中，她沒有一天懈怠，也沒有一刻鬆弛，她把自己像馬蹄錶一樣擰緊發條，嗒嗒嗒嗒一絲不苟地工作著。

岳天嵐看到了一份文件，縣裡又要開「兩會」。縣裡開「兩會」，意味著市裡、省裡和全國相繼要開「兩會」，岳天嵐不免有一點興奮。岳天嵐是縣人大代表、市人大代表、省人大代表、全國人大代表，年年要出去參加各級「兩會」，前後差不多要出去開兩個月會。看完檔，岳天嵐就想到開會的榮耀和自豪，想到縣裡、市裡、省裡乃至全國那些會議朋友。凡事習慣便成自然，岳天嵐當人大代表出去開會已經成了一種習慣，她看了檔，心裡不由自主地掠過一陣喜悅。岳天嵐沒把喜悅擺到臉上讓人看，她只是在自己心裡品嚐和享受，有點像姑娘收到第一封求愛情書那種心情，嘴上不說，心裡卻激動又甜蜜。

三天之後，教育系統組織代表選舉。岳天嵐當然是候選人。人大代表選舉為了充分體現民主，一直堅持差額選舉，每次都有陪選人員。他們學校一個副校長已經連續兩次做了岳天嵐的陪選，岳天嵐十分過意不去，當不上候選人也就罷了，當了候選人卻要故意被選下來，多讓人難堪。每次選舉到公佈結果時，岳天嵐總是很不好意思。副校長卻十分豁達，說他就是個陪選，已經陪兩屆了，陪選也是一種光榮，不論什麼事，有人得榮譽，有人就得作犧牲。

主持人宣佈選舉結果，岳天嵐一點都沒緊張，也沒在意。選舉結果宣佈結束，岳天嵐奇怪沒聽到自己的名字，卻聽到了副校長的名字，她渾身那血全湧到了臉上，感覺有點眩暈，她把身子緊緊靠住椅背，以免當眾暈倒出醜。那個副校長得了便宜還賣乖，多事地主動舉手提出質疑，說是不是搞錯了，應該是岳天嵐，怎麼會是他呢？他這一質疑，主持人解釋，沒有搞錯，岳天嵐落選了。這麼一來，反而擴大了影響，更讓岳天嵐難堪。岳天嵐落選了！她感覺自己不是騎著自行車回家，而是被風颳回家，一路上腦子裡幾乎是空白。岳天嵐只記得走出大禮堂時，有無數的目光向她掃射，那些目光中有同情，有幸災樂禍，更多的是若無其事。岳天嵐不敢再碰別人的目光，她從那些目光裡看到了自己如今與過去發生了差異，儘管她自己覺得她還是她，工作仍是那麼盡心盡職，對組織還是那麼赤膽忠心，待人還是那麼誠心誠意，她一點兒都沒有鬆懈懶惰，但她被別人改變了。思來想去她只找到一個原因，過去她是邱夢山的妻子，邱夢山的妻子是英雄的妻子，是烈士的妻子；現在她是徐達民的妻子，徐達民的妻子是普通幹部的妻子；英雄的妻子很少，普通幹部的妻子多得很。想到這一層，岳天嵐像被人拋棄了一樣難受。她走出禮堂，身後傳來說笑聲，她覺得那些說笑都是針對她，人們在說她，在笑她。沒做錯事而讓人說笑，岳天嵐十分委屈，眼淚不知不覺順著面頰流淌下來。

岳天嵐原計畫選舉結束就去醫院向父親報喜，現在沒喜可報，只有悲哀，一想到他老人家還在康復之中，她不能再去刺激他。岳天嵐回了家，她連兒子都不想去接，打電話給徐達民，叫他去接兒子。徐達民領著兒子進家，岳天嵐躺在床上。徐達民以為她病了，慌忙上前問候。岳天嵐沒理他，側身避開他，眼淚卻如泉湧出。徐達民伸手試她額頭，手剛挨到她前額就讓岳天嵐揮手打開。徐達民感覺到她不是抬手推，而是揮手用力打，而且很重，讓他感覺到了痛。徐達民覺出岳天嵐不是有病，而是有氣，而且氣很大。什麼事讓她生這麼大氣呢？徐達民小下聲問她出了什麼事，任徐達民怎麼問，岳天嵐只是流淚，一句話不說。徐達民沒了主意，只好拉過邱繼昌，讓兒子去陪他媽，他去做飯。邱繼昌看媽媽流淚，知道媽媽不舒服，一個勁地問媽媽是不是病了，媽媽哪兒痛，媽媽為什麼不說話。岳天嵐讓兒子問得更加傷心，她側過身，一把把兒子摟到懷裡，眼淚更加洶湧。

夜裡，徐達民不知道岳天嵐究竟因何而跟他嘔氣，想用溫情來化解。徐達民伸出手剛撫著她肩頭，岳天嵐一扭身子把他那隻手抖開。徐達民心裡很不舒服，他問她他究竟做錯了什麼，是不是還記著他那句玩笑話，岳天嵐沒回話，這事她沒法說。徐達民再一次挪身子挨近岳天嵐，岳天嵐討厭地往裡挪跟他保持距離。徐達民挨不著岳天嵐的身子，溫情戰術沒法實施，他知道岳天嵐的脾氣，他若是強行實施，效果更壞。徐達民只好作罷，兩個各自揣著心思躺在一張床上。岳天嵐在繼續她的鬱悶和懊喪。徐達民卻思緒如麻，他找不到自己的差錯所在，本來是她錯，她卻反要這樣冷落他。思來想去，他想到了那次她喊邱夢山的名字，再想到她拒絕他幾年追求，想到她不給他生孩子，徐達民終於明白，原來他僅僅是邱夢山的替身，她從來就沒有愛過他。

第二天，岳天嵐還是去了學校，代表可以不當，班不能不上。從這一天開始，岳天嵐沉默了，學校裡再聽不到她銀鈴般的笑聲。岳天嵐下班走出學校大門，荀水泉遠遠地站在馬路對面，不知他在等她還是等別人。岳天嵐心情不好，只當沒看見，故意迴避沒過馬路，荀水泉跑了過來，岳天嵐心裡本來就很煩，她嫁徐達民，與荀水泉推波助瀾有直接關係，現在她失去了英雄妻子這名分，人大代表資格也被取消，她不好開口埋怨荀水泉，但心裡不能不怨他多事。荀水泉追上了岳天嵐，他是特意來告訴她石井生出了事，要她讓徐達民打聽一下究竟是什麼問題，他相信石井生絕對不會貪污受賄搞不正之風。岳天嵐一聽心裡更煩，她直截了當地跟荀水泉說，她人大代表都落選了。荀水泉很吃驚，問她知不知道落選原因，岳天嵐說她現在已經不是英雄的妻子，如果再要跟石井生這個戰俘打得火熱，只怕連教導主任都保不住了，她讓他直接去找徐達民說，說完她就上了公共汽車。荀水泉有點沮喪，眼前這些事情讓他意外，又讓他無奈。

工業局紀委兩位同志上午去了印刷廠。事先沒有打招呼，他們直接進了石井生辦公室。那位科長像對待犯人一樣向邱夢山宣佈，市縣局三級紀委和所有領導都收到了群眾告狀信，揭發他利用職權，在引進外資和新建廠房專案中收受賄賂，請他協助調查。邱夢山被帶到了縣招待所。

邱夢山一離開工廠，印刷廠人心浮動，傳言四起。有人說他從韓國人那裡得了五萬美金好處，要不他這麼積極，上面還沒批准就貸款蓋廠房。有人說那輛小車是建築公司給他的回扣。有人說國營單位根本不允許外資進入，有人說專案沒有批蓋這廠房有鳥用，一百五十萬貸款哪輩子能還清。這時候，單良站了出來，他反繃著臉訓別人。人不能沒有良心，石副廠長一心撲在工廠建設上，大家有目共睹，再要在背後說三道四，太不在情理了。真金不怕火煉，誣告沒有用，事實才是證據。大家要一條心，不要聽信謠言，要把生產搞好。

石井生被查，李運啟提前結束黨校學習，回印刷廠抓工作。他回廠首先請示分管副局長，新廠房工程怎麼辦，副局長發現李運啟臉上飛揚著幸災樂禍，他很反感，但他沒把反感直接傳達給李運啟，他非常平和地跟李運啟說，新廠房工程開工沒向局裡行文請示，停不停工也用不著局裡定，你們自己根據實際情況，自己決定。副局長是想以此壓一壓李運啟的得意，讓他肩上也有點斤兩，也擔點責任。李運啟卻沒體會其中意味，他回到廠裡當即宣佈停工。單良鄭重其事地勸李運啟，說半途停工只能造成更大浪費，應該繼續施工，石副廠長那計畫很好，即使不與外資合作建公司，還可以另謀新路搞其他項目，許多工人也跟著這麼說，舊廠房太舊了，不建新公司，搬到新廠房裡生產也好。李運啟沒理睬他們，他說廠房再建下去，還得要貸款兩百萬，他不能拿錢往河裡扔，更不能拿全廠工人尋開心。

岳天嵐雖然婉拒了荀水泉，但她還是跟徐達民說了石井生這事，讓他想法關照一下，他現在畢竟是邱夢山的弟弟，她不能不管。岳天嵐說得鄭重其事，徐達民居然朝岳天嵐冷笑，笑得岳天嵐有點不知所措。他頭一次用那樣一種口吻跟她說話，說她這嫂子當得真不賴，對前小叔子比對他還心疼，他還請她放心，儘管他跟石井生毫無關係，但他絕不會不管不問。岳天嵐啪地把手裡的碗到桌子上，小米稀飯灑了一桌面。岳天嵐飯也不吃，拉著兒子扭身出門回了娘家。

印刷廠新廠房工程下馬半個月之後，邱夢山回到了印刷廠。邱夢山除了貸款批了那五萬元公關費，其他問題查無實據。邱夢山回到印刷廠，見廠房已停工，心痛得直跺腳。邱夢山先把那輛桑塔納還給了建築公司，然後去找副局長。副局長聽邱夢山發完一腔激憤，他沒附和，也沒批評，他離開坐椅給邱夢山泡了一杯清茶，默默地放到邱夢山旁邊的茶几上。他伸手按住邱夢山的肩膀，想說什麼，卻又沒說。邱夢山這時才發現副局長非常無奈，他這才明白領導有難言之處，或許上面對這事還沒有結論，還要等待；或許上面已經把這事否了，他不便把真相告訴他；或許他還在努力，但這事由不得他。雖然沒有交流，但邱夢山與副局長已經沒了距離，兩人已經心照不宣。邱夢山理解地告辭。副局長再一次離開坐椅，他向邱夢山伸出了手，邱夢山很感動，雙手緊緊地握住副局長那手，他感到副局長的手試圖在給他力量。最後副局長還是憋不住開了口，他說，你上過戰場，經受過苦難，相信你能挺住。

邱夢山鼻子一酸，差一點掉下眼淚，他忍住了。邱夢山昂起了頭，他看著副局長，心裡的英雄氣又在升騰，他什麼也沒再說，緊緊地握著副局長的手把感激之情傳達過去，然後他頭都不回離開了工業局。

邱夢山再去找金民哲，金民哲已離開文海，荀水泉小舅子也找不到他。荀水泉小舅子與他也失去聯繫。荀水泉小舅子通過韓國朋友瞭解到，金民哲已在大連找到了合作單位。

李運啟知道邱夢山回到廠裡，只當不知道，他等著他來找他。邱夢山聽說李運啟提前回廠，他預感事情不妙。邱夢山主動去了李運啟辦公室，李運啟一臉得意。邱夢山沒在意這些，他開誠佈公地跟李運啟說，他可以記恨他，也可以報復他，但不要拿全廠工人開玩笑，希望他能以工廠建設為重。李運啟什麼也沒說，從抽屜裡拿出一份文件，放到邱夢山面前。

邱夢山沒伸手拿那份文件，他一眼就看清了那標題：關於石井生瀆職處分決定。邱夢山沒看全文，但他看到了撤銷石井生副廠長職務那段文字。李運啟得意地朝他笑，邱夢山很不舒服，他沒法容忍他的這種得意。他問，這回你痛快了是吧？李運啟沒生氣，反大度地說，上次我是給你面子，沒揭你老底。邱夢山說，你好大度，我還有什麼底你沒揭，你一塊兒揭啊！李運啟得意地說，你還別嘴硬，別再逞英雄了，這個副廠長本來就不該你當！邱夢山讓李運啟說蒙了，他讓他把話說清楚，怎麼叫本來就不該他當。李運啟譏諷地看著他說，別以為天下就你聰明，人家都是傻瓜，廠裡誰不知道啊！安置辦原本就沒打算給你安排工作，要不是你求徐達民請客送禮走後門，上面會給你安排工作？會讓你這戰俘當副廠長？

邱夢山被李運啟一棍抽得暈頭轉向找不著北。他暈不是那個處分，他腦子裡嗡嗡地叫著一個聲音，混蛋！混蛋！

8

邱夢山接連兩天沒去印刷廠上班。邱夢山在宿舍結結實實睡了兩天覺，其實他躺在床上根本睡不著，只能說他在家躺了兩天。廠裡沒有人來找他，也沒人來看他，連荀水泉和岳天嵐也沒來看他，他成了一個多餘的人。現實讓他很不服氣，他不認輸，他不信自己做不成事。他想去找副局長，但一想起副局長那一臉的無奈，他把自己摁住了，他沒什麼喜可報，只有憂，給副局長報憂，只能給副局長添為難。那天副局長已經暗示他了，他要他挺住。邱夢山躺床上痛苦地回憶了自己三十多年的人生經歷，從入伍當兵想到當連長一路拼搏，想到赴邊境作戰那些挫折與輝煌，想得他熱血沸騰。可一想到當戰俘交換回國他便頓時心灰意冷，再想到從邊防部隊回到老部隊，再從部隊轉業回到家鄉，他一步一步在走向末日，想到最後，他心裡的那點英雄氣被想得無影無蹤。他想岳天嵐已經重新組織了家庭，兒子的撫養和教育都不成問題，父母身體都還健朗，那個印刷廠已與他無關，他也不可能再得到哪位領導信任，撤職後他只剩下戰俘身分，再在印刷廠待下去那就豬狗不如了……

邱夢山去了印刷廠。邱夢山走進印刷廠，工人們都眼巴巴地遠遠看著他，既不叫他副廠長，也不走近迎接他，大多數眼睛裡流露著同情和惋惜。邱夢山看到那些眼神，心裡有點酸，他知足了，能這樣看他，也不枉在這裡幹了這半年。

邱夢山走進李運啟的辦公室，李運啟喝著茶在看文件，見邱夢山進來，他點了一下頭，算是招呼。邱夢山什麼也沒說，從口袋裡拿出那份辭職書，放到李運啟的寫字檯上，然後轉身離開。邱夢山走出李運啟辦公室，上自己辦公室收拾東西，東西少得可憐，一隻塑膠袋都沒裝滿。他把辦公室鑰匙留在門鎖上沒拔下，把那一塑膠袋東西扔進了垃圾桶，然後來到停了工的新廠房工地，看著這半拉爛尾工程心裡很酸痛。這時李運啟追了出來，他遠遠地對著邱夢山喊，我告訴財務室了！你可以再領三個月工資！邱夢山只當沒聽到，他默默地朝爛尾工程鞠了三次躬，然後，轉身朝工廠大門走去。

邱夢山聽到身後有人追了上來，他沒想到會是單良。單良既沒有幸災樂禍，也沒有同情惋惜，他很平常地說，老石。他現在叫他老石。邱夢山沒停下，繼續朝前走。單良跟上來繼續說，聽說你要走了，我送送你。邱夢山說，謝謝。單良卻說，臨別了，我想給你提個建議行嗎？邱夢山停下腳步，請說。單良有點以老賣老地說，我在這個廠裡混十幾年了，體會多少有點，不管你以後做什麼，待人還是寬容一點好，別逼人太甚，不給人後路，自己就要走上絕路。你看，我又回辦公室當主任了。邱夢山看著單良，單良兩眼閃著壞笑，看著看著，單良變成了一條狐狸。邱夢山微笑著伸出手，單良遲疑地伸過手來，邱夢山握住單良那隻手，輕輕地把他拉近，然後對著他耳朵一字一字地說，你他娘是小人！

邱夢山極平常地鬆開單良那隻手，轉身朝目送他那些工人微笑著招招手，然後邁開大步走了。單良卻傻子一樣還站在那裡。

邱夢山出了印刷廠，走上了大街，他感覺自己成了一個空殼，空得像行屍走肉。就要離開這心酸之地，但這裡畢竟是他的故土，儘管這裡留給了他痛苦的記憶，但這裡還有他的爹娘，還有他的兒子，還有他的愛人岳天嵐。他心裡突然想再見岳天嵐一面，這念頭一冒出來就無法按捺，變為一種慾望，強烈到他無法控制。邱夢山告誡自己，她已經是別人的老婆了，已經沒有權利對她說愛，權當自己已經犧牲，別再去干擾影響別人。邱夢山咬牙克制著自己，他決定去跟兒子告別。邱夢山去了商場，他要給兒子買一件有價值又有紀念意義的禮物。服務員給他推薦了「學生王子」，裡面儲存著《新華字典》、《新簡明漢英辭典》、《新英漢辭典》、《學生成語辭典》和各種學習資料、學習方法。這真幫到了邱夢山心裡。邱夢山拿著「學生王子」趕到學校，學校在上課，邱夢山在外面耐心地等，一直等到下課才見了兒子。他把「學生王子」給了兒子，兒子很喜歡。邱夢山問兒子他要是離開這裡，從此再不見面了他還能不能記住他，邱繼昌說能記住叔叔叫石井生。邱夢山問除了名字還能記住他什麼，邱繼昌說叔叔還給他買過遙控汽車。邱夢山問還能記住他什麼，邱繼昌想了想說叔叔跟爸爸都是戰鬥英雄，消滅過好多敵人。邱夢山的眼睛濕了，他抱住邱繼昌，說他以後也許不會來看他了，要他記住一句話，男人可以丟命，但不能丟尊嚴。讓他好好學習，好好聽媽媽話，將來要繼承爸爸遺志，做一個有用人才，一定要孝敬爺爺奶奶。邱繼昌問他要去哪裡，他跟兒子說他要去很遠很遠的地方。邱夢山摟著兒子說，叔叔這輩子不想結婚了，這輩子不可能再有孩子，你能不能叫我一聲爸爸？邱夢山沒有鬆開兒子，他不敢與兒子面對面對視。邱繼昌遲疑了一會兒，輕輕地叫了一聲爸爸。邱夢山把兒子緊緊摟在懷裡，摟得自己淚流滿臉。

邱夢山目送兒子消失在教室門口，眼睛裡又湧滿淚水，可兒子哪兒會知道。

邱夢山回到街上，心裡有個念頭在作祟，也許這是最後一面。他心裡矛盾著來到街邊投幣電話前，忍不住把一枚硬幣投了進去，他沒用想就撥通了岳天嵐辦公室的電話，這個號碼讓他在心裡唸得爛熟了。岳天嵐正巧在辦公室，她聽到石井生的聲音很吃驚，問他有什麼事，邱夢山說他被撤職了，他要離開文海，臨走想見她一面。岳天嵐略有遲疑，說她要去康復醫院看她父親，要見就到她爸病房見。

邱夢山覺得這樣很好，他也該去跟岳父告別。邱夢山買了兩瓶阿拉斯加深海魚油，買了一些水果去了康復醫院。邱夢山走進岳振華的病房時，岳天嵐還沒到。自從岳振華知道他是戰俘後，見面他永遠是那句話，你怎麼來看我。今天岳振華這句話刺激了邱夢山，來了我是戰俘我怕誰那股勁，毫無顧忌地說，我想來再叫你一聲爸！岳振華吃驚地看著邱夢山，你小子喝醉酒了吧，怎麼胡說八道呢！邱夢山一本正經地說，今天我滴酒沒沾。我這輩子對不起你，對不起天嵐。岳振華驚得睜圓了兩眼。邱夢山坦蕩地問，你們是真辨不出來，還是裝糊途？我不是石井生，是邱夢山！在戰場我跟石井生穿錯了野戰服，陰錯陽差我成了石井生，後來想，為了不連累天嵐和兒子，我將錯就錯用了石井生的名字。現在我明白了，我錯了，無論我用什麼名字，我這輩子完了！我告訴你，他們把我這個副廠長撤了，聽說天嵐人大代表也落選了，一切不幸都是因我而起。我現在無能為力，既不能為自己謀官，也不能為你們謀幸福，我現在成了廢人，比你犯腦溢血還不如。我只能做一件事情，只能離開這裡……邱夢山正說著，岳振華突然手按著胸脯，一歪身子倒在床上，接著他那兩條腿蹬得跟兩根鋼管一樣筆直，挺在那裡不住地顫抖，如同頭部遭重擊，挺著手腳做最後掙扎。邱夢山意識到發生了什麼，發現岳父兩眼球在往上翻，他急忙按蜂鳴器喊醫生。幾個醫生聞聲飛奔進來，岳振華手和腿仍抻挺在那裡，但手和腿已經不再顫動。醫生護士把岳振華當即送急救室。邱夢山跑出門去找電話給岳天嵐打電話。

岳天嵐趕到醫院，醫生已經停止搶救，岳振華被覆蓋在白床單之下，醫生說他是心臟病突發猝死。邱夢山看著岳天嵐呼天搶地哭得幾次昏過去，他很內疚，卻找不到一句話可勸慰。

從岳振華去世到舉行完骨灰安放儀式，邱夢山沒有勇氣再跟岳天嵐說一句話，他也沒機會跟她說話，徐達民一直陪伴在她身邊。買好了火車票，邱夢山還是想跟岳天嵐再見一面，要不再沒有機會了。邱夢山一早趕到徐達民他們大院外，他沒有進院，在大門外遠遠守著，他在等待機會。七點整，徐達民領著邱繼昌出了大院，一出門他就讓邱繼昌上自行車，邱夢山知道徐達民每天要提早送兒子去學校。

徐達民一走，邱夢山隨即進了大院。邱夢山來到岳天嵐家門口，輕輕地敲了門。岳天嵐拉開門吃了一驚，問他怎麼來了，邱夢山說來告別，不管她願不願意，他闖進了屋子。岳天嵐冷冷地說有事快說，她要上班了。邱夢山沒再遲疑，他告訴岳天嵐，她父親是他害死的，他不該跟他說那些話。岳天嵐生氣地問，你跟他說了什麼？邱夢山抬起頭兩眼盯著岳天嵐，他痛苦地說，天嵐，人已經走了，說什麼都已沒有意義。邱夢山不知是心急，還是跑得太急，進了屋他渾身冒汗。或許是下意識，也許是故意，邱夢山解開了襯衣扣子，胸脯袒露出來。岳天嵐看到了邱夢山胸脯上的那塊胎記，不由得一驚。儘管岳天嵐早已認為他是邱夢山，當她確定他真是邱夢山時還是很讓她吃驚。怎麼辦？不能，她告誡自己，絕對不能認他，不說她已是徐達民的妻子，即使沒改嫁也不能認他，要認了他，兒子這輩子就不可能有出息！她人大代表落選這事就是現實，岳天嵐迅即冷靜下來。她只當什麼也沒看到，回過身來冷冷地問，你打算上哪？邱夢山說去特區闖闖。岳天嵐問，什麼時間離開？邱夢山說，下午五點的火車。岳天嵐平靜地說，還是離開好，或許到陌生的地方會有機會。接著她又加重語氣說，我想你還是走得越遠越好，繼昌有你這個戰俘做叔叔，只有壞處，沒有好處。

邱夢山崩潰了，命運讓他虎落平川，他還有什麼話好說？岳天嵐再不會認他。邱夢山把話都咽進肚裡，朝岳天嵐點了點頭，說了聲再見，他再不會打擾她了。他默默地離開，出門時他從褲袋裡摸出一封信扔在了地上。

9

邱夢山一離開屋子，岳天嵐慌忙撲向窗口。樓下沒有邱夢山的人影，岳天嵐有點忐忑，她站在窗口注視著樓下。邱夢山終於出現，岳天嵐舒了口氣。邱夢山走在樓下花壇間水泥路上，他走得很沮喪。岳天嵐知道他這一走，很有可能這輩子再不會見她，她多麼希望他抬起頭來朝他們的窗戶再看一眼，她也非常想再看他一眼，也許這時她會朝他招手告別。邱夢山始終沒抬頭，他一直低著頭走向大門，她看出他很難受。邱夢山的背影在岳天嵐眼睛裡模糊了，兩滴清淚砸在她手上，她感受到了自己眼淚的熱度。

其實，岳天嵐明白他為什麼頂人名偷生，她發自內心的感激他，她希望他這樣，兒子是她這輩子的唯一，不只是她，她連同邱夢山的心願全都押在兒子身上，她不能讓他給兒子帶來不幸，也不願意他影響兒子的成長，所以她始終不讓他抱任何希望。但他們畢竟是恩愛夫妻，她愛他敬他勝過一切。邱夢山在她視線中消失之後，岳天嵐轉身撿起了那封信。

嫂子：

軍人可以承受流血和犧牲，絕不能蒙受恥辱；軍人可以丟腦袋，絕不丟尊嚴。

軍人沒有權利談愛，愛好難好難。

死，並不可怕，在戰場上早已死過幾回了。軍人蹚過了地雷陣，他的命該值點錢。

我不該再打擾你們，願你和兒子幸福。

罪人：石井生

岳天嵐兩手不住地顫抖，內心的痛苦沒法言說，岳天嵐一屁股跌坐在沙發裡放聲大哭。

房門突然打開，徐達民闖了進來。他一反常態，沒去關心體貼岳天嵐，卻到其他房間、廚房和廁所去察看。徐達民回到客廳奇怪地問岳天嵐他上哪去了，岳天嵐止住哭，問他找誰，徐達民說還能有誰，他出門就發現他躲在對面胡同牆角邊，岳天嵐一時沒話可說。徐達民突然放聲大笑，原來我徐達民是個大傻瓜，自己家變成了別人家。岳天嵐越聽越不對頭，她讓徐達民說清楚。徐達民反冷靜下來，他平靜地問她還有什麼不清楚呢？還要他說什麼呢？他前腳上班，石井生後腳就進家，策劃得真周密。岳天嵐來了氣，讓他注意點風度，別玷污了縣委宣傳部幹部身分，石井生是來告別，他被人打擊排擠撤了職，他已經辭職，他要離開文海。徐達民也來了氣，他嗓門突然比岳天嵐更高，他讓她憑良心說，她忘記過邱夢山嗎？她愛過他嗎？她不光心裡念著邱夢山，還跟邱夢山的弟弟不清不白。他說其他什麼事情他都可以忍受，但感情上要他他絕不能忍受。岳天嵐讓徐達民氣得也無法忍受，她說她一直以為他是正人君子，原來也是小肚雞腸的那種小男人。徐達民咽了兩口唾沫壓了壓火，盡力保持風度，他放低聲對岳天嵐說，你別再裝腔作勢了，別再把我當傻瓜耍弄。徐達民說完轉身出了屋。

轟隆！岳天嵐如五雷轟頂，她一屁股跌坐在沙發上……

10

邱夢山在岳天嵐那裡打定了主意，他沒再跟誰打招呼，連荀水泉也沒說，也沒回喜鵲坡看爹娘，他不想再讓任何人為他擔心，決定離開文海，離開故鄉。

邱夢山背著全部家當，說全部家當，其實不過一隻旅行包，在特區車站走下火車，他有點漠然。邱夢山混入人流，如捲入茫茫滄海，隨著人流流出車站。他站在車站廣場，不知東南西北，抬頭看四周，除了高樓大廈還是高樓大廈，看了之後更是漠然。像他這年齡應該極富激情，但他心裡缺乏激情的因數，眼前和未來在他這兒已經死機，只有塊黑屏。他不知道這個特區對他來說意味著什麼，更無法估計明天將有什麼在等著他。這座新城裡只有兩個人可找，但他不知道周廣志和李蜻蜓現在在哪生活。

邱夢山倒了三趟車再步行一站地找到了李蜻蜓打工的那個餐館，進去只三分鐘他就蔫著退了出來。人家告訴他李蜻蜓早不在這兒幹了，餐館也不知道她去了哪兒。周廣志更不知去向，他徹底被孤獨。唯一一盞燈也滅了，這座新城在邱夢山的面前立時一片漆黑。眼前車如潮，人如海，邱夢山漂了進去，任人推撞扒拉。這裡一切都只是風景，裡面沒一個親人，也沒一個熟人，他不知道要去找誰，也不知道下一步該怎麼辦。漂著漂著他站住了，他意識到必須先做一件事情，找個安身處。賓館，他這漂民不敢想，還是找個地下室招待所更適合。終於找著了一處，他來到服務台前沒能開口，價格表上的房價讓伸出舌頭縮不回來。轉來轉去，轉到太陽在樓群那邊掉下去，邱夢山仍背著那只旅行包在遊蕩。邱夢山經過一建築工地，他渴了，發現工地上有水管，顧不得跟人打招呼，也不管是不是純水還是中水，對著水管咕嘟咕嘟喝了起來，人家吼他他也沒管，太沒人道了，喝口自來水，又不是吸血。等他直起腰來，他才聽清那人說，這是污水，不能喝。管他是不是污水，已經進肚子了，不能喝也晚了。

邱夢山感覺腿肚子有點酸，路邊塔一樣堆著一大堆水泥管子，水泥管子直徑有大半人高，估計是做下水道用，邱夢山不管三七二十一，先坐下歇會兒再說。邱夢山的屁股擱到水泥管子上，腦子裡隨即生出一個念頭。這不是免費旅店嘛！風颳不著，雨淋不著，地震也震不著，別說下雨，下刀子都不怕。管子一層一層多得很，也不怕別人佔，住處算有了著落。有了住處，急需解決肚子問題，胃裡空得讓他心慌出虛汗。找了幾家小餐館，門口那價格表都把他拒之於門外，這種消費水準他目前沒法承受。邱夢山最後進了一家超市，買了幾盒速食麵，兩包主食麵包和兩袋榨菜，他心裡很清楚，目前他這種漂民，生活水準只能保持在速食麵、麵包加榨菜這標準上。

邱夢山上了汽車站候車室，這裡有免費開水供應。他在那裡泡了速食麵填飽肚子，再喝足水，然後權當散步鍛鍊步行回到免費旅店，不只是心疼幾個公車費，他想順便沿路偵察一下，得找個飯碗，這是頭等大事，沒有飯碗怎麼在這裡混啊！回到水泥管子那裡，城市依然鮮亮著，天卻完全黑了，他也累了，除了躺下睡覺，再沒有任何慾念。邱夢山爬上水泥管塔二層，鑽進一管子，拿旅行包做枕頭，踏踏實實躺下，不一會兒就睡得不知道入了地獄還是上了天堂。

邱夢山睡得正香，朦朧之中感覺有隻手在摸弄他，他一下意識到小偷，忽地坐了起來。他喝了聲誰，對方沒回話，手卻放肆地在摸他。邱夢山揮手打掉了那隻手，氣憤地責問想幹什麼，對方毫不在乎，反說嚷什麼嚷。原來是個女人，藉著工地燈光看，不過二十多歲。邱夢山很氣憤，訓她膽兒不小。那女人竟嗔了起來，大哥，你別搞錯啊，我是看你一個人孤單，給你解悶來了，別不識好人心哪！幹不幹？女人年輕，卻比邱夢山老到，她繼續鼓動，你就別假正經了，閑著也是閑著，便宜你，二百一宿，幹不幹？等邱夢山明白過來，從心裡產生一種厭惡。滾！女人對這惡毒言詞毫不在意，她仍沒事兒一樣。這麼兇幹什麼呢，不幹就拉倒，出來混，大家都不容易，你也甭鼻孔眼裡插大蔥裝象，這麼高貴，你怎不去住飯店？五星嫌貴住四星，四星住不起住三星，三星住不起可以住招待所啊！怎鑽這下水道管子呢？別裝了，便宜你，一百塊一炮！看看這裡，還沒生過孩呢！才二十五，你上哪去找這種美事？邱夢山不想跟她廢話，提起旅行包往外走。惹不起還躲不起嗎，怕了你行吧，你不走我走。他爬進了另一個水泥管子。他真累了，不一會兒又沉入夢鄉。

出來！出來！聽到沒有？邱夢山在夢中讓人給吼醒了。他努力睜開眼，一看竟是員警，心裡打了個格登，住水泥管子員警也管？邱夢山迷迷瞪瞪坐起來。

聽到沒有啊？兩個都出來！

邱夢山一愣，怎麼兩個呢？他回頭看，她怎麼又跟著進了一個管子呢！邱夢山氣不打一處來。你鑽我這裡來幹什麼？那女人以牙還牙，你獨霸啊！這水泥管你租了嗎？邱夢山不想理她，轉身一摸，日他娘，旅行包不見了。哎！我那旅行包呢？女人說，別窮急了誣賴人啊！誰見你包啦！邱夢山說，我明明壓在頭底下當枕頭了！不是你拿誰拿啦？女人說，你又沒雇我看！我可沒睡你頭那邊，我是睡你腳這邊。我不過是怕孤單一人被人白佔了便宜，看你人老實才過來搭個伴。邱夢山說，真見鬼了！你不拿，這包自己能飛啊！

吵什麼吵！出來出來！快出來！員警在下面煩了。

別提邱夢山心裡有多煩，到這裡什麼事還沒做，家當卻讓人偷了。他一摸口袋，還算幸運，幸虧把錢包裝衣服口袋裡了，要不身分證、打工介紹信，還有黨員組織介紹信都沒了，還打什麼工，只能乖乖地回老家。

邱夢山稀裡糊塗讓員警帶進了派出所，一進派出所，一員警抬起腳就朝他屁股上踹了一腳，把他們兩個分開。兩個員警開始審問，問邱夢山跟那個女人是什麼關係，邱夢山非常生氣，說員警莫名其妙，他把身分證、打工介紹信和組織介紹信都拍到員警面前。員警哪吃他這一套，一邊檢查他東西一邊說，別嘴硬，見多了，別來這一套，人家已經招了，睡一次一百，睡一夜二百，你都給人家錢了。邱夢山一聽急了，放他娘個狗臭屁！我睡她？她倒貼我二百我都不會睡她！我是共產黨員！是轉業幹部！她不要臉我還要臉呢！邱夢山本來心裡就窩著火，讓員警這麼一訓，心裡火更大了，家當讓人偷了，還遭人侮辱，把他當嫖客抓進派出所，真不吉利。

員警還沒見過誰像邱夢山這麼硬氣，搞野雞，不跪下來認罪求情，還嘴硬，員警哪吃這一套，身後那個年輕員警從後面揮動手裡的皮帶，帶著風呼地抽到邱夢山的頭上，邱夢山一點沒防備，被抽了個結結實實，抽得邱夢山兩眼金星亂飛。邱夢山眼前的那些金星正飛舞得歡實，他還沒來得及責問員警憑什麼打他，緊接著後腰又挨一重擊，這拳特專業，一點沒覺著痛，但正捅在腰眼上，邱夢山說不出話，連氣都喘不過來。邱夢山屏住一口氣，蹲到地上運氣，一點一點讓氣呼出，讓那痛點盡快解散開去。他沒有扭頭，也沒有轉身，但他已經察覺到那員警又抬起腿朝他踹來。邱夢山不露聲色，突然竄起向後旋身一個後掃腿，順手握住了員警踢過來那隻腳，用力往上一掀。撲通！那員警像沙袋一樣摔到地上。

邱夢山已經忍無可忍，他吼了起來。你們算什麼員警！青紅不辨，皂白不分，動手就打人。

兩個員警讓邱夢山吼愣了。被摔倒那員警爬起來，丟了面子，惱羞成怒，他也罵了起來，臭流氓！你還嘴硬！邱夢山比他更硬，說別跟我來這一套，老子當過解放軍連長！老子在茅山，一個人對付三十多個敵人都沒害怕！

兩個員警反讓邱夢山給將了軍，他們尷尬地走出屋去。挨摔那小子還扔下句話，讓邱夢山等著。邱夢山豁上了，死都死過了，還怕你。他就坦然地在屋裡等著。那兩個員警半天沒來，隔壁倒是傳來了那女人一聲聲的慘叫，慘叫之後屋裡屋外一片寂靜。

邱夢山幾乎等了一個小時，另外兩個員警來到邱夢山那屋裡，打他那員警沒再露面。老一點那位員警說，我們是為了確保特區安全，加強社會治安，履行職責。應該肯定，你與女

流氓夜宿水泥管子違反了治安規定。那女流氓已經承認是故意說謊報復你，旅行包也有了下落，現在你沒事了，可以走了。邱夢山不甘心，我就這麼白挨那小子打啦？老員警說，怎麼，你還想打員警？邱夢山不服，員警就可以隨便打人，我得問問他，他憑什麼打我？另一個員警過來拍拍邱夢山的肩膀，態度溫和地勸他。你再把員警打一頓就解氣啦？行了，算我們對不起你，好了吧？

邱夢山聽他這麼說，也就不好再得理不饒人，再說他們幫他找回了旅行包，那裡有他的換洗衣服。邱夢山背起那旅行包離開了派出所，天已經大亮，邱夢山走上大街，他納悶，這人生路怎麼越走越難。

邱夢山找到一個公共廁所，在廁所裡刷了牙洗了臉，再到路邊速食小店喝了一碗粥吃了兩根油條，然後踏上了找工作之路。

第十章 天道

1

兩天來，邱夢山在這座陌生的城市裡四處碰壁，轉來轉去，他驚奇怎麼又轉回到了工地這堆水泥管前。他疲憊地在那堆水泥管旁坐下，掏出了菸葉袋，抽菸葉已習慣成自然。工地在收工，邱夢山抽著菸，遠遠看著那些民工，他們剛結束一次灌注，如同結束一次戰鬥。他們穿著破衣爛衫，渾身泥汗，但臉上卻洋溢著興奮。他們下腳手架、收工具、檢查設備，你呼我喊，好不熱鬧，看不到一點煩惱。

邱夢山豁然開朗，工作不就在眼前嘛！邱夢山立即起身，背起那只旅行包，走進了工地。工頭個兒不高，背有點駝，一眼就看出也是農民出身。駝背見有人來求他，自然要端起工頭的架子，邱夢山給他遞菸，再給他點著。駝背吸了菸才開口問他會不會泥工，邱夢山搖頭。駝背再問會不會水工，邱夢山又搖頭。駝背再問會不會電工，邱夢山說，電懂點，但沒當過電工。駝背再問會不會焊工，邱夢山說可以學。駝背說建築是技術活，沒一點專業技術沒法來這裡混。邱夢山被駝背工頭問成了一個傻蛋，他只能拿出看家本領，說他帶過兵打過仗。駝背一聽更沒了興趣，說他找錯了地方，這裡是建築工地，不是兵營，也不是戰場。儘管邱夢山看駝背是故意端架子，也沒覺著他比他高貴，可鳳凰落地不如雞，他在駝背面前不敢露一點輕視他的神色，他只剩沒給駝背跪下了。邱夢山低聲下氣地說，老闆，你就開開恩，給我一份活幹，給我口飯吃，我有力氣，幹不了技術活，可以幹粗活；當不了大工，可以做小工，幹什麼都成。駝背說學徒三年沒工資。邱夢山只能任宰，說你怎麼說我就怎麼辦。

駝背抽著菸，把邱夢山從頭到腳重新再掃了一遍，看個兒論身材是個結實傢伙，人也儀表堂堂，有股子英雄氣，他們隊裡真還沒人能跟他比。他要是跟他出去，人家準先給他敬菸，他感覺讓這種人駕轅，車不好趕。駝背仍往外推，說叫他幹粗活，太屈才了，讓他還是上別處看看。駝背封口，邱夢山才明白自己現在是什麼身價，連幹苦力都沒人要，他有些悲哀。落到這步田地他再顧不得顏面，像個乞丐一樣懇求駝背開恩，現在他連個過夜的地方都沒有，這麼大個工地，不多他一個，求老闆幫個忙，先幹幾天看看，要是看他幹活行就留，要是不成，他再走人。駝背畢竟是農民，邱夢山話說到這份兒上，他也不好再推，就讓他留下運料。邱夢山給駝背敬了個軍禮，敬得駝背咧嘴笑了。

邱夢山在工地撲下身子幹了一個月，工友們對他很有好感。在這個建築隊裡，論個兒，他到哪都鶴立雞群；論幹活，他幹什麼都如虎入羊群。這一個月，拌水泥、送料、搬磚，什麼活重幹什麼活，累得夜裡頭一挨枕頭就一覺到天亮，扔河裡都不會知道。累是累，但總算有了落腳之地，有活幹，有飯吃，有地方住，眼下他只能樹立這個奮鬥目標。吃雖沒什麼好吃，大鍋飯，大鍋菜，但能塞飽肚皮，肚皮塞飽了就長力氣；住也沒好住，大窩棚，通鋪，臭腳臭汗薰得他不敢喘氣，差是差，但比睡露天水泥管子強，也沒野女人來招惹，更沒員警來抓他；錢掙得也不多，但夠個人開銷，有吃有住有零花錢，還圖什麼呢？抱負、理想，對他來說太奢侈了。只一點不大習慣，工棚裡沒電視，一天活幹下來，要是能看一眼電視那就賽神仙了。晚上塞飽肚皮後，總是要幹點什麼，街上有家小餐館門口架著一台電視，像是故意招徠生意，邱夢山就隨工友們一起湊到那小餐館門口去蹭看。

晚上，邱夢山到小餐館門口看完新聞往回走，發現地上有份特區報。很久沒看報了，挺新鮮，他彎腰把報紙撿了起來。回到窩棚，邱夢山也不嫌報紙髒，在十五支光燈泡下把十六個版上的那些文章一篇不落地看下來。看到社會治安版，一則消息拽住了他的眼睛。威龍保安公司保安人員，撲火救人，捨己為人。邱夢山看完報紙，心裡一亮。不能再當兵，也當不了員警，可以當保安啊！保安雖比不上員警，但專業對口，在這裡除了出死力氣，幾乎用不著腦子，更用不著軍事技術和擒拿格鬥技術，身上這套硬功夫不用就白費了。要是能進保安公司，就有了用武之地。邱夢山的心裡頓時陽光燦爛起來，好久沒燦爛了。邱夢山小心地把那篇消息撕下來，悄悄壓到枕頭底下，他決定去威龍保安公司試試。

邱夢山向駝背撒謊請了假，說槍傷復發要上醫院看醫生。邱夢山離開工地，直奔威龍保安公司。威龍保安公司老闆看了邱夢山的身材和模樣，很有幾分喜歡，他叫上特勤隊隊長吳慶生，把邱夢山帶到公司訓練場，讓邱夢山露幾手看看。

一進訓練場，邱夢山伸手要槍。吳慶生說沒有槍，只能訓練場有什麼來什麼。邱夢山發現，這公司裡肯定有人當過特種兵，訓練場上都是特種兵訓練的設施，除了單雙桿跳馬外，有十五米高牆，有蕩橋，有爬繩，有攀梯，障礙比他們連隊障礙難度還大。吳慶生沒把邱夢山放眼裡，他挑剔地說，初來乍到，我就不指定了，自己任選三項吧。

邱夢山把訓練場所有的設施掃了一眼，只蕩橋沒搞過，他活動了一下手腳，朝十五米高牆走去，離牆三十米處，邱夢山突然發力衝刺，抓到繩子，嗖嗖嗖，一氣就上了房頂，然後順著繩子嗖地落地。老闆給他鼓了掌。接著上了攀梯，十米長攀梯，比猴子攀得還快。最後是障礙，吳慶生卡碼錶，邱夢山創造了新紀錄。吳慶生當場什麼也沒說，背過邱夢山把這成績告訴了老闆。

老闆很滿意，吳慶生也服。老闆這才坐下來問情況，邱夢山掏出身分證和兩個介紹信。老闆當即叫人事科長領邱夢山去填了表，邱夢山這一回長了心眼，簡歷裡省略了被俘五年這一節，免得節外生枝，連功績也一併省略。填完表，老闆又讓人事科長安排人帶邱夢山到醫院做了體檢，讓他一周後來聽消息。

邱夢山不露聲色，繼續在駝背手下幹苦力。他對保安公司充滿信心，知道在這裡幹不長了，他格外賣力。推車送料，別人跑兩趟，他跑三趟；卸水泥，別人扛一包，他扛兩包；上工他跑在前面，先把工具從倉庫拿出來；收工他走在最後，滿工地收拾工具和小鐵車。駝背看他是個人物，有心想栽培他。

邱夢山正推著一車水泥漿往上送，駝背喊了他，邱夢山放下小鐵車迎過去，問駝背有什麼吩咐，駝背說聽說他會開車，問他有沒有本，邱夢山說在部隊開過車，轉業回地方後，還沒顧得辦本，要重新考才會給本。駝背讓他明天開始別幹這活了，去運輸隊熟悉一下攪拌車駕駛技術和道路，練幾天，去考個本開車送料。

要是打算長期在這裡幹下去，開攪拌車是件好差事，但他不打算在這裡待下去，他不想坑駝背，可保安公司那邊還沒明確，事情又不便明說，他只好婉拒。先謝老闆，再說他剛來不久，建築這一行什麼都不會，還是從頭幹起好，多熟悉熟悉這一行再說。駝背以為他有志於建築，覺得他很有志向，知道從最底層幹起，將來說不定會是他幫手，他反倒覺得自己目光短淺了。他很讚賞地說，那也好，那就幹一段時間再說吧。

一週時限到了，邱夢山乘中午休息，偷偷乘公車去了威龍保安公司。不出所料，吳慶生給了他錄用通知書，並當場與邱夢山簽了合同。邱夢山簽完合同回到工地，遲到了一個多小時，他找駝背檢討，耽誤了一個小時。駝背一點沒在意。到這時，邱夢山不能再瞞駝背，只好把一切都告訴了駝背。駝背很意外，他不解地問他為什麼，是不是嫌工資低，要是嫌工資低他給他加點。邱夢山不好說，只是搖頭。駝背問他是不是嫌活累，他已經讓他去開車，要是不想開車想學建築技術，設計、泥工、木工、水工、電工，什麼都行，只要他說。邱夢山很不好意思，駝背跟他完全想不到一起，他只好實說，他不能說自己有英雄氣，只能說當兵當出了癮，十幾年沒學會別樣本事，就會擒拿格鬥、打槍放炮，這些技術不用有點可惜，想來想去只有幹保安才用得上。駝背一聽笑了，他當是他攀著了什麼高枝，看大門一沒技術，二沒地位，沒本事那種人才幹。他給邱夢山鼓吹，現在房地產這行最火，經濟發展了，公家要建大樓，百姓想住新房。越富房地產越火。房地產火，建築隊就跟著火。再說建築才是正經八百吃飯的技術。他看得出來，他能成大氣候，只要他跟著他好好幹，將來一定會有出息，說不定幾年之後就是大老闆。

邱夢山跟駝背說不到一起，只好任他說。他對建築沒一點興趣，到這時候他只能得罪駝背了，他說他當兵當慣了，這輩子只想幹這一行，那邊保安公司也看上了他。駝背當然不會高興，他說頭一天見他，就覺得他靠不住，果不然是腳踩兩條船。既然這樣，人各有志，他也不勉強他，要是在那邊幹膩了，再來找他。邱夢山發自內心地感激駝背，他畢竟是頭一個幫自己，他絕不會忘這恩。

邱夢山在威龍保安公司穿上制服的那天晚上，心裡多少有些激動。保安制服雖沒法與軍裝比，也不如員警制服威風，但畢竟是制服，穿上它，邱夢山又找到了一點感覺。這感覺已經久違，讓他感到有些陌生，又感到新鮮，新鮮在哪說不上來，反正讓他提氣，渾身的肌肉都在興奮。

邱夢山被分配到特勤隊，特勤隊在保安公司，相當於部隊戰鬥值班分隊。平時只練硬功夫不執勤，一旦有緊急任務，召之即來，來之能戰，戰之能勝。邱夢山一到特勤隊，破格被任命為組長。上任第一天出操，他給了組裡人一個下馬威，全組人員立正、稍息、齊步走、正步走全不合格。邱夢山給大家規範立正姿勢，一早晨就規範得部下腿肌、胸肌、腹肌酸痛。

事情也怪，邱夢山穿上威龍公司保安制服第二天晚上就碰上了事。吃過晚飯，邱夢山請假去建築隊拿東西，順便再正式跟駝背告個別。他在特區走投無路時，駝背第一個幫了他，滴水之恩當湧泉相報，他給駝背買了一條菸，表示一點歉意和感激。

邱夢山看完駝背，背著他那些零碎日用品離開建築隊回保安公司。經過十字路口，前面圍了一圈人，不知發生了什麼事。邱夢山聽到了女人的慘叫聲和男人的吼罵聲，邱夢山本能地跑過去往前擠。原來在打架，一輛豐田凱美瑞在前，一輛別克君威在後。綠燈亮，凱美瑞啟動慢了一點，後面君威按喇叭催罵。凱美瑞上是兩個女士，車是手排檔，一著急離合器抬得猛了一點，憋熄了火。君威牛氣沖天，起步就加速，一下追了尾。兩位女士下車看車尾被君威撞癟，問君威司機怎麼辦？君威上下來兩個男人，那駕車的二話沒說，上來就給女司機一記耳光，罵她SB開什麼車！那女士嘴裡湧出鮮血，撲上去揪那男人，那男人一把把她摔地上，抬腿踢了她一腳。另一位女士跑過來理論，撞了人車不賠禮道歉還打人是什麼道理，話

沒說完就被另一個男人一把頭髮按到車上，揪著她頭髮往車蓋上撞。五六十人圍成一圈看兩個男人打兩個女人，沒有一個人出來說公道話，更沒人出來制止。

邱夢山忍無可忍，扔下東西衝了過去。住手！男司機被邱夢山的吼一怔，他扭過身來，看是個保安，沒把他當回事，鼻子裡哼了一聲說，誰的褲襠破了，鑽出你來了！另一男人還按著女人的頭說，想英雄救美？瞅上倆娘們了是吧？邱夢山義正辭嚴地說，我是威龍保安公司的保安！放手！男司機譏笑，保安？保你娘個蛋去吧！給老子滾一邊去。邱夢山出手一把握住了那小子的手腕，他用力一捏，那小子當即鬆手放開了女人的頭髮，嘴痛得歪到了一邊，他抬腿朝邱夢山踢來。邱夢山一閃避過，一個前沖拳打在那小子當胸，那小子痛得喘不過氣來。男司機急了眼，操起保險鎖衝過來砸邱夢山，邱夢山來不及躲閃，乾脆直接撲向那小子，邱夢山挨了一鎖，痛得咧嘴，但他咬住牙，伸胳膊夾住了那小子的脖子，右腿往他身後一別，雙手用力一摔，把那小子摔了個背朝天，一時爬不起來。另一小子從後面撲過來，邱夢山一閃，借力也把他推向地上，兩人摔到了一處。邱夢山騰空跳起撲去，兩膝一邊壓住一個，一手擰住他們一人一條胳膊，擰得兩個人吱哇亂叫。

兩女士早已報警，巡警和交通警同時趕到。兩小子都喝了不少酒，酒後駕駛，追尾，打人。交通警先給他們開了罰單，簽了事故責任認定書，處理了交通事故。巡警再把他們一起帶回派出所。

第二天，邱夢山上了特區報，標題是《保安石井生，該出手時就出手》。威龍保安公司跟著一起見了報，老闆十分高興，石井生上了公司光榮榜。

2

吃過晚飯，邱夢山騎上隊裡那輛摩托，獨自上了海邊。邱夢山坐在海灘上，默默地面對著大海，讓海風輕輕地吹拂胸膛，多少年沒再這麼激動過了。他沒想到，在這個陌生的地方，他又找到了用武之地，名字雖是石井生，但實際是他邱夢山又上了報紙，他又能做事了，還能得到別人的信任和尊敬。尊嚴終於又回到了他身上，英雄氣讓他英姿勃發。

大海湧來一片片浪花，他欣賞著大海的千姿百態；海風徐徐地吹來，輕拂著他的臉，撫慰著他的身心。邱夢山仰躺到沙灘上，他習慣地伸手摸上衣口袋，那本「血債」早沒有了，它埋到了他那座墳墓裡。他很想念那些戰友，無論痛苦還是快樂時，他都會想他們，尤其是石井生，可他連張照片都沒能給他留下，他只能面對大海跟他交談。

井生啊！回國後，我一直擔心政策是政策，現實是現實。事實果真如此，上面政策是好了，可底下給念歪了。不只是領導和同事對我歧視，讓我不能正常做人做事，連你嫂子都不接受我。我慶幸幸好沒恢復真名，要不這天下就沒我立足之地。現在，你嫂子已經改嫁，侄兒倒還是姓邱，我沒連累他們，為了避免夜長夢多，我只能離開家鄉，跟你嫂子和侄兒完全斷絕聯繫。我已經到了特區，這一步走對了，我終於獲得了自由。井生，請你放心，我用了你的名字，我一定會對得起這個名字，我要堂堂正正做人做事，為咱們兩個人爭氣。

一陣旋風襲來，沙子颳進了邱夢山的眼睛，眼睛瞇住了，大海和浪花頃刻消失，世界變成了一團漆黑。邱夢山用許多淚水一點一點排出沙子，大海和浪花重新恢復了遼闊與美麗。邱夢山忽兒頓悟，眼睛揉不進沙子，那是眼睛純潔，容不得半點灰塵，否則，眼睛便失去光明，一切都變成黑暗。崇高同樣如此，崇高容不得半點污穢，那是人類靈魂的高潔，不能與污穢同伍，否則，是非就混淆，黑白就顛倒。既然戰俘是一種恥辱，那只能用高潔來洗刷，好好地為石井生活著，為他活出名譽，為他活出榮耀；即便死，也要死得其所。邱夢山生機勃勃地回到特勤隊。

邱夢山生機勃勃，組裡那些小夥子卻倒了楣，一上訓練場，組裡人都叫他魔頭。邱夢山說他要求一點都不高，只要他們跟著他練，他練什麼，他們也練什麼；他能做到什麼樣，他們也做到什麼樣。大家沒話可說，這可真要了命，上十五米高牆、攀懸梯、過蕩橋、越障礙……一般人誰能達到他那水準。邱夢山不做思想工作，只跟他們說一般道理。他說，他知道，他們背地裡罵他魔頭，其實他們錯了。並不是他要他們這麼練，是他們手裡那飯碗要他們這麼練，生存競爭，優勝劣汰，他們要是不怕砸飯碗，就吊兒郎當練。他勸他們想明白，練硬功夫，不是為公司，是為個人。本領只屬於個人，別人誰也搶不走。藝不壓身，只會讓自己提高身價。

生活中，組裡人都喊他石大哥，他真誠待人，一切都是為大家好，大家心裡清楚。

半夜，越秀山莊打來告急電話，說有小偷闖進一幢別墅行竊。越秀山莊是威龍公司承保單位，小偷已被他們圍堵在別墅裡，請求公司增援。

小偷原本已經得手，他去偷錢，錢找著了，六萬多塊；想竊珠寶首飾，珠寶首飾也竊著了，老闆夫人的黑珍珠白珍珠項鏈，老闆女兒的鑽鏈鑽戒都進了小偷包裡。偷成了，竊就了，房主是大老闆，上億資產，失就失點，破就破點，算是倒楣，誰一生不倒幾次楣呢！破財消災，自我安慰一番也就過去了。小偷得了手，遂了心，如了願，在竊頭那裡也算是立了功，捎帶著做點手腳佔點額外便宜也無人知曉，得利又落好，實惠又體面，多美啊。小偷要是這麼想，不再惦記老闆女兒手腕上那只冰種翡翠玉鐲，提著錢袋和珠寶走人，大功告成，萬事大吉。可這小偷沒按這思路走，他還是放不下那只玉鐲，冰種帶翠啊！少說得八萬塊錢哪！他又進了老闆女兒房間，這一進麻煩了。不知是他那呼吸驚醒了老闆女兒，還是老闆女兒自己醒了。這一醒不打緊，老闆女兒發現了他。老闆女兒似乎受過這方面教育訓練，醒來她沒有驚叫，只裝作睡夢中翻身，藉機不露聲色地按下了床頭邊報警器那個按鈕。小偷當然沒發現她做了什麼，也沒有聽到什麼異樣動靜，見老闆女兒沒叫也沒喊，只是翻了個身，以為她仍睡著沒醒，他哪知道門衛保安那裡已經鈴聲大作，哪樓哪門哪戶顯示得清清楚楚。沒等小偷想出竊玉鐲高招，前後門窗同時都驚天動地響起敲擊聲，小偷渾身即刻軟了下來，這時他才意識到自己失算了。他一個激靈，第一個意念是壞事了，再一個意念是自己要完蛋了。他當然不想讓自己完蛋，很簡單，竊頭訓練過他們，陷入絕境就想法找人質，殺一夠本，殺倆賺一個，這種威脅，碰上道行差一點的那種員警，或許能嚇住，會放他帶人質逃離，一旦危及不了性命，把人質扔掉玩命逃跑，可能會死裡逃生。小偷按照竊頭教導，隨手從身上取下刀，衝進老闆女兒房間，拿刀擱到她脖子上，讓她尖叫救命。老闆女兒有點一根筋，知道有人在外面救她，她一點都不懼怕，她強著不叫救命。小偷勸她別逼他，逼急了，他就得下手，她就得死。救兵就在窗外，老闆女兒膽子頓時大了起來，並不服軟。小偷想，不讓她吃點痛苦她不知道怕，於是他拿刀輕輕地抹了她脖子，血慢慢溢了出來。老闆女兒一見流了血，天塌下來一樣尖叫救命。

後門前門當即停止敲門。小偷感覺竊頭教導甚是靈驗，來了勁，繼續操作。他一拳打碎窗戶玻璃，朝保安吼起來。給我閃開！放我走，誰都沒事，不放我走，先殺丫頭墊背，再跟你們拼，拼一個夠，拼兩個賺一個，給你們三分鐘時間，過了三分鐘不放我走，我就先殺丫頭！

邱夢山已趕到現場，小偷警告的話他聽得清清楚楚。在場人中邱夢山是頭，十一個人都把眼睛給了邱夢山，盼邱夢山當機立斷。邱夢山說了話，人命關天，不能跟他強著來！邱夢山讓越秀山莊保安回他話，讓他別傷害姑娘，放下東西走人，同時告訴小偷已經報警，要走快走，再耽誤就走不成了。

越秀山莊保安把邱夢山的這些話喊給了小偷。小偷摟著老闆女兒把頭探出視窗，小偷問他們多少人，邱夢山搶著回答十一個人，邱夢山瞞下了自己。小偷讓他們排著隊，站到通道東面，離他一百米遠。邱夢山示意保安行動，他們真就排隊，走向東面。小偷探出窗戶數人，整十一個人。小偷看著十一個人走出一百米，他左手摟著老闆女兒的脖子，右手握著刀，他打開大門，先探出身子，看左右無人，摟著老闆女兒往臺階下走。小偷畢竟只是小偷，沒「007」的心計，也沒「007」的功夫，邱夢山喊十一人，他就信以為真。他心想保安不是員警，沒多少真本事，手裡也沒槍，他哪裡知道保安裡有個正規軍，而且這個正規軍打過仗，拿下過無名高地，還深入敵後抓過活口。小偷逼著老闆女兒走下別墅臺階，小偷正左右觀察企圖扔下老闆女兒脫身，邱夢山像隻金錢豹，突然從臺階側旁躍起，一縱身從後面撲向小偷。小偷感覺身後有風聲，沒等他回過頭來，邱夢山已經連他帶老闆女兒一起撲倒。邱夢山先把他握鋼刀那右手擰到了身後，奪下鋼刀，再如武松打虎般在他腦袋上狠狠連擊兩拳，小偷當場暈了過去。這時，警車開進了越秀山莊。

石井生小組連同威龍保安公司又一起上了《特區日報》。

一輛寶馬和一輛豐田麵包開進威龍保安公司，車上呼呼啦啦下來一幫人，還帶著一支軍樂隊。軍樂隊一干人下了車，在保安公司院子裡列好隊，熱烈吹奏起來，把威龍保安公司上上下下驚得莫名其妙。寶馬車上下來一位先生，穿著很有身分。等那位小姐從後車門下得車來，大家這才明白了，特勤隊裡有人認得那位小姐，她就是越秀山莊那天夜裡遭竊的老闆女兒。原來老闆親自給威龍保安公司送匾來了。

威龍保安公司老闆趕緊下樓迎接，他們當即在院子裡舉行了贈匾儀式。威龍保安公司老闆歡天喜地咧著嘴，那位老闆要見石井生，威龍保安公司老闆讓人去叫來石井生。

邱夢山走進會客室，老闆主動起身，向邱夢山致謝，他女兒也深深地向邱夢山鞠了一躬，弄得邱夢山很不好意思。大家坐下後，那位老闆不住地打量邱夢山，威龍保安公司老闆就藉機誇石井生。說他人才難得，當過兵，參加過邊界保衛戰。那老闆更是欣賞。這老闆為報答保安公司，尤其是石井生救女之恩，他承諾他們集團公司與原用保安公司合同年底到期後，他將所屬單位保安工作全部改用威龍公司保安人員。威龍公司老闆眉開眼笑，深表感謝。老闆接著提出一個請求，他想請石井生給他當安全助理。威龍公司老闆有些尷尬，他當然不能放石井生，但他也不便把話說得太過。他只好藉故說石井生是他們公司特勤隊骨幹，公司已經研究決定要提拔他當特勤隊副隊長，由他負責抓本公司保安人員訓練，他要一離開，本公司訓練就成問題。這老闆就不好奪人所愛，強人所難。

臨別之時，這老闆給了邱夢山一張名片。邱夢山看名片，老闆是南方天創房地產開發集團公司董事長兼總經理，叫鄭中華。鄭中華跟邱夢山握手告別時說，有什麼事用得著他時，儘管找他。

3

邱夢山正在修改演練方案，通信員小峰進來報告說外面有人找他。

邱夢山當特勤隊副隊長，是石井生再次上報紙之後第三天正式宣佈。邱夢山很感意外，晉升加薪他想都沒想過，他也沒把鄭中華挖他當回事，不過一客氣而已。宣佈任命那天晚上，邱夢山騎上摩托，一個人又悄悄上了海邊。邱夢山坐在沙灘上，他又想起了石井生。井生，今天我要告訴你一件事，雖算不上什麼喜事，但也算是件好事。公司提升我當特勤隊副隊長了，咱們一起光榮。既然當了副隊長，我就得盡副隊長的職責，我得像訓練咱們連隊那樣訓練這個特勤隊，一定得練出點名堂來，既然給我立著英雄碑，我就不能讓英雄碑白立，我得做個真英雄。

邱夢山主動找吳慶生商量，想組織特勤隊搞一次反暴演練，吳慶生沒說同意，也沒說不

同意，讓他把方案放下，說看了再說。邱夢山覺得這事很簡單，隊裡搞演練，用不著請示公司，只是改變一下形式，讓大家更重視一點而已。但人家是隊長，他剛當副隊長，不好太駁吳慶生的面子，於是邱夢山把方案放下就走了。

邱夢山離開後，吳慶生並沒有看方案，而把方案丟到一邊。人群中有一種人，說他好，他算不上；說他壞，他也並不壞。你說他不想做好人吧，他經常為個人名譽操心，甚至背後絞盡腦汁地搞名譽經營，為了名譽他也常常假公濟私拉拉關係；既然想要名譽，那就拿出真本事去努力去創造，可他又做不來，真要他身先士卒衝鋒在先，他沒那膽氣，也沒那能耐，他不過想什麼都別落下，沾點光就行。這種人一般沒有肚量，小聰明卻不少，遇事總愛小肚雞腸盤算權衡一番，削尖著腦袋佔好處。這種人叫庸人。庸人有個通病，愛嫉妒。女人有這種病遭人討厭，男人有這種病讓人噁心。吳慶生就是這種庸人，邱夢山剛來感覺這保安隊裡有人幹過特種兵，沒料到那人就是吳慶生，好多訓練項目設施就是他建議設立，他當兵在特務連，受過幾個月特種兵訓練，但他受不了，主動申請去了連隊炊事班，人在特務連，卻沒特種兵的素養，人模樣像個男子漢，但心眼兒比女人還小，別人佔了他風頭，他跟被人暗算了一樣難受。邱夢山來威龍保安公司，他歡迎；邱夢山幫他抓訓練，替他抓管理，他高興；但是，邱夢山當特勤隊副隊長，他很不安。他感覺這個石井生對他產生了威脅，讓他當副隊長，等於在他屁股底下安了個千斤頂，弄不好會把他頂翻。有了威脅感他心裡便不自在，只有想法把這種威脅搬開，危機才能解除，要不他心裡不踏實，姑夫畢竟不是自己的爹。

吳慶生那點小九九沒能瞞得過邱夢山的眼睛，他看出吳慶生是個庸人，但公司老闆是他姑夫，又是私營公司，他就沒法跟他計較，自己心裡有數就得。方案交給吳慶生三天，吳慶生沒給邱夢山一句話，邱夢山就裝作沒事樣主動問他。吳慶生這才在上面批了一行字，擬同意，請將方案再完善一下。邱夢山看了這批示，心裡好笑，完善一下，完善什麼呢？是專案要完善，還是組織方法要完善，這麼籠統怎麼完善？但邱夢山什麼也沒說，拿著方案回了自己辦公室，他琢磨來琢磨去，終於明白了一些道理。擬同意，就是原則上同意；再完善一下而沒有具體完善內容，那就是沒有具體完善意見，是讓他自己看著辦，表明他並不完全滿意，他是以領導身分提出要求，又懶得操這心，就是說，不管你石井生有多大本事，你不過是個執行者，只有出力出汗的份，一切都得我吳慶生說了算，功績自然屬於我吳慶生。

邱夢山明白了這層道理，就把演練方案改成訓練方案，文字也再做些修改，專案內容沒做任何改變。邱夢山正改著方案，通信員小峰進來通報，說是有人找他。邱夢山非常警覺，這裡怎麼會有人認識他。小峰說那人說是他的老部下。邱夢山更是一驚，這裡怎麼會有他的老部下呢。小峰說，那人說跟他在一個排當兵，他是班長，自己是士兵。邱夢山想不出他會是誰，他要是認識石井生，也就一定認識他，就會知道他一切。儘管他不一定分清他究竟是石井生還是邱夢山，但這種人還是不見為好。於是他告訴小峰，他不想見任何人，說他不在。小峰本來想跟隊副親近一些，為他來戰友而高興，沒想到隊副不願見戰友，有點遺憾。他把一張匯款單存根交給了邱夢山。邱夢山讓小峰給他父母寄了三百塊錢，但囑咐他不寫詳細位址和單位。邱夢山要贍養父母，但又不想讓家裡知道他的單位和位址，他是怕岳天嵐知道節外生枝。小峰當然不知道原因，他只是感覺隊副有許多秘密。

不一會兒，小峰又回來報告，說那人不走，非要等他不可。邱夢山問小峰那人叫什麼名字，小峰說他叫彭謝陽。邱夢山完全沒想到，他怎麼會在這兒呢！這個敗類更不能見。小峰問他要是不走怎麼辦，邱夢山讓小峰告訴彭謝陽，就說他在外面執行任務，問他有什麼事，如果一般事情，讓小峰直接代他處理了，事情要是辦不了，讓他把聯繫方式留下，回來再轉達。請他吃頓飯，給他點路費，把他打發走。

小峰辦完事回來給邱夢山彙報，他請彭謝陽吃飯，彭謝陽沒吃；給他路費，他也沒要，他就在特區打工，在報紙上發現了他，他也想到保安公司來當保安。邱夢山覺得這事不能含糊，不光要絕彭謝陽的念頭，也要讓小峰不再跟彭謝陽有糾葛，於是他鄭重其事地告訴小峰，彭謝陽受過軍紀處分，沒資格當保安，以後再來就擋他回去，告訴他，他永遠不想見他。

事隔兩天，邱夢山帶著兩個小組去執行任務，有家公司搞開業慶典，要保安公司出二十名保安幫助維護安全。邱夢山帶著隊伍剛走出威龍保安公司大門，彭謝陽從一邊跑了過來。

連長！

這聲連長讓邱夢山一驚，一看是彭謝陽，他已經沒法迴避。吳慶生也覺得奇怪，那小夥子叫石井生連長，石井生在部隊當過連長？邱夢山不能讓事態擴大，他只好向吳慶生請假，他見一見他，隨後趕去。吳慶生領著隊伍走了。邱夢山回頭，彭謝陽已經跑到他跟前，像十輩子沒見著爹娘一樣，連長！我可找著你了！倪培林怎麼在電視上說你犧牲了呢！邱夢山先穩住他，小彭，你再睜眼看看，我是連長嗎？我是石井生！彭謝陽再看邱夢山，他已經分不出他是邱夢山還是石井生了。邱夢山感到事情很麻煩，他必須想法打消他的這個念頭，告訴他今天他要去執行緊急任務，晚上六點，他去找他。彭謝陽已十分感激，他就手給他留了位址和電話。

執行任務回來，邱夢山按時見了彭謝陽。邱夢山把彭謝陽帶到附近一家餐館，兩個人一邊吃飯一邊聊了起來。彭謝陽很激動，他說他現在才明白，名譽比命還重要，名譽好，死了也光榮；名譽不好，活著還不如死了。邱夢山看彭謝陽改好了，心裡多少是個安慰，他鼓勵他能認識到這一點，很好。軍人就是為榮譽而生，為榮譽而戰，為榮譽而死。離開了榮譽，軍人就沒有一點價值。彭謝陽說班長在他心目中是英雄，是偶像，是他的人生榜樣，他也想來當保安，在這裡重新做人。邱夢山當然不能讓他來這裡，他一磚頭給他拍死，說他受過那種處分，公司絕不會接收他。彭謝陽很失望，但也死了心。邱夢山勸他，一個人想改變自己，不在於幹什麼，而在於做人，在現在的公司照樣可以做男子漢。

彭謝陽一再表示這些年他再沒給連隊丟臉，要不信，可以到他們公司去調查。邱夢山相信他不會騙他，繼續鼓勵他，人一生不可能不做錯事，有些錯事不是自己想做，是脫不開。做錯事不要緊，要緊在知錯，知道錯了，改了就好。現如今優秀男人一般不缺理想，不缺才幹，也不缺奮鬥精神，但缺一樣東西。彭謝陽不知道缺什麼。邱夢山告訴他，一般人都缺乏經受挫折的意志，好多人摔倒了不知道怎麼重新站起來，因此一蹶不振，趴下了再站不起來。他深有體會地說，真英雄不在能戰勝敵人打勝仗，而在經受失敗挫折後還能像個男人活著！咱們都要好好上上這一課，學會跌倒後再爬起來，讓以後每一步都走扎實。彭謝陽感動得流下了眼淚，說有班長在這兒，比爹娘在身邊還高興。邱夢山安慰他，在公司好好幹。他很忙，讓他以後不要到公司來找他，有事他去看他。邱夢山把自己的呼機號告訴了彭謝陽。

4

邱成德收到石井生寄來的三百塊錢，反擔上了心事。這個義子怎麼到特區去了呢？為什麼不在縣裡印刷廠當副廠長，卻要到特區去打工呢？老兩口揣摩了一晚上沒能揣摩出個緣由。隔天，又收到石井生的一封信，看完信也沒能解開心裡的疙瘩。信上只說他在那裡找到了工作，一切都很好，他會每月給他們寄錢，讓爹娘多保重身體。還特別勸他們不要再去找岳天嵐，更不要去管孫子什麼事，讓他們母子安安靜靜地生活。有什麼困難，去找荀水泉，他是他老領導，是生死兄弟，會跟他一樣照顧他們。還告訴爹娘不要給他寫信，他工作流動性很大，沒有固定地址，更不要去找他，去了也找不到他。

看完信，邱成德心裡的疙瘩成了鉛砣，墜得他難受。放著副廠長不當去特區打工，是不是犯了什麼錯誤？為什麼不讓他們再找岳天嵐？為什麼不讓他們管孫子？難道說他們之間有了啥糾葛？沒有固定地址，去了也找不著他，他在幹什麼呢？連住處都沒有，這不是在流浪嘛！

邱成德老兩口越揣摩心裡越不踏實，邱成德趕到城裡找了荀水泉。荀水泉聽說石井生來信了，驚喜得了不得。看了石井生的來信後，荀水泉也跟著沉重起來。荀水泉不擔心石井生去幹什麼不正當職業，他眼睜睜地看著生死戰友無辜地忍受社會世俗的壓迫，讓他在這個世上寸步難行，他卻無法幫他。他好容易從地獄回到人間，世俗觀念卻重又把他逼進了地獄。社會太對不住他，自己也對不住他，所有人都對不住他。只要還心存一點良知，誰都會感到慚愧。他知道石井生太痛苦了，社會可以不給他榮譽和待遇，但不應該不尊重他的人格，更不應該剝奪他的工作權利。只要給他一個崗位，他一定會再創一番業績，可世俗竟逼得他沒了安身之處！

荀水泉沒法跟邱成德說這些，說了他也不會理解。荀水泉只能勸他老人家，岳天嵐心理上不願意接受石井生，石井生帶著氣離開文海，既然他有了下落，大家都安安靜靜過日子算了。邱成德聽荀水泉勸，他沒去找岳天嵐，直接回了喜鵲坡。

荀水泉好久沒去看岳天嵐了，他和曹謹一起去她家時只有徐達民一個人在家。荀水泉問他岳天嵐和孩子怎麼不在家，徐達民只是苦笑，說他們已經離婚。荀水泉和曹謹非常吃驚，發生了這種事，他們竟一點都不知道。徐達民很痛苦，說他一直信奶奶那句話，只要心誠石頭也會開花，難道他的心還不誠嗎？她那花開了，但他不知道她這花究竟為誰開。曹謹急了，問究竟發生了什麼事，徐達民沒說，他說他至今仍只想保留岳天嵐的美好形象，他不想看到她的另一面，讓他們兩口子自己去問岳天嵐，讓她自己告訴他們發生了什麼。

荀水泉和曹謹去了育才胡同。岳天嵐跟他們兩口子說，夢山沒有犧牲，這個石井生就是夢山。見面第一眼她就認出了他，但為了兒子的前程，她一直沒敢認他。荀水泉和曹謹完全呆了。岳天嵐說她擔心他出事，要荀水泉留心，一旦有消息，第一時間要告訴她。

荀水泉和曹謹完全蒙了頭，他們怎麼也沒想到，石井生竟會是邱夢山。岳天嵐還告訴他們，那個怪夢不是夢，是邱夢山真去了家裡。

離婚沒有讓岳天嵐痛苦，她跟荀水泉和曹謹說，她嫁給徐達民是個錯誤，她始終只愛著邱夢山，這對徐達民確實不公，這一點她對不起他，她自己也因此而受到損害，失去了英雄妻子的榮譽，失去了人大代表的資格。與其兩個人這樣勉強在一起湊合，不如讓雙方解脫。岳天嵐請荀水泉幫她一起找回邱夢山，荀水泉分析，夢山不給爹娘留地址，是要讓他們母子安靜地生活。曹謹說夢山這是在用另一種方式愛她，愛兒子。岳天嵐一點沒有不好意思，她說她絕不能容忍夢山跟李蜻蜓在一起。她想通了，人不能只靠名譽過日子，她要去特區把邱夢山找回來。荀水泉理解岳天嵐的心情，但要岳天嵐面對現實，這樣去特區找邱夢山，等於大海撈針。曹謹也說，她不能帶著孩子到處漂泊。荀水泉要她沉住氣，他想法通過李蜻蜓的家裡瞭解一些情況再說，等有了確切消息再去為好。岳天嵐被他們兩口子說服，她希望能從李蜻蜓家找到線索。

5

清明節讓邱夢山想起了躺在栗山烈士陵園裡的那些戰友，尤其是石井生、三排長葛家興、唐河、徐平貴、趙曉龍他們，他時常懷念他們。他通過吳慶生跟公司請了假，決定去栗山為戰友掃墓。

邱夢山背著一包東西，還沒進烈士陵園，冷清和荒蕪就撲面而來。通往烈士陵園的路，很久沒有車輛進出了，路面長滿了雜草，只有道路中央有零星踩踏的痕跡，幾乎沒人在這裡過往。大門口拱門上栗山烈士陵園那幾個字，油漆陳舊斑駁脫落，只剩水泥色，顯得蒼老而落寞。邱夢山背著包走進烈士陵園，右側那間小屋破舊得連門都爛了，門敞著，屋裡沒人，只一張小桌，兩把椅子，還有一張簡易木床，床上沒有被褥，堆放著一些雜物。唯有桌子上那個軟皮本表明這裡還有人看管，那本子打開著，中間夾著一支圓珠筆，本子上記載著烈士陵園一些事。邱夢山拿起本子看上面的紀錄，這一年只兩個死難烈士親屬走進過這烈士陵園，這些烈士已漸漸被人們遺忘。

邱夢山背著包繼續往陵園深處走，他記得他們在第六排。邱夢山走著，他奇怪這陵園怎麼比過去大了，戰爭已成歷史，兩國間關係已正常化，邊民之間又開始走動來往，邊境貿易搞得十分紅火，陵園怎麼會擴大了呢？突然，前面柏叢中鑽出一位老人。老人從橫道裡走出，他沒朝邱夢山這邊走來，左拐繼續背著手往前走，老人手裡拿著一根棍，不知是拿它當拐棍，還是當武器。在沒一點人氣的烈士陵園裡拱出這麼一位老人，荒蕪肅穆中才添了一點生氣。邱夢山忍不住喊了一聲老大爺。老人轉過身來，看到了邱夢山，他打量著邱夢山，然後有些親熱地說，來看戰友吧？邱夢山習慣地掏菸，走過去遞給老人。老人頭髮半白，其實年齡並不算大，近處看也就五十多歲，在這裡日曬風吹，顯老而已。老人吸著煙，欣慰地說，來看看他們吧。邱夢山問是不是很少有人來看他們，老人說一小半人圓了墳立了碑到今天沒一個人來看過。他就手指著身旁那塊碑讓邱夢山看。他說這孩子是陝西靖邊張家畔人，十九歲就犧牲了，爹娘都沒來看過他，路途太遠，老百姓花不起這路費呀！邱夢山看著老人，心裡升起幾分敬意，他帶著感激之情問他，這些墓碑上的人名他是不是都記住了，老人說一天到晚跟他們作伴，時間長了，怎麼能記不得呢？沒人來看的那些人，他只能勸他們別計較，不是家裡人不想他們，是路途太遠，花不起路費，讓他們擔待些。每年他都替家人給他們燒些紙，替家人盡盡心意。邱夢山問這陵園為什麼大了，老大爺說，戰爭結束後，把兩處臨時墓地遷過來了，遷來那些烈士，倒是都有遺骨，這裡原來一些墳，反只是衣冠塚。他讓邱夢山快去看戰友，太陽快要落山了。老人說完轉身就繼續往深處走去，看樣子他是在巡視。

邱夢山來到自己和葛家興的墓前，他心裡一沉，石井生的墓和碑果真被掘了。儘管他早想到了，但真掘了他心裡不免沉重。這樣石井生就什麼都沒留在這世上。他還發現連裡戰友們墳墓邊的草長瘋了，把墳都蓋沒了。他放下包，用手拔那些草，讓墳墓露出來。拔完了自己的墓，再拔葛家興的墓，再拔唐河的墓，他一個墓一個墓挨著拔，讓他們全連官兵的墓都露了出來。拔完草，太陽在西天已經掉下山去，邱夢山手上有了血跡，他卻一點沒察覺。邱夢山從包裡拿出酒、蘋果、香蕉，還有午餐肉罐頭和香菸，他知道連裡那些兵們都愛吃午餐肉。他打開一瓶瓶酒，整理了一下衣服，拿出了當年連長的神氣。

弟兄們！我看你們來了！給你們帶了一點酒和菜，今天就聚一次餐吧。邱夢山說著就拿著酒瓶挨著墓碑倒酒，倒了一瓶再開一瓶，然後再開午餐肉罐頭，再放蘋果、香蕉。放著放著，他突然停了一下，剩下一瓶白酒，一盒午餐肉。然後，他再一個一個挨著墓碑給他們三鞠躬。最後邱夢山回到自己的墓碑前，他定定地看著墓碑上自己的名字，墓碑模糊了。邱夢山抹了一把淚，在心裡說，井生，你哥我對不起你，你哥我想好好地為你活著，好好地為咱倆爭口氣。可你不知道，我活得心裡有多苦噢，誰也不把我正眼瞧，我感覺活著比死還難。戰爭過去了，兩國邊民生活已恢復了正常，一切恩怨已隨硝煙散盡。但親歷過這場戰爭，在這裡流了血的那些軍人能忘嗎？也許軍人就這命，還是那句話，養兵千日，用兵一時，要用咱們時，咱們就沒條件可講，必須把個人的一切拋棄，也不可能企求回報，還是那句話，理解萬歲！我們無愧於祖國，無愧於民族，無愧於軍隊，無愧於家人，也無愧於個人！我絕不會給弟兄們丟臉！你們在這裡相互照應著吧，明年再來看你們。說完，邱夢山忍不住掏出筆來，不由自主地在自己的碑上寫下了石井生的名字。

邱夢山拿著剩下的那瓶酒和午餐肉罐頭回到烈士陵園大門旁的小屋，老人已經在屋裡做飯。老人見邱夢山進屋，很讚賞地說，你是他們的領導吧？邱夢山說，我是他們連長。邱夢山說著拿出那瓶酒和午餐肉罐頭。大爺，咱們喝點酒。老人樂了，真難得。兩個人喝得很爽，一人半瓶倒在碗裡，除了那盒午餐肉，老人又炒了兩個菜，都是當地的新鮮蔬菜。喝到最後，老人發感慨，說咱中國人現在不缺吃，不缺穿，也不缺錢，只缺一樣東西。邱夢山問缺什麼，老人說缺心。中國年輕人缺不忍心，缺羞恥心，缺辭讓心，缺惻隱心，缺感恩心哪！快成空心人啦！

邱夢山離開烈士陵園時，心裡很鬱悶。他孤寂地走在山野裡，走著走著，他突然對著山野喊，沒有心哪！都成空心人啦！空心人啊……

6

敲門聲很輕很輕，輕得邱夢山都沒聽到，他正在換衣服準備下班。敲門聲在繼續，繼續到邱夢山聽到。邱夢山急忙穿好褲子，然後才讓敲門人進屋。

邱夢山抬頭朝門口看，他愣住了，門口站著李蜻蜓。邱夢山非常意外，他來特區找不著她，而且沒有她一點音訊，他完全放棄了找她的念頭，她卻突然出現在他面前。兩人畢竟曾一起患過難，一起度過了那段屈辱的歲月，也一起跟敵人做過殊死鬥爭，這段人生片段在他們人生的旅程中刻骨銘心終生難忘，完整地儲存在記憶屏上。兩個人百感交集，什麼話都沒說，李蜻蜓跑過來一下撲到了邱夢山的懷裡泣不成聲，邱夢山摟著她輕輕地拍著她的後背。

不早不晚，吳慶生在邱夢山的辦公室門口露了臉，他驚異地看著邱夢山摟著李蜻蜓，李蜻蜓仍在哭。他故意不好意思地道歉，對不起，不知道屋裡有人，是夫人來了嗎？怎麼沒聽你說呢？邱夢山坦然地介紹，這是我戰友，她叫李蜻蜓。李蜻蜓這才重新站好，拿手抹著淚。吳慶生歉意地一笑，一邊搖著手一邊離開，不打擾，不打擾。他雖當過兵，但沒上過戰場，他哪懂得什麼叫浴血奮戰？什麼叫患難與共？什麼叫生死相依？沒經過戰爭，誰都無法理解其中的真正含意。

邱夢山為李蜻蜓倒了一杯水，李蜻蜓接過水杯，慢慢鎮定下來，她抬起頭來，跟邱夢山的目光一交匯，忍不住笑了，笑得那麼純粹，邱夢山從沒見她笑得那麼天真。李蜻蜓說她已經來過一次，他去了栗山，她問他去沒去看那些戰友，邱夢山點了點頭，邱夢山被吳慶生破壞了情緒，他不想再跟李蜻蜓在這裡說話。他說已經到吃飯時間了，出去吃飯吧。兩人一起離開了邱夢山的辦公室。

邱夢山和李蜻蜓在餐館一張四人桌坐定，邱夢山先要了壺茶，兩人聊了起來。邱夢山問她怎麼知道他在這裡，李蜻蜓告訴他幸虧他做了好事上了報紙，要不她怎麼也想不到他會來這裡，報紙上不光登了他的事蹟和名字，還配了照片，她看了喜出望外，當時就想來找他，但那上面沒有地址，後來找到報社，找到寫文章的那個記者，才弄到他們公司的地址，要不還是找不著他。李靖蜓說得很激動。邱夢山問她怎麼不在原來餐廳幹，害得他找不著她，問她現在做什麼。

李靖蜓說到特區後，找不到周廣志，兩眼一抹黑，沒有住處無法生存，她只能到一家餐館當服務員。端了幾個月盤子，不光老闆想佔她便宜，連夥計都想佔她便宜。她憤然離開了餐館，找不到工作，又沒回頭路可走，一氣之下她橫下心去闖了洗浴中心，願意當服務員，或者學按摩。這個洗浴中心規模很大，按摩小姐分兩類，一類是保健服務，純粹保健，人們稱技師。另一類是三陪服務，只要肯花錢，想要什麼服務就提供什麼服務，內部稱小姐。李靖蜓選擇了保健服務，正經八百交了培訓費，嚴格地接受了按摩訓練，成了技師。李靖蜓畢竟當過兵，又經歷了那段苦難的歲月，做事認真，她在按摩技師中手藝拔尖，服務品質優良，很快就有回頭客。李靖蜓身材太美，在那種地方格外引人注目。她們老闆就先盯上了她，幾次召她，她都直截了當地拒絕，她自信已經有了手藝，不愁沒有飯吃。老闆對此耿耿於懷，但李靖蜓成了這個中心的品牌，有相當多回頭客，給他賺錢，他就不好過分。

一次，有位官員，指名點了李靖蜓。一進房間他就對她動手動腳，李靖蜓警告他，再不老實她就叫保安。那官員竟蠻不講理，蠻橫地把她那按摩工作服拽了下來，李靖蜓拿電話叫保安，兩個員警衝進了房間，不由分說，把李靖蜓和那官員一起押下樓去。原來那官員是局長，員警有人認識他，悄悄地把他給放了，李靖蜓卻與那些三陪小姐一起被拉到派出所。嫖客和三陪小姐拉了滿滿一麵包車。三陪小姐抓就抓了，李蜻蜓卻不服，不停地爭辯她是按摩技師，讓他們找洗浴中心老闆證明。老闆卻藉機報復，沒替李蜻蜓證明。李蜻蜓與那些三陪小姐一起被電視臺曝光上了晚間新聞，她不服，還遭員警打。

李蜻蜓被遣返回老家後，沒回家見父母，在地下招待所住了一夜，第二天她又乘上列車返回特區。到了特區，她想靠按摩這一技之長吃飯，看到一家健身俱樂部招按摩技師，她去應徵，上班試用，領班發現她手藝不錯，當即就錄用了她。

整個一頓飯時間，都在聽李蜻蜓訴說。邱夢山聯想到栗山烈士陵園的那些戰友，心情又沉重起來，他看李蜻蜓心情已經很壞，就沒再提烈士陵園的那些事。吃完飯，邱夢山準備送李蜻蜓回去。李蜻蜓卻不想走，她已經請了假，想找個地方坐坐。邱夢山問她想不想去海邊，李蜻蜓非常高興，她畢竟還是個二十多歲的姑娘。

邱夢山用摩托車把李蜻蜓帶到海灘。他跟李蜻蜓在海灘上坐下，李蜻蜓問他怎麼也來了特區，儘管面對著大海，但一想起文海那些事，邱夢山高興不起來，他如實地把一切告訴了李蜻蜓。李蜻蜓一直默默地聽著，不插言，也不發問，她像在聽一個傳說故事。邱夢山說完，李蜻蜓凝視著大海，一句沒說。她突然哭起來，哭得十分傷心，她為邱夢山痛苦，也為自己的命運痛苦。

邱夢山只好勸她，要她不必在意別人怎麼樣對他們，只要自己看得起自己就行。李蜻蜓抬起淚眼說這輩子太苦太慘了。邱夢山寬慰她，人生本來就是苦難。孩子從娘肚皮裡出來，張口第一聲不是笑而是哭。佛說人生下來就要經受災、病、老、死折磨和痛苦，《大藏經》裡說人生有百種病，也有人說，人生有八十一難，咱們這才是一難。李靖蜓抬起淚眼，看著邱夢山，問他們的苦難到哪是個頭，邱夢山說只要自己活出個樣來，別人就會慢慢理解。當然，也可以不在乎別人怎麼看，一個人只要有事做，能做成事就行。李靖蜓說她一輩子也做不出什麼名堂來。邱夢山鼓勵她，只要真誠地為人家服務，讓人家身體健康，就能做出名堂，要是真不喜歡這份工作，就一邊做事，一邊學習，學個專業，然後再另找一份工作，在這裡成家立業。命運自己把握不了，但做什麼事自己可以做主。

李靖蜓呆呆地望著大海，她突然扭過頭來看著邱夢山，十分認真地說，大哥，你嫌棄我嗎？邱夢山一下緊張起來，他驚慌地說，你，你說什麼！我怎麼會嫌棄你呢！李靖蜓開心地笑了，她有點害羞地低下頭說，你要是不嫌棄我，你娶我吧。咣！邱夢山傻了，他沒想到李靖蜓會生出這麼個念頭，他措手不及。這怎麼行呢！李靖蜓說，有什麼不行呢？你單身一人，我也一人單身，大家都是自由人，除非你也嫌棄我……邱夢山真慌了，不，不是這個問題！邱夢山一時找不到話可說，他一仰身子躺到沙灘上，他眼望著夜空星星閃爍，不知該說什麼好。李靖蜓扭過身來，看著邱夢山問，大哥，你答應啦？你不說話就算答應了！邱夢山沒有坐起來，他躺著說，靖蜓，你不光是個好士兵，也是個好姑娘，因為咱們是戰友，我才告訴你這一切，你還年輕，我希望你有一個美好的未來，有一個幸福的家庭，但我不會給你幸福，我有過妻子，而且我還有兒子，這對你不公平。李蜻蜓平靜地說，大哥，這沒有什麼不公平，你要是拒絕我，只有一條，嫌棄我。邱夢山坐了起來，你說什麼呢！你怎麼這麼想呢？我一直把你當妹妹。你可千萬別鑽牛角尖，你慢慢會明白。

邱夢山送李蜻蜓回來，心裡很亂。他知道李蜻蜓是真心，但他已把心給了岳天嵐，他不可能再愛別人。

7

端午節前，岳天嵐帶著孩子跟往常一樣到喜鵲坡看望公公婆婆，邱成德十分意外。義子也是兒子，他說不要再去找岳天嵐、不要再去看孫子，他這麼說總有他說的道理，他們得聽。他沒想到岳天嵐會領著孩子來看他們。邱繼昌沒進門先把爺爺奶奶喊得天響，孫子這麼一喊，老兩口就慌了手腳，這是邱家骨血哪！老兩口趕緊把他們迎進屋，邱成德的老伴隨即炒花生。邱成德見兒媳婦還提來了一兜水果，一兜補養品，心裡著實過意不去。

邱成德把岳天嵐和孫子迎進屋，先拿出地瓜棗招待他們，不一會兒，邱夢山娘就端來花生。屋裡正熱鬧著，屋外鄉郵員喊邱成德拿圖章。邱成德知道石井生又寄錢來了，他怕被岳天嵐發現，慌忙跑出屋去，悄悄地告訴鄉郵員家裡有貴客，別大聲吆喝。然後再進屋招呼岳天嵐和孫子喝水吃東西，自己悄沒聲拿了圖章出來。果不然，邱成德拿圖章在鄉郵員那個單子上蓋了印，鄉郵員就點給他三百塊錢。邱成德悄悄地把三百塊錢掖到上衣口袋裡，不露聲色地進了屋。

岳天嵐看著公公爹的神秘樣，知道是邱夢山寄錢來了。趁公公爹進裡屋放錢，她出了門，喊住了鄉郵員，要過那張匯款單看了看，是石井生寄來，再看位址，就特區某某信箱，沒有具體位址，也沒有單位。岳天嵐記下了匯款單上的信箱，把匯款單還給了鄉郵員。岳天嵐回到屋裡，公公爹已把錢放好。岳天嵐故意問，是不是石井生寄錢來了，邱成德搖頭又搖手，說不是。岳天嵐假裝生氣，說他既然認了爹娘，這麼不孝順，連錢都不寄。邱成德又趕緊說，有寄有寄。岳天嵐再問，石井生寫信來說什麼了沒有，邱成德說什麼也不說，只說工作流動性大，沒固定地址，不要給他寫信，也別去看他，其餘什麼都沒說。岳天嵐表示懷疑，寫信怎麼會沒位址，她怕邱成德故意瞞她。岳天嵐就把一切都告訴了邱成德。邱成德一聽老淚縱橫，說不清是驚喜還是傷心。剛進家時一聽說話聲音就是夢山，頭一天吃飯也是左手拿筷子。岳天嵐內疚地說，是她逼他離開家鄉，怕他影響孩子的成長，耽誤孩子的一輩子前途。她想錯了，她準備到特區去把他找回來，只是沒有地址，沒法找。兒媳又成了兒媳，邱成德隨即拿信給岳天嵐看，信封上的地址跟匯款單又不一樣。邱成德跟著起了急，戰俘也是自己兒子，一家人怎麼能不認一家人呢！邱成德把所有的信都拿了出來，真是一次一個位址，想來他連個安身的住處都沒有，也不知他在那裡幹什麼，他想跟兒媳一起去特區找。岳天嵐看公公爹急，只好勸他，沒地址去找等於大海撈針。

荀水泉到李蜻蜓家找她媽之前，先到印刷廠找了李運啟。李運啟是官迷，聽說荀水泉是人武部副部長，像見了縣長一樣客氣。荀水泉沒繞彎，說他跟石井生是一個連的戰友，石井生辭職後去了特區沒一點消息，問他女兒有沒有聯繫方式，荀水泉把李運啟問尷尬了，在石井生受處分這件事上，他沒起好作用，荀水泉要是為石井生打抱不平，他的日子就不會好過，他巴不得為荀水泉服務，可惜他沒有女兒的任何資訊，又怕荀水泉誤會，他只好解釋，說女兒當了戰俘，他們斷絕了父女關係，沒有任何聯繫。荀水泉頭一次見這種父親，再沒興趣跟他說話。荀水泉想李蜻蜓媽不會不管女兒，他直接去了李蜻蜓家。

李蜻蜓媽善良得近乎愚蠢，膽子小得像老鼠，她都不敢讓荀水泉進屋，她在門裡探著半個腦袋跟他說話。荀水泉說能不能進屋說，她卻說不用，有什麼事就在門口說。她一聽荀水泉是為女兒而來，眼淚就流了出來。說女兒好命苦，英雄沒當成，結果當了戰俘，她爸並不是一定要趕她走，不過說了她幾句，這丫頭脾氣強，從此再也不回家。一個姑娘家在外面闖蕩，她整天提心吊膽做噩夢。弄半天，除了擔心之外，她也沒有女兒的一點消息，反過來拜託荀水泉，要是到特區去，一定幫她勸勸女兒，讓她回家。天下竟有這種父母，荀水泉只能替李蜻蜓悲哀。

8

李蜻蜓的率真，讓邱夢山承受著巨大壓力。他不接受李蜻蜓是因為岳天嵐，他心裡清楚，這輩子他不會再像愛岳天嵐那樣愛其他女人。命運讓他和李蜻蜓成為這樣一種戰友，他不能無視她，也不能不管她。李蜻蜓才二十多歲，她像浮萍一樣流浪漂泊，無故遭受冷風惡浪的打擊摧殘，他看著氣憤，而且心痛。邱夢山想到了彭謝陽，他們兩個不只年齡般配，而且是同鄉，又都在特區，如果能促成他們兩個走到一起，是件好事。邱夢山給李蜻蜓打電話，約她下班後去見個人。李蜻蜓問見誰，邱夢山告訴她是同鄉，也在特區打工。李蜻蜓好奇怪，這兒還會有同鄉，從來沒聽他說過。邱夢山說這人跟他在一個連裡當過兵。李蜻蜓問他是不是也去參戰了，邱夢山說他犯了錯誤，沒能去成。李蜻蜓更有些好奇，犯錯誤，犯什麼錯誤不能參戰呢。邱夢山沒有回答李蜻蜓的問題，說見面再告訴她。

邱夢山在路上把彭謝陽的情況告訴了李蜻蜓。李蜻蜓很吃驚，部隊還真會有這種怯戰敗類。李蜻蜓不解他為什麼要帶她去見這種人。邱夢山說自利心人人都有，善與惡，既不是天生，也不絕對，往往在一念之間相互轉化，彭謝陽早已改過自新了。

彭謝陽見到邱夢山就像見了親哥，看到李蜻蜓，更有點興奮，兩眼放光。邱夢山給他們做了介紹，彭謝陽堅持由他請客，他領著他們去了漁人碼頭。彭謝陽有心要給石井生面子，也有意在李蜻蜓面前表現大方，開口就給石井生要了少爺湯，給李蜻蜓要了小姐湯，都是鮑魚煲湯。邱夢山當即否了，他拿過菜單，爽快地點了四菜一湯。

李蜻蜓一直不說話，到了這裡她才明白他領她來見彭謝陽別有用心，她看著彭謝陽那青頭蘿蔔般的亢奮無法抑制地飛揚，心裡很不舒服。李蜻蜓不舒服並不是彭謝陽長得對不起人民對不起黨，小夥子有模有樣，除了個頭比石井生矮一點，身體沒石井生健壯，其餘都不差；也不是因為彭謝陽犯過那種錯。李蜻蜓不舒服不因彭謝陽，而因石井生。李蜻蜓自戰俘營到現在，一直發自內心地敬仰石井生。那天李蜻蜓從海邊回到宿舍，躺床上想了好久，越想越愛石井生，越愛越覺得自己的一切都太差。她決心悄悄地努力，慢慢跟石井生交往，相信憑她的一片真誠，石井生不會不喜歡她。沒想到，計畫第二天就讓石井生給粉碎了，他帶她來認識彭謝陽，說明他真不想娶她。石井生在李蜻蜓心目中是英雄，不管他是戰俘，還是保安隊隊副，他都是英雄。

李蜻蜓儘管心裡不舒服，但她沒讓不舒服露到臉上。經歷了種種挫折之後，她已經成熟老練了，她只在心裡琢磨事，不讓外人知道，也不讓別人看出來。

邱夢山這麼做，不是要搪塞李蜻蜓。生死邊界上的那一幕深深地刻在邱夢山心裡，他不只是恨那些禽獸，也不只是同情李蜻蜓，他一直心存慚愧。後來在越獄行動中，他更覺得李蜻蜓不只漂亮，不只渾身透著生命勃發的健美氣息，她還有一顆高尚的心靈。然而命運卻對她如此惡毒，一步一步幾乎把她推上絕路，不給她生存的空間。邱夢山對她不只是同情，他有了一份兄長的責任，他知道自己心裡只有岳天嵐，他娶李蜻蜓不會給她幸福，很可能反讓她遭受傷害，他要幫她一起創造幸福。讓她認識彭謝陽，並不是敷衍李蜻蜓，他已經去過彭謝陽公司，彭謝陽這小子真已脫胎換骨，他會死心塌地愛李蜻蜓，會給她安定和幸福。邱夢山想讓事情自然發生，他只給他們提供機會，讓他們自由交往，在交往中自由選擇，在相處中培養感情。

彭謝陽端起啤酒杯，真誠地說，我能在這兒再碰上老班長，真是三生有幸，我會好好珍惜。李蜻蜓，咱們初次見面，你一點都不瞭解我，我犯過大錯誤，開除過軍籍，但請你相信，我不是壞人，你要是願意認我這個朋友，我可以給你一句話，我絕不會辜負朋友，來，咱們乾一杯！

彭謝陽分別跟邱夢山和李蜻蜓碰了杯，端起大杯子一口氣乾了。邱夢山也乾了一杯啤酒。李蜻蜓也端起杯子要喝，彭謝陽攔住沒讓，只讓她喝一口表示意思。邱夢山看著彭謝陽體貼關心李蜻蜓，心裡很高興。

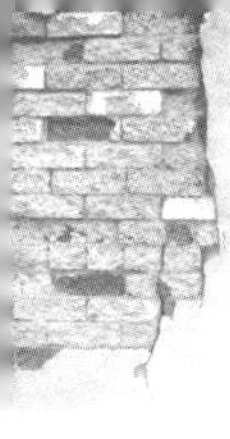

9

岳天嵐病了。感冒是真，但心病更重。岳天嵐躺在床上，心裡好難受，心裡越是難受，卻越想難受事。徐達民提出分手，岳天嵐才意識到自己違心地做了一件錯事。想當初，她一直很清醒，任徐達民硬纏軟泡，她始終不動心，可她的意志還是不夠堅定，禁不起爹媽和荀水泉和曹謹的不懈相勸，她疲了，煩了，心也軟了，最後還是鬆了口。現在回過頭來想，她對徐達民根本就沒有動過心，更談不上愛。她只是做了他妻子，他只是當了她丈夫，她心裡一天都沒能忘記邱夢山。

當邱夢山以石井生身分出現時，理智讓她想到兒子，兒子的前途讓她不能感情用事，現實也告訴她，她也不能隨意跟徐達民離婚而跟他這個戰俘重新結婚。為了兒子，她決定放棄一切，包括愛情。當邱夢山向她袒露胸脯上的那塊胎記時，她仍沒有猶豫，堅決地拒絕了他，讓他永遠離開她和兒子。這時，意願和夢想排除了愛情和情感，儘管她心裡很痛，但這個社會造就了她，讓她那顆心堅硬如鋼。

現在她解除了與徐達民之間既沒有情感，也沒有法律約束的那種婚姻，她解除束縛的同時也回到了孤獨。這時她更多地想到邱夢山被她趕出家門時的痛苦，他低頭離去的背影像釘子一樣在她心上。這顆釘子折磨著她，讓她時時想到那半拉蜜月，想到送他沒能下了火車，想到連隊小招待所，想到她送全連官兵那番話，想到她帶著兒子為他守五年活寡。沒有誰要她這樣，更沒有誰逼她這樣，她為誰啊，那裡面除了做人的原則外，全都是愛。她愛他愛得那麼真摯，愛他愛得那麼純粹，他們的生命已經相互融合，不可分割。

這個時候，她更加理解邱夢山，他比她想得周全，他或許在那邊就把一切都想到了，也想好了，要不他怎麼會借石井生的名字偷生呢？想到這，她不能不想到李蜻蜓，一想到他跟那個患難戰友李蜻蜓躲到了天涯海角，過起了世外桃源的日子，心頭那顆釘子錐子一樣鑽她心。她在痛苦中譴責自己，是她自己把邱夢山逼到李蜻蜓身邊，是她把邱夢山送給了李蜻蜓，他們兩個浪漫天涯，她卻獨自帶著孩子在受煎熬，是自食其果。

敲門聲讓岳天嵐暫時擱下痛苦，強打起精神下床開了門，荀水泉和曹謹大包小包地站在門口。岳天嵐像見了親人一樣，心裡酸得眼淚橫流。

現在岳天嵐心裡的酸甜苦辣只能跟荀水泉和曹謹說，她決定到特區去找邱夢山，一天都不想耽擱。荀水泉覺得這麼盲目地去特區找邱夢山，沒一點把握，也難說需要多長時間，再說她還有工作。曹謹勸她，一個女人這麼去瞎闖風險太大。荀水泉讓岳天嵐先別著急，等養好病再說，他再想想其他路子。岳天嵐病著也確實心有餘力不足，只好聽他們的勸先治病。

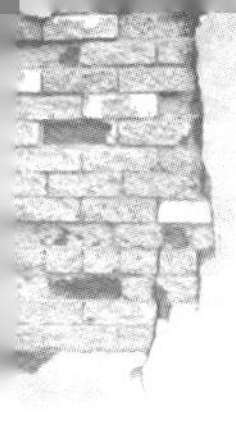

彭謝陽發自內心地喜歡李蜻蜓，李蜻蜓成了他的主宰，邱夢山要李蜻蜓在職學習，他第二天就去了商學院，這趟商學院讓他得意得有點忘形，那裡有各種繼續教育和成人教育專業，有三個月短訓班、半年培訓班，也有一年半大專班。他專門注意了文秘和工商管理兩個一年半大專班，每週週日全天，加一、三、五三個晚上上課，一年半畢業。彭謝陽要了相關資料，當晚約邱夢山和李蜻蜓吃飯。席間，彭謝陽把文秘專業資料給了李蜻蜓，他自己想報工商管理。邱夢山當然支持，兩個一起去學習，也有個伴，相互可以照顧。李蜻蜓卻說她參加不了，健身俱樂部恰恰是週日和晚上最忙，不好請假。彭謝陽問李蜻蜓什麼時候合適，李蜻蜓說白天反好一點。邱夢山問彭謝陽，有沒有白天上課的那種班，彭謝陽說白天更沒有問題，週一、週三、週五、週六四個半天課，一般在職學習報不了這種班，人還少，遺憾他只能週日和一、三、五晚上有空，不能陪同照顧李蜻蜓。李蜻蜓說她用不著照顧。於是一起商定，李蜻蜓報白天那種班，彭謝陽報晚上那種班。雖不能陪伴李蜻蜓，但畢竟為李蜻蜓做了一件實際事，彭謝陽心裡十分開心。

有了學習的機會，李蜻蜓心情也很好，但回到集體宿舍情緒突然又變壞了。李蜻蜓情緒變壞是因為邱夢山。邱夢山騎摩托把李蜻蜓送回去，李蜻蜓坐在邱夢山的摩托車後座，雙手扒著邱夢山的肩膀一路兜風，摩托車在街上穿行，晚風撲面，一頭秀髮飛揚，李蜻蜓輕輕貼著邱夢山的後背，感覺真好，她真願意就這麼久久地走下去，一直不停。李蜻蜓沒盡情享受夠那滋味，摩托車就停到了他們集體宿舍前面。李蜻蜓埋怨這摩托車速度太快，快得讓她討厭。邱夢山當然不會注意到這些，李蜻蜓戀戀不捨地下了摩托，邱夢山跟往常一樣說了聲再見就掉頭走了。李蜻蜓呆呆地站在那裡目送邱夢山離去，摩托車當然不會顧及李蜻蜓的心情，一溜煙飛去，愈飛愈遠，愈飛愈小，瞬間就遠離李蜻蜓的視線，消失得無影無蹤，李蜻蜓的情緒就壞了。

李蜻蜓走進宿舍，姐妹們跟她開玩笑。問她跟男朋友上哪啦？進了哪家館子？吃了什麼菜？李蜻蜓越發心煩，她沒好氣地回他們去了希爾頓，吃了西餐。姐妹們一看李蜻蜓不開心，相互做個鬼臉噤了聲。

李蜻蜓躺床上一晚上都在想，怎麼能讓自己在邱夢山眼裡變成可愛的女人。她認為要可愛，先得換一份正當工作讓邱夢山刮目相看。李蜻蜓自量高中畢業，在特區不可能找到讓人刮目相看的那種工作，她下決心抓住這個學習機會，一年半後拿到文秘專業文憑，換份像樣的工作。

彭謝陽晚上來找邱夢山，邱夢山問他怎麼特意來找他，問他有什麼要緊事。彭謝陽不好意思起來，吭哧半天才說出他想去找李蜻蜓，約她週日一起去商學院報名，但不知道她的住

址。這正合邱夢山的心意，他把彭謝陽領回宿舍，問彭謝陽對李蜻蜓印象如何，因為邱夢山這話點到了彭謝陽的心裡，彭謝陽有點難為情，說李蜻蜓什麼都好。邱夢山很認真，問他是想跟她交一般朋友，還是愛上了她。彭謝陽點點頭，說是真愛上了她。邱夢山又問他怎麼個真愛法，彭謝陽不解地看著邱夢山，說是除了她，不想再喜歡別人。邱夢山跟他說，這話說起來好聽，實際很空，真正要是愛一個人，是愛她的全部，包括缺點和錯誤。他告訴彭謝陽李蜻蜓有缺點，也有錯誤，他要彭謝陽好好考慮，能不能包容她。彭謝陽沒有遲疑，說不管李蜻蜓有什麼缺點錯誤，他都愛她。

邱夢山關上了門，這才把自己和李蜻蜓當戰俘這事一切都告訴了他。彭謝陽既吃驚又意外，他第一眼沒錯，他就是連長，讓他吃驚是連長這種英雄漢，竟也背著這種包袱。邱夢山笑笑，問他能不能理解李蜻蜓，彭謝陽雖然十分意外，但他向邱夢山掏了心窩，他認為這不是李蜻蜓的錯，是敵人沒人性，他相信他會幫李蜻蜓撫平創傷。邱夢山這樣才把李蜻蜓的工作單位和住址給了彭謝陽。

彭謝陽等到十二點李蜻蜓才下班，她發現有人在宿舍樓前溜達，一看是彭謝陽，很意外。她問彭謝陽怎麼會在這兒，彭謝陽拘謹地說他在等她。李蜻蜓更意外，問他有什麼急事，彭謝陽說想約她週日一起到商學院去報名。李蜻蜓並沒有感動，說這事用不著這麼鄭重其事提前過來，打個電話就行。彭謝陽有點不好意思地說想藉機順便看看她。李蜻蜓沒生氣反笑了，說她沒病沒災，用不著看。彭謝陽繼續沒話找話，問李蜻蜓是不是每天都得十二點才下班，李蜻蜓點點頭。彭謝陽十分心痛，說這工作太累了。李蜻蜓說她也不想一輩子幹這活，可沒辦法，沒有專業，工作不好找。彭謝陽感覺有了表現的機會，說他或許可以想辦法幫點忙。李蜻蜓問他這裡是不是有熟人，彭謝陽說當初他來特區，也是找不著工作，後來在人才交流中心碰上了一個人，他幫了他的忙。李蜻蜓不太相信世上會有這種好人，無緣無故幫他。彭謝陽說給點仲介費就可以，問她想幹什麼，李蜻蜓說現在她這條件，幹什麼都沒人要，等她學完文秘專業再說。彭謝陽想獻殷勤，說可以先聯繫著。他問她要簡歷，又請她去吃宵夜。

李蜻蜓有些遲疑，她不想與他交往太多，推辭說太晚了，彭謝陽很積極，說明天他就來取簡歷，請她吃飯。李蜻蜓婉言拒絕，說她下班太晚，不用來取，她給他寄。彭謝陽卻不怕晚，他可以晚點過來，一起吃宵夜。李蜻蜓還是堅持寄給他。彭謝陽不想放棄機會，說寄太費事，本市也得三天，還容易丟，還是他來取。李蜻蜓看他這麼執意，有點盛情難卻，只好答應。

彭謝陽滿心歡喜地招手告別，李蜻蜓看著彭謝陽離去，心裡直打鼓。要說交往，她已經交往過幾個男人，但沒有一個對她有誠意，這個彭謝陽，給她第一印象很不好，開除軍籍，這種人誰能願意跟他交往。在李蜻蜓心裡，彭謝陽沒法跟石井生比，石井生卻介紹她認識彭

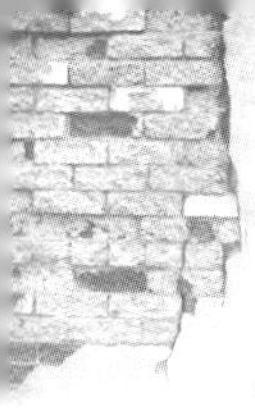

謝陽，各自都知道對方心意，卻又不完全知道對方的真實想法。

李蜻蜓相信石井生不會害她，但她不需要他幫這種忙，她不要他當大哥，她需要愛，需要他做她的愛人。這些，李蜻蜓卻又只能在心裡想，說不出口。有石井生在她心裡，彭謝陽自然擠不進去。

11

岳天嵐跟徐達民離婚後，荀水泉再一次承擔起那個許諾，沒有人強迫他，也沒有人督促他，在他的觀念中，這輩子只要邱夢山妻子有事，只要他還在這個世界上，他就不能不管。曹謹給荀水泉出了主意，她看電視發現省衛視有個節目叫《情感尋呼台》。誰家父子母女不和，親人出走離散，夫妻感情破裂，都可以上這個節目，通過主持人跟當事人交談，傾訴思念之情，向對方表達真情，感動對方，開啟對方記憶的閘門，喚起對方美好的回憶，感化對方的心靈，讓對方回心轉意，使親人團聚。也許岳天嵐可以通過做節目找邱夢山。荀水泉覺得這辦法好，他立即把這個節目告訴了岳天嵐，如果參加這個節目，她就用不著去特區，節省時間和勞累，而且還不需要花什麼錢。岳天嵐覺得這確實是個好辦法，她專門看了這個節目，同意用這個方式找邱夢山。

荀水泉請宣傳部一位元副部長，以組織名義與省衛視聯繫，省台瞭解是尋找一位戰鬥英雄，同意免費做這個節目。荀水泉判斷，只要邱夢山還看電視，他不會不看家鄉的電視臺，電視臺有節目預告，他不會看不到，即使他沒看，他周圍的人看到了他是化名石井生也會告訴他。荀水泉兩口子為岳天嵐費心，岳天嵐非常感動，岳天嵐答應積極配合做好這個節目。

岳天嵐母親不贊成岳天嵐做這種節目，邱夢山當戰俘，岳天嵐改嫁又離婚，把老頭子氣死還不夠，還要拿這種醜事到電視上去說，弄得滿世界都知道，有什麼好處。也不是什麼光彩事，等於家醜張揚讓別人看笑話。岳天嵐沒法做母親的工作，她只好請荀水泉出面。荀水泉把邱夢山遭的那些罪，把岳天嵐獨自帶孩子的現實一一分析給岳天嵐母親聽。他讓岳天嵐母親設身處地為邱夢山想想，如果他要是真犧牲了，也就只好認命，現在他沒有犧牲，而藉著別人的名字在偷生，人不人鬼不鬼在活受罪，他們怎麼能不管呢？再說現在岳天嵐一個人帶孩子有多難，如果不把邱夢山找回來，等於眼睜睜地看著他們夫妻兩個受折磨不管。岳天嵐母親不是不同意找邱夢山回來，只是不同意到電視上去張揚這種事。荀水泉向她解釋，要是有辦法，他們也不會用這個辦法，實在是無路可走。荀水泉用了兩個小時才讓岳天嵐母親無話可說，才接受照顧邱繼昌。

荀水泉請了假親自陪岳天嵐一起去省城。岳天嵐過意不去，讓荀水泉把聯繫人告訴她，她自己去。荀水泉明白她的意思，他讓岳天嵐別再見外，他跟邱夢山是生死兄弟，只要她沒找著邱夢山，只要邱夢山活著，他不可能不管。如果能找到邱夢山，能讓他們一家人重新團聚，他做什麼都應該。

主持人聽了情況後很感動，他們半天就商量好了節目框架和訪談大綱，岳天嵐有了報告團鍛鍊的經驗，她很會配合，而且很有戲。第二天節目拍攝得非常順利，效果出乎意料的好，岳天嵐說到邱夢山犧牲，說到他被俘後為他們母子借名偷生，說到他轉業回來被社會歧視，說到他工廠抓整頓遭受挫折，說到她父親去世邱夢山痛苦離開，都是淚如泉湧，泣不成聲，連主持人都被感動得拿紙巾擦淚。

五天之後，岳天嵐接到了電視臺播放通知，她看自己的這個節目，心靈再一次經受傷痛，又一次淚水洗面。節目晚上九點半播出，第二天中午重播，荀水泉也看了，非常感人，只要邱夢山看到，他一定會被感動。

節目播出後，岳天嵐和荀水泉都翹首等待著邱夢山的消息。

12

彭謝陽好容易逮著這個表現機會，他全身心投入。彭謝陽去找李蜻蜓時，李蜻蜓還在俱樂部上班，他沒讓她知道，默默地在外面等。李蜻蜓不想單獨見彭謝陽，特意請邱夢山一起過來商量。邱夢山正想推波助瀾，下班就趕過來，有邱夢山一起作陪，李蜻蜓心裡很踏實。

李蜻蜓根本沒指望彭謝陽幫她找工作，她連簡歷都沒準備，高中畢業，到部隊當了幾年兵，參加了戰爭，當了戰俘，復員回來在郵局外線班也沒幹幾天，再就是打工經歷，寫出來也沒什麼價值，她沒寫。

彭謝陽沒表露不高興，他在飯桌上現問現給她寫了簡歷。第二天，他在單位把李蜻蜓的簡歷列印出來，直接去找幫過他的那個仲介。沒想到那仲介改行做仲介房屋了。不過他沒讓彭謝陽失望，他給他介紹了另一個人才仲介。彭謝陽又見了另一個人才仲介。那仲介外表一身書生氣質，模樣有點藝術家風度，留著長髮，他說他也洗手不幹了，改行搞廣告了。彭謝陽十分沮喪，事情這麼不順利。那仲介也沒讓彭謝陽絕望，他又拐彎給他介紹了另一個人才仲介。

彭謝陽汲取教訓，已經白貼了兩條中華菸，花去了他半個月工資，這回他多長了個心眼，先電話聯繫，別又讓他再跑空路白花錢。還好，電話接通後，那人沒說洗手不幹。彭謝陽先在電話裡把李蜻蜓這事向他做了介紹，請他幫忙，話說得十分懇切。那人問，李蜻蜓是男孩子還是女孩子，彭謝陽告訴他李蜻蜓當然是女孩子，而且直率地告訴他，是他女朋友。那人又詳細地盤問了李蜻蜓的簡歷和情況，彭謝陽印象那人對李蜻蜓工作經歷和學歷都不太在乎，特別重視李蜻蜓的年齡和相貌，同意先見面。

彭謝陽異常興奮地把情況告訴了李蜻蜓，李蜻蜓感覺很過意不去。李蜻蜓明白他不計代價在為她奔忙，願望只一個，是想感動自己，要自己嫁給他。李蜻蜓看出彭謝陽很真誠，人嘛也無可挑剔，自殘那事已是歷史，而且人家從來沒有談過戀愛，他一點不計較她那些事，就有心想縮小距離，但她那顆心卻不往彭謝陽這邊靠，只往石井生那兒貼。儘管石井生年齡比彭謝陽大五六歲，而且結過婚，已有孩子，但李蜻蜓還是喜歡石井生，無法讓彭謝陽進入她的心靈。李蜻蜓不能拒絕彭謝陽的一片好心，週日上午隨彭謝陽去見了那位仲介。

那個仲介約他們在一家咖啡館見面，彭謝陽也沒見過這人，只是通過幾次電話，他按照仲介的電話提示，在咖啡館第四張桌子見到了那仲介。仲介是位帥哥，一米八左右個子，模樣有點像影視演員，而且彬彬有禮，他們在幾米之外，他就站起來迎接。

坐下後，仲介為彭謝陽要了茶，為李蜻蜓要了橙汁。然後主動發名片，他叫卜光，伯樂人才開發有限公司經理。卜光看了看李蜻蜓，當即表態。說學歷是低點，專業經驗也不足，但氣質非常適合做文秘工作，他會全力推薦。李蜻蜓還沒開口，彭謝陽先就按捺不住感激起來。

事情非常簡單，那仲介讓他們交三百元委託費，他給了他們一份申請表。彭謝陽什麼也沒說，當場掏錢交了費用，還主動問還要什麼費用只管說，好像他是百萬富翁。蔔光說現在只要交報名費，要是有了錄用單位，推介成功，再交五百元手續費，另交一萬元保證信用押金，主要怕臨時反悔，有失信譽，影響公司名譽，損害公司利益。這押金他們公司不收，會押在接收單位，到她去接收單位上班報到三天後，接收單位就會把這押金退還給本人。他再一次表明，他們不是以盈利為目標，而是以開發人才為己任，支援國家建設，為他人排難解憂。彭謝陽十分感激。卜光交代申請表一式兩份。彭謝陽拿起表看，表是制式鉛印表，伯樂人才開發有限公司求職意向申請表。彭謝陽急於求成，問這表在這兒填，還是回去填？卜光說怎麼著都行，能在這兒填，就省得他們再送表，來回打車也要花錢。彭謝陽又是感動，說卜總真能替顧客著想，他就讓李蜻蜓當即在咖啡廳填表。

李蜻蜓自始至終沒說話，不知為什麼，李蜻蜓對這位卜總心有抵觸，她從他目光中發覺他不是個好人。她跟彭謝陽說，要一萬元押金，這事還是回去跟石大哥商量了再說，表不在這裡填，拿回去填。彭謝陽急於求成，說押金不是現在交，等到有了接收單位，而且要等考試面試同意接收辦理了手續之後才交，也不是交給伯樂公司，而是交給接收單位，這事錯不了。彭謝陽把報名費都交了，李蜻蜓也不好不配合，於是就在那裡填了表。

一個月不知不覺過去了，沒一點消息，彭謝陽心裡著了火。那卜總說，文秘這種萬金油職業競爭太激烈，本科生都排不上號。彭謝陽不好意思再見李蜻蜓，好像是他把事情給辦砸了。李蜻蜓倒沒當回事，繼續踏踏實實在那個俱樂部上班，學習已經開始，她白天上課，晚上工作，一切都順其自然。彭謝陽卻不行，他著急並不是李蜻蜓的工作，而是面子，事情沒做成，他很沒面子。

又十天過去了，彭謝陽已經洩了氣，白扔三百塊報名費是小意思，關鍵在李蜻蜓那裡放了啞炮，他再沒理由約見李蜻蜓。彭謝陽失望透頂的時候，卜光來了電話，讓他通知李蜻蜓，有公司願意接收，下午面試。彭謝陽有點情不自禁，放下電話在辦公室手舞足蹈起來，他本想打電話讓李蜻蜓自己直接去面試，但他擔心節外生枝，特意到銀行取了一萬塊錢，再跟老闆請了假，趕去俱樂部陪李蜻蜓一起去面試。李蜻蜓卻一點都激動不起來，儘管彭謝陽對她關心備至，她對他仍不來電，只是應付。彭謝陽卻大包大攬，幹得更歡。李蜻蜓不好傷彭謝陽的情緒，向老闆請了半天假，跟著彭謝陽一起去面試。

他們來到約定地點，一輛麵包車已在等候，說那家公司在開發區，要乘車前往。連李蜻蜓一共四位姑娘，一位比李蜻蜓大一歲，兩位比李蜻蜓小三歲。四位姑娘加上工作人員，車上沒了彭謝陽的座位，李蜻蜓讓彭謝陽回去，面試完她直接回俱樂部。彭謝陽自然不願放棄這機會，他站著一同前往。面試地點遠離城區，他們進了一幢辦公樓，公司園區很大。卜光帶他們進了一個會議室，一會兒進來五個人，對她們一個一個分別進行面試。面試結束後一個小時，卜光告訴她們，除了比李蜻蜓年齡大的那一位，其餘三位都通過面試，公司會把他們分到各個部門。公司給了聘用合同，讓他們好好看，沒有問題吃飯後就簽聘用合同。他們一起進了公司餐廳，吃自助餐。

吃飯後，簽合同，簽完合同，讓他們每人去交一萬元信用押金。彭謝陽爭取主動，主動拿著錢去交，被李蜻蜓攔住。她不想欠他太多，她自己帶了銀行卡，李蜻蜓豁上了血本，自己交了一萬元信用押金，她卡上只剩下幾百塊錢。交完押金，留下聯繫方式，讓她們回去聽候通知。

13

半個月過去了，岳天嵐沒有得到邱夢山的任何消息。曹謹比岳天嵐更著急，做節目這主意是她出的，她天天催荀水泉往省電視臺《情感尋呼台》欄目組打電話。邱夢山沒有任何消息，岳天嵐卻收到了上百封觀眾來信。有人勸岳天嵐，戰俘不值得她這麼去愛他，他借名偷生算有自知之明，再找他是自找麻煩。有人同情岳天嵐的命運，稱讚岳天嵐對愛情忠貞。還有人露骨地直言，別再尋找那個戰俘了，他願意娶她。岳天嵐不需要這些信，她只想得到邱夢山的消息。苟水泉更不要這些資訊，他要盡到戰友責任，找到邱夢山，讓他趕快回來，結束那些挫折和打擊，讓他從災禍中徹底解脫，回到自己家，與岳天嵐母子團聚，安定地過日子。電視臺讓苟水泉問煩了，說他們只管做節目，沒有效果承諾，能不能尋呼回感情，他們沒法保證。曹謹怕岳天嵐著急，她跟岳天嵐分析，邱夢山沒回應有兩種可能，一種可能是邱夢山沒看到節目，他不可能回應。另一種可能是邱夢山看到了節目，他故意不回應，不想再給岳天嵐和兒子添麻煩。

苟水泉不甘心，一個大活人他不信就找不著。苟水泉發現特區電視臺也有一個夫妻情感節目，叫《夫妻4S店》。專為解決夫妻感情危機而設，什麼心理諮詢、愛情鏈結、情感維護、感情禮賠、情傷修理、權益保障，夫妻間不管發生什麼問題，他們都管。苟水泉和曹謹又去找岳天嵐商量，岳天嵐卻不想再做這種節目，還後悔在省台做了那期節目。

苟水泉和曹謹感到奇怪，不知她因何改變主意。曹謹又單獨找了岳天嵐，岳天嵐才跟她說實話。原來是那些觀眾來信，觀眾中有幾個人聽岳天嵐做過英模事蹟報告，還記得她，也記得邱夢山。節目一播，知道邱夢山當了戰俘，而且借別人名弄虛作假，夫妻兩個也已分道揚鑣，非常失望，甚至氣憤，說她愚弄了大家。岳天嵐的自尊心受到了傷害，她後悔沒聽母親的意見，做這種節目，確實是拿家醜外揚。

苟水泉心平氣和地勸岳天嵐，跟愛情和家庭的幸福比起來，名譽算得了什麼？他讓岳天嵐認真地想一個問題，她現在到底還愛不愛邱夢山。假若她已經不愛邱夢山了，那就沒必要再尋找他，把邱夢山找回來，他們也不會幸福。如果她仍愛著邱夢山，顏面就無所謂了，顏面不好當飯吃，戰俘又怎麼啦？戰俘也不能抹煞他那些英雄事蹟，部隊都能恢復他的軍籍、黨籍，照常給他提職晉銜，自己家人為什麼反不能接納他？再說，這麼逼他，只能讓他絕望，等於把他推到李蜻蜓的身邊，他們真要是生米煮成熟飯，到那時想把他找回來也不可能了。岳天嵐越聽心裡越煩，她讓荀水泉先回去，她要好好考慮。

第二天，荀水泉讓曹謹去看岳天嵐。女人跟女人能說心裡話。曹謹幫岳天嵐分析，一個連長以士兵身分重新回到部隊，這讓他受了多大委屈。轉業後工作上遭挫折，人格上受歧視，精神上被壓迫，他走投無路才離開文海去了特區，他絕對不是要去找李蜻蜓。他是不願向命運屈服，他想出去尋求出路，想給自己正名。臨走他向她坦白真情，是因為他一直愛著她，是感情難以割捨，表明他不願意借名偷生，他為她和兒子忍受了多大痛苦。如果他到了特區，一切順利還好說，假如再要遭受挫折，他真可能絕望崩潰。這個時候，他多麼需要她的理解和支援，多麼需要她的那份感情。

岳天嵐流下了眼淚，她又何嘗不痛苦，她又何嘗不愛他呢？曹謹認為還是上電視臺做節目效果最好，既直接，又感人，收視人也多。再說，特區那裡人也不認識她，也沒聽過她的英模事蹟報告，上電視也無所謂。

岳天嵐終於點了頭，決定去一趟特區。荀水泉著手與特區電視臺聯繫。

14

十天過去了，李蜻蜓仍沒有接到報到通知，彭謝陽成了熱鍋上的螞蟻，一刻都無法安寧。彭謝陽打電話找卜光，電話幾次接通後都沒人接，摳他BP機，也不回電話。彭謝陽再打卜光電話，電話已經斷了。彭謝陽哭喪著臉去找邱夢山，邱夢山外出執行任務，彭謝陽就坐在邱夢山辦公室門前的臺階上等。

這些日子吳慶生心裡不舒服，通信員小峰寫信把他告了，他姑夫訓了他一頓。事情是因洗衣服這件小事引發，吳慶生自己從不洗衣服，連臭襪子都讓小峰洗。邱夢山卻從來不讓小峰洗衣服，小峰暗地偷著給邱夢山洗了衣服，恰恰讓吳慶生發現，他心裡很不舒服。他讓他洗衣服，十回有九回總噘著嘴，他卻主動偷著幫邱夢山洗。他還發現，小峰把邱夢山的衣服疊得整整齊齊，像專業洗衣店一樣規整，卻從來不給他疊衣服。小小年紀也學會看人下菜碟，他把小峰叫到辦公室，他沒訓小峰，卻告訴他從明天起他不再當通信員，下到三班二組當保安。邱夢山跟吳慶生商量，年輕人不可能沒有缺點，有缺點可以批評，但還是讓小峰當通信員。吳慶生堅決不同意。邱夢山不好駁他面子，只好做小峰的工作。小峰一氣之下，寫信把吳慶生告了。告吳慶生妒賢嫉能，說他小肚雞腸，說他大事做不來，小事又不做，不如人又不服人，誇邱夢山如何有真本事。吳慶生的姑夫很看重邱夢山，他相信這信上所寫內容

說那是他過去宿舍的電話號碼。邱夢山問他過去宿舍現在誰住，科長卜光說他分到了新房子，老房子交給了單位，不知單位元分給了誰。邱夢山找到科長卜光單位管理科，查來查去，房子租給了一個湖南人，三天前已經退租，其他情況他們一概不知。

彭謝陽一直傻瓜一樣站在那裡看邱夢山忙，不知道自己該說什麼該做什麼。查到這兒，線索斷了，事情卡在那裡。邱夢山帶著彭謝陽上派出所，路上邱夢山問彭謝陽記沒記住那輛麵包車車牌號。彭謝陽又傻了，他壓根沒記車牌號那意識，他一路想到派出所，頭都想痛了，也沒能想起那個車牌號。

邱夢山把自己查到的那些情況向派出所做了彙報，公安局也接到兩處報案，內容與李靖蜓相同。這引起了公安局的重視，成立了專案組，讓邱夢山他們立即去專案組彙報。

那邊報案人比彭謝陽精明，記住了麵包車車牌號。邱夢山領著公安人員去見了人才交流中心所屬單位管理科。管理科提供了租房人姓名和電話，那人叫胡德良，電話就是科長卜光宿舍原來的那個電話號碼，對外掛了三塊牌子，其中一塊是伯樂人才開發有限公司，三天前他們已經突然退租。管理科證實那輛麵包車就是胡德良所用，他在管理科辦過停車證。

邱夢山和彭謝陽從公安局回來去看了李靖蜓，李靖蜓一句話沒說，不用她怨恨，彭謝陽自己就內疚得無地自容，本想討好幫李靖蜓，結果卻害了她，討好不成反鬧出這麼大罪過，他連看一眼李靖蜓的勇氣都沒了，他知道那一萬塊押金是李靖蜓的全部積蓄。邱夢山沒法安慰李婧蜓，看已過午飯時間，他拽著他們兩個進了餐廳。邱夢山點了菜要了啤酒，給李婧蜓要了飲料。酒菜上來，邱夢山端起酒杯想調節氣氛，李婧蜓不說話，也不端杯，坐在那裡不動。

彭謝陽哭喪著臉求李婧蜓原諒，摸出一萬塊錢，算是他一點心意。李婧蜓沒理他，也不接錢。彭謝陽只好乞求，他說要是他去死，她能好受一點，他現在就去跳樓，只要她點下頭。李婧蜓仍舊毫無反應，她只盯著桌面，一動不動。邱夢山只好出來圓場，事情已經發生，說什麼也都是多餘，員警已經行動，相信這案子一定能破。

這頓飯吃得沒一點滋味。邱夢山送李婧蜓回俱樂部，拐彎把李婧蜓拉到了海邊。邱夢山停好摩托，顧自走向海灘。李婧蜓不知道他拉她到海邊來幹什麼，她不解地跟著他走向海灘。邱夢山在沙灘上坐下，李婧蜓也在他一邊坐下。邱夢山兩眼凝望著海面上的片片浪花，沉重地對李婧蜓說，是時候了，我得告訴你一切。我不是什麼石井生，我是石井生的連長邱夢山……李婧蜓一怔，這麼多年的患難相依，他有這麼大的秘密瞞著她。邱夢山待李婧蜓明白了一切之後，邱夢山坦誠地告訴她，婧蜓，我不能娶你，不是年齡差距，更不是計較你受人糟蹋。你很美，我也很喜歡你，但是，我清楚，我這顆心已經全都給了岳天嵐，我一生一世不會忘掉她，我娶了你，你在我這裡只能是岳天嵐的替身，這對你太不公平了。就算我想公平待你，但我做不到，這對你是一種摧殘，而且更殘酷更無人性。

李靖蜓軟了，她像看透了一切那樣頽然。她終於明白了，怪不得他這麼正人君子，是因為他太愛岳天嵐，愛得太深，愛得太真。李靖蜓也坦誠地跟邱夢山說，既然這樣，你就不要管我了，我回文海吧，謝謝你這麼關心我。邱夢山當然不同意，他像大哥一樣做主，你不能這樣回去，我也不會讓你這樣回去。既然有心來特區闖蕩，這樣回去等於半途而廢，是失敗。李靖蜓說，人生都失敗了，還在乎這幹什麼。邱夢山說，你一輩子的人生還只是開始，我也該為你盡點兄長的責任。我想你乾脆脫產到商學院上學，一年半畢業，拿個大專文憑，工作就好找一些。李靖蜓說，我哪還有錢上學！邱夢山說，錢由我負責，你應該揚起頭來朝前走。

李靖蜓再忍不住了，兩眼噙滿淚水，叫了聲大哥，趴到邱夢山的雙膝上抽泣。

16

吳慶生以公司人事科的名義給摩步團去了一封外調公函，說公司擬提拔石井生當公司領導，發現他檔案不全，據說他是戰鬥功臣，功臣為什麼這麼年輕就轉業？而且沒有安排工作，請部隊證明他身分，並介紹他的政治情況。政治處很快回了函，證明石井生是正連職上尉軍官轉業，在戰場立過二等功，轉業是因為他被俘五年後才交換回來，年齡偏大，他自己主動要求轉業，轉業時部隊幫他聯繫安排了工作。

吳慶生看完信驚呆了，原來他是戰俘！吳慶生一分鐘都沒耽擱，把信隨即送給了姑夫。

威龍公司老闆在海鮮酒樓請石井生吃飯，邱夢山有點納悶，想不出老闆是因為什麼請他。邱夢山走進包間，他更是驚奇，老闆只請了他一個人，加上秘書，就三個人。酒是茅臺，菜有鮑翅撈飯。受老闆如此恩寵，邱夢山很不自在，這麼款待讓他心裡不安。他主動問老闆為什麼要把他當貴賓請吃飯，老闆說他是公司的功臣，給公司爭了名，添了彩，請他吃這頓飯理所當然。邱夢山說這是他的本職工作，所做那些事情都是應盡職責。老闆說早就想請他，只是抽不出空，老闆主動端起酒杯敬他酒，邱夢山只能先喝為敬。敬來敬去，老闆只喝酒不談事，弄得邱夢山丈二和尚摸不著頭腦。鮑翅撈飯上來了，一股撲鼻奇香鑽進邱夢山的鼻孔。邱夢山從沒吃過這種東西，不知道怎麼吃，好在他聰明，他拿餘光看著老闆，跟著老闆走，老闆放香菜葉，他也放香菜葉；老闆加紅醋，他也加紅醋；老闆加米飯，他也加米飯；老闆拌飯，他也跟著拌飯；老闆開吃，他也就跟著開吃。學得不露聲色，做得不慌不忙，倒是沒有露怯。

酒足飯飽，服務小姐把果盤送了上來。老闆拿熱毛巾慢慢擦完臉再擦手，然後吃著水果很平常地開了口，問他還記不記得那位房地產鄭老闆，邱夢山奇怪老闆怎麼突然想起他來，他如實說記還是記得，但在街上碰著不一定能認得。老闆說最近他見了他，鄭老闆又提讓他去當保安助理這事，現在特勤隊讓他抓得素質已很不錯，不要辜負了鄭老闆的一片好心，這也關係到他一生前途，現在他可以去了。邱夢山一怔，是不是自己做錯了什麼，老闆不要他了。老闆看到了他這反應，讓他千萬別誤會，說他完全是為他著想，到那裡有發展前途，起碼工資要比這裡高得多。邱夢山只好聽老闆安排。老闆語重心長地囑咐他，到那兒工作專業，責任重大，到那裡就別提打仗啊立功那些事了，盡心盡職保護他的安全就行。

邱夢山暈了，他在公司一直隱瞞著這一段歷史，隱瞞了卻讓人家發覺了，好不尷尬。用不著老闆再說什麼，邱夢山完全明白了老闆請他吃飯的用意，如此盛情款待，已經非常夠意思，對他在這兒的工作已是一種肯定，邱夢山真誠地感謝了老闆。

邱夢山不想讓任何人為難，當天晚上就寫了辭職書。邱夢山再一次淪為無業遊民，他不能讓自己漂著，他要贍養爹娘，還要幫助李蜻蜓上學。回到宿舍，邱夢山翻出了鄭老闆的名片，想到當私人保鏢，邱夢山有點猶豫。對他個人來說，這確實是個美差，工資待遇也不會低，而且整天陪伴在巨富身邊，老闆絕不會虧待他。但這種職業不能激發邱夢山的熱情，他的心不在這種職業上。他認為，人不能只圖有事做，光忙忙樂樂做事，不講做什麼事，不求做成事，一輩子可能一事無成，那不叫做事，叫混事。有事做並不難，難在能做自己想做的事，而且能把自己想做的事做成。人一輩子要做成幾件事情，才對得起生命。

邱夢山躺床上拿不定主意，他先去看了彭謝陽，告訴他已經辭了職。彭謝陽十分吃驚，問他為什麼，邱夢山坦白地告訴他，公司知道了他當過戰俘，與其讓人攆，不如個人辭。彭謝陽問公司怎麼會知道這種事？邱夢山沒想過這事，彭謝陽卻懊悔起來，說怨他。邱夢山不明白怎麼要怨他。彭謝陽把那天吳慶生跟他胡聊那些事告訴了他。邱夢山沒在意，他反安慰彭謝陽，不怪人家，還得怨自己，要不是戰俘，人家再說也說不到咱頭上。我要是英雄，人家不還得敬仰咱嘛！邱夢山可以不在乎，彭謝陽卻不能不難過。邱夢山帶他一起去看李蜻蜓。

邱夢山想辦保安學校這念頭，是在李蜻蜓那裡萌生。他們說起上學這事，邱夢山產生了這個念頭。他想，一個人本事再大，一個人只能對付一個小偷，懲罰一個流氓，維護社會安全，靠一個人不行，需要大眾。要是能辦個保安學校，按軍校模式管理，按特種兵教程教學訓練，那才是真正為社會做實事，做好事。彭謝陽和李蜻蜓都很贊成。邱夢山想，要是鄭老闆肯投資辦保安學校，彭謝陽和李蜻蜓就沒必要再去給別人打工，可以跟他一起創業辦學校，他們一起創辦特區保安學校，說得彭謝陽和李蜻蜓都咧嘴笑了。邱夢山還跟李蜻蜓說，要想方設法找到周廣志，還有其他的那些患難戰友，如果他們也有待遇不公正的問題，就讓他們也來學校當教員。有他們一起來辦學，他就更有把握，心裡更踏實。前程越展望越好，三個人好不開心。

邱夢山當即給鄭中華老闆打了電話，鄭老闆開口就問他哪天過去，他還擔心威龍保安公司老闆反悔。邱夢山當即在電話上把辦保安學校這想法向鄭老闆做了彙報，鄭老闆聽了很興奮，政府新規劃開發的社區，裡面有學校，可以跟政府聯繫把學校規劃成保安學校。鄭中華讓他明天就過去商量，研究成立籌備小組。三個人高興勁沒處宣洩，他們一起去吃了宵夜。

邱夢山當即分配任務，李蜻蜓到《特區晚報》上登尋人啟事，尋找周廣志。

邱夢山做事愛玩命，他當晚加班搞了保安學校建校設想，參照軍校情況，把辦學方向、學制、規模、課程、教員、管理、招生物件，一一都擬了方案，而且想好了校名，叫天道保安學校。吃過早飯，他主動跟吳慶生打招呼，要跟他移交工作。吳慶生不知出於什麼原因，推說沒空，隔天再說。

邱夢山去見了鄭中華老闆，把天道保安學校建校的設想交給了他。鄭老闆很高興，當即就看，他覺得很好，他讓秘書把設想改成草案，他要把專案帶到董事會上研究。鄭中華的產業已經做得很大，正想拓展業務，搞新項目投資，他從來沒往辦學校這方面想，邱夢山即時給了他主意。辦學校是千秋功業，這樣一來公司品質就上了一個檔次，他準備到政府那裡爭取，將規劃中辦學計畫落實成辦保安學校。鄭老闆信任地拍了拍邱夢山的肩膀，說他沒看走眼，一個人要是願為別人犧牲，那他就稱得上無畏，無私才能無畏，無畏之人，可以把一切重任都託付給他。鄭中華讓邱夢山再跟教育局做些諮詢，看申請辦學還需要什麼條件，要辦哪些手續，把草案完善成方案，然後再提交辦學申請。

邱夢山幾次跟吳慶生聯繫交接，吳慶生總推沒時間，邱夢山就放下這事，全力忙諮詢完善辦學校方案。

門被推開，邱夢山眼前一亮，李蜻蜓和彭謝陽領著周廣志進了屋。邱夢山喜出望外，兩個人情不自禁地緊緊擁抱。原來周廣志離開保安隊，到了一家民辦中學當了政治教員。邱夢山高興得簡直不知說什麼好，他讓他立即辭職過來跟他一起創辦天道保安學校。周廣志說現在不能辭職，要教完這一學期，也讓學校有招人聘人的時間。邱夢山更沒料到周廣志還跟五個戰友有聯繫，他們當即就在辦公室打電話，其中有三個境遇不好，當即就答應，只要學校批下來，他們立馬就投奔這兒。

邱夢山帶著周廣志、李蜻蜓和彭謝陽一起去見了鄭中華老闆，鄭中華老闆先告訴他們，董事會一致同意創辦保安學校，把保安學校辦成職業高中，生源會非常豐富，如果新區規劃那學校校址政府同意給保安學校正好，如果不同意，公司可以在其他社區內增設校址。他們會向教育局上報申辦方案，同時請邱夢山盡快擬制學校籌建方案。公司分工一位副總主管，成立一個籌建辦公室，籌建工作正式啟動。

17

邱夢山和周廣志一起把保安學校申辦報告和方案搞好上報之後，邱夢山回了威龍保安公司，他還是想跟吳慶生做一下移交。吳慶生不好再推，見面他裝孫子，一再說他離開公司讓他很吃驚，他一點都不知道，說他多麼想跟他合作，多麼希望他能留下，他越說越此地無銀三百兩。邱夢山不需要這種虛偽，他很乾脆地把他那裝樣打住，說這事與他無關，是他自己想走。兩個人正說著，電話鈴響。吳慶生接完電話一臉緊張，玫瑰園社區污水井出了事，下井維修人員被困在了井下，幾個保安下去搶救，也困到井下，井下可能有毒氣，得趕快去救援。邱夢山一聽，他本來打算交接完工作後，到隊裡跟弟兄們告個別，不想遇到這事，他決定也去看看。吳慶生說他已經離開公司了，用不著再去。邱夢山說都是自己弟兄，得去看看。邱夢山聽說井下有毒氣，提醒吳慶生帶上防毒面具。這東西平時用不著亂扔，要用時卻找不著，他們在倉庫裡翻箱倒櫃只找著三隻。情況緊急，不容耽擱，他們飛車火速趕去玫瑰園社區。邱夢山在車上打了110，110值班人員說已經接到報告，他們已報告了市應急辦，消防總隊正在派消防中隊趕往現場救助。

邱夢山他們趕到現場，消防中隊還沒到，污水井井口四面三十米之內已經拉上警戒線，污水井井蓋敞著，幾個保安守著警戒線，不讓人靠近。社區群眾擠在一百米之外，恐慌地議論紛紛。

正值夏季，氣溫持續偏高，這個污水井幾天前就往外冒臭氣，跟臭雞蛋一樣臭。居民紛紛向物業反映，今天物業派維修組前來維修。維修組打開井蓋，一股臭氣冒出，嗆得維修工人噁心嘔吐。他們把井蓋敞開，讓井下臭氣往外散發。社區居民紛紛抗議，說臭氣有毒，污染社區環境，危害居民健康。維修組只好在井口四周拉上警戒線，不讓居民挨近。維修組一共來了八個人，有五個工人困在井下。玫瑰園社區兩個保安下去救人，也困在底下。

邱夢山他們趕到井口，聞到了那股臭氣。吳慶生派三個保安戴上防毒面具下去救人。邱夢山從一個小個子手裡拿過防毒面具，往自己頭上套。吳慶生有點過意不去，趕緊勸阻。石隊副，你就別下去了，你都離開特勤隊了，我下也不該你下。邱夢山沒理他，說論救人，我可能比你強。邱夢山說完和另外兩個保安一起下井。副市長帶著應急辦公室的人員和救護車趕到現場。副市長現場指揮，讓邱夢山等三個戴防毒面具的保安人員下井，沒有防毒設備人員一律不許下井。醫護人員投入現場急救，準備氧氣。

邱夢山和兩名保安戴著防毒面具下到井下，那五名工人和兩名保安都掉在了污水池裡。邱夢山踩著井壁上的鋼筋梯下到污水池水面，他一手抓住鋼筋梯，一手伸向污水池拽人。鋼筋梯太窄，只容一個人上下。但一個人沒法把中毒者送上去。邱夢山下到污水池裡，水深已經齊胸，他讓一名保安也照他的樣子下到污水池裡，讓另一保安踩著鋼筋梯在上面接應。邱

從死亡線上掙扎過來，我們卻又在讓他們陷入絕望……

李靖蜓兩眼湧出淚花。她向領導請了假，她要去找邱夢山，讓他去電視臺見岳天嵐。

邱夢山和兩個保安已經救出三個人，邱夢山一直在井底拖人沒有上來，由兩個保安往上送人。消防隊終於趕到，他們配有防化服，佩戴呼吸器和安全帶，但井口太小，他們下井口特別困難。費半天勁才下去兩個消防官兵。又增加了三台自吸泵抽水，污水池水位已經下降。邱夢山站到污水池裡，發現離他最近的工人很有經驗，他雖然已經中毒，但神志還清晰，知道毒氣硫化氫比重比空氣重，都沉積在污水表面。他就用手捂著口鼻，把頭埋在污水進水口讓污水沖。邱夢山划著水向他接近，邱夢山雙手摟住那工人往鋼筋梯那裡移動。快要接近鋼筋梯時，那工人突然伸手一把揪下了邱夢山頭上的防毒面具，他想拿防毒面具往自己頭上套，但還沒套到頭上他就暈了過去，防毒面具掉到了污水池裡被污水捲走。邱夢山立即中毒，他遭電擊樣倒向污水池。兩個保安隊員驚叫起來，但他們戴著防毒面具，他們的呼叫別人聽不到。兩個消防官兵正在拖救一個工人。一個保安隊員拖住那個工人，另一個保安隊員下到污水池裡救邱夢山。

李靖蜓趕到玫瑰園社區井口，邱夢山已經在井下出事。李靖蜓對著井口聲嘶力竭地喊，邱連長！你快上來！你愛人岳天嵐找到特區來了！她在電視臺做節目找你哪！李靖蜓的呼喊

讓吳慶生吃驚，她怎麼叫邱連長。副市長急忙讓另一組消防隊員下井救邱夢山。李蜻蜓懇求副市長，請他通知電視臺，趕快把邱夢山的愛人岳天嵐接來。電視臺採訪組已經在現場拍攝，副市長交代電視臺採訪人員將情況報告台裡，讓台裡聯繫岳天嵐，以最快的速度送她來現場。李蜻蜓也打電話給彭謝陽和周廣志，讓他們也火速趕來。

兩名消防隊員終於把邱夢山營救上來，但他已不省人事。副市長讓醫務人員一邊搶救一邊送往醫院。

岳天嵐趕到現場，邱夢山已被送往醫院。副市長讓自己的司機把岳天嵐和荀水泉送去醫院，岳天嵐和荀水泉趕到醫院，李蜻蜓傻子一樣坐在邱夢山的遺體旁，她不哭，也不喊，只是流淚。岳天嵐連邱夢山的名字還沒喊完就暈了過去。李蜻蜓和醫生把岳天嵐掐醒，岳天嵐不知哪來那股勁，她忽地竄起，跳著腳哭喊，是我逼死了他……

18

岳天嵐完全失聲，她再哭不出一點聲來。上次在栗山，那悲痛只是失去愛人，這次除了失去愛人，還有悔恨和內疚。她有許多的話要對他傾訴，可他突然永遠離她而去，她沒法告訴他一切。岳天嵐扯著嗓門對他哭喊，她要把心裡的那些話全都告訴他，可他永遠不能再回應她。岳天嵐心裡的話還沒能喊完，嗓子就啞了，再發不出一點聲音。岳天嵐不再喊，也不再訴說，她只在心裡痛。

荀水泉失去邱夢山如同失去親弟弟，但他不能只跟著岳天嵐悲痛，他得考慮邱夢山的後事。他讓周廣志和彭謝陽負責聯繫戰友，他自己跟喜鵲坡村委會聯繫，讓邱夢山的爹娘帶著邱繼昌迅速趕來特區，讓李蜻蜓全力照顧岳天嵐。安排好這些，荀水泉去見了副市長。

荀水泉去求見副市長，副市長正召集威龍保安公司和機關人員開會研究中毒事件後事的處理，副市長讓荀水泉稍等，開完會他再見他。

荀水泉說他只有一個請求，能不能佔用在座的各位領導半個小時，因為大家都還不瞭解邱夢山，石井生是他頂了戰士的名字，他為什麼要頂戰士的名，他帶來了一張盤，是咱們特區電視臺《夫妻4S店》製作的專題節目，這一期叫《情感尋呼——千里尋夫訴衷腸》，看了節目再研究後事處理，可能會更合適一些。

副市長同意了荀水泉的這個請求，大家一起看了節目。荀水泉發現連吳慶生都流了淚，副市長也拿紙巾擦了眼睛。副市長擦完眼睛沒讓大家討論，他直接講了話。他說，英雄，對一般為他人、為人民、為民族、為國家犧牲者來說，是一個稱號；但用在邱夢山身上，是他的精神品格和行為恰如其分地給英雄這個詞做了注解。他不只在戰場上出生入死，英勇無敵；在戰俘營不屈不撓，視死如歸；在生死危險面前捨生忘死，無私無畏；更難能可貴的是他沒被戰俘這個沉重的枷鎖壓垮，更沒在冷遇和逆境中自卑、自棄、消沉，他意志非凡地堅定軍人的信念，默默地為社會奉獻自己的一切。邱夢山同志犧牲了，他是全市人民的一面鏡子，大家可以對照一下，想一想自己該怎樣活著？自己該怎樣做人？自己又該怎樣做事……

吳慶生陪著他姑夫去旅館找岳天嵐徵求後事安排意見，房地產老闆鄭中華已把他們接到海逸酒店。鄭中華痛切而又遺憾地告訴岳天嵐，邱夢山正幫他籌建保安學校，但申辦報告被教育局卡住了，說邱夢山他們幾個轉業軍人不具備辦學校資格，他還沒來得及把這消息告訴邱夢山，他卻突然走了，他心裡好痛。他讓岳天嵐放心，他一定要把保安學校辦起來，讓他那些戰友們把他這遺願變成現實，而且他打算把校名改為夢山保安學校，這個學校辦不起來，他一輩子對不起邱夢山。岳天嵐聽了更加悲痛，她什麼也說不出來，只是流淚。副市長代表政府到酒店來慰問岳天嵐，副市長告訴岳天嵐，市政府決定授予邱夢山「優秀市民」稱號，號召全市人民向他學習。鄭中華把教育局卡保安學校這事報告了副市長，副市長讓他單獨向他做一次彙報。

岳天嵐什麼要求都沒提，只是流淚。她從口袋裡摸出一封信，這信是整理邱夢山遺物時發現的。副市長打開信。

天嵐：

這輩子我最對不起一個人，她就是你，只能來世報答了。

請永遠不要告訴兒子真相，就說我犧牲在戰場。

戰俘命運我無法改變，慶幸沒給你和兒子帶來多少麻煩和痛苦。

假如有一天我死了，要再麻煩你幫我辦一件事，你請荀水泉跟部隊聯繫，恢復我邱夢山的真名，掘掉栗山烈士陵園裡我的墓和碑，我不是英雄，是戰俘；恢復石井生烈士的墓和碑，他是真英雄。拜託，一定要辦到，否則我死難瞑目。

永遠愛你。

邱夢山

國家圖書館出版品預行編目資料

遭遇／黃國榮著.
－－第一版－－臺北市：知青頻道出版；
紅螞蟻圖書發行，2014.04
面 ； 公分－－
ISBN 978-986-6030-99-4（平裝）

857.7 103001496

遭遇

作　　者／黃國榮
發 行 人／賴秀珍
總 編 輯／何南輝
校　　對／周英嬌、楊安妮、黃國榮
美術構成／Chris'office
出　　版／知青頻道出版有限公司
發　　行／紅螞蟻圖書有限公司
地　　址／台北市內湖區舊宗路二段121巷19號(紅螞蟻資訊大樓)
網　　站／www.e-redant.com
郵撥帳號／1604621-1　紅螞蟻圖書有限公司
電　　話／(02)2795-3656（代表號）
傳　　真／(02)2795-4100
登 記 證／局版北市業字第796號
法律顧問／許晏賓律師
印 刷 廠／卡樂彩色製版印刷有限公司
出版日期／2014年 4月　第一版第一刷

定價 350 元　港幣 117 元

ISBN 978-986-6030-99-4　Printed in Taiwan